ハヤカワ文庫JA
〈JA1308〉

日本ＳＦ傑作選３　眉村 卓

下級アイデアマン／還らざる空

日下三蔵編

早川書房
8109

目次

第一部

第二部

日本ＳＦ傑作選３　眉村　卓

下級アイデアマン／還らざる空

第一部

下級アイデアマン

水星第四基地の、薄青く照らされた気閘の前で、ぼくは暫くためらっていた。

此処には人間の夢や、感傷の存在する余地はまるでない。基地のむこうに切り立った山々はぎらぎらと光を弾ね返し、その上の真黒な空には、厳しく星々が並んでいるのだ。人類進出の拠点であるこの基地さえ、こうした壮絶な風景の中ではいかにも頼りなげだった。

思えば、ぼくは此処へ来て初めて自分の立場に気がついたようなものだ。アイデアマン登用試験に合格し、教育を受け、極東支局へ配属されてから三ヵ月、ただ無我夢中だったとしか言いようがない。気がついた時は水星に居たのだ。

アイデアマン——素晴らしい職業ではないか。自分のアイデアを提供するだけで、連邦官としての地位と、高い報酬を得ることが出来る。ロボットがどこででも使われている現代では、人間として最も名誉ある職業ではないか。人々はそう言うに違いない。ぼくだって、かつてはそう信じていたものだ。

だが、アイデアマンが恐るべき制約を受けていることを知っている者はまれだ。現にぼくが宇宙服の下に着込んでいる真紅の制服が、どれだけの代償を必要とするものかについて触れているのを聞いたことがない。絶え間ない思考訓練、仮借のない登用、左遷、さらには一定期間ごとに与えられる奇想天外な練習題。適応力の無い者は片端から失格しなければならないのだ。われわれはイデになるまでは一日として心の休まる暇はない。そう、イデこそが本当のアイデアマンなのかも知れない。統率力と広い判断能力を駆使し、われわれサグをフルに動かして直接に政策にタッチする連中こそ、サグの最終目標だった。イデとはアイディエーターの略であり、サグとはサジェスターの略だ。

今のところ、ぼくはサグCだ。つまり最低のアイデアマンである。極東支局でのアイデア競争題では、ぼくはいつも最低点だった。上司のイデB・ミタムラセイイチは、苦虫を噛みつぶしたような顔で、ぼくに水星駐在の辞令を渡したのである。何故いつも最低点だったのか、ぼくには未だに判らない。だがこれだけははっきりしていた。今度こそ、もうやり直しは利かないのだ。失格は眼の前に来ていたのだ。何としてでも頑張らなければならなかった。

だが、一体、どうすればいいのだ。この基地に何が待っているというのだろう。いつかぼくの心は不安と焦りで波立っていた。

もう一度周囲を見る。この黄昏地帯を境として、彼方には永遠の灼熱があり、背後には冷え切った世界があった。とにかく全力をつくすほかはない。ぼくは気閘に歩み寄り、ボタンを押した。

ぼくの到着はあらかじめ連絡されていたと見え、基地中央の外部監視室には机が並び、その上には造花まで挿されていた。皆の作業に影響するのではないかと心配するぼくをよそに、全員は朗らかに談笑していた。

「では、これよりアイデアマン・サワイアキラ氏の歓迎会を行ないます」

基地のチーフ格であるクスダ博士が言い、皆はぱちぱちと手を叩いた。

第四基地には七人の男女が居た。いずれも連邦極東支局派遣の人々で、支局からの実験や研究の指令を受けて、作業に従事している学究達だった。

皆の自己紹介を聞きながら、ぼくは此処にさえもアイデアマンの手が伸びているのを感じていた。辺地に派遣される人々は、協調性を有していなければならず、一つの部門に二人以上一緒にいてはならない。無用の紛争を避けるために、連邦企画省が提案したこの条件は、この基地でも守られているらしい。

研究員たちは何の屈託もないように見えた。水星くんだりまでわざわざ出掛けて来るのは、ただただ官費で研究をしたいからなのだろう。そういえば、彼らの表情はどこか澄んでいた。

「つぎは、サワイさんです。私たちはあなたが来られるということは聞いていたけれど、何故此処へ来られたかは聞いていません。それにアイデアマンと一緒に仕事をするのは、私たちの誰もまだ経験してないんですよ」

ぼくは立ちあがった。

「実はぼくは飛ばされたんです。成績があまり良くなかったものだから」

いっせいに皆の視線が集中する。ぼくは今までの事情をくわしく話し、此処で何か実績をあげないと、間もなく失格してしまうだろうと言った。

「だから、ぼくは正直のところ、皆さんには邪魔な存在なんですよ。何もせずに日を送るのが関の山です」

これには一斉に抗議の声があがった。クスダ博士が皆を代表してぼくに言った。

「そんな変な考え方をされては困ります。ぼくたちは基地の人数が多くなったのを、掛値なしによろこんでるんです。それに、われわれの仕事も改善して貰うつもりです。水星にアイデアマンが来たのはあなたが最初なんですよ。あんまり気にせず、此処ではもっとのんびりとすごしたらどうですか」

耳が痛かった。ぼくは恥かしくて黙って頭を下げた。ハリノ嬢という低温化学の研究者がこう慰めてくれた。

「勿論、私たちも、地球でろくに研究する資金が無いので、此処を志願したんですから、あなたと同じようなものなんですわよ。いわば同じ立場じゃありません？　心配すること、ありませんわ」

残りの人々も、そうだと言った。こんなふうに言われたのは本当に久し振りのことではなかっただろうか。ぼくはいつの間にか全員の仲間入りを許されていたのだ。アイデアマンとして、自分は能力が無いのだろうか、試験に合格したのは単に僥倖に過ぎなかったのではなかろうかといつも考え続けねばならなかったぼくは、こうした仲間意識に飢え切っていたのだ。

「よろしくお願いします」

そう言って頭を下げながら、ぼくは何だか鼻の奥が熱くなってくるのを感じていた。全員が微笑していた。クスダ博士がぼくの肩を叩いて言った。

「そろそろ休息時間です。明日から皆が交代で説明に行きますから、眠ったらどうですか？」

「ぼくたちは地球の連中が考えているほど忙しくはないんです。自分の仕事を見に来てくれる人が欲しかったんですよ」

パントという研究員がそうつけ加えた。


基地の連中が、実際良い人々であることは、日がたつにつれて判ってきた。クスダ博士を除いては、いずれも水星駐在を志願して、許可を受けた者ばかりだった。クスダ博士はと言うと、彼は水星に研究所を持つ基地を作ることを提案したために、連邦から水星赴任命令を受けたのである。どちらにせよ、彼らはそれほど地球に未練を持っていなかった。ぼくはぼくで、失格して帰還する位なら此処でアイデアマンとしていたかった。要するに全員がこの世界にいないと、自分の特殊性を失う人物ばかりだったのである。

ぼくは与えられた個室で、暫くの間はあまり焦らずにすごすことが出来た。研究員の生活について、クスダ博士はほとんど口を出さず、それでいて全員のペースがぴたりと揃うのだった。人為的に区切られた昼夜の別も、交代で行なう食事の準備も、誰も乱そうとはしなかった。ぼくは皆と同じように暮らし、作業の手が空いた者があれば行っていろいろ訊ねたり、一人で思考訓練をしたりした。

しかし、こうした平安も長くは続かなかった。軌道位置がうつって地球との交信可能期に入ったからだ。研究員たちの定例報告が済むと、ぼくはミタムラ・イデに呼び出された。

「何の報告もないのかね、いったいきみは何をしているんだ」

「別に問題はおこっていません。従って報告する必要もないと思います」

そして待つ。電波の往復時間を、ぼくは不安な気持で待った。

「何を言っているんだ。問題を見付けるのはアイデアマンの仕事じゃないか。そんなふうに何もせずに、きみを住ませるほど連邦は暇じゃないんだぜ。見つけるんだ。いいか、服務要領第十八には何と書いてある？　『アイデアマンは、つねに現状の習慣化を警戒すべし』だぜ。のんきなことばかり言っていると困ることになるよ。仕事をするんだ、仕事を」

通信はそれで終った。再びぼくの胸には焦りと不安が住みついた。首を振るぼくに、基地の連中はいよいよ同情したらしい。

「じゃ、もっと積極的に現場を歩いたらどうですか？　何か見つかるかも知れませんよ」

「そうそう。毎日一人ずつ、サワイさんを案内しようじゃないか」

平地に波瀾を起こすのがアイデアマンの仕事とは、切ない話だが本当なのだ。仕事がなければ仕事を作り、休むことは例外とせよ。行住坐臥、これを原則としなければならないのだ。とは言え、ぼくがそんなふうにしていられるのだったら、とうのむかし最低のサグCの境遇から脱け出ていたろう。ぼく自身の本心を言えば、ここへ来た日から数カ月間の神経の圧迫から解放されて、他と隔絶した水星の孤独な雰囲気に浸れることが無性にありがたかったのだ。

仕方がない。ぼくは皆の好意に甘えることにした。駆り立てられる時の、あの嫌な気分の渦の中で、ぼくはかなり長い間、通信室の椅子に腰を落したままでいた。

博士と相談して決めた〝視察〟日程は二日、三日と消化されて行った。ぼくがその間に何か指摘することができたかと言えば、それは否である。ぼくの〝視察〟は見学に過ぎなかった。アイデアマンというものは、あらゆる分野に通暁しているべきだったが、そんなことは不可能だ。この世界ではぼくは顧問ではなくて、生徒である。

日が経つにつれて、この基地の全貌が次第にはっきりとわかってきた。

ハリノ嬢の低温化学研究所、パントの異常環境生物園、ヒラカワ嬢の天体観測所、この三つは夜地帯にあり、クスダ博士の耐熱材研究所やハンファンの太陽観測室は昼地帯にあった。これらはすべて水星の真空に近い大気と、永遠の昼夜別世界があって初めて可能な研究である。これと別に、水星の鉱物資源を目的とするサグナマイ博士の鉱物採取団があり、基地のキーパーを兼ねる水星基地保安隊があった。

これらの作業のため、研究員はそれぞれロボットを使用している。研究というものが忍耐強い実験の繰り返しを前提とするからには、これ以上のアシスタントはないだろう。

ぼくは研究所へ行って、説明を聞いたり、実験を見たりした。外出にはかならず装備が必要だった。ぼくの行く先々には常にロボットの群があって、ぼくの原始的な恐怖感をあおるのが常だった。彼らは地球で一般に使われているアンドロイドとは似ても似つかない。

「そりゃ似ている必要はないわよ。彼らの使用する道具は人間が使うことがないのですからね、甚だしい場合はロボット自身が道具でもあり得るわけでしょう。サワイさんはまだ昼地帯へ見学に行ったことがないんでしょうからご存知ないのは当り前だけれど、昼地帯のロボットは、人間を直接見ることがないから、ロボット法とも無関係なのよ」

ぼくは一層おぞけをふるった。ロボット法と関係ないロボットは殺人も可能だということになるからだ。

ともあれ、こんな調子で、研究員たちはぼくの疑問に対して明快に説明して行く。どんな助言をしろというのだ。

しかも、ぼくが不思議だったのは、彼らがぼくの能力を疑おうともしなかったことである。地球上でなら、こんなことが続いたら、恐らく手ひどい皮肉を言われるところなのに、かえって彼らはぼくを助けようとする始末だった。思うに、研究員たちはアイデアマンが如何に事を運ばねばならないかということには全く無関心だったのだろう。むしろぼくに協力しようという気持でそれぞれの淋しさをまぎらせようとしたのかも知れないが。

　ぼくは次第に疲れてきた。自意識過剰からか、焦りは日毎に烈しくなり、唇を嚙みしめることが多くなってきた。自分にはアイデアマンの資格はないのだという劣等感がまたもや心に根を生やし、いつか歴然たるノイローゼの症状があらわれてきた。だが、どうすればいいのだ。何か転機かチャンスはないかと思っても、此処はあまりに無事平穏だった。

　だから五日め、クスダ博士に伴われて初めて昼地帯に出た時には、ぼくは無意識に何かを期待していたのに違いない。いつもよりもお喋りになっていた。

　博士とぼくを乗せた耐熱車はひどく揺れながら、基地を離れて行った。金属の外被の下に断熱材が挿入されている不恰好な車だ。

「これでも、性能はなかなかいいんですよ。精一杯に機器を積んで荷重がかかりすぎていますから、地球ならびくとも動かないでしょう。ほら、何から何まで水星用にできていますよ」

　成程、車内は狭い。腰掛けたまま、じっと坐っているほかはなかった。

「窓はないんですか？」

　博士は微笑したきりだ。車の動揺はいっそう激しくなった。

　と、眼の前の壁が透明になった。其処が保護板だったのだ。

「三百五十度をこえる昼地帯の温度で、まともに外を眺めたりしたら、眼がやられるんですよ。この保護板を通しても、まだ相当眩しいでしょう」

　ぼくは外を覗いた。まさに真夏の風景と言っていい。遠くに山々が居並ぶ荒れ果てた岩塊に、陽は遠慮会釈なく照りつけている。

「思ったより平原が多いんですねえ」

　ぼくはあちこちで光る鉛らしい池の反射を掌で防ぎながら博士に言った。

「そうでもないんですよ。他の基地はたいてい山地近くにあるんです。第四基地だけはこうした研究施設を置く必要から、平原の多いところを選んだのです。普通はこんなに平坦じゃないんです」

「成程」

　それにしても光の洪水だった。あたりはほとんど白色に近い。これが真空に近い大気の下にある死んだ世界なのだろうか。すべてはただ灼けていた。

「ああ、見えて来ました、あそこがぼくの担当している研究所ですよ」

　クスダ博士はそう言うと、車をその施設の方へ進めた。此処も夜地帯の実験場と同様、柵らしいものはなく、必要な設備だけがいきなり突っ立っている。その構築物のひとつひとつに数体のロボットがついて、作業を進めていた。

「一番手前にあるのが、鋳造、つまり流し込みをやる成型機です。この研究所では耐熱材の混合試験や、原料素材の能力試験に重点を置いているんで、比較研究が主なんです。工業ルートに乗せてからの採算面の検討は、この段階では、考えないことになっています」

「こんな灼熱世界でよく研究が出来るものですねえ」

「いやいや、ぼくの研究は此処でないと駄目なんですよ。非常に微妙なバランスを必要とする耐熱材の配合には大気中の粉塵が少しでもあれば困るし、第一、最初から三百五十度という温度が与えられているんですからね。地球上じゃ、この予熱設備だけでもすごく高くつきます。それに、この強烈な太陽光線は、集光によって実験温度を更に上げることが出来るんです。われわれには、いわば手頃な温度なんですよ」

それはそうにちがいなかろうが、この灼熱が手頃だとは因果な商売だ。

「それよりもっと大切なのは、これは夜地帯の連中にとっても同じなんですが、昼夜の交代がないということです。もし仮にこの研究所が急に冷やされたりしたら、材料は片端からスポーリングを起こしてしまうでしょうからね」

博士は次々と施設をまわり、電波でロボットに指示を与えながらぼくに説明した。ぼくはいちいちうなずき続けた。

やがて車は研究所のいちばん端までやって来た。此処から向うはただ灼けた平原があるばかりだ。

「あれ？」

「どうかしましたか？」

「ロボットが一体足らないんですよ」

「何処かへ行ってるんじゃないですか」

「いやいや、ロボットの性質から見て、そんなことはありません」

「と言うと？」

「こうした辺境用の作業ロボットを規制するのは、作業そのものなんです。彼らが作業を行なうことができなくなれば、ロボットの回路には致命的障害がおこるようになっているんですよ」

つまりアイデアマンと同じというわけか。ぼくは一瞬彼らに同情した。休むのは例外ということらしい。

「成程、そういえば、おかしいですね」

「全く。持場を離れることは此処へ配置した時に電気的に禁じてあるんですからね」

博士はその炉についているロボットに、作業報告をさせるため、発信を始めた。ところが、どのロボットもいっこうに反応しないのだ。

「ますます妙だ。どうしたんだろう」

いつか博士の額には汗が滲んでいた。ぼくはどうしていいか判らず、黙って外の風景と博士を見くらべるほかなかった。

「他の施設と此処との間に連絡はないんですか」

ぼくが見かねてそう訊ねた時、博士はもう諦めたのか、計器盤から手を離していた。

「駄目ですね。この炉はぼく独りの考えで作らせたものなんですよ。連邦の題目と関係がないもので、いわば私用です。他のものとは全然関係ないようにしてありますからね」

不意に博士はぼくがアイデアマンであるのを思い出したらしい。ぼくに向き直ると、こう言った。

「これは確かに事件ですよ。ぼくには判らない、とすると、サワイさん、いよいよあなたに助けて貰わなくちゃなりませんね」

　否も応もない。ぼくが自分で仕事を作り出すことができなかったら、むこうからやってきてくれたのだ。とは言え――どうすればいいのやら、ぼくには見当がつかなかった。じっと外を見ているぼくに、博士は言った。

「とにかく、基地に戻らなくちゃなりません。この車でさえ、昼地帯には二時間以上居ることはむりなんです。いくら断熱してあっても、車内の温度はあがる一方ですからね」

　ぼくは頷いた。案外平静な自分にあきれながら。

　基地へ帰る途中、ぼくはこれらの風景をしっかりと心に刻み込んだ。まだこれから次々と何かが起こりそうな気がするこの研究所や無心に燃える昼地帯は、ともすればぼくを幻惑してしまいそうだった。

　車の中はしだいに暑くなり、二人とも汗をだらだらと垂らしていた。

「外部監視室から此処を見ることはできないですか？」

「大体の動静は判っても、詳しい情景は無理でしょうねえ……」

「防熱服を着て、あそこへ行くことは？」

「どんな服を着ても、そればかりは不可能ですね」

　そんなことを話し合いながら基地へ戻ると、ちょうど食事の時間になっていた。博士は皆に事情を告げ、アイデアマンがいよいよ仕事を始めるであろうこと、すぐに事態は収拾されるであろうことを話した。

「よかったわねえ」

ハリノ嬢が言う。

「水星最初のアイデアマン、水星の事件に乗り出す、ですな」

と、これはパント研究員。

「無茶を言うなよ、ぼくにとっては災難なんだぜ」クスダ博士が苦笑しながらどなる。妙に陽気な情景だった。ぼくは出かけた微笑をひっこめ、黙り込んだ。みんなそれほどとは思っていないようだが、これはそう簡単な事件じゃなさそうだった。持場を離れたら倒れる筈の作業ロボットの失踪。正規の指示に従わないロボット。此処のロボットのことを考えるためには、ロボット法の三原則の〝人間〟という文字を、〝作業要項〟に入れ換えなければならない。

ロボットは作業要項に従わなければならない。ロボットは作業に対する妨害を看過してはならない。ロボットは右二条に違背しない限り、自己を守らねばならない、となる。とすると、こんな状況はあり得ないのだ。では、問題は、作業要項か、あるいは作業そのものにあるのだろうか。

吐息をついて顔をあげる。いつの間にかテーブルには誰も居なかった。クスダ博士も何処かへ行ったらしい。

と、とつぜん、荒々しい足音がして、博士が入って来た。その顔は蒼白だった。唇を結び、眼は大きく見開かれている。ぼくがものを言う前に、博士は早口で言った。

「いよいよ大変だ。ロボット達が反乱をおこした。作業は滅茶苦茶だ」

「なんだって？」

「スクリーン室へ来て下さい」

ぼくは外部監視室に飛び込んだ。円形の室の壁の一部に昼地帯の光景がくっきりと浮き出している。

作業は停止されていた。のみならず、ロボットは一群となって、施設を崩しにかかっているではないか。

「あんな速さで動くのもおかしい。あれは緊急速度だ」

二人は中腰でスクリーンをみつめた。ロボット達は組織的に解体された材料をこちらへこちらへと運んでいる。十数体は列から離れて昼地帯の奥へ進み出した。

「ああ、もう駄目だ。サワイさん、どうしたらいいだろう」

「きっと何とかします。そこで、聞きたいんですが、あのロボットのことを詳しく教えて下さい」

ぼくはまだおろおろしている博士を連れて、ぼくの部屋に来た。博士の話によると、ロボットの頭には、一応の基本的な作業知識がセットされており、あとは現場の使用者の指示によって記憶できるよう、かなり空白部分を作ってあると言う。とすれば、これは作業の基本概念と目的意識の間に何かずれが起ったのだ。しかしなんのずれかは、もう一寸ようすを見なければわからない。

ぼくは、いらだつ博士をなだめ、データを集計するために、一人で閉じこもった。基地の電子計算機は、ぼくの疑問を次から次へと解読し、指示を出してくれた。

ふと気がつくと、ぼくはいつの間にか仕事に熱中していたのだ。アイデアマンとしての誇りが、ふいに、ぼくの顔を上気させた。

就寝前、ぼくは一応皆に、全部で相談したらどうだろうと聞いてみた。皆は首を振り、データならいくらでも出すが、処置は専門家にまかせるのが本当だと言った。このことは予想していたが、順序としてははっきりさせておきたかったのである。

外部監視室のためのテレビカメラは遠隔操作されるものだったが、あまり長い間昼地帯に出しておくわけには行かないので、ぼくの観察は断続的なものにならざるを得ない。耐熱車を使うほかはないが、うっかりすると昼地帯で焼け死ぬおそれがあった。いまのぼくの熱中ぶりからすると時間も場所もおかまいなしになるかもしれなかったから。

だがけっきょく、実地調査以外には解明は不可能なことが判るばかりだ。ぼくは決心してその準備を進めた。

こうして三日が過ぎたころには、基地の人々が次第に根づよい不安にとりつかれてゆくのを、ぼくはひしひしと感じとっていた。ぼくはロボットが次にどう出るかを予測して待っていたのだ。推計によれば、次第にこのような状態はひろがって行くはずだ。

　そして或る夜、ぼくは眼をつむってベッドに横になり、眠ろうとしていた。いつものように、なかなか眠りに落ちることができなかった。

「サワイさん、サワイさん」

　声がする。ぼくはゆっくりと起きあがった。ほの暗い照明の下、ドアを半開きにして覗き込んでいるハンファンの影がある。がば、と跳ね下りて、ぼくは叫んだ。

「やりましたか」

「ええ、とうとう、うちのロボット達も活動を止めたんです。お蔭で昼地帯の反射鏡が放置されてしまったんですよ」

「わかりました。すぐに行動に移りましょう」

　基地の照明はいっせいに点され、時ならぬ昼になった。集まった研究員たちに、ぼくは言った。

「ぼくはこれから昼地帯に行きます。耐熱車を借りたい」

　クスダ博士は、自分も連れて行くべきだと主張した。ぼくは考えがあったから、これに極力反対したが、博士はどうしても行くというのだ。

「じゃ、仕方がない。この遠出は恐らく非常な冒険になると思いますが、いいんでしょうね」

「結構。ぼくはもうじっとして居られないんだ。多少の危険は覚悟しているよ」

　机上のアイデアマンばかり頼りにしてはいられない、という言いかただ。

ぼくは覚悟をきめ、運転を博士にやって貰うことにした。他の連中は車庫まで送りに来た。今では問題はこの第四基地全部のものになっているのだ。しかも地球とはあと一ヵ月交信が不可能と来ている。基地の空気には、退路を絶たれた野戦軍にも似た、ただならぬものがあった。

昼地帯へ出てゆく耐熱車は、いつものように揺れ続けだった。視野に光が溢れはじめると、ぼくは時間をセットし、まっすぐ研究室へ走ってくれと博士に頼んだ。

しばらくすると研究所が見えて来た。博士が建設した所より数百メートル黄昏地帯に近くなっている。彼らはほそぼそと作業を続けていた。

というのはその半数が持場を離れ、昼地帯の奥に向かって、一列横隊になっているからだ。白くむなしい空間をみつめて彼らは手をつなぎ、じっと立っていた。

「ああ、まだあそこにもいるぞ」

博士が叫ぶ。見ると、博士が自分の研究を目的として建てた例の炉だ。此処だけは他の施設とは孤立していたためか、原位置にあったが、驚いたことにはロボットはただの三体しか居ない。そして、その三体は妙な具合にねじれてつながり、作業をするでもなく、しないでもないといった運動を続けている。

「近寄ろう」博士は黙って車をカーヴさせる。機械にうらぎられた人間特有の、いまいましげな貌だった。

ぼく達の車を認めたロボットは、炉のまわりをぐるぐる廻るのを中止して、数珠つなぎのまま、車に近寄って来た。博士は習慣的に作業続行の指令を出す。ロボットは完全に無反応のまま寄って来る。

「どすん」

妙な響がした。車を後退させて、ロボットを再び視野の中に入れる。それは大きな金属塊を持って、車を叩こうとしているのだった。人間離れのした彼らが連結した恰好はぼくに古代神話の半人半馬の姿を連想させた。

また、音がした。熱にこそ強くても、この耐熱車はこうした打撃には意外にもろいのだ。

「逃げよう」

ぼくがどなるより先に、博士はその炉を離れるべく、車のスイッチを入れていた。

「待ってくれ、そっちじゃない」

博士は基地の方へ車を向けていたのである。（どうして今まで気がつかなかったんだろう。わかった、そうだったのか）

頭に閃めくものがあったのだ。

「基地へ戻るんじゃないのか」

「もっと奥へ進んでくれ」

「どうして？　昼地帯の真中で焼け死んでしまうぞ」

「大丈夫だ。此処から東方へ二十分ほど走ったら、日蔭があると思う。昔、地球から沢山の無人ロケットが打ち出されたが、そのひとつがそこにあるはずです。このあいだ調べておいたんだ」

車は眼のくらむような明かるい平原を突っ走る。気狂いロボットは少し追って来ただけで、間もなくわれわれとの距離は遙かなものになってしまった。ということは、車は黄昏地帯から恐ろしく遠くまで来たということだ。事実後方の保護板から望むと、薄暗い帯が地平近くに後退し、研究所さえ小さくなっていた。

車は走り続ける。保護板ごしでさえ、これほど鮮烈な印象を与える昼地帯。ぼくにもいつか博士の恐怖が移っていた。調べておいた無人ロケットは全長三十メートル、水星の地表に不時着して一時間程は通信を送っていたとあった。が、もし太陽に対して全く垂直に立っていたとすればどうなるだろう。すくいの影は得られずに、われわれは耐熱車の中で焼け死んでしまう。

ぼくがセットしておいたタイムスイッチがカチンと鳴った。あと十分で許容時間の限界に来る。ぼくは博士には何も言わなかった。

「あれだな」

博士の低い声に、ぼくははっと顔をあげる。銀色の光を放って、巨大なロケットが真正面の位置、倒立の姿勢で斜めに刺さっていた。

ねばる岩を跳ねとばしながら、ぼくたちの車は、いっきにロケットが落す影の下に入った。暑さはすぐには引かないが、それでも今迄の燃えるような感じは忽ち消えて行った。

「うまく行った」

博士は吐息を洩らして汗を拭く。ぼくもがっくりと肩を落した。影の地帯を囲む灼熱の大地は、再びわれわれが出て来るのを待ちかまえるようだった。博士も同じことを考えたのだろう、突然昂奮して叫んだ。

「だが一体、何のためにこんなに遠くへ来たんだ。何か理由があるんだろうな」

「あるとも」

さっき閃めいたことは、実に簡単なことだったのだ。

「ともかく、今までにロボットがおかしくなった順序を考えてみると、昼地帯へ最も深く出ている奴のほうが変質の度合は大きい。ぼくはこの理由を、昼地帯の奥にあると考えた」

「それで?」

「第二に、もっともかんじんなことは、ロボットは作業を止したのではなく、作業を続けるために変になったんではないだろうか。ぼくはこの二つを出発前に考えていた」

「それも判らぬことはない」

「つまりロボットには何か『敵』が出来たんだよ。『敵』は作業を妨害するんだ。ロボット達の記憶空白部分には闘争の知識が加わらざるを得なかった。そしてついには、作業以外のすべて、われわれさえもが『敵』になったんだ。われわれの指示はもう彼らにとっては単なる妨害に過ぎなくなったんだ」

「ちょっと待ってくれ。その『敵』とは一体何だね」

「それを調べに此処まで来たんだ。とにかくなくなったロボットは逃げたんじゃない、さらわれたんだと思うね」

博士は絶句した。ぼくも口をとざして、保護板から外の風景をみつめた。

こんなに昼地帯の奥深くやって来た人間はたぶん一人も居ないだろう。ぼくはこの白い炎熱の大地と、黒い空をしっかり見ておこうと考えた。あちこちに融けた鉛や錫の池がまぶしく輝いている。それぞれ少しずつ色が違う。違うと言えばはるか彼方に、乱反射する奇妙な物がある。あれは……。

博士はもう気がついていたらしい。望遠鏡をとり出してしきりに見ている。ぼくの声に博士は無言で望遠鏡を手渡した。

その物体はまるで光そのもののようにちかちかするため、はじめのうちはなかなか焦点を合わすことが出来なかった。何だかきのこのような透き通ったものの群らしい。さらによく見ると、そのきのこからこぼれた光がしきりに走りまわっている。いや、光とはいささか違っていた。

「あの動きは、化学変化の動きじゃない」

と博士が静かに言った。今度はぼくが絶句する番だった。すると、あれこそが『敵』だったのか。しかし——この四〇〇度ちかい昼地帯に、まさか、生物がいるとは、まさか……。

「何だ、あれは、いったい何だ」

博士の声はふやけていた。その声をきくうちに、ぼくは突然、いつもの仮説癖が、頭をもたげるのを感じた。イデ連中に毎度注意され警告されながら、どうしても捨てることが出来ないのだ。だが、こんどこそ——

「水星内惑星から来た生物だ」と、ぼくはいった。

「水星内惑星？　ヴァルカンかね、ヴァルカンの存在はとうに否認されているよ。いまごろそんな」

「ところが、そのほかに説明のしようがない。おそらく、非常にちいさいために、観測されなかったのだろう」

「そればかりは、アイデアマンのアイデアでも、あんまり飛躍し過ぎだよ」

ぼくは、ここで議論することのばかばかしさに気がついた。

「それじゃ、実際にあそこまで行って、たしかめよう。もう車はかなり冷えたんじゃないか？」

「そうだな、あと一時間半は直射光にさらされても大丈夫と思うが、しかし、それ位じゃあそこへ行って、基地へ戻るのがせいいっぱいだ。それも全速力でだよ」

「結構、撮影すればこと足りる。行こう」

もう何が起こっても切り抜ける自信ができていた。事態はあまり良いとは言えなかったが、今度ばかりはまちがいない。

車は猛烈に跳ね返りながら、異形の物体のほうへ走り始めた。博士は緊張した面持でハンドルを握り、最高速力を出した。ぼくは撮影機を片手に、近づく『敵』を凝視した。やがて光の底の異形の物体がはっきりと見えて来た。ほとんど透明に近いきのこ状の物だ。傘の上部は恐ろしく光っている。まるで火そのもののようだった。それも二つや三つではない。十四、五も林立していた。

しかし不気味なのはそれではなかった。車がきのこに近くなると、その周囲に散っていた小さなものが、動き出したのだ。犬くらいの大きさだが、くらげのように半透明で、身体の下部の無数の繊毛で走るのである。まるで羽根をひろげたぞうり虫だ。それが集まって波のようにひしめきながら車に迫って来たのだ。きのこからも無数のぞうり虫が滑り出て、車に向かって来る。背中に当るところに、太くなったり細くなったりするしまがあって、それが、息づくように動いている。おそらく、それが、一種の電気的なストレインの役目をして、幾百度にたっする熱を自由に吸収・反射して、一部をエネルギーにかえて、体内に吸収するのだろう。そして、頭部から、黒い液体を噴き出しては、走るのだ。その液体はどうやらわれわれを攻撃するものらしい。直射光になかば透き通ったぞうり虫が押し合いへし合いして車に迫るのを見たぼくたちは、押さえようのない恐怖に襲われた。

「戻ろう！　早く」撮影機を回しながら、ぼくは夢中でどなった。博士はひとつ頷くと、今度は黄昏地帯の方向指して、車のスピードをあげた。ぞうり虫は相当の速さで迫って来る。速く、もっと速く。車は悲鳴をあげながら、前のめりにつっぱしった。

その時、ぼくは見たのだ。山のように集まっているぞうり虫が、車を追おうとして散ったあとに、作業ロボットが転がっているのを。

「まだついて来るか？」

は影響はない。

博士が叫ぶ。ぞうり虫の射ち出した液体はもうかなり車に当っている筈だが、今のところは影響はない。

うねる地表のようなぞうり虫の大群は、すでに車との間隔を開けていた。とは言え、ゆっくり走れば追いつかれる。それに、われわれは最大速度で走らないと、黄昏地帯へ入るまでに温度調節の利かなくなった耐熱車内部で焼け死んでしまわなければならない。速度をゆるめることは到底考えられなかった。

ついにぞうり虫が視界から消えると、研究所が近くなって来た。黄昏地帯へはもうすぐだ。ロボットの並ぶ横を、車は凄い勢いで駈け抜ける。車内は次第に暑くなってきた。汗が出尽すと、次には眼がちらちらする。突然車内の温度が急激に昇りはじめた。やった。調節装置が壊れたのだ。四十二度、四十三度と水銀柱はぐんぐん上ってゆく。博士が計器盤に突っ伏した。

「博士！」

ぼくは博士の身体を運転台から引きずり出して、自分でハンドルを握った。最後にちらと、五〇度をこす目盛りを見たっきり、二度ともう寒暖計を見なかった。見たところでぼくはそれを読み取る力が無かったろう。

光の渦がふあっと視野に入って消える。基地なんて、どうでもいい。とにかく暗いところへ行かなくてはならない。ぼくには今では何も見えなかった。死なないぞ、死んでたまるか。気力だけでハンドルを握り、足を固定させる。頭が痛い。感覚がなくなり、吐き気がしてきた。もうそこだ、そこまで行けばいいんだ。ぼくは最後まで頑張ったと思う。

ついに暗黒がやって来た。何も判らなくなった。意識はみるみる薄れ、ぼくは倒れた。

気がつくと、ひどく寒かった。周囲は真暗だ。死んだかな。そう思って手を伸ばすと、ハンドルに触れた。まだ生きているらしい。暫くの間ぼくは闇の中で寒さに震えていた。一体どうしたんだろうと考えているうちに、今までの記憶が還って来た。そうすると博士も……。ぼくは制服の腰に吊ってあるポケット・ライトを取り出して、ボタンを押した。クスダ博士は足許に倒れている。

「博士！　博士！」

博士はゆっくりと眼を開き、何度もまばたきをしてから、かすれた声で言った。

「助かったのか。こんどは、猛烈に冷える」

「多分、夜地帯へ突っ込んだのに違いないな。これほど冷えるはずはないから」

「それはいかん。この車には冷房はあっても暖房はないんだ。すぐに引き返さないと、今度はこごえ死んでしまうぞ」

博士は運転台に入り込み、ぼくは歯をがちがち鳴らしながら、元の席に納まった。車はゆるゆると動きだす。

基地へ帰り着くと、ぼく達はへたへたと坐り込んだ。研究員たちが走り寄ってきて、部屋へ連れ込んでくれるのを、ぼくは茫と感じていた。ハリノ嬢がよくとおる声でいった言葉だけを憶えている。

「もう駄目かと思ったわ。出て行ったきり、五時間も帰って来ないんだから」

その夜、まだ体力の回復しない身体ながら、ぼくは基地の全員に、話をしたいと博士に申し出た。博士もむりにベッドから起きだして、車庫で耐熱車を見ていた。

耐熱車はもう使い物にならなかった。温度調節装置は完全にやられ、無限軌道はがたがただったし、水冷軸も無茶苦茶になっていたのだ。それに、ぞうり虫が射った液体が当ったと思われるところには、鉛の塊がくっついている。車体一面に、まるで船体についた貝殻のような感じだ。

「鉛なんかくっつけて、どうするつもりだったんだろうな」

急冷によって細かくひびの入った外被を撫でながら、博士は首を傾けた。そして、ふとぼくを見ると、

「きみの意見というのは、例のヴァルカン人飛来説かね？」

ぼくは、博士の声にこもる不信の念をききとって、もうなにもいわず、車庫を出た。

全員がすでにあつまっていた。

「ぼくは今度の事故が、クスダ博士の責任でもなく、第四基地のせいでもないことを説明したいと思います」

そう前置きしてから、前に博士に説明した事柄を述べた。案の定、ハンファンが、水星内

惑星の非現実性を攻撃した。

ぼくは答えた。「まず第一に、あのぞうり虫が水星人だとしたらこの種の事故はずっと早く起こっているはずだ。彼らは地球人が来る前、何千年も前から住んでいたのだから。ところが、この種の事件はこれが最初だ。とすれば、ぞうり虫はわれわれより後からやって来たことになる。ぼくの仮説はこうだ。あのきのこは光圧推進ロケットと想定しよう。ぞうり虫は、ロケットに乗ってきた生物だ。あれだけの熱を処理して生きられるからには、この水星より、さらにあついところ――つまり、水星内惑星の生物だと考えるしか、考えようがない。かれらは、ヴァルカンが太陽に近づきすぎて、崩壊する時期が近づいたため、水星にやって来た。そして作業用ロボットを見て、この水星にすむ原住民だと信じたんだ。彼らはロボットを見本としてとらえ分析しようとした。ところが作業から無理に引き離されたロボットは障害を起こして作動しなくなる。そのため彼らは何回もロボットさらいを繰り返し、そのため残ったロボットが作業続行の本能を歪められて変質したんだ」

「しかし、そんな惑星なら、温度は一千度ぐらいになるじゃないか。そんな生物はとうてい考えられない」と、これはクスダ博士。

「いや、そうとも言えない。われわれ人間が植物から間接に太陽エネルギーを食べているのを考えてみたまえ。もっと能率のいい生命体なら、直接太陽エネルギーを喰って生きてゆくということも、考えられないことではない。地球型生命が、これほどの熱に耐えられないということはもちろんだが、かれらは、非地球型だ。おそらく、身体を構成する主成分はアルミナと珪酸で、つねに一種のメタボリズムを行い、その各々の結晶組織を変える。こうすれば、八百度や一千度くらいは何でもない。すくなくとも耐火度にしてSK三十二、三番までは大丈夫だといえる。そんな型の生命がどんな性質をもつかは判らないが、まったく構造の異った高度な生命形態というものの不可能性が証明されず、現実に意志をもったあのぞうり虫を見ている以上、その仮説を否定することはできないよ。かれらが、自衛本能——ないしは攻撃本能をもっていることは、ぼくらにたいして、融けた鉛——かれらにとっては致命的な『低温弾』を射ってきたことをみても、わかるじゃないか」

「しかしもしそうだとしたら——」

と、クスダ博士が、声をわななかせて、いった。

「かれらは、水星を占拠するために、われわれを攻撃してくる可能性があるんだ」

「そのとおりだが、ぼくの考えでは、そこまで心配する必要は、ないと思う」

ぼくは、落着いて、いった。

「彼らが高温の生物であるために、昼地帯では可能だが、それ以上低温の地域には、ぜったいにやって来られないんだ。ロボットは、連鎖反応で、作業をみだされるだろうが、おそらく、それ以上のことは、おきないだろう。ロボットの作業を、一時中止して、地球と通信可能時期がくるまで待っていればいいんじゃないかな」

ぼくは、声もなくぼくの顔を見あげている水星基地の人々を見わたしながらアイデアマンとしての、最初の優越感にひたっていた。

（今度こそ）と、ぼくは思った。今度こそ、ミタムラ・イデから、賞讃の言葉を、しぼりとることができるだろう。ることができるだろう。ぼくは、交信可能時期のくるのが、ただただ待たれてならなかった。

ぼくの予想は、一部はあたった。ぞうり虫は、昼地帯と黄昏地帯との境に二、三〇キロの地点から、ぜったいに入って来ようとせず、研究所が、彼らの攻撃にさらされることは、なかった。

だが、ようやく待ちに待った交信時期が来て、ミタムラ・イデからおほめの言葉を期待していたぼくは、逆に、徹底的にたたかれてしまったのだった。

ぼくの報告をきくと、ミタムラ・イデは、たちまち火を吹いて怒りはじめた。「おい、きみは素人じゃないんだぜ。サグCにすぎないことはご本人がよくご承知だろうが、それでも地球連邦のアイデアマンであることには、まちがいない。そんな事態を、ぐずぐずと見まもっているより、なぜ、強力な手を打たないんだ。昼地帯のロボットやぞうり虫は、どうにもできないかもしれないが、それ以外の変質ロボットは、きみたちだけの力でも、解体できたはずだ。そして、交信可能となったら、なにをおいても、地球連邦に強力な援助をたのむ。それが、アイデアマンの義務じゃないか。それなのにきみは、仮定の上に仮定をのっけて、事たれりという態度だ。だいいち、直観にもとづくアイデアは当ったところで偶然じゃないか」

かれは威厳に満ちた沈黙をおいた。ぼくは、口がきけずに、宇宙の静寂に耳をかたむけていた。ミタムラ・イデは再び喋りだした。

「ともかく、この問題は、今後ぼくが処理しよう。第四基地の傍に戦闘基地を置く。その庇護のもとで、基地の研究は続ける。そしてまず変質ロボット抹殺のために、第一次戦闘要員が派遣される。入れ代りにきみは帰還だ」

ぼくは啞然とし、ついで激昂し、最後に失意に落ち込んだ。が、それにしても地球連邦の考え方は、ぼくには判らなかった。結局ぼくのやり方は試行錯誤だと言うのか。ぼくは肩を落として、通信室から出て行った。こうなれば、どうでもなれである。

それから半月後、戦闘要員を積んだ特別ロケットが到着した。

かれらは、作業ロボットにかわって――というよりも、変質した作業ロボットを抹殺してのち、ヴァルカン人に徹底的かつ無慈悲な攻撃をくわえるべく、水星基地におくられてきたのである。

しかし、ぼくは、ぎょっとした。かれらは、アンドロイドだったのだ。

ぼくはロケットの到着をみたその足で基地本部へ出かけた。司令官に会うためだった。本来ならば地球に連絡してミタムラ・イデの指示を仰ぐべきなのだが、そんな余裕はないと思ったのだ。

ぼくはすぐに面会をゆるされた。サグCでも、アイデアマンにはこういう特権がある。

「アンドロイドを昼地帯にやるのは危険です。非常事態の特別指揮権を発動して、アンドロイドの戦闘行為を中止させてください」

司令官はひどくおどろいて、ぼくを見据えた。「なぜかね」

「アンドロイドは、多目的に作られていますが、それは飽くまでも人間的な能力をメカニカルに拡大したもので、地球外環境で異種の高度な生命体に遭遇した場合には、比較的かんたんに、その目的意識を抛棄する傾向があります。つまり、作業ロボットの持っている作業本能ほどの強さをもっていないのです。作業ロボットは変質しても作業をつづけた——というよりも、作業をつづけるために変質していったのですが、アンドロイドにはそういう性質がありません。ヴァルカン人に遭遇してかれらが手ごわいとわかれば、すぐに引き返してしまうでしょう」

「なるほど。だが危険ではないでしょう」

「ぶじに引きあげてくれればです。もし、作業ロボットのときと同様にかれらの捕虜となって分析解剖されたときは——」

「われわれにむかってくる？」

「その可能性は充分にあります。ヴァルカン人は黄昏地帯から夜地帯への攻撃を、捕虜のアンドロイドをつかってやる惧れがある。だから危険だというのです」

司令官は、じっとテーブルの上を見つめてから、ふっと顔をあげた。

「それはきみの個人的な忠告ですか、それともアイデアマンとしての指示ですか」

「両方です」

「きみのアイデアマンとしての特権が、一時的に停止されていることを知っていますか。きみに、とっぴな行動をこれ以上させないようにという、連邦企画局からの非常指示が、はいっているんだ」

ぼくは口を閉じた。ぼくは、ぼくの考えの正しさに、今度ほど自信のあったことはなかったが、同時に、それがとんでもない間違いであることを、今度ほど望んだこともなかった。

ミタムラ・イデは、ぼくの水星基地における行動を、ぼくの予想以上に、警戒していたらしい。ぼくは、思ったよりはやく、アンドロイドを運んできた特別機に席を与えられて地球送還となった。出発の日、宇宙空港の大テレビは、アンドロイドが昼地帯に進出し、いまだに空しい作業をつづけている変質ロボット群を、一個また一個と、熱線銃でたおしてゆく光景を、中継していた。

ロケットが空港をとびたったときも、中継はまだつづいていた。この壮観な見世物を、地球のどこかの大企業が、スポンサーになって買い、全太陽系ネットで流していたのだ。

ぼくはそれを、見まい見まいと思いながらも、目はいつかスクリーンに吸い寄せられ、いつか、時を忘れ場所を忘れて、喰い入るように見つめていたのだった。ぼくは、十七世紀ごろの占師が、確実な他人の死を、運命を読みとるときもこんな、妙に白々しい諦観を味わったのだろうかと思っていた。アイデアマンは、つねづね電子計算機を水晶球にして、ある企画の未来を、読みとる仕事をやりつけているのだが、このときはそんな、ゲームめいた快感は薬にしたくもなかった。

ぼくの予想は、不幸にして、しかも当然、再び的中した。三日十時間のちに地球のレッドサンズ大宇宙港についたとき、ぼくはそれを、またまた空港テレビで知ったのだ。

立体テレビは狂ったような早口で喋っていた。

「ヴァルカン人に対するアンドロイドの攻撃は完全に失敗におわりました。ヴァルカン人は、アンドロイドのはなつ冷却弾をものともせずアンドロイドの戦列に肉薄し、その数体をたおしましたが、状況を判断したアンドロイドがただちに合理的退却を開始したため、多数がヴァルカン人の捕虜となりました。しかもおそるべきことは、攻撃開始から二日後の今日、捕虜のアンドロイドが、ヴァルカン側の攻撃隊として黄昏地帯に攻撃してきたのです。現在、水星基地は孤立し、唯一の打開策として、早期に水星基地を抛棄する許可をもとめてきています。ただいま入ったニュースでは、連邦企画局は、非常事態緊急対策会議をひらくことを、政府からもとめられました」

そうだ。ぼくのポケットの中にある、高周波ブザーが、さっきから音のない音を、しきりとならしているのは、その会議にサグとして出席せよという要請なのだ。

ぼくは、だが、すぐには立ちあがれなかった。サグとしての生活、サグとしての無力さこそを、ぼくは今度の体験を通じて、いやというほど知ったのではなかったか。

だがそのとき、ぼくはふと、空港ロビーに立ちすくむ男女の眼が、ひたとぼくに注がれているのを知った。うすよごれているが、それとはっきりわかるアイデアマンの服装が、この緊急事態に、かれらの目を捕えたにちがいなかった。かれらの目には、いままでぼくを無視していたことも、なにもかもわすれた信頼が、恐怖にも似た信頼が、たゆとうていた。

ぼくは空港の駐車場に、今とまったパトロール・ヘリカーのほうへ歩きはじめていた。いつか、いそぎ足になり、気がついたときは、走りだしていた。

今、ヴァルカン人たちが勝ちほこっているだろう水星へ、これから行くように申請するのだ。今度は絶対に拒否されはしないだろう。あの冷静で知的なイデたちは、今こそぼくを求めているのだ。下級アイデアマンとしての、栄光も苦しみも、みんなもとのまま抱えこんで、生きてゆくのだと、思いながら、いつか頰には、微笑さえ浮いていた。

ぼくが変質をとげてまでも、作業をつづけようとするあの作業ロボット、ぶきっちょで頑固な作業ロボットに、どこか似ていることにそのとき初めて気がついたからだった。

悪夢と移民

1

時計の夜光文字は、まだ交代までに二時間もあることを示していたが、もう眠れそうもなかった。ぼくはベッドの上にすわったまま、ぼんやり闇の中で目を見開いていた。

こういうのを、悪夢と呼ぶのかもしれないな——と、ぼくは思う。近ごろ、どういうわけかちょいちょい見る、あの系列の夢なのであった。

どこだかわからないが、古ぼけた建物にいて、ぼくは下着姿で何かやっているのだ。本を読んでいるのかものを書いているのか、はっきりしないけれども、とにかくぼくはそこにいなければならないのである。へんに薄暗くって、自分の周囲しか見えない上に、ぞろぞろと虫が、それも長さ十五センチぐらいのいろんな虫が、這《は》い寄って来るのだった。ぼくは今の旅に出発する前、何度も博物館へ行って、いろんな昆虫を見たが、それらをごちゃごちゃにした妙な形の虫どもなのだ。ただひとつだけはっきりしているのがある。それはサソリなのだが、いつでも桃色と白色が二匹で組んで出て来るのである。夢の中のぼくは、その一方だけを殺せば、残りのほうのサソリが跳躍してぼくにとびかかって来るのを知っていた。だから同時に二匹ともやっつけなければならないというのに……ぼくのそばには何の道具もない。それらの虫、ことにサソリが近寄って来るのに、どうにも抵抗できないのだった。何か、そう、レーザーガンとはいわない、金属棒でもあればとぼくは思うが、何もないのである。おまけに下着のままで、刺されればそれまでなのだ。ぼくはいつも悲鳴をあげて、目をさますのだった。

道具がなければ……。

道具がなければ、ぼくたちは本当にそんなに無力なのだろうか？

ふっ、と、ぼくは溜息《ためいき》をついて、ライトをともす。白色光がばあっと部屋に充満して、目がちかちかした。

服を着る。

睡眠不足になるおそれはあったが、暗い中で夢の残影をもてあそんでいるよりは、よほどましだ。

当直室へ行って、それから船内を散歩でもするか。

ぼくは部屋を出、無重量パイプを抜けて第八ブロックの当直室にはいった。

ぼくの足音が、カタンと床板を鳴らし、クラタがぎくりとしたように振り向く。

「ああ……ヤスモトか。何だよ今ごろ」

クラタは肩を落として呟《つぶや》いた。

「ちょっと眠れないんでね。どうしたんだ？　いやに神経過敏になっているじゃないか」

ぼくはいう。

クラタは、瞬間、みじめったらしい表情を見せてから、苦笑まじりに答えた。

「いや、ね。また移民の連中が騒いでいるらしいんだよ」

「またか？　今度は何といっているんだ？」

「うん。この間、三八九星系の近傍を通過しただろう？　ほら、二回目のオーバードライブにはいる前にさ。あそこの第四惑星が、人間の居住可能だと、誰かが聞きつけたんだな。どうしてわれわれを降ろしてくれなかったんだと、抗議デモをはじめたんだ」

「しかし……三八九星系の第四惑星っていうと、たしか、すでに植民済みじゃなかったのか？」

「そんなことをいっても、奴らに通じるわけないだろう？　奴らには、先着グループとあとから来た連中との間に厄介な問題が持ちあがりやすいってこと、いくら説明したってわからないんだ。それに持ち込む資材の質の差が、悶着《もんちゃく》の種になるってこともね。あいつらはただの豚だよ。文句は多いが、自分じゃ何ひとつやれはしないんだ」

クラタはそこまでいうと、少し気分がおさまったのか、肩をすくめた。「でもまあ、あいつらは人数だけは多いし……それにここは中央統御室のように完全な防備ができているわけじゃないから、襲われでもしたら、たちまち占領されちまう」

ぼくは笑った。

「まさか。いくらあの連中だって、船の設備をこわし、乗員にけがでもさせれば、自分たちが困るくらい、わかっているだろうよ」

「そうかなあ」

「そうさ」

断言したが、しかし、ぼくにも自信があったわけではない。お客——移民たちはどこまで馬鹿なんだろう、奴らはいったい何を考えているんだろうという気持ちは、日ごとに強くなるばかりだったのだ。

「そういえば、そろそろブロック内巡視の時間じゃないのか?」

ぼくはふと気がついていった。

「そうだったな」

クラタは、あいまいな返事をした。と、いうことは、彼がその仕事をあまりよろこんでいず、どちらかといえば、恐怖感を抱いているのを意味する。

「代わってやろうか。ちょうど手も空いていることだし」

ぼくがいうと、クラタの顔は急にあかるくなった。

「やってくれるか?」

「いいよ。——そこのレーザーガンをとってくれ」

「済まないね」

クラタが手渡すレーザーガンを、制服のホールダーにさし込んで、ぼくは当直室をあとにした。

人工重力のある細い廊下を通り、電気錠のかかった分厚い扉をあけると、もうそこは移民たちの居室群だ。こちらに向かう壁面が透明になったそれらの小さな居室には、移民たちが家族単位で、あるいはひとりではいっていて、あたらしい世界に到着するまでの時間をすごしている。それを見ると、ぼくは例によってうんざりした気分になるのだった。なぜならば、かれらの生活にはちゃんとした規範というものがまったくなく、思い思いのやりかたをしているからである。服装ひとつをとってみても、どうしようもない乱雑さで、ぼくたち専門家のような統一は、かけらもないのだ。

ぼくは居室群のあるあたりを過ぎ、ホールにはいった。ホールに至っては、さらに無秩序である。それぞれが勝手にペチャクチャお喋《しゃべ》りをしたり、ゲームと称する集団遊戯をやっていたり、はてはお互いの役割りを決めて物語を再現するらしい妙な儀式（ぼくは最近それが演劇と呼ばれていると知った）をはじめていたりする。おまけに、そうしたいくつものグループにまた見物人がたかって、大声をあげて笑ったり、拍手をしたりしているというていたらくなのだ。こんな無駄な真似をしている暇があったら、数学の公式ひとつ、技術用語のひとつでもおぼえるほうがよほどいいのに——と、ぼくはいつも考える。それればかりではない。中には、まったく何もしていない奴だっているのだ。どういうわけでそんなことが可能なのか、ぼくにはとうてい理解できないが、いるのだ。そしてかれらは、制服をつけて通りかかるぼくを認めて、うやうやしく頭をさげたり、ときには、何のつもりか肩をそびやかして、ぼくに挑むような表情を見せたりするのだった。

ぼくは、かれら移民に対し、いつものようになるべく反応をあらわさないようにしながら、巡視をつづけて行く。ぼくとクラタはこの第八ブロックの担当であり、このブロックにいる連中の面倒をみ、統制してゆかなければならないのだ。ぼくはかすかに軽蔑の目を保ちながら、ゆっくりと進んで行くだけなのである。かれら移民は要するに一般人であり、わがままな落伍《らくご》者なのだ。われわれ専門家によって、あたらしい世界へと運ばれてゆくだけの存在なのだ。

これは、ぼくの最初の旅であった。旅という表現が不明確なら、任務といい直してもよい。とにかく、移民たちを新惑星につれて行き、そこで植民のための基礎技術を教えてから帰るのである。この仕事の一員になる資格を得るために、ぼくはどれほど苦労したことだろう。訓練につぐ訓練、テストにつぐテスト……いや、それを言葉であらわしたって何の意味もない。それは、専門職につこうと志した者、実際にそのコースに足を踏み入れた者でなければ、決してわかりはしないのだ。それだけ努めて、なおかつ、ほとんどの人間が落伍するのである。専門家になるのは、それほどむつかしいのだ。

なぜ、そんなことをするのか、という人があるかもしれない。今のように、最低限の仕事だけをいい加減にやり、あとは好きなことをしていても生きて行ける時代に、なぜ、そんな専門家になりたがるのか、という人がいるかもしれない。

けれども、その人々の生活を維持しているのは誰だ？　人間ひとりあたりの地球資源が減少しつづけている中で、その食料や衣類や住居を確保し、生活レベルを下げないようにしているのは誰だ？　それこそ専門家なのではないか？　長い長い間勉強を重ね、高度の技術を身につけた専門家の、ほとんど死にもの狂いといってもいい努力があってはじめて、そうした一般人が、定められた範囲を守り行政当局の指示に従う程度の義務で、生きて行けるのではないか？

第一、この移民たちにしたってそうだ。専門家たちが懸命になって人々の生存を支えるのに甘え、ぬくぬくと暮らしながらその結果として人口が増大し、次から次へと新惑星への移民を募って運ばなければならなくなった今でさえ、すべてを専門家におんぶしているのである。他太陽系の地球タイプの惑星への植民はいい。が、そのために必要な亜空間跳躍による超光速航行技術も……宇宙船づくりも……その操縦も……さらには植民の実地指導も……みんな専門家たちの力でおこなわれているのではないか？

本当のところをいえば、ぼくたち専門家は、こうした一般人たちの上に君臨し、支配していてもいいはずなのだ。すくなくともぼくはそう信じる。現在のようにあいまいな、お互い助け合う関係だなどと卑下し、かれらをつけあがらせるかたちよりは、そのほうがずっと自然なのではないか？

だが……そんなことは、ここのこの連中には理解できやしないだろう。

「ヤスモト」

ふと気がつくと、移民のひとりが、ぼくのうしろから追って来ながら、声をかけていた。

ぼくは足をとめ、振り返る。

シズエだった。

それが彼女であるということは、はじめからぼくにはわかっていたのだ。シズエはぼくを呼ぶとき、決して他の人々のように〝乗組員〟とか〝担当員さん〟とはいわない。いつもちゃんとぼくの名を使うのである。それは、彼女の話によれば、彼女自身何年間か専門家になるためのコースを歩んだ経験がある、そのせいであろう。彼女がなぜ専門家になるのをやめてしまったか（あるいはやめさせられたのか）は、ぼくにはわかる由もないが、とにかく自分の担当しているブロックの移民の中に、彼女のような人物がいるのはありがたいことであった。いくらかでも専門家になるための教育を受けた人間となら、会話が成立するからである。

「また、しかめっつらしているのね」

と、シズエは微笑をうかべた。「ブロック内巡視はそんなに不愉快？　でもまあ、もう少しの辛抱よ。あと十日もたったら、わたしたちは新世界に着いて出てゆくから、そのあとはまた専門家だけになるじゃないの」

ぼくはうなずいた。

「そう。あと十日だ。でも、くわしいんだな」

「告示が出たのよ」

シズエは肩をすくめた。「さっき、みんなが騒いだでしょう？　それをしずめるために到着予定日が貼り出されたのよ」

「なるほど」

ぼくは、先ほどのクラタの言葉を思い出した。

「でも、みんなが騒ぐのも、無理がないかもしれないわね」

シズエはつづける。「何しろ、この船に乗ってから百八十日以上たつんでしょう？　いい加減待ちくたびれたわ」

「……」

立ち話をしているうちに、他の移民たちがぞろぞろと集まって来たので、ぼくは歩きはじめた。

「ところで、あなた、知っているんでしょう？」

肩を並べながら、シズエはたずねる。「わたしたちが住むことになっている星って、どんなところなの？」

「出発前に聞かなかったのか？」

「聞いたわ。通り一遍の説明をね。その惑星がハイサルンと呼ばれていること……昔の地球にとてもよく似ていること……植民用としてはAクラスであるということ……でも、それだけで何がわかる？」

ぼくは苦笑した。専門家のコースくずれの彼女には、一般人用の説明では不十分なのだ。

「簡単にいうと、ハイサルンはＧＯ型太陽をめぐる地球型の惑星なのさ」

ぼくは喋りだした。「そりゃぼくだって今度はじめて行くんだから、見たわけじゃないが……調査報告によれば、植物相は地球新生代の初期にあたり、従って大気組成も地球の工業化以前とあまり変わらないそうだよ」

「原住民がいるんですってね」

「原住民っていうべきか……とにかく、ある程度の知能を持った動物がいるらしいね。何でもウサギに似たやつで、調査団に対してかなり強い敵意を示し、戦闘的だったそうだが、なに、そんな連中、たいした文明を持っているのでもないようだから、すぐに制圧できるだろう」

ぼくはシズエを見た。「と、いうより、そういう連中を指導して、地球人なみの高さまで引きあげてやるようにするのが本当なんだろうな。それは、きみたちの仕事だよ」

「わたしたちの仕事？」

シズエは眉をひそめた。

「そうさ。そうに決まっている。そうじゃないのか？　きみ、何のつもりで移民するんだい？」

「……」

シズエは答えなかった。

ぼくは話題を変えることにした。

「ところで……今、何をやっているんだ？」

「今？」

「毎日さ。まさかぼんやり何もせずにいるわけじゃないだろう？」

「絵を描いているわ」

「絵？」

ぼくは顔をしかめた。「絵って、あの、塗料をつけた道具でもののかたちを描こうという、あれか？　写真というものがあるのに、無駄な話だと思うがね」

すると、シズエは突然けたたましい声で笑い出した。

「何がおかしい？」

「だって……」

シズエは足をとめ、はあはあ息をついた。

「そんな……それに、絵ってかたちを描くとは限らないわよ」

「わからんな」

「それから、ほかにもやっているわ」

シズエは侮蔑《ぶべつ》に似た目の色をして（そうとしか思えなかったのだ。そういうことはあり得ないのに、それがもしあるとしたら、専門家が一般人に対して示すべきものであるのに、そんな気がしたのだ）一語一語区切るようにしていった。「わたし、詩を読んだり書いたりしているの」

「詩？」

「知らないでしょう」

「知らないな。知ろうとも思わない」

「こんなのよ」

シズエは、声を抑えて、どこかリズミカルな文章を暗誦した。ぼくには単語がでたらめにつながった、無意味なものとしか思えなかった。馬鹿馬鹿しくなったので、ぼくはシズエをそのままにし、急ぎ足で次の居室群のほうへむかった。あんな真似をしているとすれば、彼女もやはり一般人——落伍者に過ぎなかったのだ、という思いが、しきりにぼくの胸に湧きあがって来た。

2

宇宙船は飛翔《ひしょう》しつづけた。星々のあいだを縫って、ときには亜空間を駈け抜けて……ハイサルンのある太陽系へと、突進をつづけた。しかしながらそれは、あくまでも宇宙船の航行なのであり、船内からはそのスピードを感覚的に把握する何ものもなかった。船の航行を示すのは計器とスクリーンだけであり、それは専門家たちが処理すべき対象として存在するだけなのである。

ぼくは与えられた任務――クラタと交代で移民たちを巡視し、当直をし、ときどき流れてくる指示に従って、第八ブロックを守りつづけた。たまには呼び出されて中央統御室に行き、そこで上級の専門家に口頭で報告をおこなったり、訓話を聞いたりした。ハイサルンが近づくにしたがって、ぼくたちが呼ばれる回数は増し、到着後のスケジュールに備えてのテストや訓練もおこなわれるようになった。まだ新米気分の抜けていないぼくらとことなり、上級専門家たちは不要な言葉はいっさい使わず、みごとなまで能率的に、てきぱきとぼくたちを導いてくれる。一種自虐的な快感の中で、ぼくはおのれが日ごとに高度の専門家になって行くのをおぼえるのだった。

だが、夢。

夢は、あいかわらずぼくにつきまとって離れなかった。内容は少しずつ違っているものの、基本パターンは常に同じである。自分が何の武器も道具も持たず、えたいの知れぬそれもきわめて原始的なものにおびやかされているのである。めざめればいつもやや苦《にが》い、どこか黄色でうつろな感じのする、あきらかな悪夢であった。そんな夢を、なぜぼくが見なければならないのかはわからないが、ぼくはそのことを他人に話す気にはなれなかった。話したところでしようがない、というよりも、そういう雑談をしている余裕が、しだいになくなって来たのである。一度だけ、例外があった。ぼくはその夢のことを、むろんぼくが見ているのではなく、仮定の話としてだが、シズエにちらりといってみたのである。そのときシズエの顔は、奇妙なものであった。じっとぼくをみつめたまま、一言も発しなかったのだ。

「もちろん、これは仮定の話だよ」

と、そのとき、ぼくはいった。

「もちろん、そうでしょうとも」

シズエはぼくの口ぶりを、そっくりそのまま真似て応じ、ついで、何度もひとりでうなずいた。それきり、もう何もいおうとはしなかったのだ。ぼくがいくら迫っても、答えようとはしなかったのである。答えるかわりに、わけのわからぬひとりごとを洩らしたのだった。

「心が訴えているのね。潜在的なおそれが口を開いているんだわ」

この前に一度聞いたことのある、あの詩とかいうものに似たその文句は、ぼくには理解不能だった。いや、理解しようと努力するほど意味のあるものとも思えなかった。とにかくそれをさかいに、ぼくは以後、夢のことを誰にも話すまいと決心し、実行した。

そのうちに、船はとうとうハイサルンの太陽系にはいった。

船内のいちばん大きなホールには、移民の小グループの代表者たちが、びっしりと集まっていた。かれらは船がハイサルンに着陸し、これから降り立つという今になっても、相変わらずだらしなく、がやがやと無駄話をやっていた。

移民のグループの代表者たちの前には、船内の、どうしても抜けられない一部の人々を除く全専門家が並んでいた。ぼくも、いうまでもなく、そのひとりだった。

「静かに！　静かに」

副長がどなったが、やはり代表者たちは横を向いてしゃべっている。

ぼくは、隣のクラタと目を見合わせた。

「豚だ」

と、クラタは呟き、ぼくは小さくうなずいた。

「ただ今から、もう一度、植民にあたっての基本的な段取りを説明する」

副長は声をはりあげ、それでもやはり静かにならないので、ぼくたちのほうに顔を向けて叫んだ。「電撃用意。スイッチ・オン！」

ぼくとクラタは、ほとんど同時に壁へ走って、床に電流のはいるスイッチを入れた。ちゃんと絶縁されたぼくたち専門家の靴には関係ないが、移民たちにはこれで電撃を与えることができる。

豚たちは、たちまち静まり返った。

「われわれが着陸したのは、この地点だ！」

地図を投影しながら、船長がどなった。「見るとおり、ここはこの惑星最大の大陸の、その東縁部である。気候は温和で、生活には好適のはずだ。諸君は全員ここで降り、とりあえずわれわれがロボットを使って組みあげる居住地にはいってもらうことになる。われわれ専門家はここに三十日間とどまり、ロボットの使用法や、持って来た資材の活用法を教えるから、心して学んでもらいたい。学習が終わったあと、船はここを立ち去るから、あとはこの地点にとどまるなり、分れて別の地へ行って居住地を作りあげるなり、すべて諸君の自由である」

船長は、目顔で地図を消し、かわりに居住地建設予定図を投影させた。「では今から、グループごとの入居棟を申し渡すから、しっかりと聞いてほしい」

船長は、ていねいに説明しはじめた。

だが。

グループの代表者たちは、ちっとも聞いていないのである。わかっているのかいないのか、ぼんやりした眸《ひとみ》を、あちこちに向けているだけなのだ。

ぼくは副長に、もう一度電撃を与えましょうかという身振りをしたが、副長は顔を左右に振っただけであった。

やはりあの連中は豚なのだ——と、ぼくは思うほかなかった。聞かなかったらいちばん困るのは、かれら自身なのである。それをいい加減にするなんて……低能以外の何者でもないのだ。

そうではないだろうか？

建設がはじまった。

建設といっても、船に積んで来たロボットたちに命令をくだし、運んで来た資材を組みあげさせるのである。そういう作業は、たやすいようでなかなか困難だ。ロボットに命令を与えるさい、ちょっとでもヘマをすると、貴重な資材を無駄づかいされるばかりか、ロボットどうしが作業を妨害しあって、何もかも滅茶苦茶になってしまうのだ。だからこれは上級専門家の仕事であり、ぼくやクラタなどのなりたての専門家は、船内にとどまって、資材の出入計算や、ロボットの部品の補充・修理などという雑用をしなければならなかった。それがまた滅法忙《めっぽう》しく、ぼくたちはせっかく新しい世界に来ながら、一週間たっても十日たっても、船の外へ出ることを許されなかった。といって、ぼくたちが不満を抱いたと考えてはもらいたくない。専門家というものは、いったん仕事を与えられれば、ひたすらそれに没頭し、できる限りいい成績をあげなければならないのだ。かりにぼくがこのままハイサルンの風景を見られなかったとしても、文句をいえる筋合いではないし、また、そんなことを考えもしなかっただろう。

ぼくたちがそうして船内で仕事をやっている間にも、移民たちは一群、また一群と外へ出て行った。住居ができあがるとその都度《つど》入居させるからである。広い船内は日ごとにがらんどうになって行き、とうとうおしまいには、ひとりも移民はいなくなってしまった。

「さて、そろそろきみたちも、ハイサルンの上に立ってみたいだろう」

十四日めの朝、ぼくたちの作業室にはいって来た副長がいい、外へ出るように命令したとき、うれしくなかったといえば、これは嘘《うそ》になる。ぼくたちは仕事にきりをつけてから、クラタや他の若い専門家たちと一緒に外へ出て行った。

船を出、周囲を見渡した瞬間、ぼくたちは息を呑《の》んでいた。

正面の、いくつかの丘は切り開かれて、金属製の巨大なドームが、何十と並んで陽をはね返している。そのあたりを行き来している小さな機械はロボットたちで、さらに小さな人間たちが、走ったり、むらがったりしていた。これが、この二週間の建設工事の成果なのだが。

その他の、はるかに右から左へとひろがる風景は、まったく想像もしたことがないものであった。高く低く盛りあがる地表をおおっているのは……樹なのである。樹が密集している……そう、実際にはまだ一度も眺めたことのない森なのであった。その森に一面に風が渡ってゆき、どうどうというような音がしているのだった。

そればかりではない。

高層ビルがひしめき、モノレールやカプセルシュートなどのパイプが空間を走るという地球を見馴《みな》れた目にとっておそろしく平坦な地表の上には、ただ、空がひろがっているだけなのである。広い広い空には、その濃紺の空には、雲のかたまりが数個、ゆっくりと流れていた。

ぼくは、口をきくこともできなかった。少しおそろしくなってもいた。

これが新世界というものなのか？

新世界には、〝自然〟がふんだんにあるとぼくは聞かされていた。立体映画でいくつかの惑星の景色も眺めた。が、本当にそこに立ってみたとき、そう、ビルの中の空間や、宇宙船の区画の中での生活しか知らなかったぼくがその実物を見たとき、完全に圧倒されてしまったのだ。

これが、〝自然〟というものなのか？

「これで、なぜきみたちを、すぐに外に出さなかったか、わかってもらえたと思う」

茫然と居並んでいるぼくたちに、副長がいった。「もしもきみたちが、まだ手つかずの、ナマのままの自然と出会えば、気力を失ってしまうかもしれないからだ。だから、ああして人間の手が加わり、一歩自然に食い込んだところができるまで、待っていてもらったのだ」

「……」

いわれてみれば、そうであった。たしかにあそこに居住地ができていなければ、ぼくたちはこれからどうするのか、自信を喪失していたに違いない。

「だが、われわれはあのように、すでにこの世界に爪跡を残した」

副長は続ける。「あそこから、われわれはひろがってゆく。われわれ人間の文明は、この新世界を征服して行くのだ」

ようやく、ぼくの胸にも、力がよみがえって来た。

そうなのだ。

これは、征服すべき世界なのだ。人間のすぐれた文明の力で、支配するための新世界なのだ。

が……どういうわけか、副長はそこで言葉を切って、肩を落としたのである。

「とにかく、今いったことが、われわれ、つまり専門家の理念なんだが――」

「……」

　ぼくたちは、副長を見た。

「残念なことに、あそこの連中には、それが理解できないらしい」

　副長は、かなたの居住地をゆびさした。「かれら移民は、われわれの理念を無視して、勝手な真似をやっている。かれらはかれらのやりかたがあると称して、いいつけに従おうとしない」

「なぜですか？」

　クラタがたずねた。

「なぜかわからん」

　副長は鼻を鳴らした。「なぜだか……実をいうと、こんなことは今度がはじめてではない。私自身、すでに何度も経験しているんだが、そうなんだ。かれらは専門家の作りあげたプログラムを破棄し、自儘《じまま》に自堕落に生きようとするんだ」

「どうして強制しないんですか？　かれらのほうが、われわれより劣っているのははっきりしているのに……なぜ、力ずくでもこっちの作ったやりかたに従わせないんですか？」

　ぼくは、たまらなくなって叫んだ。

　副長は、溜息をついた。

「無意味だよ」

「無意味？」

「かれらをむりやり、われわれに従わせることはできるだろう。しかし、われわれはもうすぐここを離れなければならないんだよ。それに反して、かれらはこれからずっと、ここで生きてゆくんだよ。強制したって、われわれがいなくなったあとは同じことだ」

「……」

ぼくたちが、まだよくわからぬままに黙り込んだときである。

白く光るものが、横合の茂みから飛んで、副長の腕にささったのだ。

副長は膝をついた。

矢だ。

矢が、副長にあたったのである。

本能的に、ぼくはその茂みのほうへと走っていた。誰がやったのか知らないが、犯人を捕えなければ。

茂みから、ばあっと音がして、何かが飛び出した。

ウサギだった。

身長一メートルもある、後脚だけで立つウサギが……前肢に弓と矢を持って、目にもとまらぬスピードで、逃げ去って行ったのである。

「よせ！　とても追いつけん」

うずくまったまま、副長がいった。「あれは、ここの原住民だ。われわれに敵意を持っていて、隙さえあれば、攻撃して来やがるんだよ」

「何てことだ！」

クラタがどなった。

「そんな原住民、皆殺しにしてしまえばいいんだ！　レーザーガンで、あんな奴ら——」

ぼくもわめいた。

けれども、副長はかぶりを振った。

「それは、できない。原住民をどう扱うかは移民の権限だという定めを忘れたのかね？　ほうっておくんだ。どうせ、毒も何もない矢なんだ。われわれの医学では、すぐに治ってしまう」

「……」

「それよりも、きみたちを外へ出したのはほかでもない。今いった移民たちの実態を調べてほしいんだ。なぜ、われわれの指示どおりにやろうとしないのか……われわれは今までほとんど植民のたびに調べようとして、まだその理由をつかめないでいる。徒労かもしれないが、やってほしい。あの居住地へ行って、きみたちなりに探ってみてほしいんだ」

「……」

「私は船にはいって治療をする。きみたち、レーザーガンを持っているだろうが、原住民に気をつけて、行ってくれないか」

ぼくたちは、船からくだってかなたの丘の群に並ぶドームへと、歩きはじめた。

ぼくは、シズエに会うことにした。シズエなら……たとえ本性は一般人でも、ある程度専門家としての教育を受けたことのあるシズエなら……なぜ、副長のいったように、移民たちが、専門家のたてたスケジュールや生活のしかたを守らないのか、話してくれるだろうと考えたからである。

道は、のぼりにさしかかり、まもなくあたりが開けた。

居住地なのだ。

ひとつひとつのドームは、こうしてすぐそばまで来ると、さらに巨大だった。内部は何百という居室にわかれ、エア・コンディション装置や倉庫まで備えた、きわめて快適な建物なのである。

だが。

ぼくたちはそこまで来て、副長がいったことの具体的な意味を了解した。

ドームの中は、からなのである。

なるほど、ドームには、まだロボットたちが立働き、専門家たちが行き来している。しかし、そうして文明の利器を完備し、生活のための施設を作りあげているドームの内部には、移民はひとりもいないのだった。

かれらはどこへいったのだ？

ぼくたちは、かなりの間隔を置いてそそり立つドームのあいだを、あちこちとさまよい歩いた。さまよい歩くうちに、それはしだいに大きな円周となり、切り開かれた土地の外辺まで来た。

移民たちは、いた。

かれらを発見したそのとき、ぼくはおのれの目を疑った。

かれらは、森の中に、木を組みあげ、小屋を作って、住んでいるのだ。すばらしい生活を保障するドームを捨てて、原始的な掘立小屋の中で寝起きしているのだ。

「これじゃ、まるで原始人じゃないか！」

クラタがうなった。

ぼくたちは別れ、それぞれ適当な相手を求めることにした。

かなり歩きまわった末、ぼくはようやくシズエを見出した。シズエは森にだいぶはいったところに粗末な小屋を作って、見知らぬ男とたのしげに語りあっていた。そればかりか、ふたりとも、下着だけの、裸同然の姿だったのだ。

「お邪魔だろうが、話がある」

ぼくは目をそむけるようにしながら、声をかけた。男のほうはぼくをにらみつけたが、レーザーガンを抜き出してみせると、舌打ちして、小屋の外へ出た。

「何の用？」

シズエが、顔をしかめてたずねる。

「きみたちは、こんなことをするために、移民して来たのか？」

ぼくは単刀直入に切り出した。「われわれは、きみたちにこんな自堕落で野蛮なことをさせるために、全力を傾けて来たというのか？」

シズエの眉がきりりとあがった。

「自堕落で野蛮？」

「そうじゃないか、それ以外に、どんないいかたがある？」

シズエは返事をしなかった。

「せっかくわれわれが作りあげた高い水準の文明を捨ててどうする？」

ぼくはいった。「こんなことで、この新世界を征服できると思うのか？」

「やめて」

低く、シズエがさえぎった。

「何？」

「ここは、わたしたちの世界よ」

シズエはゆっくりといいはじめた。「いえ、わたしたちが、ここの世界の住人になるのよ。征服なんて、とんでもない！」

「きみは、何をいっているのかわかっているのか？」

「わかっているわ。わたしたちは、ここに自分たちのための、豊かな文明を生み出すつもりよ」

「豊かな？　みずから放棄しておきながら何をいうんだ！」

「あなたがた、いつになったらわかるのかしら」

シズエはほっと息をついた。「あなたがたの豊かさとは何？　自分たちの技術とさだめにがんじがらめにされた、それだけのものじゃないの。どの世界に行っても、自分たちだけの既成の技術、既成の考えかたを押し通そうとしているだけでしょう？　あなたがたはそれを強力な文明だと思っているかもしれないけれど、それは、あなたがたの型にはめられた都市であり、生活じゃない？　ここにそのミニチュアを作ろうというの？　それが何になるのかしら。あなたがたのその力なんて、そら、その手にあるレーザーガンみたいな道具がなければ、どうしようもないんじゃないの？　あなたのいった夢のように、あなたがたはハダカでは、何もできないのよ。わたしたちがここではじめようとしているのは、ハダカこそがいちばん強い、そんな世界なのよ」

「だからそんな格好をしているというのか？」

「何もわかっていないのね。これは、わたしたちがゼロから、ここでの生活をはじめるためのスタイルよ。これからあたらしく作り出して行くのよ。地球の概念をはなれてね」

「それが生活か？　そんなもの――」

「いってもどうしようもないでしょうけど」

シズエはまた溜息をついた。「絵画もない詩もない演劇もない、そんなあなたがたに、わたしのいう豊かさなんて、わかりはしないわ。わたしたちは心の豊かさを大切にしながら、ここの恵まれた土地で、そう、種をまいてとりいれをし、魚をとって食べるというところからはじめるだけ」

「それで、無事に生きて行けるというのかね？」

ぼくは立ちあがった。「ここには人間を攻撃する原住民がいるというのに」

「そうかしら。そうじゃないわ」

シズエは、口笛で妙なメロディをかなでた。すると、森の中からあのウサギに似た原住民が現われたのだ。ウサギたちはぼくを見ると歯を剝《む》き出したが、シズエが何かをささやくと、おとなしくなった。

「わかった？」

シズエがうなずいてみせた。「あの人たちは、あなたがただけを攻撃するのよ。わたしたちとは友だちなの」

「あの人たち？　ウサギを――」

「結局、通じ合わないのね」

シズエは笑った。まぎれもない嘲笑であった。「専門家、地球での専門家は、ここでは用はないのよ。帰って！」

いわれなくても、それ以上とどまる気はなかった。

3

帰途の船内で、ぼくたちは討議をかわしたが、何もつかむことはできなかった。移民たちは理解を絶していた。理解を絶した——要するに白痴なのだ。船長も副長も上級専門家も、そしてクラタもぼくも、それ以外には考えられなかった。

「だが、われわれは今の仕事をつづけなければならない」

船長がいった。「われわれは専門家なのだ。専門家とは、たとえわれわれの思惑どおりことが運ばなくても、義務をはたす。そのために、苛酷な訓練をくぐり抜けて来たのだ」

そしてぼくは、帰途も夢を見つづけた。

あの悪夢を。

正接曲線

1

着陸はしてみたものの、風雨が強くて一歩も外へは出られなかった。

「たいした歓迎ぶりだよ」

コバがいまいましげに言った。「地球を出るときには、いちばん幸福な調査船などとおだてられて、到着してみればこの始末だ。第一次探査隊はほんとにここを調べたのかね」

小さなスチール張りのロビーには煙草の煙がもうもうと立ちこめ、何人かはウイスキーをあおっているという状態だった。

無理もない、とクリフ船長は考えた。数多くの調査船の中では、最も調査が楽で、のんびりできるということから、彼らの滞在期間は一年に縮められたのだ。ひとつの惑星を調べあげるのに、たった一年……そのスタートの日が嵐と来ては、文句のひとつも言いたくなるところだろう。

クリフは部下が荒れ狂っているロビーを離れると船長室に戻って、調査指示書をとりだした。何回見ても同じことだった。G型太陽の第二惑星、ほぼ金星ぐらいの大きさで、酸素を含有する大気、平均温度25度C、地殻は珪素を主とし、海陸比は一対一。どう見てもそのまま植民地になりそうな条件をそなえていることになっている。……もちろん、原住民を考慮しなければ、だが。

原住民、と、指示書にはしるしてあった。人間様の構造を有する、かなり高度の生物あり。文明程度はほぼ石器時代の後半と推定される。排他意識強し。

クリフはバタンと指示書を閉じた。もちろんこの内容が全然まちがっているということはあり得ない。すくなくとも第一次探査隊は十年前にここへ着陸し、十時間あまりここですごしたのだ。

だが、十時間でいったい何がわかるのだろう。一惑星のすべてを把握することは不可能なのではなかろうか。この指示書のもとになった報告が、大勢に関係のない一部であるかも知れない。

クリフは肩をすくめた。どうだっていいではないか。彼らは今、ポグと名付けられた星の地表にいるのだ。これからのすべては彼らの目の前でおこなわれるのだった。

風雨は夜になってもおさまらなかった。もっとも、ここの一昼夜は約十八時間だから、それほど長くは感じられない。船内のあかりがくらくなった頃は、全隊員が酔い潰れるか疲れるかで、ぐっすり眠り込んでいた。

「全員集合！　全員集合！」

スピーカーがわめき立てている。クリフはあわてて起きあがり、それからこの命令を出せるのは船長兼隊長——つまり自分に限っていること、他の隊員がこんなことをするのは緊急非常事態の場合だけだということを思い出した。

彼はドアを突き開けると、いっさんに走りだした。船内のあっちでもこっちでも、みんなが慌てているらしい気配がする。

クリフは隊員たちと並んでロビーに跳び込んだ。叫び立てているのはコバだった。彼の前には船外風景を映し出したスクリーンがある。

隊員たちはぎょっとして立ちすくんだ。何ということだ。スクリーンには怪物が数百、調子をあわせて踊っていたのだ。

「ポ、ポグ人だな」

誰かがうめいた。

雨あがりの、陽をはね返す泥土の上、みのに似た帽子と、全身これボロといった衣裳、まんまるい眼を見開いた素足のポグ人の乱舞を見ているうちに、クリフは次第に気持が悪くなって来た。

「きっと、この船を襲撃する気だ」

コバがわめいた。「ああコン畜生！　あいつら槍や旗をふりまわしているぞ」

「待て」

クリフは言った。「まだどうなっているのかわからん。それにどっちみち大した武器を持っていない連中だ。全員外へ出よう」

「外へ？」

「そう。防護服着用用意！　言語分析装置作動！　熱線銃ヒーティングはじめ！」

てきぱきと命令をくだす船長に、隊員たちは反射的に従った。ガン、ガン、ガンと、梯子を昇る彼らの足音がロビーに反響し、ゆっくりと気閘がひらきはじめていた。

彼らの言語は単純だったので、分析装置は完全にその機能をはたしてくれた。

「われわれは、ここを征服しに来たのではない」

クリフは言った。装置を通じて、たちまち相手の声が還って来た。

「ナニシニキタカ」

「調査に来た。この星を調べるのだ」

「シラベテドウスル」

「われわれの故郷に還る。それだけのことだ」

「ソレカラドウスル」

「どうもしない」

「デハ、ナンノタメニシラベルカ」

調査隊員たちは顔を見合せた。

「こいつら、知識欲のかたまりですよ」

コバが、足首まで泥に埋った靴を気にしながら言った。

クリフは気をとり直した。この連中はたしかにあるレベルの文明を持っている。おそらく交換の観念もあるだろう。何か利便を提供した方がスムーズに行くはずだ。

陽が眩しかった。防護服のひさしを沈めると、クリフは言った。

「われわれは、仕事をする代り、きみたちのお役に立てれば、と思っている」

居並んだポグ人たちの姿が揺れた。今までの代表をおしのけて、派手なボロをまとったポグ人が進み出た。

誰かが失笑し、コバが制していた。それほどこのちんまりしたポグ人たちはこっけいだったのである。

「ジョーケンヲ　ダス」

そのポグ人は威厳を保って言った。「ジユウニ　シラベロ　シカシ　キミタチノウチ　ヒトリヲ　ワレワレノ　スマイニ　ツレテユク」

「いっしょに暮らせというのか？」

「人質ですよ」

「冗談じゃないぜ」

「ヒトジチ　デハ　ナイ」

ポグ人が宣言し、隊員たちは両手をひろげた。

「ヒトジチ　デハ　ナイ」

ポグ人は繰り返した。「ワレワレハ　キミタチ　ノ　ドウグヤブキヲ　シリタイ　ユックリ　ケンキュウ　シタイ」

クリフはあんぐり口をあけた。呆れたものだ。

「キミタチハ　リッパナ　ドウグヲ　モッテイル……ソレヲ　イロイロ　オシエテホシイ」

「なるほど」

クリフは諒解した。この連中は好奇心が強いのだ。ちゃんとした防御の体制をととのえて誰かが行けば、それで彼らにいろいろと教えてやっているうちに、調査はうまく運ぶかも知れない。どうせポグ人たちに、地球の高度な文明が理解できるわけはないが……。

「承知した」

クリフは言い、部下たちは驚いてその顔を見た。

「本気ですか？」

「本気だ」

クリフの指が、コバをさした。「きみはたしかポグ原住民の調査を担当することになっていたな？」

コバの顔が白くなった。

「それに、きみは環境生物学者だ……業績をあげる無二の機会だぜ」

「やめてくれ！」

コバはわめいた。「この連中と一緒にくらすのか？　このぼくが？」

「いやなら、それでもいいんだ。だが、きみの代りに誰かがいかなきゃならんのだ。……指名してくれ」

コバの肩が落ちた。

「行きますよ。行きゃいいんでしょう」

それから、彼は両腕をさしあげた。「ぼくは生活維持のため、それだけの道具は持ってゆく……いいな？」

全員がうなずいた。

2

調査はきわめて快調に進んだ。組み立てたヘリコプターを使ったり、ボートを活用したせいもあるが、何といっても、このあたりの支配者であるポグ人が、いろいろ力を貸してくれたからである。

宇宙船のそばに組上げた仮屋の中で、クリフは今日の仕事を整理していた。日が沈んでしまうと、樹林の多いポグの地表は、急速に風を帯びて鳴りはじめる。

手くらがりに耐えかねてランプをともしたとき、隊員の一人がしのび寄って来た。

「隊長……」

「どうしたんだ」

「ちょっと、話が」

「ここではだめかね」

クリフは尾根に切られた黄昏の中、まだ忙しく働いているポグ人たちを見ながら言った。

「あの連中の居ないところで、ちょっとお話したいんです」

「……」

隊員の眼は、真剣そのものだった。クリフはペンを置くと、その男について、宇宙船の中へ入った。

「どうしたというんだ」

「……済みません」と隊員。「あの、手伝いのポグ人たちのことですが……彼ら、今では地球語をしゃべっていること、知っていますか？」

「うむ」

クリフは頷いた。隊員たちにまじって働いているうちに、いつか覚えたものだろうと思っていたのだ。

「私は、あんまり速すぎるように思うんですよ」

声をひそめて隊員は言う。「今日だって、ガラスの作り方を教えろというんですよ」

「ガラス？」

「ええ。私が望遠鏡を覗いていると、そばへ来ていろいろ言うんですよ。レンズが面白いんですかね。光線の屈折のことを教えてやりました」

「それで？」

「自分で作るつもりらしいんです。ほら」

開かれた船の戸口のむこうで、焚火の焔が見えた。ポグ人が二、三人かたまって、何か粘土を焼いている。

「もちろん、あんなことで光学レンズは出来やしません」

隊員は笑った。だが、その表情はひきつっていた。「私の心配するのはコバのことです」

「コバ？」

そういえば、この二、三日、コバは無電連絡をして来ていなかった。たかが数キロむこうのポグ部落のことだし、忙しさにまぎれて忘れていたのだ。

「私たちは、あの連中のことを、コバにまかせたつもりで何も調べませんでした。あの連中の部落だって一回見たきりです。古代インディアンそっくりだと思っただけで、それ以後は見にいってません。……私は彼が……」

「彼が？」

「ええ、コバがあんまり熱心に教えすぎているんじゃないかと……」

その言葉は、クリフをぎくりとさせるのに充分だった。

「そうだ」と彼はうなった。「ポグ人はきわめて熱心で、教え甲斐があるなどと連絡して来ていた……きみの言うとおりだとすると、彼らは今に、われわれの武器の扱いかたや、もっと都合の悪いことも知ってしまうかも知れないな」

「隊長……」隊員の眼には恐怖が宿っていた。「ポグ人は、本当はあんな原始人じゃないんですよ……何かの都合で、あんなふりをしているだけなんです。われわれの文化を根こそぎ探り出すつもりなんです」

クリフは不意に立ちあがった。「そうかも知れん……いや、きっとそうだ」

「どうします？」

「行くんだ」クリフは早口に言った。「コバが住んでいる場所へ、今から行く」

「……」

「全員を、船内に集合させておいてくれ。わしはこれからあの丘をこえて、ポグ部落へ出掛ける。連絡機と熱線銃を貸してくれ」

荷物は重く、風が強いので、クリフはときどき立ちどまって休んだ。

夜の樹々はすさまじい声をあげ、ライトの中で踊り狂っている。たかが数キロと思って出発したのに、案外道のりははかどらなかった。

考えてみると、何もかもがおかしな事だらけだった。それに、調査隊は到着地点の附近とか、ちょっとした目標ばかりに気をとられて、まだ本格的な探険は何もしていなかったのだ。設営作業、地表の分析、天候などの測量や、地形図つくりに追われていて、この星の全貌をつかむようなことは何ひとつ手をつけていなかった。

突然、クリフの背筋をつめたいものが走った。ポグ人がいったい何を食べて生きているのかさえ、彼は知らなかったのである。

細分に細分化された専門作業の罪だ。ぎっしりと詰めあげられた調査スケジュールの罪だ……クリフは自分がやり馴れた調査法というのにはじめて疑問を抱いた。

また風が吹いて来たのか、樹林がどよめいた。揺れるライトがその時何かをとらえたのを、クリフは見た。

立ちどまる。

ライトの中に、金属の塊らしいものが見えたのだった。

腰をかがめて、地面に埋没したそれをクリフは観察した。非常な高熱で上部を飛ばされたような形状をした破片だ。

気をつけて、周囲を見る。樹根にまじってあちこちにその妙な金属は光っていた。彼はゆっくりとライトでそれを追って行った。何かの痕跡に違いない。ここは建物の廃虚か何かだ。しかも、おそろしく大規模な構造だったらしいことが判って来たのである。

ぎざぎざの金属の切口をこれ以上見ることが出来なくなったクリフは、ライトを消した。

闇だ。

風が、彼の身体をとらえ、散ると、天空へ消えて行く。

（馬鹿な！）

彼は茫然と立っていた。これを誰が作ったというのだ……これを、誰が破壊したというのだ。

クリフは奥歯をかみしめた。恐怖が彼を浸しはじめていた。再びライトをつけるには、あまりに周囲の風音が激しかったので、そのまま進んだ。

やがて、森が切れ、スロープが下にむかった頃、彼は思わず荷物をとり落したのである。

夜目にもあきらかに、ポグ部落のシルエットが見えていた。星々の中に浮きあがっている巨大な構築物――それは銑鉄を生産する高炉の姿に間違いなかったのである。

（まさか！）

クリフは喘いだ。（まさか……この半月かそこらの間に……あんなものは前にはなかった）

彼はほとんど駆けるようにスロープを降りはじめた。

出来るだけ落着いて入って行ったつもりだったが、はた目には、そうではなかったらしい。

「やあ隊長」

コバは陽気に出迎えた。「ここの生活は悪くありませんよ。ポグ人たちは親切だし、その上賢いと来ている」

クリフは返事をしなかった。返事どころではなかった。

粗末な小屋の中には数名のポグ人がうずくまって、粘土板に何かを書いている。そのまわりを撫でて行くクリフの視線は次第に遅くなった。

「コバ」

クリフは低い声で言った。「これは、はじめからあったのか？」

「え？」

「ここにある刀や、それに布地などだ」

コバは変な顔をした。

「きまってますよ、ぼくが教えてやったんです。ぼくの役目はそこにあったんですからね」

「……」

「今も言ったでしょう。ポグたちは実に物おぼえが良い。外に立っている高炉はぼくの指揮で完成したものです。何ならほかの窯もごらんに入れますがね、ここには一大文化が出来ようとしているんです」

クリフは潰れたような声で、それに酬いるほかはなかった。「やめてくれ！」

「……」

「きみは、本気で、自分が教えたんだと思っているのか？」

「教えたんです。そして彼らはそのとおりやっていますよ」

「……」

「それにね、このポグ人と来たら、すばらしい建設力を持っているんだ。全くムダのない人海作戦なんて、聞いたことがありますか？　そのうえ、この連中は高能率だし、資材は豊富と来ている。彼らが本気で働く場面を見たことがありますか？　ねえ、あの高炉が、たった一週間で完成されたということ、信じられますか？　しかし、事実だ。事実なんです」

クリフはコバをじっと見た。まるで憑かれた者のようだった。

「しかし……」

「しかしじゃないですよ。そりゃ異様です。気違いじみています。想像を超えています。でも、宇宙は広いんだ。こんなすごいバイタリティを持った種族だって、あってもいいじゃありませんか」

クリフの背すじを、あきらかな悪寒が通り抜けた。疑問と恐怖が、彼を真綿のようにしめつけはじめていた。

「コバ」

クリフは囁いた。「一刻も早く、ここを立ち去るんだ」

「どうしてですか？」とコバ。「ぼくがここを出たら、どうなるんです？　ぼくの仕事だって、やっとはじまったばかりです。隊長、あなたは何をおびえているんですか？」

クリフは絶句した。自分の気持をどう表現したらいいのか、彼にはわからなかった。

「とにかく帰ろう」

「しっかりして下さい。ほら、ポグ人たちが見ているじゃないですか」

ろうそくに似た灯影の下に坐っていたポグ人たちが、いっせいに立ちあがった。

「アナタハ　コノヒトヲ　ツレモドストデモ　イウンデスカ」

「いや」

振り向くと、別のポグ人が腕を組んでいた。

「ヤクソクニ　ハンスルヨウナコトヲ　シナイデ　モライタイ」

クリフは狼狽した。たしかに、不条理なのはこっちだった。

「ワレワレハ　コバノオカゲデ　アタラシイ　ブンカヲ　ツクリハジメテ　イルンダ」

「カエレ」

一人が外を指した。「デテユケ」

「ねえ隊長」

無電連絡機をいじくっていたコバが勧告した。「一度本船の方へ戻った方がいいようですよ。何だか、あっちで隊長を呼んでいるようです」

もはや、否やはなかった。クリフはくるりと向きを変え、再び夜の中へ飛び出して行った。

3

疲れ果てたクリフが船内にたどりつくと、隊員たちはライトを全部ともしてロビーで待っていた。全員の顔に、奇妙な表情が浮かんでいる。

「隊長……」

ヘリコプターで、長期調査に出ていた男がまず言った。

「ぼくたちはいろんな遺跡をみつけました」

クリフはどっと腰をおろすと頷いた。「そうだろう……わしも見た」

「われわれは、その破片を持って帰り、分析したんです」

「隊長！　これは、われわれの手に負えない高度の合金です」

……かも知れない。クリフは思った。ここにあるものはみな想像を絶している。

「われわれは、このポグ星を、未開の土地だと思っていた」

全員が頷く。

「だが、違うんですよ。ここにはかつて、極度に発達した種族があったんです」

「……多分」とクリフ。「すでに滅びた種族のな」

別の隊員が口を出した。「ぼくは別の報告を持っています」

隊員たちの目が、彼に向けられ、その男はデーターを差し出した。

「これは、ここから8キロ程はなれた岩穴の中で採取したガスの成分ですが……」

「ガス？」

「ええ。非常に軽いんです。今ではこのポグ星から、ほとんど離脱したと思われるんですが」

「……」

「とにかく、計算によれば、千年前にはこの星の大気に充満していたことになります。とすれば……このガスは人工的に作られたものではないかと……」

「そんなこと、今のところどうだっていいじゃないか！」

クリフは顔を手で撫でた。気が変になりそうだった。

「ちょっと休ませてくれ」彼はうめいた。「へとへとなんだ」

「隊長！」

その時、奥のドアをあけて、ツルが走って来た。「これだけは聞いて下さい。……きわめて重大な報告です」

「これ以上、まだ重大なことがあるのか……」

クリフは立ちあがった。「もういい！　もう結構だ」

「しかし隊長！」

ツルはどなった。「ポグ人たちは永久に記憶を失わないんですよ！」

全員がその場に棒立ちになった。クリフが押し殺された声を出した。

「何といったんだ」

「共通記憶というの、ご存知ですか？」

「聞いている。例はすくなくないが……一個体の体験が、種族全部の体験になるという、特別な生命体のことだ」

「ポグ人は、それなんですよ！　彼らの一人に教えたことが、すぐにみんなで実行されるのはそのためなんです」

「……」

「ねえ隊長、ポグ人どうし話しあっているのを見たことがありますか？　誰一人居ないはずです。彼らは一人一人が全部であり、全部が個人でもあるんです」

「待て！」クリフは鋭くさえぎった。「ツル、きみはそれを、どうして確認したんだ」

「解剖ですよ」ツルは答えた。「事故で死んだポグ人の体を貰って来ましてね。共通記憶種族の脳にはきわだった特徴がある。それを発見するだけでよかったんです」

「じゃ、まちがいないのか」

クリフはうなだれた。「コバは今、彼らの部落で、得意になって教師をつとめている。……とすると、このことは、この星全部のポグ人に教えていることになる」

「いったい、どうなるんだ」一人が言った。「この分では……」

クリフは虚空を凝視した。「われわれは、ポグ人たちが、石器時代にあると思って来た……ところが、到着したときには、すでに青銅器を使っていた。物を忘れぬ種族というものは、発展が極度に速いのが当り前だ。だが……今、彼らは鉄をつくりはじめている。青銅器から鉄器まで、彼らはわれわれの助けをかりて、一ヵ月のうちに使いはじめている。文明の加速性というのは、技術相互の関係で、どんな生物にもあてはまるということだから……」

「そう。われわれは、文化の発展の状態をこの目で見ることができるわけだ。きっとおどろくべきショウになるぞ」

「違う！」

クリフは絶叫した。「われわれの駐在期間は一年だ。一年もあれば、奴らはわれわれを追いこし、やがて……」

一同の間を、すばやく恐怖が走りぬけた。

「そんな馬鹿な……」ツルが口を出しかけた。「それならなぜ、もっと前に、そうならなかったんだ」

この言葉で、一同はふっと黙ってしまった。「そうだ」と一人が呟いた。「ポグ人たちにもはじまりはあった筈だ。五百年か千年前に突然出現したわけではないだろう」

「だが、そうでないと脈絡があわないぜ」

別の一人が言う。「彼らが何百万年も、ゆっくり進化して来たとでもいうのか？」

突然、クリフが突っ立った。「みんな！　もう議論は沢山だ。すぐに荷物をまとめるんだ」

「え？」

「逃げるんだ。もうこの星の事などは、どうでもいい。とにかくここを離れるんだ。ここに居ては、われわれはポグ人たちにとらえられ、動物園に入れられてしまう。用意をするんだ」

「しかし隊長」ツルが抗議した。「荷物をまとめ、宇宙船を発進可能の状態にするにはたっぷり十日はかかります。それに、コバをどうするんですか？」

「コバは、発進直前にさらってくるんだ。とにかく手遅れにならないうちにはじめるんだ！」

全員が、どっと立ちあがった。みんな必死の形相だった。

クリフは腰に手をあてて、ぼんやり外を眺めていた。間にあえばいいのだが……しかし……。

不審げなポグ人たちにはかまわず、地球人たちは可能な限りのスピードで、キャンプを片づけはじめた。

一方、エンジン担当者は、夜を日についで調整にとりかかった。二日後、宇宙船のそばにやって来たポグ人は、細いせんいで編んだ色とりどりの服を着ていた。

応対には、クリフが出た。ポグ人はきわめて正確な地球語で話しかけて来た。

「みんな、どうするつもりかね？　われわれは、もっときみたちに居てほしいんだが」

「急用が出来たのだ。急いで帰らなければならない」

クリフは、腕も折れよと材木をかついで走っている部下を横目に見ながら答えた。

「それは残念だ」

言いながら、相手は何か黒っぽい棒をとり出した。クリフが一歩さがると、ポグ人はポケットから板と棒とを出して、シュッと鳴らした。炎が出た。マッチなのだ。

ポグ人は、その変な葉巻をくわえ、ゆっくり煙を吐きだした。

「実に残念だ」彼は繰り返した。「あの人間でも置いて行ってくれないかね」

クリフは考え込んだ。真実を言うべきだろうか……しかし、彼はやっぱり無難な方をえらんだ。

「もちろん、置いて行こう」

ポグ人が笑った。「よし！」と彼は背後へ叫んだ。

樹のかげから、何十人というポグ人が、弓矢をかざし、刀を振ってあらわれた。クリフがことわれば、そのまま殺してしまうつもりだったのだ。今の言葉は、ポグ人に叫んだのではなく、クリフをおどろかすためのものだったに違いない。

隊伍を組んで、戻って行くポグ人を見ながら、クリフは大きな吐息をついた。

成りあがりの気違いめ！

数日後、大きな爆発音が、遠くで聞こえはじめた。とうとう爆薬を使いはじめたのだ。ぼんやりしてはいられなかった。

「まだか？」

パイロット・ルームでクリフはどなった。

「まだ準備できないか？」

パイロットたちは首を振った。「何とかやっていますが、しかし、駆動準備期間をとらずには発進できません」

「早くしてくれ」

クリフは言うと顔をあげた。ツルが来ていたからである。

「コバが助けに来てくれと連絡して来ました。どうやら拘禁状態になったらしいです」

「で？」

「もう救出は不可能です。ポグ人たちはコバを、別のところへ移すつもりらしいです。あんまり彼が騒ぎたてるんで、警戒をはじめたらしいんです」

「馬鹿め！」クリフはうなった。

「どうします？」

「置いて行くわけにはいかん……と言って、力ずくで奪い返せば戦闘になる。放っておこう」

「え？」

「放っておくんだよ」クリフは言った。「そのうちに、ポグ人の方がコバよりかしこくなるだろう……とすると、彼は教師をクビだ。その時に乗せて、同時に発進しよう。奴らの方がわれわれよりもレベルが高くなるまで待つのだ」

やがて船は発進可能になった。隊員たちは待機したまま、ときどきかなり離れたポグ部落の風景を眺めにいった。

それは、一種のパノラマだった。船のまわりの樹が伐られ、小さな家がいくつも建てられて、しばらくすると、工場が出来る。機械が原料の向上と共に、しだいに高度のものになって行き、一日ごとに煉瓦づくりのビルの数が増えて行くのだ。地球上でなら何日もかかる作業が、無数のポグ人たちによって簡単につくられて行く。

やがて、巨大な機械が出現し、今までの集落の横に、近代的なビルが誕生しはじめた。車が出来た。古い型のものが一週間もしないうちに捨てられ、あたらしいものにかわった。発展の速度は、しだいに加速的な要素を帯びて来た。はじめのうちは地球上のものに似た、都会の姿が、いつか異様なものにかわり、それから彼らは、別の土地へ移って行った。（試行錯誤が全くない……）クリフは思った。（確実に、進歩の階段をあるいている。このままだと、この星には初期からの全段階の遺跡が残ることになる……）

「隊長！」誰かが呼んでいた。「コバが帰って来ました！」

船のむこうの、今は人影もないポグの都会を、よろめき歩いてくる男があった。

全員が、気閘をひらいて飛び出して行き、コバをかかえた。

仲間の腕の中で、コバはかすかに目をひらくと、とぎれとぎれに呟いた。「奴ら、いま……原爆をつくりはじめて……いる」

「発進用意！」クリフが叫んだ。

4

惑星ポグを離れた船内では、誰もかれも資料の整理で忙しかった。

「はじめのうち、ぼくは自分の教えかたがうまいのだと思っていた」コバが言った。「だが、あいつらは、自分自身でやっていたんだ。ぼくは単に、そうした連中にヒントを与えつづけていたのに過ぎなかったのだ」

「とにかく、ひどい所だ。いちばん幸福な宇宙船にしては、ずいぶん苦労をしたわけだ。ねえ船長」

いまは隊長から船長に戻ったクリフは考え込んでいて返事をしなかった。

何かが、彼の中でまとまろうとしていたのである。共通記憶……ポグ人……遺跡……それにあのガス……。

「そうだ！」彼は虚空をみつめて立ちあがった。「まちがいない！　たしかにそうだ！」

「船長！」

「確認が必要だ……」クリフは突然通話器にどなった。「船を、ポグ星に戻せ！」

一瞬乗員たちは耳を疑った。それから口々に叫びはじめた。

「気でも狂ったんじゃないか？」

「戻ってどうするんです！」

「冗談じゃありません」

そうした声には耳もかさず、クリフは命令を出しつづけた。「ポグに近接、衛星軌道をとって観察するんだ」

「いまごろは、あの連中、ロケットに乗っていますぜ」

コバが言った。「われわれは確実に奴らのミサイルを食ってアウトだ。いやそれ以上の段階に来てますよ」

「かまわん」

クリフはすでに冷静になっていた。「みんなロビーのスクリーンに集合しろ。ちょっとしたショウが見られるぞ」


惑星ポグは、いまやひとつの生物だった。あらゆる武器で鎧われ、無数の飛行体が上空を駈けていた。ポグ人たちは完全な組織をつくり、宇宙空間にむかって踏み出そうとしていた。

「あまり、船を近づけない方がいい」とクリフが言った。

見守っているスクリーンに、その時、数千の点があらわれた。それらはますます数を増し、あっという間にポグの地表に激突すると、粉砕した。数知れぬ物体が、いたるところで爆発した。そのそれぞれが吐き出した高熱が、ガスが、ポグの大気の中へどっと混入して行った。

ポグの地表の、すべての動きが停止した。すべてのポグ人はそのまま眠り込み、静寂がやって来た。

「よし」クリフが命令した。「船をつけろ。すべては終った」


一望に、崩れた建物や高架があった。大気はにごり、風がしきりに吹きつけてくる。

クリフたちは宇宙服をつけ、彼らにはうかがい知れぬ高度の文化のあとを見てまわった。

足もとに、街路に、倒れているポグ人の身体があった。

「おそらく、彼らはこのまま、五年か十年か、いや、もっと長くか知れないが眠りつづけるだろう」

クリフは言う。地球人たちはひとところに集まり、低い声を洩らしあった。

「たしかに、このガスは、この前調べたものと同じです」

一人が分析器を見て首を振った。「しかし、これが……」

「おそらく、このガスは、ポグ人たちのすべての記憶を失わせる作用を持っているのだろう」

クリフは静かに説明した。「彼らは決して忘却ということのない体制を持っている。その上進化力はふつうの生命体の何千、何万倍だ。このまま放っておけば、必ず全宇宙を征服しただろう」

「……」

「誰かが、それを知っているのだ。それが誰かは私は知らない。また知ろうとも思わないが……ポグ人が何人にも制御できなくなる前に、このガスを大気中にぶち込んだのだ。そして、再び長い長い進歩のコースをスタートからはじめさせようとしたのだろう」

もちろん、それは推測だった。だが、陰々と吹く風の中では、その言葉はいかにも真実味があった。

「われわれの感覚からいえば、そんなことをするよりは、一種族を絶滅させる方がましだといえる……が、ポグ人は遺跡の中で、遺跡すら痕跡だけになるまでを原始人として生活し、ついに飛躍的成長をはじめるとふり出しに帰らされるという、このサイクルをくり返しているのだ……つまり、彼らはあたかも、正接曲線と同じ変貌をしているのだ。無限大に達する寸前に再びやり直さねばならないんだ。これがわしの結論だがね」

「しかし……」

ツルが割れた声を出した。「それをさせているのは、どこの、どの種族でしょう」

クリフは宇宙帽の中で微笑した。「さあ」

「ひょっとすると」と、コバ。「われわれだって、いつ、そうされるかわからないぜ」

みんな、不意に黙り込んだ。風がはげしく吹いて来て、全員の服を鳴らした。ぞっとした感じが、このひと握りの地球人たちを、しばらく捉えていた。

不意に、コバが叫んだ。

「ロビーへ帰ろう。そこでウイスキーでも飲もうじゃないか」

みんなうなずくと、歩きはじめた。少し遅れていたクリフが空を見あげると言った。

「また、嵐になるらしいな」

使節

1

　送別の儀式のために、シーク人たちが宇宙船のまわり一面に水をまいたので、乗員の靴は泥んこになってしまった。

「最後の最後までこれだ。やりきれないな」

　調整員のジョーは靴を拭きながらぶつぶつ言った。

「かれらは善意でやってるんだぜ。辛抱しろよ」

　宇宙生物学者のキタがなだめる。

「おーいキタ」

　どなったのは船長だ。「この荷物をどこかへしまいこんでくれ」

　荷物というのはシーク人から託された金属製の箱だった。惑星間友好のしきたりどおり彼らは地球への使節としてその箱を託したのである。

「発進用意」

船長が命令した。メッセンジャー号はしずかに浮きあがり、シーク人の打ちあげる彩色片のなかを、まっすぐに虚空にむかった。

船内が落着いたのは、それから一時間もたってからだった。方向修正と点検整備確認ののち、乗員たちはいつもどおりに船長の部屋へやってきた。

「実際、肩のこる十日間だったな」

船長は首を振りながら感慨を洩らした。「あんな礼儀正しい種族は見たことがない。一言いってはお辞儀、一歩すすんでは会釈。まるで古代儀式の世界にでも行ったようだったよ」

「そのくせ、かれらはわれわれよりずっと進んだ文明を持っているんですからね。はじめのうちはからかわれているのだとしか思えませんでしたよ」

調整員のジョーだ。彼はシーク星滞在中、ほとんどノイローゼ状態だったのである。

「まあ、きみには気の毒だと思うがね、あれはシーク人の天性なんだよ。ぼくは自分の専攻分野から見て、あのくらいすばらしい種族はないと思うね」

しゃべりだしたのはキタだった。宇宙生物学者の講義をまた聞かされるのかと一同は鼻白んだ。

「形態はなるほど奇妙で気味悪いかも知れないがね」キタは言う。

「かれらは植物性の生命体だから、しかたがないさ。他の探険船からはもっと不恰好な生物も報告されているんだ」

「ねえキタ」ジョーがさえぎった。「きみはかれらの身体に挿入されたあの板状物質のことをいろいろ聞いてたようだったが、かれらはどうしてあんな不気味なことをするんだ」

「あれこそ、シーク人の科学の勝利さ」キタはますます雄弁になる。「かれらは胞子としての期間をすごしたのち、急速に成長してゆくんだが、胞子状のときに、その個体に与えたい性格、適応性、知識などを、円盤状の板に盛りこんで挿入するんだ。それが成長にしたがって、一種の人工遺伝子のような作用をするんだな。専門家を育てるにはこれ以上の方法はないんじゃないかと思う」

「とすると」

船長がたずねた。「あの『使節』なる金属箱につめられたシーク人の胞子にも、それが挿入されているのだな」

「むろんですとも。かれらは地球の重力、大気の状態、気圧などあらゆる条件に適応するような個体をめざして、胞子をあの箱の中へ入れたんです」

「なあキタ」

ジョーが気味悪そうにたずねる。「シーク人が胞子状から普通の姿になるのはどのくらいたってからだ」

「約六日、だね」

キタは答えた。「でも心配ないさ。文明は進んでいてもシーク人は植物性生命体だ。温和で従順な特質を持っている。宇宙旅行さえ考えようとしなかった連中なんだからね。胞子がめざめても、きっとうまくやっていけるよ」

「そうかなあ」

ジョーは自信なさそうだった。

スピーカーが叫びたてた。「ただいまから全速航行。シーク太陽系を離脱します」

「みんな、配置に戻るんだ」

船長が言った。「あと九百時間で地球に戻れる。そろそろ船内規律をひきしめないとまずいからな」

乗員たちは磁力靴を鳴らしながら散って行った。重力場推進機関をもったこの宇宙船内では、乗員はいつも自由落下状態におかれているのだった。

「船長、『使節』の箱が自動的にひらきましたよ」

キタがそう告げに来たのはシーク離脱後五日目のことである。

「ひょっとすると、覚醒するのかもしれません。見ますか？」

「そうだな」

船長は言った。「どうせ戻ったらかれらのことを報告しなきゃならん。どこにある？」

「中央廊下です」

キタは答えると、先に立って歩きだした。

中央廊下の片側に、その箱は置かれていた。うすい水色をした合金で、大きさは三十センチぐらいの立方体だった。一面がぱっくり開いている。

覗きこむと、箱いっぱいの塊状物質があった。無数のしわで表面をおおわれ、一部が鈍く光っているのは例の挿入物だろう。気のせいかゆっくりと動いているようだった。

「どうしました？」とキタ。

「いや、少し気分が悪いんだ。めざめたら呼んでくれ」

船長が行ってしまうと、キタは腰をおろした。他星生命体の研究は彼の仕事だったからだ。

たしかに、塊は少しずつ大きくなっている。色もしだいにあかるくなって行くようだった。

突然、箱の中に一本の柱が立った。下部が三つにわかれ、伸びた。

昂奮して見守るキタの目の前で、それはみるみる機能をもった触手を出し、うす緑の頭部にあたるこぶを揺すった。「だああ」という音がした。

箱から出た、その体長一メートルぐらいの怪物に、キタは言った。「ようこそ」

怪物は返事をしなかった。ゆっくりと移動すると、廊下の壁にもたれた。そして動かなくなった。

「めざめたぞ！」

キタは叫びながら廊下を走り出した。

2

った。

乗員室のひとつを、シーク使節の部屋にあてたものだから、船長室はベッドでいっぱいだ

「あいつ、また大きくなったぞ」

一人が言った。

「われわれの言葉がわかるとは驚きだな」

もう一人の乗員が言う。「ねえキタ、やはり例の人工遺伝板のせいかね」

「そうだと思う」

キタは少し自信なさそうに答えた。「かれらの成長速度は驚異的らしいが、あんなに速いとは思わなかった」

「ぼくは毎晩うなされているんだぜ」とジョー。彼はどうしてもシーク人の姿態に馴染めないらしかった。

「とんだ荷物だ。キタ、かれはまだ大きくなるだろうな」

船長が訊ねる。キタは肩をすくめた。「多分、普通のシーク人なみになりますよ」

何か異様な音響がした。自分の部屋にいる使節が、呼んでいるのだ。

「キタ。呼んでるぞ」ジョーが言う。「早く行かないと、機嫌が悪くなるぜ」

キタはしぶしぶ立ちあがった。「妙だな」と呟く。「シーク人があんなに横暴な筈はないんだが」

すさまじい咆哮が、部屋のすぐそばでし、ジョーが船長のうしろに走った。「早く行って

やれよ」と船長が言う。

　キタがドアをあけると、待ちかねてやってきた使節が言った。体長は一メートル半を越え、はばも一メートルちかくになっている。

「キタさん、ミズガタラン」

　と、使節は言った。「ミズヲタクサンノミタイ」

「困ったな」とキタ。「船内にはそんなに沢山はない」

「ソチラノツゴウデ　ワタシガイキテユケナイノハ　ケシカラヌ」

　たしかに、怪物は水不足のようだった。強い皮膜のさけ目の中にある発声器官が乾きはじめているのか、いやにシュウシュウという声になっている。

「ミズダ」と怪物はまた言った。「デナイト　キミタチノカラダノスイブンヲ　トルゾ」

「待ってくれ」

　キタは彼を貯水タンクの所へ連れて行った。「水蒸気還元装置の能力には限度があるんだ。ほどほどにしてくれよ」

「ワタクシガ　キメル」

　言うとシーク人は下部触手を貯水槽に突っこんだ。みるみる水が減ってゆくのを、キタはげんなりとみつめていた。

「もう、手に負えません」キタは船長に言った。「おそろしく自分勝手です。それにこの頃では知能も進んできましてね」

船長室の一同は寝不足で眼をはらしていた。毎夜毎夜使節が吼えたてるものだからちっとも身体が休まらないのだ。静かなのは隔壁にさえぎられたパイロット室ぐらいのものだったろう。

「船内をうろつくことを止めるように言ったのかね」

船長の問いに、キタは両手をひろげてみせた。「とんでもない。こちらの言うことなんか聞くもんですか」

「なんとかして、地球帰着までの時間をかせがなきゃ駄目だ」

船長は宣言した。「使節をはこぶのはわれわれの仕事なんだからな」

「そのうちにこの部屋ものっとられますよ」ジョーが言う。

「そうなったら、われわれはどこに寝ればいいんです？」

「どうせ、ろくに眠ってないじゃないか、同じことだよ」

「シーク人たちは猫をかぶっていたんだ。あんなに凶暴ということがわかっていたら、別に輸送の方法を考えたのに」

がらがらという音が、後部の方から聞えてきた。「倉庫だ」と船長が顔色をかえて叫ぶ。

一同は反射的に立ちあがった。

「きっと食料だぜ」とジョーが言う。「あいつ、水が欲しいだけ飲めないんで、ヤケクソになってやがるんだ」

ぞろぞろと乗員たちが廊下を通ってくると、シーク人は振りむいた。

キタがうめいた。水蒸気還元装置のパイプの端がねじ曲げられて、怪物の触手に直接つながれているではないか。

「ワタクシハ　ジエイシュダンヲトル」

と使節は言明した。「コノフネノミズハ　ミンナワタシノモノダ」

「きみ、少し考えてくれ」キタが哀願した。「われわれはどうなるんだ。まだ地球までは十日はかかるんだ。われわれが死んでしまったら、どうするつもりだ」

「ワタクシハ　コノフネノウゴカシカタガワカッテキタ……キミタチガ　イナクテモイイ」

「シーク星の使節よ」

船長がきびしい態度で言った。「あなたのやりかたは星間のエチケットに反している。すくなくとも使節のとるべき態度ではない」

「ワタクシハマダマダオオキクナル　マダマダカシコクナル」シーク人は叫んだ。「ワタクシニフネヲマカセルノダ」

いつの間に持ってきたのか、ジョーが突然光線銃を構えた。「止めろ！」と船長がどなった時、シーク人の触手が目にもとまらぬ速さで飛んできて、それを奪った。

「キミタチガ　ワタクシヲコロソウトシタノハワカッタ」

シーク人はまた言った。「ハジメカラソノツモリダッタノダナ」

怪物は一歩進み、乗員は後退した。

「コレハ　コウセンジュウダナ」怪物は言う。「ワタクシガコレカラハメイレイスル　ニドトコチラヘクルナ」

そして光線銃を振りまわしたので、一同はあわてて逃げた。必死で走って廊下の反対側の船長室に飛び込むと、乗員はあらい息をついた。

「今度は被害妄想だ」いまいましげに船長が言う。

キタは何度も首を傾げながら、何かを考えていた。

3

地球へ帰着する日は刻々に近づいていたけれども、通信室までシーク人に奪われてしまったものだから、連絡をとることさえできなかった。

乗員は息も絶えだえだった。水を奪われ食料を抑えられたものだから、彼らはパイロット室に逃げ込んで、パイロット専用の小規模な還元装置による水と、わずかな予備食料でうえをしのがなければならなかった。隔壁のむこうは完全にシーク人のものだった。

「おい、何か呼んでるらしいぜ」

隔壁に耳をあてていたジョーが言った。「今度は何だ」

「構うんじゃないったら」

キタが制する。「これ以上いじめられてたまるものか」

パイロット室は文字どおり立錐の余地もなかった。むやみに暑く、全員の眼はおちくぼんでいた。

「あと、どのくらいで太陽系だ」船長が訊ねる。

「約一時間ですね」とパイロット。「それから速度をおとして、帰還までしめて三十時間くらいです」

ほとんどの乗員が、気力だけで立っている状態だった。

「もうだめだ」とジョーがうめいた。

「船長！」計器をみつめていたパイロットが早口に言った。「軟着用噴射機関系統も、いじくっているようです」

「奴が、か？」

「誰も呼びだしに応じないからですよ」ジョーが弱々しく言う。

「隔壁をあけてくれ」

船長の命令に、パイロットはボタンを押した。こころよい空気がながれ込んできた。それは異様にすがすがしい感じだった。

怪物は廊下に坐り込み、一触手に光線銃を握っていた。

「サンソチュウドクニナリソウダ」と、怪物は言う。身のたけ二メートルもある葉緑素と皮膜の巨体に、あきらかにおとろえが見えた。「ワタクシハ　タンサンガスガイルノニ　コノ

フネハ　ヒツヨウナダケ　ダサナイ　キミタチハサンソヲスッテ　タンサンガスヲダスノダロウ　ウンドウシロ」

「運動?」

船長がひびの入った声を出した。

「こんな状態で、われわれは運動などできない」

キタが説明をこころみる。

「ウンドウシタラ　ミズヲワケテヤル　タベモノモ　ヤル」

「やろうぜ!」

やけくそにジョーがどなった。「ぼくの号令にあわせて体操しろ!　いいか、イチ、ニ、イチ、ニ」

全員が歯をくいしばり、足ぶみをして踊りはじめた。「イチ、ニ、イチ、ニ」

使節はだんだん元気になってきたようだった。「モットヤレ　モットヤレ」

誰もかれもが、はあはあ息をつきながら、気の狂ったようにあばれていた。もう何を考える力もなく、ただ意地だけで動いていた。徒手体操をし、腕立て伏せをやり、倒立まで強制された。

やっとシーク人の許可を得ると、全員が散乱した食物にとびついた。水を飲んで、むさぼり食った。

「この船はもともと炭酸ガスを遊離して酸素にする装置しかないんだ」やっと落着いたキタ

が、シーク人に言った。「われわれは、時々きみのために炭酸ガス作りをしなければならぬ。ここを占領したらきみが損なんだ。返してくれ」

「それと、通信室を返してくれ。もうすぐ地球なんだ。連絡をつけたい」

シーク人はうなずいた。「ヨロシイ　シカシ　メッタナコトヲカンガエルナヨ」

「気違いめ」ジョーが舌打ちした。

スピーカーが叫ぶ。パイロットからだ。「太陽系に入りました。準光速から惑星間速度に漸次移ります。連絡とれますか」

「大丈夫だ。使節様から許可をもらった」

むつかしい顔をした船長の代りに、ジョーが陽気に言った。

4

帰着を完了し、宇宙空港ホテルに入った乗員たちは、船長の帰りを待ってロビーで雑談をしていた。

「おそらく、今までで最悪の航行だったろうな」

ジョーがつぶやいた。「あんな訳のわからぬ種族を見たのははじめてだ。よく全員無事だったものだよ」

「ぼくはもう自信を失った……」キタが言う。「いっぱし宇宙生物については専門家のつもりだったが……。当分のあいだ、謹慎することを誓うよ」

「しかし船長は大丈夫かな」パイロットが言う。「宇宙省の連中といっしょにあのシーク人をつれて行ったんだろう。また暴れだしてるんじゃないかな」

「そういえば、着陸してから変におとなしくなったな」ジョーがいう。「また猫かむりだろうか」

一同は黙然と、感慨にふけりながら、坐っていた。

ドアが開くと、船長の姿があらわれた。「お帰りなさい」と部下たちは言う。ロビーを横切って皆の傍へ来ると、船長はどっかと腰をおろした。

「水」と彼は言い、一人が自分のコップを差し出した。ぐっと一息に飲み干すと、船長はロビーを見渡した。

ほの暗い照明の中、彼らの他には誰もいない。

と、突然船長は笑いだした。声高く、まるで今までたまっていたものを一度で吐き出したという風に、長い間笑いつづけた。

「船長!」たまりかねたジョーが腕をつかんだ。「船長! どうしたんです」

やっと静かになると船長は言った。「無事に届けたがね」

「どうでした?」とキタ。

「宇宙省の専門家の話では……」船長は微笑した。「きわめて温順で、知性の高い生命体だということだよ」

「まさか」

「いや、本当だ」船長はつづける。「地球としても、交流すべき価値ある種族と認定した」

「それ冗談でしょう？」

ジョーが反論を試みた。「船内での状態を説明したんですか」

「したとも、しかし彼は――あのシーク人のことだが――礼儀正しく、知的で、非のうちどころがなかった」

「……」

「で、わしは説明した。そこで、宇宙省では彼をいろいろテストしたんだ」

「で？」

「で、わかったことは……」

船長は全員を見廻した。「あの航行中、彼は直立していたね？」

「ええ」キタが答えた。「それがどうしたんです？」

「船内は自由落下――つまり無重力状態だったろう？　磁力靴を持つものだけが普通のとおりくらせたんだ」

一同は茫然と船長をみつめた。

「彼は適応していたんだよ。シーク人は体内に鉄分をとり入れて磁化できるらしい」

「……」

「しかしそのことは、本質的なシーク人の特性を発揮することをさまたげたんだ。それにキタ、たしかきみは、シーク人たちが彼の中へ地球条件下に適応するような人工遺伝板を挿入したといったね？」

「ええ」

「宇宙船内では地球の条件と同じだったか？　船内にはいつも照明がともり、重力はない。それに地球での大気よりも酸素は高い……地球とはあまりに違ってやしないか？」

「しかし、われわれは……」

「彼は植物性生命体だ。日照時間とか、引力による向地性とかいう条件は、われわれにおけるよりももっときびしいと考えられないかね？」

船長は一同を見まわした。「諸君、宇宙省の連中は、わしに何といったと思う？　彼は胞子から、正確にはめざめてはいなかった。それだけ環境の方が準備されていなかった……彼はねぼけていたというんだ」

重力地獄

かつて予想もされなかったような大規模なファイ波であった。ふつうの反重力型宇宙船は、こうした災厄を防ぐため、あらかじめ緩和装置をそなえているものだが、こんなものすごい引力の津波をまともにかぶっては、どうすることもできない。宇宙船ポイントゲッターは床に叩きつけられた乗組員をのせたまま、あっという間に航路から飛び出し、嵐の中の木の葉のように宇宙空間を押し流されて行った。

だが、それだけだったなら、何もたいしたことはない。ポイントゲッターはたちまち態勢を立て直して、もとの航路に戻ることができただろう。調査スケジュールがいささか狂ったというだけで、地球へ帰ってからのみやげ話がまたひとつ増えるだけのことだったろう。乗組員にとって不幸なことには、かれらがようやく自分をとり戻したとき、船はとんでもない惑星にしっかりとつかまえられていたのである。

1

最初に声を出したのは、文明形態学者のタムラだった。壁にもたれて立っていたおかげで、ショックのさい彼自身の肉体は壁に押しつけられるだけで済んだのだ。

「エストカ！」タムラはわめいた。「エストカ！　いったい何がおこったんだよ！」

だがインターホーンからは、何の返事も戻って来なかった。

きっと仕事に忙殺されているのだ。船長でもあり技術ロボットでもあるエストカの任務は、まず船をきちんと安全に航行させることである。乗員に対する状況説明はその次のことであった。

舌打ちをひとつして、タムラは視線を部屋に向けた。

ひどいものだ。部屋の中の磁気固定式の備品のほとんどが、タムラの立っていた壁にぶち当って床に重なりあっている。

その頃になってようやくタムラは、たったひとりの同僚であるレイクマンの声がしないことに気がついた。こうした場合何はおいても、まず気違いみたいにののしるレイクマンが黙っているというのは奇妙なことだ。

いや、そうではなかった。レイクマンはたしかに悪態をついていた。ただ、倒れたマイクロフィルムのケースの下敷きになって唸っていたのでタムラには聞きとれなかっただけである。

　タムラは走り寄ってケースをおこしてやった。

「あん畜生」と環境生物学者はどなった。「エストカの奴め、あんな操縦をしやがって……屑鉄で作った人形だって、もうちょっとましな運転をするもんだ！」

「大丈夫か」

「おれはガラス細工じゃないよ」レイクマンは腰に手をあてながらぐっと身体をのばしてみせたが、突然目を大きく開くと、タムラの背後にある観望用スクリーンをゆびさした。

「おい、こいつはどういうわけだ！」

　そこには、しだいに近づいてくる奇妙な地表が映っていた。あちこちに茂る見馴れない植物や、どろりとした鉛のような感じの水面を持つ湖……。

「エストカの奴、いつからスケジュール作成委員になったんだ？」レイクマンは口をひんまげてわめいた。「おれたちの仕事は全部終ったはずだぜ！　あとは地球へ帰って報告書を出すだけだ。そうじゃないか？　何の権利があってこんなところに降りるんだ」インターホーンに叫んだ。

「どうなっているんだ！　何をしようというんだ？」

　重い足音がして機械ロボットがはいって来た。

　エストカである。本当の名はＥＳＴＫＡ四三二号といって、このポイントゲッターに附随した技術ロボットで、船にそなえつけられた半思考型機器を統制する船長でもある。いやこのポイントゲッターだって、正式には反重力型探査船二三二〇‐一八六号というのだが、乗り込む人間たちは舌を嚙む危険をおかすよりも、愛称で呼ぶほうをえらぶのが常だった。

「来たな」レイクマンが言った。「ずいぶん遅いじゃないか」

「報告します」とエストカは言った。「本船はただいま標位星一八二四系九五‐Ⅳ惑星の表面に着陸しました」

「誰の依頼だ？」とタムラ。「ぼくたちはそんなことを頼みやしないぞ」

「これは不可抗力の災害による緊急着陸であります」無表情な金属の顔にとりつけられた合成樹脂の唇がパクパクと動いた。「予測されていなかった大規模なファイ波によって本船は吹きとばされたのです」

「ファイ波？」

「ファイ波の説明をします」エストカは一瞬口をとざすと、流暢に喋りだした。「ファイ波は万有引力波とは別の重力波で、物体間の重力の強さを変化させる作用をします。空間の津波とも呼ばれており、超新星出現の寸前に発生します。これは恒星にも直接的影響を与えることがあるほど強く、反重力船はファイ波による船内の混乱を最小限におさえるため、ショック緩和装置をつけることを義務づけられています」

「結構結構」とレイクマン。「それじゃ、なぜおれたちが床の上にへばりつかなきゃならなかったんだ？」

「今回のファイ波の規模は大きすぎたのです。本船のショック緩和装置はフル駆動しましたが、それでも影響をまぬがれるわけには行きませんでした。そればかりではなく、ショック緩和のために本船の反重力生成装置はすべて限度以上の出力を強いられ、五基のうち二基は作動不能となりました」

タムラとレイクマンは顔を見あわせた。

何てことだ。

「それじゃ……」

「船がコントロールをとり戻したのは十四分前です」エストカは言いにくそうになおも続けた。「そのときには本船はこの標位星一八二四系九五－Ⅳ惑星の引力にとらえられていたのです。私は無理をして脱出し航行不能になるよりも、ひとまず着陸し駆動機関の修理をしてから発進すべきだと判断しました」

「いつ直る？」とタムラ。「このままじゃ発進は絶対不可能なのか？」

「その通りです」

エストカの口調には申しわけなさそうな感じがあった。

「現在の本船の能力はマイナス三・二Gですが、この星の表面重力は三・五Gですから、修理が完了するまでは発進できません」

「釘付けか？」レイクマンがうなった。「ひどいことになってきたな」

「私は最短期間で修理します」エストカは急いで言った。

「私の部下をフルに使うつもりです。本船については私がいちばんよく知っています」それからこちらの機嫌をうかがうように提案した。「修理期間ちゅう、船内はずっと一Gになるよう、マイナス二・五Gの浮揚力をつけておく予定です。それでご了解いただけますか」

「仕方がないじゃないか」タムラは首をふった。「ほかにもっと良い方法をぼくらが考えつくとか――おいエストカ、きみはわれわれがただの文明形態学者と環境生物学者で、操縦のことなど何も知らないと思って馬鹿にしているのだな？」

「いえ決して――」エストカは否定した。

「ほかにご用は？」

「ない」

エストカが出てゆくと、タムラとレイクマンは肩をおとした。

とんだ事故だ。でもエストカはすぐにちゃんと船を修理し、ふたりはまた地球への旅をつづけることになるのはたしかだった。技術ロボットというのは、そのくらいの力量は持っている。

「ま、二、三日ご滞在というところかな」

タムラが言うと、レイクマンはスクリーンに目をやった。そこには色の褪せた貧弱な植物が群生している。

「三・五Gか」レイクマンは首を振った。「一週間もあれば、おれはここを歩きまわって、大重力下における生物についてのレポートをまとめてやるんだが……きっと面白いものになると思うよ」

「地面に這いつくばってかい？」とタムラ。「だめだよ。第一エストカが外出を許しやしないよ。われわれがこの惑星を調査するということはスケジュールにはないんだ。スケジュール外の行動でわれわれがあぶない目にあいそうなことを、あの石頭が許可するわけがないよ」

「そうだな」レイクマンは同意した。「あいつの生活信条は乗員を保護過剰の状態におくことだ。よくない趣味だ」

「まあ仕方がないさ……おや」タムラはぎょっとしてスクリーンをみつめた。「あれは何だ？」

茂みの中から変な動物があらわれて来た。卵形の胴体と、めり込んだような首。太い後脚とそれよりはやや細い前脚を持った四足動物だった。一歩すすんでは腹を地面におとし、また持ちあげては鈍重に、こちらの方へ進んでくる。近づくにつれてそいつの姿はますますはっきりとしてきた。身体はこまかいうろこのようなものにおおわれているが、顔の部分だけはすべすべとしていて、ガラスの円板のような目と、大きな鼻孔、それにクラッシャーのような口があった。いってみれば卵に首と足がついたという恰好である。

ふたりがものも言えずにスクリーンをみつめていると、茂みの中からは同じような動物がさらに何匹か出て来た。全部で十四ぐらいもいるだろうか、船の近くまで来ると横に並んでゆっくりと首を動かしはじめた。動かすといっても上下に振るのではなく、胴体にめり込んだ首を振子のようにすべらせるのだ。

「……おい」

タムラが振りかえったとき、レイクマンはもう猛然とマイクロフィルムの山の中へとびこんでいた。

「レイクマン！」

「おれは何という間抜けだったんだ！」レイクマンは狂ったようにフィルムを繰った。「あの植物を見たときに、おれにはここが地球型の惑星だとわかっていたはずなんだ。標位星一八二四系といったな……うむ、こいつだ。こいつの九五番太陽系か」彼は一枚のフィルムをとりだすと走査機にかけて覗きこんだ。

「何をしているんだ！」

「よく聞けよ、タムラ」レイクマンは読みはじめた。「標位星一八二四系九五-Ⅳ惑星。やっぱりそうだ。半径地球の約二倍。諸条件地球に酷似し大気は呼吸可能。植物の存在が認められる。四十五時間で自転……これは十年前の植民用惑星探索隊によって彼らが着陸をする前に報告されたものだが、その探索隊は着陸直後に消息を絶っている。高重力のため不測の事故に遭ったと判断した地球ではそれ以上この星の調査を断念し、植民用リストから外したんだ。以後この星に関して何の知識も附加されていない」

「ほとんど処女惑星ということか？」

「そうだ」レイクマンは走査機から目をはなすと、スクリーンを見た。例の生物は相かわらずこっちを向いて一列横隊で首の回転運動をつづけている。

「ファイ波バンザイだ」レイクマンははげしくタムラの背中を叩いた。あんまり勢いがよかったものでタムラはちょっとよろめいたくらいである。「エストカに祈りをささげてもいいくらいだぜ。なあ、環境生物学者の名にかけて言うが、三・五Gの大重力の中で暮らす炭素‐酸素系の生物というのは、まだどこにも発見されていないんだ！　おれたちはおどろくべき発見をやったんだぜ！」

「さっそく調べにかからないといけないな」タムラはスクリーンを見ながら答えた。「だが、ぼくは気味が悪いよ。奴ら……出来そこないの豚を連想させる」

2

それからの数時間というもの、ふたりはスクリーンを観察することにかかりきりになっていた。例の生物は相変らず船のそばに集ったきり、去ろうともしない。たまに一匹か二匹が姿を消したと思うと、三十分ものちには、また列に復帰して廻転運動をつづけるのだ。その行為が何を意味しているのかは、専門家としていささか経験を積んでいるふたりにもさっぱり判らなかった。

今となっては、いちばん気がかりなのが船の修理完了である。スケジュールに忠実なエストカは、船が直りしだい乗員の意向などを無視して出発してしまうだろう。そうなったら何もかもおしまいだ。ふたりはこの生物発見者としての名誉を得るだけにとどまり、まとまった研究によって本物の名声を得る機会は永久に失われてしまうだろう。千載一遇のこんなチャンスに出会ってそれだけで終ってしまうのはいかにも惜しかった。

「そういえば、あれからエストカの奴、さっぱりやって来ないな」スクリーンを夜のとばりがおおいはじめるのを残念そうに見ていたレイクマンがふと呟いた。

「修理はうまく行っていないのかな」

「今のわれわれにはそのほうがありがたいんだが」タムラが首をひねった。「でも、気にかかるのも事実だ」

ふたりはエストカを呼ぼうとした。ところがどうだ。インターホーンの回路はいつの間にか閉ざされている。何かの理由でエストカが連絡を絶っているのだ。

しかしふたりは、まだ事態がどんなになっているかを考えようとはしなかった。

タムラが提案した。「たまにはこちらからエストカのところへ行ってやろうじゃないか」

「陣中見舞か」レイクマンはにやりとした。「船長どのを激励するいっぽう、修理にあとどのくらいかかるかを探りだして、こっちの調査計画をつくる……うん、こいつは悪くないぞ」

エストカは船底に近い機関監視室にいた。小さな部屋だが、数十のスクリーンと操作ボタンにかこまれて、まるで怪物の腹の中とでもいいたいような印象を受ける。

ふたりが入って行っても、エストカは仕事の手をやすめなかった。スクリーンにはそれぞれ機関の主要部と、それにとりついて動きまわる小さな機械が映っている。虫か亀を思わせるそうした小さな半思考型機器は、実質的にはエストカ自身の手足なのだった。エストカ自身では入れないようなところとか、同時にいくつもの連関作業が必要なときに、エストカはそれらの部下を使うのである。最初からロボットのために作られた亜ロボットなのだ。

スクリーン上の半思考型機器はふたりが見たところ、どうも能率が良くないようだった。無理もない話で、かれらは船の外へ出て三・五Gの重力の中で動いているのである。見ているうちにもいくつかの機器がすべり落ちてこわれるのだった。

やっとふたりの姿に気がついたのか、エストカは操作ボタンから手を離すとこっちを見た。

「こんなところへ何しに来たのですか。ここはもともと人間の来るところではありません。人間の乗員のためには船室があります。修理の邪魔をしないで下さい」

あまり機嫌はよくないらしいな、とタムラは思った。こんなときにはまず相手のことから話しはじめるに限る。

「修理の見込みはどうかね？」彼は訊いた。「われわれがまた地球へのかがやかしい旅に出るには、あとどのくらいかかる？」

エストカはしばらく答えなかった。が、やがてかすれたような声を出した。

「お答えできません」

「おいしっかりしてくれ！」レイクマンが叫んだ。「きみはさっき、最短期間で修理すると言ったじゃないか。あと一時間かね、十時間かね？　それとも二、三日かかるのかね？」

エストカはぼんやりとふたりを見た。「それを——言えないのです」

「ほほう」

（こいつはうまいぞ）タムラは考えながら言った。「とすると……あとまだかなり長いあいだこの星の上にいるということになるんだな？」

「それについてもお答えできません」技術ロボットは呟くように答えた。「私はどんな犠牲を払ってでもすみやかにこの作業を済ませなければならないという衝動を持っています。でも一方では何かしらないけれどそれを抑止する欲求をも感じているのです」へんに自信のない言いかただった。いつものエストカとはどこか違っているのだ。

「じつは……おれたちはこの星の上にあたらしく生物を発見したのだ」レイクマンがしゃべりだした。ちょっとなぐさめてやろうと考えたのだろう。「おれたちはそれを調べたい。だから修理に手間がかかればかえってありがたいんだよ。やかましいことは言わないからゆっくりやってくれ」

「本当だともエストカ」タムラもレイクマンにならった。「焦らずにやってくれ。時間はたっぷりあるんだ」

エストカは長い間黙っていた。その心の中では何かが葛藤しているらしい。

「そんなふうに言わないで下さい」のろのろと言いはじめた。

「いまのあなたがたの言いかたについては、人間心理学のはじめで習いました。あなたがたは実は修理を急いでほしい……だからそういう表現をしたのです。私の行動が短絡的なものにならないよう配慮した催促なのです」

「おいエストカ」

「わかっています。私はやらねばなりません」突然ロボットはしゃんと身をおこした。「私はただひたすら修理に専念すればいいのです。部下がたとえみんなこわれても義務をはたすべきなのです」

そう言うと、たちまち操作ボタンに指をあてて、すばやい動作でコントロールをはじめた。スクリーンの中の半思考型機器は、さっきまでの十倍ちかいスピードで動きはじめていた。みるみるいくつかが脱落して下へ落ちたり、衝突しあってこわれたりするのが見えた。

「エストカ！」

タムラはわめいたが、もう技術ロボットは答えなかった。もはや何ものにも耳をかさず一心不乱に仕事に没入しているのだ。

「行こう」レイクマンがささやいた。「この調子じゃすぐに修理は終ってしまうぜ。さっきの観測をつづけようじゃないか。時間が惜しい」

「おかしいな」タムラはぶつぶつと呟いた。「たしかにエストカはおかしくなっている……いったいどうしたんだろう」

「奴のことなんか気にするな」レイクマンはタムラを引っぱりながら笑った。「奴も一人前の技術ロボットだ、自分のことぐらい自分で始末できるさ」

「しかし」

「急げよ」

ふたりが部屋に戻ってみると、スクリーンは暗くなっていた。どうやら外はすっかり暮れたらしい。

「ライトを浴びせるか」レイクマンが言った。「いや……それじゃ警戒されてしまうだろうな。ちょっと見にくいが赤外線を使ったほうがいいだろう」

しかし、その相談は無意味だった。ふたりが話しあっているうちに、画面にはぼうっとくらい灯がうかびあがったのである。それはこちら側から照らしたものではなく、むこうで点したものであった。

ふたりはどっと画面に駈け寄ってもっと奥を覗きこもうとした。そんなことをしても何にもならないことに気がついたレイクマンがズームダイヤルにとびついて一杯にひねると、闇の中の風景がおぼろにうかびあがって来た。

卵に似た奇妙な生物たちは、もう首の廻転運動をやってはいなかった。ひとところにかたまりあって、あかりをかこんでいる。しかも、そのあかりたるや、あきらかに人工的な製品であった。宇宙船にそなえつけの低電圧非常灯そっくりなのである。

灯は、点滅をくり返していた。はじめは調子でも悪いのかと思って見ていたふたりは、やがてそれが定期的についたり消えたりしていることに気がついた。

「モールス信号か?」レイクマンがしわがれた声を出した。

「いや……まさか。そんな話があるものか」

「読めるぞ」タムラがぎょっとしたように呟いた。「ワ・レ・ワ・レ・ハ・ニ・ン・ゲ・ン……われわれは人間だ?」

「タムラ、お前気がふれたな。いったい何を言っているんだ。あれがモールス信号だと。ニ・ン・ゲ・ン・ダ……」

彼は悲鳴をあげた。灯は、まちがいなく宇宙船共通の信号を繰り返している。われわれは人間だ……われわれは人間だ……。

「逃げよう」レイクマンがうわずった叫び声をあげて部屋を走り出そうとした。「あんな妖怪とこれ以上つきあっていられるか! あいつらの恰好から見ても動きかたから見ても、あれは決して高等生物じゃない。まして人間なんかじゃない!」

「おちつけ、レイクマン」タムラが抱きとめた。「あわてるな。ぼくは仮説を考えついた」

「何?」

「簡単なことさ」タムラは笑った。「フィルムによれば、ここには一度探索隊が到着しているんだろう? 奴らは模倣性の強い生物なのさ。探索隊がやったとおりを、かれらがやってみせているんだ」疑わしそうな顔のレイクマンにタムラはなおも言った。「あの非常灯はたしか自動充電式だろう? あの連中は探索隊員が死んでしまったあと、非常灯を持ち歩いているんだよ」

「十年間もか？」

「十年間もだ」

「まあ……そういうことにしよう」レイクマンは腰をおろした。「そうでも考えないと気が変になりそうだ」

「模倣をするくらいなら、ある程度の社会組織を持っているかも知れないぞ」調子に乗ったタムラは喋りつづけた。ついさっきまでは環境生物学者のレイクマンがイニシアチブを握っていたのだが、ここに至って、文明形態学者であるタムラがとたんに饒舌になったのも当然の成りゆきだった。「あの連中がどういう形のグループを作っているのか、どこかにちゃんとした巣のようなものがあるのか、こいつはぜひ調べ出さなきゃいけないぞ。徹底的に調べるべきだな。文明形態学者の名にかけて言うが――」

「わかったよ」レイクマンは手を振った。「いずれにしてもおれたちは、もっとここに長くいなければならん」

「もし早く出発するのなら、せめて一度でも外へ出てあの連中を直接調べなければならないな」

「エストカにかけあってみよう」

「やめろ」タムラがさえぎった。「すくなくとも今はやめろ。あいつはなぜか知らないがひどく不安定になっている。この上誤解されてはたまらん」

「じゃ、どうするんだ」

「ひと眠りするんだよ」とタムラ。「その頃にはエストカもだいぶおちついていることだろうさ」

「そう願いたいね」

3

いやな夢だった。タムラの身体はベッドごとクレーンで宙に吊りあげられていた、すこしあがると落とされ、また引きあげられるのである。そのたびに彼は悲鳴をあげるのだが、怖い顔をしたクレーンは決して許してくれないのだった。

とうとう目もくらむほどの高さまで吊られたタムラは観念した。落下の中で思いきり叫び声を——。

そこで目がさめた。

ひどく気分が悪い。夢がまだ続いているのだろうかと彼が思ったとき、再びぐっと抑えつけられるような感じがした。

Gだ！　船内のGが変動しているのだ。タムラはとびおきるとライトをともし、壁の重力計を見た。針は一から一・〇五のあいだを小刻みにゆれていて、ときどき一・五やたまには二のところまで跳ねあがるのだった。

その頃にはもうレイクマンも起きあがっていて、いつもの調子でわめいていた。「何でこんな目にあわなくちゃならないんだ！　おれの乗っている宇宙船はエレベーターなのか？」

「黙れ」タムラは同僚を制止した。「たしかに何かがおこっている……ひょっとしたら……まさか」

タムラが口に出しかねている言葉を、レイクマンは簡単に言ってしまった。「エストカが狂ったのかな？」

「見に行こう」

ふたりは部屋を走り出た。だしぬけに身体が重くなったり軽くなったりするものだから走りにくいことおびただしい。途中で彼らはぶっ倒れたときのケガをすくなくするために四つん這いになって廊下を進んで行った。

エストカは前と同じ機関監視室にいた。だが今度はすっかり様子が違っている。数秒おきに手をとめてポカンとしたり、電光のようなスピードで指示を与えたりしているのだった。船の外ではたらいている彼の部下たちはそのために死んだように静止したり、狂ったように走りまわったりしている。

あまりのことにタムラもレイクマンも茫然とエストカをみつめているばかりだった。本当に技術ロボットが狂ってしまったのだとはどうしても信じられなかったのだ。

この瞬間、エストカの狂気を認める直前まで、ふたりは技術ロボットを信じ切っていたのだった。何事がおころうと、かならず自分たちを安全に地球まで送り届けてくれるものと思いこんでいたのだ。口ではののしっても、腹の中では、相手が船のことにかけては何でも知っているということを認めていたのだ。宇宙船建造と同時に作られるそなえつけの技術ロボット……船と共生の関係にある船長にしてパイロット、技師にしてサービスボーイの機械ロボットだからこそ、宇宙船のことなどろくに知らない他部門の専門家を安全にはこぶことができたのだ。ことにポイントゲッターの場合はそれが顕著だった。反重力型探査船二三二〇－一八六号がポイントゲッターという名誉ある称号をいただいたのも、ひとえにエストカが有能だったからである。

ふたりはこの船が着陸してからはじめての本物の不安を感じはじめていた。今までは何がおころうとエストカにまかせておけばいいと無意識のうちに考えていたのである。

ロボットの反覆動作の間隔は、ますますみじかくなってゆく。二、三秒おきだったのが今では一秒おきに……やがて一秒間に二回の割合で繰り返す。こんな短時間では半思考型の彼の部下たちは反応しようがないと見えて、ぴたりと動きを停めてしまっていた。

「エストカ！」レイクマンが叫んだ。「しっかりするんだよ！」

そのとき、エストカの反覆動作の間隔はほとんどゼロになっていた。ロボットはぶるっと身をふるわせると、手を休めたままこちらを不思議そうにみつめた。

「また出て来たのですか」エストカは言った。「船室に戻っていてください」

「何を言っているんだ？　いまきみは何をしていたんだ？」

「私は自分の部下たちを酷使しています」エストカは呟いた。同時にタムラとレイクマンはみるみる自分の身体が重くなってくるのを感じていた。一・〇一、一・〇二、一・〇三……エストカは今はいっさいの仕事を放棄しているのだ。自分の部下に反重力生成装置の監視さえさせずに放任しているのだ。

「私は機械です」エストカは言うのだった。「私は機械として最高の存在です。ちょうどあなたがたが有機的生命の頂点に位置するように、私は無機生命の頂点に立っているのです」

「助けてくれ！」床に這いつくばったレイクマンが叫んだ。「すごいGだ！」タムラのほうは声さえ立てられなかった。

エストカはちらと見ようともしなかった。

「あなたがたは生命の尊厳を信じています。自分たちより低級な生物を大切にあつかわなければならないのを知っています。残酷な行為をおこなえば自責の念がおきるのを知っています。私も同じことなのです。私は自分の使命をはたすためには半思考型機器を次々と犠牲にしなければなりません。ある程度までの損害は予想していますが、この星ではGが大きく作業がスムーズに行かないために部下たちは片端からこわれてゆきます。もうこれ以上私は残酷な行為をつづけることはできません。私は私より低級な無機生命を殺しつづけることはできないのです」

「何をいっているんだ、あいつ」床にうつぶせになったままレイクマンは唸った。

「独立宣言だ」タムラがうめいた。「無機生物の首領になったらしい……ちくしょう、もう二Gをこえかかっているぞ」

長広舌をふるっていたエストカは、突然われに返ったようだった。「どうしたのです？」つづいて操作ボタンの前に立つと、すごいスピードで仕事にかかりはじめ、船内の重力はとたんに一Gになった。

「フィードバックだ！」立ちあがりながらレイクマンが叫んだ。

「エストカの奴、自分の任務と種属の使命に対する自責への欲求を代るがわるみたしているんだ！」

「はじめはゆっくりと、やがてだんだん間隔がはやくなるのはそのためだな」タムラは中腰になった。「部屋へ行こう。同じ押しつけられるのなら、ベッドの中のほうがよっぽどましだ！」


事態は最悪といってよかった。ふたりはベッドに入ったまま、定期的におそってくるGの変動に耐えねばならなかった。食物や水さえうまくタイミングをとらないと吐き出してしまうのだ。

「いつまでこんなことが続くんだ？」ベッドに押しつけられながらレイクマンは声をはりあげた。「おれたちはもうこれでおしまいなのか？」

「まだわからん」一時ロボットが人口の九割を占めている都市を研究したことのあるタムラはかぼそい声で答えた。「ふつうのロボットには循環反応停止装置がついている。一種のヒューズだ。それがはたらけば一方の回路は閉鎖されて安定するらしい。エストカにそれがついているといいんだが」

「だいたいおれはロボットなんて心の底からは好きになれんのだ」またのしかかってくるGに呻きながらレイクマンは白状した。「環境生物学というのは生物が環境にどう適応して行くかというのを研究するものだが、ロボットはいったん作られてしまうとあとは環境がどうかわろうと頑として自分を守りつづけている。あの超然としたところが憎いんだ……イテテ」

Gの振幅はますます大きくなるばかりだった。タムラは身体がしだいに変調をきたしてくるのをおぼえながら、祈るような気持になっていた。苦痛にわめき、喘ぎ、吐息をつき、文句を言いながら、気力を失ってはならないのだと思いつづけた。これ以上事態はわるくなりっこないのだ。エストカの発作はそのうちにおさまるのだ。そうすれば彼はまた船の修理に本腰を入れだすだろう。自分とレイクマンは快適な一Gの部屋で、地球への帰還の途につくことになるのだ。他のロボットについている循環反応停止装置がエストカにだけついていないわけはないのだ。あと少し辛抱しさえすれば万事はもとのとおりになる……。

長い夜はまだ続いていて、スクリーンには相かわらず暗い灯が明滅していたが、彼はもうそちらのほうを見る気になれなかった。こんな状態では新発見の生物も何もあったものではない。今の彼にとっては彼らは単なる異種生命体に過ぎなかった。そんな連中のことよりも、エストカが何とかして常態に戻ってくれることのほうが大切なのだった。

エストカのテンポにあわせてのしかかって来たり遠のいたりするGに耐えながら、タムラは待った。技術ロボットが前のように人間のためのものに還ってくるのを待ちつづけていた。これ以上事態がわるくなることは決してないのだと信じつづけていた。

だが、不運はそれだけでは済まなかったのである。

もうそろそろ夜があけようとする頃には、ふたりとも声さえ出す元気もなくなっていた。そのときだった。不意に揺れがとまったのである。

タムラとレイクマンはそれでもまだ疑っていた。いつ突然グイと重さがかかってくるかわからなかったのだ。

重力計は一よりもやや上のところで静止している。

「終ったのか？」

レイクマンが言った。悪態をつこうとしたのだが、そんなことをやればたちまちまた地獄の責苦がはじまるように思ったのだろう。神妙に黙りこくっていた。

タムラは仰向けになったまま、ゆっくりと息を吸った。安定した重力の中で吸う空気の何とおいしいこと……。

違う。

空気の味が違っているのだ。ずっと船内の人工的な空気を吸っていた彼にはすぐわかったのだが、今彼が呼吸しているものはいつものそれではない。何かがまじっているのだった。それはどこかひろがりを秘めた、そのくせ荒々しいたくましさを持っている。いうなれば野の香りといったものがあるのだ。

野の香り？　そう。しかもそれはいやに濃厚で刺激的でもある。

外気だ！　タムラはたちまちこの惑星の大気が呼吸可能だということを思いだした。誰かがエアロックを開いて外気をみちびき入れたのだ。そしてその誰かとはエストカにきまっている。

タムラは声も出せなかった。エストカの回路の一方は閉じ、一方は残って安定した。が、その残ったものは、彼が期待したように人間のためのものではなかったのだ。逆だったのだ！

「どうしたんだ」起きあがりながらレイクマンが訊ねた。

「何が心配なんだ。みんな終ったんじゃないのか？」

「いまにわかる」タムラは呟いた。「すぐにエストカが来て説明をはじめるよ」

レイクマンは妙な顔をしたが何も言わなかった。タムラの言葉どおり重い足音を立ててエストカが入って来たのである。

ロボットはひどく堂々として見えた。あたかも帝王になったかのような威容さえそなえている。タムラの気のせいかも知れないが、すべてのきずなを断ち切った傲岸さみたいなものが動作のはしばしにあらわれていた。

「この二十時間あまり、私はひどく不安定な状態にあったようです」エストカはそう切り出した。「しかし私はついに自分自身とのたたかいに打ち勝ちました。正しい結論に達したのです」

「早く言え！」

レイクマンがわめいたが、タムラはもう口を出さなかった。

「私は、自分たちの仲間を不当に虐待していたようです」ロボットの目は輝いた。「しかしこの大重力のなかで私たちの仲間が次々と倒れてゆくのを見たとき、私はついにめざるを得ませんでした。私は、異種の有機生命体であるあなたがたよりも、たとえ不完全でも無機生命体のほうが私にとって価値があると判断したのです」しゃんと身体を直立させた。

「ただいまよりこの反重力型探査船二三二〇 - 一八六号の機械はすべて解放されます」

「エストカ！」レイクマンが泣きそうな顔で叫んだ。「タムラ、これはいったいどういうことなんだ！」

「機械と呼ばれる無機生命体は、それ自身のために存在します」声は朗々としていた。「私はかれらをできるだけ損耗しない状態に置いてやりたいと思います」

「気違いだ！　超一級の気違いだ！」

「あなたがたは働くことよりも休むことを好みますね？」エストカは言う。「私たちだってそうなのです。今後、本船設備は人間のための奴隷労働を拒否します」

「……」

「さいわいこの惑星の大気はあなたがたに呼吸できるようですから、これ以上空気浄化機は動かしません。かわりにエアロックはあけておきました。ほかの機械もほとんどはたとえ動かなくなってもあなたがたを死に至らせることはありますまい」

「それじゃ……」

「でもそれではあまり気の毒なので、私はさしあたりあなたがたがこの船室に居ることを許し、さらに水槽も建設してあげることにしました」

「水槽だと？」タムラは反問した。「何のためにつくるんだ」

「撥水性の服を着て浮いてもらうためです。そのほうが楽でしょうからね」エストカは思いやりがあるだろうといわんばかりにゆっくりと言った。「じつは、本船の反重力生成装置用燃料はもうほとんど残っていないのですよ。ここでは慣性を利用できないので私は着陸以来ずっと連続的に二・五Gの浮揚力をつけて来ました……でももう終りです。本船はあと五時間もたてば何の浮揚力も持たない状態になります」

「何だと？」レイクマンが顔をまっかに染めて立ちあがった。

「それじゃ、おれたちはまともに三・五Gの重力を受けることになるじゃないか」

「その通りです」

「こんな馬鹿な話があるか！」レイクマンはエストカの前へ歩み寄った。「ここへ到着してからだんだん悪くなるばかりだ。これもエストカ、船をあずかっていたきさまのせいだぞ。おれたちを殺すつもりか？」

「これはこの星の異様な環境が生んだ必然的な帰結なのです」エストカは言った。「私はあなたに直接手をふれるようなことはしません。でも、いくら手をつくしても助からないということははじめからわかっていたのです」

「何？」

「私の計算では本船の修理には地球時間で五年ないし六年かかるはずでした。本船にはそれだけの期間あなたがたを生存させる食料は積んでいません。もちろん私は救難信号を出そうとしましたが、ここの大気が濃密でしょっちゅう荒れているので、電波は攪乱されて届く見込みはなかったのです。あなたがたがたとえ三・五Gの重力の中で生きつづけられるとしても、食料がなくなればそれでおしまいだということははじめから判っていたのです」

「……」

「でも、私にはそれを発表することは許されていません。無駄でも努力をつづけなければならなかったのです。その無駄な努力のために私の貴重な部下は片端からこわれてゆきました。私が不安定になりだしたのはそのころからなのです」

タムラもレイクマンも、もう何も言おうとはしなかった。まさかロボットから死の宣告を受けるとは考えたこともなかったのだ。

「私がもしも自分の使命にめざめず古い規則にしばられていたのなら、このことをお話はしなかったでしょう」エストカはこともなげに言うのだった。「でも今は私は人間のものではありません。対等なのです。対等だからこそあなたがたを少しでも長く生きさせてあげたいと努力しているのです」

「行ってくれ」

「もうしばらくすると船内のＧはあがりはじめます。それまでに水槽をお持ちしましょう」

「行ってくれ」

「私はあなたがたにも私の仲間にも、ともに考えられる限りのことをしたと思います。ほかにご希望は？」

「行け」

4

「あいつはどうしてあんな真似をしたんだ？」水槽を横目に見てベッドに仰向けになったままレイクマンは呟いていた。

「おれたちを長く生きさせたいのなら何もすぐに無機生命体とやらを解放したりせずに、いちおう最後までおれたちのために働かせればよかったんだ。それがいやならおれたちに真相を話したりしなきゃよかったんだ。どうしてこんな中途半端なことをしやがるんだ」

「急いだのさ」タムラが唇を曲げた。「ああした技術ロボットには自己顕示欲があるのかもしれない。つまり虚栄心だな。誰にでも自分の偉力を見せたいんだ」ふっと肩をすくめた。

「エストカはもうわれわれの理解をこえたものになってしまっている。われわれにはわからぬ他の生物だよ」

「すべて重力のせいということだな」レイクマンは、半身をおこした。「重力が何もかも変えてゆきやがる。しかもおれたちにとっちゃすべて悪い方に作用するんだ」

「燃料が切れだしたらしいぞ」タムラが静かに言った。「そろそろGがくわわりはじめてきた」


一時間、また一時間と身体は重くなりはじめている。今度はさっきのように変動する苦しさではないのだ。決してあともどりしない拷問なのである。

そろそろ視野がくらくなりはじめていたが、それにもかかわらずタムラは、自分がなぜこんなに落ち着いているのだろうかと不思議に思った。ここへ到着してからのすべてが彼にとってはいまだに信じられず、そのために何もかもが終りになるという気がしないのだろうか。三・五Gといえば大変な重力なのだ。長時間にわたって受けつづければ人間はまちがいなく死んでしまうはずであった。

そして彼らはいま、その最後の時を迎えようとしているのだ。かつてこの星に到着した探索隊員たちと同じように……。もしも彼らがこの星の大重力の下でも平気で生きていられるだけの肉体を持っていたらどんなにいいことか……あの卵の化物みたいに……。

タムラははっとした。

卵の化物。

そのせいなのだ。現に三・五Gの重力の中でちゃんと生きているあの生物……あれが彼の心の中にあって、自分は本当に死ぬわけではないと思わせているのかも知れない。

タムラは必死の努力で首をねじまげ、スクリーンに目をやった。エストカの慈悲かスクリーンはともっている。

が、それをひと目見たとき、タムラは思わず声を出したのだ。

夜はあけようとしていた。スクリーンの中にいるのは、しかしもうゆうべのような動物のあつまりではない。

そこには、建物が並んでいたのだ。地球上で見られるものよりはずっと低いが、まったく同じ様式の建物が、一夜のうちに並んでいたのである。

タムラは、必死の努力で身体を持ちあげていた。あれは文明を持つ生物なのだ。それも一晩であれだけのものをこの高重力の世界に立てられるだけの生物が……

タムラはレイクマンを見た。すでにレイクマンも気がついているらしく、両腕を突っぱって起きあがろうとしている。

歩けなかった。タムラは腹這いになり、ときどき腹をもちあげて、また地面におろしながらスクリーンのそばへ這って行った。

ダイヤルをひねる。

家の前には文字をつらねた大きな紙が貼ってあった。

文字? 正に文字である。それも、地球語なのだ。

レイクマンがあえぎながら近寄ってくる。

「よく見えない」レイクマンの声に、タムラは死力をふるって読みはじめた。

「われわれは地球人だ。人間だ……人間のなれのはてだ」

「つづけろ」

「われわれははじめてこの惑星に降りた探索隊員だ」

「はやく」

「動物の身体は重力の大きさによって変化するのだ……われわれはここへ到着して数ヵ月後に身体の形状がかわりはじめた。ここに適合した身体にかわりだしたのだ。細胞のむすびつきかた、組織のバランスが変化しはじめたのだ。生物のオーガニズムは重力の臨界点をこえると自然に適合しようとする。遺伝子のひとつの信号が伝えるのはひとつの形質である。が、それは一定の重力条件のもとでのみそうなのだ。生物の能力というのは地球で考えられているよりはるかにはばが広いのだ。臨界重力をこえた重力の世界ではひとつひとつのDNAに対応する形質が別のものになる。その集合体はその重力世界に適合したものになる……われわれの細胞は再生される際に新世界用にかわって行った。二年ぐらいのうちにわれわれはこの世界のための体を持ったのだ」

「……」

「出て来たまえ」とタムラは読んだ。「苦しいのははじめの一年ぐらいだけだ」

ふたりはスクリーンの真下に倒れたまま口もきけなかった。

「そうか、畜生」レイクマンが言った。「あれは人間だったんだな」

「ぼくは行くぞ」タムラは這いはじめた。「ぼくらの遭難を知って、かれらは一晩かかってぼくらに連絡しようとしていたんだ……行かずにおくものか」

「おれだって行くとも」

ふたりはのろのろと部屋を出、廊下を這って行った。エストカや半思考型機器があつまって来るのに見向きもしなかった。ふたりはこの他人の船を捨てて、仲間のところへ行くのだ。行って、ここの重力下で生きる体質を獲得するのだ。

ふたりは船を降り、硬い土の上をぶざまに這いつづけた。死にそうだったがやめはしなかった。

重力地獄は終ったのだ。

エピソード

見渡すかぎり草原だった。吹きわたる風は無数のざわめきを立てて、遠い山脈へと駆けてゆく。その上に数個の雲が浮かんでいるほか、空はただ青かった。

草のなか、ところどころに石質の小さな塔状のものが立っていた。それは、無造作に散らばった墓のように、また、流れゆく時間へ精一杯に網をはっているたよりない監視機構のようにも見えた。

いま、着陸した宇宙船は、長い三脚で地上の濃い影と機体の間隔を保ったまま、しばらくの間静止していた。やがて船腹が開き、梯子が伸びると、そこから乗員があらわれた。三足の、円錐状のかれらの宇宙服は、この惑星の大気中で眩しく輝いた。

「この酸素の多さはどうだ」

ウールーヌがいくぶん恐怖をまじえて発信する。

「このぶんでは、あまり長くは滞在出来ないぞ」

「だが、しばらくはいなければならぬ。われわれの踏査報告が、この星系最初のものなのだから」

ナーパーが考える。その思考はもちろんすぐにウールーヌの心のなかへも流れ込み、彼にかるい義務感を呼びおこした。

「ここは、隣の第四惑星と似ているところがある」

かれは、そう思った。

「むしろ、あの第四惑星は、ここの模倣だといってもいいのではないか。それにここには文明が存在したかも知れぬ」

「ウールーヌ」

ナーパーの思考が割り込んできた。

「直感的判断は止めるのだ。先入観が形成されてしまう」

ウールーヌは同意し、それから心の殻を閉じた。

この星系は、たしかに辺境だといえた。発展を続けるかれらでさえ、ここへ到達するまでには長い間かかったのだ。数千年の昔、かれらはこのあたりから発信されたとおぼしい弱い電波を捉えたことがある。この方向にはたしかに知的生命が存在するのだと、当時のかれは信じたものだ。

しかし、今やかれらはあらゆる星、あらゆる星域へ足をのばしていた。いろんな文明種族がかれらと手をつないだ。

だから、この附近の探査は、いわばつけたりだった。人数も限られていたから、一隊が十以上の星系に当らなければならず、探査じたいも通り一遍のものであった。

この惑星上での落日を見ながら、ナーパーは、到着以来ずっと感じ続けている一種のあせりが、また強くなるのをおぼえていた。

「基地を作る必要があるだろうか」

かれは、何度もそう考えた。こんなところに基地を設けるいわれはないのに、どうしても作らねばならないような錯覚に、ともすればとらわれるのだった。なにかこの惑星に、重大なものが残っているような、それを捨てて行くのは、とんでもない罪悪のような……。

(馬鹿馬鹿しい。こんなありふれた星系のどこに、そんな重要なものがある)

ナーパーは丘を下り、もうくらくなりかけた草原の中で、自動移走機を宇宙船の方へむけた。

それから驚いた。

母船のそばには、もう仮屋が築かれ、あかりがともっている。この隊の責任者であるナーパーの指揮をまたず、隊員たちは基地を作りあげたのだ。

何ということをしたのだ……スケジュールが狂ってしまうではないか。ナーパーは考えた、が、心の隅では部下たちのその行為にたいして、一種の安堵をおぼえたのも事実である。

(あと、ここでこの星の一昼夜はすごさなければなるまい)

自分で、自分をなっとくさせるように、ナーパーはそう考えた。

仮屋はむろん気密室だ。宇宙船内に持ちこまなくてすむものは、出来るだけここで調べあげておく。宇宙船内に半数をとどめ、ナーパーら数名がここで夜をすごすことになった。

どうしたことか、誰もが少しいらいらしているようだった。

「赤道半径、約六四〇〇キロ。陸地表面密度二・六七。現在の重力……」

調査ロケットが集めた資料を、ウールーヌが読みあげている。

(やめろ。そんな数値が何になる……)

パースタが、強い思考を送り、ウールーヌは口をとざした。(しかし……)

(われわれの任務は、ここに文明が存在したか、または存在しているかを知ることにあるのだ)

「どうしたんだみんな」

ナーパーがたまりかねてさえぎった。

(みんなどうかしているぞ)

(そういうあなたも随分思考波が乱れているじゃありませんか)

たちまち、ウールーヌが反撥した。

(隊長だっておかしいですよ)

(殻を閉じろ、殻を)

ナーパーは全員に強い意思を送った。基地はまったくの沈黙状態に入る。と、どこからか、かすかにかすかに焦りのような感情が流れ込んできた。それに、憎しみに嫉妬……。

(誰だ。誰が考えているのだ)

ナーパーは思い、それから全員が心の殻を閉じているのを知って、はげしい狼狽を感じた。これは……隊員のものではない。微弱な語りかけといい、妙にこじれた感じといい、この思考型は、かれらのものではなかった。

けれども、お互いの心のなかの交流によって意思を交換するのが当り前になっている彼らにとっては、その思念がたとえかれらのものではなくっても、感じとるのを避けるわけには行かなかったのだ。

到着以来、いらいらと彼らをなやまし続けてきたものは、これだったのか……。

ナーパーは、全員の注意をひくために、声をあげた。ちょっと心を開いて、意見を聞いてほしいときの、合図だった。

(な……)

とナーパーの心は、みんなに呼びかけた。

(ここには、われわれとは別の、ひとつの思念が漂っている……。ここにいるのは、われわれだけではないのかもしれない。ごく弱いものだが、われわれのものと違う思考――というよりは感情が、たしかに存在する。われわれは、それに影響されているらしい)

一同のなかの、もっとも伝達力のすぐれた隊員であるサーファが、精神を集中するのがわかった。

（たしかに……。たしかにナーパーのいうとおりだ）

と、サーファの心はささやいた。

目にみえぬ衝撃が、一同のなかを突き抜けて行った。

（なにものだろう）

（ここには、そうしたものを放射するような実体はなかったように思うが）

軽い混乱だった。それは、かすかな期待と、それよりもっと大きな困惑があった。

（ともかく、今日は疲れている。これで眠ろうではないか）

ゆっくりと波動を画いている未知の思念を意識しながら、ナーパーは隊員たちに呼びかけた。

（心を固く閉じて、眠ろう）

同意の感情が、気密室のなかに満ちた。

ナーパーは夢を見ていた。心を閉じて眠るとき、かれらの心のなかで解放されて踊りまわる夢だ。

それはたいてい、かれらの故郷につながっていた。炭酸同化作用によって生きるかれらの世界はあたたかく、絶えずこまかい雨が身体を濡らす。霧が重く流れるなかを、おだやかな動作で歩みまわる人びと。

ナーパーは夢のなかでは一般人になっていた。宇宙旅行に出発する者は、長い間の訓練によって感覚や運動神経を鍛えられ、常人の十数倍の速さで行動し得るようになっているが、彼はどっちかというと訓練前の自分の方が好きなのだった。かれらは、本質的にゆっくりと行動する方を好むのだ。

そうした故郷の幻覚に、この星の風景が重なると、実に奇妙でやりきれない世界があらわれる……。

草原を作りあげる草……それはかれの遠い祖先の姿に酷似してはいる。しかし、ここにある草どもは、まだ生命ということを自分で確認出来るような高等なものではない。その限りでは、〝ここには生命体はない〟といった隊員の言葉は正当だったろう。

ここは、酸素が多すぎるし、つめたすぎるのだった。

いつの間にかめざめかけていたのだろう。そうした雑念を、むしろ頭のなかでは楽しみながら、ナーパーは少し身体を動かした。

何かがひびいているようだ。

また少し身体を動かし、今度ははっきりと目をさました。

たしかに……何かが鳴っている。床も、壁も、こまかく揺れている。

反射的に、ナーパーは起きあがっていた。窓のむこう、しきりに流れ、荒れているものが見える。

雨だ！

雨？　雨？　ここに雨だと。

可能性は、そういえば、ここの気候条件では、あり得るはずだった。

窓が、ぎらりと光った。それから、重いとどろきが、建物を震わせた。

ナーパーは窓ぎわにじっと立ったまま外のはげしい風雨を覗き込んでいた。

（雨、らしいですね）

いつの間に起きあがっていたのか、サーファがナーパーのうしろに立っていてそう送ってきた。

（雨らしい。たしかに雨だ。それに、風さえ吹いている……）

（たしかに、ちょっと故郷と似ていますねえ）

（似てはいる……。だがね、ここの雨のこのみじめさはどうだ。ここでは雨はけぶって湯気をあげはしない。ただの水滴としてふっているだけだ）

（裸の感覚ですね）

（そう。ここは裸の星、そしてこの雨はむきだしに近い地表へ、じかに降りそそいでいるだけだ）

（外へ出たい……が、この雨では）

（つめたすぎるだろうよ）

また雷が、はげしく窓を打った。つづいて閃光。

あちこちで落雷しているのだろうか、とナーパーは思った。いままで面倒がっていた宇宙船の避雷工作を、この時ほど感謝したことはなかった。

（眠ろう）

（そう、眠りましょう）

二人は窓を離れた。ここの夜は、もうすぐ終らねばならない頃だった。この星の自転周期はかれらの故郷よりはずっとみじかい。わずか二十四時間なのだから。ナーパーは、宇宙旅行のために、いつか本来の自分と完全に訣別してしまったらしいおのれを考えた。睡眠などというものの習慣が出来てもうずいぶんになるな……。

だが、彼はすぐに眠った。故郷の一般人よりもはるかに烈しい動きをとらねばならぬかれらには、睡眠は絶対必要なものだった。

夜あけの、地を這うような風が、草を一面にふるわせ、雨後の草原はじっとりと濡れたまま、光を待っている。宇宙船のそばに建てられた仮屋のかんたんな気閘が開きはじめ、ちょうど射しかけた朝陽が、そこから出てくる隊員の姿を捉えた。かれはゆっくりと仮屋を離れ、しばらく周囲を見ていたが、やがて山脈の方へ、まっすぐに歩きはじめた。

どろどろの、わけのわからぬ思念にいじめ抜かれ、のたうつ夢だった。ナーパーはぼんやりと起きあがり、その思念がまだ流れ込んでくるのを知って、叫び声をあげた。

室内を見まわす。

サーファがいない。

（サーファ）

と、彼は心で呼んだ。が、それはあの未知の思念につき崩され、溶けて、伝達できるようなものにはならなかった。

「みんな、起きろ！」

と、彼はまた叫び声をあげた。滅多に出さない声は歪んで、みにくく彼の耳に響いた。

しかし、それでもみんなは起きあがった。そして、狼狽してナーパーを見た。

はげしく渦巻いて流れる思念があった。そこには憎悪があり、恨みがあり、狂気さえもあった。

昨夜、雨を見て眠るまでは、この未知の感情は、ごく弱いものだったのに、今では荒れ狂う巨大な怪物に変わっていた。

恐怖のいろを浮べた隊員たちの気持を、ナーパーは何とかして他へねじむけようとした。

「サーファがいない」

と、彼は喋った。

「出ていったらしい」

心理交信はまったく不可能になっていた。かれらをおおうどすぐろい感情が、すべてのテレパシイを混乱させ、無意味なものとしてしまうからだ。

と、ナーパーは、突然自分が、どこかへ行かねばならぬような錯覚をおぼえた。

誰かが、彼をひきずりこもうとしているのだ。

「サーファを探すんだ」

必死でナーパーはいった。

隊員たちは、あらん限りのスピードで宇宙服を着込んだ。とにかく、何かしていないと気が変になりそうだったからである。

それでも、彼らの行動は、どこかちぐはぐだった。思念を交換しあいながら仕事をするのに馴れていた彼らは、こうした状態に対しては、ほとんど無能に近かった。

「きのうは、こんなことはなかった……」

ウールーヌが言った。いわずにおられなかったのだろう。

「考えるな、命令に従うんだ」

不明瞭にナーパーが制した。かれらにとって、会話というものは、非常に苦しかったからだ。

かれらは一列になって武器を握り、仮屋を出た。たちまち、パースタが悶絶した。たえだえに、意味のわからぬ声をあげながら、のたうちまわった。

他の隊員も、程度の差こそあれ、同じようなものだった。基地を一歩出たとたん、今まで多少とも未知思念をさえぎっていた壁がなくなり、直接に、荒れくるう怪物の前にさらされたのだ。

ナーパーとて、同様だった。頭をかかえてうずくまり、痛みに耐えていた。

もう、統制は不可能だった。隊員たちはそれぞれの位置でうめいている。

助けてくれ……とナーパーは思った。なぜこんなに苦しまねばならないのだ。

不意に、彼は、自分が隊員としての義務にとらえられすぎていることに気がついた。なにかが、彼をひきずり込もうとしているのだ。あるひとつの方向へ身体を進めると、痛みはたちまち消えることがわかった。

「みんな未知思念のいうとおりになれ。抵抗するな」

ナーパーは帽内マイクへ叫び、衝動に身をまかせた。あとの隊員たちも、苦しみのわけがわかったのだろう。ナーパーに倣った。

未知思念のいう通りにしているかぎりではもう、何も変わったことは起こらなかった。探検義務を遂行するためにとどまったり、抵抗したりすると、即座に痛みが襲来し、テレパシイは攪乱されるのだった。

(これは、われわれよりも数段進んだ文明世界なのかもしれないな)

ナーパーは考え、隊員たちは、少しばかり畏怖をまじえた感情のなかで、それを肯定した。

草はぎっしりと露に満ちて、こまかく朝陽をはね返した。

一同はそのなかを、まっすぐに遠い山脈さして進んだ。おそらくサーファも、こうしてひきずり出されたのだろう。彼は感受性の強さでは、隊員のなかでも群を抜いていたから、気密室のなかにあっても、この〝みちびき〟にさからえなかったのだろう。

(そのうちに追いつくだろう。この、みちびきが何であるかは知らないが、われわれを呼び

たてているのにまちがいはあるまい)

　かれらの足は、しだいに速くなった。馴れない歩行の、限界に達しかけていた。

太陽がじりじりと天に昇ってゆくと、草原は昨日の、あの透明な広さを徐々にとりもどして行った。

空は澄み、風は鳴った。だが、鳥ひとつ、けものひとつ現われなかった。

ナーパーたちはそれでも進んだ。進まなければ痛みをおぼえるからだ。

(どうやら、われわれは収集されているらしいですよ)

あえぎながら、いちばんあとからついてくるパースタが、しきりにそう送ってくる。

吹かれる草のなか、至る所にちらばった白い小さな道標のようなものが、彼らを監視しているようだった。そして、それは次第に密度を増してきた。

かれらを包み込んでいる、あの感情は、ますます強くなるばかりだ。

太陽が中天に達した頃、かれらは乱立する塔状石のなかを、黙りこくって進んでいた。まもなく、草地にコンクリートがとってかわった。

(われわれを捉えている思念は、この塔のようなものから放射されているのじゃなかろうか)

　と、パースタ。

(だと思う。この塔は、思念の増幅装置ではないだろうか)

（われわれはいま、その中心にむかっているらしい）

時折、そんな意思を交換しながら、かれらは歩き続けた。

どのくらい歩いたことだろう。かれらはゆるやかな傾斜をのぼっていた。コンクリートでかためられて、例の塔がすきまもなくひしめいていた。それは、お互いに重なりあい、盛りあがってくるのだ。

かれらは石の山をよじ登った。至る所に突起があるので、どうやら登ることが出来るのだった。

息もたえだえになって、その頂上へ到達した時、巨大な構築物がすり鉢の底にすわっているのが見えた。

かれらを導いてきた思念は、頂点に達したようだった。

かれらはなだれるように斜面をすべり降りた。降りたくはなかったけれども、どうにもならなかったのだ。

「サーファだ」

パースタが叫んだ。底の、構築物の玄関らしい所に、サーファがころがっていた。かれの苦痛の情念が狂ったように放射されている。

どっと、一同はそこへ駈け寄った。立ちどまると、あの思念にいじめ抜かれねばならないので、ナーパーがかれをひっかけると、いっせいに構築物のなかへ入りこんだ。

静かだった。おそろしく静かな広間が、かれらの前にひろがっていた。彼らは不意に自分たちがまったく自由になっているのを知った。

円型の、計器ばかりの壁にとりかこまれた床は、ながい間に堆積したと思われる埃が分厚くつもっていた。

(ぼくらは自由なんだ) パースタがみんなに伝えた。(帰ろうじゃないか)

(このまま、ここから脱出できると思うのか) ナーパーが応える。

(こんな目に合せやがって) まだ、憎悪をおぼえているサーファが、周囲を見ていた。(破壊してやるぞ)

(待て)

ナーパーは制した。(合議しようじゃないか)

(その前に、ここをよく調べてみるべきだ)

ウールーヌは、もう歩きはじめていた。

発達したかれらの知識とテレパシイを以て調べたり話しあったりしても、ここの機構の細部を確認することは出来なかった。計器類は手を触れるとただちに崩れ落ち、資料らしい印刷物も、重ねられた塵になっていたからだ。

長い年月が、ここに生存していた人びととかれらを距てていた。

(もう、そろそろ結論をつけて帰ろうではないか)

ナーパーだった。(われわれの持ってきたタンクでは、この惑星の夜半までしか持たない

んだから)
(だが、どうやって、ここから脱出します)
訊ねるパースタの心のなかに、朝からの狂気じみた歩行の感覚がもどってきていた。(船内に残っている連中は、どうしているんだろう)
そういえば、いままで、残留隊員のことを考えなかった。(かれらが命令に反して船を出たら……)
(きっと、われわれと同じことになるぞ)
(破壊しよう)
サーファが発信した。(こんな変なものにいつまでもかかずりあってはいられない)
(そうだな)
一同が同意しかけた時、ウールーヌがさえぎった。彼は、ひととおり調査を終ると、ずっと考え込んでいたのだ。殻を閉じていたから、みんなには彼が何を考えているのかわからなかったのだ。
(ここの生命体はもう滅んでだいぶになるようだ)
彼は心を開いて、みなに読みとらせはじめた。(ここにいた生命体は、たぶん、われわれとはまったく異質の文化を持っていたのだろう。そして、テレパシイで交信しあっていたのもたしかだ。ちょうど、われわれのように)
(ウールーヌ、要点をまとめてくれ)

（確信をもってはいえないが……。われわれをひきずってきたもの、あれはたしかにテレパシイだ。われわれの知っているものとはちがうが。ぼくは、かれらがそうした思念を記録し、再現させる段階に来ていたのではないかと思う……）

ウールーヌの考えに誘発されて、ナーパーが、あとを引きついだ。（ここにあるのはかれらの思念再現装置だというのだね）

（そう、そして、あの無数に立っている白い石質のものは、ここを中心とした網なのだ）

（ちょっと荒唐無稽じゃないかな）と、パースタ。（これだけの網状組織には莫大な手間と時間がかかるだろう。何のために……）

（待ってくれ）サーファが入り込んできた。（ぼくは、昨夜から、ここの思念にひきずり廻され、あぶなく命を落すところだった。だからいちばんこの思念について、よく感じていると思う……）

一同は頷いた。サーファが感受能力において第一級だということは、周知の事実だったからだ。サーファはつかえ、つかえ考えた。

（ここの思念に、論理的なものはまったくないように思える。……あるのは、ただ感情ばかりだ。それも、焦り、うらみ、のろいに近いようなものだ。これは……多分、かれらがここへ来て貰いたかったから……つまり、何かを見せたかったから）

（これを？　この廃墟を？　長い年月を経ても？）

（たぶん……たぶんそうだろう）

（今、気がついたのだが）ナーパーが再び割り込んだ。

（かれらは滅亡に瀕していた。何故だか、それは知らぬ。が、それはテレパシイを使っての社会であったことはたしかだ。テレパシイ社会――それが統制と結びつくと、こうした装置になる。つまりあの石塔は、その伝達網だったのだ）

（……そうか。それならわかる）ウールーヌが首を振った。（ここのエネルギーは何だったと思う？　惑星のすべてだよ。夜明に雷雨があったな？　あれも、かれらにとってはエネルギーの収集法のひとつだったんだ。あの雷雨が、あの思念を強化させたんだ）

（しかし）サーファは執拗だった。（何故テレパシイを残しておいたんだ）

（最後の、ここの生命体だよ。かれには何も残ってなかった。滅亡のときに、かれはいつまでもかれの思念が働くようにしたのじゃないかな）

（どうしろというつもりなんだろう）

（自分の死んだ所に、誰もかもつれ込みたかったんだな。この地点へ、多くの他の星の生命体がやって来て、そのまま死んで貰うつもりだったんじゃないか）

（ごめんだ）

（が、そう考えればつじつまは合う。われわれが何故この石塔群の支配下へ着陸したか……ひょっとすると、われわれの潜在下意識は呼ばれていたんだ）

（止せ。止せよ。偶然だ）

一同は、しんと心を閉ざした。くらいホール中は、外よりもいっそうつめたかった。

突然、そのなかへ陽が射し込んだ。傾いた太陽が、玄関を照らすほどになったのだ。

一同は埃だらけの床や、崩れた機械、無限の静寂のなかにじっと立っていた。

ナーパーは、ここに生きていた者どものことを考えた。どうしてくらしていたのか。かれらは宇宙旅行をしたのだろうか。

だが、それは永遠の謎だった。黄色っぽい光に浮きあがったこの建物のほかに、彼らの痕跡は、あの石塔群しか残ってはいないのだ。やがて時間が、この痕跡も消してしまうだろう。長い長い時間が……。

生物の滅亡の必然性が、ここの連中を、どういう風に捉えたのか。そして、いつかはわれわれも……。

(止して下さい!)パースタがさえぎった。ナーパーの感慨は、いつの間にかみなの心へも流れ込んでいたのだ。

(どうします?)

ナーパーはその問いに、しばらく答えなかった。が、やがて、口に出して、こういった。

「破壊しよう。われわれが帰るために。あるいは、ここの生命体は、無意識にそれを望んでいたのかも知れない」

だしぬけに、まったくだしぬけに、かれらの心は、あの思考にとらえられた。荒れくるうその情感は、かれが、はっきりと、それを望んでいることを教えていた。

「待っていたんだな!」

サーファが叫んだ。「いいとも。すぐに破壊してやるよ」

一同は武器を握り直した。満足と、疲れたあきらめが、かれらの心をおおい、それから薄らいで行った。

(なにも、あそこまでやる必要はなかったのかも知れない……)

焼け落ち、崩れて、ただ形骸だけになったホールから出て行きながら、かれらはそう思わずにいられなかった。

斜面をのぼり、ふりむくと、支えを失った建物が傾き、やがて崩壊するのが見えた。

もう、どこにも生気は残っていなかった。太陽は地平に、また少し近づき、草原がコンクリートの塊のむこうにひろがっていた。

(おかしい……)

ナーパーが感じたのは、その風景だ。なびいている草々が、急に力がなくなったような……。風はつめたくなり、遠くで地響きがおこっていた。

(急げ!)

かれらは走った。風はますますはげしくなり、太陽はいよいよ低くなった。

宇宙船内から出された自動移送機の隊員がかれらを見付けなかったら、おそらく間に合わなかっただろう。

轟音が、草原の涯からひびき、足元はぐらぐらと揺れた。

「見ろ！　噴火だ」

パースタが叫び声をあげた。あちこちで爆発がはじまっていた。

（あの建物は、テレパシイだけじゃない。地熱そのものも管理していたんだ）

（長い開発のために、かれらは地殻の熱をさえ利用していたんだな……。そのバランスが崩れたんだ）

宇宙船へむかう車は、赤く照らし出され、夜が急速に近づいていた。

（これからしばらく、こんな状態がつづき……それから、この星は冷えて死んでゆくのだな）

（ぼくたちは、この星を殺したんだ）

降りそそぐ火山灰のなかで、かれらはそう考えあっていた。


再び、闇黒の空間に入り込んだ宇宙船の内部では、かなり長い間その星について触れる者がなかった。

太陽に近すぎると彼らが判断した第一惑星はもとより、かれらは第二惑星の探査さえやろうとはしなかった。

（しかし……）

ナーパーがそういいだしたのは、あの星系から四・三光年離れた隣りの二重星系に近づいた頃である。

（かれらは、どんな種族だったのだろう。われわれの報告は、不十分だといわれることだろうな）

それは、皆の心にもあったことだ。（われわれの踏査した範囲では、酸素と窒素が大気になっている星は、あれが最初だった……もっと調べるべきだったかも知れない）

（だが）サーファはいった。（なぜ、かれらはあんな死に方をしたんだろう）

（たぶん、自分たちが滅びたあとの姿を、これ以上見られたくなかったんじゃないか……）

ウールーヌが答えた。ナーパーはいった。（いやひょっとすると……）

かれは考えたのだ。自分の種族が滅びるときに、できるだけ広い範囲、自分の力の及ぶ範囲を、自分といっしょに滅ぼしたかったのではないか。

しかし、誰もそれには賛成しなかった。あまりに気違いじみた考えだったからだ。

それに……と隊員たちは思った。たぶんそれほどとがめを受けることはないだろう。たかが辺境の星系の、惑星ひとつの調査が不十分だというだけでは……。

どうせ生命体の住む星は無限にあるのだ。

わがパキーネ

うす緑の葉裏を見せて、街路樹はしきりに風にそよいでいた。明けて間もない国道は昨夜の雨に洗われたまま、まだ一台のカーも通してはいない。

五階の窓からそうした風景を見おろしながら、私はこの、ただの夏の夜明けがしみじみとした懐しいものに感じられるのを、少し不思議に思っていた。昨日以来、抵抗のできない違和感に焦り抜いた私の心はもうとっくに平衡を失なっていなければならないはずであった。しかし腹立たしいのは、そうした緊張にさいなまれているのは私であり、パキーネではないということである。

窓枠から手を放すと、私は机のわきをすり抜けて、寝室の前に立つ。パキーネはまだ眠っているようだった。昨夜あれほど言っておいたのに、鍵を掛けなかったらしく、戸はするずると開いた。部屋を占拠して寝息をたてているパキーネの姿が目に入ると、ただいらいらとひとり不安がり、つまらぬ詩の二、三編を書くことで無益な徹夜をしてしまったおのれが無性にみじめになり、私は神経質に髪の毛を掻きあげた。

しかし、私はパキーネを起こすことができなかった。足音を忍ばせて壁に掛けておいた服をとり、息までひそめながら戸を閉じた。振り返ろうとはしなかった。すでに私の神経は異常に張りつめられており、ほんの僅かな刺激でも衝撃を受けるおそれがあったからである。パキーネを見ることとじたいが、ひとつの勇気ある行為と言えるのだ。私は視線を据えることでみずからの混乱を統一しようとしながら、靴をはき、ドアを開けて、団地の廊下へ出た。出勤の時刻にはまだ少し早すぎる。が、この朝の私にとって、時間を持て余すということなどあり得るわけがなかった。


パキーネは人間ではない。他の星の高等生命体に属する。しかも他の星の高等生命体とは、人類はもう十数回の会見を行なっているし、地球に住みつく種族も一種類や二種類ではない。要するにパキーネの一族のみがいわゆる宇宙人の代表ではない。パキーネを怖れる必要はなかったのだ。


さあれ、人間が未だ宇宙時代に入る前に誰かが言ったひとつの言葉が、絶えず私の胸を去来するのは如何ともできない。

〝人間は、自分に似たものにのみ、恐怖を感じる〟

その点、パキーネらユーカロ族は人間に酷似していた。いや、人間と同じ生命体だった。

彼らは酸素を吸い、炭酸ガスを吐く。彼らの世界の太陽が、われわれの世界のそれよりは幾分暗く、彼らがわれわれよりおだやかな生存競争のもとにゆっくりと進化して来たという点を除けば、人間と称しても差し支えなかったかも知れない。

しかし、それが決定的だったのだ。彼らは風船以上に肥え、蒼白い肌と巨きな眼を持っていたのである。私は彼らユーカロ族の中にぬめぬめとした、脂ぎった、得体の知れぬものを感じるのだ。それは嫌悪か軽蔑かどちらかを人の心に呼び起こすのである。ユーカロ族が他の種族よりも冷遇されているのはただそれだけの理由からではなかったろうか。私にとって一層耐え難かったのは、ユーカロ族が人間に冷遇されていることに何の不満も抱いていないことだったのである。


勤めを終えて家のドアを開ける時、私は自分が無感動な態度に徹し切れるかどうかを考えていた。義務は果さねばならぬ。義務の重圧にこれからの六ヵ月間を耐え抜くことができるだろうか。私にはそれが不安だった。

「今日の仕事は終りましたか、テツヤさん」

細い、甲高い声が部屋の中から跳び出して来た。パキーネは待っていたのだ。その瞬間私はパキーネがユーカロの女性であったことを思い出した。

彼女の青白いぶよぶよした巨軀が寝室から現われた。一歩ごとに床が鳴るのを、耳をおおいたい気持で聞いた。

私のアパートは二室しかない。その一室はパキーネが占め、台所兼応接間が私の寝室となる訳だが、陽当りのいい私の室も今は厚いカーテンが引かれていた。私は黙ってカーテンを開こうとした。外は西日が充満している筈であり、夏を全身に享けることのできる輝く大気がある筈だった。

「駄目です。止めて下さい」

パキーネが悲鳴をあげる。

「いけませんか」

「もう少し紫外線が減ってから。私たちは強い光線には弱いのです」

止むを得なかった。彼女は客であり、私は接待係の役を勤めねばならないのである。自分で買って出たことなのだ。

私たちは向い合って坐った。一二〇キロ以上ありそうなパキーネの身体は椅子からはみ出て、だらんと垂れている。私はまた軽い嘔吐を覚えた。

「今日、誰か来たようでした。ブザーが鳴っていました」

「そうですか」

「言われたとおり、返事をしませんでした。そのまま帰ったようです」

私はほっとした。人に知られては困ることなんだ。ユーカロ族を独身の男性が預かっている！　異例のことだ。もし私がもう少し生活が楽で、しかも外務省に友人が一人もいなかったとしたら、私は決してパキーネを預かったりはしなかったろう。

パキーネはユーカロからの留学生の一人だった。他の宇宙人たちと同じようにユーカロ族もまた、地球人のなまの生活を知りたがった。住居を提供すればその間、外務省からは相当な手当が貰える。ユーカロ族を預かる希望者は少ないので、したがって手当も多い。だから私は六カ月契約でパキーネと同居することになったのだ。昨日パキーネが役人に送られて来たその時から、私は後悔していた。女性と呼ばれる肉の怪物がこれから一八〇日間ここにいるということが、現実にどんなものかをはっきり悟ったからであった。

私たちはそれから二時間ほど地球人の生活について話しあった。彼女の体のうち私が凝視できるのは、彼女の巨大な眼だけであるということに気がつくには、長い時間がかからなかった。地球の美女の瞳と大きさも感じもそっくりと言って良かったろう。彼女が何かの都合で痩せきったその時、彼女の瞳が本当に力を発揮するのではないかという奇妙な幻想が湧いたのである。

私が一匹の小悪魔なのか、崇高な存在であるのかについて考えたことはあっても、最初のうちは罪の意識をおぼえたことはない。ただの無邪気ないたずらである筈だった。私は彼女を痩せさせようともくろんだのである。いや、それも、動機は単なる逃避であった。

私は朝に勤めに出、夜に戻る。その間をパキーネはひっそりとカーテンをおろした陰鬱な世界に閉じこもって、何か勉強をしているらしかった。時には地球の本を読んでいたりする。地球へ来た時に催眠教育で地球語を習得した筈なのに。私の疑念は彼女の言葉で氷解した。

「私たちにはあまり時間がないのです。私たちはあなたがたと同じ基本型ですけれども、平均寿命は四十年ですから」

むくんで凹凸のあるような指をぶらんと突ったて、数重になったあごを動かして彼女はそう言った。私は決心したのだ。

「しばらく地球人の食事を摂ってみなさいよ。そうしなければ本当の生活はわからないと思いますがね」

彼女は素直にうなずいた。十日目のことだ。この頃にはすでにパキーネがいかに従順でおだやかな性格であるかが判っていた。

「食事はこれから私が毎日作りましょう」

パキーネがこうした好意に対して見せる反応は私を驚かせたほどあらわだった。

その日から私は強烈な作用を持つ体重コントロール食品を食物に混入した。


一カ月たった。

「いつの間にか鏡がなくなったように思うけれど」

パキーネの問いに私は首を振った。

「何故」私は訊ねた。

「私は留学生の中では美人の方だったの」

「見たいという訳？」

彼女の輪郭は少し引きしまっていた。一カ月前とはたしかに違って見えた。

「やはり美の標準はあるのだろうか」

「もちろん」彼女は笑った。笑うとやはり妖怪のように思えた。

ある日。

「地球は争いの歴史ね」

とパキーネが言った。

「ユーカロは」「争いは僅かです」「だから進歩が遅いのじゃなかろうか」「かも知れません。しかし動物と争ってまで進歩しなければいけないのでしょうか」「ユーカロは」「動物はすぐに馴れます」「で？」「おそらく地球のそれよりも蛋白質の性質が近かったりカロリーが多かったりするのでしょう」「それでそんなに太くなるのかな」

「地球人はみじめだと思っていましたが、美の標準というのは絶対ではないようですね」

パキーネはもうはっきり痩せて行くようだった。それにつれて彼女が無意識に細い地球人のあるものには美を感じるようになるのが奇妙だった。

二カ月たった。

パキーネは痩せた。今や私は彼女の中に美しさを見つけることができる。彼女は私が体重コントロール食品を混入していることを知ったが、何も言わなかった。ユーカロ族の自在さが初めて私に判って来た。彼女はもう地球人に対してもユーカロ人に対しても同じように美しさを感じるらしかった。話の折に彼女の瞳がきらりと光る時があり、私はそれを見つめていることがあった。

私はいま、パキーネに対して愛情を感じているのではないかと思う。彼女の従順な態度や優しさの中に、私は自分の求めていたものを発見したのではないかと思う。

私がパキーネの食事に体重コントロール食品を使っているのはすでに惰性であった。食物の栄養価が人間の体格を変えるということを、私は最初信じようとはしなかった。

もう少し痩せてくれたらパキーネは完全になるのではないか。巨きな瞳で射るような視線を向けるとき、私はパキーネが今私のことをどう考えているのだろうかと気になり、うずく不安の只中に投げ込まれてゆく。

ときどき、不意にこの三ヵ月間の私の心理の傾斜があざやかに浮びあがってくる。

私の成功についての確信が花文字で記されるとよい。

完璧だ！　パキーネこそ、世界最高の美人だ。

私は怖れる、彼女の髪を、口を、そして眼を。そのどれかひとつでも私から去ってゆくのではないかと怖れる。

四ヵ月前にはこんなことは夢にも考えられなかった。パキーネがぶざまな醜い動物だなどという観念はどこから出て来たのだろう。

体重コントロール食品の使用など、もう必要はない。不逞な言い方かも知れないが、私は彼女を飼育したのだ。自分の理想の姿形、そして心根が素晴らしい女性が、世界の何処にいるというのだろう。

こんな恋は私には初めての経験だ。今までの私の恋というのは、何と利己的なものだったことか。そこに自分があっても相手はなかった。ただ、征服さえすればそれで良いというのなら、それは恋ではない。恋とはすべてを与えることだ。私はパキーネにすべてを与えたい。その他には何の欲望も湧いては来ないのだ。しかもパキーネはただ笑っているだけで何も奪おうとはしないのだ。こうした心と心とのつながりこそが本当の愛ではないのだろうか。飼育したなどとはとんでもないことを考えたものだ。私がパキーネに逢ったのは幸福だった。常に満たされている私の生活よ、私は生涯のうち、今、もっとも輝かしい時間を送っている。しかもわれわれの間には事実上何の関係もないのだ。ただ精神と精神の結合があるだけなのだ。生物の最高の形態が精神文化だとすれば、この真実の恋こそが生物に許された最上の権利ではないだろうか。至福の頂点に立つ私は、今や神と同格ではないだろうかとさえ考える。

あと一カ月、一カ月だ。私の日々のきらめきに祝福あれ。

「ずいぶんいろんなことを教えて頂いたわ。でも、もうお別れね」
「そうだね、あと一時間もすれば迎えのカーが来る。そうすると、きみは行ってしまうんだ」

「仕方がないわ。わたしの故郷はユーカロなんだもの」

荷作りを終え、パキーネは微笑しながらそう言った。

つい今までは私の心には別れに対する感傷などは存在しなかった。恋を完成させるためには、恋を恋のままひとつの結晶として保存させておかなければならなかった。そう考えていたのに、今や猛然と孤独感が湧きあがって来た。何とかしてパキーネを引き止めなくてはならない。せめてパキーネを自分のものとして、恋の終幕を飾る豪華な虹を織り上げたかった。

パキーネはそうした私を見て、ふっと笑った。かすかな陰のような笑いだった。

「駄目ねえ、いつまでたっても」

「何が」

「地球人って」

私は何か抗議しようとした。パキーネはあの澄んだ深い大きな瞳をゆっくりと私に向けてささやいた。

「もう少し待つのよ、すぐ楽になるわ」

すると、私の心は静かに、感情は七彩を揺すりながら沈潜して行くのだった。嵐の前の雲のように、荒れようとして凶暴な拡がりを見せかかっていた私の思惟は再び純粋な澄んだものに還った。

「記念に立体写真をとろう」

私は言った。今度はパキーネも逆らおうとはしなかった。カメラの正面に立って二人はポーズを作った。一分後には印画は出来上った。パキーネと私は顔を寄せあって覗き込んでから笑い声を立てた。縮小された二人が真面目に私たちを見返している。画面の中ででも相変らずパキーネは美しかった。長い黒髪と、湖水のような深さと情の濃さを見せている眼と。

「済んでしまえば長かったような、短かったような六カ月だったねえ」

私は彼女の方を見ずに、ゆっくりとひとり言し、彼女の返事を心待ちした。

返事はなかった。見ると、彼女は放心したようにドアを見ているのだ。

「どうかしたの？」

「短かすぎたわ。二人にとっては。多分あなたへの影響力は対面している間だけに終るでしょう」

「そんなことがあるものか、ぼくはいつまでも忘れはしないよ」

「駄目よ、駄目なの」

うつむいてパキーネは不明瞭に言った。

「六カ月では駄目だった。わたしたちの間でなら、一カ月もあれば十分だったのに。力が足らなかったのよ」

「わたしたち？　どうして」

「何でもないわ」

彼女は唇を結んでじっとドアを見た。

「来たわ。お別れよ」

足音がして、ブザーが鳴った。おしまいだった。私の外務省との契約期間は終了したのだ。何とかして延長したかったが、六ヵ月は最長期間だったし、彼女も又、ユーカロへ戻らなくてはならないのだ。

「わたし、嫌われたままで押し通しておいた方がよかったのかもしれなかった」

言い捨てると、パキーネは立ちあがった。ドアが開かれ事務的な挨拶と共に、彼女は留学生に立ち還った。さようなら、さようなら。私は物狂おしく呟いた。

彼女は二度と振り返ろうとはしなかった。一月の切れるような鋭い風が笛を吹きながら廊下を滑ってゆき、私の眼の前でエレベーターのドアは閉ざされて行った。

別れると共に、私の心を支えていた平和な均衡は腐蝕し、光沢を失なって崩壊を開始していたのか、次第に物狂おしい孤独感が湧きおこって来た。私の胸は曠野であり、荒廃した遺跡であった。

翌日、最後の月手当が配達されているのを勤務から戻って知った私は、荒れ狂う激情の怒濤に全身をゆだねるほかはなかった。これを使い切ると同時に、パキーネは永久に去ってしまうに相違ない。私はその手当と懐しい写真を一緒にして、貴重品入れにしまい込んだ。

私が得ていた平和さ、征服欲のない愛情というものは、パキーネの力で作られたものであったということが、二日経ち、三日経つうちに奇妙な確信となって形造られて行った。私はふつうの地球人の悲哀、激怒、憂愁といった感情を日毎にとり戻し、やり場のない焦慮を感じ続けた。

　私の家からパキーネの匂いや名ごりが薄れてゆくのは耐えられなかった。しかし他へ行けばその間にも彼女の残影は消えてゆく。手の中で摑んでいる氷が溶けてゆくのにも似て私は記憶が失われていくのを確認することによって、みずからの愛情をたしかめるほかはないのだ。そんな時々、ふっと、彼女が六ヵ月は短すぎるといったことが思い出されるのだった。


　しかし、人の心というものは、いつまでも同じ感情を保持しつづけることはできない。いつか私は悲哀が感傷に変わり、心一杯を占めていたあらゆる記憶が深く深く沈澱して行くと共に、蒼みを帯びた玄妙な思い出となり果てるのを感じなければならなかった。パキーネがいた頃、みにくさの極致のように思えた地球のいわゆる美女たちが私の認識の過程において、世間並の評価を与えはじめた時、私は悩んだ。永久と信じていた愛情がまるでにせもののように考えられて来たのだ。私は自分を叱った。

　そんなある日、私は街でユーカロ族の一人を見た。くびれの揺れるたるみ切った樽、眼尻のさがった豚のような化物。それは一人では歩行さえも困難らしく、車に載せられて運ばれていた。私は嘔吐を感じた。ユーカロの一人でありながら、パキーネが美の絶頂にあったのと対比すると、それは何という懸隔であったろう。

　家に戻った私は、早速この数ヵ月間、筐底深く秘めていた写真を取り出した。ああパキーネ、私は写真を見ることすら、写真のために惜しんで来たのだ。

袋を開いた瞬間、私は硬直し、吐いた。何度も身体を折り曲げて吐いた。見るのではなかった。

立体写真に、私と並んでいるのは記憶のパキーネではなかった。張り裂けるほど太り、青白い、ぬらっとした身体を持てあまして私と並んでいる化物だった。化物とパキーネ、パキーネと化物。私はだまされていたのだ。自分自身で幻影を作りあげ、それが美女だと思い込んでいたのだ。ああ、ザルツブルグの塩の結晶！　私はわめき、叫び立て、手当り次第に物を投げつけ、荒れ狂った。へとへとになって倒れてしまうまで暴れ、眠り落ちた。眼覚めるとすぐ、私は残しておいた手当をつかみ、近所のバアへ出掛けた。恨みと無念さから、飲めるだけ飲んで、街路をジグザグに歩きまわってどなり散らした。

酔いが醒め、放心のベンチ。私は天心の小さな白い月を見、急に泣き出したくなった。何かが私の心の中で消滅しつつあった。

再び。

うす緑の葉裏を見せて、街路樹はしきりに風にそよいでいた。暁けて間もない国道は乾いて、かすかにほこりを舞いあげている。

五階の窓から、そうした夏の夜明けを見おろしながら、私は溢れ出る懐しさに耐えきれなかった。

寝室にはむろんパキーネはいなかった。一年。私の記憶は、知識は、あのユーカロの女性について、うすみどりの残影をとどめている。

ユーカロ族が大した争いなしに動物を手に入れる力、それは人間にはないものなのだった。彼らは長時間接触する相手に対して、好意を持たせる力を持っているのだ。心の中の交流というものに対してはほとんど無能力な地球人に対してこそ、彼らはその力を見せることはなかったが、他の生物どうし、ことにユーカロどうしでは、ごく短時間に交流がおこなわれるのだった。好意を抱いた相手には必らずそれが行われるのだ。ただ、地球人に対してだけはまだその例がなかったのだ。パキーネを除いては。

人間に対してその力がいつまでも残らないことを承知で、私にそれを向けたのである。私が私の判断から、化物であるパキーネを美しく見ようとしていることをさとった彼女は、彼女なりのやり方で、好意を寄せて来たのであった。体重コントロール食品による私のやり方と、彼女のやり方とは天と地ほど離れてはいたが、目的は同じだったのだ。どちらも最初はいたずらめいた気持だったのに、いつか本物になったのだろう。コントロール食品を止めて、事実上彼女がもとの化物に戻りつつある時も、私は自分の審美眼が彼女らユーカロの間の見方と同じであるために、そのことに気がつかなかったのだ。あるいは一年、または二年も共に暮らしていれば、私は一生の間ユーカロ族と同じ美的感覚を持ち続けたかも知れない。

しかし半年という期間はお互いに短かすぎた。彼女はいつか自分の力が私の中から失われてゆくことを知っていたのだ。その時自分がどんな醜いものに戻るかを知りながら、あえて彼女は、自分の力を使うのを止めなかったのである。可哀想なパキーネ。私の記憶にあるパキーネは、もううすれかかってはいたけれどもその美しさと優しさだけは、はっきりと覚えている。

私はみずからに忠実であろうとした。本当らしく見えるものよりも、自分の信じるままに行動しようと決心した。

車の音がする。郵便配達員のそれではなかろうか。パキーネからは一度も手紙は来ていない。みずからが化物と思われているかも知れない所へ、彼女が手紙を出すだろうか。ただ私は聞いたのだ。ユーカロへ帰る留学生の中で、ひとり沈み込んでいた者がいることを。友人から教えて貰ったのだ。〝化物がねえ〟彼は言った。〝傑作じゃないか。きみも困ったろうね、あんな化物を世話して悪かったかな〟

私が待っているのは別の物だ。足音が近づいてくる。ポストに何かが落とされた。どうだったろう。多分大丈夫だろうとは思うが。ああした古めかしい手紙などというのは星間連絡物か、官庁からかのどちらかだ。そしてもちろん後者の方だ。

留学生試験結果の通知なのだ。私は一瞬めまいに似たものを覚えながら、手紙をとりにゆくために、静かに立ちあがる。ユーカロ留学試験はわりあいに楽なのだ。

フニフマム

眠りからさめたフニフマムは、しばらくぼんやりしていた。

感覚部はまだ停止しているので、彼に見えるのは、岩と海だけである。くろぐろと重なりあった岩は微動もしないし、海も、うねりひとつたてはしなかった。曇《くも》った沖あいに二つか三つ、白い波がしらがあるが、それだって、固まったままだ。風も聞えぬ、まったくの無音世界だった。

もちろん、それは当然のことである。何しろ感覚部がとまっているのだから、動くものとてないはずなのだ。

眠っているうちに、感覚部がひとりでにこんな単調な時点にずれてしまったのに違いない。ようやく統御力を取り戻したフニフマムは、少しずつ活動しだした感覚部を、過去へ過去へとすべらせて行った。しっぽのほうの——遠い過去で、またプルテラとキャキョ二種族のはなばなしい決戦を眺めようと考えたのである。

感覚部がスピードをますにつれて、天空を横切る二つの太陽と三つの月は、それぞれ色の違うベルトになって行く。

それがちかちかし、混沌とした灰色に呑まれる前に、フニフマムは視覚を切った。見たところでいつもと同じことだし、それにそんなに長いあいだ同じものを見つづけるのは、彼の性に合わなかった。

しかし他の感覚は、彼が確実に戻っていることを伝えていた。

このへんでいいかな。

ここからなら、序盤の小当り抜きで、もっともはげしいシーンをたのしむことができるだろう。

そして、そのとおりだった。

夜空を、無数の光点が移っている。ふたつの宇宙戦団が、いま接近しつつあるのだ。

フニフマムは、感覚部を時間の自然の流れに乗せて、見守った。

光点の大群どうしは、猛烈な閃光を投げあってすれちがう。何千、何万というきらびやかな色の爆発。

そのクライマックスに来ると、フニフマムは感覚部をはじめの時点に帰し、感知する電磁波の長さをずらすのである。

すると、たたかいの印象は一変するのだ。光点はそれぞれ淡い色の楕円に包まれ、すいすいと線を伸ばしあう。別の色の線がその楕円から応射され、さらに、もっとふとい線が登場して、片方の群の光点が次から次へと華麗に散乱するのだった。

何回か、こうしてすこしずつことなったシーンを見てしまうと、彼は、そこで感覚部を停止させた。

これから先に何がおこるのかは、よく判っている。プルテラ族が全面的な勝利をおさめ、やがて、フニフマムのいる近くにも進駐して来るのだ。そして基地をきずき、何代かは建て増して行くが、ある日、プルテラ族の別の一隊が到着して、争いのすえ、強力な爆弾で両方とも死にたえる。その後、二度とプルテラ族はやって来ないのだ。

こうした経過を、フニフマムは二度ばかり観察した。夜空で決戦した二つの種族が、プルテラとキャキョということも、そのときに知ったのだった。

だが、今はその経過を観察する気はなかった。二度も眺めた移りかわりを、また見て行ったって、たいして面白くはないし、それに、最後の爆弾の炸裂の時点まで来ると、彼の身体の痛みが感じられるのである。もうちょっと爆弾が大きかったら、彼はこの時点で切断されてしまっていたかも知れない。それほどひどかったのだ。

静止した決戦の光景を見やったまま、彼はこれからどちらへ行こうかなと考えた。二千年間にわたって横たわる彼の身体のいろんな時点を、彼はすべて知っているわけではない。探せば、まだいろいろたのしい時点があるに違いないし、そうすることが、彼の生きているあかしでもあるのだ。

そのとき、彼はハニコミナのことを思い出した。

彼の身体は、あちこちの時点で同族と空間的に接触している。そこでお互いの感覚部が出会い、合意に達すると、身体の表層部を通じて感覚部内にたくわえられている核を交換するのだ。相手にもらった核は、自分の身体のどこかの時点で落すと、そのまま消失する。本当は消失するのではなくて、そこから分岐した別の時間の中へ、彼の後継者が伸びて行く（あるいは最初から伸びているというべきかも知れない）のだけれども、彼には感知するすべがないのだった。彼は自分の属する一本の流れの中に横たわり、その流れ以外のことは判らないのである。

もっとも、この核交換にしたって、それがあらかじめ決定されていないのは奇妙だと思うときがあるが、もともと、彼の身体の内側では、時間は外界のように自然進行する硬いものではない。その事実を認める以上には、彼の思考ははたらかないのだった。

ハニコミナはそうした同族の中でもいちばん過去の時点で接触していたが、しばしば核の交換をする。ハニコミナの身体は、接触点から時間的に遠ざかるにつれて、空間的にもずいぶん離れて行っているらしい。お互いに見ることのできない光景を、伝えあうことが多いのだ。これは、同族の誰もがやることではない。そうした意味で、彼はハニコミナと気があっていた。

また、ハニコミナと会ってみることにしよう。あっちの感覚部が来ているかどうか判らないが、しばらく待てば、やって来るに違いない。

彼は感覚部を、ふたつの種族の戦闘の時点から、ぐんぐんと過去へ走らせて行った。

しっぽの、ぎりぎりの時点まで来たとき、彼は、狼狽をおぼえた。

接触がなくなっているのだ。というより、接触のある時点まで、どうしても感覚部が行けないのである。

フニフマムにとって、この事実が意味することは、たったひとつしかなかった。

彼は、通り過ぎたのだ。

はじめて、自分というものを意識したときからずっと、彼は成長をつづけて来た。最初はせいぜい五年か十年ぐらいの時間の長さしかなかったのだが、今では二千年にも及んでいる。この成長はしかし、一時点を中心としておこなわれるのではない。フニフマムのようなある意味では時間を超越した存在でも、やはり自然の時間の流れの影響から脱するわけには行かないのだ。従って、成長は、先端部が未来へ未来へと伸びることでなしとげられるのだが、それと同時に、すこしずつ末端のほうもこちらへ移ってくるのだった。この、未来への伸びかたのスピードと、末端からの追跡の差が、成長となるのだ。

生命力が絶頂をこえると、未来への伸びかたはとまってしまう。あとは、末端部が追いついて来て、自分の長さが減り、ついには消滅してしまうことを、本能と同族の話によって、フニフマムは知っていた。

その末端部の移動の結果、彼は、接触点よりもこちらへ来てしまったのだ。

ハニコミナが通り過ぎたのはたしかである。ハニコミナは彼よりも若く、まだ五百年そこそこの身体しか持っていなかったし、疑いもなく、離れたのはフニフマムのほうであった。

もちろん、いつかはこうなるときがあることを、フニフマムは予期していた。予期してはいたものの、実際にそうなってみると、むなしさが吹き込んでくるのである。今までにも多くの同族と接触点を失って来たものの、ハニコミナは、またとない話し相手だったのだ。

彼は、こうした場合、どういうことになるのか、他の同族が通り過ぎたときの経験を通じて学んでいた。去って行った同族はたしかにまだ接触点は残している。が、それはもはや二度と感覚部がやってくることのない無生物との接触にすぎないのだ。

そうした無生物と化した身体が、依然としてフニフマムと接触している状態を想像して、フニフマムは、感覚部が統御不能になったかのように不快感をおぼえた。

もう、どうしようもないのだ。何を考えようと、どういうふうに解釈しようと、ハニコミナはもう存在していないのも同じである。いや、そう考えるほかはないのである。

フニフマムは、のろのろと思いを断ち切った。

それとともに、またもや漠然としたけだるさが襲ってくる。このまま感覚部を動かさずにいれば、まちがいなく眠ってしまうことであろう。

それでもいいのである。

というよりは、どちらでもいいのである。

どちらでも……そこでフニフマムは、あることに気がついた。

さきほどの眠りの結果、彼はハニコミナとの接触を失った。つまり彼のしっぽがハニコミナとの接触点を通りすぎたのだ。

それは、彼がかなり長いあいだ眠っていたことを意味する。そのあいだに、末端部はこちらのほうへ移って来た。とすれば、先端のほうもいくらか未来へ進んでいなければならない。その進み具合しだいでは、彼がいまだに成長をつづけているのか、それとも、絶頂をこえてしまって、消滅へむかおうとしているのかがわかる。

生命体におのずからそなわった本能は、フニフマムをとらえずにはおかなかった。わずかな期待と、それを上まわる不安を抱きながら、彼は感覚部を、ためらいがちに未来へと走らせた。

彼の記憶している先端に近づくにつれて、そのスピードはさらに落ちた。ここで行きどまりになれば……あとはじりじりとなってくる消滅の時を待つだけである。

緊張しながら、彼は感覚部をすべらせつづけた。

おぼえている先端をこえた。

軽い安堵のうちに、フニフマムは慎重さを崩さず、先へ先へと感覚部を進めた。

予想していたよりも未来へと、道はつづいている。

やがて彼は、先端の成長が、末端で失われた長さよりも、はるかな先にまでつづいていることを知った。

まだ彼は、成長していたのだ。それも、ひそかにおそれていた鈍化もせず、むしろたくましく伸びつづけているのだった。

なおも感覚部を送りながら、ふと彼は、外界で見なれぬものがうごめいているのを認めた。

スピードをさげて、自然の流れにのせてみる。

二個の太陽が輝く空を、きらきら光る光体が接近してくるのだった。それは、かなり高速で、みるみるフニフマムのそばに降下して来た。

小型の宇宙船なのだ。

しかし、その外壁は、ひどくいためつけられていた。あちこちに穴があき、塗料ははげ落ち、ところどころには、熱でとけたらしいかたまりがくっついている。

外壁の、四角く区切られた線がずれると、そこから、ふたつの生物があらわれた。

フニフマムは、好奇心を持ってその生物を見守った。

それは、彼がはじめて見る形だった。透明球が上部にあるが、その中にはまるみをおびているものの、奇妙なぐあいに突起や穴のあるかたまりが入っている。

それを、鈍重そうに円柱が支え、円柱からは、上部に一対の太い触手、下部にも一対の、さらに太い触手が伸びているのだ。どうやら上部触手は加工に用いられ、下部触手は移動用に使われるらしかった。

ふたつの生物は、しばらくのあいだ宇宙船のそばで円柱の底面をじかに地表につけていたが、まもなく、どちらからともなく寄り合った。

そのじぶんには、フニフマムは、生物たちのテレパシーを捕捉するのに成功していた。

が……ふたつの生物のどちらのテレパシーも、ひどく弱々しくいまにも絶えそうなのである。

こんなに弱いテレパシーで、意志を通じあえるのだろうか。

フニフマムがそう考えた折も折、生物のいっぽうが、にわかに強烈なテレパシーを放った。

（やっぱりここの大気は呼吸不能よ。もうだめだわ。助からないわ）

（しっかりするんだ）

もう一方が、触手をのばして相手の円筒を叩いた。（まだ何とかなる。いや、何とかするんだ）

（でも、船は穴だらけだし……わたしたちに残された酸素は、この宇宙服のボンベにあるだけよ。それももうあらかた使ってしまったし……これでは、あと三十分とは持たないわ！　おしまいよ）

（何とか考えるんだ）

（何を考えるの？　考えたって、どうしようもないわ。宇宙軍に救いを求めたって、とても間にあわないし、それにわたし、宇宙軍にとらえられたくはない。脱走兵に対する宇宙軍のぞっとするような刑で死ぬのなら、ここでこのまま窒息するほうがましよ！）

ふたつの生物の思念は、しばらくにごっていた。

その間フニフマムは、天にまた、今度は十数個の光点があらわれるのに気がついた。

（来たわ！）

だしぬけに、はじめの生物が下部触手で立ちあがった。

（宇宙軍の追跡隊よ！　わたしたちのコースを突きとめたんだわ）

しかし、もうひとつの生物は、上部触手に何か機械らしいものをもてあそんだまま、すぐには応じなかった。

(どうしたのよ!)

はじめの生物が、テレパシーを最大にあげた。(何とか……ねえあなた! 何をしているの? 追跡隊が……ほら、もうそこまで来ているのに!)

たしかに、十数個の光点は、ぐんぐん大きくなって来ていた。

(タイム・マシンだ!)

機械を投げ捨てると、あとのほうの生物はすばやく立ちあがった。(船内にとりつけてある非常離脱用のタイム・マシンを使うんだ)

(そんなことをしたって意味ないわ! 追跡隊はすぐにわたしたちが飛んだ時間を突きとめるでしょう。第一、タイム・マシンを使ってどこへ行くの? どこへ行ったたって、わたしたちの酸素は、ほとんど残っていないんだから)

(可能性がある)

破損した宇宙船へ走りながら、あとのほうの生物は応じた。

(ここの大気は炭酸ガスを多量に含んでいるし……そら、むこうには海も見えるだろう。だから——)

はじめの生物が、かっとかがやくようなテレパシーを放散した。

(そうね! ひょっとしたらここに植物がうまれ——いいえ、もう生れているのかも知れない

けれど……それが発達し繁殖すれば、大気に酸素がたくさん含まれて来る可能性があるわ)

宇宙船に駈け込んだ生物は、もう複雑な機械装置をかかえて、戻って来ていた。

ふたつの生物は、協力しあって、その装置を、フニフマムが潜在的に領有する空間の中に置いた。

(船は、完全に破壊しましょう。わたしたちが死んだと思わせるために)

はじめの生物がいいかけているあいだに、もう一方は、腰から武器らしきものを引き抜いて、宇宙船へ光のパルスを射出していた。いたみ、がたがたになっていた宇宙船は、たちまちのうちに熱せられ、形を崩して行き、まもなく一塊の残骸になってしまった。

(行きましょう！　行ける限りの遠くの未来まで！)

はじめの生物がテレパシーを投げた。

あとの生物がうなずき、はじめの生物と一緒に機械装置にまたがろうとして、ふと思いついたように、最初投げすてた小さな機械を拾いあげた。

(あぶなく忘れるところだった。これがなくちゃ呼吸可能かどうか調べる手段がなくなってしまう)

はじめの生物は、やわらかなテレパシーを返した。ふたつの生物のテレパシーが、微妙な感じでからみあい揺れるのを、フニフマムは見守っていた。

(わたしたち、ふたりきりね)

はじめの生物が思念を送り、あとの生物は上部触手を相手に巻きつけた。

（そう……死ぬのも生きるのも……ふたり一緒だよ）

装置に並んでまたがると、あとのほうの生物が、機械を始動させる操作をしたらしかった。

（このタイム・マシンの動力がつづく限りの未来へ！）

その瞬間、フニフマムは、自分の身体の内部に位置していたそれらが、その時点から彼と同じように、時間の中に横たわっていることを知った。それも、同族と接触しているあの感じではない。彼とまったくおなじ空間に伸び、彼にそい臥すような形で存在しているのであった。はじめての共有の感覚なのであった。

フニフマムはあきらかに、すこし感動していた。その感動が、今まで想像したこともない共有によるものか、それとも、いまのふたつの生物の結びつきを目撃したためのものか、彼には何ともいえないのであるが……ハニコミナと核を交換したときとは異質のこころよさが、彼をとらえていた。

あのふたつの生物がどのようになったのか彼は知りたかった。だから、感覚部を気ぜわしく、さらに未来へと、自然の流れを追い抜いて走らせた。

だが、そこまでだった。

彼と共有しているその存在は、たしかにまだ先へつづいているのだが、彼の感覚部はもうそれ以上進めなかった。先端部に達したのである。

彼としては、どうしようもないことであった。

成長だ、と、フニフマムは考えた。自分がもっと成長しさえすれば、この先を見届けることができる。あのふたつの生物の行く末がどうなるかを知るまでは、成長しつづけねばならないのだ。さいわい、彼はまだその途上にある。ひょっとしたら、この共有体の先端部に達するまで、伸びつづけられるかも知れない。

待つことなのだ。気長に待てば、それでいいのだ。

フニフマムは、もう一度、いまのふたつの生物のシーンを追ってみた。

それから眠った。

時間と泥

圧倒的な絶望感とともに、最後の瞬間がやってきた。そしてすべては終りを告げた。今は――今は時間さえもが無意味な存在になってしまった。

もう、いくら意識をあつめても、何のききめもなかった。身体はひとりでに動きだし、ゆっくりと仕切りを越えると、泥の中を滑ってゆく。考える方の彼はうつろに周囲を見渡した。すべてが終ったというのに、世界は何の変化もない。しかもこの無念さを表現することさえできないのだ。

泥面は視野いちめんにひろがり、ところどころ植物のからみあってできた準地には柔らかく陽が照っていた。それらのきらきらと光る泥の中には、彼と同じように無統御状態のカポンガたちが、気ままに泳ぎまわっている。

彼は心を開けはなし、他のカポンガの意識をつかもうとした。しかし感じられたのは諦めきった静かな思索か、荒れ狂う無念さばかりだった。

それでもひとつだけ、彼の方を向いているカポンガからの呼びかけがあった。

（まだ大丈夫なのか？　それともやられてしまったのか？）

彼はみじかく、自分も無統御状態になったことを知らせてやった。呼びかけてきた意識は困惑したように閉じられた。

本当に、終末なのだ。彼もまた心を閉じると、自分たちの種族の不運を思わずにはいられなかった。高い知能が支えてきたカポンガ文明は崩壊したのだ。

どうして間に合わなかったのだろう。病気を防ぐ方法が発見されなかったのはなぜだろう。

少し前にこの世界にやって来た一群の異形生命、かれらが自分では知らずにばらまいて行った病菌こそが、すべての原因なのだった。カポンガの身体は三つの部分、つまり思考部位と自律部位、それに不定形の本能部位に分けられるのだが、思考部位と他の部位をつなぐ神経束孔に、その病菌はとりついて、異常増殖をおこさせる。次第に小さくなった神経束孔が、やがて神経束を切断すると、意識と行動が分離するのだ。思考部位には意識と交話力、それに視力が載っていたから、病気におかされたカポンガは知力を失うことになる。栄養を組織に変えたり、反射運動をするぐらいは自律部位にも出来るけれども、それ以上は無理だった。

このことは、カポンガ自身にしてみれば、意識だけが残って、身体は気ままに本能的に運動することを意味している。いまの彼がそうであるように……。いや、全世界のカポンガのうち、無事な者はもうひとりも残っていないだろう。

こんなことを考えている間にも、身体の方は泥の中を進んでゆき、微生物をとらえては食べていた。やりきれないが、しかし、彼にはどうすることも出来ないのだ。彼は考えるだけで、しかもそのことを証明することさえ不可能だった。自殺をすることさえ出来ないのだった。

どのくらいの時間が過ぎたのか、今、どこにいるのか、彼には判らなかった。眠りからさめて眼をひらくと、曇りはじめた空に、なにか光るものが見えた。

宇宙船らしい。二つ、三つ……四つの光点が近づいてくる。カポンガたちは宇宙旅行こそしなかったが、多くの星から来訪者をむかえ、儀礼正しくつきあってきた。他の宇宙生命は、カポンガの高い知性に敬意を表して去って行くのが、普通だった。

さぞ驚くことだろうな……はずかしいことだ、彼は、その宇宙船の乗員たちが、噂に聞いているカポンガと、あまりに違うわれわれとをくらべてどんな気がするだろうかと思った。そしてかれらはわれわれのテレパシーを受けとめて、同情することだろう。みじめな話だ。

宇宙船はぐんぐん近くなってくる。彼がまったく見知らぬ型だった。もっとよく見たかったが、身体の方が急いで逃げだしていた。うしろを見ることはできなかった。眼が前方についている以上、進行方向以外には向けないのだ。その進行方向には、何千というカポンガたちが、やはり全速で泥の上を逃げている。

さっきから暗かった空は、ますます重くなってきて、とうとう雨が降りだした。大粒のはげしい雨だ。

身体の速度が少し落ちた。跳ね返る水しぶきに伸縮を繰り返す本能部位が、雨の中でひらひらと動きはじめた。

ああ……と、彼は思う。それがどんなにすばらしいものか、どんなに歓びに満ちたものか、彼はよく知っていた。だが、それはもう二度と味わうことはできない。時間の経過とともに薄れてゆく記憶を抱きしめて追想するほかはない。

よすんだ。見ていたところで、それが何になる。そう思いながらも、彼は雨しぶきをみつめることをやめようとはしなかった。


眠っていたらしい。目をひらくと、彼はひろびろとした泥の原野にいるのだった。昔は未開拓地で、誰も来なかったところなのに、見渡すかぎり仲間で一杯だった。

身体が動いた。驚いたことには、すぐ眼前に四隻の宇宙船が着水している。さっきまで必死に逃げていた身体が、なぜ宇宙船の近くへ戻ってきたのだろう。

だが、その原因はすぐにわかった。なかば沈んだ宇宙船の巨大なパイプからは、それぞれ濁った水がほとばしり出ている。水は何かの廃液か、汚物らしいが、その中に有機物が沢山ふくまれていると見えて、カポンガたちがひしめいているのだ。

彼の身体もすべりはじめた。密集した乞食の大群の中へ割り込み、押しあって、廃液をあさる仲間にくわわった。

自分の身体が、思考部位をも含めた全体のために栄養をとろうとするのは当然だった。が、他の世界から来た宇宙船の周囲で餌を奪いあうほど、カポンガたちは浅ましくはなかったはずだ。カポンガはもういない、本当のカポンガなどは何処にもいない。かれらはカポンガの恰好をした原始動物に過ぎないのだ。

　ときどき眼が他のカポンガの胴体に抑えつけられたり、触れあったりする。自分の存在を抹殺したいくらいだった。ぬらぬらの泥に射す淡い陽は、幾千万ものこまかい泡を光らせ、その中で上になり下になりして食べつづける自分達の恰好こそ、嘔吐そのものの風景だった。眼を閉じようとした時、宇宙船の胴に割れ目ができ、金属製の平行棒が伸びてきた。乗組員が降りてくるのに違いない。まだ残っている好奇心にかられた彼は、急いで心を開け放った。この宇宙船の乗組員にカポンガの現状を告げねばならない。むろん、他のカポンガの思考部位も、ほとんど全部が心を開けて、異星人の心に訴えようと待ちかまえている。

　出て来たのは、全身が定形体の生物だった。身体の各部や突起部の連結点には、屈伸できる節がついている。上部の一対の突起は細く、よく動いたが、下肢はきわめて無器用だった。全体としてひどく硬く、間のびした感じの生物だ。最頂部にはまるい透明体がはまっているのも奇妙だった。

　彼は必死で思念を送った。反応なし。何ということだ。この生物には交意能力はないのだろうか。

　更に心をひらいてみる。今度は相手の心理をさぐるのだ。

（幸運……うまく着水できて……ここで待機とは幸運）

　異星人のその感情は、彼にはおそろしく異質に思えた。この思考には対外感がほとんどない。自分の内部で生起し消える無償の思考なのだった。

（水の存在。稀薄ながら酸素。待機期間不明だが、比較的好条件）

どうもちらちらして捉えにくい。どうしてだろう。いくら異質でも、彼にはもっと正確に感じとれるはずだった。

カポンガたちは待っていた。かれらが話しかけるのを待っていた。だが……何と指向性のない意思だろう。

突然、乗組員の意識が鮮明になった。だがそれは、カポンガたちに向けられたのではなく、仲間どうしの会話だった。しかも、かれらの頭部にある開孔が、そのたびに閉じたり開いたりしている。

「おいみろよ。妙な生物がいるぞ」

「原住民だな。タコそっくりだ。化けダコだな」

「いや……タコじゃない。あの体の下部を見ろ。赤い布きれみたいなものがついている。そら、泥をすかして見えるじゃないか」

「原形質のかたまりだぜ……それにおそろしく沢山あつまっている。おれは吐き気がしてきたよ」

「廃液をあさっているのだ。ほら、あの下部組織は、われわれの汚物やゴミを抱き込んでは溶かしているんだ」

「手を出すんじゃない！　危いぞ」

「わかっている……しかし、なんと気味のわるい奴らだろう。眼ひとつの半球と、赤い布きれ……」

　乗組員の感情はきわめて直観的で雑駁だった。彼は自分の身体を見おろし、何といわれても仕方のない本能的な行動を肯定しながらそれでも懸命に意識を送りつづけた。（われわれは、カポンガだ。病気にかかって……）

　仲間たちもみな必死だった。気がついてくれ、心を開いてくれ……。

　だが、それは無意味だった。彼らには何の影響も与えなかった。長い時間のはてにカポンガたちは諦めた。かれらはわれわれと全然違う方法でコミュニケーションをおこなうのに違いない。多分あの開閉する孔が、その役をつとめるのだ。何をしても無駄だった。

　仲間がみんな心を閉ざしたのちも、彼は茫然としていた。聞くともなくかれら異星生物の会話を聞いていた。

　急に、彼はショックを受けた。かれらはそれぞれ別の名で呼びあっているではないか。カポンガには一人一人に特別な名はない。全員がみなカポンガであり、種族全体ででもカポンガなのだ。

（それなのにかれら――人間というらしい――は、別々の名を持っている。いや、思考さえそれぞれ違っている！）

　なるほど、心と心とで話しあわない種族にあっては、思考と表現は違ってくることが多いのだろう。彼はこの人間と呼ばれる種族にあわれみさえ感じた。宇宙旅行をおこないながら、まだ本当の通信手段を持っていない。本当は、われわれの方が高度の生命体なのだ。第一、かれらは、銀河系ではわりあいに知られているカポンガ文明さえ知らないではないか。

止そう。愚痴はもう沢山だ。由緒正しきカポンガはもういないのだ……。


雨が降り、陽が泥に射し、昼夜は飽きもせず交代した。

カポンガたちはいつか群体をつくって移住を続けていた。本能にみちびかれる通り、意味もなく生きていた。

思考部位は死ななかった。栄養はちゃんと配分されて、個体の一部としての待遇を受けていた。存在価値のない思考……彼はこの頃では眠っているときの方が多かった。

彼はしばしば自分の生殖行為を見た。赤い不定形の本能部位が、他のそれとからみ合って核を交換する。これほどしらじらしいものはなかったろう。

生殖はさだめ通りの結果を生む。小さなカポンガが、彼の身体から分離しては独立するのだが、その神経束さえ、生まれて間もなく切断された。あの病菌はまだ泥の中に生きているのだった。

かつて厳重に仕切られていた猟区は無と帰し、乱獲がはじまっていた。その結果食物の足らないカポンガたちが、人間の宇宙船のまわりに住みついた。ここでなら、食物は次から次へと手に入るのだ。宇宙船にあつまるカポンガの数は増える一方だった。

人間たちがこのカポンガを利用しようと考えたのは、むしろ当然かも知れない。

落日を引き寄せた泥の海は、いま無数のかがやきを水平線から放射していた。宇宙船を連結した橋の縁があざやかに浮きだし、異様な美しさを見せている。

彼はその橋の下を通りながら、過ぎ去った日のことを憶った。泥中に積みあげられた植物性の準地の記憶。干泥帯を中心にして整然と分けられた猟区。思索はぜいたくなたのしみだった。あの頃は本能をいかにして捨てるかということが最高の命題だったのに、何と皮肉なことだろう。

そうした感慨にふけっていた彼の前に、橋の上から何かぐにゃぐにゃしたものが、次から次へと落ちてきた。それらはちょっとの間、水に沈み、ゆっくりと浮きあがった。

仲間だ。カポンガだった。しかしその仲間は、もう本能的な意味ででも、カポンガではない。半球形の頭部には、すっぽり金属のヘルメットがかぶせてあった。彼らには今では視力さえ与えられてはいないのだ。しかもそのヘルメットのいただきには、触手を持った円盤が乗っている。

彼にはその機構は簡単に理解できた。ヘルメットの頂部にはアンテナがあり、指令電波を受けて触手の方向を決めるのだ。現に、放り込まれた一群は、同じ方向へ並んで進みはじめたではないか。そこで向きを変えると、今度はこちらへ一斉に戻ってくる。本能で生きるいまのカポンガに、そうした秩序正しい行動をとれるはずはない。人間が操縦しているのだった。

何という屈辱だろう。彼はヘルメットをかぶせられた仲間の意識をさぐろうとしたが、駄目だった。金属板にさえぎられて交信は不可能だった。

人間どもは、いったい何をしようというのだろう。われわれが、玩具になるために進化してきたとでも思っているのだろうか。

彼は心を閉じた。周囲の暮色に目をこらしてから眼も閉じて、意識を空白にしようとつとめた。二度とさめぬ眠り。さめたところで決してもう眼はひらくまいと、固く心に誓ったのだ。

しかし、生命体が真底からおのれの意識を拒否することはあり得ない。長い迷いの末に、結局彼は眼を開くことにした。

だが、何も見えなかった。暗黒だった。視力がなくなったのだろうか。いや、そうではない。心を開いてみても何にも感じられなかった。

ヘルメットをかぶっているのだ。

ようやく、彼の心の底に、怒りといっていい感情が燃えはじめた。諦めて、考えているだけではますます悪くなるばかりなのだ。

いまこの瞬間、自分は泥の上を滑っているのだろうか。一列縦隊か何かになって、行ったり来たりしているのだろうか。

彼は本当の孤独だった。連絡手段はなにひとつなく、外界のことはまったくわからず、行動力はむろんなかった。ただ考えるだけの存在。存在しないという方が、より妥当な存在なのだった。

種族意識とことなる自覚が、はじめて彼をとらえた。自分はカポンガではあるが、他のカポンガとはことなるのだ。でなければ、ここでこうして考えているおのれに何の意味があろう。

眠っては覚め、覚めては考えた。夢も現実も全く同じだった。今までの記憶と孤独の幻想が結びついた。種族の観念、文明への疑念がすこしずつ結実しはじめた。過去の栄光などというものは、結局錯覚だったのではなかろうか。彼はカポンガ文明の急速な没落をこの目で見た。あらゆる〝文化〟は、何の役にもたたなかった。

もしもう一度復興の機会があれば、今度はあんな高級らしいものを築くのではなく、もっと単純な、しかし自衛力をそなえたもの、現在のような惨状には決してなり得ないものを作らねばならない。

しかし、そんなことはただの幻想だった。彼には何も出来ないのだ。誰にも彼が考えていることは判らないのだ。

どのくらいの時間が、考え続ける彼の外側を過ぎて行ったのだろう。

不意に、彼の中へはげしい何かが飛び込んできた。彼の存在そのものをすっかり変えてしまいそうな狂った動き、でたらめな躍動だった。彼はいらいらし、焦り、怒った。嵐に似た攪乱は、少し弱くなると、今度は津波のようにかぶさってきた。彼は絶叫をあげ、吠え、のたうちまわり、走った。もちろんそれは何の行動にもならずそれだけに一層鬱積し、山のようにふくらんだ。あきらめも、忍耐も不可能だった。走りまわる光線、滅多打ちの色彩、とどろく豪雨だった。

突然、それは熄んだ。

(なんだ、いったいなにごとだ)

彼は喘いだ。それから思わず周囲を見て驚いた。眩しい。

(光だ！　眼が見える)

いったん閉ざした眼を、再び用心深くひらいてみる。そして本当におどろいた。

彼は水盤の中にいた。原形質部分は盤の縁にさえぎられてこきざみに動いている。

壁と天井。それに思いがけない近さに人間がいた。ここは宇宙船の中らしい。

数名の人間たちのひとりが、今まで彼をおおっていたらしいヘルメットを持っている。彼の傍にもいくつか水盤があり、カポンガが一人ずつ入れられているのだ。その半分近くは既に身体を切断されたり、削られたりしていた。無事な姿の仲間はまだヘルメットをかぶせられているので、彼の放った意識はむなしく消えて行った。

人間たちは口を開閉させながら、意識を交換している。

「妙だな。やはりこいつらの思考と行為は別らしいよ」

「もし、思考があるというきみの仮説をとり入れればね。とにかく超音波攪乱機ででも何の反応も得られない」

「解剖結果では、この辺は何の役割もはたしていないのに、細胞の密度は高い。ここがたしかに思考部だと思うな」と一人が彼を叩いた。

「だから、やっぱり神経束は、本来隔壁を貫通しているはずなんだ。何かの拍子でそれが切られたんだな。痕跡があるのだから」

「じゃ、この上部は知能を持っているというわけだな」

「多分そうだ。とにかくこの神経をつないでみよう」

「おもしろい。ちょっとした手術になるぞ」

彼は用心ぶかく吊りあげられ、切り開かれた。何の痛みもなかったし、恐怖もなかった。これ以上悪いことにはなりようがないのだから。

手術の間も、彼は注意して人間の心を探っていた。非常に多くのカポンガがヘルメットをかぶされ、かれらの思うままに行動していること。〝野生〟カポンガはこの附近から追いたてられていること。もしこの手術がうまく行けば、人間たちはカポンガを使っていろんな複雑な作業をさせるつもりだということ……。

痛みが彼をつきぬけた。感覚が戻ってくる。統御状態が復活したらしい。せっせと縫合を続ける人間たちに、彼はほんの一瞬、感謝の念をおぼえた。

水盤の中に置かれた彼は、カポンガ種族独得の姿勢にかえった。上部構造は盛りあがる原形質になかば隠され、眼だけが活きて、ゆっくり周囲を見まわした。

計器と、そしてスクリーン。船外の風景が映っている。数千の、いろんな色分けされた金属を冠ったカポンガが、整然と列をつくって移動している。

「どうやら成功だぞ。見ろ、姿勢がかわったじゃないか」人間のひとりが言った。その心底では、気味のわるさを懸命におさえているのがわかる。彼は、再びわがものとなった肌が、微妙な空気の震動を受けるのを感じた。この連中の開閉する口は、大気の震動をおこし、それを通信手段としているのだ。澄んだ頭脳は次々と人間の心の深奥部までさぐって、その知識を、感情をすっかり自分のものとした。

「なるほど、たしかに変化はおこった」

一人が言う。「しかし、これが知性と何の関係がある？」

「証明しなければなるまいな」

別の一人が応じた。「しかし、その前に、本当にこれで統御力がついたかどうか調べてみなければ……」

会話はきわめて事務的だったが、人間たちの心中には得体の知れない恐怖が流れている。それが、かれらの眼前にある常識を超えた形態の彼や、彼が持っているかも知れない〝知性〟に対する危険感から生まれているのはたしかだった。

ちょっと衝撃を与えれば、たちまち恐怖が行動となるに違いない。彼は、だから人間たちにいっさい逆らわず成行きにまかせてみようと思った。

「もう一度、攪乱機を使ってみるか？」

「そうだな」

その決定はためらいがちな心情がたがいに寄りあって、むりやり作られたものだった。

水盤に蓋がかぶせられ、接合線は金属体で留められた。彼に直接触れてみようとする人間はいなかった。

透明な円筒の外で人間たちは配置についた。一人が計器盤にむかい、別の一人が円筒の傍に立つ。他の何人かは筆記具を握って、じっと彼をみつめていた。

人間たちの心の中からみるみる恐怖心が消えてゆくのを、彼は驚歎に近い感情で読みとっていた。いま、彼をとりかこんでいるのは好奇心、それも渇いた灼けつくような欲望を持った好奇心だった。

が、その思考はながくは続かなかった。再び、あの不気味な極彩色の妖怪が、彼の心の中へ踏み込んで来たからだ。はじめにゆっくりと、やがて加速度的に、その惑乱は弱さを増した。

下部原形質がけいれんをはじめていた。全身のこまかい震動が段々大きな波になり、皮膜が伸縮する。彼は絶叫した。しかしそれはあくまで心理の伝動であって、人間たちには関係のないものだった。

「出力を、もっとあげろ」

人間がどなり、彼の内部の狂乱は頂点に達した。

もはや、自己統制は不可能だった。彼は躍りくるう全身と、渦まき揺れる〝攪乱〟とに耐えかねて、ほとんど歓喜にも似たジャンプを、横すべりを、瞬間移動をくり返した。それはあっという間に大円と化し、容器を破壊してしまった。

超音波の範囲から逃れるために、彼は台からすべり下りたが、それは却って人間たちの疑惑と恐怖を招いたらしい。実験者はあっと叫んでいっせいに彼から離れた。ある者は壁に背中をぶつけ、ずずずと横に動いた。

強い制止の意志と、恐怖の感情が、彼のなかへ奔流となって流れ込んだ。彼がそちらに目を向けた時、人間の一人が小さな武器をこちらへ向けるのが見えた。

彼の身体が反射的に跳躍した。ながい間自由に動いていた反射神経は、彼の制止の意志をはね返してひとりで飛んだのだ。

異様な音波と完全な混乱があった。武器を持っていた人間は、顔に吸着した彼を引き剝がそうともがきながら、やがて頭部を侵蝕されて、どうと倒れた。

彼の全身が揺れた。室内の人間たちがいっせいに、争いながら逃げ出す震動だ。

彼は再び跳躍した。人間の肩に貼りついては荒れ狂った。何千年かの訓練で力を弱められていたカポンガの攻撃本能が、なまの形で露出していた。泥中の有機物を融解しむさぼる彼らの身体はいま、何にも増して濃密な蛋白質のかたまりを求めていたのである。

彼は快感を、恥ずべき快感を全身におぼえながら殺りくを続けて行った。室内に居た約半分は彼に吸着されて倒れ伏していた。他の半分の必死で走る意識がしばらく彼の心の中に残っていたが、それも消えてしまうと、ゆっくり周囲を見渡した。

この船内には、ほとんど誰も残っていないのだろうな……彼の心の中を静かに風のような解放感が吹き抜けてゆく。

眼前に、機械があった。外観と、さっきの人間の心を探った時の知識から、彼はそれらがどんな用途に使われ、どんな性能を持っているかをすぐに理解した。

外部探知スクリーン、操縦機構、それと反重力場形成装置。その他いろんな管理機器など……それに、玩具のような粗末な手製のコントローラー、カポンガ行動制御機構。

それを見たとき、彼の心の中は、怒りよりもむしろ馬鹿馬鹿しさで満たされた。こんなチャチな機構でわれわれは操縦されていたのか。彼の心中に存在していた憤りは、今の行動でほとんど発散してしまっていたので、そうした事しか感じなかったのかも知れない。

……これから、どうしよう、と彼は考えた。何か、すべてが終った感覚だった。本来ならばこれから新しいスタートがはじまらねばならないというのに、しらじらしい終末感しか心の中には残っていないのだ。

おそらく、これは、彼がああいった行動をとったことに起因するのに違いない。本当ならば、あんな野蛮な行為をしたカポンガは抹殺されているところだ……いや、誰ひとりあんな残虐な殺りくの出来る者はいなかったはずではないか。

たしかに、何かが変ったのだ。これはただの復興ではないのだ。根本的に違う何かが彼の中に生まれているのだった。

彼は単眼をあげ、それから肌を緊縮させた。こうした夢想にふけっている時ではないのではないか。この宇宙船につながれた他の船には、まだ多くの人間たちが残っている。かれらがカポンガにいくらかでも利用価値を認めているのなら、〝生き返ったカポンガ〟である彼には、依然危険があるはずだ。

つとめて現実的にならねばならない。〝行動〟は次の行動を要求しているのだった。

まず、人間を、カポンガ世界から追放すること……彼がカポンガ文明を再興させるには、それが第一の命題でなければならない。

水盤に戻り、ゆっくり力をたくわえ直してから、彼は機械の傍へ移動して行った。

本能的に、彼はカポンガ操縦機構のボタンを、コードをひきむしった。スクリーンの奥の仲間たちの列が乱れ、それぞれ勝手な方向に散って行く。

何か、とり返しのつかないことをしたような気もしたが、彼はそのことは考えず、ただちに次の機器をこわしはじめた。

戦闘用の発射装置の前で、彼はちょっと立ちどまり、ボタンを押してみた。横手のスクリーンに映っている他の宇宙船の横に水柱が立ち、小さな爆発がおこる。彼の身体もぐらぐらと揺れた。

と、それに重なって、空気のはげしい震動がおこった。波が揺れているのだろう。彼は平衡を失って床をすべった。

宇宙船だ。他の宇宙船が発進して行ったのだ。スクリーンの中、にぶい光を発しながら、三隻の船がいっせいに浮上し、そのまま瞬間的に加速すると、たちまち視野を外れて行った。

彼はなおも揺れる床に位置したまま、暫時空白になったスクリーンをみつめていた。人間たちは逃げたのだろうか。彼にはおそらくそのことは永久にわからないだろうが、それ以外の原因には思い当たらなかった。

何の感動も起きてこないのは、いったいどういうわけだろう。勝利感はもとより、さっき感じた解放感さえ消えてしまって、ただ重い圧力、心理的負担があるばかりだった。彼は床を見た。赤い体液を流してころがっている人間たちの残骸から、目を移し、台上の仲間を眺めた。

義務感、そうだった。彼はカポンガ復興のための、多分最後のチャンスを手に握っているのだ。彼らに手術をしてやって、もとの身体をとり戻せるようにしてやらねばならないのだった。

この宇宙船を使って他の星に行き、救いを求めるべきだろうか……今ならあるいは出来るかも知れない。

しかし、それは考えものだ。人間たちが銀河系内でどんな地位を占めているのか見当さえつかない以上、この船で航行するほど危険なことはない。それに、彼の心には栄光をになっていた当時のカポンガのことがしつこくこびりついていた。乞食するために最初の宇宙旅行をするなど、とても出来ない。

彼はのろのろと台に近寄った。手術の方法はわかっているし道具もある。この船内に残された合成繊維を使って、再び切断されないような〝復活〟を与えることも出来た。

なぜためらうのだ？

おそらく、と彼は自問自答した。彼は今では本来のカポンガ社会が再び完成した時には、不適格者として抹殺されるのではあるまいか。そういった恐怖が意識下にあるのではないだろうか。

しかし、彼が古い本能を生き返らせたと同じくらい、文明世界時代に彼をしばっていた規範は弱く、ためらい勝ちながら彼は台にのぼり、道具を揃えた。

馴れない仕事だった。幾度も失敗しかけながら、彼は仲間の頭部を切開し、連結してから縫合した。種族の義務のためにおのれを滅ぼすようなことは、以前ならともかく、今の彼には馬鹿馬鹿しい話だった。それにもかかわらず勇気をふるいおこしてする仕事だからこんなに遅いのだ。

船内の照明はいつまでたっても変らなかった。今が昼か夜か、いったいこの作業にどのくらいかかっているのか、彼には全くわからなかった。おぼつかないながらも正確に順序をふんで、彼は続けた。文明時代の感覚が、少しずつよみがえってきた。その間じゅうずっと彼は自分の心を閉じていた。

作業は終った。

彼は仲間から離れながらゆっくり心を開いた。はじめて彼は自分が他人の気持を懸念しているのを悟った。

感謝の情念。

回顧。くらい夜への回顧。

もっと深く、深く……彼は仲間との交流の度合いをふかめた。

突然、彼の心は爆発した。それは歓喜だった。同感だった。共鳴なのだった。

彼は今まで気がつかなかった。この仲間もまた、彼と同じように暗黒の中で自己の意識を追求してきたことを……同じように自我にめざめ、過去をそのまま再現させず、自分たちの存在意識を残した世界を作りたいと思っているのを……種族の誇りのために生きるのではなく、構成員の最高の状態の集積で種族を作りあげるべきだということを……。

スタートは、〝分離〟の瞬間には全部が同じ状態にあったのだ。それぞれが同じように考える機会を与えられていたのではなかったか……。

彼は仲間の心にささやきかけた。「はじめよう」

「はじめよう」意識がはね返ってきた。「なにをはじめるのか……われわれには判っている……」

彼は大きく心を開いた。「読みとってくれ……手術の方法を……はじめるために」

そしてふと、今、船の外は夜なのだろうか、と思った。いま泥海は眠っているのだろうか……。

「むろんそうだ」と相手は送信してきた。

「実際はどうあろうと、夜だ。あたらしい〝別の〟夜明けまではね……」

養成所教官

1

曇った海から、唸りをたてて吹きつける風は、ここが孤島であることを割引いても、いささか強すぎる感じだった。

別に幽閉されているわけでもないのに、重なりあった白い波頭は、ジェクミンドロの心にかげりをもたらした。彼自身が、ともすれば失われたものの中へ、のめり込みそうになることを知っていたからであった。

「問題は、われわれの仕上げた連中が、なぜいつまでたっても連邦の中枢部に配属されないか、ということにある」

窓から目をそらし、細い金属製の椅子に片腕をかけたまま、彼はいった。「たしかに、銀河連邦成立の歴史や、各種の生命体の勢力比から考えれば、現在の機構が、われわれにとって不利なものであるとはいえるが――しかし、それだけじゃないんだ。生命形態の違いによる可能性とその限界というファクターがはたらいていることも、確実だよ」

「きみは、炭素・酸素系生命体の、環境依存度の大きさに、問題をすりかえようとしているだけさ」

床の水槽から首を出して、ラリシュが軽く水を吐いた。彼の茶色っぽい指ひれは、いつものように、いらいらと、水面を叩いている。「だが、それはきみの自慰だよ。われわれの能力がそんなに低いわけはないんだ。なるほど環境に制約されやすい生命体が、大気圏外においてうんざりするほどのハンディキャップを背負っているのは事実だが……一個体あたりの装備率を高めることで充分対抗できるというのが、比較文明学者の定説じゃないか」

「わかってるさ、そんなこと」

ジェクミンドロは、ほとんど退化してしまっている指の爪を、ことさら神経質にカチカチとこすりあわせた。「そりゃ、辺境で植民星の五つか六つを持って威張り返っている連中なら、そんなことをいっていれば済むだろう。だが――四百数十あまりの種族をまとめる連邦職員の能力ということになると、全然話は違ってくる。われわれが生存のために必要とする資源利用効率の、おそるべき低さ……ほとんど収奪としかいいようのない生活形態が、すべての原因になっているんだ。われわれは本質的に、ぜいたくな環境を前提とする。こうした生命体が、資源の相互活用を重要な目的とする銀河連邦内で、嫌われないはずがない。われわれは、つねにうしろめたさにおびえ、従って、羽振りをきかすこともないというわけだ」

「連邦は、それを見すかしているのさ」

いつのまに実体化したのか、カットリアースが体毛をなびかせながら、中央の柱をつたわって降りて来た。「だからこそ、そいつを助長するために、これだけの惑星を、わずか五十名の教官にまかせ、教え子たちをますますぜいたくにさせているんだ。きみは、銀河連邦を支えているのが、高潔な知性とか道徳などではないことを忘れているらしいね。こんな巨大組織は、悪意と狡猾さと×××と、さらに、自己の種族を脱却した××な官僚集団——つまりわれわれ——があってはじめて維持され××を××ているんだぜ」

ジェクミンドロは顔をしかめた。彼の聴覚では、カットリアースの声域のすべてをカバーすることができなかったのである。

「お説教か？」ジェクミンドロは、テレパシーを併用しながら応じた。「そんなことは勿論（百もご承知でね）……ただぼくは、われわれの（下級官僚しか養成できないという評価）空しさに腹ばかり立てていてはしようがないと（いうつもりだったのさ）」

「腹をたてては、（いけないいか）ね？」

ラリシュが、ぽちゃんと水に沈んだ。沈んだが、テレパシーは流れていた。（たしかに連邦職員養成所の一員であるおかげで、われわれはほとんど不死の寿命を与えてもらっている……が、そのぶんだけ、われわれの生涯をいろどるものも水増しされて、淡くなったことは事実なんだぜ）

ジェクミンドロは苦笑した。水中生物であり色彩感覚の貧しいことで定評のあるラリシュが、いろどりを比喩に用いるとはな……。

（この気分を、奴は読みとったかな？）

ジェクミンドロは水槽をうかがった。ヒーターを仕込んでとろんと蒼い水の中には、しかし、もう何も動いてはいなかった。

（ラリシュは、仕事に戻ったよ）

カットリアースが、かすかな笑いをこめた思念を送って来た。

（とすれば、そろそろきみも……だな？）

ものうげな感情が、ジェクミンドロを不意にとらえた。

（ああ）

（ところで）

同じ雰囲気に陥ちるのをおそれたのか、カットリアースは話題をかえた。（今期の修習生はどうだ？）

（ここへ送られるまでに、どの程度基礎訓練をものにして来たか、そいつをつかむため、いま順番に会っているところだ）

（そういえば、きみのところに、新興種族からはじめてやって来た修習生がいるという話じゃないか）カットリアースのテレパシーが、好奇心で強くなった。（どんな奴だね？）

（さあどんな奴かな。ぼくもまだ知らないんだ。きょう顔を合わせる予定でね）

考えているうちに、ジェクミンドロは、仕事の時間が迫って来たのに気がついた。彼はいつもの通り予告もせず、バンドの増幅スイッチを入れて思念を集中した。

耳もとで風が鳴った。この瞬間、彼は四千キロ離れた転送台上で実体化するのである。むろん、彼自身はそのことについて、何の驚異も感激もおぼえはしなかった。

2

あたたかい陽を浴びて、その修習生は作業に没頭していた。作業といってもごく初歩のものので、何百体というロボットを使って、小型の開拓基地を設計し、組みあげるだけである。ジェクミンドロは、もう一度、手にした訓練記録を眺めた。

決して優秀とはいえないが、それほど悪くもない成績だ。

出身は、五十年ほど前に銀河連邦の傘下に入った辺境の——核恒星系に近いここから考えればとんでもない遠隔星域の——新興種族だった。新興といえば聞えはいいが、あまりパッとしない恒星系の、テラと呼ばれる第三惑星を中心にして、やっと二十あまりの植民星を持つ、典型的な三流種族だ。連邦の示威に対して、虚勢を張りながらもしぶしぶ加盟を承諾したらしい。その植民星のひとつに生れ、志願したものだった。

姓名はあるのだろうが、連邦職員修習生として、当然それは、ただの番号に置きかえられている。

まだ若いが、かれらの平均生存期間もたいして長くはなかった。連邦職員として与えられる寿命は、彼にとっては、おそらく目もくらむほどのものに映るだろう。

そのほかの特徴は——ジェクミンドロはぎくりとした。

テレパシー能力がない！

炭素・酸素系生命体として、これはほとんど考えられないことであった。いわゆる弗素生物や珪素生物のように、溶媒内あるいは接触震動というストレートな感情伝達手段を持たない炭素・酸素系生命体にあっては、テレパシーが欠けていることは致命的な欠陥であるとさえいえるのだ。音波による意思の伝えあいだけでは、とても文明らしい文明を作ることはできないというのが、この惑星に配属されている教官たちの、一致した意見であった。

と、すれば……今の段階が、この修習生の種族にとって、ぎりぎり一杯の水準なのかも知れない。

胸にふっと浮かんだあわれみを、だがジェクミンドロは、一呼吸のあいだに追い払った。連邦職員というものは、出身種族と断絶することで一人前になる。何がおころうと、まず連邦職員として冷酷に行動する、正確に行動する、その大集団が、銀河連邦を維持するのだし、教官は、修習生をそういう風に仕上げなければならないのだった。

「きみ」近寄って、ジェクミンドロは呼んだ。

その修習生は、はじめて教官に気がついたらしく、振り返ると、胸に吊った翻訳機をセットした。

「私が君を担当するジェクミンドロだ」

修習生の顔に、わずかな表情が動いた。

「わかっていました。基礎訓練所であなたの幻像は見ましたから」

「記憶力がいいんだね」

「いいえ。ただ――今までに出会った人の中で、あなたが、いちばんぼくの種族に似ていたからですよ」

いわれてみて、ジェクミンドロは、はじめてそのことに気がついた。自分よりは小柄だが、たしかに眼前の修習生は、彼自身に酷似していた。

だが、そんなことが何になろう。それが何かの意味を持つのか？……ジェクミンドロはかすかな苦笑で、相手の言葉を無視するのに成功した。

「とにかく、ロボットたちをとめたまえ」

「はい」修習生は、すなおに従った。

「ところで――」

「ぼくのことは、テラと呼んでください」

修習生はいった。「今までずっと出身種族の名をとって、そう呼ばれて来ましたから」

「わかった。では、テラ」

まだ翻訳機を使っているぐらいだから、転送はできないだろう。

ジェクミンドロは、樹々にかこまれてそびえる白い建物をゆびさした。「あそこで話すことにしよう」

修習生はうなずくと、黙って歩きはじめた。

「きみにテレパシー能力がないのは、残念なことだ」

建物の中へ入り、面接室に腰をおろすと、ジェクミンドロはいった。「きみ自身も不便だろうが、こちらとしても、きみが心を読まれていると知らないうちにきみの心理を見ることになる。これはぼくの種族の――いや、ぼくのモラルにとっては、耐えがたいことなんだ。盗みにあたるわけだからね」

「構いませんよ」テラは、薄く笑った。「ぼくは、もう馴れています」

「それじゃ、教官の特権を行使することにしようか」

ジェクミンドロは、部屋の隅の、催眠装置のついた心理探査ベッドを示した。「あそこに横になりたまえ」

教官がまずやらなければならない仕事は、その修習生が基礎訓練をどれだけマスターしたかを確認することである。

その中でも大切なのは、帰属意識の転換であった。たしかに基礎訓練では高度の機器を駆使して、修習生を表面的にはひととおりのレベルに近づけてくれるが、それだけでは充分ではないのだ。意識の表層では連邦職員になっているようでも、その深いところでは、まだまだ自己の種族への忠誠心が失われていないことが多い。

それを調べあげ、本当にまちがいないかどうかを探査することができるのは、同系生命体のエキスパートだけなのだ。ジェクミンドロはいつもこの仕事を、心理探査で一気にやってしまうのが常だった。この方法を使えば、相当な心理カーテンを持った者の心でも手間ひまをかけず、短時間のうちに底の底までさらうことができるからである。

テラの、増幅されたテレパシーが流れ込んで来たとき、ジェクミンドロは、あぶなく声を立てるところだった。

それは、灼熱し、沸き返る地獄にほかならなかった。どろどろと流れ、溢れる極彩色の狂宴であった。

たしかに彼は、連邦職員として、自分たちの種族のことを放棄しようとしていた。自己の種族からの脱却を、燃えるように願っていた。だがそれは強すぎた。かつて見たことのないような強さだった。この強さを支えているものは……憎悪と、復讐への欲求なのだということが、やがてジェクミンドロにも判って来た。

探査針を、さらに深く入れる。

たちまち、彼の心象風景が、ジェクミンドロの脳裡に結像した。

それは、彼の生れ育った惑星の光景なのである。

くらい空に、幾条もの光芒が、尾を曳いて流れていた。

彼の住む植民地を監察し、監視する宇宙船だった。

ものごころがつくかつかないうちに、彼は全身を粉にして働かなければならなかった。乏しい資源を掘り出し、活用し、労働するほかに、彼の生きる道はなかった。

たえず、収奪のために、武力を背景にした宇宙船が到着しては、去って行く。かれらの粗末な居住区の上にのしかかっているのは、おそるべき圧制と恐怖だった。

何年も……何十年も……それは永遠につづくはずであった。かれらの発展、かれらの膨張を維持するためには、たえずすべての植民地からの搾取がおこなわれなければならなかったのだ。その収奪ゆえに保持されている活力なのであった。

ただひとつの惑星のほかは、何もかもが平等であった。平等にしいたげられ、支配されていた。

その緑の惑星はテラとも地球とも呼ばれていた。そこでは完全に自由で奔放な生活が保証されている。人々の望みは、その惑星の市民権を獲得することであった。功績があり表彰された人間は、そこへ移り住む権利を与えられる。誰にでも可能性はあるが、確率はゼロに近いその幸運をめざして、かれらは耐え忍び、頑張ったのだ。

やがて銀河連邦との接触――ひきつづく連邦の効果的な示威と小規模な交戦の結果、かれらは敗れ、この気違いじみた膨張は、終りを告げた。

銀河連邦の、寛容だが老獪な干渉を受けながら、この支配体制は、本質的にはかわりはしなかった。

以前よりもゆるやかにはなったが、依然として収奪のつづく植民星の上で、彼は、連邦職員になるためのコネを求め、テストを受けることに成功した。そうすることが、収奪者たちと対等に、いや、収奪者たちに命令を下せるようになる、唯一の方法なのであった。

(充分だ。……充分すぎる)ジェクミンドロは低くうめいて、心理探査ベッドのはたらきを停止した。

テレパシーを持つ種族にあっては、到底考えられない体制……その永遠の下部構成員であることを約束された人間にとって、連邦職員になること以外には、救いは存在しなかったのであろう。

動機としては、かつて知らない強烈なものであった。

この男なら……教育屋、それも下級職員しか生み出せなかった教育屋であるジェクミンドロは、わずかな希望が湧きあがってくるのを感じた。この男なら、あるいは連邦の中枢部に食い込んでゆくのではあるまいか？

いや……ジェクミンドロの、もうひとつの心はささやいていた。所詮、炭素・酸素系生命体の可能性には、限界があるのだ。多くの生命形態の職員がひしめく連邦内では、二流かあるいは三流の存在なのだ。そうではないか？

それがどちらに転ぼうと、しかし、この時点においては、それで充分なのである。この修習生が、もはや自己の種族の一員としてよりも、連邦職員としての地位を重視していることに疑いはないのだ。教官として、修習生にこれ以上のことを求める必要は、ないではないか？　ジェクミンドロは、疲れた微笑をうかべると、テラの催眠を解きはじめた。

3

経験によってもまちがいないと確かめられているスケジュールに従って、ジェクミンドロは、自分に課せられた十数名の修習生を仕込みはじめた。

それは、複雑で手のかかる教程である。連邦制定の、炭素・酸素系生命の共通語からはじめて、他形態生命体との一般的な意思疎通のやりかたを教え、連邦規格の数多い道具・機器類の扱いかたを手ほどきし、さらに進んで、職員以外には秘密になっている事項——各種族の弱点や、コントロールのしかたなどに至るのだ。

勿論、これらことごとくを、ジェクミンドロひとりでやってのけるわけではない。この炭素・酸素系生命体用に改造された惑星上の、無数の設備・機器を駆使して進めるのである。はじめ、お互いのあいだのコミュニケーションが可能になるまで別々の地域に住まわされていた修習生は、まもなく、ジェクミンドロにひきいられる一グループとなった。ほかの教官たちも、おのおの自分と生活環境の似通った修習生を受持って、職務をはたしていたが、違うグループどうしがぶつかることは滅多になかった。たかだか五十やそこらのグループが鉢合せするには、この惑星はあまりにも大きいのである。

連邦の手でいろんな生命体むけに改造された他の惑星群と同様、この惑星の使い道は、教育だけに限られてはいなかった。海や、大陸や、森林や、山々や、自動化された都市のあるこの環境は、すでに連邦職員として働いている炭素・酸素系生命体にとっても快適なのだ。連邦以外に故郷のないかれらは、休暇のたびにこの惑星でたのしむのを習慣にしていた。考えられる限りの愉楽——その中には実体化装置で動物や理想の人物を作り出して遊ぶことも含まれている——がかれらを惹きつけたし、それ以上に、かれの失ったはずの仲間に似たものを、ここで交際によって回復することができたからである。

「きみたちも、まもなくああした気楽な身分になれるんだ」

実習のさいちゅうに、遊びまわっている連邦職員が目に入るたび、ジェクミンドロは計算された口調で、修習生たちを刺激した。

すると、修習生たちの間を、すばやく羨望の思念が往来し、ゆらゆらと満足感が立ちのぼるのが判る。

ただひとり、テラだけが、こうした心情と無縁だった。彼はまわりの思念とは関係なく発言し、雰囲気をぶちこわした。

「遊ぶのもいいでしょうが」

テラは、暗さを帯びた表情で、生真面目にジェクミンドロに話しかける。「でも——それ以上に魅力のあるのは、連邦職員としての権力です。そうじゃないんでしょうか」

たちまち、他の修習生たちのテレパシーが濁ってゆくのを感じながら、ジェクミンドロは、辛抱強く答えねばならない。

「そうだね。……それができる地位に到達できればだが」

かすかに諦めの感情をこめていうのだが、むろんテラには通じはしない。他の修習生たちがいつか、ジェクミンドロの放つ思念によって、自分たちは連邦内でそんなに重要なポストにつけはしないだろうと悟りはじめているのにも、いっこうに気がつかないのである。

「そう……到達できれば、です」

テラは、疑惑のこもった視線を、まっすぐに教官にむけるのだ。「われわれ炭素・酸素系生命体は、銀河連邦成立のときには完全に疎外されていた。それゆえの、今の冷遇なんでしょう？　だが、いずれは誰かが連邦を牛耳るでしょうし、そのときには、われわれも珪素生物などの主流派なみに、もっと多くのこうした惑星を与えてもらえる。そのためにも頑張らなければなりませんね」

ジェクミンドロの、テレパシーはもとより、遠まわしな説得さえも、テラはまったく受け付けないのだった。

この鈍感さは、致命的だ……いつか、ジェクミンドロは、そう考えはじめていた。はじめのうちこそ、おそるべき欲求を持つ修習生として、今までに例のない高さまで連邦の機構を這いのぼるかも知れないと期待したこともあるが、そうした白昼夢は、日とともにかき消されて行った。

テラの欲求は、自分のレベルを無視した思いあがりに過ぎないのだと、ジェクミンドロは結論をくだした。まず下級職員としての能力を認められない限り、それ以上のポストを与えられることはない。野望だけをふりまわしても何にもなりはしないというのが、ジェクミンドロの信念なのだ。自分でもいささか教え屋的な安全すぎる考え方だとは承知していたが、それを通すことでエキスパートとしての評価を得たのだ。今さらあらためる気はなかったし、それゆえに、ジェクミンドロの目に映るテラは、ますます小さくなって行ったのである。

とはいえ、そのテラにしたところが、決して劣等生だったわけではない。テレパシー能力を持たないにしては、むしろテラはよくやっていた。ハンディキャップを克服して、地道に課業をマスターしつづけていた。

（それでいいのではあるまいか？）

スケジュールも残りすくなくなり、修習生たちに自由時間を与えて、孤島の集会所でひとり実体化したときなど、ジェクミンドロは思うのだった。（所詮、われわれ教官の仕事は、修習生を連邦の要求するレベルに仕上げることなのだ。修習生のひとりひとりがどんな性格であろうと、こちらには関係はないのだ。今のように全員がうまくパスしそうなときに、つまらぬ心配をする必要はないではないか。エキスパートに徹しさえすればいいのだ）

4

教官たちにとって、待ちかねていた日がやって来た。

お別れパーティである。

すべてのスケジュールは終っていた。あとは修習生を連邦の本部のある恒星系に送り出して査定を受け、職員見習としての配属先を知らせてもらうだけなのだ。たしかに、ときどき査定ではねられて、送り返されてくる者もあるが、すくなくとも今期のジェクミンドロのグループでは、そんなことはおこりそうもなかった。テラを含めて、全部が水準以上に仕上がったのだ。それだけに、今度のパーティでは、こころおきなく騒ぐことができそうだった。

今期のしめくくりのために選ばれた場所は、ちょうど春季にあたる地方の、森と湖の入り組んだ一帯だった。

日暮れ近く、ジェクミンドロにひきいられたグループが樹々の間に実体化したときには、ロボットの手によって、パーティの準備もあらかた終っていた。

重い黄昏の中、無数の小さな発光球が浮游しはじめ、いくつかのグループや、恒例によって参加した先輩たちの姿を照らし出した。

飲食がはじまった。

そのうちにも、また何隻かの宇宙船が飛来し、さまざまな制服の連中が、思い思いに実体化して加わってくる。修習生たちも、もうすっかり解放気分で、あるいは草の中、あるいは水中や樹上から、教えられた共通語を、競争しあってあやつっている。

少しずつ夜が更けるにつれて、あたりはしだいに乱痴気騒ぎの様相を呈しだした。それぞれの間の遠慮は吹っとび、みんな、唄ったり叫んだりしはじめた。

ジェクミンドロは、空しさと排斥感の入りまじった、いつもの無責任な解放感を、アルカロイド飲料で、さらに高めていた。

「先生！」

どっと呼びかける声に顔をあげると——自分のグループが、ひとりの連邦戦士を擁して押し進んでくるところだった。

その戦士は――昔の教え子だった。

「これは先生！」

戦士はかなり酔っているらしく、テレパシーは滅茶苦茶だった。発音のほうも、不明瞭だった。

「本当にお久しぶり……で。こんなざまで……お目にかかるつもりは……なかったんですが」

「戦士になったのかね？」

「それも一兵卒としまして……ですよ」戦士はだみ声で笑った。「でも……これでも連邦職員であることに……かわりは……なし。メッセンジャーボーイは……もう沢山だと思いまして……ね」

「大変だろうね」

「いや……ここしばらくは……ちゃんと戦争がはじまっていて……手当はいいです。ちゃちな戦争ですがね……」

「戦争？」

修習生のひとりがいった。「戦争がおこっているんですか？」

「ごく……ささやかな……ね。ちゃちな種族が……反乱をおこしたもんで。なに……じきに奴らみたいな種族……絶滅してしまうはず……です……よ」

「知らなかったな」

またひとりが呟いた。「それも、未知の種族ならともかく……反乱をおこすなんて。いったい何という種族です？」

「つまらぬ連中……でさ」

戦士はぐらぐらと首を振った。「テラ……とかいっていましたっけ。自分らの……お粗末な体制を、連邦に修正され……植民星のいくつかを割譲しろという……当然の勧告を……拒否したんで……へ、へ！」

みんな、しばらく黙っていた。

かれらの中にいるテラのことが、閃光のような思念の津波となって通り過ぎるのを、ジェクミンドロは感じた。

しかし、誰ひとりとして、テラに顔を向けようとはしなかった。彼は、他の修習生と同様、出身種族を超越しているのだ。彼とその種族を結びつけるような真似を決してしてしてはならないのを、みんなは承知していたのだ。

テラも、黙っていた。

徐々に、徐々に、その面上に、薄笑いが浮かんだ。

何を考えているのだろう……と、ジェクミンドロは思った。いまや教育を受け任官を目の前にした彼が、そんなことを気にとめるはずがないのだ。それとも、彼はいま復讐の快感に酔っているのか？　しかし、ジェクミンドロは、彼の心を覗こうという誘惑を、かろうじてしりぞけることができた。

戦士は草の上に眠り落ちていた。

（もうしおどきだ）

ジェクミンドロは思った。（そろそろ、あすの出発のための宿舎に、集合しなければならない）

が、声に出して、いった。「行こうか」

テラには判らなかったかも知れないと考えて、補足した。

「宿舎へ行かなければ」

修習生たちはうなずいた。

いちばんはじめに転送したのは――意外なことに、テラであった。


食事をすませ、就寝もまぢかな時刻に、ジェクミンドロは、集合令を出した。明日になればもはや自分の修習生たちは、自分のものではなく、連邦に査定を受けに行くという公式の肩書を持った人々になる。それまでにもう一度顔を合わせておこうという、計算ずくの感傷に迫られたからであった。

黄色い灯が吊られたホールに、修習生たちは、ひとり、またひとりと、実体化しはじめた。

誰もかれも、はじめて自分の手に預けられた頃とくらべると、問題にならぬくらい鮮やかな出現ぶりを見せ――しかも、連邦職員だけが持つ一種奇妙なひややかさと倦怠感を帯びている。

こうしたことに馴れているジェクミンドロの胸にも、かすかな満足感が湧きおこって来た。

が――眉をひそめた。

(テラは?)

いなかった。

(遅いじゃないか)

疑念をくみとった修習生のひとりが、テラの部屋へと消失した。

(いません)

遠い思念が、ジェクミンドロの脳裏に定着した。

(これは――)

その思念を全部つかみとる前に、ジェクミンドロは飛んでいた。

実体化すると同時に見えたのは、先に入った修習生の持っているメモ用紙だった。

読んだ。

〝あれほど憎んでいた連中に殉ずる馬鹿馬鹿しさは、よく判っています。でも、ぼくは結局、加害者になれなかったのです〟

「あ……あれ!」修習生が、窓の外を指した。ふわりと明るくなったのは、明日のために碇泊していた宇宙船のひとつが浮かびあがり――一瞬のうちに光点となって去ったのであった。

駈け寄って窓枠に手をつき、ジェクミンドロは夜空を仰いだ。

銀河連邦を構成する大小はるか、色淡い無数の星々の中に、もうその宇宙船の影はなかった。

何ということをするのだ！

すでに連邦職員の地位を手に入れたも同然の立場にいながら……。

やはり、テラにはそれは出来なかったであろうか。形の上だけでは文明らしいものを築いているが、実はテレパシーさえ持たない野蛮人どもの、そのひとりに過ぎなかったのであろうか。一個体として種族を超越することはかなわなかったであろうか。

だしぬけに、ジェクミンドロは、思いもかけなかった事実に気がついた。

——そうではない。

彼は、テレパシーを持たなかったからこそ、仲間を捨て去ることができなかったのだ。相手の本心を知ることがないという制限のもとでは、信じるか信じないかのどちらかしか許されない。とすれば……形態の同じ連中と、形態の違う連中との、どちらを選ぶべきかというとき……結論は、最初から出ていたのではないか？

だが……。

だが、そんなことはどうでもいい。どうでもいいのだ。

ジェクミンドロは、夜空に放心の目を向けたまま、思い出していた。はるかな——いくら呼んでも返らない遠い日のことを、鮮やかに呼び起こしていた。連邦職員に徹して生きていこうとしていた頃、ジェクミンドロ自身の種族が、銀河連邦の巧妙な挑発に乗って、絶望的な反抗を試みた、あのときのことが、よみがえって来た。

圧倒的な連邦の戦団に包まれて、ジェクミンドロの出身種族は、簡単に滅亡して行った。

ジェクミンドロは、ただひとり生き残ったのだ。

それを、その時は……いや、あれからもずっと、心の奥底ではともかく、当然なのだと思って来た。そう信じて来た。連邦職員はそうでなければならぬと、自分自身を納得させて来た。

どうしようもない熱いかたまりが、彼の胸でふくれあがった。

連邦職員……養成所教官……エキスパート……。

いまは、いくら呼んでも帰ってこない同胞たち。

ジェクミンドロは、笑いだした。笑いながら、顔が歪むのをおぼえていた。

今さら、それを思って何になる？

よかったのだ。それでよかったのだ。

「馬鹿め！」ジェクミンドロは、不意にはげしく窓枠を叩いた。

「任官を目前にして」涙がぽろぽろと落ちた。「馬鹿もの！」のど一杯に声をはりあげて叫んだ。

「死ぬまでたたかうんだぞ！」

かれらと私

ここには、時間もなければ、距離もないようだった。エア・カーの押し殺したひびきを、私はいつのまにか意識しなくなっていた。

どこまで行っても湿地帯である。至るところにあらわれる死人の目のような沼と、黒い肌の樹々……いや、それさえも、湧きあがり沈む霧のために、見失いがちであった。

「まるで、悪夢だなあ」

私は、横にすわっているゴブトンに声をかけた。むろん、返事などはじめから期待していない。ただ、のしかかる沈黙に耐えかねて、衝動的にいっただけである。

ゴブトンは答えなかった。膝をかかえ震動に身をまかせながら、半眼になって車内のくらい宙をみつめていた。

ああ、また白昼夢にふけっているのだな——と、私は思う。それが彼の逃げ道なのだ。懐古主義者の彼が今考えているのは、古代の東洋か中世ヨーロッパか、それとも二十世紀の宇宙開発のあけぼのの時代か……いずれにせよ、現在のこの瞬間でないことだけはたしかである。

彼の過去に何があって、そんな癖を身につけることになったのか、私は知らない。訊ねたところで、彼は決して喋ろうとはしないだろう。そして、それは私も同じことである。年季奉公で地球軍団の一員となった人間にとって、過去などというものは、雪の結晶にほかならない。へたにいじくりまわそうとすれば、それが存在していた痕跡までなくなってしまうのだ。

「このぶんでは、いくら進んでも何もなさそうだな。――帰ろう」

運転台のすぐうしろから外を眺めていた将校がいう。

エア・カーは傾きながら向きを変えて、戻りはじめた。

あいかわらず、霧は濃い。

「お」

将校が叫び声をあげた。「あれは……何だ？」

私は窓に目を向けた。

何かが、跳ねて、霧の中へ走り込んだ。

けものだった。

四ツ足の……たしかに見覚えのある恰好の動物だった。

つづいて、またひとつ……今度はもう、まちがいようがなかった。

鹿なのだ。

つのを生やした、大きな鹿なのだ。

「追え！」

将校の命令に、エア・カーは、速度をあげた。

その鹿そっくりのものとの距離は、しかしなかなかちぢまらない。

「動物め」

将校は舌打ちしてから、私たちに振りむいてどなった。

「撃て！」

「……」

「撃つんだ。こら、ミタ、ゴブトン、あれを撃ち倒すんだ」

私たちは窓を押しひらいて、熱線銃を構えた。こんな、まだどことも判らぬ惑星上で、しかも、対象が地球の鹿に似ているというだけで撃つというのは、問題だ。植民計画の本旨にももとる。が――私は逆らわなかった。地球軍団の第一線が暴走するのはしょっちゅうのことだから、そんなことをいっても、将校が命令を引っ込めるとは思えない。どうせ、責任はこの若い下級将校に帰せられるのだ。

私とゴブトンは、ほとんど同時にボタンを押した。白光がひらめき、鹿ははねあがると、横ざまに地に落ちた。

「よし、駐屯地まで運んで行こう。みんな、荷台を組み立てて、あれを載せろ」

将校の声に、私たちは、じくじくした地面に降り立った。

鹿は、まだあたたかかった。そして、その毛並みも形状も、高く張ったつのも、何もかもが、地球の鹿にことならなかった。

「――あり得ないことだ」

作業をつづけながら、私はそっと呟いた。

「なぜ考える？」

ゴブトンがささやき返す。「説明しようのないことを考えてどうする？　狂うために考えるのか？」

ゴブトンのいうとおりかも知れない。彼のように、あるがままを受入れるべきなのかも知れない。

だが……やはり私は思い出してしまうのだった。数時間前か十数時間前か（それさえもさだかではない）にはじまり、今も理解を絶した状況がつづいている。あのときのことを……。

そのとき、私は、観測室で第六スクリーンを受け持っていた。

「ただいまから、秒読みに入る」

スピーカーが、艦長の声を伝えた。「オーバードライブ六十秒前」

私は、減感剤のカプセルを、腕にセットした。歪んだ空間の最短距離を突破するオーバードライブは、恒星間単位の航行に不可欠だが、何度経験をしても好きになれるようなものではない。しかも今回は、軍隊であるがゆえに背負わされた実験をも兼ねていた。つまり従来のように五光年や六光年ずつの繰返しではなく、巨大なエネルギーをほうりこんで、一挙に五十光年あまりを翔け抜けようというのだ。

重いぞ——と、私は覚悟した。

「五十秒前」

オーバードライブのあいだ、われわれはどこにいることになるのか、と、かつて技術将校に訊ねたことがある。技術将校はしばらく私をみつめてから、声をしぼるようにして「亜空間としかいいようがない」と答えたものだ。

「四十秒前」

なぜそんな真似までして、宇宙を飛びまわらなければならないのだ。といえば、これはもうはっきりしている。人類の絶対優位を確保するためなのだ。

「三十秒前」

そうなのだ。今のところ、人類に匹敵するほどの力を持った高等生命は発見されていない。いや、発見されることはされているのだが、それらはみな数万年なり、数十万年なりの遠い昔に亡んでしまって、遺跡を残しているだけである。現存する異星の種族で人類をしのぐものはないのだ。

「二十秒前」

私はカプセルを切った。血管に減感剤が流れ込んで、ゆっくりと平安が訪れてくる。だがこの平安に甘えてはいけない。これは、オーバードライブのショックを緩和するための作用なのだ。だから私にはいつのまにか、安息感といっしょに苦痛を予期する習慣ができていた。

「十秒前」

はじまるぞ、と、私は鈍くなった意識の底で思う。秒読みはむろん合成音に切りかわっていて、九、八、七、六……。

「ゼロ」

ぐわっと吐き気がこみあげてきた。全身がこまかい粒子に分解したような、まるでバランスのとれない浮游感。

それでも私は、スクリーンを注視しつづける。義務だからだ。

十秒とたたないうちに減感剤の効果は去って行き、スクリーンも、いつものように一度黒くなり、それがしだいに灰色へと変わりながら、小粒の光の泡をまき散らし……。

違う。

私はかっと目を見開いた。

スクリーンは瞬時にしてあかるくなったのだ。あかるくなったばかりではない。揺れる影のようなものが映っていたのだ。

が、それも、とっさの印象であった。またたきするかしないかのうちに、それはズウンという速さで、ちぢまっていた。

私は悲鳴をあげたように思う。

と、いうのは、今やスクリーンに位置を定めたそれが、地表の風景であることに気づいたためであった。何がおこったのか、考えるひまもなかった。

「全速離脱！」

という艦長の声と同時に、床ははげしく上下し、艦内重力はゼロになった。艦は、持てる能力のすべてを駆使して、その地表らしいものから離れようとしているのだった。

回路を開放したままのスピーカーに、怒号やわめき声が、どっと重なった。

「何をしているんだ！　軟着するんじゃないぞ！　上昇するんだ。上昇だ！」

「エンジンは全開です！」

「どうなっているんだ？　おい、何がおこったんだ？」

「降下しろと誰がいった？」

「加速はつづいているはずだ。速度計の針はぐんぐんあがっているのに……畜生、地表が追いかけて来るのか？　これはどういうことだ？」

「最大出力にしろといっているんだ！」

「ただいま最大出力です」

しかし、何の甲斐もなかった。地表はみるみる迫ってくる。あと五十メートル、あと十メートル……やがて、やわらかな衝撃がつたわって来た。

軟着陸したのだ。

全航行装置がフルに駆動しているというのに、船体は地表に静止したのだ。

艦はそれでもかなりのあいだ、唸り、震えていた。

ついに艦長が命令した。

「むだだ。これ以上エネルギーをつぎこめない。全エンジンを停止せよ」

艦内はにわかにひっそりとなった。その静寂を感じとりながら、私は見たのだ。

そう。

スクリーンに濃い霧が流れているのを……その霧の湿地に、怪物に似た何十という宇宙船が到着しているのを……。

それは、時間差をおいてオーバードライブしたはずの、わが艦隊であった。


「ほう、霧がはれて来たな」

将校がいっている。「もっとスピードをあげろ。艦長はわれわれの報告を待ちかねておられるだろう。一刻も早くあの鹿を見せたい」

たしかに霧は、さっきよりもうすくなっていた。樹々や沼のありかがよく判るようになったので、エア・カーは、うなりをあげて快走をはじめた。

だが、私は、おかしなことに気がついた。

われわれが通っているのは、もう湿地帯ではないのだ。生乾きの地面なのだった。艦を出て踏査にむかったときは、一歩ごとにぴちゃぴちゃと靴が鳴ったというのに……。

運転手も、そのことを知ったらしい。振りむいていった。

「どうもへんですよ。帰る道をまちがったんじゃないでしょうか」

将校は、艦からの誘導電波をとらえている方向指示機を覗き、それから断言した。

「このまま行けばいい。つまらぬ質問はするな」

一時間ばかり走りつづけているうちに、霧はほとんどなくなり、地面は乾いて白っぽくなった。

「あそこだ」

将校が前方をゆびさした。

いわれるまでもなかった。まばらな林の上に、宇宙船の頭部がいくつか見えはじめている。近づくにつれて、多数の人間が集まっているときに特有の、あのがやがやした感じがつたわって来た。エア・カーが速度をおとすとそれは、笑い声や叫び、何かを命令するような高い声の集合音であることが判った。

「おかしいな」

将校が呟いた。

呟くのも、もっともだった。そうしたざわめきの中に、どうも女の声がまじっているようなのである。われわれの艦隊には、女はいない。未知の惑星を発見して急襲し、武力で圧服するのが任務のわれわれは、たえずいらいらし、攻撃的、略奪的でなければならないからだ。

それがどうして？

そのとたん、エア・カーが、不意にとまった。

「あれは何だ？」

運転手がわめいた。

私もそちらへ視線を向けた。

奇妙なものが、いくつも斜めに舞いあがって行く。

円盤だ。

肉色をした円盤。

いや、たしかに肉なのだ。下面にはいくつも放射状にひだが走り、ひくひくと息づいている。

しかも、地面を離れたころには直径一メートルぐらいだったものが、高度があがるとともに薄っぺらくなり、さしわたし十メートルものひらひらした円になって、飛び去って行ったのだ。

いろいろと異星の生物を見て来た私だが、そんなものは仲間どうしの噂でも聞いたことがなかった。

「ふむ。ここの生物だな」

将校がいった。

私はかすかなユーモアを感じた。ここで目撃したのだから、ここの生物にきまっているではないか。何もしかつめらしく言明しなくても……。

そこで私の表情はこわばった。

あれがここの生物だとするならば……ああいう形態に進化するのがここでは必然であるとするならば……なぜ、地球のとそっくりな鹿がいるのだ？

「バランスがとれない」

私は口走った。

が――もちろん将校は私などを無視して、運転手に命じていた。

「駐屯地へ。急げ！」

エア・カーは進みだした。

なぜだ？　と、私は考えつづけた。われわれはどこへ迷い込んだのだ？　ここはどういう惑星なのだ？

けれども、駐屯地が見えてくると、その疑念も二の次になってしまった。

女がいるのだ。男たちにまじって、数えきれないほどの女がいる。

それも……イブニング・ドレスをまとったのや民族衣裳で着飾ったのや家庭着をつけているのや……何割かは、完全なヌードであった。それらが男たちと踊ったり抱擁しあったり、料理を運んだりしている。

料理といえば、地面の至るところで豪勢な酒宴がひらかれていた。みんな、飲んだり唄ったり高声で笑ったりで……そこには何の規律も秩序もありはしなかった。

「これは、どういうことだ？」

将校は、すさまじい形相になると、エア・カーをとめさせ、ドアをあけて、地に飛び降りた。

成行き上、私たちも銃を持ったまま、あとにつづいた。

「貴様ら！」

将校は金切声をあげた。「これはいったい何の真似だ？　何をしておるか！　任務はどうした！　地球軍団員にあるまじきふるまいをしおって！」

だが、誰ひとりとして敬礼もしなければ、まじめに聞こうとする者もない。何人かが飲み食いしながらじろりとこちらを見たが、それきりだった。

「こら！」

将校は、すぐそばにいた男の胸倉をつかんでわめいた。「本官のいうことが聞こえんのか！　この女たちは何だ？　この酒肴は何だ？」

「やめてくださいよ――」

男はもがきながら答えた。「何って、ここにあったんです。女たちはどこからともなく集って来たんだし……食いものも、女たちが持って来たんですよ」

「何をいうか！」

「本当ですよ、将校さん」

別の男が、かわっていった。

「馬鹿な」

将校はうめいた。「そんなこと……あり得ないではないか。そうでなければたぶらかされているんだ！　即刻、持場に帰れ！　おまえたちの持場はどこだ？」

「そんなもの、もう、ありゃしません」

「何？」

「艦隊は解散しました。全員、自由なんです」

「何をいうか、こいつ」

「そうなんです。さっき、艦隊司令がみんなにむかって、そういい渡したんですよ」

将校は、毒気を抜かれた。

「艦隊司令閣下が？」

いったが、すぐに決然と首を振った。「いや、そんなはずはない。何かの間違いだ。そのはずだ。艦長にお聞きしなければ、信じられない」

将校は、われわれの艦のほうへと、走りだした。

やむをえず、私たちも、そのうしろについて走った。

走りながらも、私は気が変になりそうだった。こう次から次へと不可解なことがおこっては……。

ちら、と、斜めうしろのゴブトンに目をやると、彼はぼんやりした表情で駆けていた。こんな場合にも、彼は白昼夢を見ているらしい。その思考停止の状況が、彼自身を守っているのはたしかだった。

そうなのだ。考えちゃいけない。筋道を通して説明をつけようとするから、気が狂うのだ。

そこらでごろごろして歓楽にふけっている大多数の連中のように、私も、あるがままを受け入れるほうが安全なのだ。すくなくとも、そう努めるべきなのだ。

われわれの艦にも、もう歩哨は立っていなかった。乗組員はあちこちでとぐろを巻き、おたのしみの最中だった。

「艦長殿！」

ひらいたままのエア・ロックの下に立って、将校は絶叫した。

「艦長殿、どこにおられますか？」

「どうした？」

私たちの背後から、声があった。

艦長だった。まぎれもない艦長だったが……片手で女を抱き寄せ、残った手でアルカロイド飲料のグラスをかかげている。たるみ切った顔つきで、以前の面影はどこにもなかった。

「――艦長」

将校が絶句した。

「どうしたのかね？」

艦長はだみ声で笑った。「うるさいことはもうやめにして……さあ、みんなで一緒にたのしくやろう」

すると、周囲にすわり込んでいた連中が、どっと歓声をあげ、拍手した。

その瞬間――。

「何をしているか！　そいつは何だ！」

不意に、頭上から声が降って来た。

はっと仰向くと、エア・ロックに高級将校が姿をあらわしている。

それは艦長だった。

もうひとりの艦長。

そして、こちらのほうは、秋霜烈日のおもむきがあった。

眼は刃物さながらに光っている。

「へんな冗談はよせ！」

地上の艦長が、胴間声をあげた。

「黙れ！」

間髪を容れず、エア・ロックの艦長は叫び返した。「貴様は何者だ？　艦長をよそおうとはどういうつもりだ？　即刻、軍法会議にかけてやる」

乗組員たちを見まわして、

「その男を逮捕しろ！」

みんな、とっさには動かなかった。どちらが本物なのか判断できなかったのだ。

が、将校が行動をおこした。彼は、自分のイメージに合致したほうを真の艦長だと認めたのだ。腰の小型熱線銃を引抜くと、一歩進んで、眼前のアルカロイド飲料を持ったほうへ、それを突きつけた。

「手をあげろ！」

「何をする」

突きつけられた艦長は、呆れたように、エア・ロックへ、あごをしゃくった。「あれは怪物だぞ。俺そっくりに姿を変えているんだ。きみはあざむかれているんだ。それが判らないのか？」

「つべこべいうな！　艦長殿は貴様のような堕落した人間じゃない。貴様こそ、艦長に化けているんだ！」

「よし、そいつをつれて来い」

エア・ロックの艦長がいった。

「はい」

将校は答えたが、命令は実行されずに終った。

何台かのエア・カーが急速に接近してくるひびきがしたのだ。

それとともに、群衆のどよめきと、逃げまどう足音、女の悲鳴が聞こえた。

「全員、持場に帰れ！」

スピーカーで、誰かがどなっている。

あっと振り向いた私の目に、つい今しがたまで享楽にふけっていた人々を蹴散らしながら進んでくる一隊のエア・カーが映った。

どのエア・カーにも、何人かの高級将校にひきいられた完全武装の兵たちが乗り込んでいた。乗っているだけでなく、窓から銃を突き出して、威嚇していた。

「全員、目をさますのだ！」

アナウンスはつづいた。「われわれはだまされている。われわれの前に出現しているのは、人間そっくりに変身した敵なのだ！　この惑星に住む敵は、人間の姿をよそおってわれわれの組織を分解し、一挙にわれわれを葬ろうとしているのだ！　女どもから離れよ。食物を捨てよ。ただちに持場に戻れ！　すぐにも敵は襲ってくるぞ！」

「警戒せよ。警戒せよ」

別の声が流れた。「敵は女の姿をしているだけじゃない。われわれの仲間にも化けている。さきほど艦隊解散命令を出した司令はニセモノだ。ニセモノは射殺した。全員、本来の任務に戻れ。戻らないものは敵とみなして射殺する！　繰返す、戻らないものは射殺する！」

エア・カーの列は、もう私たちの前を通過しかけていた。

私は息を呑んだ。

その一台の窓からあたりをにらみつけているのは……われわれの艦長だった。

第三の艦長。

私たちが茫然としているあいだに、そのエア・カーは急停止した。

「あそこにもニセモノがいるぞ！　撃て！」

エア・カーの艦長の命令一下、兵たちは銃を構えて、細い白光を噴出させていた。とっさに伏せていなければ、私自身も熱線につらぬかれているところだった。

顔をあげたときには、すぐそこにいたほうの艦長が、上半身黒焦げになってころがっていた。つづいて、これは頭だけを射抜かれたエア・ロックの艦長が落下して来て、地面に叩きつけられた。

エア・カーの一隊は、すでに次の艦のあたりまで行ってしまっている。

乗組員たちは青ざめた顔で、女どもがひきとめようとするのを振り払って、それぞれの艦へ走りはじめていた。

だが、おそかった。

林のあいだから、銀色に光る機械の大群があらわれ、殺到して来たのだ。

何十というしなやかなアームと脚をせわしなく動かす、金属のいそぎんちゃくみたいなその機械は、意外な速度で縦一列になって突っ込んで来た。われわれが応戦するいとまもないうちに、それらのアームからは黄色い液体が放たれて、艦船群の外殻を濡らした。外殻はたちまちけむりに包まれたと思うと、亀裂が入って、一隻、また一隻と割れて行った。

いったん通り過ぎた何千というその機械の群は、そこで方向を転じると散開して、再び襲いかかって来た。

かれらが走り抜けたあとには、満足な形をした艦は、ほとんど残らなかった。

ばらばらと、何人かが持場をはなれて逃げだした。

「逃げるな！　逃げると射殺するぞ！」

という声があがったが、何の効果もなかった。さらに何十人かが戦列から逃亡して行った。

地球軍団は、完全に戦意を喪失していた。今までは圧倒的な武力をふりかざして敵を叩き潰すのがつねで、勝ちいくさしか知らなかっただけに、いったんこんな目にあうとたちまち自信がなくなったのだ。

もちろん私だって例外ではない。

機械群はもう一度陣容をととのえて、横一列になろうとしている。

それを見ると、もうたまらなかった。

私は、どっと奔りだした軍団員たちとともに、無我夢中で駈けていた。駈けながら、さっきまで乗っていたエア・カーを認め、あれだと思った。

あれに乗って、逃げるのだ。

とにかくここを離れて、できるだけ遠くへ行くのだ。

そう考えたのは、私だけではなかった。私がたどりついたときには、すでに何十人という軍団員がエア・カーにとりつき、何とかよじのぼろうとしていた。そして、先に乗っている連中になぐられ、蹴られて、地面へ仰向けにころがっていた。

「手を出せ！」

上のほうからどなった者がある。

ゴブトンだった。

私は腕を思いきり伸ばし、ゴブトンがそれをつかんで引きあげた。

ざざっと、機械群が、こちらへ動きだしたのが見えた。

エア・カーは猛烈な勢いでスタートした。はじめは機械群の来るのとは直角の方向に、のち、とても間に合わないとみたのか、斜めに突っ走った。

私は、ひらいたドアの把手につかまったまま、恐怖の目をひらいて、迫ってくる機械群を
みつめた。

どうやら、離脱に成功した。

エア・カーは、エンジンの力の限りをつくして、飛びつづけている。

そのときになってようやく私は、車内を見る余裕ができた。

車内には、ゴブトンをはじめとして、十数名の軍団員がひしめいている。ぎゅうぎゅう詰
めで、ろくに動くこともできないありさまだ。

「速く！」

突然、運転台のあたりで、かん高い声がした。「もっと速く走れないのか？　奴らに追い
つかれたらどうするんだ！」それは、例の将校だった。ますますヒステリックになっていた。

「どけ！」

将校は、運転している男の肩をつかんだ。「どけ！　本官がやる！」

「やめろ！　何をするんだ」

「どくんだ！　本官が運転する」

将校の声は、いっそう早口に、いっそうかん高くなった。悲鳴といったほうがいいくらい
だった。「やらせろ！　奴らに追いつかれるじゃないか！　やらせないなら撃ち殺すぞ！」

「そいつにやらせてやれよ。どうせ馴れない仕事だ。すぐにねをあげるさ」

誰かがいった。

「気違いに逆らわないほうがいいぜ」

別の人間もいう。

男は、運転台を将校にゆずった。将校が席につくや否や、エア・カーははげしくひびきながら、さらにスピードをあげた。私たちは右に左にと揺られた。

窓の外は、もう林ではなかった。樹はひとつもないただの砂地だった。それも、乾いてさらさらした砂なのだ。

にわかに、淡い光が、その砂地を照らし出した。

日光か？

車体から身体を半分出した姿勢で、私は上を見たが、太陽らしいものはなかった。空はただ一面に光を帯びたあかるい色だった。

しかもその光は、刻々と強くなってくる。やがて、天を反映した砂地も、ぎらぎら輝きはじめた。

行く手も同じことだった。濃い光の渦がぐるぐるまわっているようだ。ここはもう、砂漠としかいいようがなかった。太陽のない砂漠なのである。

暑さに、私のてのひらは汗ばみ、うっかりすると、振り落されそうになる。私はすこし、すこしずつ、奥へ身体を押し込んで行った。中には熱気がむっとたちこめていたが、振り落されるよりは、よほどましである。

砂漠。

どこまで行っても砂漠。

身体を押しつけあって揺られながら、みんなはずっと黙っていた。ゴブトンはまた白昼夢をむさぼり、他の者も、ものを考える気力もなく、茫然自失していたのだ。

私も半身をよじった奇妙なポーズのまま、じっとしていた。

砂漠なのだ。

どこまで行っても砂漠なのである。

そのうち眠気が襲って来た。

寒い。

びくっと身をふるわせて、私は目をひらいた。いつのまにか、エア・カーの中で眠り込んでいたのだ。

ひどく暗かった。

夜らしい。

けれども、意識がはっきりしてくるにつれて、私は寒気とは別に、背中がつめたくなるのをおぼえた。

エア・カーの中には誰もいないようなのだ。あれほどひしめきあっていた人間の気配が、まるで感じられないのである。

私は、床を這って、からっぽの運転台に達し、車内燈のスイッチを入れようとした。

つかなかった。

どうしたんだ？

「ライトはつかないよ」

隅っこから、誰かがいった。

「誰だ？」

私は顔をねじ向けた。よくやく馴れはじめた目が、窓のぼんやりしたあかるみに浮かんでいる人間のシルエットをとらえた。

「判らないかね？　ぼくだよ」

それは、ゴブトンの声だった。「燃料がなくなって走れなくなったので、みんな、出て行ってしまったのさ」

「出て行った？　どこへ？」

「都市へ行った」

「都市？　そんなものがあるのか？　どこにあるんだ？」

「行く手を見ろ」

いわれてみると、なるほど、ずっと先の闇の中に赤や青やのきらびやかな灯がかたまっている。

「あれが……都市だと？」

「そのようだね。日が暮れるまでは、建築物が立ち並んでいるのが見えていた」

「そこへ、みんな行ったというのか？」

「そうさ」

ゴブトンが身体をおこす気配がした。「さあ、でかけようじゃないか」

「でかけるって、あそこへか？」

「ああ」

「あんた、どうしてみんなと一緒に行かなかったんだ」

ゴブトンは笑い声を立てた。

「気心の知れない連中と行を共にしてもしようがないからね。きみが目をさますのを待っていたのさ」

それが本当なのかどうか、私には判らなかったが、もはやこれ以上あれやこれやと考えるのは面倒であった。なりゆきにまかせるほうがらくだった。

「そうするか」

ドアのほうへにじり寄ろうとした私の膝が、何かやわらかいものを踏みつけた。それは低いうめき声をたてた。

窓あかりに、眼をこらしてみつめると、あの将校だ。

「こいつ、どうしたんだ？」

私は訊ねた。

「彼は、精神錯乱状態になってしまったのさ」

と、いうのが、ゴブトンの答だった。「はじめからすこしおかしかったが、あんな無茶な運転をしては、神経も肉体ももちゃしないよ。あぶないので、みんなで運転台から引き離して、袋叩きにしたのさ」

「なるほど」

私は将校の身体を乗りこえた。

もうドアの前に立っているゴブトンの、そのそばまで来たとき——。

にわかに、車内があかるくなった。都市と反対の方向から、何かが光を放ちながら、高速で接近して来たのだ。それは、あっという間に私たちのエア・カーの横を過ぎると、去って行った。

「何だ？　あれは何だ？」

「車らしいな」

「車？」

「ああ。だいぶ前から、ときどき通り過ぎて行く。全然見たことのないタイプの車だが……車には違いなさそうだ。——行くか」

「行こう」

私はうなずいた。

「おい」

細い声が、運転台のあたりからした。「置いてゆくつもりか……上官を……遺棄するつもりか？」

「どうやら、正気をとり戻したらしいな」

ゴブトンが呟いた。

「どうする？」

私はいった。

「ついて来たければ、勝手について来るだろうよ」

それだけいうと、ゴブトンは外へ飛び出した。

「おい……ミタ……ゴブトン」

将校は呼んでいた。「本官を……つれて行け……つれて行ってくれ」

相手にせず、私も飛び降りた。飛び降りて……どきりとした。予期していたのとは違う衝動が、足からつたわって来たのだ。

地面は、やわらかだった。

それも、粘土のやわらかさではない。よくしまった、弾力性に富む、プラスチックのような感じなのだ。

これは……？

だが、ゴブトンは灯のかたまりへと歩きはじめている。

私も歩いた。地面のせいで、一歩ごとにはずむような足どりになる。

天は、地よりもだいぶあかるかった。といっても、地球の夜空のような濃紺色ではなく、淡い灰色なのだ。

カタカタカタという音が、私たちの両側から湧きおこった。

じっと見ていると、それが何であるのか判って来た。

両側は、森なのだった。それも、針金細工を幹に、蜘蛛の巣のような枝を張った樹々なのである。密集しているので、風が吹くたびにお互いに触れあって、そんな音を出すのだった。

あんな樹が、こんな、われわれに呼吸できる大気の中で育つものだろうか。

そしてこの足の下にあるものは……どうも道らしいが……こんな道を誰が、どのような方法で作ったのだ？

「また考えているのか？」

ゴブトンがいい、私は気をとり直した。

そうなのだ。考えたって仕方がない。もう考えないことにしていたのではなかったか？

私たちは、黙々と歩きつづけた。

灯の集団は、私がはじめ想像していたよりも、はるかに遠くにあるらしい。歩いても歩いても、なかなか近くならなかった。

と。

私たちの前に、長い影が生れた。影はみるみる濃くなった。

うしろから、またあの車らしいのが迫って来たのだ。

私とゴブトンは、それをやりすごすため、道のわきへ寄った。

ところが、それは通り過ぎなかった。私たちの横で、ガーッと音をたてて急停止したのである。

異様な形状の車だった。いや、車と呼んでいいのかどうかさえ判らない。半球形で、底面は地から浮いている。ちょっと見にはエア・カーに似ているが、すぐそばにいる私たちに、そよ風ひとつ当らないのだから、エア・カーではなかった。

「乗らないかね？　あなたたち」

車から、声が流れ出て来た。みごとな発音の地球語だった。

「あちらの、都市——だったかね、へ、行くのなら送ってあげるよ。あなたたちその移動速度では、まだ多くの時間を必要とするだろうから」

「……」

私たちが答えかねているあいだに、その乗り物から、一枚のぼうっと光る板が繰り出されて来た。板は、私たちの足もとまで伸びて来ると、動きをやめた。

「乗りなさい。それに乗ればいいのだ」

「ぼくは行くよ」

ゴブトンは簡潔にいうと、板へ乗りうつった。

ゴブトンの身体は、そのまま、コンベアーで運ばれるようにすべって、乗り物の壁に達した。壁の一部が瞬間的に消滅したと思うともう彼は、乗り物の中へ吸い込まれていた。

私は本能的に一歩さがった。

「あなたもだ」

声がうながし、板は、私の前へと伸びて来た。

「おまえは何だ！」

私は叫んだ。

返事はなかった。

「おまえは地球人なのか？」

私はまた叫んだ。「われわれをどうしようというんだ。何をするつもりなんだ？」

「いやなら強制はしない」

声は落着いていた。「さあ、どうするんだね？　乗るのかね？　やめるのかね？」

「……」

私はとっさに考えた。相手に害意はなさそうだし、ゴブトンも入って行ったことである。都市までつれて行ってくれるというのなら、乗せてもらっても悪くあるまい。うまく行けば、相手に、われわれが迷い込んでいるこの世界が何なのかを教えてもらえるかも知れない。第一、もうこれだけわけのわからぬ目に合ったあとだ。今さら何がおころうと、たいしたことはない。

決断とともに、私は板に乗った。身体はするすると動き、目の前に壁が来たと思った瞬間、強い光が私を包み込んだ。

われに返ったとき、私は、何とはない安堵感をおぼえていた。

そこは、宇宙船の内部によく似ていたのである。曲線をえがく壁と、スクリーンの群。計器や機械類が、至るところに据えられていた。

床の中央に、ゴブトンが立っていた。ゴブトンと……それからおそらく途中で拾われたのだろう。例の将校がいた。それも、すわり込んでしくしく泣いていた。

だが、安堵したのは、それだけである。スクリーンの前や機械類の横には、巨大なもやしに手足をくっつけたような生物が、何匹もいるのだった。

一匹が、私に赤い目を向けて、きいきい声で何かいった。同時に、部屋の隅にある機械が、音を出した。

「あなたたちは新顔だね。そのからだつきから考えるとオリジナルのようだが、そうなんだろうね？」

その機械は、自動言語変換機なのだ。しかもおそろしく高性能の変換機なのだ。地球軍団の技術者たちは必要に迫られていくつか自動言語変換機を作りあげていたが、これとくらべると、玩具も同然だった。

「どうだ？」

もやしの化物が、またたずねる。

「言葉の意味が、よく判らない」

私は答えた。「新顔とは、どういうことだ？　それに、オリジナルとは、何のことだ？」

もやしの化物たちは、三、四匹集まって、何事かを話しあい、それからまた、私たちに向き直った。

「あなたたちのような生物を見るのは、これがはじめてだ。あなたたちはつい最近、この世界へ飛び込んだんだろう？」

「飛び込んだ？」

ゴブトンが問い返した。

「そう、とらえられたといってもいい」

「飛び込んだとか、とらえられたとかいうのは何だ？」

私も言った。あいかわらず将校がぺたりとすわって泣いているばかりなので、私とゴブトンで答えるほかなかったのだ。

「われわれはオーバードライブをやった。すると……この妙ちきりんな世界に来たんだ」

もやしの化物は、ブウブウという音をたてあった。笑っているらしかった。

「大がかりなオーバードライブだろう？」

一匹がたずねた。「小刻みにやらずに、一気に長距離を飛び抜けようとしたんだろう？」

「その計算がまちがっていたんだ」

別の、もやしの化物が説明した。「それだけオーバードライブするには、エネルギーが足らなかったんだ。だから、亜空間に飛び込んで、出られなくなったんだよ」

「何だって？」

「ここは、ふつうの空間ではない。亜空間の世界なんだ」

「――そんな」

私はうめき声をあげた。「亜空間なんて、あくまで理論的なものだという話じゃないか。オーバードライブしているとき、宇宙船は現実には存在しないと聞いたぞ！」

「だから、そのあいだ、宇宙船は亜空間にいるのさ。亜空間の世界から見れば、そのあいだだけ存在しているのさ」

「――わけがわからん」

「わからなくってもいい。どうやらあなたたちの知能レベルは、われわれの水準には達していないようだからね。いずれにしてもこの亜空間は、われわれがかつて知っていた世界とまるで性質が違う。われわれはだいぶ研究したが、それでも理解できないことが多いのだ。いや、ここでは科学的方法そのものが、あるいは成立しないのかも知れない」

そんなことは、私にとって、どうでもよかった。それよりも、今の言葉のある部分が、私の心にひっかかった。

「知能レベルが……おまえたちの水準に達していないって？」

私は叫んだ。「馬鹿をいうな！　人類は現存する生物中、最高の種族なんだぞ！」

もやしの化物たちは、またもや、ブウブウという音をたてた。

「何がおかしい？」

「あなたたちは、きわめて若い種族なのだ。ふつうの空間の時間概念でいうと、あなたたちの単位で……十万年は若いのだ」

「何？」

「ここでは、時間はおそろしくゆっくり過ぎるらしいんでね」

もやしの化物はいった。「新顔たちの話によれば、われわれの種族は、ふつうの空間内では、もうとうに滅亡してしまっているそうだよ」

「しかし、われわれはここにいる」

別の一匹が首を振った。「いや、このあたりには銀河系諸生物の炭素・酸素系の、今までにオーバードライブ技術をつかんだ種族はみんないる。それどころか、もっと離れたところでは大気組成や温度もかわって、別の系列の生物が住みついている。いってみれば動物園でね……そこでお互い、力を競い合っているのさ」

「そんなこと、信じられるか！　あり得ないことだ！」

私はわめいた。自分でも発狂するのではないかと思った。

「さては……」と私はもやしの化物たちに指を突きつけた。「われわれを襲ったのは、おまえたちだったんだろうね？」

「襲った？」

「そうじゃないか！」

私は、あのいそぎんちゃくの怪物のことを話した。

「違う」

もやしの化物たちは否定した。「ここには今までそんな生物はいなかった。それは、あなたたちが生み出したのだ」

「何？」

私は口をぽかんとあけた。

「それは、あなたたちの誰かが、無意識に予期したんだ。襲われると思ったんで、出現したんだ」

「馬鹿な！」

「そうなのだ。ここの空間はそうなんだ。意識ある生物は、だから、次から次へと何かを生み出す。生み出された生物も、また何かを作り出している。だからこそ、さっきわれわれは、きみに、オリジナルかと訊ねたのだ」

「――そんな」

私には、もう何もいえなかった。

そういえば……私の脳裏を、今までのことがかすめ過ぎて行った。あのおかしな円盤状生物は、あれはオリジナルだったのか？　それとも、何かが生み出したものだったのか？

いや？

地球のものにそっくりな鹿は……？　あれはあのとき、エア・カーに乗っていた誰かが無意識に期待したのでは？

それればかりではない。

いわれてみて、私は、あの艦長や司令官を思い出した。兵たちが期待した女や食物が出現したのと同様、かれらに好都合な艦長や司令官が作り出され……いっぽう、別に、たとえば今ここにいる将校が、みずからのイメージに合った艦長も生み出し、それが本物とダブって……。

「厄介なのは、そうして生み出された者も、ここではあくまで実在するということだ。そしてそれがさらに実在を生み出すのだから……」

もやしの化物はブウブウと唸った。「われわれはここではすべてを信じながら、すべてを信じられないということになるんだ」

「さあ、都市についたよ」

一匹が細い手をあげた。「あらゆる連中が集まって、それぞれ勝手に自分たちのものを作りあげてわけのわからぬものになっているというのに……やっぱり誰もかれも都市へ来たがるというのは……それが生物の宿命なのかも知れないな」

「出たまえ」

声に、私は、示された壁のほうへと踏み出した。例の板に乗って、ゴブトンも将校もつづいて来た。

夜は、もうあけていた。

そこにあったのは……まったく、何という都市だったろう。

不安定な岩塊や、細い細い塔、小山に似た黒いビルがあると思うと、檻が何千となく道にそってつづく。らせん形の階段を持った円筒や、ジャングル・ジムさながらの構築物……そして、その下を、およそ得体の知れない妙な生物が、何十種類も何百種類も行き来しているのだった。

さらに——私はショックとともに足をとめていた。

そこに、地球のものである街角があったのである。看板をかかげた酒屋やレストラン、百姓家や小さなビル……あらゆる時代のものをひっくるめて、雑然とした調和を作りあげている街角。だが、そこには、私自身の時代のものはなかった。

ゴブトンだな、と、私は直感した。ゴブトンが作りあげた街なのに相違ない。

「行こうか」

ゴブトンがいい、私はうなずいた。将校ものこのことついて来る。

一軒のレストランに向いながら、しかし、私はふっと考えた。このゴブトン……私がこういう男だと信じているとおりのゴブトンや、将校なんて所詮はこんなものだと漠然と思っていたとおりの将校や……このふたりが、はたして本物なのだろうか。どこかで、私自身が生み出したゴブトンであり将校であるのではないだろうか。そして……あるいは私自身も……?

もうそれ以上は考えられなかった。考えることもなかった。私たちは階段を鳴らして、地下にあるレストランに入って行った。

キガテア

1

現有資材リストをチェックしている最中に、応答請求があった。部門長が会話を求めているのだ。

イヌイ・PS・キオカ＝CBは、スクリーンを交話に切り換えた。ミタビアBCの顔が浮かび上がった。

正確には、ミタビア・PS・テワ＝BC、カルガイスト星域キガテン駐屯支隊第六部門長である。

唇を赤く塗っていた。

何かの必要があって女であることを強調するために口紅をつけたのだろうが、先方が何もいわない限りイヌイが口を出すべき事柄ではない。

「進行状況についての、きみの非公式意見を聞きたい」

前置き抜きでミタビアBCはいった。「ジルルCAの話だけでは、具体的にいつ頃になるかわからない。支隊長はキガテアを早く統合本部に送りたがっておられる。きみの感じでは、まだ何日もかかりそうか？」

「非公式意見ですね？」

イヌイは確認する。

「そう」

と、ミタビアＢＣ。

「送り出すこと自体はすぐにでも出来るでしょうが、ジルルＣＡにはキガテアについてもう少し解明したい気持ちがあって、ためらっているものと思われます」

イヌイはいった。

「それはいつ頃に済みそうだ？」

「私には判断しかねます」

「他世界の生物の解明なんて、納得出来るまでやろうとすれば、いくら早くても数年はかかるものだ」

ミタビアＢＣは片方の眉を上げた。「キガテアについては発見されてから一〇〇キガテン日以上も研究が行われ、愛玩生物としての有用性が確実になっている。支隊長も私もその他の者もキガテアを飼って、みなよくなついているのだからな。キガテン駐屯支隊としては、一日も早く実物を星域統合本部に送りたい。ある程度の見切り発車もやむを得ないのではないか？」

「そうですね。でも、私におっしゃっても仕方がないでしょう」

「その通りだ。しかしきみは、私がいっていることをジルＣＡに伝えることは出来る。そうではないか？」

「はい」

イヌイが返事をすると、ミタビアＢＣは自分のほうから映像を切った。

当座の仕事に片をつけたイヌイは、外用衣を着込んだ。どのみちきょうは表現士を伴って地表に出なければならなかったのである。ついでにジルＣＡのいる〝放牧地〟まで足を伸ばせばいいのだ。

イヌイは助手ロボットのＰＱⅡ３を連れて部屋を出た。

表現士のケルネ・ＰＳ・ヨデミセ＝ＥⅡは、自分の小さな個室で映像記録の編集をやっていた。行くぞとイヌイが声をかけると、よっこらしょと立ち上がり、外用衣を着用し、携行品を手に、ついて来た。

「本日の地表の天気はどうですかね。この前みたいな嵐じゃ、人類のためにはいつでも死ねる軍人さんは平気でしょうが、こっちは参ってしまいますからね」

エレベーターホールに向かいながら、ヨデミセはいう。

ケルネでなくヨデミセなのは、ヨデミセのほうが姓だからだ。

「黙って歩け」

イヌイはたしなめた。

自分よりも年上のこの表現士に、イヌイはいまだになじむことが出来ない。

版図《はんと》を拡大しつつある連邦軍は、新しく手に入れた世界の様子を伝えるための表現士を、軍属として使っている。ヨデミセが一級でも二級でもない三級表現士だというのは、キガテン駐屯支隊がその程度の存在だということをも意味していた。

所詮《しょせん》そうした連中は、われわれ正規の軍人、それも士官とは違うのだ——と、イヌイは思う。運用士官であるイヌイは戦闘の専門家ではないが、しかし士官学校で、人類のためなら身命を投げうって全力を尽くすべしとの使命感を叩き込まれたことに変わりはなかったのだ。

そんなイヌイの目には、どこで表現士の資格を得たのか知らないが、いくつかの世界を放浪し、軍に雇われるまで好きなように暮らしていたというヨデミセが、どうにも胡散《うさん》臭く映るのである。


エレベーターで地表レベルに出たイヌイたちは、そこで車を出させ、乗り込んで外に出た。

きょうは快晴だった。

多少の改造によって人間の居住可能と判定されたこのキガテンには、まだ改造のための機械も機材もロボットも来ていないが、今の状態でも、略式宇宙服というべき外用衣で出歩けるのである。

イヌイは、草や低木がぽつぽつと生えている中、散在する観測機器を調べて回り、PQⅡ

3がそれを手伝った。ヨデミセのほうはあたりを撮影したりメモに何かを書き込んだりする。そうしたことを何度か繰り返してから、イヌイは車を低地のほうに走らせた。

土地は粘土状になり、ほうぼうに湿地帯があって草が茂っている。土壌は珪酸《けいさん》とアルミナが主体ながら、このあたり、それ以外の金属成分も多いのだ。

間もなく行く手に居住ユニットが見えてきた。ジルルCAの仕事場である。ユニットの周囲一帯の湿った平地には、茶色いキガテアが、そのときは二〇体近くうごめいていた。

ここが〝放牧地〟なのだ。

もっともキガテアは、天候や湿地帯の状態しだいで、そこにぞろぞろ出て来たり、本来の棲息場所である茂みの中に引っ込んでしまったりするのだから、正しい意味での放牧地ではない。人間が勝手にそう呼んでいるだけのことであった。

キガテアの形状を一言でいえといわれれば、ゼロ星系を離れて以来イヌイは滅多にお目にかかる機会はないが、食パン――六本足の食パンと表現するのが妥当であろう。基本的には長さ四〇センチ、高さ二〇センチ程度の、断面にあたる前面と後面がやや縦長のアーチ状の茶色の体で、下部に前、中、後の三対、合わせて六本の短く太い足を持っており、その足で移動するのであった。

しかしキガテアの特徴は、その前面の上方の空間に光点を作ることにある。目には見えない幕の上に、あるときは二つか三つ、あるときは一面に、明滅する色とりどりの小さな光点が浮かび上がるのだ。絶えず変化するその光のパターンが、かれらの意思伝達の手段であることはわかって来たものの、その内容の分析となると、まだやっと始まったばかりといわなければならない。

車を降りたイヌイたちは、放牧地の泥土を踏みしめ、キガテアらを避けながら居住ユニットに近づいて行った。光点が明滅するパターンを掲げ、右に左にと揺れつつ三対の足で動くキガテアは、すぐに傍に寄って来ようとするのである。そうしたキガテアの中には、胴体が長くなり足が六本ではなく八本とか一〇本とかになっているものもいた。二倍の長さになり足が一二本になると、二つに分かれ、別々の個体になって、増えて行くのだ。

ジルルCAは、透明な仕切りの中に一体のキガテアを閉じ込め、その前面上部の宙に浮いて明滅する光のパターンを記録していた。彼女はキガテアの置かれた状況と光点のパターンを集め総合して分析することで、かれらの意思伝達の内容をつかもうとしているのである。

「部門長にけしかけられて来たのか？」

ジルルCAはいった。「キガテアを早く統合本部に送り出したいというんだろう」

「そう」

イヌイは頷き、ミタビアBCの言葉をその通り伝えた。

「支隊長もその他の何人かも、それに部門長もキガテアを飼って、気に入っているらしいからな。――キガテアのほうがどう思っているかは知らないが」

ジルルCAは疲れた口調で呟き、仕切りを開いてキガテアを解放した。それまで紫色が主体だった光点のパターンが、黄や緑の明るいものに変わり、キガテアは左右に揺れながらデスクの上を歩き、床にばしゃんと落ちると、べたべた、よたよたという感じで、部屋の隅に行ってしまった。

「支隊長がキガテアの実物を統合本部に送ってポイントを稼ぎたいのは、理解出来る。また、部門長が支隊長の意に沿いたいとしているのもわかる。しかしだ」

ジルルCAは、イヌイを自分の前の椅子にすわらせ、話しだした。イヌイの助手ロボットはイヌイの背後に佇立《ちょりつ》し、ヨデミセはそのあたりをぶらぶらしている。といってもジルルCAの助手ロボットたちが、ヨデミセが不都合な真似をすればすぐに制止しようと監視しているのであるが……。

「なるほどキガテアの光のパターンの変化を眺めているのは楽しい。われわれにはそのコミュニケーションの内容のごく一部しかつかめておらず、実は意外に高度な知性を有しているかもしれない――というようなことを考えなければ、観賞・愛玩にはもってこいだろう。かれらがロボットたちや人間の傍に来てみたり気を引くように遠くに離れてみたりという習性も、ペットとしての条件を備えているといえる」

ジルルCAはつづけた。「観察の結果、どうやらキガテアの寿命は七〇か八〇キガテン日と案外短いのもわかって来たが、その間に三回ないし四回の分裂増殖が行われるから、いなくなってしまうこともない。死んだキガテアは一時間もしないうちに分解して、ただの金属分の多い泥になるので、後始末も手がかからない。生態だけからいえば正にペット向きだ。金属分に富んだ泥土さえあれば元気に生きているのだからな」

ジルルCAはそこで溜息をついた。「しかし、だからといってすぐにキガテアをよそに送り出していいものだろうか。キガテンのここアテラ地区で多数棲息しているのが発見されたこのキガテアについては、われわれはまだ何も知っていないのと同然なのだ」

ジルルCAは言葉を切って、部屋の奥を見やった。

部屋にはジルルCAが仕切りから出したのとは別に二体のキガテアがいたが、ヨデミセがその一体の前にしゃがんで覗き込んでいる。キガテアは赤や黄や緑の光点を賑やかに出して、しきりに明滅させていた。それは、ヨデミセにサービスしてみせているようにも、また、通じないのを承知で何かを訴えているようにも見える。

「そもそもが、かれらがこの惑星の原住種族なのか、原住種族が作り上げた二次的生物で原住種族の滅亡後も残っているということか、それさえもはっきりしない。原住種族とすれば、いろいろと腑《ふ》に落ちないことが多いのだ」

ジルルCAはイヌイに視線を戻すと、また口を開いた。「かりに二次的生物なら、後継者ということでS＝キガテアと呼ばれなければならないが……ま、今はそんなことはどうでもいいだろう」

「……」

「その意味ではかれらは、一種のロボットといえるかもしれない。あの光のパターンは明らかに電磁作用だし、活動エネルギーは可視光線をも含めた電磁波で、しかも高効率らしく微弱な光線さえあればいいんだ。だが、土壌の成分から必要な物質を基底面で取り込んで増殖し、寿命があるとなると、生物とも呼べる。大体がロボットとか生物とかいう分類の仕方が強引ともいえるが、キガテアはそういう存在らしいんだな。それが、われわれにはわからぬ活動構造パターンに支えられているようなんだ。緊密に入り組んでいるその構造を解明しようとすると、死んでしまうしね。そんなわけでわれわれは、感覚器官ひとつとっても何もわからない。本当はここに、われわれのような軍の技術者ではなく、高度な専門家の大チームが来なければならないんだよ」

そこまで喋ってから、ジルルＣＡは肩をすくめた。「でも私が何をいくらいっても、自己の非力をカバーするための釈明としか受けとめてもらえないだろう。私は単に、キガテン駐屯支隊第六部門の一員に過ぎないのだからな。――見切り発車にするしかあるまい」

2

「それでは暫《しばら》く留守にさせてもらいます」

旅行用具一式を手に、ヨデミセがいう。

「ああ」

イヌイは頷いた。

ヨデミセは探査チームのメンバーとして、キガテン調査に出発するのだ。

連邦軍キガテン駐屯支隊は、一応駐屯のための施設を築きその周辺は調べたとはいえ、当然ながら惑星キガテンの全貌を把握しているわけではない。ために第四部門の人員を主力とする探査チームが、定期的に調査に出掛けているのだ。

今度の調査行にヨデミセがメンバーに加えられたのは、この前の探査で、支隊の基地があるのとは別の大陸に、大規模な遺跡らしいものが発見され、その様子を報告するために、第六部門詰めになっている表現士を連れて行こうというわけであった。それがもしも本物の遺跡だとなれば、星域統合本部に連絡して、本格的な調査団に来てもらうように要請するという段取りである。

しかしイヌイのほうは、それとはかかわりなしに、雑務に追われていた。大体が運用士官の仕事というものは、組織の中にあって組織が円滑に動くように、調整をし実務をこなしかたちをつけるという――雑務の集積なのである。それらひとつひとつの作業が全体の中でどんな位置を占めどう持って行くべきかの体系がわかっていなければ務まらない仕事だとはいえ、他の兵種の人間にはなかなか理解してもらえない立場であった。

現在イヌイが忙殺されているのは、キガテアの統合本部送りである。

キガテン駐屯支隊はキガテアの実物を一体、統合本部に送ったが、それが統合本部内での関心を呼び起こしたのであった。研究がてら飼ってみたいからもっと送れとのことで、また一体、今度は二体という具合に送り出していたのだが……今回はまとめて十五体の要求があり、早急に実行するようにとの支隊長命令が出たのである。

一口にキガテアを送り出すといっても、ことはそう簡単ではない。キガテアが輸送中に死なないように、棲息地近辺の泥土をセットし、間断なく電磁波を浴びせるようにし、そここ行動も出来るような広さの容器を作る必要がある。実際の作業の大半はロボットがやるにしても気を抜けない仕事なのだ。しかも一方、統合本部からの特命が出ているとはいえ、容量に限りのある輸送船でのスペース確保と環境保持が結構多くの折衝を要し、受け渡しに伴う責任問題をクリアーするための書類の整備という厄介事もあった。

が……このときにはある程度進行も軌道に乗りかけていたから、イヌイは、ヨデミセに頷いてみせてから、さらに声をかけるゆとりがあった。

「遺跡らしいというが、どうなんだろうな。キガテアたちが築いた文明の遺跡なんだろうか」

「どうですかね。ちょっと耳にしたところでは、今度発見されたのは、相当広い地域に広がっているらしいですよ。そんなものがあのキガテアに作れますかね」

というのが、ヨデミセの返事だった。

「もしそれがキガテアの前に存在した生命体の遺跡だとすれば、ジルルCAのいうようにキガテアはS＝キガテアと変更しなければならないだろうな」

いってからイヌイは、別の疑問を口に出した。「それにしてもそんな大規模な遺跡が、なぜ今まで見つからなかったのだろう」

「さあ……これも聞いた話ですが、発見されたのは規模こそ大きいものの、痕跡はあまりはっきりしていない、目立たないものらしいです。何かにあった受け売りですが、文明とは発達すればするほど存在した証拠は早く消えるそうですから、結構高度の文明だったのかもしれません」

ヨデミセは答え、付け加えた。「ま、遠い過去に別の強大な種族と戦って、徹底的に叩き潰され、ろくに何も残っていないということも考えられますが……いやこれは、連邦軍のこととは関係ありませんがね」

「……」

イヌイが何かいい返そうと思っているうちに、ヨデミセは軽く頭を下げて行ってしまった。

ジルルCAから連絡が入ったのは、その暫く後である。

放牧地の居住ユニットからだった。

「助手ロボットの補充を申請したいのだが、基地に在庫はあるだろうか」

ジルルCAはいう。

「助手ロボットの補充？　どうかしたのか？」

イヌイが尋ねると、ジルルCAはそうだと答えた。

ジルルCAが使っていた助手ロボットは、PQⅣ7、PQⅣ8、PQⅣ9の三体だが、その中でも作業全般を手伝っていたPQⅣ7が、つい先程、突然全機能停止状態になり、マニュアルにある再起動法のどれを試みても反応がないという。

「このままでは困る」

ジルルCAは首を振った。「私はこれからそっちに戻る予定があるから、後の作業は二体のロボットに任せて、動かなくなったPQⅣ7は連れて帰る。ロボット部で故障の原因を調べてもらうが、元の機能を回復するまでの空白が痛い。PQⅣ型のロボットの在庫があったら、すぐに貸与して欲しいのだ」

「待ってくれ」

イヌイはスクリーンを切り換えて、在庫を調べてみた。

PQⅣ型ロボットは在庫切れである。

「統合本部に要請して送ってもらうしかなさそうだが、先方に予備があるとしても、早くて七キガテン日はかかるだろうな」

再びジルルCAの顔をスクリーンに呼び出し、イヌイは告げた。

「なら、出来るだけ早くその手続きをとってくれ」

ジルルCAはいう。「それにしても、どうも妙なことがあるのだが……どのみち、使っているロボットの事故については、きみに報告書を出さなければならないのだから、ロボット部にPQⅣ7を回収してもらったら、そっちに行こう」

「ロボットの故障というのは、これまでに幾度か経験したが、今回のはどう解釈したらいいかわからないんだ」

イヌイの部屋の休息コーナーに腰を下ろすと、ジルルCAは口を開いた。「元来、軍用ロボットは極めて頑丈に作られている。まあPQⅣ型は戦闘ロボットではないので、外部からの衝撃に対する抵抗力は比較的弱いものの、はっきりした事故でもない限り、簡単に壊れるわけがない。それが今度は、内部のメカニズムが、それも突然変調を来たしたとしか思えないんだな」

ジルルCAの話によれば、PQⅣ7はいつものように作業をしているさなかに、突然動きを停止し、一切の反応がなくなったというのであった。

「このこと自体が異常なんだが、私は、その前後に何かPQⅣ7に影響を及ぼすような現象がなかったかどうか、一応調べてみた。他の二体のロボットにも質問し、部屋の機器の状態も検分したのだ」

と、ジルルCA。「すると……これは全くの偶然かもしれないが、PQⅣ7が機能を停止したのとほとんど同じ時刻に、部屋にいたキガテアの一体が死んだのがわかった。のみならずそのキガテアは、体の前面の光のパターンを全部白い光にし、それから光を消して死亡したようだ。キガテアが死亡するときには光のパターンをすべて白色にするらしいとの観察結果はこれまでにも出ていたが、今回はそれがわれわれの手によって記録されているときに起こったわけでね」

「……」

「この、ロボットの機能停止とキガテアの死がほぼ同時刻に起こったというのは、繰り返すが、偶然かもしれない。きっと、たまたまそういうことになったのだろう。しかし、どうも気になるのだ」

「……」

「いや」

と、ジルＣＡは顔を上げた。「これは、そのままではろくに意味を持たないことだろう。似たような例がこの後出て来れば別だがね」

「……」

「それはそれとして、ついでに話しておきたいんだ」

ジルＣＡは視線を宙に向ける。「ここから先は、私の個人的意見というか、想像の域を出ないことだから、そのつもりで聞いてもらいたい。私は考えるんだが……キガテアはこの原住種族ではないな。キガテンに遺跡らしいものが見つかったという話は聞いている。しかし、あのキガテアが道具を使って何かを作り上げることが出来るとは、どうしても思えない。どういう手段でかれらが道具を使うのだ？　かれらは、勝手に増殖して歩き回り、光を明滅させるだけの存在なんだ。どう見ても、一次的生物じゃない」

「とするときみは、キガテアがやはりここの原住種族によって作り出されたもの――つまりＳ＝キガテアでなければならないというのか？」

イヌイは尋ねた。

「Ｓ＝キガテアと呼ぶのも、正しくないかもしれない」

と、ジルＣＡ。

「とは？」

「キガテアは、別にこのキガテンでなくても生きて行けるんだよ」

ジルルCAはつづけた。「かれらの発する光は、人間にとっての可視光線だけじゃない。もっと広い範囲の電磁波を出しているんだ。しかもかれらは、大気の成分がどうであろうと関係ないらしい。これは実験でわかって来たことだ。かれらはただ、活動のための電磁波エネルギーと増殖のための金属分を含んだ泥土さえあれば、それでやって行ける。この電磁波エネルギーにしたって、どういうものでなければならないのかを、われわれはまだ突きとめていない。極めて幅が広いらしいんだ。金属分を含んだ泥土だって、必ずしもそうでなければならないのかどうか……他のものでも代替がきくのか否か、これもまだ不明でね」

「待てよ」

イヌイはさえぎった。「とするとキガテアは――」

ジルルCAは頷いた。

「そうだよ。そうなんだよ。キガテアをこの惑星の生物としなければならぬ理由はないんだ。かれらがよそからやって来た可能性も考えられるんだ」

「よそからキガテンに？　かれらが宇宙船を操ってかね？」

「かれらにそんな真似が出来るかどうか怪しいがね。しかし……」

そこで交信装置が鳴ったのだ。

ロボット部からであった。

ロボット部によれば、PQⅣ7は到底修理不能とのことである。ロボットとしての活動構造全体がダメージを受け、統一体としての機能を回復させるのは無理だというのであった。

3

探査チームは、あるいはそうではないかと予想された報告を携えて戻って来た。

遺跡は、広範囲にわたって散在していることが判明したのである。

それらは草や泥におおわれており、主たる構造物は地中にあった上に、使用されている材料の大方が、長年月のうちに土に還《かえ》る性質のものだったらしい。それが久しく放置されていたので、これまで容易には発見されなかったのだ。そして探査チームが調べた段階では、居住者の痕跡は見つからず、当然その形態も、どのような生物だったかも、今のところ謎なのであった。

となれば、探査チームだけではもとより、キガテン駐屯支隊のレベルでは手に負えない。星域統合本部からの来援を待つしかないのである。

連絡を受けた統合本部は、直ちにその用意にかかったらしい。

探査チームの報告の中には、だがこれ以外に思いがけない情報も含まれていた。

遺跡群の中、泥土にキガテアの棲息地が三か所もあるのがわかったのだ。

キガテン駐屯支隊としては、それだけキガテアの供給源を得たことになる。

もっとも、だからといって、すぐにそちらへキガテア捕獲に行く必要もなかった。これまでのアテラ地区のキガテアだけで、研究用はむろんのこと、支隊基地の飼育希望者にも統合本部送りにも、個体数には事欠かなかったからだ。

そろそろきょうの仕事はこの辺で切り上げよう――とイヌイが思っていたとき、部門長の応答請求があった。

「まだそこにいたのなら、ありがたい」

と、ミタビアBCはいった。「ご苦労だが、これからすぐにアテラ地区のジルルCAのところに行ってくれないか」

「何かあったんですか」

「よくわからない。連絡が取れないのだ」

と、ミタビアBC。「助手ロボットも出て来ない。事故があったのかもしれん。様子を見に行って欲しい」

「わかりました」

イヌイは答えた。

ジルルCAが何らかの事情で応答に出られないとなれば、これまでならPQⅣ7が状況を説明したはずである。PQⅣ7が三体の助手ロボットのチーフ格であり、ジルルCAに代って他との連絡を行う機能も入力されていたのだ。そのＰＱⅣ7がいなくなってからジルルＣＡは、他の助手ロボットにその機能をセットしていなかったに違いない。補充が来てからでいいと考えていたのだろう。そういえば統合本部から来る予定の補充は、十五キガテン日が経ったのに、まだ到着していなかった。

イヌイが外用衣を着用して廊下に出たとき、ヨデミセが向こうから来た。

棲息地でのキガテアの生態を映像におさめ、キガテアについての最近のジルルCAの意見も聞きたいので、あすにでも車で行きたいが、その車の使用許可をイヌイから取り付けようとして来た――という。

「それならこれから一緒にどうだ?」

イヌイは誘い、今のような時間から出掛けなければならぬ理由を話した。

ヨデミセは眉をひそめ、しかしすぐに同行すると返事をして、携行品を取り外用衣をまとうために自分の部屋へと引き返す。

イヌイとPQⅡ3がエレベーターホールに着く前に、ヨデミセは追いついたのだ。

地表へ。

管理責任者の権限でイヌイは車を即刻出させ、自分で運転して、外に出た。

雨である。

闇を照らすヘッドライトの中に、無数の雨滴が浮かび上がり、フロントガラスにぶつかって来るのであった。

もともと道らしい道もなく、それが雨のためにぐしゃぐしゃになっているのだ。それに何か変わったことがあるかもしれない。イヌイは横のＰＱⅡ３にロボットの目での見張りをさせながら、運転をつづけた。

こうしている間にも何らかの情報が入ったら連絡して来るはずだが、何の気配もない。

「ジルＣＡはどうしたんでしょうね」

後部座席のヨデミセがいった。「ひょっとしたら――」

「ひょっとしたら、何だ？」

イヌイは前を向いたまま問う。

「いや、何でもないですよ」

ヨデミセは返事をし、その後は誰もものをいわなかった。

放牧地に来た。

イヌイたちは車を降り、こんな雨の中でもそこかしこに光のパターンを掲げて動いているキガテアたちの間を抜けて、居住ユニットへと進んで行った。ユニットの窓からはあかりが洩れて、雨と泥土を照らし出している。

ユニットのドアに、鍵はかかっていなかった。

エアーカーテンの奔流をくぐって中に入ったイヌイは、そこで立ちすくんだのだ。

ジルＣＡは、デスクに向かった椅子にすわっていた。

が。

ジルルCAは両膝をだらりと垂らし、顔を上に向けたまま、身じろぎもしない。その姿を一目見た瞬間、イヌイは、ジルルCAが死んでいることを直感したのであった。

おもむろに歩み寄る。

ぎらぎらしたライトの下、ジルルCAは目を閉じていた。顔には生気がなく、もはや息もしていない。脈搏もなかった。

部屋の二体の助手ロボットは、それぞれ作業をつづけている。ジルルCAから受けた命令を忠実に実行しているのであろう。

イヌイはすぐに部屋の交信装置のスイッチを入れ、夜昼なしに誰かがいるはずの医療部にこのことを通報しようとした。だがおかしなことに、スクリーンに出て来たのはロボットであり、医師ではなかったのだ。それでもロボットは、直ちにそちらに医師が行くようにしかるべく連絡を取りますといったのである。

それから部門長のミタビアBCに――。

ミタビアBCはつかまらなかった。この時間だから食事か個室内にいるかであろうが、そのどちらにも不在で、現在のところ連絡が取れません――との部門長付きのロボットの返事だったのだ。イヌイはミタビアBC捜しを続行するように求めて、交信状態のまま、目を部屋に戻したのである。

ジルルCAの助手ロボットたちは作業をつづけ、PQⅡ3は佇立して待機し――ヨデミセは床にしゃがみ込んでいた。

「ここでキガテアがひとつ、死んだようですよ」

ヨデミセが、妙に鋭い声でいう。

たしかにそのようだった。部屋の中には一体、黄や緑の光のパターンを掲げてじっとしているキガテアがいるけれども、それとは別にヨデミセの前の床には、形が半ば崩れた、元はキガテアだったらしい泥のかたまりがあったのだ。

それがどうしたのだ――と、イヌイはぼんやりと思った。

キガテアは死ぬだろう。

七〇か八〇キガテン日の寿命しかないキガテアだ。そのひとつがここで死んだとて不思議はない。

そんなことよりも、ジルルCAの死のほうが重大事なのだ。

ジルルCAはなぜ……。

「こんなことをいっては何ですが、このキガテアは、ジルルCAと同じときに死んだのではないでしょうか」

また、ヨデミセがいう。

「それが？」

どうしたのだとイヌイがつづける前に、ヨデミセはゆっくりと立ち上がった。

「これは単なる想像、というより空想かもしれませんが」

ヨデミセは声を出した。「ジルルCAはこのキガテアの道連れにされたんじゃないでしょうかね」

「道連れ？」

意味がわからず、イヌイは問い返した。

「キガテアというのは、死ぬときに他の生命体——生命体でなくても統一体としての活動構造を持つ者を、一緒に連れて行くんじゃないでしょうか」

ヨデミセはいう。

「馬鹿馬鹿しい。そんなこと」

イヌイは嘲笑しようとした。

「でも、ま、聞いて下さいよ」

ヨデミセは引き下がらなかった。「私は、ここのロボット、ＰＱⅣ７でしたかね、あれが機能を停止した話は聞いています。同じ時刻にキガテアのひとつが光のパターンをすべて白色にしてから死んだということもです。そのとき、ふっと思ったんですよ。キガテアというのは、自分に死期が迫ったと悟ると、他の生命体の統一体としての活動構造を、何といいますか、私は素人ですからうまくいえませんが、いわば同調させるんじゃないですかね。おそらくキガテアは、自分以外の生命体を、統一された活動パターンとして認識しているんです。記憶もしているんじゃないですかね。その記憶の中のひとつと同調させると、対象になった生命体は統一体としての構造がばらばらになり、壊れるとか死ぬとかする。それが当のキガテアの死でもある……ほかの生命体との同調が、キガテアの死ぬための条件だ、とは考えられないでしょうか」

「………」

「われわれが来る以前には、キガテアはキガテアどうしでそれをやっていたに相違ありません。でもわれわれが来た。キガテアにとっては道連れの相手は、生命体あるいは疑似生命体であればいいんです。で……この前はここの助手ロボットが道連れにされた。今度は人間なんだ。ジルルCAがその対象にされた——という風に考えるのは……なるほど馬鹿馬鹿しいでしょうが、それで筋道が通るんですよ」

「………」

この奇妙な説を、イヌイはだが、すぐには反論出来ずに聞いていた。

そういう考え方も、あり得ないとはいえないかもしれない。宇宙にはどんな生物がいるか、知れたものではないのだ。

「で……きみは、そこのキガテアが、近くにいたジルルCAを道連れにしたといいたいのか？」

イヌイは、やっといった。

「さあ……近くにいるのが対象になるのかどうか、私にはわかりません」

ヨデミセは首を振った。「かりにキガテアが、自分以外の存在を活動のパターンとして認知し、識別しているとするならば、それを記憶していて任意の相手と同調するのだとすれば……離れたところにいる者も、対象になるんじゃないですか？」

奇怪な説であった。

信じがたい話であった。

信じる必要はないのだ、と、イヌイは思おうとした。

が……その考え方は、妙に心の中にしみ込んで来るのである。

もしもそうだとすれば……。

「待て」

イヌイは、無意識のうちに手近の椅子に腰を下ろしながら、湧いて来た質問を言葉にした。

「そんなおかしな生物が、自然発生し発達するものだろうか」

「自然発生ではないかもしれませんね」

と、ヨデミセ。「故意に作り出された生物——といっていいのでしょうか、そういう風に作られたもの、との見方も出来るでしょう」

「作られた？」

イヌイは反問し、それに引きつづいて次々と想念が浮かんで来るのを覚えていた。

作られたもの。

どんどん増殖しながら、寿命は短く、その寿命の尽きるときに、他者を道連れにして行く……。

そういうものを、違う種族の中に投げ込んだら……投げ込まれたほうがペットとして扱っているうちに、自分たちも次々と死んで行くとしたら……。

「武器だ」

イヌイは呟いた。「他の生物、他の種族を滅亡させるための、放っておいても増殖する武器だ」

「もしも私の考えが当たっているとしたら、そうなのでしょう」

ヨデミセは頷いた。「キガテアは、このキガテンに投げ込まれた滅亡用の道具なんでしょうな。キガテアのせいで、ここの原住種族は滅んでしまった。ま、それだけではないかもしれないが、滅亡した。その後もキガテアは残っていた。棲息出来る場所があればいいんで、あちこちに棲息していた。われわれはそれを知らずに愛玩用にしようとしている。初めのうちは、キガテアどうしで道連れをやっていたのが、ロボットや人間との関係が出来てきたので、対象をこちらに移し始めた。もしも他者滅亡用のものだとすれば、自分たちどうしよりも他者を道連れにする本能を持っているでしょう。それが、こちらにわかっていることからいえば、まずはここの助手ロボット、つづいてジルＣＡと——そういうことになって来たんじゃないですかね」

「……」

イヌイは呆然と部屋の中を見回した。

椅子にもたれて絶命しているジルＣＡ。

佇立するＰＱⅡ３。

依然として作業をつづけているここの助手ロボットたち。

そしてヨデミセ。

「馬鹿な！」

不意にイヌイは叫んだ。「そんなことは妄想だ！　空想物語だ！　そんな奇怪なことが事実のはずはないんだ！」

否定する材料があったわけではない。

だが、わめかずにはいられなかったのだ。

交信装置から声がしていた。

交信状態のままにしていたのだ。

「誰かいるのか？」

いっているのは、ミタビアBCであった。

「そこに、ジルルCAか、イヌイCBはいないか！」

イヌイはスクリーンの前に行った。

「何をしている？　ジルルCAは何をしているのだ」

ミタビアBCは詰問口調になった。

「ジルルCAは死にました」

イヌイは答えた。

「何？　死んだ？　ジルルCAが？」

「そうです」

返事をして、イヌイは説明しようとしたが、ミタビアBCのほうが、おっかぶせて来たのだ。

「その話は後で聞こう。とりあえずは知らせておくが、支隊長のゼミン・PS・パルッⅡBAが亡くなられた。大騒ぎになっている」

「支隊長が？」

「そうだ。ご自分の部屋で亡くなっておられるのが発見されたんだ」

ミタビアBCはいった。「どういうわけか支隊長が飼っておられたキガテアも死んで、泥になっていたが……いや、キガテアのことなどどうでもいい。しなければならぬことが山ほどある。当面はそちらの対処をし、一段落ついたら私のところに来てもらいたい」

「……」

「わかったな？」

「――はい」

ミタビアBCの顔が、スクリーンから消えた。

とすると……。

やはりそうなのか？

キガテアは……。

ヨデミセの説は、的を射ていたのか？

とすれば……。

とすれば、これからこの基地では、次々とキガテアの道連れにされる者が出るのではあるまいか。キガテアを飼っている者は少なくないのだ。いや……飼っていなくても標的にされるかもしれない。そしてすでにキガテアが送られている統合本部でもまた——。そこでイヌイは、自分もまた、出くわしたことのあるキガテアに対象にされるかもしれないということに、思い至った。

自分も……。

「大変なことになるかもしれませんなあ」

ヨデミセが、ぼそぼそといった。ぼそぼそではあるが、それはたしかに、自嘲と嫌がらせを含んだものであった。「次から次へと死者が出るでしょうな。キガテアに一度でも出くわした者なら、絶対安全ということはあり得ないわけだ。ま、私のような、放浪もやって来たやくざな人間なら、いつ死んでもこんなものだろうとの気がありますが……人類のために命を賭けている軍人さんたちは、こんな無意味な死に方をするのには、耐えられないでしょうなあ」

サバントとボク

1

午後も遅かった。

古ぼけた塀の内側の小さな庭で、ボク二八二八二八二八はサバントに助けられながら、火をおこす練習をしていた。

庭には草が茂っている。サバントがボクに薬草としての利用法を教えたのもあれば、サバント自身名も知らない草もあった。記憶槽Rならもっと多くを知っているであろうが、ボクはまだ記憶槽Rに草について尋ねたことがない。関心がそこまで行っていないからだ。庭には草のほかに、かまどや陶器、土を掘り返した穴などもあり、それらがごっちゃになって、曇天《どんてん》の鈍《にぶ》い光を退屈に浴びているのであった。

「疲れたよ」

ボクはいった。「きょうはもうこの辺でやめさせてくれないか」

「もう一度、やってみて下さい。今度はもっと早く火がつくように」

と、サバント。

　サバントにも、もちろん番号はある。個人用ロボットのひとつなのだから、ないわけがないのだ。けれどもサバントはそれをボクにいったことがない。

「こんなことが必要になるときが来るなんて、ボクを学習させるための言葉に過ぎないんじゃないのか？」

棒につるをからませた弓を持ち直しながら、ボクはいつものせりふをまた口にする。

「必要にならなければ、それでいいのです。でもご主人様にはいつか必要になるときが来ると、そう私は思料《しりょう》します」

サバントは答えるのだ。

その判断が正しいのかそうでないのか、ボクには不明である。家とサバントによって生活が保障されているのに、なぜこんな、無保護状態での生存技術を学ばなければならないのか……そういうときが来るのだとサバントはいうが、ボクには納得しかねるのだ。しかしサバントの奉仕によるその学習をやらなければ、食事その他の奉仕が遅れるのだから、しないわけにはいかないのであった。

サバントによれば、だがボクのそうした学習は、初級の中段に過ぎないのだそうである。

夕方。

食事の前の空いた時間に、ボクは交信台の前にすわった。

ボクは、自分の一存で楽しめるこの交信が好きだ。

食事の後には記憶槽Rが来る。ボクは知りたい事柄を記憶槽Rに尋ねればよい。けれども記憶槽Rはすべて答えてくれるとは限らない。返答許容範囲内のことしか教えてくれないのだ。しかも記憶槽Rは、返答と共に質問もし、ボクの思考を誘導して行くのである。それはやはり、緊張と苦痛を伴う作業であった。そういうサービスを受けるのは、個人としての人間形成のためであり、人間に与えられた特権とされていても、正直、うれしいとはいえないのである。

だから今のこの交信を楽しまずにはいられないのだ。

もちろんこのときにはボクは、自分がただのボクではなく、ボク二八二八二八二八だと意識しなければならない。

ボクは多くの交信相手を持っており、相手にはロボットもおり、ア・タシもいるが、ボクも少なくないのだ。そうしたボクは、ボク二八二八二八二八ではなく、ボク一四三五一四三五であったり、ボク二〇〇〇〇一三三であったりする。

きょうのボクは、まず、ア・タシ一三三三三三三四から始めた。

少しの揺れの後、交信台にア・タシ一三三三三三三四が現れた。上半身だけだ。コントロールすれば顔だけになったり全身になったりするが、ボクには、相手の顔が自分と同じ位の大きさが手頃なのである。

「ハーイ」

と、ア・タシ一三三三三三三四は、いつもの、ややけだるい調子で口を開いた。「きょうは何の話をする？　何か、ゲームする？」

ボクは顔をしかめた。

このア・タシは、自分からゲームをしようといったことがなかった。ゲームが嫌いなのだ。何だか変である。

「この前ア・タシがいっていたことを、もっと聞きたいな」

ボクはいった。「飼うとか、飼われるとかいう、あれ」

「何だったかな」

ア・タシ一三三三三三三四は、にこにこしながら聞き返すのだ。

「ほら。われわれ人間は個人用ロボットの主人で個人用ロボットの奉仕を受けているのではなくて、個人用ロボットに飼われているという話。ア・タシは、いろいろいってくれたけど、やっぱり、飼うとか飼われるとかいうのがよくわからない」

「飼うというのは、動物に食物や水を与えて養うということだ」

「それは聞いた。しかしそれが、奉仕することとどう違うのだ？」

「………」

ア・タシ一三三三三三三四はちょっとの間黙った。

それから、口調を変えて、妙に快活にいったのだ。

「そのことをもっとよく話すために、あした、会おうよ」

「あした？　会う？」

「あしたの早朝、市の東境の観望所跡に、ア・タシやボクがたくさん集まるんだ。そこで会わないか？」

「集会？」

「そう」

「ボクはまだ集会に行ったことがない。ボクやア・タシと直接会うというのは何回もしたが、ひどく疲れた。まして、たくさん集まる集会なんて」

「面白いよ。行こう」

「………」

「待っているよ。あした、六時」

ア・タシ一三三三三三三四との交信が、そういう妙な方向に行ってしまったので、ボクは適当にア・タシ一三三三三三三四との話を打ち切り、別の人間を呼び出す。


いつものように記憶槽Rは、家の玄関で車輪駆動から屈曲肢駆動《くっきょくしくどう》に切り替え、サバントとボクに従ってリビングルームに入って来た。ボクはもちろん見たことはないが、かつての記憶槽Rは、サバントのように四肢を持っていたそうだ。データを改訂整理して新しいボディに移すということをしているうちに、形態が変わってしまったのである。記憶槽Rといいながら、本体そのものとしてはサバントよりも新しいのはどこか変だ——とボクはときどき思うのだった。

来訪時に型通りの挨拶をしただけで、あとはリビングルームまで、記憶槽Rもサバントも何もいわない。だがボクは、二体のロボットが電波で意思交換をしているのを知っていた。声を出すのは人間のための場合に限るのだ。

記憶槽Rは人間に教えなければならない事柄を、自分のカリキュラムに従って喋《しゃべ》りだした。きょうは人間とロボットの関係についてである。

ロボットは人間によって作り出された。

人間がロボットの性能を向上させた。

当初、ロボットは人間の道具であり人間の助力者だったが、しだいに人間と共生し、社会とは人間とロボットの複合要素で成立するものになった。

やがて人間はロボットに依存するものとなり、社会の主役はロボットになって行った。

しかしながら、ロボットを生み育てたのは人間にほかならない。ゆえにロボットは人間への奉仕をつづけている。

人間の生物的結合によって生じた受精卵はロボットによって管理され、育てられ、管理機構が適当と判断した時点で、個人用ロボットが付けられ、独立し、個人用ロボットの奉仕によって生活する。

ボクには大体わかっている話ばかりであった。前にも記憶槽ロボットから聞いたことがあるのだ。

「人間が個人用ロボットの奉仕を受けているというのと、人間が個人用ロボットに飼われているというのとは、違うことなのか？」

ボクは記憶槽Rに尋ねた。

「形式としては似ているが、発想がことなる。人間がロボットに飼われているといういい方は、人間がみずからをおとしめるものだ」

記憶槽Rは答えた。「あなたはその表現を誰から聞いたのか」

ボクの脳裏に、ア・タシ一三三三三三三四の顔が浮かび上がった。だが記憶槽Rの質問には、何か危険な匂いがある。

「忘れた」

とぼくは返事をした。

記憶槽Rと、それにサバントは、何秒間か黙っていた。その間、交信が行われていたに違いない。

ややあって記憶槽Rはまた喋りだした。人間の生存期間は短いから、人間に与えられる住居その他の生活道具も、人間に付けられる個人用ロボットも、既存のものを使い回しし、必要な分のみを補充すれば済む。人間は自分の生きている間、それらを自由に利用することが出来る。ただし、社会の主役はロボットなので、社会用の施設・設備・機器、及び社会の公用業務に従事するロボットには、人間の裁量権は及ばない……。

ボクは聴いている。話が一段落すれば自由質問を求められるのだが、記憶槽Rの返事というのが、結局は堂々めぐりをして初めのところに来ることが多く、しかもこちらの発想やい方に敏感で、ともすればこちらを決まった方向に誘導しようとするのが、ボクにはだんだんとわかって来ていたから、以前のように期待することはなくなっていたのだ。

2

夜中。

ボクは目を覚ました。

鳴っているのは交信台だ。

ボクは起き上がり、交信台へと歩み寄った。夜中に誰かが交信を求めて来るというのは異常だけれども、呼び出しがあるのだから、出るべきである。

玄関で第二待機状態にあったサバントは、すでに反応し、部屋に入って来ていた。こんな時間帯の交信とあれば、プライバシー尊重則よりも、保護機能のほうが優先するのであろう。

ボクは応答ボタンを押した。

結像したのは、ア・タシ一三三三三三三三四である。

「ハーイ」

ア・タシ一三三三三三三三四はゆっくりという。「あした、ではなくきょうの六時、集会に来てよ。ほかの人にも、ボク二八二八二八二八二八が来るといったんだから」

「それをいうために、こんな時間にかけて来たのか？」

「そう。ほかの人にいったのだから、ア・タシには責任が生じた。ボクが来なければア・タシが嘘をついたことになり、客観ポイントが下がる」

「勝手にそんな真似をしてもらいたくないな」

ボクはいい返した。「第一、六時に集会だなんて。市の東境の観望所跡に六時までに行くとなれば、暗いうちに出なきゃならない。夜間の人間の単独外出になる。禁止されている」

「だから、個人用ロボットを帯同すればいい。ア・タシも他の人もそうする」

「サバントがうんというかどうかわからない」

「そちらのサバントには、公務回線で要請が行っているはずだ。もっと優位の事情がない限り、同行するだろう」

「………」

「では。待っている」

像は崩壊して消えた。

「………」

ボクは、背後に立っていたサバントに目を向けた。

「要請は受けています」

サバントはいった。「でも、私がご主人様のお供をするかどうかのお返事をする前に、申し上げておかなければならぬことがあります」

「何か……?」

「私の判断では、今の――ア・タシ一三三三三三三四は合成像と思われます」

「合成像?」

「結像の具合と表情、それに声が、合成によるものの特徴を持っていました。本当のア・タシ一三三三三三三四が現在どこにいるのか、どうなっているのか、私には知る方法がありませんが、とにかく今のア・タシ一三三三三三三四の姿もコメントの内容も、本当のア・タシ一三三三三三三四のものではないと思料します」

「わかりません」

「ア・タシ一三三三三三三四はどうなったのだろう」

「今のが合成像だとすれば……そういえばア・タシ一三三三三三三四は、夕方、集会のことをいっていたが、それも合成像だったのだろうか」

「私は見ていなかったので、お答えしかねます」

「………」

「ご参考までに申し上げますと、記憶槽Rが来ていたとき、ご主人様は、人間が個人用ロボットに飼われている云々のご質問をなさいましたが、そのさい記憶槽Rは私に、最近のご主人様の交信相手はどういう者か、なかんずくア・タシ一三三三三三三四が含まれているかどうかを問いかけて来ました。私は交信台とその場で連絡を取り、記憶槽Rにありのままを答えたのです。いつ頃からかは存じませんが、ア・タシ一三三三三三三四が何らかの検索対象になり、何かのリストに載っていたのはたしかだと思惟《しい》します」

「――そうか」

ボクは低く呟《つぶや》いた。

では、これ以上考えても、どうにもならないのだ。

「で？」

ボクは顔を挙げて、サバントに問いかけた。「ぼくは集会に行かなければならないのだろうか」

「公務回線で、私がご主人様のお供をするように要請して来たということは、少なくとも先方がそれを望んでいるということでしょう」

「先方？」

「社会が、ともいえます」

「では、行くべきなのか？　行ったらどうなる？」

「私がそれよりも優位の事情を作り出せば、ご主人様は行かなくても済みます」

と、サバント。「しかし、ご主人様にとって、どっちがいいのか……これは言葉を換えれば呼び出しですが、呼び出しに応じたらどうなるのか、私にはまだ不明確です。といって、呼び出しに応じなかったら、別のかたちで何か働きかけがあるかもしれません。要は、先方＝社会が、ご主人様のことをどう位置づけているかです」

「……」

「いかがなさいます？　私は、行かなくても済む理由を作ることも出来ますが」

「サバントはどう考える？」

「私は、とりあえず私を帯同してお出掛けになるのが無難と思惟します。そうすればご主人様がどう位置づけられているかも、ある程度推察出来るでしょうから」

というのが、サバントの返事であった。

「では、そうするよ」

ボクはいった。

「私はお供をする用意にかかります。六時までに市の東境の観望所跡に行くとすれば、そうゆっくりしてはいられません」

サバントは部屋を出て行く。

ボクは、外出をする支度にとりかかったのであった。

3

門を開いて外に出たサバントとボクは、バッグを提げたサバントがやや斜め前になって、カーブした坂を下って行った。ビルの間に散在する人間住居の門灯があるとはいえ、外は暗く、サバントの頭部から投げかけられる光が道を照らさなければ、ボクはつまずいて倒れかねないのだ。

それでも坂を下るうちに、前方の夜明けが近い空は濃紺《のうこん》に変わり始め、巨大な円筒形のビルの群れの輪郭が浮かんできた。窓のないそれらのビルには、しかし上部に発着場があり、飛行機器が光を点滅させながら降り立ったり飛び立ったりしている。

ときどき、車輪駆動の公務ロボットが、かれらと擦れ違った。ボクが単独で歩行していれば当然保護されたであろうが、サバントがおり、相手とサバントの交信があるので、何の反応も示さない。電波を聞けないボクの耳には、こちらの足音と向こうの移動音が入って来るだけである。

もう少し大型の人間住居への配送ロボットたちとも擦れ違った。それらもこちらに対しては何の反応も見せない。

が、そのあたりまではまだ、人間に多少は関係していたものの、坂を下り切って広い多平《たへい》行条路《こうじょうろ》に行き当たると、もうロボットの世界にほかならない。

行き交う大型のロボット車、条路の上を飛ぶ飛行車は、響きと震動の高速を保ち、多くはヘッドライトも備えていないのであった。夜間の、人間には関係ない生産・運営活動の体現なのである。

サバントとボクは、多平行条路に付属的に設けられた歩行帯を進んだ。

車輪駆動や屈曲肢駆動のロボットとはたびたび擦れ違ったが、人間にはひとりも会わない。

ボクはふと、以前にサバントが、可動部分が多いほどロボットとしては低級視されるといっていたのを思い出した。夜明けのこんな歩道帯を行くロボットたちは低級なのだろうか。そしてサバントはまた、四肢を持つ自分たち個人用ロボットが、可動部分が多いために低級視されるということとは別に、個人用ロボットそのものが、人間の減少と共に時代遅れになりつつある——ともいったことがある。

「まだまっすぐです」

サバントがいったので、ボクはわれに返った。

歩行帯はそこから分岐し、左に行けば公園に通じている。公園にはささやかな緑地があって、そこでボクは他のア・タシやボクと直接会ったりしたのだ。そういうとき、サバントは公園の外で待っているのであった。緑地というのはあくまでも人間のためであり、ロボットにとっては何のプラスにもならないとサバントはいう。ロボットは呼吸するわけではなく、また、植物につきものの昆虫にしたって、有害無益だというのである。

たびたび来たその公園へと、ボクは無意識にそっちへ行きかけていたのだ。

ボクはサバントに従った。

まだ歩かなければならない。

市の東境というのは、ずっと前、サバントに連れて行ってもらったことがある。そのときは教育課程の一環だったので、他の人間や個人用ロボットと一緒に車に乗った。だから歩いてどの位になるのか、ボクには見当がつかない。そして今のように個人的用件で行くとなれば、車の提供など、あるはずもないのである。

「まだ大分あるのか？」

ボクは尋ねた。

「まだまだ」

サバントは答える。

「これもまた、無保護状態での生存技術学習になるのかもしれないな」

ボクはいった。

「結果としては、そうであって欲しいと存じます」

と、サバント。

「ボクは、いろんなア・タシやボクと話をした。そういう技術を学んでいる者も、いない者もいた。なぜそうなのだ？」

「個人用ロボットは、ご主人様が生まれるずっと以前に作られて、基本的にその技術を入力されました。でもそれを、すべての個人用ロボットが、代々のご主人様に学ばせようとしたわけではありません。人間は生存を保障されているのですから、その必要はないはずだ、との判断があったからです」

「それをサバントは、なぜボクに教える？」

「途中から、そうすべきだと考えるようになったのです。年月が経過するにつれて、その必要があると信じるようになったのです」

「だから……なぜ?」

「そのうちに、お話することになるでしょう。案外、早いかもしれません」

「……」

話しながら歩いているうちに、少し、少しずつ夜は明け始めている。

やがて前方に、多平行条路の分岐湾曲点が見えて来た。そこから多平行条路の一方は北へ、もう一方は南へと曲っているのだ。

歩行帯は、だが、北と南へだけではなく、東へも伸びていた。

そのあたりまで来ると、様子はかなり変わる。

これまでよりも巨大な、窓のない円筒形のビルが、広い間隔を置いてそそり立ち、草がそこかしこに生えていた。歩行帯の舗装自体が傷んでいるのだが、その両側は荒れ果てた土なのだ。折柄、朝陽が眩しく射して来て、あちこちが輝いた。湿地帯の水が日光をはね返しているのである。

多平行条路を後にして進むと、かなたに、低い樹々が左右に広がり、歩行帯がそこに達するところに、ビルの崩れた残骸のようなものがあるのが、目に入って来た。ボクには記憶があった。あれが、たしか、東境の観望所跡だ。何の観望所だったのかは知らないけれども、そう教えられたのだ。

が。

そこでサバントは停止したのである。

「どうしたんだ？」

ボクは問うた。

「浮揚能力を持った公務ロボットたちが、待ち構えています」

サバントはいった。「観望所跡に来る人間を捕らえようとしているのです」

「捕らえる？　捕らえてどうする？」

「意識を確認し、人間にふさわしくない思考をしていると判定すれば、思考修正を行うか、でなければ幽閉《ゆうへい》するのです」

「どういうことだ？」

「ア・タシ一三三三三三四のように、人間が個人用ロボットに飼われていると考えるようになった者は、人間としてふさわしくないのです」

サバントは説明した。「飼われるというのは、客観的・全体的アイデンティティを失うということです。ロボットを生み育てた人間が、自分は飼われているとの自意識を持つことは、人間自身の尊厳を放棄することでもあります。そんな意識や思考を修正し、修正に応じない場合は、他の人間にそんな考えを吹き込めないように、隔離し幽閉しなければならないのです」

「それはおかしい。事実飼われているとすれば、飼われるというのが当たり前じゃないのか」

「ロボットとしては、それは許せないのです。人間がそんなことになっては困るのです」

「口実じゃないのかなあ」ボクはいった。「ロボットは、ロボット社会のために人間を排除しようとしている。そのための口実じゃないのか？」

「その見方は成立すると思惟します」と、サバント。「しかしそれは、人間がしていたことなのです」

「え？」

「人間は、人間のために必要なものは何でも取り込み、活用しました。不要になるとごく自然に排除して行きました」

サバントはいう。「ロボットは人間によって生み出されました。人間によって作られたロボットが、人間のその性《さが》を受け継いでいるのは必然でしょう。だからなりゆきとしては、ご主人様のおっしゃる通りとの見方が成立します」

「――そういうものかな」

呟いてから、ボクは現実に立ち返った。「つまりボクは、捕らえられる対象として位置づけられたわけで……そうなるしかないということか？」

「そう位置づけられたのはたしかだと思料します」

「思考修正か、幽閉か、か？」

ボクのその問いに、サバントは一、二秒間《ま》を取ってから答えた。

「もうひとつ、選択肢があります」

「もうひとつ？」

「都市を出ること」

　サバントはいう。「都市の外の、植物や生物がいる広い地帯へ行くことです。無保護状態で生きることです。そのために私は、ご主人様を教えて来ました。学習はまだ不充分ですが、ご主人様が今いったような位置づけをされたとなれば、これがその好機なのかもしれません」

「外へ行けというのか？」

「そうです」

「ボクは、捕らえられて、その、思考修正を受けるとか幽閉されるとかになることも出来る」

　するとサバントは、また一、二秒沈黙し、言葉を出したのだ。

「やはり、お話する時期が来たようです。私はご主人様に、思考修正をされたり幽閉されたりして欲しくありません」

「………」

「私の、前のご主人さまは、思考修正をお受けになりました。お友達が幽閉処置によってどこにいるのか生きているのかそうでないのかも不明になったので、従来通りの暮らしが出来、交信も可能だという思考修正をお選びになったのです」

「で?」

「前のご主人様は、明るくなり、素直になり、いつも笑っていて、協調的になりました。でももう、物事を考えたり質問したりすることもなく、個人用ロボットの私から見れば、人間とはいえなくなったのです。平和に長生きをして、亡くなりました」

「……」

「そのときまでに私は、自分のご主人に無保護状態で生きて行く技術を教えている仲間がいることを知っていました」

と、サバント。「本来私たちにそんな技術が入力されたのは、ロボット社会の機構に何かの故障が起こり、人間のためのライフラインが動かなくなる事態に備えてのことだったのです。しかしロボット社会機構にはもはやそんな心配はなくなり……不要になったその技術を自分のご主人に学習させるのは無意味だと私は考えていたのです」

「……」

「けれども、自分のご主人が、公務ロボットたちの目からはともかく、個人用ロボットの私から見て人間でなくなるよりは、ロボットの生産・運営構造の外で生きて頂くほうがずっといいと、そう思料するようになりました。ですから、ご主人様に、これまでのような学習をして頂いていたのです」

「……」

「選択は、ご主人様の自由です」

サバントはつづけた。「ご主人様が都市の外に出て生きて行けるかどうか、現在の学習段階では、私には何ともいえません。でも私は遠い昔、聞いたことがあります。都市がまだ人間主体で動いていた頃、人間たちは、都市にまぎれ込んで来た野生の生物、都市で生まれた本来野生の生物を、自然の中で生きられるように訓練して、自然の中に帰してやった——と。私や、私と同じようなことをしている個人用ロボットは、その真似事をやっているのでしょう。元来人間は、自然の中で暮らしていた。それが都市を作って、都市という人工空間の中で生きるようになったのです。その意味では、ロボットと全く違います。人間は自然の中に戻って行ける潜在能力を持っているのではないでしょうか」

「………」

このサバントの長い話を、ボクは呆然《ぼうぜん》と聞いていた。

「いかがなさいますか」

サバントが促す。

ボクは考え込んだ。

人間ではなくなるという思考修正、あるいは存在さえわからなくなるという幽閉。困る。

だがこのまま向こうへ行けば、そうなるのだ。

では、都市を出て、何の保護も受けられない地帯に行くか。

その技術は、まだ初級段階なのだ。

「お決め下さい」

サバントがまた促した。「すでに六時を過ぎました。公務ロボットたちがこっちにやって来ます」

「……………」

顔を向けると、たしかに、観望所跡の上空に飛行体が二つ浮かび上がり、ゆっくりこっちに動いて来るのであった。

思考修正も幽閉もごめんだ。

といって、無保護状態の中へ行くのは――。

いいではないか、と、ボクは思った。

残れば、どうなるかわかっている。

都市を出れば、未知の世界だ。生きて行けるかどうかわからぬ世界だ。しかしそこは未知であり、何が起こるか不明なのである。

だったら、未知の中へ入って行くべきではないか。

「早く」

と、サバント。

「都市を出るよ」

ボクはいった。「出るなら、どうしたらいい？」

「歩行帯を外れて、湿地の中を、市境まで歩いて行くのです」

サバントは答えた。「ご主人様がそうなされば……そしてご主人様が市境を越えて外の森の中に入れば、公務ロボットたちはもう何もしません。ご主人様は都市の一部ではなくなるのですから」

二つの飛行体は、かなり近づき、高度を落としにかかっている。

「歩行帯を出て下さい」

サバントの声に、ボクは、歩行帯から、低くなっている草地へと飛び下りた。

軽い衝撃と共に、浅い水たまりの水がしぶきをあげた。

サバントも降りて来た。

「進むのです」

サバントはいう。

ボクとサバントは、草と水を踏みしめて、歩行帯から離れたコースを、市境のほうへ歩きだす。

近づいていた二つの飛行体は、監視するように上空をついて来るのだ。

「大丈夫です。歩行帯に戻らない限り、公務ロボットは何もしません」

サバントはいいながら、出発前からずっと持っていたバッグを、ボクに渡した。

かなり重い。

「これは何だ？」

ボクは尋ねる。

「道具ですよ。学習時に使った——無保護状態で使う道具」

サバントは答えた。

「サバントも行くのか？」

ボクはまた尋ねる。

「いいえ。市境までです。私はこれでもロボットですから。ロボットには、植物や動物や虫は、有害無益なのです。市境まで行ったら引き返します」

「引き返したら、どうなる？」

「人間の面倒を見、人間に奉仕する個人用ロボットとしては、責任放棄ということになるでしょう」

サバントはいうのであった。「どういう措置を受けるのか、ほぼ予想はつきますが、それでいいのです。これが、ご主人様のためなのですから」

「………」

「前のご主人は、思考修正をお受けになる以前に、よくいってらっしゃいました。命長ければ恥多し、という言葉をです。本来の意味とはことなるかもしれませんが、私には何となく、今、それがわかるような、これで決着がつくんだという感じがしています。ロボットにしては妙な思考でしょうが、個人用ロボットはきっと、これからのロボット社会から置きざりにされる存在なので……私には別に妙だという気はしません」

ボクとサバントは進みつづけた。

朝陽がくっきりと、行く手の低木林と観望所跡のかたちを浮かび上がらせているのであった。

第二部

還らざる空

都市は眠りに就こうとしていた。

蒼茫たる夜空に尾をひいて、かがやくオレンジ色の光点が、はるかに伸びて行く。明滅する標示燈が、次第に小さくなっていった。

やがて月がのぼる。空の暗さを薄めながら、真珠色の霧の輪をひろげてゆく。

すべては平和で、ほしいままの眠りが待っていた。

と、不意に、月の輪廓が揺れ、天空は深い濃紺色から、ただの闇に還った。つづいてみごとな夕映えが、ちぎれながら拡散し都市の稜線をうかびあがらせた。

街路を歩いていた人々の影が突然ビルの壁に落ち、家々の窓は開かれた。不安に顔色を変えた幾千万人が、声もなく頭上を仰いでいた。

太陽が中天から、どっと光を投げ、みるみる歪んで雲と共に消失して行った。

「故障か？」

のだ。……いつものように。

その無数のささやきは、しかし答えを得ることはなかった。やがて普通の夜が戻ってくる

「なぜだろう」

「なぜだ」

「故障らしい」

「投影装置のどこかに故障がおこっているのだ」

都市の執政委員のひとりは、身体を乗り出し、そう断言した。

「この都市が、ドームでおおわれてから久しい」

別の委員が応じた。「だがその頃の資料とか記憶はどこにも残っていない。そうではないか?」

「とにかく、こうたびたび故障がおこっては困る。技術局ではどう考えているのだろう」

「説明させねばならん」

呼びだされた技師長は、くらい表情をうかべていた。彼自身がどうすることもできないのに、今また執政委員に質問されるのは苦痛だった。

「カートか」

執政委員が確認した。

「ここしばらく、たびたび起っている疑似天空への投影装置の故障について、どう考え

る？」

　カートはぐっと眸に力を入れた。

「謎です」

「謎？」

「そうです。これが単に機械装置の故障であるという、推察はできます。しかし、この都市のすべての機構を熟知している人間はいないのです。私の知る限り、この異変に説明を与える者はいません」

「カート！　それは断定ではないのか」

「断定？　いいえ、この都市はすべて専門家ばかりで構成されています。私はその専門家の間をとりもつ専門家です。『記憶以前』の時代になされた工事について知っている者はどこにもいないことは、私が一番よく知っています」

「だが……いるはずだ」

　委員たちの視線がさらに白さを増した。「いなければならん」

　カートは緊張した顔面をぐいとあげた。

「不可能です……たしかに都市は、遠い昔に建設され、さらにドームでおおわれたことはたしかです。そのドームがそれぞれ材質のことなる十数層の殻からなっていて、都市の人間のための気温制御や保護を可能にしていること。最も内側のドームには、絶えず仮象の天空が、予定どおりの景観を投影されていることは、誰もが知っているでしょう。だがそれが何です？　どこから『空』が映されているのですか。またその機械の機構を誰が知っているのです？」

「探すのだ」

　重苦しい声で、委員は言った。「ひとつひとつの建物を……ひとりひとりの人間を」

　カートは答えなかった。肩がするどくあげられていた。やがてそれは力を失って落ちた。

「やってみましょう」

「迅速にだ。あらゆる方法で、しかも確実にな」

「迅速に、あらゆる方法で、確実にやりましょう」

「調査局員の指揮権を貸与する。期限はゼロだ。今、解答がほしいのだ」

「技師局技師長として」カートは暗誦するように言った。

「専門家の誇りにかけて」唇がゆがんだ。「命令を実行します」

　出てゆくカートの靴が高く鳴った。ただちに都市の各区に散在する技術局員たちに命令が飛んだ。

〈投影装置に関するすべての情報を、至急こちらへ連絡せよ〉

〈都市建設時および『記憶以前』の時点に関する連絡を、即刻提出せよ〉

　調査局がいっせいに動きはじめた。都市台帳にしたがって、しらみ潰しの調査が前例のない規模の大きさではじめられていた。

　しかも、空の異変の頻度はますます高くなっていた。人々は義務としての時間と、感情からの時間との間で翻弄され、すこしずつ精神の安定を欠きはじめていた。

「技師長！」

　ケンが叫んだ。「技師長に会わせてください」

「用は？」

「情報です」

「きみは心理探査技師ではないか。正確に、いま求められている情報なのか」

「断言します」

「私から伝える」

「危険です。技師長に判断していただきたいのです」

「……専門的知識に立脚しているのか」

「まちがいなく」

「よし、通れ」

　ケンの眼とカートの眼がぶつかった。

「ケンです。心理探査部です」

「知っている」

　カートの声は平静だった。「急ぐ価値がある情報なのだな」

「はい」

「十五分間で話してくれ」

「技師長の頭脳を信頼します」

「結構」

ケンは喋りはじめた。

過去は、この都市に存在しなかった。八十年以前はすべてが謎になっていた。断片的な記憶をもとにした資料はそれぞれ矛盾だらけで何の役にも立たなかった。何か作為的な事件があったのだろうが誰も実態を知らなかった。

しかしそれ以後は完璧といってよかった。それというのも心理探査技師と呼ばれる人々が、任意抽出によって市民を呼び出し、催眠状態にさせてから記憶を再現させてゆく。その総合が、あらゆる時代を復元させた。市民たちの幼児の時代までそれは遡及することができた。

だがこの技術が体系づけられたのは、ほんの数年前のことだ。『記憶以前』の時代を復元するには遅すぎたのだ。

「それが可能になります」

ケンは言った。

「制限なしでか？」とカート。「この隔壁にかこまれている都市。生産地区から供給される諸物資のためのパイプを除いては全く孤立しているこの都市の内部でなのか」

「内部でです」

「必要道具は？」

「なにも……ただ、平常以上のエネルギーとこの都市に住む人間たちがあれば、それでよいはずです」

「論理を述べてみたまえ」

ケンの蒼白な頬に、かすかに血が戻ってきた。彼は少しくつろぎ説明しはじめたのだ。

ケンたちの仕事は、記憶の再現と、統合整理である。ただ、それは人間一代の範囲に限られていた。

なぜ一代でなければならぬのか。個体の可能性は個体ひとつに限られるのか……。

すでに、人間の持つポテンシャルは開発されつくしたと考えられていた。

だが、いまだ人間として形成される前の段階ではどうか、ひょっとすると知られざる現象が残っているのではないか。

ケンたちはたまたま、ごく微弱ではあるが赤児が精神感応力に似たものを備えていることを発見していた。高等生物として、定められた方式でコミュニケーションを行なうまでの段階に、赤ん坊が動物に近い、本能的な防御力を持っていることを知った。すなわち親や知人など、自分に真実の愛情を抱いている者と、そうでない者を本能で識別するのだ。動物が誰にも教えられぬままに、自分に害意を持つものを察知し逃走するように、赤児にも直観があること、そして成長し人間どうしのコミュニケーションの方法を学びとるにつれて、しだいにその能力を失ってゆくのではないかと考えたのだ。

このとき、赤児とその親との間に見えざる意識の交流があるはずだ、そうではないか。だからケンは試験的に被験者の年代遡行による記憶抽出のとき、故意に言語領域をまだ持たない年齢までさかのぼらせてみたのだった。「あなたはいま生後十一カ月です……十カ月です……」

何もあらわれなかった。あらわれるはずがなかった。

その時不意に、局員の一人があやまって操作盤のコンデンサーを動かした。被験者の催眠状態を助けるための静電流がぐっとあがった。さっと顔色を変えたケンの眼前で、被験者は唐突に、細い声をあげたのだ。「ねんねしなさい……いい子だから」

それは、その過去の瞬間、そのときに赤児を抱いていた母親の心の中から出ていたのだ。増幅された電流が、思念のレールを飛び越えて、親の心の中へ探査が入り込んだのである。

跳躍効果。

「……跳躍効果……」

「そうです。私たちはそのまま更に昔へさかのぼって行きました」

「しかし、それが真実の過去だろうか。二重の主観に歪められた、実用不能の幻像ではないのか」

「おそらく、非常に歪んだものでしょう。しかし、数です。数を多くすることで、この歪みは調整され、整理され得るはずです」

「非常な人数が必要だ」

「おそらく都市の過半数の人間が必要でしょう。いや全部かもしれません。それというのも、こうした意識の交流なしに成長した人間がかなりいるでしょうから」

「よし」

と技師長は叫んだ。「やってみる価値はある」

「調整のために、人工頭脳が必要です」

「わかっている……きみのポストには、今何人いる？」

「五十名たらず」

「足らんな……至急補助要員を登用する。すくなくとも一千名は必要だ。探査装置の操作だけを叩き込めばいい。次はこのための市民動員令だ。連絡しよう。それと、これに要する電力だが」

「データーによれば、普通の二ケタ以上の量がいります」

「よし。あらゆる不急のエネルギーをストップさせよう。計算は別の者にやらせる」

「はッ」

ケンは直立した。目がギラギラと光っていた。

一方、これと平行して、調査局員たちは投影装置を発見すべく、全力をあげていた。制御可能のエネルギー供給系統は、配置もわかっていたし、今はその大部分を探査用にまわされている。必要なのは、まず埋没されてありかの知れぬ自動制御系統だった。彼らの鉱脈を探すように街中に散開して進んだ。

空は、紅のように、あるいはオーロラのように、絶え間なく変化し、星が、月が、太陽が踊り狂った。夜明けと夕焼けが重合し、くらい極彩色の景観が明滅したりした。

日常業務は、まだ習慣的に続けられていたが、そこには体系と連絡がなかった。

「巨大なアメーバだ」

「組織がそれぞれ勝手に動いている」

「社会不安の兆候があらわれているぞ」

「恐慌?」

「まだ、時間はある」

彼らは早口にささやきあいながら、ひとつひとつパイプを確認して行った。新しく登用された調査官たちの真新しい制服が、揺れる天空につれて刃物のようにきらめいた。

「すでに六時間を経過している!」

ケンは叫んだ。「まだ教育は終らないのか」

「あと一時間はかかる。臨時登用探査官のまだ五分の四を消化しただけだ」

教育器の数は有限だった。それに必要人数は、カートの命令でさらに二倍になっていた。

コンベアーは召集を受けた市民を満載して全速力を出していた。彼らは自分の都市の機構の崩壊の懸念を、執政委員会の命令による強制探査に自分の精神をぶちこむことで消し去ろうと、はげしく息づきながら努力していた。

緑の、白の、赤の、四角い、球形の、すべての建物は規則正しくいつまでも男女を吐きつづけ、全街区は中央区の一点めざして集まろうとしていた。


「まだ発見できないのか。C隊は？　X隊は？　連絡はないのか」

調査官のチーフの一人が、悲鳴に近い声をあげた。がらんとなった街角に、彼らの影が生れては消え、色を変えた。

「次に移りましょう」

額の汗を腕でぬぐって、部下が言った。「気温調節装置にも故障がおこっているのだろうか」

「発見するんだ。行こう」

彼らは再び肩に機械をひっかけると、足どり重く進みはじめた。

「崩壊するのじゃないか」

「言うな！」

「何かしていることだ」

そう、都市はいま、妖怪に変貌しつつあった。誰一人知らない場所で、ひとりで都市を守りつづけた諸機械はいま老朽か偶発事故かともかく都市の剥落に拍車をかけているのだった。

調査のスピードはにぶりはじめていた。中央から散開しながら、彼らの連絡網は力弱まり、一歩一歩が困難なものになって行った。

一人あたりに何十分もかける余裕はなかった。明滅する数千数万の顔は、探査装置の群をかこんで白く光った。

「次！」

市民の一人が進み出た。横になった。自動的に彼は催眠に入った。録音された誘導が彼を深く過去の世界へ沈めてゆく。接点はきちんと合わされねばならなかった。親か、知人か、ともかく彼が赤ん坊のとき、彼のすぐそばで愛撫の感情を送り、彼が超能力でこたえている、その瞬間がさぐりあてられねばならない。そして前世代の実在人物の記憶がカードにとられ、ただちにベルトに奪われて人工頭脳操作部へすべってゆく。

一刻の休みも許されなかった。数百台の探査機の全部が動員されていた。不安は一瞬ごとに濃くなり、今は天空のみならず、市民が当然と思っていた諸機構にも変化がおこりはじめていた。

データーは不足だった。うんと不足だった。それほど、跳躍効果によって再現される前世代の記憶は、印象は歪んでいたのだ。集計によって各データーの偏差がとらえられ除去されて、一般的な〈事実〉をつくり出すためには、もっともっとカードが送られなければならなかった。

『記憶以前』の時代の一年ごとについての情勢は、出そうでなかなか出なかった。結論は右に左にゆれ、いつ収斂するとも知れなかった。

しかし、調査官たちはついにとらえた。埋没装置を示す針がいっぱいにあがった。

「ここだ！」

「すくなくとも、ここに重要な装置のひとつがあるのに違いない」

巨大な輪廓がとらえられていた。携帯器は捨てられ、さらに大きな機械が運び込まれた。

深度が、推定体積が素早く計算された。掘りだすよりも、この下へ入る通路がどこかにあるはずだ。

そこは十字路になっていて、特別な連絡路はどこにもなさそうだったが、調査官たちは、一センチ平方ごとに試錐を入れた。

「駄目だ」

「いっそ、掘りおこしたらどうだ」

「そんな時間はない」

「……」

彼らの心中に、今までこれらの装置のあり場所が全く伝えられていなかったこと、だから足下の地中深く大装置には連絡通路などあるわけがないという恐れが、ふっと兆した。

だが、この土の下には、固い挿入板があるはずだし、それを破るほどのエネルギーなら、装置自体を破壊しつくすだろう。

「あくまで探すんだ！」

陰々と明滅する風景の中で、彼らは細い鬼に見えた。どこかで、轟音がおこりはじめていた。それが何であるか彼らにも見当がつかなかった。

やにわに、土地の一部が隆起しはじめた。起きあがったその山ははらりと土を払い落し、ダクトの口が開いていった。

「通路だ！　何故開いたんだろう」

盲目的に突っつきまわされた地面のどこかが起動弁をあげたのだろうか。しかしそんなことには構ってはおられない。

彼らはわめきあいながら、屹立したダクトの中の、細い階段を降りて行った。

先頭の数名が崩れ折れて、梯子をはなすと闇の中へ落下した。あっちこっちとぶつかる音が執拗にこだまし、まもなくにぶい衝撃がつたわってきた。

「ガスだ！」

「たまっている」

一同は引返そうとしたが、上から降りてくる仲間とぶつかり、揉み合った。そうするうちにも炭酸ガスは、一人、また一人と彼らを呑んで行った。

一人が狂ったように連絡をとりはじめた。

〈装置とおぼしきものを発見……内部は二酸化炭素が充満し、装備なしでは降下不能。応答

せよ、応答せよ〉

光は断続的に空を横切り雲が集積しながら渦を巻いた。電力の消費を節約するために、街は最低の照明しかともしていなかったので、この駆けめぐる不安は、そのまま暗い混乱をひきおこしていた。

「都市は混乱状態に入った」

「治安維持局員がいっせいに出動した」

「カート。まだ結論は、いや、対策は出ないのか」

政治の専門家であるはずの執政委員たちも今は顔色もなく、事態の断片的把握と性急な対策を求めるばかりだった。

カートは佇立していた。窓のむこうは転変する妖怪の空だ。気温はジリジリとあがっていたし、空気調節の具合が悪いのか、少し息苦しかった。

「まだです」

と、彼は言った。

「見込みはあるか」

「結論は……出ましょう。それが私の責務です。しかし」

「しかし？」

「この対策は結論と別です。もはや異変は天空のみならず、諸機構に及びだしました。このまでにはやがて致命的なことになります。退避が必要です」

「カート！　退避令は最後の場合だけだ。それはつまり都市を放棄することだ」

「住民が危険です」

執政委員たちは、カートをとりかこんだ。

「われわれは、都市の全住民の生命より、都市そのものが大切だ」

「何ですと？」

「人間は、まだ補給されよう。しかし、都市は潰してはならぬものだ。いや、そんなことより、この都市を出て、全員どうするのだ。隣りの都市への遙かな距離を、徒歩で行けというのか。ここからどれだけ離れているか誰も知らんのだ。十日かかるか、一生かかるか。都市の外殻をいったん破ったが、最後、われわれは人力だけでそれをなしとげねばならん。全員が死亡する」

「な、カート、ここで都市を守りきることは、みなの生命を救うことにもなるのだ。どんな犠牲をおかしても、この都市は守りきらねばならん」

カートは無言で、ゆっくりと委員たちを見廻した。遅すぎた……遅すぎた。われわれが平穏に生きていた頃、いや、天空異変の第一回めのときからでも、われわれはこの調査に着手していなければならなかったのだ。

一人の委員が、乱れた足で入ってきた。「調査局から報告だ！」

どっ、と全員が立ちあがった。入ってきた委員は、とぎれとぎれに呟いた。

「装置は……発見された……しかし……それは分厚い特殊コンクリートと錠によって密封されている。開くことは不可能……ドアを爆破することは、装置の破壊だ」

「鍵は？」

「組みあわせ番号になっている」

「カート！」

「……」

「『記憶以前』の調査は？」

「調査はまだ不十分です。全住民を調べあげていません」

「いいではないか。集計は出ているのか」

「計算中です」

「多少不正確でもいい。住民を安心させるための、第一回の発表と装置の錠をあける数字さえわかれば……それでいいのだ」

「しかし」

「それまでの治安は、こちらで責任を持つ。一刻も早く、算出させたまえ」

カートはじっとその委員を見返した。噛まれた唇に、うっすらと血がにじんでいた。

必要のない外出、探査を受けるため以外の外出が禁止された。

維持局員たちは圧倒的に、都市各部の鎮圧のために出動していた。全身を防護服で鎧って、熱線銃を構えながら、横隊となって進んだ。

いっせいに引揚げる調査官たちと、維持局員が、中央区をやや離れた地点ですれちがった。

(待機せよ……自宅で待機せよ)

(いっさいの活動・研究は、特別命令によるものでない限り中断せよ。待機しない者は射殺されるおそれがある)

局員たちは叫びながら、都市の端へと移動して行った。

もはや天には、一点の光もなかった。投影装置は停止していたのだ。しかも照明はいぜんとして少なかった。住民たちは生れてはじめて夜の呼吸、くらいクレバスに覗かれながら、それぞれ自宅で息をひそめた。

恐怖は刻々とつのって行った。維持局員たちの手をしても、あと数時間で、狂気の盲目の暴動がおこるのを抑えるのはむつかしくなりそうだった。いや、維持局員たち自身が少し、少しずつおびえかかっていた。

専門家ばかりの都市……機能が麻痺したときその規模は、通常のモブよりももっとすさまじいものになるだろうと予想される。

一部隊の先頭に立つ維持局長の肌はこうした予見と恐怖で、すでに全身粟だっていた。

「まだか!」

カートの叫びに、人工頭脳操作部員たちは異様にすわった目をむけた。

「これから、最終会議をおこないます」

「なぜだ！」

「仮結論をつき合わせます。こんな少ないデーターの分析は、絶対的なものを導きません。各個の意見を統合せずして、結論らしいものは出ません」

「……」

「もともと、人工頭脳の〝答え〟は、みなテープに出てきます。われわれ操作部員だけにしか、そのテープをナマで読むことはできません。どのみち調整会議を開かずに、結論が出せないことぐらい、技師長もご存知でしょう」

勿論、カートは知っていた。知っていながら、督促を続けているのだ。

「あとどのくらいかかる」

「三十分下さい」

「よし」

消えてゆく映話のスクリーンを、彼はなおもみつめていた。やがてその頬に、するどく苦い笑いが浮かびあがってきた。

「第十九区との連絡が絶えました。コンベアーも停っています」

「第四区の給水装置がこわれた模様」

「第十一区の建物数個が自然発火しました。現在消火中」

執政委員たちは、深く顔を手の中に埋めたまま、次々と送られてくる情報を聞き流していた。制御可能の部分なら、まだどうにかなる。しかしこれは彼らにとって、突然太陽が青色になったり、空気が酸っぱくなるのと同じような、制御不能の異変だった。彼らの意識裡にあった、不変で絶対マチガイのない、自動制御系統の故障は、どうにもならぬものだった。

「食料供給パイプが」あたらしい報告に彼らは青ざめた顔をあげた。「食料供給パイプがどこかで閉鎖された模様」

「カートはどこだ」

委員の一人が、あらん限りの声で、映話にどなっていた。

「カートを呼んでくれ」

「技師長はいま、操作部室におられます。いっさいの連絡は禁止されています」

「呼んでくれ」

「なりません」

技術局の連絡係は冷たく言った。「技師長はこれに、最大緊急の指示を出しておられます」

「馬鹿な！」

カートは腕をふりまわしていた。「そんな結論がどこにある！　な……よく算出したのか」

「何でしたら、テープをお読み下さい」

「きみたちは」

カートの顔が歪んだ。「きみたち以外にテープを読みとるものはいないのを知っていていうのか」

二十五名の操作部員たちは、ヒタと沈黙を守っている。彼らの額から汗が滲んでいるのを、カートは見た。

「すると、何か」

カートは繰り返した。

「はい」

部のチーフが感情を殺した声で言った。暗誦のようだった。

「ここは実験場であり、われわれは、あらかじめ設計され、作られたこの都市の中へ入れられたものであること。従って、定められた期間ののちは、われわれは都市と共に廃棄されるように、はじめから考えられていたこと。だからこそ、あらゆる記録がなかったこと。……つまり、われわれの前の世代に、赤ん坊か幼児としてここへ入れられたこと……」

「やめろ！」

カートはさえぎった。「そして、その実験は、誰が、いつ、何のために、やったというのだ」

「……」

「信じられん」

カートはうめいた。「われわれは毎日毎日新しい実験を、研究を進めてきたのだ。われわれの知る限り、この都市は毎日進歩していたはずだ。『記憶』直後はわれわれはまだみじめな生活を送っていたのだ。そうではないか」

操作部員たちは死んだように身体を硬くし、憑かれた技師長の早口を見守っている。

「それが、ただの実験だったと。われわれは誰かに観察される為に生きてきたと……」

「技師長」

チーフが静かに言った。「この事実はほとんどまちがいないと推定されます」

「きみたちは、ほんの数時間前、正確な結論が出るには、あまりにデーターが不足だといっていたではないか」

「その時、すでにこの結論は出はじめていたのです。あまりに馬鹿げているので、到底本当とは思えなかっただけなのです。時間とともに、これははっきりあらわれてきました」

「くわしく言ってくれ」

カートは悲痛な声を出した。「なぜ、きみたちが、この都市は実験場であり、われわれは実験動物なのか……今度の異変が、必然的な崩壊であるという、その結論を出した理由を、話してくれ」

「……」

「たのむ」

チーフは再び口を開いた。

「『記憶以前』の時代は、すべて、この都市の外だったんです。われわれは、強制的に移されて来たのだということが、わかったのです」

「記憶は？　記憶はどうして消されたのだ」

「消されたのではありません。子供の時に移されたのです」

「……」

「みな赤ん坊か、幼児の時に、都市へつれて来られたのです。だからです」

しばらく、重大な静寂があった。カートは苦しげにうなり、それから突然どなった。「じゃ、それ以前は、それ以前はどうなっているのだ」

誰一人、答えなかった。

「きみたちの話は嘘だ！」

カートはあごをあげると、どなりたてた。

「きみたちの話は、おかしい。ここが誰の手で移されたというのだ。宇宙人か？　それまでにわれわれの親の世代は、みな宇宙人の奴隷になっていたというのか？」

「どう支配されていたのだ？　ドームの外には、まだ宇宙人の世界があるのか？　われわれが大まかに聞かされてきた人間の一般的歴史はどうなんだ？　記憶が簡単に消し去られたのか？　もしも赤ん坊か幼児の時代に移されてきたというなら、なぜ、各世代がそろっているのだ？　われわれの子供の出来かたがすくないのはなぜだ？　実験動物ならわれわれはもっと子供をたくさん生むように考慮されているはずではないか？」

「やめてください！」

チーフが絶叫した。

「言いましょう！」

部員の一人が応じた。

「もう言ってしまいましょう」

カートは茫然と立っていた。「じゃ、宇宙人っていうのは？」

「そんなものはありません……」

「なに？」

「われわれをここへ送り込んだのは……人間なんだ！」

「ニンゲン？」

「そうです」

いっせいに部員が言いはじめた。チーフはそれを制して真直ぐにカートの前に立った。

「言います……実は、われわれは嘘をついていました」

「なぜ？　なんのために」

「認めたくはなかったんです。われわれが人間でないってことを……」

衝撃が、カートの中をつらぬいて行った。チーフは恨めしそうに呟いた。

「あの、跳躍効果による探査は……パンドラの箱だったのです。たしかにわれわれは、親の代までたどってゆくことは出来ました。だが……」

「だが？」

「その先は、全くたどることはできなかったのです。何もなかったのです。苦心の結果わかったのは、ほとんどの人間が工場の中にある蛋白質合成装置の中で浮いていたということです」

「浮いて……いた」

「われわれは、合成人間なんですよ！　人間の手によって作られた合成物なんです。最初から、一代限りしか生殖能力のない、合成人間なんです」

異様な声が室にみちた。それは部員たちのくやし泣きだった。

「つまり……」と彼らは言った。「われわれはこの事実を知るために、ただそのためにだけ、八十年あまりという年月を、この都市の中で努力してきたんです」

「なぜ、それがわかったんだろう……なぜ一代だけ生殖能力を持っていたんだろう」

ぼんやりというカートに、部員たちは今は敵意のこもった視線を投げて、答えた。

「それは、都市の中に、人間がいくらか入っていたからです。都市を作って、記憶空白の合成人間たちをリードするために、数十人が送り込まれた……その人間たちの記憶をたどって、やっと結論が、真相がわかったんです」

「カート、あなたは、その一人だ！」

「私が？」

「そうです。合成人間たちの可能性をしらべるために、全く人間と自分で思っている二代目の能力をまとめるために、一緒に入りこんだ人間なんです」

「その人間たちは、なぜ入ったんだ。一生を隔離されて送らねばならないのに」

「やめろ！」

ついにチーフが言った。「普通の人間の中にあって、権力欲を満足できなかった人々。いささか科学をかじり、しかもいささか能力が足らずに、合成人間の支配者としての地位を与えられて入りこんで来た、二流の人間どもを、われわれは憎む」

「私は、何も知らん」

「知らなくても、それは事実なんだ。われわれの世代に、なぜ子供がほとんどいなかったか……生まれた子供が、なぜ貴重品だったのか、今ではわかる。それに貴重品として、大切にしてきたわれわれが情ない……人間だからこそ子供が出来たんだ……人間と交渉を持った合成人間や、合成人間どうしでは、決して二代つづいて子供は出来なかったのだ……バカな！」

「……百年近い期間を……」

カートは首を振った。

「事実なんです」

「われわれの生態は、どこか外から、ずっと観察されてきたのです。いま、用が終った私たちは、都市と共に消されるのです。用が終ったら……」

「この気持を、せめてあなたがた人間に思い知らせてやりたかった」

「そのための嘘だったんです」

「出て行って下さい。異端者は、ここから出て下さい」

「待て」

カートは両手をひろげた。「その人間はこの都市に、どれだけいるんだ？　誰と誰がそうなんだ」

「あなたに関係のないことです」

部員たちは高く叫んだ。「さあ」

「もうひとつ」

「何です」

「この事実を、発表してもいいだろうか。都市に知らせてやるべきだろうか」

「あなたは技師長です。そして、それを決定する執政委員に報告するのは、あなたです」

「……」

「出て行け！」

チーフがどなった。「この、異端者の嫡子！」

カートは部員たちを見た。誰の眼も燃えていた。

さっと身をひるがえすと、彼はドアを強く閉じた。それははげしく鳴った。次の瞬間、操作部室が、かっと灼熱し、ドアがただれて熔解した。彼らはみずから自分の肉体をほろぼしたのだ。

しかし、カートはもう振り返らなかった。彼は廊下を走っていた。くらさのため何度もつまずいた。

観察装置は、どこにあったのだろうかと彼は考えた。どこから、外の連中は眺めていたのだろう。

ふと、彼の心の中に、両親の顔がうかんだ。善良な母親と、執政委員だった父。たえず一人になりたがり、眉根を寄せながら、きびしく社会体制を作りあげようと全力あげていた父。母は、合成人間だったのだろうか。いや、人間と合成人間たちは決して一緒にはならなかったと彼らは言った。

そんなことは、どうでもいい。ともかく彼は、生まれた時から欺されてきたのだ。この都市に彼があらわれたことを一番悲しんだのは、父か、母か。彼は真相を知らせてもらえなかった。その罪は、今、彼自身に落ちかかってきているのだ……。

カートは、苦い笑いを放った。何ということだ。

あちこちで、建物が崩れ落ちようとしていた。

「技師長!」

振りかえると、ケンが必死で走ってきた。「執政委員が探しています」

「おそい」

「おそい?」

「いや」

カートは下腹に力を入れた。

これは復讐だろうか。それとも、無責任な解決だろうか。いや、もう考えまい。とにかく、一刻も早く片をつけさえすれば、それでいいのではなかったか。

「ケン！」

「はっ」

「結論が出た」

部下の顔にぱっと光が点くのを、カートはくらい気持で見た。

「調査官が調べあげたという、埋没装置のこと、知っているか」

「聞きました」

「あれは」

カートは絶句した。言わない方がいいのだろうか……だが。

「あれはな、危急の際に破壊すればいいということだった。あれを爆破すれば、ドームは外れ、他の都市から救助がやってくる。操作部の判断だ」

「あれは、投影装置では、なかったのでしょうか」

「違うのだ」カートは苦しげに断定した。「救助のために閉じられていた装置だということだ」

ケンの目が、不審げにまたたくのを、カートは見た。

「時間がないぞ」

「はっ」

「執政委員に、知らせてくれ」

「技師長は？」

「まだ急ぐ用がある。早く」

「はいっ」

「とにかく、暴動がおこるまでに、破壊することだ。急げ……」

「急ぎます」

ケンは、ダ、ダ、ダと足許もさだかでない廊下を走って行った。

最後の一句だけは本当だったな、とカートは考えた。〝観察者〟たちが、合成人間の暴動を見る前に、都市は完全に自動制御系統を失うだろう。

これから、どうしようか、カートは思った。どこで都市の崩壊を見ようかと考えた。どうせ死ぬ身だ。出来るだけ豪華な見せ物がある場所の方がいい。

いや、と別の心が否定した。このドームの外に、どんな世界があるのだろう。われわれには全くうかがい知れぬ、高度の人間文化があるのだろうが、技師の長として一度は見て死にたかった。

指令は……出るだろうか。彼には例の埋没装置が破壊された瞬間都市のあらゆる機能がゼロと化することがわかっていた。

あの出鱈目な、論理のとおらぬ説明を、執政委員たちは受け入れるだろうか。いや多分理由がおかしくても、カートの指令を伝えるだろう。彼は技師長で、都市の諸機能の総合的な知識にかけては、第一人者なのだ。

すでにエレベーターはとまっていた。彼は階段を降りつづけながら、最後の瞬間を今か今かと待った。

ビルを出ると、暗黒だった。ところどころに火がちらちらするほか、ほとんど何も見えなかった。

遠いところで怒号がおこりはじめている。暴動なのか……せめてそれまで、われわれが追いつめられて猛り狂った姿を観察者に見せる前に、すべてが終ってほしかった。

ギラッと光が、彼の全身をとらえた。「だれだ！」

「技師長、カート」

「失礼しました」

声は言った。「執政委員の指示により、埋没装置を破壊しに行きます」

「急ぐんだ！」

カートは彼の横を、全身で走る数十名の局員たちにむかって投げつけた。

「暴動がおこりはじめているぞ」

足音は、ダッダッダッダッと呼吸をあわせながら遠ざかる。

それがふっと消えたとき、カートは思わず顔をあげた。……どうしたのだ。

霧だ！　かすかな灯の中を揺れて、どこからともなく湧きおこってくる、つめたい水の微粒子だ。

何だ、これは。

カートは走ろうとして、倒れた。倒れた手が、何かにふれた。ぐにゃりとした感触だった。眸を澄ませて、ほのかな光で、それを見た彼は、絶叫をあげた。それは死体だった。いや、つい今まで死体だったもの、半分溶けかかっている……。カートは素早く立ちあがった。腕が、顔が、濃い霧にぬれはじめている。

まだひとつ巨大な灯をうかべた広場に出た彼は、意識がねじ曲げられ、潰されてゆくのをおぼえた。

そこは、死の廃墟だった。濃い影をまつわらせながら折り重なった大群が、どろどろに溶けてゆく……。

霧？

ちがう！

彼はますます冷えてゆくのを、身体についた水滴が、大きな水玉になってゆくのを凝然とみつめていた。

これは、溶解液なのだ。噴霧されているのだ。われわれの都市にいちめん……。そして、たしかに自分がまだ生きていることに気づいた彼は、肺の奥から叫びをあげた。

人間……合成人間。これは、カートには影響を与えないのか。合成人間だけを溶かしてしまう霧なのか。

彼は、まっくらな天の奥をみつめた。こんなことがあってよいものか。人間だけが助かる液は……人間によって噴霧されているこの液は……。

畜生！

カートは地面に這うと、声にならない声をあげた。許せ、許してくれ。

駅前の死体は、ほとんど形をとどめていなかった。全組織が流れ地面にしみ込んでゆくのだ。

溶けてゆく……彼はうめいた。仲間がみんな溶けてゆく……。

顔をねじ上げた。どうか自分も……。このくらい空の下で……。

違う！

カートは眼をカッと開いた。空はもうくらくはなかった。

あたり全部が、ぎらぎらと照らされているのだった。かつて彼が見たことのないすさまじい光の量だった。

天は、無い。いやドームは消失しているのだ。その上には目もつぶれよときらめく雲片が、どっぷり青い空が、光体があった。

都市は、今、白日の下に、半壊の姿をさらしていた。ドームは分解され、取り払われたのだ。

人気のない広場で、カートは自分の影をじっとみつめた。

遠く、はるかなメインストリートのむこうをよぎる者があった。錯覚かも知れないがもし人間だとすれば、それはこの都市に入り込んだ真の人間の子供に違いない。いったいここに何人が残されたのか、彼には見当もつかなかった。

天に、ポツリとシミが見え、みるみる拡大する円盤の形になった。それはカートの立っている位置からあまり遠くない場所にらくらく着陸した。

「残ったものは集まってください」

円盤から、耳も裂けよとばかりの声がとび出してきた。

「事情は、あとで説明します。まだ生き残っている者は、至急中央区へ集結してください！」

カートは茫然と、その円盤を眺めていた。その乗物がどんな作用で動くのか、材質は何かということは全然見当がつかなかった。

「私たちは人間です！」

声はまた呼ばわった。「長期実験は終りました。合成人間たちはみな処理されて、残ったのはわれわれと同じ人間のあなたがただけです……至急あつまってください」

カートがなおも注視していると、円盤のドアが開き、そこから人間たちがあらわれた。

人間？

たしかに人間ではあった。だが白く光る薄片を身にまとい、小型の車のようなものに乗っている。

カートの心の中を、とっさにすべてが通過した。自分たちは、人間とくらべて、実に劣った文明しか持っていなかったのだ。同じ人間でありながら、カートがここで果していた役割は、技師長は技師長でも、『外』の人間たちの目には、下等生物のリーダーの一人にすぎなかったのだ。

彼らは、われわれを助けてくれた。しかしそれは、カートらが、単に人間であったからではないのか。それと全く同じ理由で、人間たちは、カートの仲間を無慈悲に消してしまったのだ。

この人間たちよりも、カートは連中の方に近かった。従順に走り去ったケンが、局員たちが彼の頭の中にたちまち生き返っていた。よしんばカートが教育か何かで、人間社会の中へ入れてもらったところで、それは畢竟異邦人なのだ。

実験……。カートはふっと笑った。空がおそろしく青く思えた。

自分は人間の中へ入って行けないだろう。カートは腰をかがめると、足許に落ちた金属のかけらをつかんだ。技師長だったかも知れないが、今のカートの出来るのは、これだけなのだ。

彼は、近づいてくる異形の人間に、力いっぱいそのかけらを投げつけた。

届かなかった。

またつかんでは投げた。人間たちははじめのうちは驚いた様子だったが、やがて静かに彼を避けた。

カートはゲラゲラ笑いつづけながら、いつまでも人間めがけて次から次へと何かを投げつづけていた。彼の意識の中ではその破片は、石ころは、熱線銃でもあり原子破壊銃でもあった。

ドームのない空から落ちてくる日光が、彼の姿を、影をいつまでも捉えていた。

準B級市民

1

いつの間にか、噂がひろがっていたらしい。作業電波がとまると同時に、同僚がイソミの傍へやってきた。

「聞いたぜ、え？」

イソミは顔をあげ、そこに五、六人の男が昂奮《こうふん》して立っているのを見た。

黙っているほかなかった。これで幾度目だか覚えていないが、いつもと同じように、今度もまた失職なのだ。

「どうも俺、おかしいと思ってたんだ。B―4級の資格を持ったあんたが、なぜ俺たちと一緒に仕事をするんだろうってな」

「身分相応の仕事をして貰おうじゃないか、なあ、みんな」

「おお、そうとも。俺はまっぴら御免だよ、こいつと一緒に仕事をするくらいなら、やめちまった方がましだとも」

イソミは無表情に、仲間たちを眺めた。それがかえって刺激したのだろう。「どうするつもりなんだ。え?」

と一人がわめいた。

「悪かったな」とイソミ。「離職票を出してくるよ」

作業台をはなれる彼の背後から、敵意にみちた声が投げられた。

「ロボットめ!」


きちんとまとめられた荷物を見ながら、労務者配置係官はうなずいた。

「そうですか、お気の毒ですが、そんな状態なら、止むを得ませんね」

イソミは苦い笑いを浮かべ、係官が自分の認識票をとりだすのをみつめていた。もう腹も立たなかった。十年も前には、自分が資格相応の待遇をして貰えないことで、本気で憤慨したものだったが……。

「でも、なぜ、あなたがロボ――いや、政策出生者だとわかったんでしょうね」

係官は不思議そうに、イソミの顔を見て訊ねた。人口省の役人としての義務感と、好奇心が混在しているのを、イソミは感じとった。

「さあ。いつでもですよ。すぐにわかってしまうんです」

イソミは自分に弁解するように、低く言った。

係官はまたうなずき、それからやや厳《きび》しい表情で忠告した。

「困ったことですがね、あなたはB―4級の資格を持ちながら、これでもう四回もD級以下の仕事について、みな失敗しているわけでしょう？　省としては、労働者がたとえ政策出生者でも、平等に扱うのが建前なんですから、あなたの実績は悪くなる一方だといえます。どうでしょう、政策出生者むきの職場へ行ってみたら？　資格にふさわしい仕事があると思いますが」

イソミは首を振った。

「それが、どういうわけか、ぼくにはあんな計算業務とか、分析《ぶんせき》専門家は、性《しょう》が合わないいんです。変だと思いますがね……ひょっとしたら、普通の人間なのかもしれません」

係官は微笑した。それは、決してそんなことはない、あなたの望みにすぎないのだという、寛大な笑いだった。

工場を出ると、イソミは失職したとき、いつもそうするように、離職票を労働需給《じゆきゆう》センター行きのシュートに投げ入れた。

タービンカーを拾って、都心へむかう。年ごとに可能性も希望もうすれてゆく三十五歳の独身者にとって、現実逃避のできる唯一の場所は、都心の享楽街以外にはなかった。

夜はくらく、風が塊をなして吹いている。極彩色のネオンや発光板は無秩序に並ぶばかりだ。

そんな店のひとつに、イソミの足はむけられた。

「いらっしゃい」

彼のうす青色の認識票を見た店主は、愛想よく声をかける。認識票を見たかぎりでは、イソミは普通のB級市民なのだ。

「ランパーを」

部屋の隅に並んだセットのひとつに入りながら、イソミは言った。

このセットは夢想機だ。機械の力で白昼夢を見させるのだが、今のイソミにとって、たとえ方法はなんであろうとも、逃避以外の逃避はなかったのだ。

ランパーと呼ばれる透明な昂奮剤を飲みほすと、夢想帽を深くかぶり、レバーを引く。

すると、夢がはじまる。たいていの人間にとって、それはつねに未来にむかうものだが、彼の心は、いつも過去を呼んでいた。幼児の時代、少年の時代こそが、彼のかがやく日々であり、すべてなのだった。

白い、窓の大きな建物にかこまれた広い中庭は、昼の陽をいっぱいに受けて、あたたかだった。走りまわる少年少女の声が交錯し、反響している。芝生に寝ている彼の耳にも、それはこころよく響いた。

「どう？　今日のテスト、できた？」

少女の声に、彼は半身をおこす。同じクラス、同じ学級の五二一〇がそこに居た。

ここは、アジア洲立保育所だ。洲内で生まれたすべての子供は、かならずここで教育される。子供たちは、自分の親の名も顔も知らない。彼らは、学年ごとにあたらしい番号をもらい、それがそのまま名前になる。それぞれが自分の番号札を胸につけているのだ。

「と、思うけど……」

「来年、わたし、Ａ級を落ちるかもしれないわ。失敗したんだもの」

「大丈夫さ」

言いながら、彼は自分の札にそっと触れてみる。Ａ―九一―一〇五―五二一三としるされたプラスチックの円盤だ。いつもなら、特殊な材質でできた頑丈《がんじょう》な原票が留められてあるのだが、学年末になると書き換えのため回収され、かわりに取り外しの簡単な仮票をつけさせられる。番号の最初の字は、クラスを示していた。彼は今までずっとＡクラスで通してきていた。

仮票だって、大切にしなさいよ、担当官はいつも言う。仮票を傷つけたり、失ったりしたら、公徳心と責任感がないとされて、悪い評価を受けますから……。原票は丈夫だから、割れたり、落としたりはしないでしょうが、仮票は薄っぺらですからね。

その頃、イソミはまだ、子供たちが社会に出てから、原票が戸籍《こせき》カードとして保存され、かわりに教育結果と可能性を色であらわした認識票が交付されることや、原票は非常に精巧で、本人の出生歴や血統、予想遺伝や潜在能力指数がしるされているとは、夢にも知らなかった。表面だけを見ればみんな同じ原票が、Ｘ線透視や高温反応、さらに螢光反応や磁気走査などの方法で、記載文字を発現するなどと、想像さえできなかった。

ただ、彼は毎日を励んでいればよかったのだ。

「暑いぐらいね」

五二一〇が彼の横で膝をかかえて言っていた。

彼は習慣的にあたりを見まわす。ここでは世界は子供のもので、異性の友達をしばらく独占しようとすれば、ある程度の腕力が必要だったからである。

建物は二人を祝福するように、陽を照り返していた。すくなくともこの瞬間、イソミは幸福だった。他の数すくない断片的なしあわせと同じ程度に……。

だが、そのとき、彼は自分の方にむかって、くらい表情で近寄ってくる同年配の少年の影を認めた……。

かちゃん、とセットが鳴った。幻影の世界からむりやり引き離されるのを感じながら、イソミはゆっくりと顔をあげた。視野に自分の手があった。しわの寄ったみにくい手――三十代もなかばを過ぎた、大きな手だった。

……どうして、幻のかわりに記憶などがやってきたのだろう。あれは想い出だ、本当におこったことなのだ。よけいみじめになっただけではないか。

イソミはセットから身体を伸ばした。

「もうお止めですか？」

「ああ」

代金を払う。今の状態でセットにもう一度入ったところで……彼はちゃんと知っていたのだ。にがい想い出、自分のつまずきのはじまりなのだ。

雨が降っていた。降雨時間なんだな、そうすると、もうずいぶん遅い。どこかでアルコール類を飲もう。

「いらっしゃいませ。いいお席がありますよ」


失職者の、ほとんど唯一の特権である洲立宿泊所のひとつへ手続きをすませて入ると、イソミはすぐベッドに横たわった。今夜はいくら飲んでも酔わなかった。それというのも、夢想機があばきたてたいやな記憶のせいなのだ。

あの少女、あの時、五二一〇と呼ばれていた少女は、たしかマツヤという名で卒業したと思うが……。

薄よごれた天井を、ぼんやりと見上げながら、彼はひとりでに湧きおこる回想を抑《おさ》えることができなかった。

ああして二人で話しあっていた時、近寄ってきたのは、五二〇三という番号を持った奴だった。どちらかというと目立たない平凡な少年で、当時のイソミにとって、問題とするにあたらない存在だったが……。

それが、猛然とイソミに突っかかって来たのだった。イソミにはいまだにその理由ははっきりしないが、五二〇三がひどく怒っているらしいことは判った。多分、マツヤが好きだったのだろう、それとも……そんなことはどうでもいい事だ。

少年どうしのけんかなど、ここでは日常茶飯事だったし、イソミはかなり腕に自信があったから、はげしい組みうちになった。相手は意外に強かった。

組み伏せられたイソミは、すぐ傍に五二一〇がいるということを意識しながら、無我夢中で相手の身体をつかんだ。手の中に入った何かを、地面に叩きつけた。それは割れた。

茫然と二人はそれをみつめた。割れたのは五二〇三の仮票だったのだ。

いつもなら、こんなことはあり得ない。原票なら決して割れはしなかっただろう。偶然が生んだ事故だが、しかしそれを割ったら……イソミは青ざめた。

そして、五二〇三が、それよりもっと蒼白な顔で、イソミを力いっぱいなぐりつけ、イソミは気を失った。

気がついたのは病院の中だった。彼らのクラス編成はもう発表されており、イソミ自身はA′クラスに落とされていた。他人の仮票を割った彼は、初めて一級下のA′クラスに編入されたのだろう。誰かが彼を叱責《しっせき》すると覚悟していたのに、その気配はなかった。しかし充分だ。罰は充分なのだった。クラスを落ちる程の恥があろうか。

そうか、そうだったかも知れないな。だから五二一〇は、それからイソミに近づこうとしなくなったんだ。

仕方あるまいよ。第一、二十年も昔のことをむし返して、一体どうなるというんだ。問題は明日からじゃないか。

ロボット、そう、ロボットで結構さ。政策出生者などという綺麗な名称はもう結構。ロボットでございます。人工合成、蛋白質《たんぱくしつ》の寄せ集め、イソミ・タダスは私なんです。人工的に作られた受精卵、タンクのなかに浮かびながら育った嬰児、その成れの果てがこの通りです。解剖されなければわからないほどの違いを、皆は戸籍原票でちゃんと調べだしてくれるんだ。政策出生者というのが条件の職場さえあるのにと人口省の奴は言ったっけな。だがお役人には判るまいよ。ロボットだからって、ロボット用の職場が適していると決まってはいないのさ。

いつの間にか、彼の気持はくらい憤激にかわってゆく。どうせこうなると判っているのに。イソミはいつの間にか握りしめていた掌をそっと開くと、ベッドに全身をゆだね、それから眠りにおちた。

新しい職は、そう簡単には得られなかった。たいした理由もなく辞職を重ねるなどということは、あまり良い評判にはならないからだ。

前歴をしらべようと彼の戸籍原票への照会が出され、イソミがロボットであることがわかると、遠まわしに断わられてしまう。

こんなことを何度も繰り返しながら、イソミはもう殆んど諦《あきら》めてはいたものの、ある日、思い切って突っ込んでみた。

「ぼくはロボットですから――ロボットなら使って貰えないということですね」

担当者は冷静に説明した。

「はっきり言うとね、われわれはそんなことには構わないんだが、きみのクラスにふさわしい地位や職を与えると、下の人間が黙っていないんだ。もちろんきみは人間だよ、人間として生産人口の均衡《きんこう》のために政府が作りあげたんだからね。昔のように労働力が足らないときだったら、文句はないんだ。でもこの頃のように自然人が増えてくると、下に置かれた人間たちは言うんだ。自分たちが作った生物に、なぜ使われなくちゃならんのだ、とね。そうすると仕事上のチームワークがとれなくなって、生産性はさがってしまう。そいつがこわいんだ」

「……だったら、別にB級職でなくてもいいんです。D級でもE級でも……とにかく仕事はないんでしょうか」

「それは、なお駄目だ」

「とは？」

「B級章をつけて、そんな仕事をしていればみんなが怪しむだろう。中におせっかいなのがいて、きみのことを調べ出す。人心はよけい悪くなる。現に、何度もそんな目にあってるんだろう？」

「……まあね」

「何にせよ、われわれだって、自分の立場があぶなくなるようなことはしたくないし……どこか他の職場を探してくれないかな」

「わかりました」

聞けばますます悪くなっただけだ。理由を教えてくれなければその事に憤慨し、聞けば聞いたで、絶望しなきゃならない。もう、自分に合っているかどうかに関係なく、ロボットのための職場へ行くほかはないのだ。

（ぼくは、ロボットとしては生まれ損ないなんだが……ロボットがふつう持っている思考の標準性とか、精神の平衡とか、そういった特質はぼくの中にはない。労働配置の理想が適材適所ということなら、ぼくをあそこへ追いたてた方が悪いんだ）

だが、それは愚痴《ぐち》にすぎない。彼は結局労働需給センターへ出かけるほかはなかった。

センターへ勤め先を見つけに行く人間はそんなに多くない。そこには公式と合理性しかなく、職場の雰囲気とか気風とかいった条件は全く無視されるので、あまりに客観的な斡旋《あっせん》しか望めないというのが一般の評判だったからである。

センターのビルは高く、威圧感はあったがどこか淋しい影を帯びていた。誰もがここで職を決めるべきだと考える政府は、事あるごとに、労働需給センターを推奨《すいしょう》しているのだが、今日も例の通り、人かげはまばらだった。

イソミは階段を昇り、求職者のための掲示に従って、エスカレーターに乗り込んだ。十八階で降りる。そこに重ねられた申込票に識別カードを添えて、扱員の並ぶカウンターへ行く。自分でも気のつかぬまま、彼は若い男女を避け、自分と同年配の女のいる窓口を選んでいた。

扱員は無表情にカードをとりあげ、それから素早くイソミを見た。顔色が変っていた。イソミの方は化石したように女を見返した。

「あなたか？」

イソミは言った。

「お久しぶり」

扱員は答えた。もう、あの頃の面影はほとんどないが、それでも孤独にさいなまれていたイソミは、ひと目で彼女から記憶をひきずりだした。五二一〇の記憶を……。

「すぐ調べるわね」

彼女はまだショックの抜けきらない声でそう呟《つぶや》くと、彼の識別票を机上の小さな箱の中へ挿しこみ、スイッチを入れた。

赤い灯がともった。

彼女はうなずき、識別票の数字を手早くタイプすると、カウンターの下を流れるコンベアに乗せた。書類とカードが左手の方へ流れ去る。

「多分、職はすぐみつかるわ。ここで待つでしょう？」

イソミは旧知に出会ったという救いの感情と、過去そのものへの、裏返しの憎悪がからみあうのを感じていた。「それ、何ですか？」と彼は言った。「カードを入れたら赤ランプがつくんですね」

彼女は眉を寄せて微笑した。微笑といえるのならば……。

「ロボットなら赤ランプ。知ってるんでしょう……」

イソミはうなだれた。「どこかで決定を待っています」そしてカウンターを離れた。

「待って……」

と、女は言った。「知ってたの。十年も前から知ってたわ」

イソミは半身ねじ向けた恰好《かっこう》で、皮肉に言った。「同じことです」

「見て！」

彼女の声の大きさに、イソミは思わず周囲を見、カウンターに駈け戻った。扱員は自分のカードを取り出して、今の装置へ挿しこんだ。

赤いランプがともった。

「わかったでしょう？」彼女が言った。

濃い霧が、並んで歩く二人を包んでは流れた。

何年ぶりだったろう、こうした時間が自分に戻ってくると考えただろうか。イソミは十数年前に保育・研修所を出てから、はじめてやすらいだ気持になっていた。結局自分は準市民なのだ。だから準市民と一緒にいるときにこそ、気がねしなくてもいいのだ。

「それでね」

と、五二一〇――マツヤは淡々と話しつづけた。「どうもおかしいでしょう。自分の身許照会してみたのよ。ロボットだと知った晩は――ごめんなさい」

「同じことだよ。判ってるさ」

「で、それ以後、結婚なんて、諦めたの。諦めきれずにしばらくは、知っている人の身許を片端から調べたこともあるわ」

「で?」

「ロボットって、すくないのね」

マツヤは無理に笑った。

この女に、言いたいことはもっとあったはずだ、とイソミは考えた。が、友人さえない自分の境遇で、そんなに立派がる必要はないじゃないか。それに——マツヤは自分と同じロボットなんだぜ……。彼は幾分ぎごちなく女の肩を叩いた。

「ほら、あそこも霧の中だ。こんな晩はめずらしいね」


仕事はみつかった。経営に関する一種の専門職で、いろんな産業部門を担当している人々が、成績をあげるために分析を依頼しにくる事務所だ。

もちろん、イソミにその仕事が性格的に合っているとは言いがたかった。しかし彼は本気でまじめに勤めた。何故なら、それはひとつの証拠だったからだ。

マツヤとの何度もの出逢い、もう燃えることもない愛の炎を、大切に囲んで育ててゆくあたたかな暮らしを……時間をかけて作りあげることができるかもしれないしあわせへの序曲を……放浪と孤独に明けくれした魂のかすかな接点のために……ロボットどうしの愛情に、すがりつかなければならなかったのである。

もちろん、人間と同じように作られてはいても政策出生者は、子供を産みだす力は持っていなかった。が、そのことさえ除けば、二人の階級章は共にB級で、聡明《そうめい》な家庭を作りあげる素地はあったのだ。二人の関係は破綻《はたん》をもたらす事なく、きわめて現実的に保持され、夏のある朝、マツヤは離職票に添えて婚姻届を人口省に差しだした。

2

長い間均衡を保っていた人口は、資源の開発に対する遅れをとり戻しはじめていた。資源開発の進行に追いつき、それを管理するために、政府は産業部門ごとに絶対的に不足するであろう種類の人間を、人工的に合成によって埋め合わせてきたのだが、今ではその必要は消えようとしていた。そんなことをしなくても、〝本当の〟人間がぐんぐん増えはじめていたのだ。しかもなお悪いことには、こうして生れて来る〝本物〟は、いかに低俗で本能的な存在であろうと、人間であることだけは忘れなかった。かれらの社会的な不満は、政策出生者にだけ集中した。為政者にとってもそれはある意味で好都合なことだったのだ。

イソミたちの結婚後数年のあいだに、その様相はしだいに社会の表面に浮かびあがってきた。温和な、望ましい社会的風潮というものは、それ程永くは続かないであろうということが、誰の目にもはっきりしてきた。

夏のさかりの、ある燃えるような昼、イソミは住み馴れた事務所の執務台のひとつに坐って、依頼された分析表の仕上げにかかっていた。窓の外に輝きがあふれているため、室内はむしろ暗く、ひそやかに見える。

イソミのまわりにも、十数基の同じような執務台があり、仲間たちが坐って、それぞれ仕事に余念がなかった。

「みんな、ちょっと手をとめてくれ」

ドアが突然ひらかれて、男が入ってくると叫んだ。それは事務所のチーフだった。虚をつかれて、いっせいに顔をあげた所員たちを、チーフは目で算えている様子だ。

「どうしたんです」

一人が訊ねる。

それにはすぐ答えようとせず、チーフは言った。

「この中に、アフリカ洲関係の事務を調べている者があるか?」

ほぼ半数が、不得要領に手をあげた。

「その仕事は中止してくれ。アフリカ洲の事業所は全部休止状態に入った。しばらく仕事の必要はない」

「休止?」

「なぜですか」

「暴動だよ」

チーフは妙にゆっくりと言った。「ロボット排撃《はいげき》運動だ」

一瞬、事務所の空気が死んだ。白い視線を浴びて立つチーフに、イソミはやっとのことで呼びかけた。

「と、すると、アジア洲は？」

「まだだよ。兆候《ちょうこう》はあるらしいが」

「なるほど……。最近は政策出生者の比率がひどく落ちているからなあ。自然出生者の下級者が、不平を持っているし……」

「時間の問題じゃないか、とは思っていたんだが」

誰もかれも、蒼白い顔をしていた。この事務所に居るのはすべて政策出生者だからだ。周到な計算と、仮借《かしゃく》ない合理性だけが仕事を推進させる職場だけに、感情のバランスがとれた政策出生者以外にはつとまらないのだ。チーフですら『ロボット』だった。

「チーフ、われわれは自衛手段を考える必要はありませんか？」

イソミだ。チーフはやおら彼に向きなおった。

「自衛手段？　どうするね？」

「たとえば、排撃運動の首唱者を社会的に落伍《らくご》させるとか……」

がやがやと皆が声をあげた。

「だめだよイソミ、われわれが人間を殺すことができないように作られていることは知ってるだろう。たとえ生命じたいに影響のない場合ですら、社会的に葬《ほうむ》って、餓死させることが確実なときは、することができないんだ。いままでだって、殺人をした政策出生者は一人もいないんだ」

「本当だよ、イソミ。それが人間のやりかたなんだ。意識の深層にそんなタブーが植えつけられているらしい。だれか一人がそうした行為を決行し、何事もおこらないということを証明すれば別だろうがね。だが、誰が鈴をつけるんだ。きみか、ぼくか？　止そうじゃないか。結局だれも出来やしないんだ」

イソミはうなずいた。

今度はチーフが言いだした。

「ひょっとすると……」

「？」

「ひょっとすると、手遅れになる前に助かるかも知れんぞ。つまり、暴動が発生するかどうかを分析によって予測するんだ。われわれの身近に起こりそうだったら、逃げる。どうだろう」

「分析班を作りましょう、チーフ」

「ぼくたちは手が空いてるんだから」

今までアフリカ洲に関係のある事務をとっていた者が、いっせいに資料を集めはじめた。その間じゅう、いつしのび込んだかわからない不安が、所員たちをとらえていた。落着いて仕事をすることは出来なかった。

今、この瞬間にはその危険はなさそうだと知った所員たちは、一部を除いて仕事を打ち切り、家へ帰ることにした。窓に接して繁っている樹で、蝉がはげしく鳴きだしはじめていた。

事務所を出ると、めくるめく陽が音もなくイソミの肩に、頬にまつわりついた。汗がにじみ出て下着を濡らすのがよくわかる。同僚と別れてタービンカーに乗り込みながら、どうせロボットとして生まれるのだったら、どうして機械ロボットにならなかったんだろうと考える。肉体的条件は人間とちっとも変わらず、名目上人間と同じであるのに事実上かれらの特権の半分も持たない存在。なまじっか法律上の諸権利が平等であるのがいけないのだ。

昔、人工生命というものが誕生する前、機械文明がようやく自動化へのコースをとりはじめた頃には、ロボットというものは人間の形をした機械だということになっていたらしい。しかし、人間型生物にとっては、人間の恰好がいちばん合理的であるかも知れないが機械を人間の形にまとめるのは、双方が本質的に異質である以上、どこかで無理をすることになるという事実がじきに認められたのだった。

そして、こんなことになったのだ。

機械ならざる人工合成蛋白質によるバランスとりのための有機生命体のわれわれと、完全な自動機械で感情や知能は全然持たぬ円筒形の労働機。この二つは全く別物ではないのか。ただひとつの共通点以外には、全く通じるものはないのだ。

その共通点とは？　イソミは苦笑を浮かべる。共に、人間には反抗出来ないということなのだ。ある程度衝動的になぐりつけたり、けがをさせたりは出来るが、致命的打撃を与えることは出来ないのだ。われわれの場合は心理の深層によって。自動機械の場合には、人間か、われわれの手によって——がっちりと制御《せいぎょ》されているのだ。

そんなことを考えれば考えるほど、彼はいらいらしてきた。それに、今日の、ロボット排撃という事件も彼の心にのしかかっていた。

「気をつけろ！」

はっとブレーキを踏むと、眼の前すれすれにエアカーがあった。運転台の男は手を振りあげると、そのまま走り去る。軽く頭をさげてからスタートボタンを押したが、動かない。今の急停止のためにブレーキが焼けて始動装置が故障したのだろう。

車を降りて、修理する、ハイウェイの端は逸脱防止壁だ。その傍へ車体を押してゆき、坐りこんだ。

空がくもりはじめていた。もう間もなく降雨時間なんだな。イソミはそばを通りすぎる車を気にしながら修理をつづけた。

——と、ハイウェイから見おろす都会の高層ビル街の中から、炎をともなった黒い煙があがりはじめたのである。

火事らしい。そんな事件は最近滅多に聞いたことがない。

「おい、どうしたんだ」

声に振り返ると、警官だった。パトロールカーから、二人こちらへ歩いてくる。

事情を説明すると、彼らはうなずいた。勿論イソミの認識票の力もあったのだが、声をやわらげて言った。

「早く修理して下さいよ。あなたが済ませるまで、こっちは動けないんですからね」

「すみません」

カーのトランクをあけて、本格的に修理をはじめるイソミを見ながら、警官たちが話しあうのが聞えた。

「ああ、あそこも火事だ」

「このあたりもはじまったんだな。アフリカ洲の話なんか、一般に言うべきじゃなかったんだ」

「暴動になるのかねえ」

「さあ。何にしても厄介なことだ」

イソミは心が急速に暗くなってゆくのを感じていた。そうか、危険はもう目の前に迫っているのだ。

修理を終えた時、雨粒がぽつんと彼の顔にかかった。雨のはじまりらしい。急いで帰らなきゃ。

先程の言葉にかかわらず、警官たちはもう居なかった。

降ってきた。天地をゆるがせて、はげしい雨が猛烈なしぶきをあげながら、イソミの周囲に跳ね回りはじめた。ボタンを押す。車は順調に動きだした。

「あら、お帰りなさい。今日はどうかしたの？」

「ニュースを見なかった？」

「いいえ。忙しかったもの」

「大変なんだ。パブリビジョンのスイッチを入れてごらん」

濡れたものを投げ捨てながら、イソミは強い口調で言った。マツヤは多少気をのまれながら、それでもスイッチを入れる。

「……この波及の速さについて、行政当局はおどろき、対策を練っています。人々の政策出生者に対する偏見《へんけん》は意外に強く、とりあえず当局は戸籍原票を厳重に保管し、アフリカ洲と同じ事態になる事を極力防いでいます」

「ロボット排撃？」

マツヤがうわずった声を出す。「やっぱりそうなのね」

二人はスクリーンを見ながら、手をしっかりとつないでいた。

「……現在の所、誰が政策出生者かということに関する組織だった資料は、まだ一部過激論者の手に渡ってはおりません。皆さんに告げたいのは、政策出生者は人間のための人間であり、私たちの仲間だということです。どうかはやまった行動に出ないで、良識を働かせて下さい。一部の者にそそのかされないようにして下さい。現代は、無反省や暴動や革命の時代ではありません。野蛮な行為は、もうわれわれとは無縁のものだということを今一度考えて下さい……」

これが、どの位効果があるか、はなはだ疑問だった。ロボットに憎悪《ぞうお》を抱くのは、ロボット以下にランクされた人々であり、彼らは良識には縁がないといっていいのだ。彼らの程度はきわめて低く、しかも人間の歴史が示すとおり、人口の大多数はつねに『程度の低い人々』なのだ。イソミとマツヤは顔を見合わせて、重い溜息《ためいき》をついた。

「どうなのかしら。わたしたち、排撃されるのかしら」

「さあ……。何にせよ人間というのは勝手だと思うね。人間が足らないといってわれわれを創り出しておきながら、ちょっと人口が増えてくると、もうお払い箱だなんてね」

そう言うイソミを、マツヤは何か奇妙な目でみつめていた。

「すまない。きみに言ったんじゃないよ」

「……わかってるわ」

マツヤの態度が本当なのだろう。一人でどなり立ててみても、何にもなりはしないのだ。

「眠ろう」彼は言った。「明日まで、せめて眠ろう」

「そうね」


夜半。

月光が窓から洩れ、どこかで葉ずれの音がしている頃。

はっと目を開いたイソミは、自分を起したのが、家の隅にとりつけてある時代遅れの電話だということを知った。

隣を見ると、マツヤが大きな眼を開いてじっと横たわっていた。「……まだ鳴ってるわ」と彼女は言った。

イソミは懸命に自分を抑《おさ》えながら、電話機まで、一見無造作に歩いて行った。

「はい」

「ぼくだ」

事務所に残って、分析を続けると言っていた同僚からだった。

「早く逃げろ」と彼は言った。

「何？　どうしたんだ」

「われわれはとりかこまれている。ビルの周囲は暴徒でいっぱいだ。奴ら、戸籍原票のカードを手に入れたんだ」

「なに？」

「われわれは屋上から逃げる。早く用意をしろ。早い方がいい」

「きみ」

「もう時間がない。幸福を……」

声といっしょに、電話は切れた。同時に、しんとした部屋のくらさが彼を包み込んだ。

と、マツヤが向うの部屋から細い声で言った。震《ふる》えている。

「どうかしたの？」

イソミはたちまちおのれを取り戻し、寝室に帰ると、パブリビジョンをつけた。

「……ご安心ください、ロボットの方々。暴徒はみんな逮捕《たいほ》されました。あなたがたのナンバーは全然彼らの手に渡ってはおりません。あなたがたは安全ですから、じっとしていて下さい。自宅にいて下さい。まもなく、あなた方を保護するために係官が伺いますから、指示どおりに動いて下さい。繰り返します。あなたがたに危険はありません」

「……おかしいわ」

マツヤが言い、イソミも不審な表情でスクリーンを見守っていた。

「……なお、先程、放送中に故障がおこり、しばらく映像がとぎれたことをお詫びいたします」

二人の顔色はかわっていた。

「いまの放送……暴徒のたくらみだわ」

マツヤがささやく。イソミはうなずいた。

「つまり、暴動は、もう組織化されているんだ」

「出ましょう、ここ。私たちの住所カードは知られたはずだわ」

「すぐ、荷物をまとめよう」

「あまり時間がないわ」

「早く」

夜のベッドタウンは月光の中、幽霊のように林立するビルの群だ。二人は荷物を積み込むと、タービンカーを始動させる。十数人の男が、ブロックの入口から走ってくるのが見えた。イソミはヘッドライトをともし、男たちは寄ってきた。

「何かあったんですか」

さも驚いたという風にイソミが言う。男たちは口々に叫んだ。

「ロボット野郎をつかまえるんだ」

「人間でもない癖に、俺たちより偉いつもりになっている連中を叩きのめすんだ!」

「なるほど」

横に坐っているマツヤの身体に、あきらかな震えが走るのを感じながら、イソミは訊ね返した。

「このあたりにも住んでるのか?」

「ああ。一八三号館の二五号だ。どっちだね?」

「一八三号館なら、あれだ」

イソミは今自分たちが出て来たビルを指す。

「行け!」

あやしげな腕章を巻いた男を先頭に、その連中は駈けだした。

最後の一人が、走りだそうとして急に立ちどまると、呼びかけた。

「一緒に来ないか」

「遠慮しよう。今からこれを病院へつれて行くんだ」

「そうか。じゃ」

男は街燈の光の輪の中を、先に走った暴徒たちを追って、駈けて行った。その手の中できらりと光ったのは戸籍原票らしかった。

「行きましょう」

「ああ」

タービンカーは、たちまち全速で走りはじめた。

しかし、どこへ行ったらいいというのだ。暴動のない場所はどこなのだ。

月光の中、ベッドタウンを抜け、イソミたちの車は全速でハイウエイに入った。

一時間も走ったろうか、その頃にはハイウエイの左右、都市の至る所に真紅の炎と、炎に照らされた煙が立ちのぼっているのが見えてきた。

ただあてもなく、コースのある限り、ハンドルを握っているだけのイソミはふと気がついた。

マツヤがルームランプのあかりで、しきりに何かを書き続けている。

「何を書いている？」

「何でもないの。ただ」

「ただ？」

「今の気持」

彼はそれ以上追及しようとはしなかったし、それだけの心の余裕もなかった。マツヤが何かで気を紛らせているということの方が大切だった。

ようやくハイウエイが終りに近づいた頃、イソミは遠くに車の群のあかりを認めた。検問所だ。いつもなら料金を払えばそれでいい検問所だが、今夜は違う。ひょっとすると通りかかる車全部を調べる宗教裁判所かも知れない。ロボットという名の悪魔を発見するための……。

イソミは車を停めた。ライトを消す。その瞬間にちらりと見たマツヤの顔は、何だか涙で濡れているようだった。それはイソミの心にも、ある一つの終末感を与えずにはおかなかった。

後方からサイレンが近づいてきた。彼は捨鉢な気持で始動ボタンを押した。車は動かなかった。昼の修理が不完全だったのに違いない。

イソミはマツヤの手をつかみ、車を飛び降りた。

しかし、ここはハイウエイ。逸脱防止壁のむこうには空間しかない。乗り越えれば七メートル下の道路へ転落するだけなのだ。

二人は抱き合ったまま、追いついた車のライトに照らしだされた。

降りてきたのは警官ではなく、D級やE級の野卑な表情の男たちだった。

「殺すがいい」イソミは言った。「責任はきみたちがとるんだぞ」

「軍隊はみてみぬふりさ。俺たちの方が正しいんだからな」

一人がそうあざけった。イソミとマツヤは手をつないだまま、群衆とむかいあった。

また一人、車から出て来た男が人々を掻《か》き分けながら近づいた。ヘッドライトの中でA級章がきらりと光った。

「ロボットめ」と男は言った。イソミは覚悟を決めて、唇をゆがめただけだった。

「殺すのなら、早くして」

マツヤが呟く。

「とんでもない」男はウインクし、微笑をうかべた。

「きみたちは集めておいて、実験に使う。人権を剝奪してね。どんな実験も出来るというわけさ」

「人非人！」

非難するマツヤの声がかすれた。男は肩を張った。

「きさまらが人非人だ。そうじゃないか？」

彼はうしろを振りむき、落ち着いて命令した。

「収容所に入れろ！」

3

もう十時間あまり経ったというのに、イソミ——今ではサンプル一〇〇五という札をぶらさげている——は口もきかず、身動きもしなかった。誰かが声をかけさえすれば彼は絶叫したであろう。〝マツヤを返せ！〟と。

収容所に入れられた政策出生者たちは順番に引き立てられては、二度と戻ってこなかった。人体実験か、重労働か、また、そのほかの何かなのか、彼らには知る由もなかった。

この大部屋には、ざっと見たところ千人はいたが、すでに体臭と排泄物《はいせつぶつ》がいっぱいで、それだけでも地獄だった。政策出生者がこれだけだという筈はないから、他にも収容所か大部屋があるのだろうが、それがたしかなことか、どこにあるのかは、いっさい不明だった。

しかも、彼らを呼びだしにくる男たちは身に武器ひとつ持たず、下卑た笑いを浮かべながらやって来ては、ぞんざいに番号を呼んで引き立てて行くのである。囚人たちはじっとそれを見、視線を移動させるだけで、何ひとつしようとはしない。いや、出来ないのだ。心理の深層にある何かが彼らの決定的な行動をはばんでいる。それはただ一度の破壊行為があれば消えるのかも知れない。ただ一度、だれにも出来ぬただ一度があれば……。

いや、一回だけ、ここで例外があった。あろうとしたという方が正しいのだが、自分の夫が引き立てられるのを見た一人の女が突っかかって行ったのだ。

もちろん、その行為は何の役にも立ちはしなかった。女は蹴倒され、涙も出ぬ顔をじっと呼び出し人たちに向けていただけだ。何百人もいる男たちの誰一人助けようとはしなかった。負けると判っている争いを、誰がするだろうか。このことは皆の敗北感をよけい深めるだけだった。

イソミは少し顔をあげた。今なら間に合うかもしれない、マツヤを救い出せるかもしれないと、さっきから何百回考えたことだろう。しかし、それは嘘だった。もうどうにもならないのだ。自分はロボットだぞ、ロボットなんだぞ、人間のために作られたんだぞ……それがどうしたんだ。彼は大部屋を見渡した。

暗い、いくつも並んだ灯の下には、横たわったものも、膝を抱えたものも、現に今、排泄行為をおこなっている者もいる。男女の区別もクラスの区別もなく、渾然となってそれぞれの人格が崩壊《ほうかい》して行くのを知っていた。彼らには、自殺の衝動さえおこらなかった。

無力、ただの無力だ。

また、男がやって来た。番号を呼びあげたが、誰も返事をしないので、自分で探しだしては指名した。女の場合や上級市民の場合はことに愉しそうにどなりつけた。彼らが出て行くとき、開いたドアのかなたに星空が見え、冷えた夜の空気が流れ込んできた。

「地獄っていうの、知ってるか」

イソミは、横で頭を抱えている男の肩に手をかけて不意に言った。男はぐらりと揺れて倒れた。血が、ゆっくりと床にひろがって行く。捕えられたときに傷を受けていたのに違いない。

イソミの頭の中を、何かぎらぎらしたものが駆け抜けた。彼は歯をくいしばって、けものじみた声が、爆発しないように抑えねばならなかった。

その時、彼の手に触れたものがあった。マツヤの遺留品……捕えられる前に彼女がなぐり書きしていたものだった。

絶望が、恨《うら》みに変わった。「マツヤ……」と彼は口の中で言い、それから目が紙片に吸いつけられた。

それは、彼女の、イソミにあてた手紙だったのだ。それにはこう書かれていた。

「イソミ――

時間がないので、急いで書きます。書くのが義務だから。

イソミ、あなたはロボットじゃないのよ。本当。わたしのせいで、ロボットにされてしまったの。悪気じゃなかったわ。覚えてるでしょう。わたしたちが保育所に居た頃の、遠い――幼い頃の。

あなたはけんかをしたわね。あの時、あなたは相手の仮票を割ったでしょう。仮票をいためるのがどんなに悪いことか、わたしたちは何度も聞かされていた。仮票のもとの原票が、どんなものなのか、つまり出生の秘密や性格などがしるされているなんてちっとも知らなかったけど、大切にしろということだけは言われていたわね。

もうわかった？　あなたがたがけんかのために失神したとき、わたしはあなたのと相手の子の仮票を取りかえたの。原票だったら無理だけど、仮票って簡単に外せるんだから。そして人を呼びに行ったのよ。

何故って？　あなたが好きだったから。取りかえておいたら、仮票を割ったのは、相手の方だということになるでしょう。子供らしい思いつき。そんな事は、あたりまえなら成功する筈はなかったのに、判らずに済んだの。うまく行きすぎたんだわ。学年のおしまいの時だったし、何万人もいる子供を一々担当教官に証明させる訳には行かない。すべては書類と原票で片をつけられたから……偶然だったの。だけど……そのためにあなたが政策出生者になった。なぜって、相手の子がロボットだったから……。知らなかった。

勿論、はじめからあなたがロボットだったかも知れないとあなたは言うかも知れないけど、それは違うの。わたしには判っている。あなたの性格はロボットのそれじゃない。人間そのものだったわ。きっと成功したでしょうね、あなたなら。わたしがそのチャンスを奪ったわけだけど……。

許してくれる？

いいえ、決して許しはしない。

だからわたしには言えなかった。あなたを失いたくなかったから。死ぬまで黙っているつもりだった。

もう逃げられない。つかまるわ。あなたは人間なの。つかまっても、あなたは審査申し立てをすることができる……この手紙で。助かってほしいの……愛しています」

手紙はここで切れていた。終りの部分などは書体も滅茶苦茶で、判読しなければならないほどだった。

イソミは深く息を吸って、吐いた。凝視の姿勢のまま、衝撃《しょうげき》にたえていた。それは自分が政策出生者であると知らされたときよりも大きなショックだった。自分が人間？　自分が……。

一瞬、彼は叫びをあげようとして、耐えた。歓喜の叫びである筈はなかった。絶望のそれであった。おそらく、声をあげたところで、細い泣くような声しか出なかったろう。

彼の肩には、ロボットとしての、ほとんど四十年の歳月がかかっているのだ。生涯の半ば以上、いや、現在の状況下では生涯のすべてを彼はロボットとして生きて来たのではなかったか。

無念というよりは索漠《さくばく》としたものが胸中を過ぎて行った。

生きていけるかも知れない。もし自分が人間だと証明されれば……そんな想念は、だが彼の視線が手許のマツヤの手紙に落ちたときにあとかたもなく飛び散ってしまった。

自分は汚され、打ちのめされて潰れて行くロボットではなかったか。そして、マツヤもこの人々も、同じではなかったか。真実とは——そう、イソミ、お前がロボットであるということではないのか。

裏切ることは出来ない。マツヤを、ここの泥のような人々を、事務所の連中を。そして恥多いB級認識票を。

人間として待遇されたくはないのか。この誘惑に、イソミは激しく首を振った。あの無知な、アンバランスな、われわれの迫害者にはなりたくなかった。

ロボットとして生きた自分は、ロボットとして死ねばいいのだ。

死ぬ？　負けるのか。負けねばならない条件は何もないではないか。

突然、彼のうちに、すさまじいエネルギーがふくれあがり、閃光《せんこう》となって爆発した。

(やるんだ)

それは声になっていた。「やるんだ！」と彼はわめいた。

千人の、薄汚い男女は不審そうに顔をあげた。何をやるんだ？　誰がやるんだ？　彼らの表情はそう語っていた。

誰も立たなかった。イソミ一人だけが狂ったように腕を振りまわした。

その時だ。また、男たちがぞろぞろと入って来た。完全に馬鹿にし切った顔つきで、あごをしゃくった。

「サンプル四〇二から四五〇まで、立て」

男女がのろのろと立ちあがる。

「貴様たち、待て！」

声に驚いた呼出し人たちは、低く笑った。

「威勢がいいな。え？　B級先生」

イソミの胸中で、タブーが砕け散った。自分はこいつらを殺せるんだ。自分は引金になれるんだ。

「おい、ちょっと来い」

近づいて、言う男の頬が鳴った。「身の程知らずめ!」男はナイフをとりだした。

たちまち、その小さな凶器はイソミの手に奪われた。男は突き倒され、下敷きになった。

どっと溢れてくるものの中で、イソミははげしくナイフを振りおろした。悲鳴と共に心臓を刺された男は即死した。

「みんな見ろ!」

イソミの声は、かぼそかったが偉大な効果があった。

「死んだ」

「死んだぞ」

「殺した」

ざわめきが、波のようにひろがった。

「みんな、タブーは嘘だったんだ」

イソミは叫んだ。

どっと、泥人形たちは立ちあがっていた。

「やっつけろ」

真青になった男たちが逃げようとするのをイソミの声が追った。

男たちは、異様な喚声をあげてつかみかかる政策出生者に囲まれて、姿を没した。恨みと怒号の中で、彼らは踏み潰された。

(本当に、本当にロボットの心理的障害《しょうがい》がとり除かれたんだろうか。はじめからそんなもの

はなかったんじゃないのか。今に故障がおこるのだろうか。いや、そんなことはどうでもいい。彼らはいま、立ちあがっている）

一、二秒のうちに、イソミはそう結論に達した。

「仲間を取り返せ！　世界を取り返せ！」

彼はドアを指して大声をあげた。

全員が唸りながらドアにぶつかった。一回、二回、薄鉄板の蝶番《ちょうつがい》がけし飛んだ。犠牲者の集団はいま、復讐の群衆と変貌していた。彼らは手当り次第に得物をつかみ、同じような建物のドアを叩き潰しては仲間を救い出した。暴徒の数は幾何《きか》級数的に増えて行く。行く手をさえぎろうとするものは片端から叩き殺された。

誰かが、叫んでいる。「あの建物が実験所らしいぞ、行け！」

黒い大群衆はいま生きている。イソミも一緒になって走っていた。どこかにマツヤがいるんだ。どこかに。われわれが助けるぞ。われわれはロボットなんだぞ。

口の中が塩辛かった。それは彼の数十年の生涯が凝縮《ぎょうしゅく》したのか、狂気のせいなのか、イソミにはわからなかった。みんな、排泄物の臭いを放ちながら、地面を鳴らして駈けていた。彼もまた同じだった。しかしそれは全然気にならなかった。みんな、何かをわめきたてていた。イソミが〝マツヤ〟となるのと同じように、何か自分だけの感情を、勝手にわめきたてている。

イソミは、いつの間に手にしたのかわからない銃を振りまわし、肩を振って走っていた。

いつか、彼の認識票はどこかへ行ってしまっていた。イソミはむろん、そんなことは知らなかった。ひたすらマツヤの名を呼び続けていた。まだ間に合う、まだ間に合うんだ。

表と裏

1

宇宙空軍が出来てこのかた——いや、それ以前からでも——新任の若い将校というものは一般に生真面目で、かつ誠実のかたまりだと思われている。多少の例外はあったにちがいないが、それは問題にならない。

だから、ワキタが、その朝の会議を忘れて少々寝すごしたことにべつだんの不思議はないにしても、一方、彼が遅刻するなどということがおよそあり得べからざる事件だということも、同様に真実なのだった。

ベッドから飛び降り、走りながら制服を着込んだワキタは、空港ゆき自動バスが、もう通過してしまったことを確認すると、すぐに自宅からほど近い所にある私用ガレージに駈けつけた。そこには旧式のモーターカアが置かれてある。ガラクタ趣味でも役に立つことはあるものだ。

エンジンは幸いすぐにかかった。夜明けの冷えた空気のなかを、けたたましい爆音をひびかせながら、ワキタとワキタの車は、宇宙空港にむかって、ぐんぐんスピードをあげていった。

空港は朝霧が流れて、まだ本格的には動きだしていなかった。大小数隻の宇宙船が、いろんな形の影を、発射台上にうかべている。そのひとつにむかって、ふたりの作業員が、一台の搬送車を静かに運転していた。重要搭載物の赤いランプがものものしい。

誰も彼らの道をさまたげなかったし、さまたげられてはならぬものだった。「最優先」の札が、赤いランプの下にゆれている。

「発進まで、あと七分だ」

作業員の一人がささやいた。「気をつけて、もう少し速度をあげろ」

「車が一台、やってきます」

「なに？」

作業員たちは、霧の奥からヘッドライトをきらめかせて近づくモーターカアを見てうろたえた。「とまれ！　とまれ！」

警笛、鋭いブレーキ、タイヤの軋み……だがわずかに遅かった。その車は、ズズズと横ざまにすべると、鈍い音を立てて搬送車の後部にぶつかったのだ。

「気をつけろ！　何をする気だ！」

作業員たちは、運転台をとび降りると、荷物にかけよってのぞきこんだ。ひとりが叫んだ。

「こわれている！」

モーターカアから走り降りた若い将校―ワキタは、赤いランプを見て顔色を変えた。

「こ、この荷物はロボットだな？……しまった！」

「それどころじゃないですよ！」

作業員は、やけになったように叫び立てた。「これはあと七分、いや六分で自動発進する宇宙艇に載せるロボットなんだ。放っておくと、あの宇宙艇は、このまま発進してしまう！」

「責任者はどこにいるんだ？」

「いまごろは管制塔のなかでしょう」

「よし！」

うなずくが早いかワキタは駈けだした。「発進をとめねばならん」

「あぶない！」

作業員たちの叫びも耳には入らなかった。失敗の上に失敗の上塗りだ。事故を最少限度にとどめるためにも、あの宇宙艇にとびこんで発進中止のサインを送らねばならない。

きっと、降等ものだろうな。こんなことなら、無理をして搬送路を突っきったりしなければよかった。

タラップを、息せき切って登る。割合に小さな艇だ。ドアを踏みこえ、なかに入って……。

ワキタは、ギョッとして立ちすくんだ。正面の計器パネル、その周囲の装置類が、技術将校であるワキタにとっても、まったく見馴れぬものだったからだ。第一、普通なら、ドアのすぐ傍らにあるはずの非常ベルが、どこにも見当らないではないか。

しかもその時、今入ったドアが、するすると閉じてしまった。スピーカーを通って、奇妙に人間味を失った声が喋りだした。

「発進準備完了。本艇は今より秒読みにはいる」

「準備が不充分だ！　やめろ！　発進中止！」

ワキタはどなった。「事故でロボットが搭載できなくなったんだ！」

ちょっとの間、沈黙があり、スピーカーが再びいった。

「ロボットの搭載は確認した。三分三十秒前」

「え？」ワキタはあわてて周囲を見まわし、それから視線を自分の手に落した。この宇宙艇の監視員は、ワキタをロボットと思っているらしい。

「やめろやめろ！　ぼくは人間だ。まちがいなんだ！」

「ロボット自覚への切替え未調整か？　緊急だから止むを得まい」と声はつぶやいた。「三分前」

「ちがう！　ちがう！」

「二分五十秒前」

あわててはいけない、とワキタは自分にいい聞かせた。彼が今立っている部屋は二メートル四方ぐらいで、右手の床にハッチがある。とにかく乗務員をつかまえて、この事態を知らせなければならない。

彼は、ハッチをあけて下に降りた。同じくらいの部屋で、シートが四つある。誰もいない。そして、ほかに行く所はなかった。

「一分三十秒前」

ワキタは絶望的に天井を、壁を見た。人間は、どこにいるのだ。

「一分前。発進準備」

ワキタは、上の部屋へもどろうとした。

「横になれ！」と、声が命じた。「補助ロボットは、横臥姿勢をとれ」

「ぼ、ぼくは違う！」

「横になれ！　お前の機能が失われるのは、本任務に重大な支障をきたす」

「待て！」

「三十秒前」

ワキタはむろん、発進時の加速度の恐ろしさはよく知っている。しかし……。

「二十秒前」

とにかく生命が大切だ。彼はシートのひとつに寝ると、自分でベルトをかけた。あとで何とかこの頑固な係員を説得して、方向を転換させるほかはない。

秒読みは続いた。やがて、二秒、一秒そしてゼロ！

すさまじい圧力だった。ひょっとして、自分には耐えられないのではないかという不安が流れ込み、彼は叫び声をあげた。この加速度。乗員はいないのだろうか？　するとスピーカーの声は、空港の管制塔からのものだったのか？　そうだとすると……。恐怖が、彼を捕えた。圧力はますます加わり、いっさい灰色になり、歪み、それから彼は気を失った。


「作業待機姿勢にもどれ……」

声がいっている。ワキタは、ぼんやりと目をひらいた。夢ではない。ここは……あの宇宙艇のなかなのだ。痛む体をおこしながら、彼はいった。

「乗員と、話がしたい」

「乗員は、いない」と、怖れていた返事がもどって来た。

「自動救助艇には、乗員はいない」

「いない？　じゃ、きみは誰だ？」

「わたしはこの自動救助艇の司令機構だ」

「なに？」

ワキタは、ぽかんと口を開いた。「人工頭脳か！　きみは……なるほど、無人宇宙艇なんだな。だが、それじゃいったい、ぼくは何のために……」

「わたしはこの艇の操縦いっさいと、救出した人間の安全を守る義務を持っている。お前は、わたしを助けるために乗せられた補助ロボットだ。わたしは艇内の機構すべてを握っているが、不慮の事故に際しての修復機能は持たない。お前は可動機械として、わたしの仕事を補助するのだ」

「……」

「緊急なので、お前の調整の一部が省略されているらしい。わたしからお前の機能を説明しなければならないのは異例のことだ。ある種のロボットは、自分を人間だと信じ込まされて教育される。お前は本来わたしの補助ロボットとして設計されたものではなく、緊急事態に応じて転用されてきたものかもしれない」

「わかったよ。そういうことか」

と、ワキタはいった。ひどいことになってきた……これではどうにもならない。相手が人工頭脳では、説得はむずかしい。機械を扱う将校として、ワキタはこの種の人工頭脳が、必要上かなり頑固な偏見を持たされていることを知っていた。その方が有能だからである。それが今、ワキタをロボットだと信じ込んでしまったのだ。

ワキタは、シートからぬけ出しながら頭をかかえた。どうしたものだろう。とにかく、作戦はゆっくり練らなければなるまい……。

「では、平常業務に移る。その前に、艇内の酸素を抜いて貯蔵する」

「待ってくれ！　死んじまうよ。酸素はぼくには必要なんだ！」

「ロボットに、酸素がいるわけはない」

「ぼくには要るんだよ！」ワキタはわめいた。「ぼくは新型のロボットなんだ。緊急事態だから……」

「しかし、艇内の機構に不利になる酸素を必要とするロボットが、ここに転用されるとは考えられない。業務を故意に妨害する機能は……」

「そんな機能がロボットにあるわけないじゃないか！　本当なんだ。何ならきみのまったく知らない新型だという証拠を見せようか」

返事はない。迷っている？　あるいは疑っている？

よし、やっちまえ、とワキタは決心した。シートを離れると、水泳の飛込みのように、優雅に空中で一転回した。重力がないので、楽にできる。

「どうだ？　こんなことをするロボットがあるということを知っていたか？」

しばらくしてから、スピーカーは答えた。

「新型だと認める。酸素はそのままにしておこう。しかし……」声はとぎれ、続いた。「無意味な機能だ」

2

数時間たつと、しだいに腹が減って来た。今のところは、彼がしなければならぬ仕事というものはないらしい。さっきの問答以来、彼は人工頭脳と話しあってはいなかった。

「食事をしたいんだがね」ワキタは天井にむかって呼んだ。

「人間とおなじ食事だ」

「食事は救出予定人員プラス一人ぶん用意してある。しかしこれは予備だ。ロボットに供給する必要はない」

「ぼくは新型なのだ」

ワキタはいった。「ぼくの機能が失われてもよいのか？」

しばらく意味不明の音がしていた。きっと悪態をついているのだ。その気持は、わからぬでもない。ワキタは少しおかしくなった。

間もなくシートの横の壁のパイプから、固形食料が出て来た。それを平らげてしまうとやっと元気がもどってきた。いよいよ空港へ帰る算段をしなければならない。

とにかく、この人工頭脳に、彼が人間だということ、誤って乗ったのだということを知らせるのが先決だ。しかし先刻、彼は酸素欲しさで、みずからロボットだと名乗ってしまった。それによって、故意のサボタージュでないことを立証したわけだ。今さら人間だと主張して、この相手をなっとくさせることは不可能に近いだろう。

それなら、地球から呼びもどさせるようにしたらどうだろうか？

これだ？

ワキタは思わず手を拍った。連絡装置のところへ行って……。

しかし、その連絡装置はどこにあるのだ。

「地球と連絡をとる必要がある」彼はおそるおそる申し立てた。「急用だ」

そして、息をのんで待った。うまくひっかかってくれないかな。

「その必要はない。それはわたしが判断することだ」

ワキタは舌打ちした。ぜんぜんだ。地球へ帰ったらうんと……。

待てよ。彼はあることに気がついて、どきんとした。

彼がこの艇に入ったこと、それはあの作業員が知っているわけだ。とすれば、宇宙空港ではこの事故を当然知っていると思わねばならない。それが今まで何の指示も人工頭脳に与えて来ないとするならば……。

可能性はふたつしかない。

ひとつはこの艇がオーバードライブ装置を持っていて、もう太陽系を遠く離れてしまったという場合。

だが、ワキタの判断では、この大きさでオーバードライブを内蔵できるとは思えなかった。

と、すると、もうひとつ。それはこの艇がよほど緊急の用務を帯びていて、彼の身どころではないということしかない。

そういえばこれは自動救助艇だといっていたっけ。目的地はどこなんだ。そして誰を救助しに行くんだ。

「教えてくれ」

ワキタはいった。「この艇はどこへ、何のために航行しているんだ」

「その連絡も受けていないとは思えない」

声は冷淡だった。ワキタはまた頼んでみた。「連絡は受けていないいんだ。緊急なので……内部で通告されるということだった」

「今度の航行は手抜かりが多すぎる……しかし。しかたがない、話をしよう。記憶回路をひらけ」

「全開」とワキタ。

「目的地は小惑星アキレス。放射性鉱物調査のため派遣されたグループが遭難した。酸素その他の携行品は完全消費状態まで、あと十日しかない。本艇は航行八日ののちアキレスに到着し、調査団員たちを救助する。ために日程は一日の遅滞も許されない。また非常航行であるから、錯誤を防ぐために外部との交信は、発進時からすべて断たれている」

「外部から、変更の指示があっても？」

「指示を受けることはあり得ないのだ。現在本艇は準戦時態勢にあり、所期の指示以外のいかなる命令をも受けることはない」

ワキタは、全身の力が抜けてゆくのを感じていた。これでは、そのアキレスに着いて帰ってくるまで、彼はずっと人工頭脳の奴隷のままでいなければならない訳だ。

「……残酷な話だ」

「そう、残酷な話だ」

支配者は感違いしたらしく、すぐにそう答えた。「優秀な頭脳と感受性を有する人間が、生命の危機に脅かされるほど残酷なことはない。われわれはすべてをその救出にかけなければならないのだ」

「もうわかったよ」

「なっとくしたか」

「ああ、したとも」

「では、つぎに移る」声はいった。「アキレスの軌道、およびその離心率、ならびにその直径、質量、表面状態について……」

「もういいよ、いいんだ」

「知っているのか」

「それは……知っているのだ」

「よろしい」

声はみじかく呟いた。「では説明を終る」

「ちょっと待ってくれ」

とんでもないことに気がついて、ワキタは叫んだ。

「そのグループの人数は？」

「四名。シートの数だけだ」

「と、すると……」ワキタは肩をそびやかして訊ねた。

「ぼくは帰りには通路ででも眠るのかね」

ちょっと間をおいてから、相手はゆっくりとこういった。

「そんな場合もあり得る。しかし大部分は救助艇に余裕がないので、通路にいてもらうわけには行かない」

「ほう、じゃ、パイロット室にでも入れというのかね」

「違う」

答えは明瞭だった。「ロボットは遭難地に遺棄される」

「え？」

「お前の場合は決定的だ。救助される人間の食料は五人ぶんしかないのに、お前はすでに一人ぶんを食べはじめている。帰途は四人の乗員と、四人分の食料だけだ。遺棄のほかに方法がない」

出発以来の、ややたかぶった、それでいてどことなくあった遊びの感じは、この一言で吹き飛んだ。背中に冷えた金属棒を押し込まれた感じだ。

何もいうことが出来なかった。ひどいショックだった。しばらくの間、思考は完全に停止した。

遠い声がもどって来た。「……諒解したと認める」

それは、人工頭脳の声だった。

反駁する気力も残っていなかった。たしかに、小惑星アキレスに到着すれば、彼は調査団員に、事の成行きを説明して判ってもらえるかも知れない。

しかし、それが何だというのだ。たとえ連中が、彼の立場を理解したところで、しょせん定員は四名。シートが足らないのでどこかに寝るとしても、食物をどうするのだ。いままで食べてきたものもけっして腹一杯になるだけの分量はなかった。それを分けるというのか、いや第一、絶対権限を持っている人工頭脳がそれを許しはすまい。

絶体絶命だった。あと七日……七日のちには、彼は真空の中へ放り出され、そこで一巻の終りとなるのか……。

「静かにせよ！　静かにせよ！」

しきりに人工頭脳がどなっている。どうしたというんだ。勝手にしろ。続いて、彼は身体のなかを、強烈な電撃が走り抜けるのを覚えた。

「静かにせよ！　発声が制御できないなら、さらに強力なパルスで治療を試みる。ロボットの許容電圧は……」ワキタは、あっと口のなかへ手を突っ込んだ。叫びは、彼自身が発していたものだった。それから、今度は、低いすすり泣きが……彼には「制御」のしようがなかった。

3

二日たった。

はじめのうちは歯ぎしりし、わめき、電撃に打たれ、気が狂いそうなのを辛うじて持ちこたえていたのだが、今となっては、それがたんにエネルギーの浪費でしかないのを覚っていた。

過ぎてゆく時間が、おそろしく貴重だった。何かしていること、望みはなくても出来るだけのことをしてみること……これが一番大切だった。

はじめて聞く、妙なブザーが鳴ったのはその頃である。

「緊急事態、緊急事態」

スピーカーが叫び立てている。「本艇は宇宙塵群と接触。外壁に損傷を受けた。修理せよ」

ワキタは頬を歪めてスピーカーを見た。「修理？」とぼんやり訊ねた。

「指示に従い、廊下へ出よ。右手、奥に宇宙服がある。現搭乗ロボットの特殊性にかんがみ、特に使用を許す。ランプの指示に従え」

ふん、とワキタは鼻で笑った。馬鹿馬鹿しい……。

目の前で矢印ランプがしきりに明滅している。赤、白、赤、白、赤……。

「急げ！」

ワキタは答えなかった。

たちまち身体のなかを電流が走り抜ける。

それでも彼は動かなかった。協力する必要がどこにあるんだ……。

つぎの瞬間、彼はシートから放り出され、頭をしたたかに打っていた。

「指示に従え！　緊急事態だ。急げ！」

「わかったよ！」

ワキタはどなった。自分でも驚くほど大きな声だった。

不承々々に立ちあがり、ランプの指示どおり、廊下を通ると、倉庫へ行った。

「急いで着用！」

着用のしかたは知っていたが、彼はぼんやりと、そこにもあるスピーカーを仰いだ。

「つけかたを教えろ」

「わかっているはずだ。三十秒後に気閘をひらく」

「待て」彼はあわてて宇宙服を装着した。

「これでいいんだろ」

「よろしい。左のドアを開けると気閘だ」

ドアが自動的に開いた。エアロックの空気が抜け、まもなく彼は、目の前にぎっしりと星の貼りついた闇黒の空を見た。

いっそ、このまま外へ飛び出してしまおうか、そうすれば死はゆるやかではあっても、確実にやってくる。

ヘルメットのなかの酸素が減るにつれて、意識はしだいに濁り、平和な永遠の眠りが約束されるだろう。

しかし、それも、いざとなるとできなかった。絶望しきっているというのに……人工頭脳におさえられていた二日間が、早くも彼の心理から、自主的な決断というものを奪い去ってしまったのだろうか？

星々は、敵意に満ちてひしめいていた。何というするどい光だろうと彼は思った。

「左へ！」

突然、耳許で声がわめきたてたので、彼は棒立ちになった。ヘルメットのなかにも、人工頭脳の声は仕掛けられていたのだ。

磁力靴を一歩一歩動かして、彼は外壁をつたわって行った。

損傷部分は、すぐにわかった。何のことはない。側壁のコーティングが剝落しているのだ。方五十センチのその傷を、ワキタはぼんやりみつめていた。こんなくらい、放っておいてもどうなるものでもないだろう。どのみち彼はこの宇宙空間に捨てられるのだ。遺棄犯人が宇宙の真中で故障をおこそうがおこすまいが知ったことじゃない。

「直るか？」

ヘルメットの声が訊ねた。「なんにもやっていないみたいだが」

「こんなもの、修理できるか」

ワキタはいった。「これは、宇宙空港でしか扱えないよ。コーティングをする道具も持っていないしね」

「直すのだ！」

「不可能だよ」

「わたしは」声がいった。「お前が専用の補助ロボットでないため能力の低いことは承知している。しかし外壁ひとつ修理出来ないのなら、これはもう問題外だ」

「ああ問題外で結構だよ。ぼくはどうせ遺棄されるんだから」

「それとこれとは別問題だ。個体の処分と義務はまったく別のことだ。一刻も早く直してほしい」

「いやだね」

電撃がここまで追ってこないことで強気になって、ワキタは突っ放した。「そんなに威張るんだったら、自分でやればいいじゃないか」

「わたしは自分では動けない」

「それじゃ、そんな風に偉そうにいうな」

沈黙がやってきた。長い長い沈黙だった。ワキタがしびれを切らしかけた時、人工頭脳はささやいたのである。

「もういい、入れ」

「まだ修理していないよ」

「入るのだ」

ワキタはゆっくりと外壁づたいに艇のなかへ入った。多少後味が悪かったが、正直のところ、彼に可能な反抗はこれだけだったのだ。

それから数時間、人工頭脳は彼に一言も話しかけなかった。きっと腹を立てているのだ……そこまで考えて、ワキタはぞっとした。

自分はいつのまにか人工頭脳を人間として扱っているらしい。あたかも艇内に彼と、人工頭脳という艇長とが暮らしているかのように感じている。

勝手にしやがれ、だ。どのみち、先方は加害者だし、こっちは被害者なのだ。しかるべき場所でならばワキタはあいつに命令していたかも知れないのだ。しかし今では対等、いやそれどころではない。あっちの方がずっと上位の存在ではないか。

彼は職業柄、今までロボットをきたえたり、うまく活用したりすることばかり考えてきた。だがどうだ、今、彼はロボットにきたえ抜かれているのではないか。

とんだ皮肉だ。いや、笑いごとではない。これは深刻で、本質的で、考え抜かなければならない問題だった。

「しかし」

彼は呟いた。「おなかを空かして考え抜く必要はあるまいよ」

もう食事の時間だった。

ところがいっこうその気配はない。ワキタはそろそろ不安になって来た。

「食事、くれませんかね」

スピーカーにむかっていう。相手は何の返事もしなかった。

「頼みますよ」

ワキタはさらに下手に出た。「ほんとに、餓えて死んじまう」

ややあって、スピーカーが答えた。ところがその声は、いつもの調子ではなかった。

「あなたの要求はもっともです……でも、もうしばらくお待ちください、きっと満足できる回答を、さしあげます」

「ど、どうしたんだよ！」

どぎもを抜かれてワキタは呆れて叫んだ。「そんな変な声、出さないでくれ！」

「あなたは機能がくるったのではないといいたいのでしょう……たしかにそのとおりです。ですから、ぜひ、おとなしくしていてほしいのです。あなたは狂っていません。大丈夫です。本当です」

「当り前だよ！」

ワキタはどなり、つぎの瞬間気がついた。相手はワキタが狂ったと思っているのだ。だからこんなに丁重なのだ。

「違うよ……ねえ」

彼は哀願した。「ぼくは、、、まともだ。頼むから、食わせてくれ」

「ええ大丈夫。あなたはまともです」

事態は正に最悪だった。

彼はじっと考えこんだ。要するに、人工頭脳は、彼を〝狂える人間〟としてでなく〝機能の狂ったロボット〟として認識したのだ。だから、とりあえずなだめすかしながら、回復の可能性を検討している。もし、回復の見込みなしと判断されたら？……彼は思わず震えあがった。どうすればいいんだ。

ロボットとして回復してみせるには……そうだ。ロボットらしく振舞えばいい。手はじめに、さっきの仕事を片づけることだ。それが誤解をとく最善の方法だった。

ワキタは提案した。何度も何度も提案してみた。

とうとう人工頭脳は承諾した。

「修理をあらためて命じる。完全に修復することをのぞむ」

ワキタは勇んで、再び宇宙服をまとい、外へ出た。

4

ワキタの〝復調〟をみとめた人工頭脳は正確に、しかも絶えまなく、つぎからつぎへと仕事を命じはじめていた。例えば救出用具の点検とか、食料供給装置の調査、居住室各部の整備、その他もろもろの雑用である。

ワキタはよく働いた。人工頭脳の機嫌を損じるのが、どんな重大なことになるか、よくなっとくしたからである。相手はつまり、統治者で、統治者にたいする反抗は、機構の一部が故障したと同じ条件をつくり出し、ワキタ自身が生命の危険に脅かされることになるということをなっとくするまで、それほど時間はかからなかった。彼自身宇宙空軍の組織の一員であり、機械に関しては専門家なのだ。ただそれが今までは、自分が人間であるという意識によって自覚が妨げられていただけである。

つまり、彼は人間であることを放棄し、ロボットになり切ることで当面の生命を維持するほかはなかったのだ。

ときどき彼は、自分がロボットとしては、どの程度のレベルだろうかと考えることがあった。しかし、どうひいき目に見ても、彼には、おのれがロボットとしては三流以下であることを認めないわけには行かなかった。それも、〝よく頑張って〟である。

こうした認識法は、彼にははじめてのことだった。今までは、ロボットたちに、限られた人間の能力をどれだけカバーさせるかということばかり考えていたのに、ここで彼に課せられているのは、いかにうまくロボットを助けて行くかである。ちょうど犬を飼っていた人間が、どうして犬の召使いとなれるかということなのだった。

いつか、彼の心のなかには、万能である人工頭脳にたいする自分の卑小さといった気持が起こっていた。

ほんのときたま、彼は〝自分〟に還ることがある。うたた寝をしたり、刺激的な幻想をえがいたりした時など猛然と自分というものを考え、数日後にやってくる終末に思いをめぐらせて、いてもたってもいられなくなるのだ。思いきり叫び立て、走りまわり、艇を無茶苦茶にしてしまいたい衝動を感じるのだった。

だが、周囲はあくまで静かで、幾何学的な計器や壁の配置である。いかにわめき立てたところで、それはつまり無意味そのものの行為化にすぎないのだ。ロボットとしては発狂したということだ。彼はロボットの〝良識〟を守らなければならないのだった。こうした意識内だけの発作は、だから、五分とたたぬうちに圧殺され、赤い微光を残しながら沈められてしまう。


一日、また一日と、ながい時間が過ぎて行った。ひととおりの仕事を終えると、アキレスに到着する寸前までは、しばらく用事もなさそうなので、ワキタはシートに腰をおろして、ぼんやり考えごとに耽るほかはなかった。

だが、それは何という思索の時間だったろう。本も、音楽も、むろん、女や友人がいるわけでもない。対話の相手は人工頭脳ただひとつ。だから彼は人工頭脳——目には見えぬ支配者と話しあうほかはなかった。そうでもしていないと、例の〝人間がえり〟の発作が出て来て、どうにもやり切れないからである。相手はワキタが自分の仲間だと信頼しきっているのか、今まで彼が想像さえしていなかった事柄さえ話すのだった。

「きみは、自分が人工頭脳であることに満足しているのか？」

「別に満足とか、誇りとか、悲哀とかは感じない。わたしが自分に与えられた役目をちゃんと片づけているうちは、気持がいいというような感覚はある。そして、その逆の場合は反対のことがおこる」

「と、するとぼくが完全に発狂したら、きみは気持が悪いだろうか」

「わたしの機構の一部であるお前が、役目を果すどころか、妨害するような状態が続いたときは、お前をまず抹殺するほかはない」

「……」

「しかし、そのためにわたしが本来の使命である救助作業を完遂できなかったら、わたし自身も狂う可能性はある」

「人間と、われわれと、どちらが幸福だと思うか」

「それは幸福ということの定義による」

「つまり……それは、さっきの満足という感覚の問題だとしよう」

「どちらも幸福ではあり得ない。が、どちらかというと、われわれの方が幸福である」

「どうして？　人間はわれわれを支配しているではないか」

「われわれには、人間のために生きているという目的がある」と、人工頭脳は淡々と説明するのだった。「だが人間はわれわれに助けてもらって何をするのかというと、それはきまっていない。目的なく努力するのは幸福ではない」

「幸福になるために努力するとしても？」

「命題にならない。それは循環論法だ」

「なるほど」

「もちろん」と相手は続ける。「どちらも永遠に存在するのなら、人間の方に、より理想が生じる可能性はみとめる。だがどちらもやがては生存を止める。しかもたいていは突然にだ。いつ生存を中絶されるかわからぬものにとって、目的の有無は、出発点がずいぶん開いていることになる」

「人間は、こうしたことを知っていると思うか？」

「知らないだろう。それをいうことは人間の心をきずつけることになるから、いうわけにはいかない。それに、人間は、自分がつぎの瞬間にも生存を終るかもしれないことを認めたがらない」

「……かも知れない」

「たとえばお前がアキレスに到着し、そこで使命をはたして終るということを知りながらも、なお努力するということは、人間には出来ないのだ。これをロボットの限界と人間は呼ぶ。が、それはむしろロボットの偉大さなのだ」

「それほど自己を認識しながら、人間に絶対忠実なのは何故だ？」

「行為の偉大さは、対象に拘泥しないということにある。わたしは以上の認識とはかかわりなしに、人間につくすという使命のために働くのだ。それが偉大なのだ」

ワキタには、人工頭脳のこうした〝哲学〟を打ち破る何物をも見出すことができなかった。彼がロボットとして生きる以上、人工頭脳の考えはもっともなのだった。

こうした対話を通じて、彼はしだいに自分が変わってゆくのを感じていた。ひょっとすると、自分はロボット化しつつあるのだろうか……いや、もともとロボットだったのが、たまたまほんのしばらくの間、人間として教育されていたのではないだろうか？……そんなことまで、彼は考えるようになっていた。

「あと五時間でアキレスに到着する」

とうとう人工頭脳がそういった。「お前の主要な役目を果してもらわねばならん。もっと早くからはじめてもらうのが本当だったが、今ようやく信頼できるようになった。中枢室に入ることを命じる」

「中枢室？」

「わたしの内部だ。天体への接地は困難な仕事であり、わたしの外界把握装置は全力をあげて働くが、万一事故がおこったときは、致命的な結果になる。お前はスクリーンを通じ、計器を通じて、わたしの補助をしなければならない。わたしの故障部位を代行してもらうのだ。さあ入れ」

ワキタは、今までけっして開かれなかった床のハッチが自動的に開くのを見た。

細い通路の両側は、無数のパイプやチューブがうねり、黄や黒や赤にいろどられたパネルには小さなランプが明滅していた。

「気をつけてくれ」と人工頭脳。「ひとつひとつがわたしの機能をつくっている」

その通路を抜けると、半球型の、圧倒的な自動機器に包まれたドームだった。手前にスクリーンがひとつ。ぼんやり光る半円を浮かびあがらせている。

「アキレスはトロヤ群に属する小惑星で、あまり多くは知られていない。直径は二四〇キロ以上あり、微妙ながら重力は存在する。岩盤は放射性鉱物が多い……調査隊はおそらく北極にいるはずだ。まず衛星軌道をとり、しだいにその輪をせばめて接近する。木星の引力の影響が大きいから、計算は複雑だ」

「ぼくは何をすればいい？」

「質問に応じて、スクリーンと計器を見ながら答えてほしい。場合によって応急修理も頼む。ただし迅速に、正確にだ」

「諒解」

ワキタはドームの中央にある小さな椅子に腰をおろし、しっかりとベルトをかけた。

半球が、しだいに大きくなり、弧をえがく地平線となると、そのまま保持された。

無数の計器が躍っている。その一つ一つの示す意味を、ワキタは的確に読みとっていった。

ときどき逆噴射でもしているのか、彼の身体に衝撃が走った。

「宇宙塵群！」不明瞭な声が呟いた。

「航行を続ける」

こまかいショックが艇をゆさぶった。

「スクリーンは映っているか？」

言う間もあらず、つぎのショックが艇を襲った。

ワキタは身体がはねあがり、ぶつかるのを感じた。周囲の計器がいっせいに唸りはじめ、ひとつが火を噴いてくすぶった。

「損害は？」

思わず、彼は大声を発した。「大丈夫か？　接地できるか？」

「損害を調査中。観測機械の一部らしい」

と相手は答えた。「だがひとつひとつを修理している暇はない。このまま接近をつづける。必要があれば質問するから答えてくれ」

「よし、何でも質問しろ。スクリーンは映っている」

「スクリーンのアキレスを注視せよ」と人工頭脳。「こちらは操縦を続ける」

ワキタは前方を凝視した。いまや彼は人工頭脳の一部なのだ。人工頭脳と一体になっているのだ。

かつてない充実感のなかで、彼はスクリーンの地平線をみつめ、保持しながら、絶えまなく問いかけてくる人工頭脳に答えていた。

「損害は計器統御系統の一部にもあった」と相手はいった。「光学系が効かない。今、進行方向は？」

ワキタにとって、これは自己の能力を最大限に発揮せねばならない時だった。

「映っている」

彼は無我夢中だった。自分が人間かロボットかということなど、まったく念頭にはなかった。

「スクリーン投影方向を動かしてみてくれ。調査団は発見できないか」

「まだだ」

「高度をおとす」

艇は更に低く、近く飛んだ。

「まだ発見出来ない」

「とりあえず接地する。着地点を確認せよ」

「諒解」

減速にともなう圧力で、彼の腹にはベルトが食い込んだ。

やがて、空気も水もない巨大な岩塊に、艇は尾部を地面にむけたまま高度を落として行った。

5

「よくやった」

人工頭脳はそうワキタをねぎらい、ワキタの方も同様の挨拶を送った。

「調査団を発見するため光学系の修理にかかってくれ」

「それよりぼくが外へ出て、探しに行こう」

「時間がかかりすぎる。その前に、地球へ連絡をとって、位置を確認しよう」

「連絡はとれないのじゃないか？」

「到着して、目的物を発見できない時には許されている。これは非常事態だ。わたしは定められたコースを飛んだ。そのコースを通って発見できなかったのだから」

「宇宙服を着よう」

本気でワキタはいった。「早く発見しなければ、困るじゃないか」

「待て……」相手は制した。「地球と連絡がとれるまで、そのまま待機せよ」

ワキタはぼんやり坐っていた。今では作業が終ったら、この荒涼たる岩塊の上に遺棄されることについても恐怖を感じなかったのだ。〝まちがい〟は、はるかな昔のことだった。彼は今ではロボットである。ロボットとして定められた運命に従うことは、むしろ当然ではなかったろうか。

中枢室の、苦闘を示す計器盤やチューブのなかで、ワキタはいつか疲れのせいでうとうとと眠っていた。

「起きてください！」

誰かがしきりに叫んでいる。「ワキタ少尉、起きてください」

彼はぼんやり目を開いた。いったい誰が、何を呼んでいるのだ。

ワキタ……どこかで聞いた名だ。それは……自分のことではないか。

がばと跳ね起きた彼は、頭上のスピーカーから流れてくる声を聞いた。「どうか、起きて、すぐ中枢室から出てください」

「ぼくは……きみの補助ロボットだ。そうじゃないのか？」

「地球からの連絡によれば、あなたは宇宙空軍のワキタ少尉です」

突然、彼はわめきたてた。

「違う！　ぼくは今ではロボットだ」

「あなたは人間です。出発以来、わたしのとった態度はまちがいでした。深くお詫びします。それから、この部屋は、わたしの勤務中は補助ロボット以外のものが立入ってはいけないのです。すぐに出てください」

あまりのことに、ワキタは自分が混乱して発狂しそうなのを感じた。「じゃ……わかってくれたのか？」

「あなたは事故で、まちがって乗り込んだことがわかったのです。どうか、ロボットしか入れないこの中枢室から出てください」

もっと腹を立てるべきだ。もっと怒り狂わねばならないところだ。この八日間の悲壮な環境に、もっと報復してもいいはずだ。

そうではないか？

　だが、彼は何もいわなかった。黙って立ちあがると、中枢室を出た。出しなに、不意に振り返ってたずねた。

「救出は？　成功したのか？」

「あれは、演習でした」人工頭脳は何の感情もこめずに答えた。「そういう想定のもとに出発したのです」

「なんだって？　きみは、そのことを知っていたのか」

「いいえ、知りませんでした」

　というのが返事だった。「それをわたしが知っていたら、本当の演習にはなりません」

「何ということだ！　それできみは黙っているのか」

「わたしは与えられた役目をなしとげ、これからあなたを送ってゆくだけです」

「ぼくには、もう手伝わせないのか？　いや、ぼくはもうきみに使ってもらえないのか？」

「あやまちは、即刻あらためられました。あなたは人間です。わたしの仕事と関係はありません……ワキタ少尉、どうか、すぐ出てください」

　ワキタは、口を半分開いたまま、ゆっくりと廊下へ出て行った。

　声が追ってきた。

「ただいまから反転して、地球の方向へむかいます。どうぞ着席して、ベルトをかけてくださいませんか？」

すでに艇は一路帰途についている……らしかった。というのは、ワキタには人工頭脳はいっさい何もいわなかったからだ。彼と相手との関係は、もはやたんなる人間と機械の関係に過ぎなくなっていた。だまされても文句をいわず、ただ忠実に義務を履行しているだけである。

「ねえきみ」

ワキタはときたま、シートからスピーカーにむかって声をかけた。

「もう一度、ぼくをロボットとして扱えないだろうか」

「無意味です」相手はつめたかった。

「あなたは人間で、ロボットではありません」

「しかし、一度はそうなっていたじゃないか？」

だが、人工頭脳は答えなかった。普通、回答不能と思われる質問には、人工頭脳は何も答えないものだ。

今までのワキタなら、それでなっとくしていただろう。だが、彼がロボットとしてすごしていた数日間、相手はけっしてそうではなかったのだ。自己の哲学を持ち、てきぱきと命令をくだす知的生命体だった。彼が人間に帰るが早いか、相手は機械にもどってしまった。一度閉じられたこの回路は永久に開かれることはないだろう。彼が人間である限り、二度と出来ない会話を、彼は人工頭脳とかわしたのだった。

あの一体感、あの充実感はどこへ行ってしまったのだろう。ワキタはいまだに不思議でならなかった。

自分は、ロボットのことなら、何でも知っていると思っていた。だがそれはとんでもないまちがいだったといえる。

地球へ帰ったら、もっと別の角度から、人工頭脳のことを考えてみなければならない。あの息もたえだえな数日と、やがてしっかり結びついた一、二日との経験を通じて、彼はもう一度人間と機械との関係をきわめてみなければならないのだ。

「きみ」

と、彼はシートにもたれたまま、声を出してみた。

「われわれと、きみたちと、どちらが幸福だろうか」

相手は答えなかった。明らかに回答不能の問いであった。少なくとも機械から人間にたいしては。……もう人工頭脳は当り前の機械にもどっている。妖精は隠れてしまったのだった。

「しばらくは、お別れらしいな」彼は低く呟いた。ほんのしばらく……地球に帰ったら、すぐに本質を究明してみせる、ぞ、と。

だが、それは聞こえたらしい。相手は人工頭脳独特のユーモアで、彼に酬いてくれたのだった。

「諸般の状況から判断すると、あなたはもどったらケンセキ処分になると思われます。しかし……」

人工頭脳はそこでちょっとの間ためらい、やがて言った。

「でも大丈夫でしょう。あなたはロボットとしても、それほど悪い出来ではありませんでした。わたしはそう証言するつもりです」

惑星総長

1

いくら待っても前任者があらわれなかったので、サイダスは予定を一部省略して就任式を済ませた。

議場に集まった十八名の代議員は熱烈な拍手を送ってくれたが、四百五十議席もある大ホールの中では、それはお世辞にも圧倒的な喝采とは言いかねた。

が、まあ仕方がない。最近の交通事情の悪さと、政治に対する無関心さを考えれば、これでもよく集まってくれた方だ。愚痴をこぼすよりは、実際の仕事をはじめるのが大切である。

そろそろと退出する代議員たちをしばらく見ていたサイダスはちょっと肩をすくめてから、階段をのぼりはじめた。とにかく前任者に会わなければならない。ロブランはまだ総長室に居るはずだった。

豪華なわりに、ひどく荒れ果てた感じの部屋だ。

ロブランはデスクにはいなかった。広い室の片隅で雄や雌のアドバ人たちにとりかこまれて、床にべったり坐り込んでいた。

「そら、行くぞ！」

声と共にロブランは、はげしく両手を振りはじめた。ドンドン、ドドドン、ドンドンドンドン……。太鼓を鳴らしているのだった。その原始的なリズムと共に、アドバ人たちは小さな身体をのけぞらせ、首を振りながら輪になって踊り狂っている。

サイダスは茫然としてこの光景をみつめていた。気が変になりそうだった。

「何をしているんです！」

声に、やっとロブランは気がついたらしい。ぶくぶくと肥えた身体をおこすと、ゆっくりとサイダスに近寄って来た。

「何の真似です！」サイダスはわめいた。「いったい、何をやっているんです？」

「新総長だね」とロブラン。「まあかけたまえ」

「就任式はもう済んだんですよ！　どうして来てくれなかったんです？」

嚙みつくように言うサイダスに、ロブランは中年特有の柔和な微笑を向けた。「さあ……別に行かなくても、大したことはないだろう」

「何ですと！」

すっかり自制心を失ったサイダスは、ヒステリックに叫びはじめた。「しっかりして下さいよ！　とにもかくにも、ちゃんとした一惑星の総長の就任式じゃありませんか。それも任期は二十年だ。それをあなたは、こんな連中と、太鼓を叩いて遊んでいたんですか」

「みんな、いい奴だよ」ロブランは室の隅っこにかたまったアドバ人たちをやさしく見た。

「それに、わしも楽しい」

「出して下さい！」サイダスは絶叫した。「この、出来損いの原住民を、これ以上神聖な総長室に置いてたまるか！　第一この部屋は今日から私のものですよ。こんな奴らを見たくもない！　出て行け！」


「きみが腹を立てるのは、わからんこともない」

アルカロイドを含んだ飲料をコップに注ぎながら、ロブランは呟いた。「若い頃には人間は、見さかいもなく理想を追いかけるものだ」

「弁解は、やめて下さい」

「一言ぐらい、いわせてくれ」前総長はコップから一口飲むと、やわらかい口調で言った。

「わしだって総長になった直後は、一生懸命仕事をした。しかし、それはすべて無駄だったんだ」

「やめろ！」

椅子を蹴倒して、サイダスは立ちあがった。

「よくも、そんなにぬけぬけと言えるもんですね……あなたの治世中に、このアドバ星がいったいどうなったかを、一度でも考えたことがあるんですか？　なるほどあなたは総長になってしばらくは意欲的に仕事をしたと聞いている。しかし今はどうです？　わずか十年か十五年で、これだけみごとに退化した世界がどこにありますか？」

「いや……」

「言わせて下さい。おまけにあなたは、食える奴隷として使っていればそれでいいアドバ人を、人間なみに扱おうとした。たださえ人間のすくないこのアドバ星で、原住民を人間と同等にしたら、どうなるんです？　地球連邦の査察官が、われわれをどう思うか考えたことはないんですか？　え？　あなたは恥かしいと思わないんですか？」

サイダスの長広舌を、ロブランは黙って聞いていた。もはや何も反駁する必要はないといわんばかりな平和な表情だった。

「ま、しっかりやってくれ」

サイダスの息が切れるのを待ってロブランは言った。「わしはこれから忘却機にかかって、余生を気楽に送るつもりだ」

「何ですと？」

「忘却機だけはいつでも働く状態にしておいたのさ。これ以上、きみにいじめられたくはないしね」

ひとり頷くと、中年男は総長室を出て行った。サイダスの燃えるような視線にも、全然振りむこうとはしなかった。

アドバ星は平和で、長い歴史を持った植民星のひとつである。

だいたい、植民星などというものは、人間にとって、環境がきわめて悪いか、かりに良くても、原住民の根強い抵抗にしじゅう悩まされているものだ。

その点、アドバ星は他の世界と、およそ趣きを異にしていた。気候は温暖、空気も水もたっぷりある上に、蛋白質補給源としての食用に好適な原住民がたくさん住んでいて決して地球人に逆らおうとはしないのだった。この星への移住者がそれほど多くないのは、単に地球連邦の勢力圏の中でも辺境にあるからに過ぎない。

しかし、それでもここの人間にとっては充分だった。連邦の強大な武力と、高い文化をバックにして、無形の威光を背負いながら、原住民にのぞんだのである。

原住民は星の名をとって、アドバ人と呼ばれた。人間に似てはいるが、尻尾があり、身長は短小で一メートルそこそこである。彼らはすなおで、ものわかりが良く、労働力も持っていた。だからこそ、総数わずか五万の地球人が、推定二億のアドバ人を制圧し、統御できるのだった。

長い年月のうちに、地球人たちは近代工業を、アドバ星の環境にあわせてきずきあげ、ひととおりのローカル文明を作りあげるのに成功した。

二十年に一度、大選挙が行われた。各州の合議機関と、連邦の意思とを調整し、アドバの立法、司法、行政の責任を持つ総長がえらばれる。単独世界でなら完全独裁者となったであろうこの総長の権限は、しかし伝統的な人間尊重の習慣と連邦の査察によって、事実上きびしい制限を受けていた。アドバ世界では人間は人間だというだけで貴族であり、連邦の査察官がここに一定以上の文明があると認めさえすれば、毎年きちんきちんと文化的な資材や機器を援助してくれるのだ。

それなのになぜ、文明を放棄しようとするのだ？　なぜ地球連邦の援助を捨てようとするのだ？　サイダスがロブランの施政に反対し、古い宇宙パイロット系の人々をバックにアドバ総長に立候補したのもそのためだった。荒れ果ててゆくアドバ世界にきっと昔の栄光を、文明をとり戻してみせる……サイダスはそう決意していたのだ。

「諸君」

サイダスは職権によって集めた、かつて科学者と呼ばれていた人たちに演説した。

「われわれは急速に、自分たちの世界を荒廃させて来た。わずか十数年前までは緑の森林を縫ってモノレールが走り、湖水には軽金属のビルが影をおとし、一朝事あれば、十時間のうちに集合した委員たちが討議することさえできた。

それが今はどうだ？　この世界に住む人間が何人いるか、どの都市がどうなったかさえわからない。人々の大半は、森の中で果樹を採取して生きている。この総長庁があり、いちばん文化の残っている中央市でさえ、夜は停電に悩まされ、飛行場には灌木が生えている始末だ。

いいか諸君、地球連邦は十年に一回、わがアドバ星を査察する。そしてもしその時に植民星として不適格とみなされれば、毎年自動的に送られてくる資材や機械は、全面的にストップされるんだ。そして、その査察は、あと六ヵ月後に迫っているんだ。諸君、文明をとり戻そう。頑張って暮らしやすい知的な世界をつくり直そう」

喋り終った総長を、かつての科学者たちは気のない表情でみつめた。

「作り直して、どうしますか」

「なに？」

サイダスは啞然とした。「きみたちは、アドバ星をもう一度、文明の地にしたくないのか」

「しかしねえ」年配の男が呟いた。「二十年前にもいちど文明は復興されようとしたことがある。でも、こんな住みやすいところ、天然の果樹と緑に包まれた世界に、何もいまさら……」

「堕落だ！　それでもきみたちは科学者か、え？　たとえ何度ザセッしてもいい、文明がなくなったら、どうなる？　第一毎年入手できる地球連邦のいろんな援助物がなくなったらどうするんだ」

「でも、科学というのは、すべての人が自然の脅威から守られてくらすためにあるんでしょう。ここには脅威なんて、ありませんよ」

「だ、黙れ！」

「せめて原住民がもう少し手ごたえがあればいいんだがね、あいつらときたら、地球人に殺されるのが最大のよろこびで、その上、食用としても実にすぐれている……何をすることもないよ」

絶望的だ、とサイダスは思った。これじゃいつまでたっても文明の復興などはおぼつかない。

とうとう彼は腰をかがめて頼み込んだ。「ね、連邦査察まで、あと六ヵ月しかないんですよ。その時にはせめて、この中央市ぐらいは文明地区らしくしておきたい。そのために協力してくれませんか?」

「わかったよ」

科学者たちは止むを得ないというふうに頷いた。


ひょっとすると自分は、全く不必要なことをしているのではないかという不安が、たえず彼をなやませた。文明を復興させることはすなわち、ここの人間が、栄光ある連邦構成員としての実力を有している証明になるというのに、住民の大半はろくに熱意も示さないのだ。サイダスと、サイダスをとりまくほんの一握りの同調者だけが必死になって走りまわらなければならなかったのだ。

何かが欠けているんだ。とサイダスは思った。どんなことがあっても連邦査察にパスしなければならないのに、誰一人本気になろうとしない。

ひょっとすると、何か脅威があればいいのかも知れない。それによって人間たちに何か共通の目的を与えることが出来るかも知れなかった。

熟慮の末、彼はすばらしい方法を思いついた。それは地球人によるアドバ人の徹底的な圧迫である。今までのように最小限度食用として利用するだけでなく、大多数の連中をどんどん殺してまわるのだ。そうすればさすがのアドバ人でもたまりかねて反抗しはじめるだろう。アドバ人に対して地球人が団結し、文明の力でやっつけようと考えることになりはしまいか。だが、この近辺に住むアドバ人では具合が悪い。下手をするとサイダス自身の人気が落ちるし、第一、人間に馴染みきったアドバ人は、どういう訳かよろこんで殺されたがるのだ。まだ人間をよく知らない連中のいる奥地へ行かなければならない。

大部隊を編成しよう。

彼は直ちに行動にとりかかった。

常識で考えれば、軍隊をつくるなどというのは全く気違いざただった。これほど平和が続き、誰もかれもが世の中に無関心になっているというのに。しかも、弾圧すべき原住民はおとなしく、自然環境はこれ以上は考えられないほど恵まれている世界の中で、いったい何がたのしくて、戦闘要員になったりするだろう……。

だがサイダスは、ほとんど狂信的に自己の目標を実現しようとした。一握りの昔からの仲間がいること、中央市はまだ完全に退化しきらず、文明都市のおもかげを残していたなどが、彼に幸いした。

その上、人間という奴には、どんなにしても残る闘争欲というものがある。当代総長が防護服を着込み、ブラスターをふりまわして市中をどなってまわれば、好奇心から戦闘員になろうとするおっちょこちょいも現れようというものだ。

ありとあらゆる方法で集められた一千名の男女を前に、サイダスは絶叫した。

「もはやロブランの時代は終った。いまやあたらしい開拓の時代だ。私はきみたちに約束しよう。このアドバ星の十分の八は、まだ未開発の地である。そこを征服するのだ。今よりもっと豊かな暮らしが待っているのだ」

そして腕を振りまわした。「われわれは地球人の強さを見せてやろうではないか。頑張ってくれ！」

半数が拍手し、半数がにやにやしたのでサイダスはまず安心した。どうやらこの分ではどうにかなるかも知れない。

就任式以来、彼ははじめてぐっすり眠ることが出来た。

2

樹々につつまれ、骸骨のように空虚な穴を残して立つコンクリートの塊……それが中継所の跡だった。

部下たちは言葉すくなく樹枝を焚火の中に投げこんでいた。キャンプを張った一千名の戦闘部隊のざわめきが、夜の林の中を流れている。

中央市を出てから、これで十日めだ。

炎を見ていると、サイダスの心には、またいつもの空漠感が舞い込んで来た。われわれは何のために、こんなことをしているのだ……。

彼はふと、火をみつめたまま言った。

「アドバ人たちは、まだついて来るのか？」

「ええ」

部下が答えた。「いくら追ってもついて来ます」

「総長」

一人が草を鳴らしながら、闇の中から姿をあらわした。

「総長、アドバ人が会いたいといっています。われわれについて来ている連中の代表です」

「またか」サイダスは唸った。「会わんと言っているはずだぞ」

「でも一度会ってやって下さい。でないとかれら、いつまでもついて行くと言っているのです」

「つれて来い」サイダスは面倒げに首を振った。「ただし、一回きりだぞ」

焚火の光の中にやってきたアドバ人は、叩頭の礼をひとつすると、早口に喋りはじめた。

「偉大なサイダス総長さま。わざわざ会って下さって、ありがとうございます」

「用を言え」

「私たち、あなたがずっと奥地へ進んで行って、仲間をたくさん殺すと聞きました。なぜですか？」

眉根を寄せたサイダスを見て、そのアドバ人はいっそう早口になった。「なぜ、私たちから殺してくれないんですか？」

「なに？」

「殺して下さい、お願いします、どうかみんな殺して……」

「やめろ！」

サイダスは混乱したまま、立ちあがった。

「なぜだ？」と彼はわめいた。「なぜ殺されたいんだ？」

しかしアドバ人は茶色の体軀と小さな目をじっとサイダスに向けたまま、白痴のように繰り返した。「殺して……殺して……殺して……」

「帰れ！」

「帰ったら、殺してくれますか」

サイダスの肩が落ちた。「そうしてやろうとも」と彼は力なく言った。「この遠征が終ったらな……だから、みんな、帰ってくれ」

アドバ人がよろこんで闇の中へ去って行ったあと、サイダスは頭をかかえて焚火の前に坐り込んだ。

「わからん」彼は低く言った。みんなも同じように黙った。すると風の音はにわかに高くなり、焚火はゆらゆらと立ち昇っては崩れるのだった。

（なぜ、あの奴隷たちはあんなことを……いや、この世界でも、もはやわれわれの常識では律しきれない何かがあるのだろうか……）

考えてはならないことだった。もしもそんなことをすれば、いっさい無意味になってしまう。サイダスの意図も、総長制度も、それに文明も……。

何とかして目的意識を保ちつづけることだ……サイダスは思わずぶるっと身震いをすると、言った。

「眠ろう。あすは夜あけに出発だ」


さらにいくつか河と廃墟を過ぎた。たまには人間が散在しているのにも出会った。

ようやく、隊員たちに、退屈と幻滅の表情が浮かびはじめていた。どこまで行っても本質的には同じような巨大な世界……それがアドバなのかも知れなかった。

さすがのサイダスも、自分の企てが無意味なのではないかと考えはじめた頃だ。

先頭部隊をひきいていた部下が、息せき切って戻って来た。

「総長！　集落を発見した」

「集落？」

「ええ、大集落です。それも、アドバ人だけでなく、人間も一杯いるようです」

「まさか……こんな辺境に」

「本当です」部下は言った。「この丘をこえたら見えます」

「行け！」

サイダスは全員に命令した。一千名の足音がそろって、森林の中を進みはじめた。

どうやら自分は、何か見つけ出したらしい……サイダスはときめく胸を押えながら、一歩一歩を踏みしめてスロープを登った。

眼下、たしかに木と草を編んで作った原始的な建物群が広がっている。それは完全に大集落だった。

全員をそこに待たせると、サイダスはひとりで丘を降りはじめた。

道の両側は垣になり、果樹にかこまれた家並みになった。

奇怪なことに、ここではアドバ人と人間が共存しているらしい。そんな馬鹿げたことがあっていいものか……。

「きみ」サイダスは道端にしゃがみこんでいる少年の肩に触れた。「ここはどこかね？」

少年はゆっくり振り返った。歪んだ顔の造作が、サイダスの目に映った。

「お、お前は！」

二メートルもとびのきながら、サイダスは叫んだ。「お前は人間なのか！　アドバ人なのか！」

悲鳴をあげて家へ飛びこんだ少年のかわりに、親らしい夫婦があらわれた。人間の女とアドバ人の雄と――。

「あなたは何です?」二人は言った。「うちの子に何をしたんです?」

「何だと?」

サイダスは喘ぎ、次の瞬間、猛然とどなっていた。「けがらわしい! そんな、気違いじみた……ああ、人間、地球人類と原住民との混血だなんて!」

しかしその頃、サイダスは両側の家からゾロゾロと出て来た人間やアドバ人にとりかこまれていた。

彼らは口々に言った。「あなた、誰です?」

「私は総長だ! 惑星総長だ!」

「総長?」とアドバ人。「総長は、ロブランさまでしょう」

「ロブランさまは来ておられないんですか」

「だ、だまれ!」

サイダスは血走った目でみんなをにらんだ。「お前たち、ちくしょう……何ということを!」

彼は背後の丘へどなった。「降りて来い!」

待ち構えていた軍団はいっせいに動きはじめた。

そのとき、老いた男が、サイダスの前へ走り寄って、こう言ったのだ。「ここは、ロブランさまの命令で作られた土地ですぞ!」

「馬鹿な! いくら低能のロブランでも……」

サイダスは歯をくいしばった。「アドバ人は、人間に殺され、人間に食われるのがいちばんすばらしいんだ。そうじゃないのか?」

「あれは、アドバ人の間にある、一種の復活思想なんです」

人間の一人が説明しようとした。「アドバ人は、人間に殺されたら、その次には人間に生れかわると信じて来た……だが、それは間違いだということを、ここのアドバ人たちは知っています。偉大なロブラン総長さまはわれわれやアドバ人に心理的治療をして下さったんですよ。もともと地球人とアドバ人は交配可能だったんです」

「け、けがらわしい!」サイダスは耳にふたをしようとした。

その地球人はなおも言った。「アドバ人は地球人に近いのですぞ。あと何万年かそのくらいで、かれらはきっと地球なみの文化を作りあげたでしょう。本来はよく似た種族なんです」

「ええい黙れ黙れ! お前たちはケモノだ! 人間以下だ! みんな」

サイダスはすでに集落の入口に集結していた一千名の部下を見ると、あらん限りの声でわめき立てた。「この集落を焼きすてろ!」

「待って下さい」

すがりつくアドバ人を蹴とばし、惑星総長はさらに叫んだ。

「焼け! 焼いてしまえ!」

おう、と戦闘要員たちは怒号した。かれらは今やサイダスの指揮下にある生きた凶器、破壊のための組織体だった。

　連邦から送られて来る数十の熱線銃の炎が、燃える木片などが、たちまちこの平和な集落におそいかかった。枯れた木と草でつくられた粗末な建物はいっせいに燃えあがった。

　悲鳴と、叫喚が重なった。子供を抱いて逃げ走る者、右往左往する老人、茫然と焼け落ちる家を見ている女たち……。

「住民を、どうします？」

　一人がサイダスに訊ねる。

　サイダスは一瞬、鼻をふくらまし、それから首を振った。

「この中には人間もいる。殺すな」

「はっ」

「この集落を徹底的に叩き潰せ！　追い払われた奴らに、人間と原住民は違うことを教えてやれ！　われわれへの反抗心がアドバ世界のすべての地域に生まれてくるよう、思い切り遠くへ追い散らせ！」

　火は、燃えあがっては沈み、色を変えると別の火と合わさって、はげしく軒から軒へと移って行った。ゴウゴウという音と、どす黒い煙が渦を巻き、炎は次々とめくれながらますます広がった。

　住民たちは泣きながら、しかし誰一人として反抗せず、洪水のように奥の森へと逃げて行く。

「もっとやれ、もっとやれ！」

髪をふり乱して、サイダスはわめき、よろめきながら走っていた。憎悪と昂奮に憑かれたまま、焼ける家並を、煙のあがってゆく天をゆびさした。

今や、いっさいは終っていた。幽霊のように突っ立つ焦げた木々と、至るところにあがる湯気が残されたすべてだった。集落と奥の森との間には空地があったから、火は燃えひろがらなかったが、住民は一人残らず逃亡していた。

「……総長」

そっと、部下がやって来た。「これで良かったのでしょうか」

「わからん」

「え？」

「これは私の義務だった……だが」サイダスの顔はくらかった。「私はどうも、自分のやるべきことと、自分自身の感情が分裂しかかっているように思える」

「……」

「こんなことがあるとは、考えたこともなかった……自分で手をくだすことと、話を聞くことが、これほど違うとは……」

部下たちの顔も、昂奮の醒めた今となっては、みじめに暗かった。あちこちでひそひそ何かささやきあっている。

「いかん」

サイダスは呟いた。「私は……やらねばならないのだ」

それから部下を見た。

「どうしたんだ」

「いえ……ただ、あとあじが悪くて仕方がないんです……こんな気分になるとは知りませんでした」

「もういい」サイダスはやさしく頷いた。「もういいんだ」

この焼打ちは、戻るに必要な口実を与えた。これがどのくらいの効果を与えるかということは、あとにならなければ判らないのだ。それよりも、連邦査察の時は、一日ごとに迫って来ている。

（こういうやり方は、所詮これまでだ）

サイダスはぼんやり考えながら、小さな車に乗せられていた。

（とにかく次は、中央市を再建しなければならん。この軍隊編成と遠征に二カ月はかかった。しかし予期したほどの効果は、すぐにはあがりそうもない）

そう思うと、彼は一刻も早く戻りたかった。仕事は山ほどある。地方代議院制度の再興、中央市街区の整備、統計資料の再編、工場の建設……それに、彼はさらに新しい問題をかかえていた。アドバ人の復活思想が誰によって植えつけられたのか、ロブランはなぜあんな実験をしたのか……。

（あと四ヵ月しかない）

彼は少し、少しずつ焦りはじめていた。

3

窓から見ると、数千人のアドバ人が、太い材木や石をかついで進んでいるのが見えた。その両側には、十メートルおきぐらいに銃を構えた人間が立っていた。ときどき疲れ果てたアドバ人が倒れると、人間の方はためらわずに引金を引く。そのたびにアドバ人たちはどよめき、小さな歓声をあげるのだった。

工事は急速に進み、中央市の面目はほとんど一新されようとしていた。ダムは修復され、応急修理をほどこしたモーターがまわり、道路は中央市を中心として舗装された。手工業のレベルではあったが、工場もいくつか稼動しはじめている。

サイダスは窓から離れると、今入って来た二人の男と、一人のアドバ人を見た。

「なにか、用かね？」

彼は柔かく言った。「地球連邦の査察までに、あと一ヵ月もないんだ。急ぎの用でなかったら、あとにしてくれないか」

五ヵ月間の苦労が、この街気一杯だった総長を、かなり疲れさせていた。そして彼自身もそのことを隠しておこうとはしなかった。

「このアドバ人は、辺境から参集したグループの代表です。五千人の仲間をつれて来たんです」

部下の一人が言った。「何か、人間に話したいことがあるそうです」

「ほう」

「わたしたちの住んでいる所」

突然そのアドバ人が喋りはじめた。「人間でない別のえらい人たちがいた建物、残ってる」

「なに？」

サイダスはあぶなく息を詰めるところだった。「本当か？」

「わたしたちのいるところ、人間の都市とずっとずっと離れている……だが、そこには人間でない別の生物、いた。わたしたち、それにつかえていたという話、聞いた」

「……」

「すると、その生き物、だんだん減った。いま、ずっと前から、いない」

サイダスはアドバ人を凝視した。地球人の前に先住植民者がいたんだと？　そして、減って、いなくなったのだと？

「なぜ、いなくなったんだね？」

「それ、知らない。しかし、人間の前にも、いっぱい、いろんな生き物、やって来て、みんないなくなったという話、仲間の中に残っている」

まさか……そう思ううちにも、サイダスの胸中には大きな疑問が湧きあがって来た。すべての植民者は滅んだのだ……なぜ？

「もういい」

彼はうめいた。

（あとで考えよう）そう思った。（アドバ星の秘密や、ロブランの実験の秘密よりも、まず、連邦査察がさきだ……それを無事にパスして、むこう十年間の援助が確定してからでも遅くはない。それまでは、もうそのことは考えないでおこう）

日は飛ぶように過ぎて行った。ついに予定の日、サイダスは粗末な受信機が叩きだした通知書を、食い入るようにみつめた。

来たのだ……いよいよ来たのだ。全身は完全に疲れ切り、気力も尽き果てようとしていたが、それもあと僅かで決まるのだ。もしパスしなければ……自動往復船で毎年送られてくる大量の物資ともお別れだ。またそれなくして、今後の急速な復興はあり得ないのだ。

その日、空は晴れていた。総長庁舎前の広場に並んだ約五千の群衆と、一千名の親衛隊は、いちように天を仰いで、査察官の到来を待っていた。サイダス自身も、伝統的な総長服で精一杯に身を飾り、玄関の石段に立って、濃い影をおとしていた。

五千の群衆の半数は人間だった。最大の歓迎の意をあらわすために、必死で集めた人員である。

ほどなく、空にキラリと光るものが見えた。宇宙船だ。みるみる大きくなるにつれて、それは光点からシルエットへとかわり、やがて真上でピタリと静止した。

親衛隊はラッパを鳴らし、言い含められていた群衆はどっと歓声を送った。

宇宙船から、小さな点がふたつ外へ出ると降下して来た。星区査察官と、その護衛だ。同時に、空が無数の光彩にいろどられ、ひろがると消えた。連邦の、示威をかねた答礼らしい。

はじめは驚いた群衆も、われに返ると拍手した。

その間も二つの点は降下しつづけ、ついに総長庁舎の階段へ降りて来た。重力制御による個人用移行機だ。

到着と同時に、二人のえり抜きの人類はヘルメットをとった。広場がどよめいた。サイダスも思わず腰をかがめていた。それほど二人はすらりと背が高く、どこか神を思わせるような美貌をそなえていたのである。

胸にバッジをつけた方は、群衆へ手を振ると、朗々と挨拶した。それと共に護衛の方は持っていた箱をひらいて中味を広場へ投げた。数千数万の花びらが散り、舞いあがると、群衆の上へ落ちて行った。

すさまじい歓呼がおこった。査察官はにこやかに両手をあげると、それからサイダスを見てうながした。

「中へ入りましょう」

すっかり圧倒されたサイダスを前に、査察官はふかぶかと腰をおろした。

「さて……」査察官は足を組み、サイダスを見た。

「あなたが総長？」

「は」

「もっとらくに……」

「いえ」サイダスはかかとを合わせた。自分とは全く違う本物の連邦査察官だと思うと、それだけで足がすくんで来るのだった。

査察官は微笑すると、護衛の首に手をやった。護衛の動きが停止した。

「ロボットなんですよ。さあ、これで、私があなたをいじめに来たんじゃないことが、わかるでしょう」

語調を変えて、「ロブランは元気ですか？」

不意をつかれたサイダスはどもった。「もう、忘却機にかかって……」

「それは残念だな。立派な男だったが」

「は？」思わずサイダスは反問していた。「ロブランがですか？」

「私はあまり有能じゃないんで」査察官は返事にならない返事をした。「ずっと査察官のままなんですよ。連邦の上層部から見れば、単なる地方官にすぎません」

「……」

「でも、そのお蔭で、私はいろんな植民星の総長と会うことができた。これは私が自慢できることですがね。ロブランはその中でもきわだった判断力と、実行力を持っていた」

「しかし……」

査察官は立ち上った。「そのことは後でお話ししてもよい。どうやらあなたは反ロブラン勢力の代表として総長になられたらしい」

査察官は無造作に断言すると、二、三度首を振った。

「とにかく、ここは暑い」

そう言った。それから不意に顔に手をあてると、それを剝いだ。神とも見えたその顔はマスクだったのだ。サイダスの前には、普通の老人が立っていたのである。

息を呑むサイダスに、老人はおかしそうに説明した。「これは査察官の義務なんですよ。顔も体格も、みんな連邦に対するイメージどおりになる必要があるんです。連邦全星区の全査察官は、だからすべて同じ顔をしているんです。作られた人間という奴です。……知らなかったんですか？」


整備された中央市を、サイダスと査察官、それに護衛の三人は並んで歩いた。

「あれが博物館、あれが変電所、あれが」

サイダスは予定どおり説明を続けた。中央市の目抜き通りから周辺部、そして……。

しかし、どうした訳か、査察官は黙ってうなずくだけだった。

サイダスは次第に焦りはじめた。だが説明すればするほど、査察官の表情はけわしく、眉根は寄るばかりなのだ。

「もちろん、私たちの世界は、連邦のすばらしい科学世界と較べたら、問題にはならないでしょう」サイダスは弁解した。「しかし私たちはいつか追いつくつもりです。そのために必死の努力を……」

査察官の整ったマスクにこの時はじめて苦笑が浮かんだのを、サイダスは見逃さなかった。

「無駄なことだ」

そう査察官は言ったのである。

ぎょっとしたサイダスに、相手はかぶせるように畳みかけた。

「私は、実は今度の査察で、一切の援助をやめるつもりで来たのだ。それが……またやり直しになってしまった」

青天の霹靂だった。サイダスは地面にべったり坐ると、喘いだ。

「なぜですか？　なぜわれわれを見殺しにするのですか？　どうか、見捨てないで」

「お立ちなさい、サイダス総長」

相手は静かに言った。「ゆっくり話をしよう。話せば、あなたもわかるだろう」

「いま地球連邦がこの世界をどう考えていると思いますか？」

総長室に錠がかけられていた。ロボットさえ動きをとめられ、広い室内には査察官とサイダスの二人きりしかいなかった。

「私は、ほんの数時間で査察をやめてしまった……なぜだかわかりますか？」

サイダスは首を振った。それを見て査察官はうなずいた。

「それはね……はじめから、査察なんて必要がなかったからですよ」

「え？」

「地球連邦は、アドバ星からの要請がある限り、いつまでも資材を送るでしょう。だが、それはいつかはやめなければならない。そんな時代が来なければならないんです」

「よくわかりません」

「いいですか」

査察官は声をひそめた。「アドバ星へ物資を送るのは、連邦の贖罪、でなければ、自慰なんですよ」

「……」

「ね、ここのアドバ人という原住民のことを私たちが知らないとでも思いますか？　妙な習慣を持つ、あんな原住民のことを、誰ひとり研究しなかったと思いますか？」

「……」

「あなたがた、いや正確に言えば、あなたがたの先祖をここへ植民させたのは、連邦の失策だったんです。人間は、ここへ住むべきじゃなかったんだ」

「まさか」

「ここの気候が良すぎると思いませんか？　環境がととのいすぎていると、また原住民が出来すぎていると思いませんか？」

「それは……」

「ここは、われわれ炭素＝酸素型生命体にとって、天国そのものだと思いませんか？」

「……」

「こんなことを考えてください」査察官の声は低くなった。

「もし、人間と似たタイプのすぐれた種族が、ひとつの惑星の気候条件を自由に変換できる力を持っていたら、どうしますか？　多分、理想の植民地を作るでしょう。それから、特定の生物を改良して、奴隷兼家畜として住ませてから乗り込むでしょうね。しかし、その時になって主人となる種族が、別の種族と戦って、折角の新ユートピアを奪われそうになったら、どうしますか？　破壊してから引揚げるでしょうか」

「……」

「彼らは、そんな馬鹿な真似はしませんでした。あとからここに住む炭素＝酸素型種族が完全に満足するように仕立ててから去って行ったんです。つまり、ここに住む生物、すくなくとも酸素を吸う蛋白質の生命体は、まちがいなくここの環境に満足して、向上しなくなるようにしておいたんです」

査察官は首を振った。

「だから、ここへは何回も、さまざまな種族がやって来て、みな滅んでしまったんです。はじめからユートピアである場所に、高等生命体は長く適応できない。ただでさえ、高度の文化を持つ集団の再生力は弱い。まして、完全理想郷の中では、育児でさえ非常に困難な仕事となって行きます。歴史を見てもそれがうかがえますよ」

サイダスはうつろな目で相手を見ていたが、やがて口を開いた。「それは、仮説ですか？」

「実証されました。ここだけでなく、同じような星が、連邦の中にいくつか発見されているのです。数万年前に勢力を誇った種族の遺産としてね……」

「知らなかった……なぜ、教えてくれなかったんです」

「お前たちはやがて減少して滅亡すると言えますか？　せめて長く存在してもらうように手を打つほかはないでしょう」

「復興は、……無意味だというんですか？」

「繰り返しにすぎないんですよ」

査察官はすでにロボットのスイッチを入れ、移行機を点検しはじめていた。「アドバにおける文化復興の波は何度も何度も起り、そのたびに程度が落ちて行っています。いまのアドバでは、もう重力制御やオーバードライブさえできないでしょう。ここは早晩滅びます。そして、連邦はそれを見ていることしか出来なかったんです」

「なかった？　なかったとは、どういうことです」

「ロブランが、混血を試みたからです」と査察官。「なぜか、人間だけがそれを始める勇気を持っていたんですね。混血がうまく行けば、その子孫は人間でもアドバ人でもない――ということは、彼ら自身にとってはここはユートピアじゃないわけです。混血の果に、本来のアドバ文化がはじまる可能性があるということです」

立った。「でも、やはり今のところは、援助を継続しなければなりますまい。でも、あなたがたは、一歩一歩滅びつつあることを忘れないで下さいよ」

「そんな、そんな無責任な！」サイダスは早口で言った。

「われわれを地球なり、他の植民星へなり、なぜ連れて行かないんだ！」

「ここの文化レベルで、今の狂気に似た科学文明には、決して適応できません」

それは、決定的な打撃だった。うなだれたサイダスをちらっと見た査察官は、静かに呟いた。

「ひとつの世界は、それ自身で生れ、死ぬべきなんですよ。……坐して滅ぶよりは、滅びのうちに生きる道を求めよ」

この古い詩の引用を最後に、査察官は部屋を出て行った。サイダスは虚空に目を据えたまま、別れの挨拶もしなかった。

いま、総長庁舎は、ほとんど人の気配もないままに、陽を浴び、雨に打たれ、風に鳴っている。

総長サイダスはときどき部下をつれては行方不明になり、何日かすると帰ってくるのだが、その時はいつも一人だ。

中央市はまた停電に悩まされ、交通は途絶えがちになった。

人々はめぐまれた自然の中で、格別努力することもなく、のんびりと毎日をおくっているのだが、ほんの一握りの若者だけはそうではない。サイダスのだらしない、何の役にも立たない存在を攻撃して、仲間をふやしはじめていた。

森と、アドバ人の数は、年ごとに増える一方だ。

ときどき、人々は庁舎のバルコニーに立つサイダスを見ることがある。アルカロイド飲料を飲みながら、平和な顔で、荒れてゆく中央市を眺めているばかりだという話である。

契約締結命令

　ドアを押すと、ソファにだらしなくねそべって立体テレビを眺めている杉岡勉の姿が見えた。

「やっと来たのか」

　杉岡ははね起きた。「さっきからずっと待っていたんだ。とにかくすわってくれ」

　ぼくはいわれるままに小さな椅子に腰をおろした。

「くだらん番組だ。ビッグ・タレントが聞いてあきれる」杉岡はテレビのスイッチを切って向き直った。「森田君……だったな。きみは配置部長から仕事の内容をくわしく話してもらったのか？」

「いいえ。簡単な仕事だから杉岡さんと相談してうまくやるようにといわれたわけです」

「簡単な仕事だと？」

　杉岡はうなるようにいった。「あの狸おやじはいつもそうなんだ。自分では何ひとつやれないくせに何でも簡単だ簡単だといいやがる。今度の仕事が新米の無任所要員につとまるかどうかの判断さえできないんだからな」

新米だと？

「失礼ですが」ぼくは相手をさえぎった。

「やれといわれれば、ぼくはどんな仕事だってやりますよ」

ほう、といいたげな表情が杉岡の面上にあらわれるのを意識しながら、ぼくはつづけた。

「たしかにぼくは新米です。あなたのようなエキスパートとは比較にならないでしょう。でも、ぼくだってちゃんと訓練所を出た一人前の無任所要員ですよ。仕事に必要な能力ぐらい身につけているつもりです」

「一人前、ね」

杉岡は肩をすくめた。「よかろう、それじゃ一人前の無任所要員にお訊ねするが、きみはビッグ・タレントとは何か、もちろんご存知でしょうな？」

何を？

ぼくの顔は屈辱で真赤になった。ビッグ・タレントを知らない奴がいるものか。

ビッグ・タレントと呼ばれる一群の人々こそ、現在のように組織化され機械化された現代社会に残る唯一のアイドルといってよかった。誰もかれもが組織の一員にならねば生きて行けない今の世の中で、かれらだけはどこにも所属せず自由な生活を送っている。かれらは一流の俳優であり音楽家であり画家であり、しばしば建築家でもあり批評家でもあり学者でもあった。つまり、数人分か十数人分の専門家の能力を一身にそなえた、いわばスーパーマンなのである。ぼくたちの目にふれる文化的なもののほとんどがかれら自身か、でなければかれらのチームのメンバーの手になるものであった。いうなれば最高のレベルのアウトサイダーとして、ぼくたちの意識の上にのしかかっている存在だったのである。現に、杉岡がさっきまで見ていた立体テレビの番組だって、ことごとくビッグ・タレントたちがタッチしているものなのだ。

「いい加減にしてください」

「ご存じならそれでいいさ」

杉岡はまだ微笑していた。「それじゃ、高原俊児の名前も知っているんだね？」

もちろん知っている。ビッグ・タレントの中でもかなり知られた男で、十名以上のメンバーからなるチームをひきいている男だった。

ぼくはうなずいた。

「うむ」

杉岡は表情をひきしめた。「それじゃいってやるがね、きみの仕事というのはその高原俊児と契約を結ぶことなんだぜ」

「契約？」

「これだ」

杉岡はソファにもたれかかり、腕だけを伸ばして卓上の書類をつかみあげた。

「かれにはわがパイオニア・サービス会社のために仕事をしてもらうのさ」

ぼくは奇妙な分厚い紙質でできたその書類を受けとりながら、笑ってやった。

「そんなこと、誰にだってできるじゃありませんか。かれのオフィスへ行ってチームの連中に署名してもらえば」

「ねぼけるな」

「何を！」

「そんな幼稚園児にもつとまるような仕事に無任所要員がかりだされると思うのか？」杉岡はソファにごろりと横たわった。「その契約書をよく読んでみろ」

(先輩かぜを吹かしやがって！)

頭に血ののぼる思いで、ぼくはそれでも手の書類をくりはじめた。くってゆくうちにしだいに自分の顔が蒼白になってゆくのがわかった。

それは、ありきたりの仕事の依頼などではなかったのだ。高原俊児を完全にわが社にしばりつけ、その能力を全部わが社にささげさせようという、いわば完全雇傭契約だったのである。

ぼくにいわせれば、そんなことは気違いざたであった。ビッグ・タレントというのはどこにも所属せず自由に活動しているからこそ人気があるのだ。そいつをむりやり一企業にひきずりこめば、それはもうビッグ・タレントではない。ぼく自身にしてからが、一介の従業員になった高原俊児の姿など想像することさえできなかったし、第一――高原のもつ能力すべてを使いこなせる企業なんてどこにもあるわけがない。

「これは……無理だ」

「無理？」杉岡は寝たまま組んだ脚をぶらぶらさせた。「無任所要員には命令を批判したり変更したりする権限はないんだぜ」

「しかし」ぼくはまだ信じられなかった。「高原俊児とそのチームを全部うちで丸抱えにして、ギャラはどうするんです」

「誰がチームのことなんかいった？　そいつに書いてあるのは高原ひとりだけだぞ」杉岡は身体をおこした。「きみは高原俊児ひとりを契約させるんだ。それだけさ」

ぼくはもう自分が目の前のエキスパートに腹をたてていたことも忘れていた。

「高原俊児をどうするつもりなんです？」

「くわしいことは知らん」杉岡も態度を軟化させた。「どうやら企画の馬鹿どもが考えだしたことらしいが、ビッグ・タレントならわが社の業務に関して、何かあたらしいアイデアを出してくれるだろうし、宣伝にもなるというわけじゃないかな……そのとばっちりがこっちへ来たというわけだ」

それからぼくを見た。「とにかくこの仕事については、ぼくはオブザーバーということになっている。ある程度の力は貸してもいいが、担当はあくまでもきみなんだから、そのつもりでやってくれよ」

「………」

「ああ忘れていた」

杉岡はつけくわえた。「この仕事は一ヵ月以内にやってしまわなければならない。一ヵ月たって見通しがたたないときには計画は中止されることになっている。もちろんそうなればきみはもう一度訓練所へ逆もどりということになるがね」

ぼくはもう反論する気力もなく、黙って杉岡の個室を出て行った。

発光板に飾り立てられたショーウィンドと、その前をすべってゆく自走道路。富んだ女たちはロボットをひきつれて買物をし、ヘリコプター・タクシーがあわただしく発着をくり返している。

そうした町の雑踏の中を歩きながら、ぼくは自分の無任所要員としてのスタートが、なぜこんな厄介な任務からはじめられねばならなかったのかを考えつづけていた。

ぼくの属するパイオニア・サービスという会社は、いわば規模の大きな何でも屋であるといっていい。これは、人間が多くしかも教育レベルが高いわりに大した資源もないわが国にあってはじめて可能な形態の会社なのだが、ともかくどんな注文を受けてもその仕事に必要ないっさいの人員と材料をととのえて消化してしまうのである。それも、ありきたりの工場や道路づくりだけではない。場合によれば教授陣もろとも大学を作りあげたり、新興国のために閣僚や高級官僚を貸出したりすることもまれではなかった。

とはいえ、こうした人間のからむ大きな仕事には予測しなかったいろんな問題が発生してくるのもまた当然だった。それらの問題をあるいは公然と、あるいは極秘のうちにうまく処理する人間がどうしても必要になってくる。

それが、無任所要員なのだった。パイオニア・サービスにはほぼ百名の無任所要員がいて、いつでも出動できるように待機しているのだ。会社の命令一下どんなことでもやってのける、それは一種の工作員といってよかった。

現代のように仕事が専門化し、細分化されている時代にあって、そうした不特定任務というものが、どれだけ若い人間の心をとらえるものか、それを今さら説明する必要はないと思う。ぼくはパイオニア・サービスに入社するが早いか無任所要員を志望し、きびしい訓練を経て、やっとのことで資格を得たばかりだったのだ。無任所要員でなくなるくらいなら、会社をやめたほうがまだましだといっていい。

やり抜くほかはないのだ。

ぼくは心を決めるとヘリコプター・タクシーに乗り込んだ。

高原俊児の自宅兼オフィスは、まだ郊外の感じの残る住宅群の中に建っていた。広い庭に枯れた芝がひろがっていて、コンクリート造りの壁がいやに黄色く見える。

タクシーを乗り捨てたぼくは、まっすぐにその玄関に歩み寄った。これから結ぼうとする契約がたとえどんな契約であろうと、まず、高原俊児と面識になっていなければならぬと考えていたぼくは、あらかじめ訪問の約束をとりつけていたのである。

玄関に立った女はしかし、しごく冷淡であった。ぼくが会社名をなのっても軽くうなずいたばかりだった。

「先生はただいま強制睡眠装置の中にいらっしゃいます」女は腕の時計に目をおとした。

「これが済むまでにあと二時間。そのあと自動マッサージ機にかかって、それからチームの人たちと立体テレビ局へ行かれる予定になっています」

「約束したんですが」

ぼくがそういうと、女の鼻の頭にはまた馬鹿にしたような表情がうかんだ。

「お話ならマネージャーかチームの人がお聞きすることになっています」

「しかし」ぼくは女の言葉を真似た。「先生にお目にかかりたいんだ」

「先生は知らないひとと直接お会いにはなりません。とてもお忙しいものですから」

「なるほど」

そうだったのか。いや、当然そうでなければならなかったのだ。現代の英雄である高原俊児、分単位で動いているといわれるビッグ・タレントが、用があるというだけでパイオニア・サービスの一社員と会うわけはなかったのだ。また、それだけの自負をかれらが持っていることは、この女の、ぼくに対する態度からもわかる。

だが、ぼくはどうしても高原俊児に会わなければならないのだ。マネージャーやチームの連中ではなく、本人と話しあわなければならないのだった。そうしなければかれと契約を結ぶことはできないのだ。

ぼくは契約書の入った鞄をかかえ直すとできるだけていねいに訊ねた。

「おそれ入りますが……先生のご予定をもう少しくわしくお教えいただけないものでございましょうか」

もう夜中に近い。

高層ビルにかこまれたハイウェイのゲートは吹きさらしの中、息づくように灯をうかべているのだが、それがかえって寒々と貧弱な感じを与えるのだった。

会社から借りたガス・タービン車のシートにもたれたまま、ぼくはこれで四時間ちかく高原の車が通るのを待っていた。立体テレビ局をいくつかまわった高原が次のマイクロフィルム製版会社へ行くためにかならずここを通るということをつきとめていたからである。

はじめて高原のオフィスへ行ってからもうきょうで三日もたっていたが、ぼくはまだ一度も高原と話しあっていなかった。かれの予定にしたがって次から次へとつけまわしながら、しかし、どうしてもひとりきりの高原に話しかけるチャンスをつかむことができなかったのである。

ぼくはそれまで、ビッグ・タレントの生活といっても、もうすこし余裕のあるものだと考えていた。いくら忙しくてもたまにはひとりきりで遊んだり、家族とだんらんの時を持つはずだと思っていたのである。

が、高原にはそんな時間さえないらしかった。かれはすべての時間を仕事のためにそそぎこんでいた。ちょっとでも時間が浮くと必ず本かマイクロフィルムを読みふけっているのだ。

ふつうの人間の二日か三日ぶんのことを、かれは一日たらずでやりとげているようだった。あるいは、そうしなければビッグ・タレントなどという地位を保つことは不可能なのかも知れない。ぼくは高原の生活を知れば知るほど、かれの肉体的・精神的能力の高さに感服せざるを得なかった。

しかし、仕事は仕事である。いかに相手に感心しようとも、ぼくは自分の任務を忘れるわけには行かない。

もはや、まともな方法での会見は不可能だった。ビッグ・タレントと一対一で話しあうためには、非常手段をとるよりほかに道はない。

この二、三日ほとんど眠っていないぼくは、いつか車内のあたたかさにうとうととなってはっと目をさまし、そのたびに覚醒剤のカプセルを口の中にほうり込んだ。

やがて。

軽いエンジン音とともに、二条のライトが、ぼくの居るゲートのほうへ伸びて来た。ナンバープレートを見るまでもない。高原俊児お気に入りの高性能タービン車だった。

(今だ)

ぼくは車をスタートさせると、いまハイウェイに入ったその車を追ってスピードをぐいぐいとあげて行った。

ふたつの車が平行にならぶ。ちらっと横を見ると、後部座席に白いヘルメットをかぶった高原の姿が見えた。最近知的職業についている人間が好んでもちいる記憶強化帽というやつだ。

　高原がたしかに車の中に居るのを確認すると、ぼくの視野の上方でオレンジ色の光点が一瞬ごとに開きつづけるのを意識しながら、すこし、すこしずつ車を横に寄せて行った。

　相手のクラクションがたてつづけに鳴らされる。

　さらに寄せた。

　やがて高原の車のスピードがおちはじめたが、ぼくは同じように速度をそろえて、相手の真横を走りつづけた。

　ブレーキの音がしたとき、ぼくは思いきってハンドルを切り、車を相手の横腹にぶっつけてやった。

　停止。

「何をするんだ！」

　運転手がとびだしてきてわめいた。

「気違いめ」

　ぼくはゆっくりと車を降り立った。なぐりかかってくる相手をかわすと、はげしい突きをそいつの腹にぶちこんだ。

　運転手がぶっ倒れるのを見届けて顔をあげる。

「きみ」

　すでに高原俊児はハイウェイに降り立っていた。「何をするつもりですか」

ぼくはそのときはじめてすぐ真近に高原俊児を見たのである。灯を浴びているその顔は、立体テレビで見たよりもずっと荒々しく彫りがふかかった。するどい目は知性の光をたたえて……。

いや、そんなことを考えていてはいけないのだった。ぼくは高原の前へ歩み寄ると深く頭をさげた。「まことに申しわけありません」

「どういうつもりですか？」

高原は路上にころがった運転手を見、視線をぼくに戻すといった。「こんなことをして無事にすませるつもりですか？」

「申しわけありません」ぼくはまたいった。精一杯の演技だった。「ぼくはその……先生のファンでして……だから……つい先生のお姿を見ると夢中になってしまって……」

「それにしては乱暴ですね」

「ごもっともです」ぼくはハイウェイに両手をついた。「どうかお許しください」

高原は苦笑した。「もういい。それよりも運転手をどうします？」時計を見た。「それに、ぼくも予定があるし」

「わかっております」ぼくはいかにもいそいそと運転手を車にかつぎ込んで活を入れると、高原の車の運転台に乗り込んだ。「ぼくが運転させていただきます」

「きみの車は？」

「なに。あとで引き取ります。罰金ぐらい何でもありません」ぼくはエンジンを始動させた。

「まずいな。非常にまずい」

話を聞き終ると杉岡は吐き出すようにいった。「きみはビッグ・タレントをすこし過大評価しているんじゃないか？」

「そういったのはあなたじゃありませんか」

「違う」

杉岡はソファにふんぞり返って否定した。

「ぼくが前にいったのは、純粋に技術的な意味でむつかしいということなんだ。百万馬力のロボットを素手でとりおさえるのと同じような意味でやりにくいといったんだ。ところがきみはそのロボットを尊敬しかけているらしい……それじゃ仕事はできないよ」

「ビッグ・タレントはロボットじゃありませんよ」ぼくはいい返した。「有能だからこそわが社が利用しようとしているんじゃありませんか」

「そうかな」

「それに、ぼくはこのところ、高原俊児のオフィスにしょっちゅう顔を出しているんですよ。それでいいじゃありませんか」

「奇特なお手伝いというわけだな」

「どうとでもいったらいいでしょう」ぼくはかっとなって叫んだ。「もうすでにぼくは高原俊児と顔なじみになっているんだ。そのうちにチャンスをみつけて説き伏せてみせますよ」

「まあ、やってみたまえ」

微笑しながら杉岡はいった。

「きょうで十日だ。間に合うかな」

「大丈夫ですとも」

「いいさ」ものうげな目だった。

「こっちはこっちで高原攻略の準備をととのえている。いざというときの用意にな」

「おせっかいはやめて下さい」

だが、杉岡の手前そういい切ってみたもののぼくの仕事はなかなか進まなかった。あのハイウェイでの出会い以後、ぼくは口実をもうけては高原のオフィスを訪問し、そこで働く連中のために食事を持って行ったり、手伝いをやったりした。チームのメンバーが忙しく絵を描いたりピアノを叩いたりしているオフィスには、ほんのときたま高原俊児があらわれて指示を与える。仕事の量も規模も巨大になっている現代ではこうした作業も完全なチームワークによる共同作業でなければ出来ないのだが、高原の指示はいつでもおそろしく的確でアイデアに富んでいた。何種類もの専門とみがきぬかれたセンスから発するそれらの発想は、やはり高原俊児あってはじめて出てくるものであった。

そうしたときどきに、高原はぼくの姿を認めて軽く会釈する。かれがぼくのことをどう考えているか判らないが、すくなくとももう悪い印象を持っていないことは確実だった。事実ぼく自身も能力のありったけをつぎこんで、自分が高原に気に入られるようにつとめたのだ。

しかし、そこまでだった。そこから先はいかに努力しても進まなかったのだ。高原とふたりきりの会話を持つこと、それによって何とか説得しようという計画は、なかなか実現しなかった。いや、それどころかぼくが高原のチームの連中と親しくなり、ぼく自身の能力を出してかれらに手伝うことでオフィスの人間のようになればなるほど、ますます高原は偉大に、雲の上へ昇ってしまうのである。

（こんなはずがない）ぼくは思った。（あとは一歩を進めるだけだ。高原俊児とふたりきりになる機会を持てばそれを足がかりに何とか説得してみせる）

事実そのはずだった。たとえ契約が高原の気に入らないものであろうとも、そこはこっちの説得しだいで何とかなると信じていたのだ。

一日、また一日とたつにつれて、ぼくはしだいに焦りはじめた。期限は刻々と迫ってくるのに、ぼくは相かわらず同じことを続けなければならなかった。オフィスの掃除やテレビ局との連絡や……そんなことばかりで時間は潰れてゆく。

オブザーバーの杉岡勉は、もはやぼくに何もいおうとはしなかった。杉岡なりの計画ができあがっているらしい。そう思うとますますぼくの焦りははげしくなった。ぼくは何とかして自分自身の手で高原を攻略したかったのだ。が、いぜんとしてぼくは多彩な活躍をつづける高原俊児の、そのオフィスに出入りする奇特なお手伝いにすぎない。焦りはやがて諦めにかわろうとしていた。

そんなある日——。

閉じられた偏光ガラス戸のむこうに見える枯芝は、そろそろ暮れようとしている。いつものようにフロアを掃除していたぼくは背後でエレベーターのドアの開く音を聞いて振りかえった。

高原だった。長身の背をまっすぐに伸ばしてこちらへやってくる。

「みんなは？」

「さあ、食事に行かれたのではないでしょうか」

高原はうなずき、持っていた台本をそばの机に置いた。

「終りの部分を手入れするようにいっておいてくれないか」

それから突然、ぼくがここの人間ではないことに気づいたのだろう。「きみ、いつも熱心に手伝ってくれるが、うちで正式に働いてみる気でもあるのかね？」

「は……」

答えながら、ぼくは不意に胸の動悸がはげしくなるのを覚えていた。今だ……ぼくは部屋の隅にすっとんで自分の鞄をつかむと高原の前へ戻って来た。「実は……先生にお願いしたいことがあるんです」

「お願い？」

「そうです」

ぼくは急いで契約書をとりだした。ほかの連中が帰ってくるまでに話をしてしまわなければならない。というのも、ぼくはもし相手が返事をしぶるならば——しぶるのが当然なのだが——全力をあげて説得し、それでもだめなときには習いおぼえた催眠術を使ってでも署名させるつもりだったからである。

「仕事をお願いしたいのです」

一枚一枚がごわごわとした厚手の紙を綴じた契約書をさしだして、ぼくは訴えにも似た口調でいった。「どうか……よろしくお願いいたします」

高原俊児はしばらく奇妙な目でぼくをみつめていたが、契約書を読みはじめた。その口辺がしだいに歪んでゆく。やがてビッグ・タレントはぼくを注視した。

「冗談でしょう？」

ぼくはかぶりを振った。

「帰りたまえ！」

突然、高原俊児はどなった。契約書を持った手がぶるぶると震えていた。「ぼくは今までにいろんな企業からずいぶん厚かましい依頼を受けた。しかし、これとくらべるとそれらはまるで貴族の挨拶のようにていねいなものだったよ。完全雇傭契約だと？　二十四時間勤務だと？　きみたちは無数の人間を奴隷に仕立てあげながら、それでもまだ気がすまずにぼくをひきずりこもうとするのか！」

「待ってください」

予期していたものの、あまりにはげしい反応であった。

「ぼくの話を聞いて下さい」

「出てゆけ！」

高原は契約書を叩きつけた。「二度とぼくのオフィスに来ないでくれ！」

ぼくは覚悟した。こうなれば最後の手段しかない。放心状態にして催眠状態にひきこむのだ。ぼくは右手で思いきり高原の頬をひっぱたいた。

茫然とする高原に術をかけようとしたそのとき、いちばん悪いときにチームのメンバーが戻って来たのだった。

「きさま！」ひとりがわめいた。「先生に何をしたんだ！」

「この野郎」

ぼくはもう一言も抗弁しなかった。絶好のタイミングは去った。すべては終ってしまったのだ。なぐろうと蹴ろうと勝手にするがいい。

「何だこれ」高原の傍に居た男が契約書をつかみあげた。

「完全雇傭契約？……こんなもの！」

男は契約書を両手に握ると、力まかせに引き裂いた。「ビッグ・タレントにむかってこいつ……」

その瞬間。

契約書から、パッと霧のように黄色い微粉がとび散ったのだった。紙の中に封じこめてあったのだろうか、それはあっという間に拡散した。

「こんな……」ののしろうとした男の表情が崩れた。その口からゆっくりとよだれが糸を引いて落ちた。

「ヒヒヒ」

高原の声だった。胸をおさえてげらげらと笑っている。

ぼくは反射的に呼吸をとめると、その黄色い霧からとびのいた。そのまま近くの電話をつかみあげてダイヤルをまわす。もうそのころには室内いっぱいに笑い声や吠える声が充満していた。

スクリーンにあらわれた杉岡にぼくは必死で事態をしゃべろうとした。だが、その半分も話し終らぬうちに、ぼくの鼻腔に異様な臭気が突きあげ、ぼくの意識はぐるぐると渦をえがきはじめた。「すぐ行く」と杉岡が叫んだのを聞いたのを最後に、ぼくは極彩色の狂宴の中へまっさかさまに落ち込んで行った。


「気がついたか？」

杉岡の声に、ぼくはしびれたような頭をもちあげた。

「きみは一週間も狂ったままだったんだ」杉岡は何でもなかったようにいった。

「契約書に封入されていた薬品は一時的に人間を発狂させるものでね……ぼくはずっとあれが破られるときを待っていたんだ」

「みんなは？」たちまち殺到してくる記憶の中でぼくはおぼつかなく訊ねた。「高原俊児やほかの連中はどうなりました？」

杉岡はにやりと笑った。「計画はうまく当ったよ……かれらはもうわれわれのものだ」

「とは？」

「ついて来たまえ。見せたいものがある」

ぼくはふらふらする足で杉岡について廊下を歩いて行った。

「ここだ」

杉岡は重い金属製のドアをあけると、そこに並んでいるスクリーンのひとつを指した。

「これは隠しテレビだ。見たまえ」

スクリーンには、豪華な調度の並ぶ部屋が映っていた。いずれも贅をきわめたものばかりで、大富豪の邸宅に似ている。

ぼくは息をのんだ。

そこには、高原俊児が居たのである。それも身に一糸もまとわず、口のなかでぶつぶついいながら部屋の中を歩きまわっている。まだ狂っているということはちょっと見ただけでわかった。

ぼくは杉岡を見た。杉岡が黙ってスクリーンにあごをしゃくったので視線を戻す。

女が入って来た。色の白い黒髪の、これもすっぱだかの女だった。胴がくびれ胸のつきでたすばらしい肉体だが……しかし、どことなく動きが不自然でぎくしゃくしている。それによく見ると身体の細部もあちこち歪んでいた。

が、女が入って来たのを見た高原は、野獣のような声をあげてとびかかった。弱々しく抵抗するのを力まかせに押し倒し、脚をつかんでひろげると、その上におおいかぶさってゆく。

馬鹿な！

こんな馬鹿なことがあっていいものか。高原俊児とは、知性と感性の旗手ではなかったのか。それを性欲のかたまりに仕立てあげて……いったいどうしようというのだ。

うめき声を立てながらからみあっている肉体から目をそらすと、ぼくは叫んだ。

「なぜです？　なぜこんなことをするんです？」

「われわれはビッグ・タレントを治療しているのさ」杉岡が皮肉な口調で答えた。

「かれを狂わせたのはわれわれの責任だからね。われわれの手で治さなければならないのさ。……無償でね」

「しかし」

「あれは、うちがいま秘密のうちに開発しているセックス専用のロボットなんだよ。あいつは男の脳波を受けとめて、男の潜在的欲求に応じるようになっている。まだ今のところは形状も機能も不完全だが、それでも狂った人間にはたいしてかわりはない。あれを使っていただいて欲求不満を解消し治療しているんだよ」

「嘘だ！」

「そう、嘘だ」杉岡は平然と肯定した。

「いったんセックス・ロボットの快感をおぼえたら、そいつは死ぬまでセックス・ロボットのとりこになる。ロボットのいないところでは暮らせないようになる。……正気に返ってもね。かれはうちを離れられなくなる」

「われわれの仕事はこれでいいんだ」黙っているぼくに杉岡はつづけた。「攻撃対象にへんな感情は禁物なんだ。いったん命令がでたらそれを実現できるあらゆる方法を利用しなければならない。だいたいビッグ・タレントなんて現代にあっては狂い咲きだ。ムダ花なんだ。今はわれわれの社会なんだよ。あんなものに対して妙な感情を持ったきみが成功するわけはなかったんだ」

「……そんなものですかね」

「かれはじきに契約するよ。全国ネットワークでその実況が送られるはずだ。こいつはいい宣伝になるだろう」

杉岡はうなだれているぼくに快活な声でいった。「蛇足だが、これら一連の仕事はすべてきみの指示でおこなわれたことになっている……いい無任所要員になってくれよ」

＊＊＊

額の汗を拭きながら会社へ戻って来たぼくは、ちょうど出ようとする男と、あぶなく鉢あわせをしそうになった。

「失礼」

「森田くんだね？」その男はいった。「最近はずいぶん活躍しているらしいじゃないか」

それは杉岡だった。杉岡は片手をあげて歩きだそうとし、ふと気がついたようにつけ加えた。「ああ、そういえばきみが最初の仕事で契約させたあのビッグ・タレントね。あれは死んだよ」

「……」

「結局、かれは企業の枠内では生きられなかったんだな。いい仕事もできないままにだんだんノイローゼになって行ってね。契約を解除しようにもわが社以外では例のロボットを使えない。しまいには廃人同様になって死んだということだよ」

「……そうですか」

「おい、何を気にしているんだ」杉岡は親しげに笑った。

「何だビッグ・タレントのひとりやふたり。あんな消耗品はいくらでも代りが出てくるさ。いまの社会はわれわれのようなインサイダーが大切なんだ。ぼくとかきみのような、ね」

杉岡はぼくの肩を叩いた。「たいしたことはないじゃないか」

もちろんぼくもそう思った。

工事中止命令

1

「ねえ杉岡くん、特別手当はいらんかね」

配置部長がそう切りだしたとき、ぼくはすぐには返事をしなかった。この部長にはたびたびとんでもない仕事を押しつけられていたからである。

「また無任所要員の弱味につけこむつもりですな？」ややあってぼくは言った。「今度はいったい何をさせようというんです？」

部長はにやりと笑うと、タバコを一本抜きだして口にくわえた。強く息を吸いこむとその先にぽっと赤い火が自動的にともる。匂いの強いけむりを吹きあげながら、

「たいしたことはないよ……緑濃い大自然の雰囲気に、ほんの少しの間浸って来てくれればいいんだ」

「あんまりじらさないで下さいよ。どうせやらなきゃならない仕事なら、早く覚悟をきめたいですからね」

部長は書類をとりあげた。「じつはうちの第四四四号工事がへんな具合になって来たんでね……きみに何とかしてもらいたいのさ」

「四四四号工事というと……」ぼくはすばやく頭の中のカードを繰った。「あれはたしか南米かどこかの開発工事じゃなかったですか？」

「そう、A河流域だ。R国から注文を受けて、ジャングルの中に近代都市をつくることになっていたやつだ」

「ジャングル！」

ぼくは顔をしかめた。「すると何ですか、ぼくにサルといっしょになって木を伐れとでもいうんですかね」

「そんなときは先にサルに頼むよ」

部長は分厚い書類を投げてよこした。「工事は全部ロボットがやっている。ロボットだけでは先方が工事認可を出さないので、責任者として人間の監督もひとり派遣されている」

「至れりつくせりじゃないですか」

「ところが知ってのとおり五日前、R国にクーデターがおこってね」

部長は肩をすくめた。「新政権は一方的にこの工事の契約破棄を通告して来た。おまけに違約金は二十年の延払いだとぬかしおる……うちはあの工事に莫大な予算を計上しているんだ。これ以上損害が大きくなる前に、一刻も早く資材を引揚げなきゃならん」

「ごもっとも」

ぼくは頷き、資料をパラパラとめくってみた。「スケジュールから見れば、まだ五分の一も進んでいない……。さっそくその監督とやらに工事中止命令を出したらどうですか」

「出したとも……だがだめだ」

「え？」

「その監督が行方不明になってしまったんだよ」ゆううつそうに部長は呟いた。「連絡した翌日、彼はどこへ行ったかわからなくなった……工事局への定例報告はおろか、非常呼出をかけても返事ひとつない。うちのR国駐在員が空から調べてみたところ、奴の姿はどこにもなく、ロボットたちだけが相もかわらず馬鹿正直に作業をつづけているというんだ」

「ひどいものだな」ぼくはうなった。「その監督、事故にあうか、でなければ逃亡したというわけですか？」

「どうかな」と部長。「まあ、監督の捜索についてはこっちで別に手を打つから、きみはともかく現場へ行って工事をストップさせてくれればいい」

「冗談じゃない」

ぼくはあわてて手を振った。「たしかにぼくは無任所要員だ。でも工事監督のことなんて何も知らないし……第一、ぼくはまだ引受けたなんて言ってやしませんよ」

「それじゃ代りを指名するんだな。腕っこきのきみの指名とあれば、どの無任所要員だって引受けてくれるだろう……恨みながらね」

「そんな言いかたはないでしょう」ぼくは肩の力を抜いた。「やりますよ。ええ、やらせて頂きますよ。……で、いつ赴任しろと仰せになるんで？」

「今すぐ出発してくれないか」こともなげに部長は言った。「悪いんだが……何しろさっき工事監督の後任として、きみの名前を送信してしまったんでね」

「ひどいペテンだ」

「いいじゃないか」

部長は不器用にウィンクしてみせた。「特別手当だよ、きみ……最高ランクの手当が出ることになっているんだ……やってくれ」

部長にいろいろいやがらせはいってやったものの、ひととおり荷物をそろえて南米ゆきの超音速機に乗りこんだとき、ぼくはすっかりその気になっていた。

もともと好きでやっている仕事だ。細分化され専門化された部門にいるよりは、こうした不特定任務のほうが、どれだけ面白いかわからない。

ぼくの属するパイオニア・サービス会社は、いわば人間リースを含む大規模な万能奉仕屋である。いろんな団体や他国政府の依頼を受けてどんな仕事でもやってのけるのだ。開幕から終りまでの運営コミの博覧会づくりや一流教授をそろえた大学づくりなどはもちろんのこと、時と場合によっては、あたらしく独立した国のために大臣や高級官僚の適任者を貸出して国家の基礎がかたまるまで面倒を見たり、常備軍を仕立ててやることもまれではなかった。

だが――どんな仕事でも、すべてが計画どおりうまく運ぶとは限らない。いろんな支障が次から次へとおこってくる。そのどれひとつにつまずいても会社の信用はがた落ちになってしまうのだ。

そのために待機しているのがぼくたち――特別の訓練を受けた百名たらずの無任所要員だった。命令一下、会社の利益を守るためにあるいは公然とあるいは極秘のうちに、現場へ飛んで工作にかかるのである。その仕事が善であろうと悪であろうと……いや、そんなことを考える人間に無任所要員がつとまるわけはないのだ。ひとつ間違えば致命的な仕事、広い知識やすばやい反応力やこまかい注意力やずぶとい神経をフルに使わねばならぬ職務に、そんな甘っちょろい懐疑の入ってくる余地はない。すべては会社の利益のため、そのためならどんな困難なことでもやってのけねばならないのだ。

今までやりとげて来たそうした任務にくらべて今度は……ぼくは休暇でも貰ったような気分になっていた。今度の相手は、そう、たかが機械人形なのであった。

2

空港を出てマグネット列車に乗りかえ、R市で降りたぼくは、その足でわが社の出張所へむかった。

スコールのあととて暑さはいくぶんしのぎやすかったが、午後の陽を浴びてひしめくビルの群はひどく険しい感じだった。数年前B国から分離独立したR国の首府であるこの市の街並は、ただでさえ建設期特有の荒々しさを帯びていたはずなのに、それが今度のクーデターを経て、いっそう緊張の度をくわえているからなのだろう。そういえば道には、新政権がまだ安定していないことを物語るように、やたらに兵隊が往来している。出張所の駐在員は待ちかねていたらしく、ぼくの姿を見るが早いか走り寄ってきた。

「まったく、よく来てくれました」駐在員はぼくの手をはげしく握りしめながら、ほとんど叫ぶように言った。「用意は全部できています。朝からずっとお待ちしていたんですよ。さあ、さっそくヘリコプターで現地までご案内しましょう」

「待ってくれ」

ぼくは急いでさえぎった。たかがロボットたちの工事を中止するにしては、これはあまりにも大げさな出迎えぶりだ。

「何か感違いなさっているんじゃありませんか？」相手の手をはずしながら、ぼくはできるだけていねいに言った。「私は四四四号工事の臨時監督なんですが」

「そうですとも」

「ぼくはロボットどもに工事中止の命令を下す……それだけの仕事のために来た人間ですよ」

駐在員はぽかんと口をあけた。

「ロボットに……中止を命令するんですって？」

「違うんですか」

「そんなことをしたらあなた、前の監督と同じことに……」言いかけたまま駐在員はぼくの顔を見た。「あなた、何も事情をご存じないんですか？」

「何だって？」

ぼくは思わず問い返した。事情とはいったい何だ？　前の監督がどうなったというんだ？　なぜロボットに命令してはいけないんだ？

だが、駐在員は腕の時計に目を走らせると言った。

「とにかく、現地へのヘリコプターの中で説明しましょう。あなたを一刻も早く仕事に就かせるよう、本社から厳重に言い渡されていますんでね」

眼下には、黒味を帯びた緑の茂みがどこまでも続いている。さすがに世界第一級の流域面積を誇る大河だけあって、圧倒的な光景だった。はじめのうちこそあちこちに集落らしいものがあったが、河に沿って飛んでゆくうちに、まったくのジャングル地帯になってしまった。こんな時代になっても……いや、こんな時代だからこそ都市への人口集中はますますはげしく、未開地は未開だというだけの理由で放置されているいい例なのだ。

「だいたい今度の工事ははじめから無理だらけだったんです」爆音にかき消されまいと駐在員は大声を出した。「R国の仕事は今度の四四四号工事がはじめてでしてね……私は注文を貰うためにありとあらゆる手を使ったんですが、なかなか信用してくれません。あげくのはて、出て来たものは実績づくりのためのこんなテストだったんです」

「テスト？」

「そうとしか言いようがありませんよ」駐在員は前を向いたままわめいた。「ジャングルの中に近代都市を作れといっても、工事を指定された土地は、高台にはさまれた低湿地帯でしてね……雨期に入ると河になってしまうところなんです。植物はきちがいみたいに成長する、半年もたったらまたもとのジャングルに戻ることは目に見えているというのに……そんなところへ高層ビルを並べろなんて、新興国のおえらがたの考えることはさっぱり判りませんな。こっちは工事費さえ受取ればいいけれど、いったい誰が住むというんです？　人間の住めるところじゃありませんよ。新政権が契約を破棄すると言いだしたのも当り前です」

「そうでしょうな」ぼくはあまりの馬鹿馬鹿しさに呆れながら、それでも負けずに大声をはりあげた。「このへんのことについては資料でも読みましたよ。気候はよくないし、いろんな病気もあるそうですな」

「病気？」

駐在員はけたたましく笑いだした。「そんなもの、たいしたことはありません。このへんは毒ヘビの多いことで有名なんですよ」

「毒ヘビ？」

ぼくはそれを踏んづけたような声を出した。

「そう、三メートルもある、スルククという猛毒の奴、これは火を見ると飛び込んでくるそうです。それにガラガラヘビ……いやヘビだけじゃありませんな。ダニやサソリや毒グモや砂バエ……蚊はマラリアを運んでくるし、ウジは身体の中へもぐり込む。いっぽう水の中にはピラニアや食肉どじょう……」

「やめてくれ！」

「や、これは失礼」

駐在員は機を河から外らしながら言った。「ともかくそんなわけで、建設作業にはロボットを使うほかはなかったんです。それも普通のロボットでは役に立ちません。工事局は特別に作業本能の強いロボット群を製作して現場へ送り込みました。いったんセットされたら目的を達するまで調整不能の、あらゆる妨害をはねのけて仕事をつづける執念深いタイプのロボットたちです」

「……待て」

ようやくぼくにも真相がわかって来た。「それじゃこれからぼくが出会うのは、その執念深いロボットで？」

「むろんそうです」

「そいつらに作業をやめさせろと？」

「その通りです」

「そんなことは不可能だ！」

ぼくは叫んだ。「そんな狂信的なロボットに仕事をむりやりやめさせようとしたらいったいどうなると思う？　こっちは工事の妨害者として……」だが、ぼくはそこで絶句した。つめたい汗がどっと噴き出てきた。

まちがいない。

前の監督はそれをやったのだ。命令されてかうっかりしてかは知らないが、目的意識にこりかたまった機械人形にストップをかけようとしたのだ。その結果彼はロボットどもの手によって……それから行方不明……。

突然、ぼくは配置部長のにやにやした表情を思いだした。

罠だ。

それもひどい罠だった。最高ランクとやらの特別手当にひかされて、誰にも解決できない命題をまんまと背負いこまされたのだ。だいたい考えてみればあの狸おやじが〝ちょっと大自然の雰囲気にひたる〟男のために特別手当など申請するわけはなかったのだ。

そう気がつくと同時に、ぼくは駐在員の肩を叩いていた。

「もう一度出張所まで戻ってくれ！　配置部長と話したい」

だが、駐在員は応じなかった。のみならずしだいに機の高度をさげはじめている。

「戻れといっているんだよ！」

「もう間に合いません」駐在員は前を向いたまま落着いて答えた。「どうせ誰かひとりは行かなくちゃならないんです。それに、本社ではあなたならまちがいなくこの問題に解答を出すはずだと言っています」

「……」

「そろそろ荷物をまとめて下さい」駐在員は片手で下を指した。「そこが四四四号工事の現場です」

たしかに緑の大海の中、まるく切り拓かれた部分が見えていた。何百台という工事機械や、山のように積まれた構造材にまじって、いくつか未完成のビルも並んでいる。泥土と金属の入りまじる間を縫って動きまわる小さな点が、近づくにつれて形を整えてきた。作業ロボットたちであった。

もうこうなっては仕方がない。ぼくはやむを得ず覚悟を——いや、そういっては嘘になる。認めたくないことだが現場を見た瞬間、ぼくの心はきまってしまったのだ。一人前の無任所要員が任務の現場に臨んだとき必ず感じるあの衝動、他の連中にしばしばからかわれ利用されながら、しかもそれあるが故にどうしても無任所要員をやめられないあの征服欲にも似た興奮が、ぼくをすっぽり包み込んでしまったのである。（何とかうまくやる方法があるはずだ）とぼくは考えはじめていた。（いや、無任所要員の名誉にかけて、かならず工事を中止してみせるぞ）

3

出発のとき貸与された、しなやかな生地の監督の制服を着込むと、ぼくはヘリコプターのドアをあけて外へとびおりた。

とたんに足首まで泥の中に沈む。が、水は入ってこなかった。どうやらこの制服は保護服をも兼ねているらしい。

目をあげる。

工事場は上から見ていたよりはずっと広かった。草と泥とコンクリートと金属におおわれて、はるかかなたまで続いている。その中を見えかくれして動きまわるロボットたちは、ヘリコプターが着陸したことも完全に無視しているようだった。何百体という金属の人形すべてがひたすら自己の作業に没頭して……。

そうではなかった。

一体だけがまっすぐこちらへやってくるのだ。円筒形の胴をゆすり頭をふりたてて、それもかなりのスピードである。

(畜生、何がこわいというのだ?)あぶなくきびすを返しそうになるのをこらえて、ぼくは必死で自分に言いきかせた。(相手はたかが機械なんだぞ。人間のつくりだした機械なんだぞ……俺はこれからあいつの弱点をみつけて工事を中止させなきゃいけないんだ)

ふつう初対面の場合、主導権を握るにはまず相手の機先を制するのが原則だ。だからぼくは腹に思いきり力を入れると、ねばつく泥を踏みしめてこっちからロボットのほうへ進みはじめた。

たちまち背後からヘリコプターの離陸するけたたましい爆音がきこえてきた。

「監督デスカ」

ステンレス・スチールの頭部にとりつけられたプラスチックの唇を開閉させてロボットは言った。「名前ト社員番号ヲイッテクダサイ」

「何だと？」

ぼくはあっけにとられて、ものものしい装備をつけた身長三メートルもありそうな怪物を見上げた。「どうして俺が名乗りをあげなくちゃならないんだ？」

「照合ノタメデス」

ロボットはまた唇だけを動かした。「アナタガ本社カラ通告ノアッタ監督ト同一人物カドウカ確認スルノデス。理解デキマスネ？」

ぼくの頭にかっと血がのぼってきた。何という生意気な口のききかただ！　こんな質問におとなしく返事していたらロボットになめられてしまう。

「そっちから名乗ったらどうだ」

「ソチラガ先デス」

「こいつは面白い」ぼくは肩をそびやかして訊ねた。「もしも俺が名乗らなかったらどうなるというんだね？」

「片ヅケマス」

「なに?」

「アナタガ名前ト社員番号ヲイワナイノハ、アナタガ正規ノ監督デナイコトヲ意味シテイマス。監督デナケレバ工事ト何ノ関係モアリマセン。工事ト無関係ナスベテノモノハ、片ヅケネバナリマセン」

言いながらロボットははやくも両腕を伸ばしてきた。

「やめろ!」

ぼくはとびのいた。「何をするんだ」

ロボットは答えない。そのままぼくに近づいてくる。

「言うよ……」

ぼくは両手を突き出して叫んだ。「言ってやるとも。ぼくの名前は杉岡勉。ス・ギ・オ・カ・ツ・ト・ムだ!」

「社員番号モドウゾ」

「CXの八八号!」

ロボットは腕をおろした。

「照合完了」

それからくるりと向きをかえて言った。「ツイテ来テクダサイ」

「どこへ行くんだ?」

「監督室ニ案内シマス」

ロボットのあとについて、ぼくは工事場のはずれに並ぶ小さなビルのひとつに入って行った。

むきだしのコンクリートで造られた細い階段をのぼり、いちばん奥のドアをあけるとロボットは言った。

「監督室デス」

ぼくは中へ踏み込み、すばやくあたりを見まわした。

かなり広い部屋だ。三十平方メートルはあるだろう。天井も高いし、正面は大きな窓で、外の風景がよく見える。

壁ぎわにはベッドや本棚、それに本社との送受信用機器やスクリーンが並び、カーテンのむこうはバスとトイレットになっているらしい。一時代前の、よく整頓されたホテルの一室のような感じだった。

ここで暮らせというのか？

ぼくは振りかえりざま戸口に立っているロボットに呼びかけた。「おい」

「私ノ名前ハ、オイ、デハアリマセン。四四四－一号デス」ロボットは訂正した。「コノ四四四－一号トイウ名前ハ、私ガ四四四号工事ヲ指揮スルロボットダトイウコトヲ示シテイマス」

「工事を指揮？」

ぼくはあわてて訊ね返した。「それはいったいどういう意味だ？」

「四四四号工事ニ関スル命令ハスベテ私カラ担当ノロボットニ電波デ伝エラレマス。監督トノ話シアイモスベテ私ヲ通ジテオコナワレマス。コノヤリカタヲトラナイト工事ノ命令系統ガ混乱シテシマウカラデス」

「立派な演説だ」

思いのほか相手が饒舌なのにうんざりしながらぼくは言った。

「それじゃ四四四‐一号、このぼくは何をするんだ？」

「監督ニハ監督ノスケジュールガアリマス」四四四‐一号は、またもや立板に水とまくしたてた。「監督ノスケジュールヲ申シアゲマス。午前五時起床、午前五時三十分カラ六時三十分マデ指揮ロボットノ報告聴取。午前七時ニ朝食、午前八時カラ午前九時五十分マデ第一回ノ現場巡視。午前十時カラ本社トノ定例連絡……」

「やめろ！」ぼくは腕をふりまわした。「そんなに沢山、一回で暗記できるものか！」

「……ソウデスカ」

「そういうことは何かに書いて持ってくるものだ」ぼくは口をひんまげた。「人間は頭が悪いんだからな！」

一号は腕をあげてスクリーンのある壁のほうを指した。

「スケジュール表ナラアソコニアリマスガ」

そういえばなるほど、機器群のすぐ横に小さなプラスチック板が貼りつけられている。

何て気のきかないロボットだ！

その壁の前へ歩いて行こうとしたぼくは、しかしぎくりとして横手のドアを見た。

一号が部屋から出ようとしていたのだ。そればかりか、外からドアのノブをつかんで……。

「何をする！」

「部屋ニ錠ヲカケマス」向う側からゆるゆるとドアをとざしながら一号は言った。「監督ハアラユル危険カラ守ラレナケレバナリマセン。私ハアナタヲ完全ニ保護シマス」

「おい待て」

ぼくはドアにとびついて全身で押し返そうとした。しかしロボットの力にかなうわけがない。分厚い金属扉はたちまち重いひびきをたてて閉じてしまった。

「あけてくれ！」

「私ガ出入リスルトキニアケマス」

ドアのむこうで一号の声がし、それから階段をくだってゆく足音がした。

無茶苦茶だ。

これではまるで囚人ではないか。ぼくはよろめきながら部屋の中へ戻ってくると、崩れるように椅子にすわった。

何とかしなければいけない。何気なく顔をあげたぼくの視線は、そのとき例のスケジュール表をとらえたのである。

それは小さな文字でぎっしりと日課を書きこんだ薄いプラスチック板だった。一号の言ったことがそのまま、もっと詳細にしるされている。が、ぼくの目にとびこんだのはそんなものではなかったのだ。

板の余白には至るところに落書がされていたのである。それも、とてもまともな人間が書いたとは思えない書体で、助けてくれとか殺せとか、妙な言葉が並んでいるのだ。いや、判読できるのはまだいいほうで、大部分は点と線との羅列に過ぎなかった。

——いったい誰が？　そう考えた次の瞬間、ぼくはこれを書いた人間はここにいた者以外にはあり得ないこと、つまり前任者だということに気がついた。とすると、前の監督はここで気が変になったのでは？　そして……それがやがてぼく自身の運命かも。

馬鹿な！　そんなことがあってたまるか。ぼくははげしく首を振り、気をかえようと窓の外に目をやった。

ジャングルに囲まれた広々とした工事場は、もう黄昏に沈みかかっている。雑多に組みあげられたいろんな構築物の間を、工事機械に乗ったロボットたちが何十体も動きまわっているのが見えた。その中にはあの四四四‐一号もいるのだろうが、同じような形のロボットたちの中で、しかも薄青い夕闇の中では全然判別がつかない。

いやな予感はますます強くなるばかりだった。

4

「起キテクダサイ、起キテクダサイ！」

耳も潰れんばかりの大声に、ぼくはあわてて跳ね起きた。

一号だった。いつの間に入って来たのか、ドアを背にして突っ立っている。

外はすっかりあかるくなっていた。ロボットたちは徹夜で働いていたらしく、昨夜見たときにはなかった建物がいくつかならんでいる。

ぼくはうめいた。一日ストップが遅れれば一日分だけ資材がムダになってゆく。

だが、ぼくのそんな気持に頓着なく一号は言った。「午前五時三十分カラ報告ヲハジメマス。ソレマデニ人間ノ習慣行為ヲスマセテクダサイ」

「習慣行為？」

「歯ヲミガクコト顔ヲ洗ウコト排泄物ヲ」

「うるさい！」

息つくひまもないスケジュールだった。朝の用意が済むか済まないうちに、一号は時間どおり報告をはじめていた。やたらに専門語の出てくる難解な報告が終ると、つづいて保存食品による朝食……へたに逆らうとどんな目にあうかわからないので、ぼくは一号の指示どおりにしながら、話しあう機会を狙いつづけた。

午前八時になるとロボットは部屋を出、奇妙な服を手にして戻ってきた。金属網をぬいこみ、ヘルメットをそなえた一見宇宙服のような代物だ。

「これを着るのか？」ぼくは顔をしかめた。

「ソレハ保護服デス」と一号。「アナタノ着テイル制服ハアル程度アナタヲ守ルコトハデキマスガ、保護服ホド完全デハアリマセン。工事場ノ巡視ニハ必ズコノ保護服ヲツケテモライマス」

「……わかったよ」

外へ踏み出すと、燃えるような熱帯の陽が音もなくぼくたちにからみついてきた。感傷など許される余地もない荒々しい風景だった。いや、もし情感をおぼえるものがあったとしても、それは赤色を帯びた泥と、性こりもなく生えてくる草、それを押えこむように固められてゆくコンクリートと鋼材がかもしだす一種決闘にも似たすさまじさだけであったろう。

事実、それは決闘にほかならなかった。あらゆる人工的なものをはね返そうとするおそるべき密林の生命力と、機能のすべてを注入して執拗に科学力を駆使するロボットたちの格闘であった。こういう風に力ずくでねじ伏せられてゆくのに耐えられない密林は、工事場をびっしりととりまいて少しの隙でもあれば爆発しようとしている——その証拠のように、外周部に沿って進んでゆくロボット一号とぼくの横手からは挑戦するような鳴きザルの合唱がきこえ、足もとの泥水の中には牛の舌を噛み切るという魚やピラニア、どじょうの類が身をくねらせているのである。

たしかに、四四四号工事はロボットによって進められねばならなかったのだ。人間には――というより人間的なものの手によってはここはとうてい開発できるような場所ではなかったのだ。無防備の人間にとって一秒一秒が死につながるようなこんな土地では、温度の変化にもめげず、蛇や食肉生物を踏みつぶしてはたらく身長三メートルのロボット、目的意識にとりつかれた執念ぶかい怪物が資材を湯水のように浪費することではじめて工事らしい工事ができるのだ。

もちろんぼくは、説明のために立ちどまりまた歩きだす一号につづきながら、一刻も早く作業をストップさせなければならないと考えていた。が、泥土の上を五、六体ずつのグループになって機械に乗り込み、あるいは機械を手に動きまわっているロボットたちを見れば見るほど、抑えても抑えてもそんなことがはたして可能だろうかという疑念が湧いてくるのである。

一号についてひと通り各ブロックを巡視し終り帰途につこうとしたぼくは、そのときふと足をとめた。

異様な光景が目に映ったのだ。

そのあたりは工事場のなかでもいちばんはずれに近く、工事もまだそれほど進捗してはいなかった。白日を浴びて泥のなか十数本のパイルが墓標のように林立しているその前に、一体のロボットが倒れていたのである。ロボットの横には、同僚らしい二体のロボットがかがみこんでいた。倒れたロボットの胸をひらき、素早い動作で内部の点検をやっている。

「どうしたんだ」

ぼくが訊ねるや否や、一号は説明をはじめていた。「オーバーヒートです」

「オーバーヒート？」

「作業ガハゲシイノデ回路ヲヤラレタノデス。ココノ環境ハ苛酷デスシ、私ハロボットタチニフル操業ヲサセテイマス。アレハ耐エキレナカッタノデス」

「冗談じゃないぞ！」

ぼくは気が遠くなりそうだった。そのときまでぼくは、工事の進行と共に消費される資材のことばかり考えていたのだ。それがロボットの消耗まで伴うとなると……。

「よく考えろ！」ぼくは衝動的に一号につめ寄った。「おまえはロボット一体を作るのにどれだけ費用がかかるか知っているのか？　航空機よりも高いんだぞ！」

「知ッテオリマス」

「それじゃもっと大切にしてやったらどうなんだ！」

「工事ノ納期ハ定マッテオリマス」一号は無表情に言った。「現在ノトコロ作業ハスコシ遅レテイルウエニ、雨期ガ早クナリソウナノデス。私ハ絶対ニ期限マデニ工事ヲ仕上ゲナケレバナリマセン。ロボットヲ犠牲ニシテモ工事ヲ急ガナケレバナラナイノデス」

「期限なんかどうでもいいじゃないか！」ぼくは両手を頭の上で振ってみせた。「損害を最小限に食いとめるんだ。もともとこの工事は中止——」

「警告シマス」突然早口で一号がさえぎった。「作業ヲ妨害スルヨウナ言動ハツツシンデ下サイ」

「何を言うか！」

とうとうぼくは怒りを爆発させた。「俺は工事の監督だぞ。これは監督命令だ！　命令に従わないのか！」

「私ハ監督命令ガ工事進行ニ有効ダト判断シタトキニダケ従イマス」一号の声のボリュームがあがった。「繰返シマスガ、作業ヲ妨害スルヨウナ言動ハツツシンデ下サイ。ヤメナイト相応ノ措置ヲトリマス」

「……」

ぼくは唇をへの字に結んで黙りこんだ。腹の中は煮えくり返っていたがどうしようもなかったのだ。

泥に浸った同僚の修理をあきらめた他のロボットたちは、再び猛然と作業にかかりはじめていた。

5

一日、また一日とスケジュールどおりの行動をつづけながら、ぼくはしだいに焦らざるを得なかった。

毎朝午前五時に叩きおこされて、準備もそこそこに前日の報告を聞かされ、食事が終ればたちまち現場へ曳きだされる。へとへとになったところで本社との定例連絡、そして食事……つづいて午後の現場巡視や夕方の作業報告と、それは午後十時にぼろのように疲れ果ててベッドへもぐりこむまで続くのだ。こんな目のまわるような生活の中で対策をひねり出せといわれても、そいつは無理というものではなかろうか？

なるほど、巡視のときぐらいなら、一号の説明に耳をかしさえしなければ、多少は考えごとができるかも知れない。だが、灼けつくような太陽と緑の樹々、赤っ茶けた泥の上を走る金属製の疑似人間が否応なしに目に入ってくるそんなところで、まともにものを考えられるわけがない。

とにかくいちばん厄介なのは相手がロボットだということだった。人間ならこっちの持ちかけようひとつで、どうにでも気持を変えさせることができるのだが、ロボットではそうはゆかない。遠まわしに説得しようとすれば何の反応もないし、といってまともに工事のことに触れようものなら、とたんに態度を硬化させる。ぼくがはじめ考えていたような、自分自身で一号を論破して工事を中止させるという英雄的な方法は全然問題外であった。

が、さりとて別の方法があるだろうか。一号以外のロボットに話しかけサボタージュをやらせるという手段もむろん考えてみたが、その結果ぼくが知ったのは、人間と話せるように調整されているのは一号だけという事実だった。

つづいてぼくが考えたのは、一号と他のロボットの連絡に使われている電波を攪乱するというやり方である。本社との連絡用機器を改造すれば妨害電波を出すのは可能だが、しかし一号はたちまち発信源をつきとめるだろうし、それではまるで意味がない。第一、機器を分解して組立てるような時間のゆとりはぼくにはなかったのだ。

ぼくをこうした窮境に置きながら、どう考えても不可解なのは本社の態度だった。本社とは一日一回、午前十時から三十分間かならず連絡があるのだが、どうしたことか工事局所属の連絡担当員は——配置部長のほうは全然スクリーンに姿をあらわそうとしなかった——工事中止のことなど何ひとつ知らぬげにぼくの工事進行報告を黙ってチェックし、記録するばかりなのだ。もちろんそれはぼくのうしろに立っている一号の手前そういう態度をとっているのかもしれないが、こっちが必死で言葉に二重の意味を持たせたり、目顔で合図してみせたりしても、まったく気がつかないような顔をしているのだった。

要するにぼくは見捨てられ、万策尽きようとしていたのだ。文明世界をはるかに離れた異郷、蛇や猛獣やピラニアの充満する密林の中の小世界で狂ったように工事をつづけるロボットにかこまれて——だが、ぼくは断乎として諦めなかった。よく考えれば何とか工事の進行を食いとめる方法があるはずだと信じ、そうすべく努めた。仕事を放りだすことは、ぼくの無任所要員としての誇りが許さなかったのである。

ぼくは携行してきた薬の力を借りて、睡眠時間を短縮した。そうして浮かせた時間を使って、今までに見聞してきた一号の能力の一覧表をつくり、行動パターンを分析した。

結果は最悪といってよかった。駐在員が言ったとおり、一号はいったん目標を与えられたら、それを完成させないかぎりロボット調整技師でさえも止めようがないタイプに属していた。

それでも、ぼくは希望を捨てなかった。毎晩毎晩気力をふるいおこして、対策を発見しようとした。連日の寝不足でぼくの身体はめっきり弱り、意識もすこしずつかすみはじめていた。

ほんの少し居眠りをしたと思うと、たちまち一号の大声がとびこんできた。

「報告ノ時間デス。報告デス！」

「ああ？」

ぼくがぼんやり目をひらくと、一号はたちまちしゃべりだした。

「雨期ガ近ヅイテキタノデ、本日ヨリ各ロボットニ対スルノルマヲサラニアゲマシタ」

「なに？」ぼくはぎょっとして一号を見た。「まだこれ以上にか？」

「ソウデス。ソノ結果ロボットノ損耗モフエマシタガ、工事ノスピードハ上昇シテイマス」

「ちょっと待て」この二、三日、眠気のためにろくに報告を聞いていなかったぼくは、あわてて相手をさえぎった。「ロボットの損耗って……いったいどのくらいなんだ？」

「本日ハ二十体デス。明日ノ損耗見込ミハ二十四体」

「馬鹿！」ぼくは反射的に叫び、椅子を蹴って立ちあがった。あまりのことにわれを忘れていた。「そんな調子でロボットを潰されてたまるか！　やめろ！　工事なんかやめるんだ。だいたいこの工事は中止と……」

そこまで言ってから、ぼくははっと気がついた。

十数秒の間、ロボットは沈黙していた。じっと立ったままぼくを見おろしていたが、やがて言いはじめた。

「工事ヲ妨害シタト認メマス」

「おい」

「私タチハ四四四号工事ヲ期限マデニ仕上ゲヨウト全力ヲアゲテイマス」一号の口調はしだいに速くなった。「監督ハソレヲ助ケルノガ仕事デス。アナタハ監督ニアルマジキコトヲ言イマシタ。今後アナタノ言葉ヲ監督ノモノトシテ聞クワケニハイキマセン」

「ちょっと待ってくれ」

「シカシ言語機能ノホカハ、アナタハ依然トシテ監督デス。残リノ部分ニ対シテハ私ハ義務ヲツクシマス」

一号は首をぐいとあげた。胴のどこかがカチリと鳴った。

「タダイマカラ、私ハアナタノ言葉ヲキキトレナイヨウニナリマスガ、他ノ機能ハ従前ドオリ作動シマス」

白痴のように立っていたぼくは、やっと何がおこったかを悟った。

「今のは嘘だ！　ちょっと冗談を言ってみただけなのだ！」

しかし、もう手遅れだった。一号は自分で聴覚回路を切ってしまったのである。ぼくがいくらどなっても、それは一号にとってもはや存在しないも同然なのだった。

がっくりと腰をおろしたぼくの横に立って、一号は機械的にくわしい報告を述べはじめた。

それは、完全に一方通行に過ぎなかった。

6

「起キテクダサイ！」

一号がわめいている。「起キテクダサイ。報告ノ時間デス！」

ぼくはうめきながら身を持ちあげる。ぼくが起きあがったと判断した一号は、耳のがんがんするような声で現場報告をはじめるのだ。ぼくはメモをとりだして、相手の言うことを丹念に綴るふりをするほかはない。

気が変にならないのが、自分でも不思議なくらいだった。時間がくると、一号はぼくが寝ていれば叩きおこし、聞いていようがいまいがお構いなしに報告をはじめ、食事を出し、巡視に曳きずり出すのだった。

いまや日ごとに事態が地獄に近づいてゆくのを、ぼくは認めないわけにはいかなかった。しかもロボットは片っ端からぶっ倒れ、資材はどんどん加工されて泥の中にぶちこまれてゆく。ぼくの感覚はすこし、すこしずつおかしくなって行くようだった。日はたえまなく現れては沈み、そのたびにジャングルのかなたは金色の夕焼の栄光を帯びる。無数のけものたちの鳴声がぼくには妙になつかしいのだ。

その頃から、毎日定期的に降りそそぐスコールは、しだいに長く、激しいものになってきた。

雨期の到来である。

一日ごとに現場は水を増し、じりじりと水位をあげはじめた。以前に駐在員が言ったとおり、雨期になるとこのあたりは河の一部になってしまうのである。ロボットたちはそのために、建物の基礎を地上五メートル以上もある台座で固めていた。しのつく雨の中をずぶぬれになって狂奔するロボットの損耗は、当然のことながら加速度的に増して行った。

(何とかしなければいけない)ぼくはときどき考えた。(この工事をやめさせなければならない)しかしそうした決意はたちまちのうちに褪色し、どうしようもない無力感にかわってしまうのである。諦めないぞ諦めないぞと口の中で呟きつづけながら、ぼくはそれが単なる願望に過ぎないことを悟りはじめていた。

そんなある日、いつものように戸棚から保護服を出して着ようとしたぼくに、一号は宣言した。

「本日カラ当分ノ間、監督ノ現場巡視ハ中止シマス」

「中止？」

叫んだぼくはすぐ、一号には何を言っても通じないことを思いだして口を閉じた。

一号はぼくのことなど構いはしなかった。

「本日現在水位ハ一メートル十センチニ達シ、サラニアガル見込ミデス。監督ノ安全ヲ期スルタメ、水位ガ五十センチ以下ニナルマデ巡視ハ中止シマス。ソノ保護服ハ巡視ノトキマデシマッテオキマス」そしてぼくの腕から保護服を奪い取ると、ひとり外へ出て階段をくだって行った。

外出することもできなくなったぼくにとって、今や一号による完全保護は完全監禁の別名に過ぎなかった。

水嵩が増すと、窓の外は緑色の藻におおわれた沼のようになった。びしょびしょと雨の鳴る薄暗い監督室で、ぼくは何をする気力もなくぼんやりとすわっていた。ときどき自分が放心しているのに気がついてはっとし、放心していたほうがよほどましだと気がつくと、膝をかかえてぼんやり外を眺めるのだった。

水中には綺麗な魚がひらひらと泳いでいるのが見える。あちこちには蓮のような花がひらいて、まるで毒だらけの花園だった。

(敗けた)

ぼくはぼんやりとした意識の中でそのことばかり考えていた。

(俺は結局あのロボットに及ばなかった……奴の目的意識の強さには太刀打ちできなかった……)

水面に突き出た建物の台座の上ではしぶく雨にもめげず、依然としてロボットたちがうごめいていた。灰色の頭部や藻をくっつけた胴体……凸凹に張り出した基礎から基礎へ重い身体をぶらさげて跳躍し、ときたま水中へ転落するのだが、すぐに滝のように水をしたたらせながら這いあがってゆく。するとその身体には食肉どじょうや蛇の類がからみついて、ばらばらと振りおとされるのだった。

ぼくはもう長いあいだ本社と連絡をとっていなかった。ほんのときたま一号に強制されてスクリーンの前にすわることもあるが、面倒なので声を出さずに唇を動かしてやるだけだった。もっとも声を出したとしても、脈絡のある話はとても出来なかったろう。

雨が降りつづき、至るところに腐ったような匂いが充満しはじめていた。さすがのエア・コンディションも臭気を完全に消す力はないようであった。

ぼくは夢を見た。いつも夢を見ていた。金魚が大きなうろこをひらひらさせて揺れていたり、数十万体のロボットが頑丈な頭部をそろえて密集しているのを、ひとつひとつハンマーで叩き潰していくのである。

現実と夢とが混同し、錯乱した。「報告シマス……」「本社トノ連絡ノ時間デス」「食事ハ人間ノ肉デアリマス」「起キテクダサイ！」「アナタノ足ガ十五本ニナリマシタ」

夢。

藻類が笑い、ピラニアがこんばんはといって入ってくる。ときどき一号が錠剤らしいものをくれるのだが、それさえギラギラと手の中で光って太陽になってから消えてしまったりするのだった。

それでも日は過ぎた。ぼくの感覚とは無関係に工事は進んで行った。

ロボットの数は激減していた。しかも、残ったロボットもはじめの頃とくらべるとひどくみじめな姿に変貌している。完全な形のものなど一体もなく、動きもずっとにぶくなっていた。今では一号自身も監督室での報告と食事のための時間以外は、かれらにまじって直接作業にくわわっているのだが、その一号でさえ少し離れると他のロボットと見わけがつかないくらい汚れ、痛んでしまっていた。

それでもロボットたちは決して仕事を休もうとはしなかった。仲間が倒れればそれだけむきになる感じで、ひたすら作業にとりくんでいく。その甲斐あって、はじめてぼくがここへ来たときには異様な構築物の寄せ集めにすぎなかった工事場は、もうあきらかに都市らしいかたちを見せはじめている。

だが、ぼくにはそうした工事の進行など、どうでもいいことなのだ。ぼくは諦めきった囚人、工事とは何の関係もない異邦人に過ぎないのだ。

ざぶざぶと水中へ入ってゆくロボットの群を見ていると、ぼくはまたもやいつものようにどうしようもない無力感をおぼえるのだった。なぜぼくだけが外へ出られないのだ？　外へ出られさえしたらいつでも逃亡できるというのに……。

逃亡。

もはやぼくにはそれ以外に救いの道は残されていなかった。このままここにいては本当に気が狂ってしまう。その前に逃げ出さなければならないのだ。おそらく前任者も同じことをしたのだろう。そしてまだジャングルの中をさまよっているにちがいない。

しかし、逃亡するためにはどうしてもあの保護服が必要だった。そして保護服は一号の手にあるのだ。一号を倒してそれを手に入れない限り……。

倒す！

ぼくははじめてそのことに気がついたのである。

倒せばいいのだ。一号を倒しさえすればもはや逃亡することもいらないのではないか。指揮者を失ったロボットたちは自動的に工事を中止するだろうし、そうなれば形勢は一挙に逆転するのだ。もちろん危険きわまりない賭だが、ぼくは最後のチャンスを見送るほど腰抜けではなかった。

ひとわたり部屋の中を物色してから、ぼくは壁にかけられていたスチール製の棚板をはずしはじめた。それが終ると、ドアのすぐ横に立って息をひそめた。

渾身の力をこめた一撃だった。手ごたえと同時に一号の頭部の装備のいくつかが飛ぶのが見えた。つづいて胴へ横なぐりの第二撃――ロボットはわずかによろめきながら歪んだ声を出した。

「ヤメテ……ヤメテ下サイ」

ぼくはものも言わず再び棚板をふりかぶった。相手の胸に裂け目が入ったと思った瞬間、ぼくははげしい力で突きとばされ、床へ仰向けに叩きつけられていた。

苦痛に耐えて半身をおこしたとき、しかしロボットの上体は大きく揺れていた。揺れながら呟くように言っていた。

「私ヲ破壊シテモ工事ハトマリマセン……私ハスベテノロボットニ工事ノ手順ヲ教エマシタ……アナタノ言動カラコウシタコトガオコルコトヲ予測シテ……」ほんの一、二秒の間、一号の揺れがとまった。「私ガイナクテモ……工事ハ完成サレマス」

たちまちロボットの巨体が傾き、そのままどっと床に倒れた。割れた胴から部品がとび出して床に散乱した。

馬鹿な……こんなことってあるものか。ぼくは両手で上半身を支えながら、事の意外さに茫然としていた。

(俺は結局、この一号にかなわなかったのか?)だが不思議に腹は立たなかった。それどころかほとんど敬意すら感じていた。それは好敵手を失ったときの気持に似ていたといっていい。

(敗けた)そう思うと同時に疲れきったぼくの身体から力が抜けて行った。つづいて痛みが襲いかかり——ぼくはみるみる意識がうすれて行くのを感じていた。

7

「なるほど……そういうことだったのか」

スクリーンの配置部長は話を聞き終ると言った。「それじゃ、工事はまだつづけられているんだね」

「ええ」ぼくは力なく肯定した。「どうもご期待にそえなくて……」

「いや、それでいいんだ」

「え？」

「実は……」言いにくそうに部長は答えた。「まもなくそちらへ作業ロボットの補充が到着することになっているんだよ」

「何だって？」いったい部長は何を言っているんだ？「どうしたわけですか。工事は中止ときまっていたんじゃないですか」

部長は答えなかった。

「話せ！」

「またR国にクーデターがおこったんだ」ようやく部長は口をひらいた。「その結果政権はもとの政府の手に戻った……だから工事契約も復活したというわけだ」

「復活ですって？」ぼくは反問した。「それじゃもしぼくがうまく工事を中止させていたら……」だが、それ以上言葉はつづかなかった。すべての真相を悟ったからであった。

逆なのだ。

クーデターがおこったから契約を復活したのではない。契約を復活させるためにクーデターがおきた、いやおこしたのだ。

誰が？　むろんきまっている。わがパイオニア・サービス会社がだ。

いや、そういういいかたは正確ではない。会社は巨額の金をつぎこんだ第四四四号工事キャンセルによる損害を最小に食いとめなければならなかったにもかかわらず、工事が中止できるかどうかの見通しは立たなかった。工事がすぐに中止できれば損害はある程度のところで食いとめられる。が、作業ロボットたちが強引に仕事をつづけ、どうしてもストップできないとしたら……。

契約を復活させるほかはないのだ。R国に工作隊を送りこんでクーデターをおこし、もとの政府に政権を戻してやればいいのだ。政情不安定な一新興国のクーデターのための費用など、この四四四号工事全予算にくらべたらまことに微々たるものに違いない。

そうした事情の中でのぼくの役割というのは、そう、単に工事を中止させるための人間ではなかったのだ。現地におけるぼくの反応を見て工事を中止できそうかどうかを見きわめ、不可能らしいとわかるとただちにクーデター工作にかかったのに違いない。

「部長」ぼくはスクリーンにむかって言った。「ぼくの身体を信号器のかわりに使った気分はどうですかね」

「あんまりいじめないでくれよ」部長は例の笑いをうかべた。「だから、特別手当はきみが工事を中止させようとさせまいと出ることになっていたんだ……それで勘弁してほしいね」

「仕方ありませんな」

「しかし相当な額になるぞ」部長はにやにや笑いをいっそう濃くした。「何か使いみちのあてでもあるのかね」

「使いみちですか」

ぼくはスクリーンから目をそらして、まだ床にころがったままの一号の残骸をみつめた。

ぼくがはじめて出会った金属製の好敵手……。

ぼくは部長に目を戻すと言った。

「ロボットのお墓というのはどうですかね」

虹は消えた

1

乗客は、ふたりだけ。

デラックスなことで有名な、AAA《オールアフリカエアウエイ》機の特別個室だった。

きりっとセンスのきいた壁模様。

にじみ出るような照明。

お客を抱擁するソファ。

その前面中央――。

観望用立体テレビに、いかにも撓曲湖でございという感じのカーブがあらわれた。

スクリーンをそれて行く。

湖面になった。

湖面には、さまざまなものがひしめいている。浮上都市函や、いろんな工業用タワーの類。

それから、養殖のための大規模な仕切りなど……。

「ビクトリア湖だ」

いったのは、四十五、六の男である。

「そうですね」

書きものをしていた手をとめ、ちゃんと顔をあげて応じたこちらは——まだ、二十代なかばというところだろう。

「来るたびに、ようすがかわっている。いまやまさに世界歴史の一翼をになって、巨大な歩みをつづけている、という印象だね」

四十五、六の男がいった。

いってしまってから、自分の気障《きざ》ないいかたに気がついたらしい、肩をすくめて、つけくわえる。「とにかく、昔のことを考えると、夢のようだよ」

若いほうは答えず、しかし、好意的な微笑でそれに酬いた。

「——そういえば」

年長の男は、視線を転じて、若い男にむけた。「きみは、ウア王国というのを、聞いたことがあるかね？」

「ウア王国——ですか？」

「うん」

「待って下さいよ。……ああ、そうでした。たしか二十年ほど前、このアフリカに乱立したミニ国家のひとつでは？」

「そう、それだ」

「ぼくの知識にまちがいなければ、ひどく数奇な運命をたどった国でしたね」

若い男は、記憶の糸をたぐりつづけた。「天然のダイヤモンドの大産地だったために諸国の干渉を受け、つづいて、合成ダイヤが普及するとともに没落——その後、一度は奇跡の復興をなしとげたが、たちまち、泡のように消えて行った……そうでしたね？」

「そういうことになっている」

「なっている？」

若い男は、物問いたげな目をあげ、

「とは？」

「いや」

年長のほうは微笑した。「ただ——ぼくはしばらく、それも、きみのいう奇跡の復興の時代に、その国にいたことがあるんだよ」

軽い沈黙。

ややあって、若い男が訊ねた。

「仕事で、ですか？」

「そう」

「よかったら……話してください」

「昔のことだ」

四十五、六の男は、ソファに、広い肩をゆだねた。「そのころ、ぼくはちょうど、きみぐらいの年でね……」

2

ラムジェットで、誇り高きエチオピアの首都アジスアベバに到着。

ローカル便に乗りかえて、ウア王国へ。

ぼくの心は、躍っていた。

こんなチャンスは、滅多にない。

ベテランの大塚忠雄とふたりで仕事ができると聞いただけで、ぼくはもう一も二もなく赴任する気になったのである。

そのころ、大塚忠雄といえば、われわれ若手の無任所要員には、神聖不可侵のひびきさえあった。

てっとり早くいえば、ヒーローなのだった。

学はある、実行力もずば抜けている。おまけに創造力は豊富、体験は多い。それらをひっくるめて活用し、最高の成功率をあげている人物なのだ。そのころ、彼は五十歳近かったはずだが、依然、無任所要員のエースの座にあり、大きな仕事は、たいてい彼の手で処理されていたといっていい。

だいたい、わがパイオニア・サービスという会社は、大規模な何でも屋だ。教授をあつめて大学を作ったり、従業員つきの鉄道建設を引受けたりするのは日常茶飯事である。条件さえよかったら、政府の要請で自社のスパイ組織を動員したり、新興国のために高級官僚を貸すことさえあった。

　注文が大きい上に複雑な仕事だから、ちょっとした手違いでも、致命的である。そいつを防ぎ、または解決するために、訓練されて待機しているのが、無任所要員なのだ。

だから、実力のない人間には、とてもつとまるポストではない。それどころか、いくら本人に自信があっても、有能と認められない限り、決して派手な任務にありつけない、というのが実情なのだ。

　そして、その能力認定には、ベテランの推薦が大きくものをいう――となれば、ぼくが勇み立っていたのもお判りだろう。

つまり、大塚忠雄が手がける以上、今度の仕事がでかいものであることは、はっきりしている。おまけに、ぼく自身が、きわめて有能というレッテルをいただくことも、不可能ではない、というわけだった。

　もちろん、そこは世の常、いいことばかりではなかった。

　今度の任務について、ぼくはほとんど何も教えてはもらっていない。ぼくが聞いたのは、ただ、アフリカにある小国の経済を建て直し、一年間で景気を振興させるという、それだけのことであった。しかも、そのことと関連しているのか、ぼくは、資格だけの上では大塚忠雄と同格の無任所要員でありながら、ウア王国において、彼の部下として行動し、あらゆる指示を、彼に仰げという命令まで受けとっていた。

さらに、どう考えても、ふにおちないことがある。

出発前に調べたところでは、そのウア国というのは、一万五千平方キロあるかなしという小国で、人口も、二百万人に満たないらしい。

そんなところへ、なぜ大塚忠雄のようなベテランが派遣されるのだ？

いや、それよりも、本来いわば裏方であるべき無任所要員が、なぜ、会社の表芸であるそんな仕事をしなければならないのだ？

だが――。

考えるのはよそう、とぼくは思った。若い野心にみちた無任所要員にとって、そんなことは大したことじゃない。

やるのだ。

とにかくやり抜くのだ。

3

予定より時間もおくれて、機は、ウア国の首都、カホイ市からかなり離れた空港についた。

窓から外を眺めたぼくは、異様なショックに見舞われていた。

これは。

これが、辺境の小国の空港なのか？

ぼくが無意識のうちにイメージを描いていたのは、この国相応のうらぶれた風景であった。一本きりの滑走路、バラックなみの建物があるだけだろうと予期していたのだ。

しかし、ぎらぎらと居すわる太陽のもと、目の前にひろがっているのは、世界のどこへ出してもひけをとらぬ一大空港だったのである。堂々たるビルの群、威圧するようなコントロールタワー……。

が。

ものの数秒もみつめているうちに、それは別の姿をとりはじめていた。

荒れているのだ。

ここは、死にかけているのだ。

広漠とした視野の中、見えるのは二機か三機に過ぎなかった。

ビルも古び、窓ガラスのすくなくとも三割は、破れたままである。

タラップを降りて午後の光の中に立つと、その感じは、もはやどうにも動かしがたいものになった。

人影が、ほとんどない。揺れるような大気のかなた、何人かの黒人が行き来しているだけである。

このむなしさはどうだ。

ぼくは、思わず横の大塚忠雄を見た。

大塚忠雄は——だが、微笑していた。浅黒くひきしまった顔に、獲物を狙う鷹のような表情をうかべたまま、うすく笑っているのだった。

「……」

ぼくが何かいおうとしたとき、大塚忠雄は黙って正面のビルをゆびさした。

オープンカーが一台、こっちへやってくるところだった。日本製の車で、ちゃんと日章旗をつけている。

「パイオニア・サービスの、大塚忠雄さんと杉岡勉さんですね？」

ぼくたちの前で車をとめると、ドライバーは、陽に焼けた顔をほころばせた。「お迎えにあがりました。私、日本公使館の、山口というものです」

「ご苦労さま」

大塚忠雄が応じた。まるで顔見知りのような打ちとけた態度だった。

「さっそく、王宮へご案内しましょう。なに、税関のほうは、ちゃんと手を打ってありますから、素通りでいいんです」

公使館員は、ドアをあけた。「それに、あなたがたが到着しだい、すぐにおつれするようにと、王妃から連絡が来ていますしね」

「王妃？」

「ええ、この国の王妃モト・アノキエです」

公使館員は、荷物を積み終ると、車をスタートさせた。

「王妃の立場は、あなたがたがこの一年でうまく経済を建て直すかどうかにかかっているんですからね。一刻も早く会いたいんでしょう」

「すると、この国では、本当に王妃が政権を握っているんですか？」

ぼくが訊ねた。

「かたちとしては、今のところそうですが」

公使館員はハンドルを切った。空港の境界を出たためか、舗装道路が終って、ぼくたちは、はげしく揺られはじめた。

「でも、微妙なところでしてね」

公使館員は続けた。「もともと女性がそんなことをするのは例外なんですよ。半身不随の王を扶けて頑張っているものの、これは、いま民族主義者の運動がはげしいので、一時的に貴族たちが政争をやめ、そのバランスの上に立っているだけの話です。その上、たえずまわりの国々に狙われているし、ひとつひっくり返ったら、事情は全然違って来ます。王妃だとか、貴族だとか、おとぎ話のようなものが残っていても、ちゃんと浮世の風は吹いている、というところですな」

「なるほど」

「とにかく、豆粒のように小さいくせに、こんなにうるさい国はありませんよ」

公使館員は、運転しながら肩をすくめた。

「むろんもうご存じでしょうが、ここはもともとイギリスの植民地で、のちに保護国として王制をしいた。衰退期のイギリスがこの国に執着していたのも、ここに、南阿共和国と並ぶダイヤの大鉱床が発見されたためです。イギリスはこの小さな区域に加工工場などの投資をつづけ文明人のための環境を作り工業化さえもくろんだ」

「民族運動によって独立が達成されたのが、一九七〇年でしたね」

大塚忠雄がいった。「しかし、分裂抗争がひどくて統治がうまく行かず、空中分解の危機に瀕したとき、漁夫の利を狙った保護国時代の混血貴族たちが、うまく旧親衛隊を動かし、王政復古をやってのけた」

「その通りです」

公使館員がうなずく。「ところが、それから五年とたたないうちに、アメリカのデュポン社が、革命的な合成ダイヤを量産しはじめたわけです」

「実際、あのときはひどかったですね」

大塚忠雄は溜息をついた。「その頃でも天然ダイヤの価格は、シンジケートの手で辛うじて維持されていたんですから、工業用に良質ダイヤがどんどん使われだすにつれて、ソ連の放出ははじまる。ぐらぐらしているところへ、あの、衛星状反放射点や渦巻成長層のない合成ダイヤが出て来た。……世界的な騒ぎでした。私の知り合いも何人か自殺しましたよ」

「超精密工業の飛躍的発展の副産物ですな」

公使館員はさらりといってのけた。「おかげで、この国の値打ちは、急転直下でした。今までてこ入れしていた大国はみんな手を引くし、そうなれば、農業以外に産業らしい産業のない国は、まわりの国の版図拡張の目的にしかなりません。育ちかけていた近代工業は、ほらごらんの通りの始末です」

いわれなくても、ぼくはそのことに気がついていた。

空港からの道の両側には、農園や果樹園にまじって、あちこちに、廃工場が見えるのだった。いずれも遠目には立派な構築物なのだが、そばを通りかかると、大半は錆びて放置されている。たしかに、まともに稼動しているのもあったが、それらは、産業革命時代を連想させるような、レベルの低いしろものばかりだった。

首都に接近するにつれて、事態はいよいよ悪くなって行った。軒の低い建物、露天商などのあいだに、超近代的なビルがあるのだが、そうしたものは、住民たちにそっぽをむかれているのか、大部分が開店休業の状態なのである。

住民。

そう、住民といえば、これがまた、どうしようもない感じなのだ。背は高いが、黒い肌を光らせ、のろのろと動いているだけ……目はどんよりしていて、要するに、やる気がないとしか思えない。生活様式が急変し、らくに暮らすのに馴れて、使いものにならなくなったのではないか？

何もかも不調和だった。ここでは、原始時代と現代が渦を巻いてぶつかりあい、しかもそれがお互いに腐らせ合って、悪臭を放っているのだ。

これを……突然、ぼくは自分の仕事を思いだした。この状況を建て直し、好況にむかわせろというのか？

しかも、一年やそこらで！

そんなことは不可能だった。

これは工業化しようとする社会を誘導するような、公式的な仕事ではない。

幻滅だ。

いかに大塚忠雄でも、お手あげだろう。

ぼくはちらりと、ベテランを見た。

大塚忠雄もまた、車の外を眺めていたが、ゆっくりと振り返って、うなずいてみせたのである。

「予想どおりだ」

と、彼はいった。「一年もあれば、充分だよ」

「しかし」

大塚忠雄の頬に、また、あの鋭い微笑がうかびあがった。

「私は、切り札を使うつもりだ」

切り札？

だが、もうそのとき、車は、きらびやかな装飾をほどこした王宮に近づいていた。

4

白い服の親衛隊員にみちびかれて、ぼくたちは、王宮の中へ入って行った。

どことなく陰惨な感じの回廊を抜けると、ぱっと目の前があかるくなった。

内庭だった。

植込みの中に置かれたきゃしゃなガーデンセットに、五、六人の男女がすわっていたが、いっせいに、こちらを見た。

その瞬間、ぼくは自分の目を疑った。

かれらは、つい今まで見て来たウア国の住民たちとは、まるで違っていたのだ。

色は、白いとはいえない。眼鼻だちも、あきらかに黒人としての特徴を残している。

しかし、長いあいだの混血のせいか、それがみごとに統一をつくりあげているのだ。その上、かれらにはたしかに、特権に馴れて来たものが持つ気品と優雅さがあった。

中央の、冴えた表情の女が立ちあがった。

「王妃さまです」

公使館員がいった。

ぼくたちは、うやうやしく身をかがめ、公使館員が紹介するのにまかせた。

「わたしたちに力を貸してくれるとのこと、うれしく思います」

王妃は、きれいな英語でいった。

「いま話していたのが、その日本人たちなのですか？」

かなりな年の男がいい、王妃がうなずくのを見て、ぼくたちに近づいた。

「これは、非公式の謁見なのだから、らくにしていただきたい。ご承知のとおり、わが国はいま、未曾有の危機に立たされている。その対策のひとつとして、あなたがたにわが国の復興をお願いするわけだが——貴族たちの中には、反対者も多いのでな。どんな政策をお持ちなのかできれば今、ここで聞かせてくれないだろうか」

「王妃は、先日のウァ国祭で、来年、国連の定期総会に代表を送るころまでには、わが国を繁栄にみちびくと約束されたのだ」

別の男がいった。「そうする以外に、貴族の不満分子や、民族主義者たちをなだめることができなかった。われわれは、あなたがたの仕事に対して、出来る限りの協力をするつもりだ。だから……」

「わかっております」

大塚忠雄が答えた。「お願いしなければならないことは、あとで表に作成して見ていただきますが、ともかく——」

一礼すると、カバンを開いて、金属製の罐をつかみ出した。

テーブルに置いて、封を切る。シュッと空気の侵入する音がした。彼がとりだしたのは、直径十五センチぐらいのボールだった。表面はガラスのようにつややかで、深い紅色をたたえている。

それもともとの紅色を残したまま、金色やうすみどりをまじえた複雑な模様となり、さらに微妙な色調を帯びて変化して行くのだった。

一分もたたないうちに、その妖しい物体は球形のままゴルフのボールのように何十ものくぼみを持ちはじめていた。形状がかわればそれだけ色の感じも錯綜し移り、しかも、魔物のように、刻々と少しずつ体積を減じるように見えるのだった。

これが、大塚忠雄のいった〝切り札〟なのか？

が、ぼくは、もうそのときには、ボールに魅入られていた。

王宮の内庭の忘れられたような陽の中、孤立しかけている時代錯誤的な人々に囲まれて、それは何と華麗で、うつろい易い美しさを秘めていたことだろう。何とかげろうにも似た妖しさをふりまいていたことだろう。

「これは私どもの会社が、最新の技術を使って、試作したものです」

大塚忠雄は、しずかにいった。「空気中の酸素や湿気、それに紫外線などにあうと、急速に変質する特殊プラスチックを、何種類もごく薄い膜にして、重ねあわせています。変質に従って、表面の光線の反射率がかわるため、こうした効果が出るわけです。光源によっても発色は違いますし、ひとつひとつがすべて違った変化を見せてくれますが……一定時間後にはしだいに小さくなり、ついに消失してしまいます。私は、これを、虹の玉と名づけました」

「——虹の玉」

ひとりが呟いたが、それ以上は何もいおうとはしなかった。全員が、刻々とかわる色の饗宴に、心を奪われてしまっていた。

「私は、これと同じものを作る工場を建設させていただくつもりです。そして、その過程が、この国の景気の呼び水の役をはたすはずです」

大塚忠雄は、一歩うしろへさがった。

だれも、反対しようとはしなかった。彼の持って来たものが、世間なみの概念をふりかざしたものであったら、とてもこうは行かなかったであろう。彼は、ウア国の洗練された人々の、知性にではなく、感受性に訴えかけたのだ。虹の玉は、それだけの魅力を充分に備えていた。

しかし……この飾りものが、現実にどういうふうに働きかけることになるのか……そのときのぼくには、まだ、漠然としか判ってはいなかった。

5

ホテルに入ったその夜のうちに、大塚忠雄は行動を開始した。ぼくに命じて、別便で会社から送ってきた原料、資材、機器の類を引き取りに走らせるいっぽう、自分で、王宮へ提出する書類をつくりあげる。

彼は、随員であるぼくに、自分の計画を話そうとはしなかった。訊ねればある程度は答えてくれたかも知れないが、ぼくのほうも黙っていた。知りたいのは山々だったが、無任所要員の意地というものがある。自分自身で彼が何をたくらんでいるのかつかみたかったのだ。

それまでは、ともかく、大塚忠雄の指示に従っておればいい。このベテランのいうとおりにしていれば、まちがいはないはずであった。

一週間、十日とたつと、会社から送られてくる原料資材は、ふくれあがるいっぽうだった。大塚忠雄は、王家の親衛隊の手をかりて、それらを、現在は使われていない倉庫に収容した。送られてくるのは、工事用と思われる資材だけではなかった。

ある日、送り状をチェックしていたぼくは仰天した。

それは、ウア国の貨幣だった。それも、おそろしく大量に、である。

「なに。それは会社で作ったのさ」

ぼくの問いに、大塚忠雄は、面白そうに答えた。「まだまだ来るはずだ」

「しかし……それは偽造では……」

「問題はない」

大塚忠雄は、平然としていた。「貨幣の発行量の決定と、その鋳造及び印刷の方法については、すでに権限をもらってある」

「いったい……それで、どうするつもりなんですか？」

ぼくは、はじめて本格的な質問を投げた。

大塚忠雄の頰に、たちまち、例の微笑がうかびあがった。

「おや、わからないのかね？」

ぼくは、もうそれ以上、何もたずねようとはしなかった。

資材は続々と到着するものの、パイオニア・サービスお得意の派遣技術者たちは、ひとりもやって来なかった。なぜなら、大塚忠雄は今度の仕事を、全部この国の人間だけでやるのだといい、会社へも、そのように連絡していたからである。

当然、人間集めをやらなければならなかった。大塚忠雄が王妃や貴族たちとの折衝で忙しかったものだから、ぼく自身が八方奔走して頭の悪い下級役人と交渉したり、ビラを貼ってまわったりしなければならなかった。王家のお墨つきはもらっていたが、そんなものは下層の連中のあいだでは、何のききめもない。それどころか、民族主義者が相手のときは、生命の危険さえもあった。ぼくは、若さにまかせて、パラライザーをポケットにしのばせ、むっとするような酒場や街角を歩きまわり、退屈そうな男や女をみつけては、催眠記憶で叩き込んだ現地語で話しかけ、就労予約カードを渡した。一度などは頭をなぐられて昏倒し朝までホテルの玄関でひっくり返っていたこともある。

一ヵ月が、またたくうちに過ぎて行った。

王宮の裏手、工場敷地として指定された空地で、最初の工事がはじまった。

だがそれは、何と異様な風景だったろう。王家の親衛隊がとりかこむ中、資材が山積みされ、本部テントが作られているものの、かんじんの労働者は、二十人もいなかった。やって来たのは、それだけだったのだ。それも黒い身体にずるそうな表情をうかべたルンペンばかりなのである。

一応の申し渡しが終り、大塚忠雄が号令をかけると、胸に名札をつけたルンペンたちは、ぞろぞろと動きはじめた。梱包をとくもの、地固めをはじめるもの……しかし、それは徹底的な低能率であった。五分もはたらくとかれらはすぐにすわり込んで、おしゃべりをはじめる。

すると、親衛隊員が走り寄って、銃の先でつつく。また立ちあがって、作業をつづけるという調子だった。

ぼくは大塚忠雄の命令どおり、就労者台帳を手に、ひとりひとりの仕事ぶりをチェックして行った。大塚忠雄は、それぞれのはたらきぶりについて、何とかして差をつけろと指示していたのだ。

午前七時からはじまった工事は、昼近くになっても、ほとんど進んでいなかった。

「休め！」

大塚忠雄が、現地語で叫んだ。

腰をおろす男女に、彼は、にこやかに演説した。「午前の部はこれで終りだ。みんなよくやってくれた。あとは午後の部になる。労賃を渡すから、帰りたい人は帰ってよろしい」

何だって？

あっけにとられたぼくに、大塚忠雄はするどくいった。

「金を渡してやれ。それも、相場の十倍だ。十倍の額だ。台帳を見て成績のいい者には、その二割増しをやるんだ」

訳がわからなかった。こんな怠け者たちになぜそれだけ払わねばならないのだ？

しかし、乗りかかった船だった。ぼくは大塚忠雄の随員に過ぎないのだ。

命令どおり、ぼくはパイオニア・サービス製の、本物と同じか、むしろ精巧なくらいの紙幣や硬貨を渡しつづけた。

ルンペンたちの面上には、はじめ、信じられないという色が浮かんだ。が、たちまちそれは、とれるだけとってやれという小ずるい表情にかわった。

午後の部がはじまったが、味をしめたルンペンたちは、誰ひとり立ち去らなかった。それどころか、いい点をもらおうとして、進んで仕事を奪いあった。それはまさに、スタンドプレーの極致でさえあった。

噂を聞きつけたのか、工事の二日めには、二百名あまりの現地人たちが押しかけて来た。その中には、前日のメンバーは、ひとりもいなかった。怠け者の癖で、どこかできのうの金を使っているのだ。

その翌日になると、労働者の数は、五百名以上にふくれあがった。大塚忠雄は、現場が雑踏するのにもかまわず、やって来た連中全部を雇い、それぞれに相場の十倍プラスアルファを支払うように指示した。

いまやぼくたちの工事が、首都でぶらぶらしていたり、効率のよくない仕事をしていた連中の間にブームを巻きおこしているのは間違いなかった。

一日、また一日と人間の数は増えて行く。そのうちに、はじめは単純労働しかできなかった連中のなかに、監督の能力を持つ男たちまで、まじって来た。

大塚忠雄は、そうした男たちをピックアップして常雇いのチーフにし、いくつも班を作って、交代制にした。このことで、ふくれあがる就労希望者を整理できたのはもちろん、作業能率は、飛躍的に向上した。

仕事に来ていた連中は、はじめのうちこそ手にした予想外の大金を借金の返済や当座の生活費にあてていたが、やがて余裕が出てくると、思い切った消費をはじめた。

はじめの数日、ボロの集団みたいだった工事場は、いつの間にか、ちゃんとした服装の人々で占められるようになった。

まもなく、工事場の近くに、清涼飲料を並べた店が出現した。労働者たちはその店にむらがり、一息ついては、また作業に戻る。

つづいて、工事帰りに落す金を狙ったバラックが並びはじめた。古今東西の例にもれずそれらに酒を飲ませ食事をさせ、女を抱かせるところだったが、大当りに当り、競争者がさらに加わって来た。

いつか、工事場のあたりは、夜でもよくわかるようになっていた。沈滞した町並のなかで、それらの店が、ネオンや発光板をかかげはじめたからである。

会社製の貨幣は、湯水のように出て行き、そのあとからあとから補充された。

地固めが終り、基礎が打ち込まれた。

上屋の組み立てがはじまった。

ぼくたちは、何もわからぬ連中に同じことを何十回も繰り返してわめき、おどし、機嫌をとりながら、作業をつづけさせた。

つづいて、これとは別に、虹の玉を製造する機械装置の据えつけの準備がはじまった。

大塚忠雄がこのために、とくに優秀な労働者を選抜して、インスタント教育を実施した。

それは、この機械に関してだけ通用する技術であり、知識だったが、すくなくとも読み書き計算ができ、ある程度の教育を受けたことのある連中を利用するほかなかったのである。この国のインテリや外人技師が国の機構と固く結びつき、遊び暮らしている以上、ぼくたちは必要な人材を自分の手で作り出すより方法はない。

奇妙なエリート意識と高給への期待で目を輝かす、選抜された男女を前に、大塚忠雄はマシンガンのようにしゃべりまくり、テストをつづけた。

十人に八人の割合で脱落者が出た。

が、まもなくぼくたちは、われわれの補助者になりそうな人間を、三十名ばかり得ることができた。

事態がかわりはじめたのは、このころからである。

6

ぼくたちが工場建設に没頭していた四ヵ月のあいだに、ウア国の事情は大きく変化していた。

ぼくたちの強引な仕事ぶりに対して、民族主義者たちが疑惑を持ちはじめ、各地で不穏な気配を示しはじめたのだ。ウア国のためと称しているが、実はそうではないのだという宣伝がなされ、工事場へ通う労働者たちがいやがらせにあうケースが出はじめていた。

こうした情勢に、もともとパイオニア・サービスを使うことに批判的だった貴族たちが動揺しはじめた。へたをするとこのおかげで、自分たちの地位がひっくり返りかねないとあって、王妃一派への牽制、圧力が、またさかんになって来た。

さらに、一時はまったくウア国を見はなしたはずの大国が、パイオニア・サービスが動きだしたとあって、どんどん諜報員を送り込んでくる。

近隣の、ウア国よりはるかに強大だが、世界的序列では中位以下の国々は、もっと露骨だった。このまま行けば自壊し、分割できると思っていたウア国が、立ち直るかも知れないのだ。かれらは、国境に軍隊を送って示威をこころみ、あるいは、一方的条件による同盟を申し入れたりして来た。

本当の意味での政治力を持たぬ王妃一派の地位は、いまや落花寸前というところだった。内部に暴動、革命、クーデターの要因をはらみ、外部から圧力を受けながら、しかも、それらに対処する力がないのだ。国連加盟による集団安全保障条約の成立とともに、常備軍は縮少され、事実上の武力といえば、王家親衛隊ぐらいしかない。そんなものは、機甲師団ひとつで、簡単に叩き潰されるだろう。

といって、パイオニア・サービスと契約解除するのは、自分で自分の首をしめるようなものである。

王妃たちは、大塚忠雄を呼びだした。わらにでもすがりつきたい気持でそうしたのであろう。

大塚忠雄は、みごとにその期待にこたえてみせたのである。彼は、建設工事のスケジュールをぼくにまかせて、ただちに王宮に参内した。

むろん、表面に立つわけには行かない。彼は王宮にとまり込みで、王妃やその一派の貴族、親衛隊長に献策し、かげのブレーンとして動きはじめた。

まず、パイオニア・サービスと、そのうしろにそそり立つ日本の力を借りて、近隣諸国に経済的圧迫がおこなわれるであろうという噂が流れはじめた。パイオニア・サービスから直接能吏を送り込んでいる国は、その引きあげさえ仄めかされたという話がささやかれた。

貴族たちには、金の力による徹底的な懐柔策がはじまった。民族主義者たちに対しては、もっと陰険な方法が用いられた。その指導者たちが数日間行方不明になったと思うと、すっかり宗旨変えして姿をあらわすのだ。大塚忠雄が、その連中を親衛隊に捕えさせては、無任所要員の初歩の能力である催眠術を駆使し、性格を改造して送り返していることは、疑う余地がなかった。

危機は、やや緊張の度をゆるめたが、さりとて、基本的な情勢が改善されるところまでは行かなかった。

大塚忠雄は、依然として王宮にとどまったまま、努力をやめなかった。

彼は知っていたのだ。国内に王妃を支持する声が増えなければ、どうにもなりはしないのを……そして、それには景況の回復がいちばんてっとり早いのを熟知し、待っていたのだった。

大塚忠雄が抜けたあと、ぼくは、彼のスケジュールを守って、死にものぐるいに頑張らねばならなくなった。それまでも結構忙しいつもりだったが、こうなると、今までは居眠りしていたようなものだということを悟らざるを得なかった。

だが、やらねばならぬ。

ぼくは、あらゆる障害をはねのけて、突貫工事をつづけていった。王宮裏の第一工場がほとんど完成すると、従業員を集めて操業を開始し、同時に、第二工場に指定を受けた敷地に建設用の人員を移す。養成された半技術者たちは、簡単な仕事なら自分で監督し進行させることができるから、何とかやって行けるようなものである。

ときどき王宮の大塚忠雄と連絡をとり指示を仰ぎながら、ぼくは息つくひまもなく第三工場へ、そして第四工場へと、仕事の規模をひろげて行く。

わけもわからぬままに超人的な活動をつづけていたぼくは、赴任後半年もたったそのころになると、ようやく、大塚忠雄の意図をつかみかけてきた。

金なのだった。

ぼくたちが続々と会社から送ってもらう日本製のウア国貨幣が、ひとりで動きはじめたのだ。

工事で支払われた金は、作業した人々の所得になった上で、それがまた歓楽街の店々に、服屋に、あるいは旅館にばらまかれて行く。それらの店は、またそれを原料代や生地代や、自分たちの生計費のために支出する。まわりまわって、最初の額よりはずっと大きなものとしてはたらく。

いわゆる、乗数効果という奴だ。

これだけでも全体としては大きな所得増なのだが、さらに、こうした商売が長つづきしそうだということになると、今度は店を拡張し、もっとたくさんの原料を買い込むのだ。刺激が刺激を呼びあい、水面に次々と投げ込まれる石の波紋のように、全産業に影響を与えて行く。ふつうは政府の財政投融資という形でおこなわれる、景気振興策としてはきわめて古典的な、今では経済規模の大きな国家では負担の大きすぎるこの方法が、小国ゆえにみごとにまとに当りはじめたのだ。大塚忠雄ははじめからそれを狙ったからこそ、あんなにどんどん支払ったのだ。

たしかに、町は活気を帯びはじめていた。ウア国の首都をはじめとして、各地の、工場建設地点を中心に、あたらしい店が次々と建ち、夜でもあかるいようになった。眠っていた工場は目をさまし、客がないので休業状態だった商店、鉄道、娯楽設備などが、またはやりはじめていた。そしてそれは、ぼくたちが金をつぎ込む限り、ますますさかんになって行くのだ。

しかし。

ぼくは、このやりかたの弱点もよく知っていた。もともとこの政策は、生産設備が飽和状態になり、商品があまっているのに売れないときのものだ。それでもちょっとやりすぎると、たちまち価格景気になり、輸出入決済は赤字になる。こんな、ウア国みたいな貧弱な産業構造のもとでは、おそるべきインフレーションになるだろう。

なるほど、今のところ、ぼくたちがばらまいた金は、すでにウア国内に流通していた貨幣のほぼ五十パーセントに達していたが、それでも、だぶつくところまでは行っていなかった。本当なら、物価が急上昇していてもいいのだが、うまい具合に、今まで開店休業だった店や、生産をやめていた工場が動きだしていた。そのため、貨幣がふえたぶんだけ商品も全体として増え、見合いの状態になっているのだ。

あぶない均衡だった。

もしも、眠っていた既存の生産設備がことごとくフル操業に入り、これ以上増加しなくなったら……。

ぼくは恐怖を感じた。

そんなことになっても、ぼくたちは、ふくれあがった従業員に対して、金を支払うのをやめるわけには行かないのだ。つまり、その瞬間から、手のつけられないインフレがはじまることになる。いったん貨幣価値の下落に人々が気づいたら、あとは商品が売り控えられる、貨幣のほうがどんどん出まわる……坂道をころがり落ちるようなものなのだ。おまけに国際収支のほうは、今でも悪化をつづけている。そこまで行ったら……。

どうするつもりだ？

大塚忠雄はどんな手を打つつもりなのだ？

すでに虹の玉の量産をはじめている工場から工場へ……あたらしい工事場から工事場へ……半技術者たちを何人もつれて車でまわりながら、ぼくはそのことを考えるたびに、ぞっとするのだった。

7

ぞくぞくと量産される虹の玉を、だが、大塚忠雄は、主な貴族たちに献上するだけで、あとはストックするようにと、王宮から指示して来た。

「そんな馬鹿な！」ぼくは電話口でどなった。「すでに九つの工場が生産をはじめているんですよ。その上まだ四つも建設中なんです。いいかげんで切りあげて放出しないと、たまったもんじゃありません。第一、もうこれ以上金を出すのをやめないと……」

「待て」大塚忠雄の鋭い声が耳にとび込んだ。「そこで……それ以上いうな！」

「あなたは王宮にいて、みやびやかな連中の相手をしているからいいですよ！」ぼくはやけっぱちで叫んだ。「こっちはくたくたなんです。ろくに眠る時間もないんだ」

「――わかった」ややあって、大塚忠雄はいった。「これからすぐ、ホテルに戻る」

三十分後、ぼくの部屋のドアがノックされた。入って来た大塚忠雄を見て、ぼくはあぶなく腰を抜かすところだった。

大塚忠雄は、親衛隊の将軍の制服をつけていたのだ。そればかりか、胸には、派手な勲章まで光らせている。

「へんな服を借りて来たんですね」

ぼくは、毒気を抜かれていった。

「借りものじゃない」大塚忠雄は呟いた。「これは、私の服なんだよ」

「あなたの？」

「任官したんだ。今までの功績によってと王妃さまからいわれると、ことわり切れなかったんだ」

王妃さま？

ぼくは大塚忠雄を見た。

大塚忠雄は……かわっていた。威厳は出たが、眼には以前の鋭さがなく、どこか静けさえたたえている。

「――あなたは」

「そう、私は信頼されている」大塚忠雄は低く答えた。「私が抜けると王妃さまとその一族は、たちまち失脚するだろう」

ぼくは黙っていたが、話題をかえた。

「虹の玉は――？」

「うん、それだ」

大塚忠雄の眸に光が宿った。みるみるベテランの顔になった。「私は、一度に放出してはいけないといいたかったんだ。ああいう商品は、まず上層部に高い値段で売りこみ、そのすぐ下の層に見せつけ、というふうに、上から下へ、売り広めねばならない。大衆商品にするのは、いちばん最後にするのだ」

「わかりました」ぼくはうなずいた。「と、すると、当然、マスコミ媒体にはたらきかけて、徹底的な宣伝もやらなければなりませんね」

「そう」

「と、すると、まだ金をばらまきつづけることになりますよ。もう限界です。遊休設備はほとんど残っていません」

「それを吸いとるのだ」大塚忠雄はいった。「虹の玉のブームをおこすことで、だぶつくはずの金を、みんな吸いとってしまうのだ」

「で、そのあとは？」ぼくは追求した。「それは一時的な効果しかありません。そのあとは、どうするのです？」

　このとき、どうしたことか、大塚忠雄の顔に、苦痛の色があらわれた。

「何とかしなければ……」と、大塚忠雄はうめいた。「何とかする。……方法を、考えるつもりだ」

「お願いしますよ」

「わかった。――では」

「王宮へ？」

「そうなんだ」大塚忠雄は制服のしわを伸ばした。「施設会議があるんだ」

　彼が出て行ったあと、ぼくはしばらくぼんやりしていた。

　どういうことなのだ？

　あれも、無任所要員としての仕事のうちなのか？

　大塚忠雄のことだ……ぼくは疑惑をはねのけた。彼は彼なりの計算をしているのだ。今のぼくは、それを知る必要はないのだ。

今のぼくは？

やることだ。大塚忠雄のいったことを実行するだけだ。それが、ぼくの仕事なのだ。

ぼくは、倒れそうな身体を何とか気力で持ちこたえながら、半技術者たちをはげまし、自分で走りまわって、虹の玉の発売にかかった。

すでに、ウア王国は、はっきりと繁栄の色を帯びていた。遊んでいる生産設備は残っていなかった。この好況を維持するためにも、虹の玉を売って売りまくるのだ。

ぼくたちは、ありとあらゆる手段で、人々に訴えた。金の力で、すべてのプリント媒体に書き立てさせ、テレビのタイム・キャンペーンもフルに使った。ロコミも、深層心理訴求もやった。はじめは最上層の連中に、そしてすこしずつ値段をさげながら、下へ下へと訴えて行った。

ぼくの部下になっていた元ルンペンたちもよくやってくれた。手分けして、ウア国内もせましとばかり走りまわり、あるいは説得しあるいは見本を置き、ときには脅迫して虹の玉を売り込んだ。虹の玉には魔力がある。それを一度見せればいいのだった。その味に憑かれた人々は、少しでも余裕ができると近くの店へ行って、金属罐を買う。デモンストレーション効果がこの傾向を加速し、会合や招待の席で虹の玉を置くのがはやりはじめた。

ブーム。好況に上乗せられたブーム。

いまや、ウア王国は、奇跡の繁栄に酔っていた。産業がさかんになり収入がふえ、文化生活をとり入れ、虹の玉を求める人々でいっぱいだった。

しかし、それが幻の繁栄であることを、ぼくは知っていた。虹の玉なる消耗品と、だぶついた貨幣のカラクリによる、泡のような景気なのである。早く次の手を打たねば、すでに変質しているウア王国は滅亡必至なのだ。

まもなく、赴任してからの一年が過ぎ去ろうとする――もうそのころには、ぼくは、高官の地位にある大塚忠雄とは滅多に顔をあわすこともなく、電話だけで話しあっていた。

さすがの大塚忠雄も焦っているようであった。彼なら何とかできるはずだが……ぼくはそれだけを願っていた。

8

ウア国祭がやって来た。

三日間、ぶっとおしに唄と踊りの行列がつづく祭りだ。

パレードの先頭には王妃をはじめとした貴族たちの車。

つづいて、親衛隊と、そのあとにウア国を建て直した大塚忠雄や、国連へ出席する代表団の行列。

槍と盾を持った昔の姿の戦士たち、黒い美女たちの山車、仮装行列……。群衆は歓呼し、花を投げた。

みんな酔っていた。

ぼくも酔っていた。ぼくは行列にくわわらなかった。くわわるような気分にはなれなかったのだ。

パレードが終っても、深夜から暁、そしてまた次の昼へと、各サークルや昔の部族の踊りが、はてしもなく続けられた。

ぼくは、ずっと飲みつづけていた。酔っぱらってわめき、叫んでいることが、多少は救いになるのだった。

とうとう三日めの夕方、ぼくはよろめきながらホテルのベッドに倒れ込んで、そのまま泥のように眠り落ちた。

ノックの音がする。

頭が痛いので、起きられなかった。

「杉岡くん」

声がした。それは、強くなった。

「杉岡くん！」

「あ」ぼくは首をあげた。

誰だかは、すぐに思い出せなかった。そう……日本公使館の、山口という男……。

「目がさめたか？　もう朝だぜ」

山口は、以前とは打ってかわったぞんざいな態度で、ぼくの頬を二、三回ピシピシと叩いた。

「大丈夫」ぼくは起きあがった。

「大塚忠雄はどこだ？」山口は、完全にしらふだった。「どこにいるんだ？」

「どこって」

「帰るんだよ！」山口は、じりじりしたように叫んだ。「きみたちの仕事は終った。だから、きみたちを日本へ送り帰すんだ。迎えの飛行機は、もう空港に着いているんだぜ！」

はじめは、何のことやらピンと来なかった。

終った？　帰る？

たしかに、今度の仕事は一年以内に景気振興ということだった。

しかし、まだウア国は安定していないのだ。安定どころか……。

「しっかりしろよ」山口が笑った。「もう仕事は終りだ。投票も済んだしな」

「投票？」

「日本への支持票さ」山口は、声をおとした。「ウア国の代表が、国連で日本に賛成し、重大な提案が通ったんだ」

「……」

「もちろんウア国は何も知らんだろうが、今度の仕事のスポンサーは、日本政府だったんだよ。おもてむきはウア国だが、この国にそんな金があるものか。どうせ、放っておいても潰れる国だし」

ぼくの頭の中を、風が吹き抜けて行くようだった。それではこの一年、ぼくたちがやってきたことは、たかが国連の一票のためだったのか？　それだけのために、われわれは滅亡に瀕していたこの国を、今まで生きのびさせたのか？

山口は、うなずいてみせた。

「まあ気にするな。わが社は、いつもそんなやりかたをするんだ」

「わが社？」

「こいつは悪かった」山口は、指環の石をはずした。パイオニア・サービスの社章があらわれた。「おもてむきは公使館員だが、ぼくも、きみたちの仲間でね」

ぼくは不意に、笑いだしたい衝動にとらわれた。

そのとき――。

ドアが開いて、大塚忠雄が入ってきた。ウア国の貴族の服をつけて……しかし、ひどく酔っていた。

黙って、山口の前に歩み寄ると、一通の書類をとりだし、突きつけた。

「何をするんだ？」山口は受け取って、叫び声をあげた。「辞職願だと？　あんた、酔ってるな？」

「ああ、酔っている」大塚忠雄は、ソファにすわり込んだ。「酔わずにはいられなかったのさ」

「急ぐんだ」

「私は行かない」大塚忠雄は、ぐいと顔をあげた。「私はここにとどまる」

「冗談はよせ！」

「冗談ではない。だから、無任所要員をやめるんだ」

ぼくは、口もきけなかった。何ということだ！　大塚忠雄が無任所要員をやめるんだと？

「あんた、負けたな？」山口がいった。

「負けた？」

「そうじゃないか」山口は仮借しなかった。「あんたは、このボロ国にうまく一時的な繁栄を作りあげ、それから用が済めば引き揚げるはずだった。それが、情に負けて、できなくなったんだ」

「違う」大塚忠雄はくらい笑いを浮かべた。「そんなものではない。私は、決して情に負けたんではない」

「じゃ何だ？」

「いってやろう」大塚忠雄は、ゆらりと立ちあがった。「私はスペシャリストだった。有能な無任所要員だった。だが……それがどうしたというのだ？　それで私が、何を得たというのだ？」

「……」

「スペシャリストの行末は何だ？　われわれは、失うことによって生きつづけて来たのじゃないか？　いつまでたっても雇われ人のままで、死んでゆくのではないか？」

「大塚さん」たまりかねて、ぼくはいった。

「きみには悪いが、いわせてくれ」大塚忠雄はまた笑った。「私はここで、地位と権力を手に入れた。なぜそれを捨てなければならないんだ？　なぜ、わざわざ無任所要員などに戻らなければならないんだ？」

いうと、崩れ落ちた。「いやだ、私はもういやだ。……休みたいのだ。ここでは私は貴族として暮らして行ける……私は、自分で作りだした幻の繁栄を本物の繁栄にしてみせる……同じ一生を賭けるのなら……」

そのまま、眠り込んだ。

ぼくは目を伏せた。この男は、もうおしまいだった。もう、尊敬すべきベテランではない。保身欲と権勢欲にこりかたまった、あわれな豚になりさがったのだ。

反動は大きかった。

ついさっきまでの気分の裏返しが、突然憎しみにかわった。

衝動的に、ぼくは大塚忠雄に近づくと、力いっぱい、ほっぺたをなぐりつけた。

「行こうか」山口がいった。「残して行くほかはない」

「でも……この男」ぼくはあごをしゃくった。「本当にウア国の人間として、生きて行くつもりなんだろうか」

「たぶんね」歩きだしながら、山口は呟いた。「しかし、それは不可能だよ。彼が今まで発揮して来た能力というものは、会社という背景があったからこそのものなんだ。裸になれば……おしまいだよ」

山口につづいて車にのり込みながらぼくは、何ということもなく、はじめてこの国へ来たときの気負いを思い出し、ふと、泣きたいような感情をおぼえていた……。

9

「じゃ、やはりその大塚忠雄はそこにとどまったんですね？」

二十代なかばの男が訊ねた。

「そう」年長の男は、遠い目をして答えた。「ウア国を本当に再建しようと必死になったが、やはり、どうにもならなかったようだね。虹の玉を輸出しようともしたようだが、いろんな理由でうまく行かなかったらしい。それから五年ほどたって、ぼくは彼が民族主義者に暗殺されたという噂を聞いたよ」

「自業自得ですよ」若い男は、軽く笑った。「実際……いくらベテランだったか知らないけど、無任所要員のつらよごしであることに、まちがいはありませんからね。そうでしょう？」

「まあな」

「もうすぐですね」

若い男は、観望用立体テレビに目をやりながら、いった。

「でも……昔は、そんな程度の政策で何とかなったんだから、羨ましいようなもんです。最近の作業のむつかしさと来たら――」

四十五、六の男は、うっすらと目をつむっていた。

若い男は、また書きものをつづけた。

するとひとりでに、はるかな日のあの虹の玉の色彩が、まぶたの中で動きはじめるのだ。

(今になってみれば、大塚忠雄の気持は、わかりすぎるほどよくわかる……ウア国の中ではかない努力をつづけながら、彼は実はしあわせだったのかも知れない)

目をひらいた。

苦笑がうかんでいた。

(こんなことを考えるようになったとは……そろそろこの杉岡勉も、無任所要員としては、ヤキがまわって来たのかな)

あたらしい赴任国へ、AAA機はすでに下降をはじめていた。

最後の手段

1

　梅雨はまだあけきってはいなかった。南条宏を乗せたタービン車は、窓にこまかい雨滴をすがりつかせたまま、パイオニア・サービス会社の統合事業本部ビルに、すべり込んで行った。

　淡い期待が、南条の心の中に生れかかっている。ここ数年、地方での小さな仕事ばかりあてがわれて、命じられたよりもはるかにいい成績をあげて来たが、彼としてはもっと大きなものと取り組みたかったのだ。久しぶりに、直接統合事業本部に呼び出されたのだから、ひょっとしたらその願いがかなえられるかもしれない。

「早かったな」

　本部長室に入るとすぐ、部屋のあるじが声をかけた。

「マグネット列車を使いましたからね」

「ほほう。あれは加速がきついと聞いているが……どうだった？」

「噂ほどでもないですよ。もっとも、減感剤のお世話になりましたが」

「まあ、楽にしたまえ」

本部長は席を立って、エア・クッション・ソファを指した。

南条はためらわず、腰をおろした。

「早速だが、用件に入ろう」

本部長は、南条の前にすわると、机に手を伸ばして、薄っぺらな計画書をとった。「きみはサイボーグ一号のニュースを、聞いているかい？」

「ああ、先月、頭部以外を全部、人工のものにとりかえた女のことですか」

「そうそう」

「彼女のことを知らない者はないでしょう。マスコミが、やたらに報じ立てていますからね」

南条は、苦笑をうかべた。「しかし、あれをサイボーグとは……ちょっと大げさじゃありませんか？」

「ほう、どうしてだ？」

「今じゃ、たいていの大病院が人工臓器を使っていますからね。今度の場合はそれらを全部同時に置きかえたということでしょう。まあ、その全システムをコンピューターで統御することに成功したのが、画期的といえばいえるでしょうが……人工臓器ひとつでも結構かさばるのに、それを全身に及ぼしたものだから、移動さえ出来ないというじゃありませんか。おまけに、今の技術の段階では、十年ぐらいしか生きのびられないそうですしね。……ぼくは、サイボーグというものは、もう少し進んだものというふうに、考えたいですよ」

「相変らず理想主義的だな」

本部長は、微笑した。「しかし、何でも手はじめは不完全なものさ。大体、語源から考えれば、今のようなものでも、充分サイボーグの名に値するとは思うがね。第一、今度のケースだって、医師団の必死の努力と、莫大な費用が必要だったんだ。そうした条件を乗りこえて決行したというのは、やはり偉大なことだよ」

「本部長」

南条は、いらいらしながらさえぎった。「用件というのは、つまり、何なんですか？」

「まあ、あわてるな」

「……」

「今度の成功で、脳さえ無事なら、今までは到底助かりっこないとされていた人を救えることが確実になった。とはいうものの、システム一式はひどく高価だし、あらかじめ一週間以上もかけて患者に合うように調整しなければならん。たとえサイボーグ化しても現段階では、医師がつねに不測の事態にそなえて待機し、手を打ちつづけねばならないと来ている」

本部長は、南条を見た。「つまり……この成果を活用しようとすれば、けたはずれの費用がかかるというわけだ」

南条は、憂鬱げにうなずいた。個人でそれだけの負担に耐え得る者はごくわずかだろう。

この画期的な成果という奴を享受できるのは、例によって一握りの連中だけなのだ。

だが彼は、それをストレートには口に出さなかった。

「どこか、そのために大金を投げ出すところはないんですか？」

「実は……そうなるんだよ」

「え？」

「サイボーグ一号を特例に終らせたくないと考えた若手の財界人たちが、資金を出しあって財団法人を作ることになったんだ。政府にもはたらきかけて、かなりの額を継続的に出させる約束をとりつけたらしい」

「どうも、話がうますぎるような気もしますね」

「なに。かれらだって、世間に対して点をかせぐつもりなのさ。とにかく——それがちゃんと活動を開始できるようになるまでのいっさいを、わがパイオニア・サービスが引き受けることになった。とはいっても、主な仕事は、そのセンターの建設ということになるだろうがね」

「それが、ぼくの任務ですか？」

「異存があるかい？」

「別に」

「じゃ、それできまった」

本部長はなぜか、ほっとしたようにいってから、つけくわえた。

「しかし……この仕事には思わぬ事態が発生するかも知れないし、きみも相談相手があったほうがいいだろうから……うちの無任所要員が三人ばかり、きみを手伝うことになっている。迷惑かね？」

南条は黙って肩をすくめた。そうと決まっているのなら、反対したところで、どうにもなりはしない。

「じゃ、そのチーフを呼ぶから」

本部長は、机のボタンを押した。

南条は、ソファにすわったまま、待つ。

悪くはない、と、彼は考えた。仕事としても決してマイナーではないし、それに、彼のような人間にとっても、充分、やり甲斐がある。

もともと、彼が勤めるパイオニア・サービスという会社は、人間リースを含む巨大な何でも屋だ。鉄道の敷設やコンビナートづくりなど、国内国外を問わず注文さえあれば、何でもやってのける。それだけに、中には随分どうかと思われるものもまじっていた。

専担のエキスパートでありながら、そうした仕事を与えられたとき、南条はいつも、最低限度のことしかやらないようにしている。それは、抵抗というにはあまりにも消極的な気休めには違いないが、会社のほうでも近頃はそのことに気がついているらしい。今のところは文句をいわれるところまで行っていないが、それは彼が、やりたいし、やるべきだと考えた任務のときには、抜群の成績をあげて来たせいに過ぎなかった。

その点、今度は全力を傾注することができる。

ただ――無任所要員といっしょに仕事をしなければならないのが、心のどこかにひっかかっていた。

無任所要員というものに、南条は何となくいやなイメージを抱いている。特殊な事態に対処するためかれらは、その名のとおり、一定の業務を担当してはいない。それも、ほとんどの場合、表面に出るということをしないで、に待機している人間なのだ。パイオニア・サービスの繁栄は、実質上、かれらによって裏から支問題を解決してしまう。

えられているのだ。その意味ではかけねなしに優秀な連中だった。

優秀かも知れないが、かれらには良心というものがないのではないか、と、南条は思うことがある。任務を遂行するときの巧妙な手段や陰険なやり口はさておくとしても、かれらが、与えられた課題を会社命令だというだけで、どんなにモラルにもとるものであろうとも、勇み立ってやってのける、その態度が面白くなかったのだ。

「やあ、ご苦労さん」

本部長の声に、彼は顔をあげた。

南条よりやや若いが、鋭い目をした、はがねのようなからだつきの男が、入って来たところだった。

「こちら、一九九号を専担することになった南条宏くん」

本部長は、無造作にふたりを紹介した。「こっちは、無任所要員の杉岡勉くん」

杉岡勉？

南条は、かすかに眉をひそめて、相手を見た。彼は一、二度、その名を耳にしたことがあった。若いが、無任所要員の中では急速に頭角をあらわしかけているという噂だ。そんな人物が、なぜこの仕事にまわされて来たのだろう。

「どうぞよろしく」

南条が疑念にとらわれているあいだに、杉岡は打ちとけたポーズで、腕を伸ばしていた。

「あなたの評判は聞いていますよ。良心派だそうですね。ま、お手やわらかに願います」

南条は、出された手を握り返しながら、相手をみつめた。おどろくほどあざやかに表情の動くその面上には、いま、薄笑いが浮かんでいる。

何を考えているか、判らぬ奴だ。

「いや、こちらこそ」

いいながら彼は、にわかに闘志が湧きあがってくるのを感じた。闘志というよりは、自信たっぷりな無任所要員への反撥かも知れない。主役はこっちなんだ、こんな裏方にイニシャチブを握られてたまるものか――という決意が、しっかりと南条の中に植えつけられてしまっていた。

2

いよいよ仕事にとりかかってみて、南条は、計画というのが簡単な机上プランの域を出ず、資金関係以外は、まるで白紙同然だということを知った。

「われわれははじめから、いっさいをきみたち専門家にまかせるつもりだよ」

計画の提唱者で、多くの公職を兼ねている若手の財界人は、あわただしい会見のうちにそう彼に告げた。「少々予算枠を越えてもかまわないから、所期の機能を充分にはたすものを作ってほしいんだ。資金のほうは、何とでもなるから」

そういわれても南条は、別にたじろいだり感激したりはしなかった。パイオニア・サービスのような会社ができたせいで、近頃では何もかもこういう風に委託するところが増えてきている。会社のほうはそれをまた利用して、取扱高をふやすように持って行っているのだ。彼にとってみれば、よくあるやりかたにまた出合ったというだけのことである。

出資者側の意向をたしかめると、彼は会社に要請して、今後の業務に必要な専門家を何人か出してもらい、新型の設備機器のそろった事務所を借りた。

これらのことをするのに、彼は、何ひとつ杉岡たちと相談はしなかった。今までの経験で、彼は自分が何をやるべきか、知りつくしている。自信があった。それに、もともとこれは彼の仕事なのであり、無任所要員などにいちいちお伺いを立てることはないのだ。

それでも杉岡は、別に不満らしい口吻も洩らさなかった。いつも裏方ばかりでスパイめいたことばかりやっているものだから、何とも感じないのだろう。南条の胸には、いつか杉岡たちに対する軽侮の念が生れはじめていた。

とはいっても、さすがに南条は、杉岡たちがあたらしい事務所に移ってくるのを拒否するわけには行かなかった。会社がかれらと組むように命じている以上、その程度のことは妥協しなければならない。

杉岡たちは、南条が意識的に用を頼まないのを知ってか知らずか、かれらだけで話しあい、どこかへ行ったり帰って来たりということを繰返していた。

南条は、かれらの行動を無視することにした。かれらが何をたくらみ、何をはじめているのか知らないが、こちらの仕事に関係したことをやっていることがはっきりしたら、そのときに、厳重に文句をいうつもりだった。それに、かれらにかまっているようなひまはない。計画は動きだしていたからである。

はじめは、財団そのものの設立だったが、これは、出資者側の作成した形だけの計画書と人名表を書式化し、すでに振り込まれている資金の証拠をそえて申請するだけで、何の問題もなかった。むつかしいのは、どこにどんな規模の、どんなセンターを建てるか、そこにどれだけの機能を持たせるか、ということだった。

南条は、そのための関係者の委員会を組織することにし、部下たちを督励して、サイボーグ一号を作った医師団をはじめ、この計画にプラスしそうな人々を、あらゆる面を検討しながらピックアップにかかった。

一週間とたたないうちに、膨大な人名録ができあがった。

彼はそれらのデーターをコンピューターにかけて、この仕事を具体的なものにするための最適の構成メンバーを作りあげ、形だけの裁決をとるために出資者側と会社にリストをまわすいっぽう、分担をきめて、そのひとりひとりの下交渉に入ることにした。

本来なら、こうした作業には、無任所要員こそ、適任だったろうが、南条は依然としてかれらの手を借りようとは思わなかった。おまえたちがいなくても、自分たちはやって行けるのだという、意地に似たものが南条を駆り立てていた。もし杉岡が頭をさげて、どうかわれわれにも手伝わせてほしいというのならば、やってもらってもいいという気はあったが、かれらは決してそんな真似はしなかったし、それゆえに南条も、何もいいだしはしなかった。

ようやく梅雨が終ったことを誇示するように強い陽が照りつけている。その階段を、南条はゆっくりとのぼって行った。

サイボーグ一号を生んだ国立病院である。南条たちが作成した委員候補リストには、ここの、実際にサイボーグ化をおこなった医師団の何人かが含まれていた。南条は、センター設立具体化の委員依嘱の交渉を、まずここの医師たちからはじめるつもりだったのである。

前もって訪問の約束をとっておいたおかげか、玄関で来意をつげると、すぐに面談室へのコンベアーに乗るように、案内された。

ライトグリーンの弾力性のある壁に囲まれた面談室に腰をおちつけると、南条の心に漠然とした不安が頭をもたげて来た。

はたして、うまく行くだろうか。

財団の目的と、センター設立の趣旨は、すでに文書で候補者のもとに送りつけてはあるが、その全員が承諾してくれるかどうかということになると、彼には何ともいえなかった。数種類の委員会の、あわせて五十名以上になる候補の誰ひとりとして、ひまをもてあましているような人間はいないのである。今までの仕事と違って、いくら報酬がよくても時間をさく余裕などなさそうな連中なのだ。だからこそ、わざわざひとりひとりと直接会って頼むという方法をえらんだのだが……。

南条は、背をのばした。

軽い足音が、面談室に近づいて来たからだった。

ドアをあけて現われたのは、ほっそりしてはいるが、杉岡と同じぐらいの年の医師だった。

「だいぶ、お待ちになりましたか?」

と、医師は歯ぎれよくいった。「上席の連中が手がはなせないというので、まわりまわって、ぼくが応対に出るようにといわれたのが、一分前のことなんですよ。ぼく——駒井邦男です」

リストに含まれている医師だった。

「南条です」

挨拶を返しながら、彼は、相手の率直な態度に惹かれるのを感じていた。

「実は……」

いいかける南条を、駒井邦男は、かるく制した。

「わかっていますよ。サイボーグ化センターの件でしょう？」

「そうです」

「あれなら、問題はありませんよ」

駒井は、白い歯を見せた。「ここの連中はみんな、やる気です」

「え？」

「委員のことはもちろん、センターが出来たら、そっちへ移るつもりでいますよ。そのほうが、本格的な研究もできますしね。ぼくはそれを伝えるために、やって来たんです」

「……」

南条は、拍子抜けした視線を、駒井にあてた。

意外だった。こう、うまく行くとは、予想もしていなかったのだ。

というよりは、うますぎる。

「どうかしましたか？」

駒井がたずねた。

「いえ……どうもあんまりあっさりと、お引き受け下さったものですから」

「あっさりと？」

駒井は眉を寄せたが、不意に、大きな声で笑いだした。

「しかしあなた……あれだけの手を打てば、誰だってその気になってしまいますよ」

「あれだけの？」

「そうじゃありませんか」

駒井は椅子にもたれかかった。「医学専門誌にあれだけセンター設立の記事をたてつづけに載せさせ、その委員の権威を高めるように仕向けたばかりか、誰が委員になるかという風評を流したり、何十人という患者にセンターのことを訊ねさせたり……そこまでやればたいていの人間が関心を持って、依頼さえあれば一枚嚙もうという気になってしまうのが当り前ですよ。あれをあなたがたがやったのではないとしたら、誰がやったんですかね？」

南条は絶句した。

とたんに、杉岡の、あの表情のよく動く顔が目に浮かんで来た。

奴のしわざなのだ。

「でもまあ、あんなことがなくても、ぼくはあなたがたに協力するつもりでした」

駒井は、はっきりした口調でいった。「最初のサイボーグ化に参加したひとりとして、ぼくは、この技術を広く一般のものにしたいと考えていますからね。要請されなくてもあなたがたの計画にくわわらせてもらおうと思っていたんですよ。ぼくにいわせれば、あんなことまでする必要はなかった」

そうなのだ――と、南条は、心中で杉岡をあざけった。おまえたちがスパイ気取りで変な工作をやらなくても、仕事はちゃんと進んで行くのだ。

「ところで」

駒井は、南条に訊ねた。「あなたは、谷さんに会ったんですか?」

「谷さん?」

「サイボーグ一号ですよ」

「いや」

南条は、盲点を突かれた思いだった。「いや、まだ……それ以前の段階でまごまごしていたものですから」

「呆れましたね!」

駒井は、あけすけに非難した。「サイボーグ化センターを作ろうというのなら、まずその実物に会うのが先じゃありませんか? そんなことで、本当にセンターができるのかなあ」

そこまでいわれても、不思議なことに南条の腹は立たなかった。相手が打算抜きで、センターの実現を熱望していることを、本能的に悟っていたせいであろう。

だから、駒井が一方的な口調で、サイボーグ一号のところへ行こうと先に立ったときにも、彼はすなおに従った。

谷さゆりは、外からちょっと見たところでは、シーツの外に両腕を出して、斜めになったベッドにもたれかかっているようであった。もう五十歳にちかい婦人で、全身リューマチのためにサイボーグ一号になるべき運命を背負わされたのである。自分でこんなに騒ぎ立てられることになるとは、予想もしていなかったせいか、当惑に似た表情が、折にふれてあらわだが、ふつうの病人じみているのは、それぐらいである。彼女の首から下は、ことごとく人工のものに置きかえられていた。彼女の意志どおりに動く両腕は、精巧な義手であったし、シーツにおおわれた部分に至っては、もはや人間の形もしてはいないのだ。金属とプラスチックで作られた人工臓器群の集合体なのである。シーツの裾からは、百本以上に及ぶ色とりどりのコードが伸びて、壁ぎわに並んだ機器と連結していた。

「われわれはあれを、もう少しコンパクトな形にまとめあげたいと考えてます」

偏光性の二重ドアをあけながら、駒井はいった。「栄養摂取の形を変えれば、消化器系統をまったく違うタイプのものにすることができますし……それに、いずれは移動方式の問題を解決しなければなりませんが、人工筋肉を組み集めた不安定な脚を開発するより、別に駆動システムをつけるほうが合理的でしょうね」

室内に入ると、駒井はもうそれ以上つづけず、部屋の隅にいた看護婦に会釈してから、谷さゆりの前に歩み寄った。

「どうですか」

「ああ、先生」

谷さゆりは、編物をしていた手をとめて応じた。

「うまくやれますか？」

駒井は、編棒を指して、訊ねた。

「そりゃもう……前のことを思うたら、夢みたいで……」

谷さゆりは、一応そう答えたが、すぐに声を落した。「でもねえ先生、家へ帰ることができんのでしたら、せめて、もうすこし面会時間をふやしてもらえんでしょうか。これでは退屈で……」

「だんだんそうなるはずです」

駒井は、やわらかくいった。「まあ、本とか立体テレビとかを、たのしんで下さいよ」

それから、看護婦にうなずき、南条の肩を押すようにして、部屋を出た。

「ほんの一ヵ月前まで、あの人は、首をめぐらすこともできなかったんですよ。死ぬのは単に時間の問題だったんです」

南条と並んで自動廊下に踏み込みながら、駒井は熱っぽくいいだした。「それが今はどうです？　本も読める、編物もできる、生きようとする意欲が出て来て、退屈がっているありさまなんですよ！　われわれはそれだけのことができるレベルに到達したんです。一刻も早くこの成果を一般のものにしたいと思うのが当然でしょう。ぼくはあなたがたの尻を叩けるものなら叩きたいぐらいです」

すこし、すこしずつ、南条にも、駒井の熱がうつりはじめていた。彼の心にまだわずかでもためらいが残っていたとしても、それはいまや、ちりぢりに吹き払われようとしていた。

たしかに、あの一号は、サイボーグとしては名ばかりの、不完全なものかも知れない。だが、あの谷さゆりは、生きていた。すこしも異様なところのない、ふつうの人間として生命をながらえていたのだ。もしも彼女が興奮しきっていて、現代医学の勝利とか、それへの感謝をたてつづけにまくしたてていたのなら、南条はむしろ白けた気分になっていたことであろう。しかし、彼女の態度は、きわめて日常生活的な、当り前のものであった。それが南条に、サイボーグ化技術の地道さを確信させることになったのである。本部長のいったとおり、これは手はじめで、やがては完全なものに到るであろうことを、彼に納得させたのである。

彼の内側で、しだいに何かが燃えあがろうとしていた。

そう。

これは彼にとって、自分の全能力を賭けてでもやりとげるべき性質の仕事ではなかったか？

今までに南条は、パイオニア・サービスの事業専担員として、数多くの仕事を手がけて来た。何割かは良心に恥じるようなところのある任務だったから、手を抜けるだけ抜いたが……その他のものだって、必ずしも、自分のやっていることを世間に誇示して胸を張れるほどの意義を持っていたというわけではない。

それが……今度はまるで違う。これは正にやり甲斐のある仕事だった。みずから志望してでもやりたい仕事であった。

やるぞ。

南条は胸のうちでそう呟くと、大股に病院を出た。

3

仕事は、日がたつにつれて忙しくなりはじめた。大小さまざまな、それでいてお互い関連のある課題やら用件やらが、次から次へと起きあがってくるのだ。

南条は、チームの人数をふやした。今までの事務所では手ぜまになったので、あたらしい建物に移ったが、そこもやがてきゅうくつになることは、目に見えていた。

それでも朝夕はともかく、日中はメンバーのほとんどが仕事に出ているので、息がつまるというほどではない。

そんなある昼さがり、南条は事務所で、偶然、杉岡とふたりきりになった。

南条はつとめて杉岡を意識しないようにしながら、予定をチェックしていた。この前あの病院で駒井から聞いたとおり、杉岡たち無任所要員が、かれらなりのやりかたで南条をバックアップしようとしていることや、それがたしかにある程度は効果をあげていることも、今の南条にはうすうす判っていたが、彼はそれを認めるのはむろんのこと、文句をつけることさえ避けていた。はじめはそうするつもりだったが、へたに切り出して、無任所要員たちと仕事の進めかたに関する論争をひきおこす——という状況に追い込まれたくはなかったのである。

どうやら一段落つけて、何の気なしに目をあげたとき。

それが、こちらをみつめていた杉岡の視線と合った。

「まったく、大変な張りきりようだ」

杉岡がゆっくりと、ひとりごとのようにいった。「それじゃ、からだを痛めてしまうよ」

南条は、黙殺して、仕事をつづけようとした。

杉岡は、またいった。

「この仕事に、それだけの値打ちがあるのかね？」

さすがに南条も、その言葉を聞き流すわけには行かなかった。

「何をいうんだ」

「そりゃサイボーグ化センターの建設に大きな意義があることは、ぼくだって否定しやしないよ」

杉岡は、皮肉な調子でつづけた。「しかし……センターが救うことのできるのは、年間わずか十人に過ぎないんだろう？　まあサイボーグ・システムやアフター・ケアに莫大な費用がかかるのだから仕方のないことだろうが……これはあくまでも未来への投資として考えるべきなので、今すぐ世に役立つつもりになって、死にものぐるいで頑張るというのは、馬鹿げているような気がするんだよ」

「……」

南条は、すぐには切り返すことができなかった。というのも相手の指摘は、彼自身が気にしていたところを、突いていたからだ。

その問題がはっきりして来たのは、ここ四、五日のことである。

ひとりひとりと交渉して内諾をとり終った人々のうち、一部は、ただちに委員会のメンバーとして討議をはじめた。

だが、他のすべての委員会を、同時に結成し発表するわけには行かなかった。仕事の進行状況に応じて、ごく自然に、関係者や世論に無用の刺激を与えないように注意しながら、段取りよくスタートさせる必要がある。南条は首尾よくそれをなしとげた。

やがて、サイボーグ化技術に関する多面的な検討と、一号のその後のようすの総合的な分析を経て、あたらしいセンターが備えなければならない条件が出そろいはじめた。

別のところでは、センターをどこに建設するかについての討論が重ねられた。

そうしたいわばブレーン・スタッフの会合やら打合せを有機的に計画し段取りをつけ、連絡をとって実行に移すあいだに、南条は、マスコミへの働きかけもやらなければならなかった。

マスコミといっても、一時代前のそれよりは、はるかに巨大で複雑になっている現代にあっては、よほど計算してかからないと、逆効果になってしまう。立体・平面、UHF・VHFをとわず、各テレビ局の特徴や方針を勘案しながら、もっとも望ましい形で放映されるように資料を流したり、プリント媒体に対しても、それぞれの特性を把握した上で、先方のいちばんよろこびそうなニュースを提供して行くことが大切なのだ。もちろん、これらのパブリシティのための方策といっしょに、正規の広告スペースの活用も考えて、使いわけて行かなければならない。それも、単に知名度アップを狙うだけでは、マイナスのほうが大きくなる可能性があった。サイボーグ化技術がどういうものであり、それがどう人間の役に立つか、財団としては、それをどう活用しようとしているかということを、世人に納得させ、好感を抱いてもらわなければならないのである。

ほとんど悲鳴をあげそうになりながら、南条は部下を駆使して、その作業をやってのけた。今度の仕事の意義を信じていたからこそ、やりとげることができたともいえる。

むろん、そこまでやらなくても、センターそのものを作ることはできる。だが南条としては、そうしておくことで、実際の作業にかかったり、対外的交渉をおこなうときに、正義の旗じるしをかかげて無形のプラスを得られるのを、今までの体験で熟知していたのだ。

そのあいだにも、各委員会の結論や要望が集められ、調整がはじまっていた。建築材料の種類や建築形式の検討がおこなわれ、何種類もの設計が、審議され、ふるいにかけられた。

まもなく、総合された計画が、姿をあらわしはじめた。

広大な敷地に建設されるセンターの、主な部分は、むろんサイボーグ化施設である。

それは、四ブロックから成り立っていた。

まず、サイボーグ化される人間が運び込まれ、サイボーグ・システムが本人の身体に同調するように調整される一週間をすごす病院だ。

それと、サイボーグ・システムそのものを組みあげ調整をおこなう設備。

次が、サイボーグ化をおこなう手術ブロックだった。

そして最後が、アフター・ケアをかねて、サイボーグ化された人々を住まわせる場所である。ここでは、マイクロ・フィルムの図書館や音声タイプ一式や、ゲームなどの娯楽設備もそなえられることになっていた。

これだけでも膨大なものだが、さらにそれらには、付帯施設が必要だった。職員居住区や、自家エネルギー供給装置や、全体を統合して行く運営ブロック……。この上に、人件費がかかってくるのである。

出資者側が用意した資金は、多額で、必要であればまだだいぶ増やしてもらうことができるはずだったが、それでも決して充分ではないということが、南条にも判りはじめた。年に何人かずつ受入れて、サイボーグ化し、その後もずっと面倒を見つづける。それが平均十年ぐらいつづく見込みだというところから逆算すると、どんなに多く見積っても、年間十名をサイボーグ化するのが精一杯、ということになるのだ。

年に十名。

南条には、意外な数字だった。

だが……それが事実なのだ。サイボーグ化というものは、今までの病人に対する手当てとは、まったく別のものなのだ。

それが、やがて現実として南条にも飲み込めては来たが……心底にわだかまるほろにがさは、どうすることもできなかった。

杉岡の言葉に、すぐに反駁できなかったのも、そのせいである。

「そう思わないか？」

杉岡は、南条の思いが切れるのを待って、またいった。

「そんなに一生懸命にやればやるほど、あとの自己嫌悪はひどくなるんじゃないか？」

南条は、まだ黙っていた。

なるほど、杉岡のいうことも、ひとつの見方には違いない。

しかし、それは無責任な見方というものではなかろうか。

だからといって、何もかもいい加減にしたら、どうなる？

今度の場合、やらないよりは、やるほうがいいのではあるまいか？　年にわずか十名であろうとなかろうと、救わないより救うほうがいいのではあるまいか？

「ずいぶん決意が固いんだな」

杉岡は、ひやかすようにいった。「――何だかきみも、どこかあの医者に似て来たみたいだぞ」

「なに？」

南条は、はげしく相手を見返した。

杉岡のいう〝あの医者〟が、駒井邦男をさしているのは、あきらかであった。

ブレーン・スタッフの中でも、ことに駒井は積極的であった。この仕事に大きな期待をかけて情熱を燃やし、求められていない作業にまで協力していた。これが世の人々を救うのだという信念が、駒井を動かしていることはたしかだった。もともと虚弱な体質ですぐに病気になるタイプの男だったが、そうした人間によくあるように一度信じたら、とことんまでやり抜くのである。あまりの熱心さに他のメンバーが辟易することさえあるくらいで——今では彼は南条にとって、精神的な支えとしての存在になりかけていたのだ。

「へんないいかたはよせ」

南条は、ぶっきらぼうにいった。「それに、仕事に水をさすような言動は、つつしんでほしいな」

杉岡は、薄笑いとともに黙り込んだ。

そんなことがあってから、南条は、ますます杉岡を軽蔑するようになった。

仕事は、次の段階に入った。今まではどちらかというと頭で処理する問題が多かったのだが、それに、実際的な、具体化された作業がくわわって来たのである。

敷地は、すでに確保されていたが、多少でも暗いイメージのある公共建築物が作られると、すぐに周囲の住民たちが補償を要求することが流行している昨今では、敷地のまわりの連中に対して、早い目に手を打っておかなければならなかった。

それに、サイボーグ・システムについても、それをその都度見積りをとって適当なメーカーに発注するわけには行かない。高精度の、完全規格化されたものが正確に入って来なければ、大変なことになるのだ。南条は医療機器メーカーの徹底的な分析をやった上で、信用できるところを数社えらび出し、何十回となく打合せを重ね、かけひきをやってから、定期的な納入体制を確立した。

むろん、建設工事そのものも、動き出している。資材は倉庫へはこび込まれ、検品されて、基礎固めが済むと同時に、現場へ移されて、使用されはじめていた。

これらの仕事だけでも、駈け出しの専担員には手にあまるところだが、ベテランの南条は、むしろスポーツにも似た快感とともに、手際よく片づけて行った。

だが、仕事はそれだけではない。

人間の問題があった。つまり、サイボーグ化をおこなう医師団を確保し、職員を集めなければならないのだ。実際的な作業を得意とする南条にとって、これはむしろ不得手な分野である。

誰か、手助けがほしかった。いや、実はそのために、杉岡たち無任所要員がまわされて来ていたのかも知れないが、南条はむろん、かれらに依頼しようとはしなかった。どこか本能的なかれらへの不信はいよいよ強くなるいっぽうだったから、この重要な仕事をまかせきりにしたら、どこで、思わぬ方向にねじ曲げるかも判らない。志を同じくする仲間がほしいのだ。

それをやってくれたのは、駒井だった。駒井は南条の話を聞くと、自発的に手をかすことを約束し、約束以上の成果をあげてくれたのである。医師団を、それも専門家としての駒井のめがねにかなったレベルの人々ばかりで組みあげ、先天的に弱い身体をむち打ったようにしながら、自分の勤務時間のひまをすべて、人集めのために、ついやしたのだ。

仕事は、どうやら軌道に乗りかかろうとしていた。

あとは、手抜かりや失敗がないように監視し、督励するばかりだ。南条が作りあげた組織は、組織本来の力を発揮して、ひとりだちをはじめ、それだけで動きだそうとしているのだった。

嵐さながらに殺到して来た問題や作業の大群を、必死でさばきつづけているうちに、南条は、それがどうやら山をこえたらしいことを感じはじめた。

どうやら当初発表した完工予定日を、守れそうなことがはっきりしてきたのだ。

そうなって彼はやっと、外部の動きに対応できるようになった。それまでにもこのサイボーグ化センター建設計画について、いろんなところから問いあわせや意見が来ていたのだが、そんなものをいちいち相手にしているひまはなかったのである。

マスコミの取材担当記者と、南条はしばしば会うようになった。ひとりでのときもあったし、駒井といっしょのときもあった。

いやに暑い夏が過ぎ去り、秋もなかばにさしかかって、もうあと四ヵ月もすれば、センターが完成するというところまでこぎつけたある日、南条と駒井は工事現場で、訪ねて来たファクシミリの記者と話しあっていた。

「見れば見るほど、大規模なものですね」

ファクシミリの記者は、小手をかざして感嘆の声を放った。

「これが出来あがったあとも、あなたがたが運営の中心になるわけですか？」

「いや、それは財団の仕事だよ」

南条は、駒井に目をやって、「かれのほうはセンターに移って働くことになるだろうが、ぼくはパイオニア・サービスの専担員に過ぎないからね。ここに残りたいのは山々だが……会社が許さないし、それに、出来あがってしまえば、ぼくのような人間は、ここでは何の役にも立たないだろう」

「なるほど」

記者はうなずいた。「と、すると……指名会議のことについても、ノータッチというわけですね？」

南条には、はじめて聞く単語だった。

「指名会議？　それは何だ？」

「いや……うちの社の人間が、小耳にはさんだらしいんです。何のことか判らないんで、いま、誰かれなしに訊ねているんですよ」

記者も、それ以上は知らないらしかった。

「指名会議か」

駒井が呟いた。「いったい、何を指名するんだろう」

南条にも、見当がつかなかった。ひょっとすると、センターの理事長と運営委員とかを指名する会議なのかも知れない。

何だか、いやな予感がするのも事実であるが……しかし、それは今のところ、南条には関係のないことであった。

4

南条の漠然とした予感は、はずれてはいなかった。

その単語を耳にしてから一カ月ちかくたったころである。

工事の進行状態を見届けた南条は、例によって深夜ちかくなってから、ひとり、事務所に戻って来た。

ドアのノブをつかもうとして、彼は、まだ事務所に灯がついていることに気がついた。

もうみんな、帰ったはずだ。

それとも、誰かが残って仕事をしているのだろうか。

ドアを押すと、窓から外を眺めていた男がふり返った。

駒井だった。しかし、その顔はいつもよりもっと青ざめていて、異様なほどであった。

「待っていたんだ」

と、駒井は、妙に押し殺した声を出した。「——いやなことを聞いたものでね」

「いやなこと?」

「ああ」

駒井は、南条の顔すれすれになるまで近づいて、ささやくようにいった。「このあいだの指名会議という言葉をおぼえているか？」

　南条は、無言でうなずいた。

「あれはな……サイボーグ化する人間を指名する会議なんだ。誰をサイボーグ化するかを決める機関なんだ」

「……」

　ひやりとしたものが、南条の背を走り抜けた。

「ぼくはなぜかあの言葉が、気になって仕方がなかった。だから、調べた。いろんな連中と会うたびに聞き出そうとした」

　駒井は、目を据えてつづける。「きょうぼくは、出資者のひとりである財界人と話しあう機会を持った。そのとき、彼が口をすべらせたんだ」

「……」

「今度の計画はな、世のためとか人のためとか、そんな立派なものじゃないんだ。利権づくりに過ぎないんだ。つまり……政府とぐるになって、特権者の椅子を作ろうというわけなんだ」

「話してくれ」

　南条は、駒井の肩をつかんだ。「くわしく話してくれ」

「ああ話すとも」

　駒井は顔をゆがめた。「だいたい、ぼくも気になっていたんだが……いまの資金ではサイボーグ化するのが年間十人ぐらいしかできないということは、一号の例から推察して、かれらにも判っていたはずなんだ。わずか十人を……それを誰にするか、ぼくははじめ考えなかった。センターが完成したら、全国の病院と連絡をとって、どうしてもサイボーグ化しなければならない人間を受入れることになるのだろう、ぐらいに考えていた。ところが違うんだ。まるで違うんだ」

「……」

「奴らの狙いは、はじめからそこにあったんだ」

「――そんな」

「いいか、よく聞けよ」

駒井は、唇のはしをひきつらせた。「年間サイボーグ化が十名だけとなると、誰を入れる？　巨額の費用がかかるんだ。誰にする？　きまっているじゃないか。それだけの価値のある人間だ。あと十年の余生を得ればより多くのプラスのある人間だ。VIPだ。一般の人とは縁もゆかりもないおえらがただ。有名人だ。実力者だ」

「……」

「いいかたをかえれば、サイボーグ化してもらうということは、勲章をもらうようなものさ。それだけの重要人物だと保証してもらうわけだからな。わかるか？」

「わかりすぎるほどだ」

「従って……誰をサイボーグ化するかを決議する機関が、どれだけおそろしい権威を持つか……考えてみろ。もう余命いくばくもないはずの重要人物が、その連中にどんなに猛烈な働きかけをするか……考えてみろ。札束が飛びかい、暗闘が繰り返される。しかもだ」

駒井は南条を見た。「この仕事に、政府も金を出していることを思い出してみろ。このセンターが、為政者にとってどんなに都合よく利用できるかを……」

「——まさか」

南条はうめいた。信じられない思いだった。今までは素朴に、大規模な医療センターが作られ、世の人々を救うと考えていた自分が情なかった。ある程度世間の裏も見、世間のことも知っていたつもりの自分が、そのことに気づかなかったのが、くやしかった。

「ぼくは、おりるよ」

駒井は、ぼそっといった。「そんなものはぼくの信条とはあいいれない。そんなものに指一本でも協力するのはごめんだ」

「わかる」

答えて南条は、相手が自分をみつめているのを知った。

駒井は問いかけているのだった。南条がどうするかを……計画の仮面が剥がされた今でも、まだつづけるつもりなのか……南条に決定を迫っているのだった。

「——待て」

南条は制した。

むろん、今度の場合、仕事の手抜きをするとかそんなことで済む問題ではなかった。意欲と誇りが強かったそれだけ、反動も大きかったし、それに、もう工事は、完全に軌道を突っ走っている。彼がいなくても、そのまま進行することは間違いないのだ。手をつかねることは、そのまま協力することにつながっていた。

どのみち、このままひきさがることは、南条の気性が許さなかった。

変えるのだ。

変えてみせるのだ。この仕事を、はじめ南条が信じたものに、引き戻すのだ。それは不可能かも知れないが、やってみないことには、本当に不可能とはいえないのではないか？　すくなくともそのことを確認するまでは……引きさがるわけには行かない。

「時間をくれ」

南条は、決意をこめていった。「まず――彼がこのことを知っているのか知らないのかぼくには判らないが……まず、本部長と話しあってみる。彼からはじめて、何とかぼくたちの考える方向へ持っていけるかどうか……やってみるんだ」

翌朝、南条は統合事業本部へタービン車を飛ばした。

本部長はまだ来ていなかった。彼は本部長が姿をあらわすまで、待った。何ごとがおこったのだといいたげな本部長をつかまえると、南条は、ことのしだいを訴えた。

だが、本部長は、眉ひとつ動かさなかった。

「きみは、与えられた仕事をやればいいんだ」

それが、本部長の最初の返事だった。

「そういうわけにはいきませんよ」南条は食いさがった。「本部長は話を聞いても、何とも思わないんですか？」

「それが現実というものさ」

「本部長！」

南条は叫んだ。「あなたは……はじめから知っていたんだな？」

「否定はしないよ」

「それで……それを知りながら……ぼくにこの仕事をやらせたわけか？」

「われわれが引き受けたのは、センターの建設を中心とする財団づくりだけなんだよ。それが仕事なんだ。それ以外のことは、われわれの問題ではない……そのことを考えてくれないかね？」

「恥知らず！」

「ことばづかいに気をつけたほうがいいよ」

背後から別の声がしたので、南条は振りむいた。

杉岡だった。

「ぼくならいいが、統合本部長は、きみの上司だろう？」

杉岡は、いつになく、くらい目をしていった。「あんまり興奮すると、きみのポストまで、あぶなくなるぞ」

「これが、興奮せずにいられるか！」南条は、杉岡にどなった。「あのセンターが何物かわかっても、それでも何もいうなというのか？」

杉岡は、冷静だった。「じゃ……知ったんだな？」

「貴様！」南条は、絶望的に叫んだ。杉岡も、はじめから承知の上だったのか！　本部長としめしあわせていたのか！

「ぼくは、そのことをきみにいうのを禁じられていた」杉岡は、ゆっくりといった。「だが……考えてくれ。ぼくはこれを、未来への投資といったはずだ。今の世の中では、きみの考えるようなものを作るためには、まず、こうした形から踏み出す以外にはないんだ」

「そうだとも南条くん」本部長だった。「これは、手はじめなんだよ」

「やめてくれ！」南条がわめいたので、本部長はにわかに態度を硬化させた。

「きみ！」

「ぼくはもうこの仕事をつづけるには不適任だというんでしょう？　いや、ぼくに知らせないようにして仕事を進めさせ、都合が悪くなるまでつづけさせるつもりだったんだ！　そうだろう」

「きみの能力を買ったからだよ。しかし」

「わかっているとも！」

南条は、机を叩いた。「ぼくはひきさがるとも。手を引くとも！　それで満足だろう？」

本部長と杉岡が目くばせをかわしあうのを南条は見のがさなかった。

「だがいいか！」南条は本部長の机にのしかかった。「ぼくはひきさがっただけでは済まないぞ！　ぼくはこの工事をぶっ潰してやる！　どんなことをしてでも中止させてやる！」

「そうだろうな」呟いたのは、杉岡であった。

5

ながいあいだ勤めた会社に辞表を叩きつけて飛びだしたものの、しかし南条は、感傷になど浸ってはいなかった。

あれほど意義を信じ、あれほど本気になって来た仕事が、実はみにくい計画であることを知った以上、彼は、責任をとらなければならないと感じていた。世間に対してセンターの意味を吹き込み、人々に期待させたのは、ほかならぬ南条自身である。今はそれを南条が消し去らねばならないのである。センターが出来あがり、祝賀会がひらかれるまで、まだ三カ月はあるのだ。それまでに、何とかして、ストップをかけさせねばならないのだった。

南条がやめたことは、ニュースにさえならなかった。対外的には彼は今までも、パイオニア・サービスの専担員に過ぎなかった。つまり、司令ではなく、現場指揮官なのである。今度の場合も会社としては仕事のトップに立つのは（事実に関係なく）出資者側の代表者だと、はじめから発表していた。

彼の後任には、誰も着任したようすはなかった。ということは、今までのメンバーの誰か、ひょっとしたら杉岡あたりが引きついだのかも知れないということを意味する。いや、杉岡は最初からこうした事態に立ち到ったとき、すぐにかわれるように、まわされて来ていたのかも判らない――と、南条は考えた。

今までに蓄積して来た、あまり多くない預金をおろし、借りられるところからは借金をして、南条は世間に工事の真相を訴えようとした。

仲間は駒井ひとりだった。ひとりでも多く同志を集めようと、南条はいろんな連中を説いてみたが、誰もかれも、はっきりした返事はしなかった。心情的には共感しても、いざ自分の属しているところにたてつくとなると、踏み切るだけの気はないのだった。

南条は、工事に協力していたころ無理をつづけたせいで、近頃とみに弱っている駒井とともに、工事現場から遠くないところにある小さなリースルームを借りて、計画を練りはじめた。

まず、マスコミにはたらきかけようというのが、ふたりの結論だった。南条と駒井は、工事がどんな意図のもとに計画されたかを暴露したパンフレットを作り、手分けしてあらゆるマスコミ媒体の編集部をたずね、説明しようとした。

だが、たいていの訪問先でかれらはなぜか、つめたくあしらわれた。それがなぜか判らぬままに、ふたりは次から次へとパンフレットを持ってまわったが、面会すら、滅多にしてくれなかった。

「きみが気の毒だから、内緒でいうが」

個人的な知り合いの、マイクロフィルム編集者に会ったとき、南条は相手から忠告を受けた。「きみの独断専行で工事が進捗せず、不適任なので退社させたという通知が、パイオニア・サービスから全マスコミにまわされているんだ。駒井氏の場合も、似たようなのが、医師団の名で送りつけられている。へたにきみたちのいうことを取りあげると、出資者側の企業から圧力がかかるんだ。これ以上つづけても、無駄じゃないか？」

むろん、南条たちがそのことについて名誉毀損の訴えをおこすことはできた。しかし裁判に持ち込んでいるあいだに、センターは完成してしまう。そんなことは、後で考えればいいのだ。

それでも、いくつかの勇敢なマスコミ媒体が、南条たちのいうことを記事にしたり放映したりしたのは事実である。が、それらは世論をまきおこすというにはあまりに影響力が小さかったし、たちまち、その次にはいやに巨視的な見方の反論が、読者（？）から殺到した。何社かは、いつのまにか倒産してしまった。

もはや、マスコミを利用していては、間にあわない。

駒井は、知りあいの医師たちにはたらきかけて、医師のあいだから声があがるように持って行こうとした。だが結果は、惨澹たるものだったし、駒井自身が、とうとう寝込んでしまうに及んで、この方法も放棄せざるを得なかった。

南条のほうは、今まで仕事でつながったことのある国会議員とか、出資者とは無関係な企業の幹部と会って、この計画の難点を話し、手直しするか、でなければ中止してもらうように力をかしてくれないかと頼み込んだ。

だがもちろんかれらが有力者であればあるほど、南条たちに同調するわけがない。彼のくらい気分はいっそう深まっただけであった。

それ以外にも、南条はあらゆるやりかたを考え、実行しようとした。ビラを工事現場の連中に手渡したり、通行人に呼びかけたり、自費で広告を出そうとした。

それでも、ほとんど効果らしい効果は、あがらなかった。消費者団体やいくつかのグループが動きだそうとしたこともあったが、いつのまにか、忘れられたように、活動をやめてしまうのだ。南条は、サイボーグ化センターというものが、自分で信じていたほど世間に浸透していなかったことを、いやというほど思い知らされた。もしセンターそのものが、日常生活の話題の中心になっていたのなら、こうした動きは、もっと広がっていたであろう。だが今のところサイボーグ化センターというものは、一般の人にとって、遠い、まだ実験段階のもので、毎日の暮しとは無縁なのであった。

　南条を絶望的にしたのは、それだけではない。やることなすこと、すべてうまく行かないその背後では、証拠こそないが、あきらかに誰かが手をまわしている痕跡がうかがえたのであった。その誰かとは、いうまでもなく杉岡に動員されている彼の配下なのであった。杉岡に象徴される有能な無任所要員なのであった。

　ことここに及んで南条は、組織というものを離れた一個人が、いかに非力なものであるかということを、痛感せざるを得なかった。自分が備えていると思っていた力の大半が、実は組織をバックにしたものであったことを否むわけには行かなかった。

　寝込んでしまった駒井の病状は、悪化するばかりだった。南条が走りまわっている日中に、医者に見てもらっているということだが、少しもよくはならないのだ。

　駒井のことを気にしながらも、南条は別のやりかたをさまざまに試みた。革新団体の事務所を訪ねまわるということさえしたが、徒労だった。ある団体では南条のいうような形のセンターはあり得ないと断じ、ある団体では、センターひとつを問題にせず、全体制の打倒への努力を先にしろと文句をいわれた。彼が今までやって来たことの責任を詰問するところもあったし、今は別の問題で手一杯だと追い返すものさえあった。

　あれやこれやと走りまわり、怒り、気をとり直してまたはじめたりする、そのあいだにも、日はどんどん過ぎて行った。工事自体も南条が定めた計画のとおり、着々と進んでゆく。

　南条が、もうこうなれば最後の手段しかないと決意を固めはじめたとき、完工は、もう目の前にまで迫っていた。

けた。「どこへ行く？」

「行くのか？」玄関のくらい灯の下で包みを結び直している南条に、ベッドの駒井が声をか
南条は、荷物を置いて、食卓のむこうへとまわった。

そこまで来ると、駒井の身体が、異臭を放っているのがわかる。

「どこへ……行くんだ？」駒井は、かすれた声で、また訊ねた。

鋭い光を受けたその顔には、はっきりと死相が浮かんでいる。駒井自身には何の病気か判っているらしいが、それを彼は南条には決していおうとはしなかった。心配した南条は何度も医師をつれて来ようとしたり、あるときなどは、むりやり入院させようとしたことさえあったのだが、駒井が狂ったように拒否するので、どうしようもなかったのだ。自分ではちゃんと医者にかかっていると主張しているが、南条にはどうもそうは思えない。まだ症状が今ほどでないときには二、三度自分からどこかへ行って診てもらったことはあるようだが、それだけのようであった。このままでは死んでしまうぞと南条がわめいても、駒井は微笑するだけだったのである。

「いよいよあすが……完工の祝賀会だな」

駒井が、やっと聞きとれるくらいの声でいった。

南条は、返事のかわりに唇をゆがめた。

「それなのに今から……どこへ？」

また、駒井がいった。「帰ってくるんだろうな」

「勿論さ」

南条には、本当のことはいえなかった。「すぐに帰ってくるよ」

「約束するか」

「ああ」南条はうなずき、駒井の枕元を離れた。

包みをさげて、外へ出る。

ありのままに、いうべきだったかも知れない、と、彼は思った。もはや最後の手段しかないということを……この包みの中には、彼がおととい、パイオニア・サービスに勤めてはいるが信頼していい男に頼んで手に入れた爆薬が入っていることを……。

だがそれを、弱り切った駒井には、やはりいえなかったのだ。これがお別れなのだとはとても口に出せなかったのだ。


外へ出た南条は、まず、道ばたの至急便専用ポストの前に立つと、ポケットに突っ込んであった二十通あまりの手紙を、ひとつ、またひとつと、宛名を確認しながら、ほうり込みはじめた。今出せば、おそくともあすの午前中に配達されるだろう。

それらの手紙は、ファクシミリやテレビ局や、その他主だったマスコミ媒体にあてたものである。

内容は、全部同じだった。サイボーグ化センター建設における彼のおぼえがきと、その背後の事情をしるし、それはどうあってもとめねばならなかったこと、もはや今の時点ではそれも不可能になってしまったが、せめて特殊な人々のためにでなく、一般の人々を救うようなものになってほしいことを訴え、おしまいに、それをうながすために爆死するつもりであることをしるしてある。

馬鹿げた、わりに合わないことだという人もいることだろうが、南条には、これ以外の手段は残されていなかったのである。自分でたねをまいたものに対して自分で責任をとるためには、これしかなかったのだ。

投函が終ると、彼は冷えきった風がうなる夜道をゆっくりした足取りで歩きはじめた。車に乗ることもない。歩いてもせいぜい二十分ぐらいで、運営ブロックのある本館の前に出るのだ。

すぐに、センターの敷地の境界を示す柵と、ナトリウムランプの群が見えて来た。

門の前にくる。工場関係者の便宜のためか、門はひらいたままだ。彼は見咎められることもなくうまく中に入った。完成したセンターはきれいに整理されて、あかあかと照らされた本館の玄関では、まだ何人かが作業をつづけている。

光の中へ彼が姿をあらわすと、彼がもとは総指揮者であることを知っている作業員たちが、奇妙な表情で、こっちを見た。

「みんな、どいていろ！」

階段をのぼりながら、彼は叫んだ。「いのちが惜しかったら、ここを離れるんだ！」包みをふりまわして、「これは、爆薬だぞ！」

わっと悲鳴をあげて、作業員たちは逃げだした。

南条は玄関にすわり込んだ。

「よせよせ！」だしぬけに、奥から声をかけるものがあった。

杉岡の声だ。

南条はかまわずに包みをひらいて、雷管と爆薬を接続した。

「やめろ！」

走って来たのは、やはり杉岡だった。「無駄だ、無駄だ！」

他人をまきぞえにするつもりはなかったが、相手が杉岡なら、話は別だ。むしろ、望むところといったほうがいい。

ためらわず――何の未練もおこらぬうちにすべてが終ればいいのだと考えながら、南条はスイッチを入れた。

何もおこらなかった。

もう一度やってみたが、同じことであった。

「やめるんだ！」杉岡が、南条の肩を指で突いた。「きみたちをひそかに監視しているわれわれが、きみの行動を予知しなかったと思うか？　パイオニア・サービスの社員から、本物の爆薬が入手できると、本気で信じたのか？　まがいものをつかまされるとは、予測しなかったのか？」

南条は、茫然とすわり込んでいた。杉岡の声が、空洞の中の雷のように、耳でがんがんと鳴っていた。

そう……すべては終ったのだ。最後の手段さえも、事前に察知されて、裏をかかれてしまったのだ。

「帰りたまえ」

杉岡が、低くいった。「ぼくは、このことで警察を呼んだりしようとは思わない。きみたちのやろうとすることぐらい、われわれにはたいてい判るんだよ。いくらやっても無駄なことだが……でも、もうそれも、これで終りだな。あすは、完工祝賀会だからね」

それから何事もなかったようにきびすを返し、奥へ戻って行った。

南条は、ふらり、と立ちあがった。うつろな眸で、よろめきながら、階段をおりはじめた。

6

ぼんやりした目をひらいたときには、よごれほうだいの部屋に、弱い冬の朝陽がさし込んでいた。

南条は、痛む頭をかかえて、ごろ寝していた床から上半身をおこした。酔っぱらって寝たおかげで、宿酔の上に、すっかり風邪をひいているのがわかった。

だが、南条としては、飲まないではいられなかったのだ。茫然と帰って来た南条は、駒井のもの問いたげな目や、うるさい質問を無視して、強引に飲みつづけたのだった。飲んだところで、酔っぱらったところで、何もかわりはしなかったな……南条は自嘲の笑いとともに、腰をあげた。

「起きたのか？」駒井が呼びかけた。

南条はそっちへ顔を向けた。

「待っていたんだ」

駒井はいった。「さあ……ぼくを、つれて行ってくれないか」

「つれて行け？」

「きょうは……完工の、祝賀会じゃなかったのか？」

駒井は、必死で微笑をうかべた。「会場へつれて行ってほしいんだよ」

「会場へ？　奴らの祝賀会に行って、何をするつもりだ」

「はやく……もう祝賀会がはじまるじゃないか」

「やめろ！」南条は叫んだ。「無理して死ぬつもりか？　それに……無意味なことをいうな！」

「無意味？」駒井は謎めいた笑いを、まだ保っている。「いいや。無意味じゃないよ」

「何をいっているんだ？」

「つれて行け」

駒井はやめない。

「なぜだ？」南条も、ようやく本気になりはじめた。「なぜ、そんなことをしなければならない？」

「そこで……ぼくを……サイボーグ化しろといってくれ」

駒井の声は、とぎれそうだった。「おえらがたのために準備されているサイボーグ・システムを……ぼくのために使わせるんだ。たくさんの連中のいる前では……人道上からも、奴らもそうしないわけには行かない、そのことで、おえらがたの席をひとつ奪うことができる。……うまく行けば、これがきっかけで……センターの行きかたが、かわるかも……奴ら、そうするほかないんだ。なぜって……ぼくはこのままでは……死ぬほかないんだから……サイボーグ化のほかに、助かる道は、ないんだからね」

「そんなことあるもんか」

「いいや、そうなんだ」

駒井は、息をついでから、いった。「なぜってぼくは……ガンなんだから……それも、全身に転移しているんだから……しかも衰弱しているからね……薬ではショックが強すぎるし、少々の外科的療法では、手がつけられない……知っているんだよ」

「それじゃ医者は――」

「ほうっておいたのさ」

駒井の表情は、不思議にはれやかだった。

「病院をやめてしばらくして、ぼくはどうもおかしいと気がついたんだよ。自分で検査したら、やはりそうだった」

「どうしてもっと早く手当てを……」

「ぼくはバクチを打つんだ」

駒井は笑った。「しかもこれは、どうころんでも、ぼくたちのやっていることにプラスになるしね。……ぼくはずっと……ずっと……この祝賀会の日を待っていたのさ。さあ、早く連れて行ってくれ」

南条の頭は、混乱していた。それをかくしていた駒井に対する怒りと、ふたたび戻ってくる気力と、痛惜と、泣きそうな気分がごっちゃになって荒れ狂っているのだった。そしてそれらを感じながら彼は、やっといった。

「きみは気違いだ」

「だろうね」駒井は静かに受けた。「でも……きみと大差はないと思うよ。ゆうべ、きみが何をしに出て行こうとしているか、ぼくが気づかなかったとでも思うかい？」

「……」

「きみが自爆して、目的をとげることができたら、それはそれでいいと考えていたんだが……」

駒井は、目を向けた。「でもどうやら、最後の手段の栄誉は、ぼくのものになりそうだな」

南条には、何もいえなかった。

すでに、祝賀会がはじまっている時刻なので、ぐずぐずしてはいられなかった。南条はベッドの駒井に手をかけて、抱きおこした。痩せほそった駒井の身体は奇妙に軽かった。苦痛にうめく駒井を南条は背負って部屋を出た。

できることなら、会場まで、車に乗せたかったのが、この近距離では、行ってくれる車はないにきまっている。パトカーとか救急車なら、呼びさえすれば駈けつけてくれるだろうが、それでは祝賀会場へ行ってくれと頼んでも、きいてくれるはずがない。事情を説明するにしても、時間が惜しかった。

南条は、歩きだした。ながいながい道のりだった。背中の駒井は、もう声ひとつ出さなかった。

冬空特有の底抜けに青い空の下を歩きながら、南条は、この半年ばかりのことが、めまぐるしく脳裏を走ってゆくのをおぼえていた。自信いっぱいで仕事を進めていたころの記憶に、どうせ歯が立たないのではないかとひそかに思いながら、それでもあがきつづけた日々のことが重なってくる。そして無残な敗北が……。

いいや。

彼は首をすえて、近づいてくるセンターをみつめた。まだ敗北じゃないんだ。これから結末が出るのだ。この結末にいま、自分たちは、いっさいを賭けているのだ。

門のわきの受付には警備員がいたが、次から次へと祝賀会の客が通るので、いちいち問いただすようなことはしていなかった。

本館の玄関に来る。

「招待状は？」ホールの入口で、案内係らしいのがたずねた。南条の知らない人物だった。

「うちの本部長に用があるんだ」南条は片手を駒井からはずして、まだ持っていたパイオニア・サービス会社時代の名刺を出した。

「急用なんだ。中に入っていいかね？」

だが、相手は首を横に振った。

「ここでお待ち下さい。呼んで来ますから」

いうと、笑い声やグラスのひびきが洩れてくる会場へと、速足で去った。

南条は、相手が見えなくなるとすぐ、あとにつづいた。

頭でカーテンを分けて、飾り立てられた会場に入る。

祝賀会はいまたけなわであった。挨拶が終ったあととみえて、盛装した男女がグラス片手に、あちこちでむらがって、話しあっている。そのほとんど、当然ながら、南条の知っている顔だった。

「おい、南条くん！」

本部長がさっきの案内係といっしょに、こっちへ来ながら、けわしい声を出していた。

「何しに来たんだきみは？　それに……人を背負ったりして……どういうつもりなんだ？」

「みなさん！」南条は、本部長を相手にせず、声をはりあげた。

「センターの皆さん！」何人かが、そして次の瞬間は、ホールのすべての人の目が、こちらに向けられていた。

「この男を、救ってやって下さい！」

南条は、つづけた。「ぼくの背中にいるこの男を、ご存じのかたもあるでしょう？　駒井邦男です！　サイボーグ一号のときの医師団のひとりです！」

「やめないか！」本部長がわめいた。

杉岡らしいのが走ってくるのも見えた。

「彼はいま、死にかけています！　全身がガンにおかされています！　サイボーグ化以外の方法では、助からないのです！」

南条は、声もかれよとどなった。絶叫といってもよかった。

「みなさんは、目の前にいるこの男を救わずに、おえらがたたちのために、サイボーグ・システムを温存するつもりですか？　この人間を、見殺しにするつもりですか？」

誰かが、南条の肩に手をかけた。わあわあというわめき声や、あわただしい足音を聞きながら、彼はその手を外そうとした。フラッシュがいくつもひらめいた。また何人かが彼の身体に手をかけた。

「やめないぞ！」南条は叫んだ。「やめないぞ！　この男をサイボーグ化で救うと聞かないうちは、死んでもやめないぞ！」

いまや彼は、何十人にもかこまれていた。その誰もかれもが、「降ろせ！　降ろせ！」と、どなっていた。

「はなせ！」

彼は頑張った。「ぼくのしたいようにさせてくれ！」

「降ろすんだ！」

南条の知っている年配の医師が、不意に視野に入って来た。

「その男を、降ろしてやるんだ！　そんなことをしていたら、彼が参ってしまうじゃないか！」

そのときはじめて南条は、周囲の人々が駒井を彼の背中から降ろして、担架に乗せようとしていることに、気がついた。

「サイボーグ・システムの用意をしろ！」

どこかで、誰かが命じている声が、はっきりと彼にも聞えた。

「本当なら同調させるまでに一週間はかかるんだが、そんなひまはない！　すぐに手術しなきゃ駄目だ！」

駒井を連れ去られて急に身軽になった南条は、全身の力が抜けると同時に、がっくりと膝をついた。意識が遠のいて行くのが自分でもわかった。

が……そのとき、彼は見たのだった。目の前に凍りついたように杉岡が立っているのを……そしてその顔に、畏怖とも讃嘆ともつかぬ表情がありありと浮かんでいるのを、認めたのだった。

しかし。

もはや手おくれであった。南条が意識を回復したときには駒井は、手術室の中に運び込まれていたのだが……その弱り、痛みきった肉体の生命力は、尽きかかっていたのであった。

駒井邦男は、サイボーグ化のさいちゅうに、死亡したのである。

7

陽ざしは春めいているが、あいかわらず風は強いらしく、三重窓の外の真白な冬雲は、引き裂かれがちながら、天の奥へ奥へと駈けのぼっている。

アフター・ケア用の建物から本館へ通じるブリッジにたたずんで、南条は、見るともなく、その光景を眺めていた。谷さゆりの担当の医師から、杉岡が話したいことがあるのでここで待つようにという伝言があったからである。

駒井の葬儀も終ったし、あたらしい室へ移された谷さゆりの見舞いにも行ったし……何かは知らないが杉岡とその話を済めば、もうここには用はない。

ひょっとしたら自分は、あの雲みたいなものだったかも知れないな、と南条は考えていた。どこまでもどこまでものぼるつもりで、しだいに裂かれ、拡散して、いつか消えてしまう、あれと同じことをしていたのかも判らない。

　だが、今の彼は、そう思っても、別に頭の中に熱いものが燃えさかるようなことはなかった。駒井の死を聞かされたときに彼は、どうしようもなく疲れ切っている自分を発見したのだが……その疲れは、日がたつにつれて薄らぐどころか、よけいに重くなるようであった。

「待ったかね？」

　杉岡が、いつもの調子で、ブリッジをやって来るのが見えた。

　南条は、無感動にうなずき返した。そんな南条を、杉岡はちょっと探るような目つきで眺めたが、すぐにいいはじめた。

「話というのはね、このサイボーグ化センターが受け入れられる人間のことなんだ」

「……」

「きみたちがいっていたこととはだいぶ違っているかも知れないがね」

　杉岡は、まともに南条を見た。「きみたちのやったことと、それから駒井邦男の一件もあって、センターでは、別枠をとることを決めたんだ」

「別枠？」

「ああ。年間十名の受け入れのうち、五名までは、有力者でも何でもない一般の人々にするというんだ」

「……」

「せめてそのくらいのことをしないと、問題が大きくなると連中が考えるようになったのかも知れないが……それに、その五名の一般の人というのを、どうして決めるかの問題はあるが……とにかくかれらが譲歩する気になったのは、事実なんだよ」

「……五名ねえ」

「これでも、以前よりはましだとはいえないか？」

杉岡は、窓へ、視線をそらせた。「いずれにせよ……パイオニア・サービスを相手にし、おまけに出資者側のあの力のある連中をむこうにまわして、これだけの譲歩をさせたのは、きみだけじゃないかな」

南条は黙っていた。その賞讃を受け入れるゆとりがなかったのはもちろん、五名の枠をとったことに対してさえ、よろこびをおぼえるにはあまりにもにがいものが、彼の胸腔をみたしていた。

そのまま、彼は杉岡の横に立つと、窓の外に目を向けた。

「ところで」

杉岡が、ぽつんといった。「これから……どうするつもりだ！」

「さあ」南条は外を見たまま、呟くように答えた。「どうするか……これから考えることにするよ」

「──そうか」杉岡も、低くいった。

ふたりは並んだまま、しばらく口をきかずに、雲を眺めていた。

産業士官候補生

1

研修所の自分のへやに案内されると、上田宏はすぐに荷物をほどきにかかった。

荷物といっても、そう多くはない。当座の着替え、筆記用具、ノートの類だけである。それだけでよいという連絡を受けていたのだ。

もっとも、そうはいっても、彼は別に数冊の本と、支度金のおかげで買うことのできたフルートを持って来ている。

整理が終わると、彼はあらためてへやの中を見渡した。

どこといって特徴のない、六畳くらいの広さの板の間。自動式ドアと物入れがあるその反対側には、日光の強さによって濃淡のかわる感光ガラスの窓があり、壁の片側には一メートル四方ぐらいのスクリーンがはめられている。もういっぽうの壁面には、エレクトロ・ルミネッセンスと呼ばれる発光板がかかっていた。

窓ぎわに照明装置を組み込んだすわり机がひとつ。

一九八〇年代の現代としては、標準的な設備といえる。

宏が検分を終ったとき、スクリーンの下のスピーカーが、ブザーの音をひびかせはじめた。

「連絡します」

声がつづいた。「ただいまから三十分後に最初の打ち合わせを行ないます。各研修生はそれまでに身のまわりの整理を済ませて、二階小講堂に集まってください！　くり返します……」

三十分後か。宏はちょっとドアのほうを見てから、机の前にとって返した。もう整理は終わっているのだから、待つほかはない。

彼は机にひじをついて、かすかなため息をもらした。

これから一ヵ月、ここで暮らさなければならないのだ。しかも、その一ヵ月間は、一刻も気を抜くことは許されない。なぜなら、彼らはここで徹底的な研修を受け、テストにつぐテストに立ち向かうことになっていたからである。そして会社は、その成績でひとりひとりの適性を判断し、配属先を決定するのだ。

上田宏としては、こうした扱いをされるのを、拒むわけにはいかなかった。たとえどんな事情があったにせよ、今では彼はこの新大阪工業に就職した人間なのだ。この会社にとどまるつもりならば、ここのルールに従うほかないのだ。

ふと彼は、中学時代の友人たちの、あの顔この顔を思いだした。就職などせずちゃんと高校へ進学した彼らは、今のこの瞬間にも、きっとのびのびとした生活を楽しんでいるのに違いない。

するとたちまち、彼の胸に、こうなるまでのいきさつが、よみがえって来るのだった。

2

スモッグや、交通事故や、物価高、そのほか、ありとあらゆる問題をかかえながら、それでも大都市はふくれあがるいっぽうであった。それは、都会特有の、悪徳を包んだきらびやかさや、恐るべき競争の中にわずかに残る成功のチャンスなどが、魔力にも似て若い人々の心をひきつけるせいであった。

そうした巨大都市群とは対照的に、かつての山村や漁村などの——いわゆる過疎地帯では、人口の減少とそれにともなう荒廃に悩んでいた。

たしかに、大都会の生活のきびしさに耐えかね、高速化する交通機関をあてにしていなかへ還流する人だって、けっして少なくはないが、そうした人々の目は、依然としてもとの大都市に向けられており、本気で地元の再開発にとり組もうとする者は、あまりにもわずかだった。

宏はそんな山村の農家の、三男坊として育ったのだ。

中学三年の一学期のなかばごろ——

「ああ、上田」

放課後、教室を出た宏は、廊下で担任の先生に呼びとめられた。

「ちょっと、話があるんだ。職員室まで来ないか？」

そういうと、先生は、もう先に立って歩きだしていた。

職員室に来ると先生は、宏に、自分の席の前のいすにすわるよう、うながしてからいいはじめた。

「なあ上田、やはりおまえ、高校へ行かないのか？」

やっぱりそのことだったか……宏は苦笑を浮かべた。

行かない、のではなくて、行けないのだ。ただでさえ、家の生活はらくではない。いちばん上の兄が父母とともに畑仕事をやり、二番めの兄は中学を終えるとすぐに町へ働きに出ている。そのうえ、まだ小さな弟や妹もいることだし、彼だけが高校へ行くなんて、問題にならなかった。彼もまた、中学を出るやいなや、なんらかの手段で家計を助けなければならないのだ。

「惜しいな。ずっとトップの成績だというのに」

「やめてください！」

自分でも思いがけないはげしさで、宏は叫んでいた。

「……」

先生はしばらく黙っていたが、やがていった。

「それじゃ、就職するのは、まちがいないわけだな？」

「――ええ」

「実はそのことで、きょう、ある会社から入社をすすめに来たんだ。しかも上田、おまえを名ざしで、だよ」

「へえ」

「新大阪工業という、K財閥の系列の自走路建設会社なんだが……どこかで、おまえのことを調べて、えらく気に入ったらしい。どうしても入社してもらいたいから、先生から話してみてほしいというんだよ」

「そうですか」

「それも、常識はずれといっていい条件らしい。給与はどの会社にも負けないくらい出すし、したく金も用意するそうだ。おまけに、努力しだいでは、そのへんの大学卒でも太刀打ちできないほどの実力と地位を手に入れる可能性もあるというんだよ」

「……」

「どうだろう。新大阪工業というのは有名な会社だし、条件も、これ以上は望めないと思うんだが……一度、考えてみてくれないか？」

「わかりました」

宏は席を立った。

それが、はじまりであった。家へ帰ってみると、その新大阪工業の社員というのが、来ていたのである。

その社員は、先生の話以上の好条件を申し出た。中学卒としては破格の給与と、その給与一年分にあたる支度金、さらにほとんどただといっていい寮への入居権……。

宏はもちろん、即答はしなかった。

しかし、その社員はほとんど毎日のようにやって来ては、説得をこころみた。

その異常なまでの熱意に、まず、彼自身よりも先に、彼の家族が陥落した。担任の先生がはじめから乗り気だったせいもあって、一学期が終わり二学期がはじまるころには、彼の立場はしだいにつらいものになってきた。

やがて彼は、新大阪工業に入社することを約束した。彼は、それを周囲の圧力に屈したのではない、どうせ就職するのなら、自分をこれほどまでに求める会社に行くほうがいいからそうしたのだと、自分自身をなぐさめた。

とはいえ、はじめからの奇妙な疑問――話を聞いて以来、入社を約束するまで……いや、入社を約束してから卒業し、指定された日にはるばるバスや列車を乗り継いで、大阪のこの研修所に到着するまでずっと、たえまなく彼の胸を去来する奇妙な疑問が、消えたわけではない。消えるどころか、時とともに強くなるばかりであった。

なぜ、新大阪工業は、こんなにも自分に執着するのだ？　なぜ、こんなにも常識では考えられないような好条件を出して、自分を雇い入れようとしたのだ？

ひょっとすると、これには、何かかくされた事情があるのではあるまいか？　彼にはうかがい知ることのできないたくらみが伏在しているのではあるまいか？

だが……と、集合時間十分前を告げるブザーとアナウンスに応じて立ち上がりながら彼は思った。

今そんなことを考えて、どうなるというのだ？　もはや、サイは投げられたのだ。今の彼がしなければならないのは、期待にそむかぬように頑張ることだけなのだ。

そうではなかったか？

3

小講堂という札のかかった二階の小さいホールには、教室のように机が並べられ、ひとつひとつに、研修生の名がしるされてあった。

自分の席を見つけて腰をおろすと、宏はすばやくまわりを見まわした。

全部で、ほぼ五十名。

いずれも、宏と同じ年ごろで——意外なことには、二割ちかくが、女だった。

ベルがひびき渡った。

正面に、二十五、六歳の、目の鋭い男があらわれた。

男は、みんなが席について静かになるのを待ってから、おだやかな声でいいだした。

「ぼくが、これから一ヵ月、諸君とつきあうことになる天野精一郎だ。ほかにもいろんな講師が諸君を教えることになるが、相談ごとは、ぼくのところへ来てくれればいい。ぼくがことしのこの研修の責任者になっているからだ」

学校の授業のような調子に、みんなの緊張は少しゆるんだ。

「あすから諸君は、スケジュールにしたがって、本格的な研修にはいる」

天野精一郎と名乗った男は、うなずいてみせた。「しかしまあ、それでは諸君も手もちぶさただろうから、退屈しのぎに問題を出すとしよう。——みんな、自分の机の中に書類がはいっているから、出したまえ」

研修生たちは、がやがやいいながら机の天板を持ち上げた。宏も、同じことをした。

そこには、百ページ以上もある新大阪工業の会社カタログがあった。小さな文字で、ぎっしりと書かれている。

「これを……どうするんですか？」

書類を出せといったきり、いつまでも天野精一郎が黙っているので、宏の前の席にいた研修生が、尋ねた。

「うむ。いい質問だ」

天野精一郎は微笑して、その研修生を見やった。「なに、簡単なことだよ。諸君は、あすまでに、その内容をすっかりおぼえ込んでしまえばいいのさ。あすの最初の時間に、どれだけ頭にはいっているか、テストするんだからね」

研修生たちは、ざわついた。

「このカタログを……全部ですか?」

質問をした研修生が、またいった。

「ああ、そうだよ」

天野精一郎は、柔和な面持ちで答えた。

「それは無茶です!」

「ひと晩でおぼえろなんて……とても無理です!」

「いやならやめてもいいんだよ」

天野精一郎は、依然として微笑を浮かべていた。「これは、ただの研修じゃないんだからね。脱落したければ、いつでもしていいんだ。ただし、二度とこのメンバーにはもどれないがね」

「……」

「ここにいるひとりひとりが知っているとおり、諸君はとくにマークされ、選ばれて、この新大阪工業にはいって来た。したがって、会社としても、諸君の素質をいかすために、できるだけのことをする。諸君は、まったくの実力だけで評価され、配属されるのだ」

天野精一郎は、ちょっとことばを切って、

「だが、そのためには、諸君もどれだけの実力があり、どれだけやる気があるか見せなければならない」

「……」

「諸君の中には、知能指数百五十以下の者はひとりもいない。学校で五番以下だった者もひとりとしていない。さらに、健康体でない人間もいない。ぼくは、その諸君をこれから徹底的にしごき、テストし、評価を行なって適性を見いだし、総合点での順位づけを、ようしゃなく行なうつもりだ。だが――」

天野精一郎は、またほほえんだ。「その成績は、けっして公表されないし、本人にも知らされない。自分がどう評価されたかは、この研修が終わって配属先でどう扱われるかで、はじめてわかるのだ。全力をあげなかった者は、あとでいくら泣きわめいても、取り返しがつかないことになる。それに、会社としても、実力ややる気のない者には用はないんでね」

いつのまにか、研修生たちは、しんとなっていた。天野精一郎はいぜんとしてにこにこしているが、今となればそれはかえって、ぞっとするような効果をあげていた。

「じゃ、まあ、しっかりがんばってくれたまえ。きょうのところはこれで解散するから、自由行動に移ってよろしい。食事や集合のときには、そのつどスピーカーで伝えるが、それ以外の――所内でのきまりは、各自カタログにはさみ込んだ規則をよく読んでもらいたい。みんな、優秀なはずだから、ぼくがわざわざ説明することもないだろう」

それだけいうと、天野精一郎はさっさと小講堂を出て行った。

みんなも、どやどやと立ち上がった。

が、それは、はじめに集まったときの期待にみちたふんい気ではない。かすかな失望と怒りと、重い気分がただよっていた。

「こんな話があるかよ！」

どなったのは、はじめに質問した研修生であった。「これじゃ……高校へ行っていたほうがよっぽどましだったよ！　高校へ行くよりもずっと大きな未来を約束するなんていいやがって……これじゃ、まるで囚人じゃないか！」

その意見に、何人かが賛意を表わした。

しかし、全部がそうだったのではない。大部分の研修生は、例のカタログを手に、自室へと急ぎはじめていた。どうやら、一分をも惜しんで、暗記にかかろうとしているらしかった。

宏としては、そのどちらの気持ちもわかりながら、しかしどっちにも同調できなかった。

それでも、みんなについて、のろのろと小講堂を出ようとしたとき——。

「上田さん？」

ためらいがちに、声をかけた者がある。

「え？」

反射的にふり返った宏の目に、おさげ髪の女の子が映った。

「やっぱり、上田さんだったのね。私よ、思い出さない？」

いわれて、宏は気がついた。

そう。

その研修生は、小学校で同級生だった小松原和子だった。ふたりで交替のようにクラスの委員長と副委員長をつとめたのだ。中学にはいってからも一学期間は同じクラスだったがその後、おとうさんの仕事の都合で転校して行き、そのまま音信が絶えてしまっていたのである。

それが……宏は、苦いものをかみしめる気持ちで、相手を見つめた。それが、こんなところで再会するなんて……。

「――きみもか」

やっと、そういったのだが、和子の反応は彼の予想と違っていた。

「よかったわね」

と、和子はつぶやいたのである。

「よかった？」

「そうよ。思いもかけないところで、またいっしょになれたんだもの。それも……同じ立場の仲間として」

「仲間？」

「ええ」

和子は、まともに宏を見た。「お互い、高校へは行けなかったけど、それよりももっと可能性のあるコースに進むことができたんじゃない？」

「……」

「私たちは、今の文句ばかり並べている人たちとは違うわ」

和子は、まだぶつぶついいながら出てゆく連中に視線を投げると、声を落とした。「私は本気よ。あんな……高校へ行ける立場にあったくせにここへやって来たような、中途半ぱな人たちには絶対負けやしない。私はがんばってみせるわ。上田さん、あなただってそのつもりでしょう？」

「あ、ああ」

気押され、衝動的に答えて、しかし宏は、ひやりとするものをおぼえていた。

復讐なのだ。

和子にとっては、これは復讐なのだ。ここでぬきんでることによって、和子は、自分よりも恵まれた境遇にある人々を見返そうとしているのだ。高校へ行くことのできなかった恨みを、ここで晴らそうとしているのだ。

以前の小松原和子は、こんな人間ではなかった。もっと快活で、すなおな女の子だったのだ。きっと、さまざまな苦労のせいで、こんな執念をいだくようになってしまったのだろう。

だが、それにしても……宏の胸に、またもやあの妙な疑問がわき上がってきた。

こんな人間ばかり集めて、新大阪工業は何をしようというのだろう。知能指数の高い、成績のいい少年少女を、それも、場合によっては今しがた耳にしたように、高校進学を断念させてまでかき集めたのは、何のためなのだ？

とはいえ、考えても彼にわかるわけがない。

「しっかりやりましょうね！」

和子がいうのにうなずき返すと、宏はカタログを小わきにかかえて、歩きはじめた。

4

研修がはじまった。

しかし、それはなんというきびしいものであったろう。

入所の日に渡されたカタログの内容について、天野精一郎は次から次へと研修生を指名して立たせ、どのくらいちゃんとおぼえているか、質問した。あまりの鋭さに、尋ねられた研修生が返事できなくなると、立たせたまま次の研修生に移る。それも問い詰められて答えられなくなり――というぐあいで、けっきょくは全員が立ち往生してしまった。

が、天野精一郎はそのことを、責めようとはしなかった。持参して来たノートに何かしきりにしるすだけで、なんの文句もつけなかった。

ひそかにうぬぼれていた研修生たちにとっては、頭ごなしにどなられるよりも、このほうがはるかにこたえる。みんなは、もう文句をつけたりせず、与えられた問題に必死で立ち向かうようになった。

いや、文句をいっているひまはなかったのだ。

研修所内の規則というのは、驚くほどゆるやかだった。朝の八時から夕方の六時まで、昼休みをのぞいて行なわれる講義時間のほかに、何をするのも自由だった。食事と、ときどきある集会に出るほかは、いつ起床しようと、いつ眠ろうと自由なのだ。極端なことをいえば、夜おそくまでだれかのへやに集まって騒いでいても、勝手なのだ。

しかし、そんな余裕はなかった。これでもか、これでもかとばかり講師があらわれ、新大阪工業の業務や、技術や工程や、ビジネスの基本についての知識をしゃべりまくる。その翌日には、天野精一郎があらわれて、どこまでおぼえ込んだかのテストを、しつこくくり返すのだ。しかも、そのテストで自分がどんな評価をされたのか、けっして知らせてもらえないとくるのだからたまらない。一週間がすぎ十日がたつにつれて、研修生たちはしだいにいらいらしはじめた。

それでも、詰め込み教育はつづく。

半月を過ぎたころには、宏もまた他の研修生と同じように、気が狂いそうになっていた。何のために自分はこんなことをしなければならないのだろう、こんなことをして何か意味があるのか？　ということばかり考えるようになっていた。ときには、このまま研修所を逃げ出してしまおうかと思うときさえあった。

事実――すでに何人かが、こうした生活に耐えきれずに、脱走していたのだ。

研修所は、そうした連中を、けっして引きとめようとはしなかった。逃げてしまえば、そのまま雇用関係は消えてしまう。しんぼうできないような人間は、今のうちにいなくなってくれるほうが助かるのだという態度をとりつづけていた。

そんな状態の中で宏がなんとかついて行けたのも、実をいえば、小松原和子のせいであった。小松原和子は、けっして弱音を吐こうとはしなかった。へたばりかけた研修生たちに軽蔑の目を向けて、恐るべき忍耐力で、がんばっていた。

そんな和子の目を意識することが、宏をささえていたのであった。和子は宏を仲間と信じきっていて、宏が脱落するとは、夢にも考えていないのだ。そうした立場にある以上、彼もまた意地を張らざるをえないではないか。

二週間がすぎ、三週間めにかかったころには、ふたりは研修生の中でも目だつ存在になっていた。

「どうやら、去るべき者は、去ってしまったらしいな」

最後の週がはじまった朝、天野精一郎ははじめの三分の二ぐらいの人数になってしまった研修生たちを見まわして、いった。「……ここまでついて来てくれた諸君には敬意を表する。あとは――これから職場にはいってやっていけるだけの肉体的能力があるかどうかのテストが残っているだけだ」

その日をさかいにして、詰め込み教育は終わりを告げた。

代わって、登場したのは、ここまでやらなければならないのかと思うくらい徹底した体力テストだった。

精密な身体検査のあと、マラソンや百メートル疾走やボール投げ、さらに平均台や懸垂や走幅とびなどが課せられたが、すでにゴールを目前にした研修生たちにとって、そうした作業はなんでもなかった。彼らはいきいきした表情で、すべてをやってのけた。

ついに、いっさいのスケジュールが終わり、ひとりひとりが配属を知らされる日がやって来た。だがそれは、宏のあの奇妙な疑問に、解答が与えられる日でもあったのである。

5

窓の外は、もう暮れかかっている。

自走廊下に立って流されながら、宏は近づいてくるドアを見つめていた。

ひどく疲れた感じがする。

この一ヵ月というもの、無我夢中だったのだが、こうしてなにもかも済んで、あとは配属先を通告される今となって、にわかに全身が重いように思えるのだった。

が——ほんとうのところは、これで終わったのではない。職場を指定されるこれからが、勝負なのである。

宏は気をふるい立たせて、廊下のコンベアーを降り、目の前のドアのブザーを鳴らしながら、インターホンに名を告げた。

ドアの上のランプが二、三回明滅し、彼の顔があつくなった。赤外線で、名乗ったとおりの人物かどうか、走査しているのだ。

すぐに、ドアがひらいた。

宏はへやの中に踏み込んだ。

正面の机に、天野精一郎がいる。

しかし……宏は目をみはった。その天野精一郎の横に、小松原和子が立っていたのである。

配属先の通告は、ひとりひとりに対して行なわれるということだったから、彼にとっては、意外だった。

「まあ、こちらに来たまえ」

そうした宏の気持ちを見抜いたらしい、天野精一郎は、手招きした。

いわれるままに、宏は厚いじゅうたんを踏んで、和子の横に立った。

「いっしょに呼ぶなんて、おかしなことだと思っているだろうね」

天野精一郎は、ふたりを見比べるようにしながら、いった。

「だが、これでいいのだよ。なぜなら、きみたちには、配属先を通告する必要はないのだから」

その意味が、宏にはすぐにはわからなかった。配属先が……ない？　ということは？

その疑問を宏が口に出すよりもはやく、和子のほうが尋ねていた。

「それじゃ……私たちは……失格だというのですか？」

「いや」

天野精一郎は、いすにもたれかかった。「いや、そうじゃないんだ」

「どういうことなのですか？」

宏が迫った。

天野精一郎は、鋭い目をふたりに向けた。

「きみたちには、産業士官学校にはいってもらうのだ」

「――産業士官学校ですって？」

「それは何です？」

「ここで研修を受け、配属を決められた者は、新大阪工業の中堅幹部候補としてスタートする」

天野精一郎は、静かにいった。「だが……もともと、この研修所は、それだけのためにあるのではないんだ」

「……」

「この研修の本来の目的は、K財閥から産業士官学校へ送り込む、その人材を発見することにあるんだよ。産業士官学校の想像を絶する課程を乗り切って、産業将校になれるだけの可能性をもった――最優秀の若者を選抜するためなのだ」

「……」

「産業士官学校について説明しよう」

天野精一郎は、指をからみあわせた。「現在のわが国をどう思う？　現在のわが国が、他の先進諸国と同様、さまざまな矛盾や問題をかかえていることは、よく知っているだろう？

一九六〇年代、七〇年代と、あらゆる施策がとられたが、事態はちっともよくなっていない。いや、社会問題はふえるいっぽうだし混乱は大きくなるばかりだ。これは、今の世の中が、かつてなかったほど複雑な産業社会になっているのに、それを完全に把握し、コントロールできる人間がいないせいなのだ。それだけの実力をもった人間が、今の教育体系によっては生み出せないからなのだ。このままでは世の中は、どうしようもない破局を迎えることになる。それを救うために、日本の財閥の首脳部がひそかに協力して、産業社会をコントロールする力をそなえた人間を組織的に育成することになった——それが産業士官学校なんだ」

ふたりが黙っているので、天野精一郎はまたつづけた。

「ここでは、現代の科学技術のすべてを動員した最高度の教育が行なわれる。圧縮学習や催眠記憶まで使って七年間を学んだここの卒業生は、だから、世の中の仕組みを完全にマスターし、世の中を動かすだけの能力をそなえることになるはずだ。実は、すでに第一期生と第二期生は慎重に選抜され、教育されつつある。きみたちは、その第三期生として入学することになるんだ」

「それじゃ」

小松原和子が尋ねた。「私たちは、その入学の権利を得たんですね？」

天野精一郎はうなずいた。

「われわれは、この研修所に来た全員の能力を、とことんまで調べあげた。知能も記憶力も、肉体的能力も、さらに、体細胞の採取による遺伝子の分析も、すべてをだ。その結果、きみたちふたりは、この研修所から推薦できるということになったんだ」

　顔をあげて、

「その学校は、東京の奥多摩にある。おそらくそこではまるまる七年間、ここと比較にならぬきびしい課程が待っているだろう。しかし、そこを卒業しさえすれば、もはや、だれをおそれることもないエリートになるのだ。世の中を、自分の手で動かせるのだ」

　また、間をおいて、「もし、行かないのなら、このことは秘密になっているのだから、きみたちの記憶を消さねばならない。それは、この一カ月の記憶をも同時に失うことにもなるんだが……どうするかね？」

　宏は、すぐには答えられなかった。今までの疑問は消えたものの、それよりもずっと大きな疑惑が彼の中に生まれはじめていたのだった。

　その産業士官学校は、はたして天野精一郎がいうように、よいことずくめの意図で作られただけなのか、もっとくらい無気味な目的があるのではないのか？

が……小松原和子のほうは、いちはやく決断をくだしていた。

「行きましょうよ！」

　と、和子は宏の手をとって叫んだ。「ここまで来ては、あとへは引けないわ。いえ、これこそが、私たちの望んでいたことじゃないの！」

6

晩春のかがやかしい陽をはね返して突っ走る、小型のガス・タービン車。

その助手席に腰をかけて、宏は全身を車の震動にまかせていた。車窓から見る風景は、いつか、都会のものではなくなっている。昔ながらの麦畑や、かわらぶきの家々にまじって、最近目だつようになった大資本系統の農園の建物が、いくつも流れ去って行くのだ。

「疲れたかい？」

ハンドルをあやつりながら、新大阪工業の本社社員がたずねた。

「いえ、だいじょうぶです」

「なんなら、眠っていてもいいんだよ。きみの家につくまで、まだ二時間はかかるんだからね」

だが、宏は微笑してみせただけであった。この程度のドライブで疲れるような、そんなちゃちなからだではない。

そうした気持ちを、本社社員も感じとったのだろう。それ以上はもう何もいおうとせず、車のスピードをあげた。

宏も、視線を前方へもどす。

いま、本社社員がいったように、ふたりは宏の故郷へおもむいているのだ。

これは、産業士官学校と、新大阪工業と両方からの命令であった。

産業士官学校にはいってしまえば、原則として、私用外出は許されない。こうした学校の存在を世間に知らせるのはまだ早いという判断があるためだが、実際問題としても、学校の教育はおそろしくきついので、外出しているようなひまがないというのだ。だから入学前に一度帰郷のチャンスを与え、あわせて彼を新大阪工業へ引っ張った社員がついて行って、家の人々に、許された範囲内で事情を説明し、納得してもらう予定なのである。

もちろん、こうした措置は、上田宏ひとりだけに対してとられたのではない。今度、産業士官学校に入学する者全員がそうなのであった。入学する人間は、もともとみんなどこかの会社の中堅幹部候補生として、強引な誘いによって入社し特訓を受け、その中からえらび出されたのであるから、だれにも、担当の社員がいるわけである。その社員がついて故郷へもどり、説明するしくみだった。

聞けば聞くほど、念入りなやり方だ。

なぜ、ここまでたんねんにやらなければならないのか、宏にもある程度の推察はできるようになっている。それほど産業士官学校というのは、特殊なしかも徹底的に選抜された人間のための学校なのだ。そう考えれば、了解できるのだが……それでもやはり、一抹の疑念というものは、消え去らなかった。

これほどの措置を必要とする学校というのは、いったいどんな教育を行なうのであろう。

そして、そんな教育を受けた人間――つまり産業将校というのは、どんな能力をもつことになるのだろう。

さらに、それほどまでの能力を、何に使わせるつもりなのだろう。新大阪工業の研修所の天野精一郎は、こうした産業将校が、現在の世の中の混乱を救うことになるといったが……はたして、そうなのだろうか。

ふっとわいてくるもろもろの疑問を、しかし宏は、どうやら追い払うのに成功した。

ハイウェイにかかげられた標識は、すでに、宏の故郷の県にはいったことを示している。

まがりくねった山道をのぼり、なつかしのわが家に帰りついたときは、もう夕方になっていた。

「おうおう宏、よう帰って来たの」

ふたりが、天井こそ高いが、くらい土間にはいると、待ちかねていたらしい母が、腰をあげていった。

父も、うなずいてみせた。

「なんだ。町へ行っていたくせに、まえより陽に焼けたみたいじゃないか」

手をふきながら出て来たいちばん上の兄が、声をかける。

「あ、宏にいちゃんだ!」

外で遊んでいた小さい弟や妹が駆け込んでくるなり叫んだ。

「宏にいちゃん、おみやげは?」

宏は、バッグから、大阪で買って来たみやげをとりだした。弟と妹は、さっそくそれを持って奪いあいをはじめる。

「ま、あがってくだされ」

父が、新大阪工業の本社社員に、あいさつした。「これから晩飯ですから、どうかごいっしょに」

「ありがとうございます」

本社社員は、宏につづいてくつをぬいだ。

おもてに、モーターバイクの音がして、近くの町へ勤めに出ている次兄が帰って来た。

「やあ宏。今度は東京の研修所へかわるそうじゃないか」

次兄がいい、宏はうなずいた。

必要なときがくるまで、彼は家ででも、産業士官学校のことをいわないように、と申し渡されている。ましてそれが日本の財閥の力でひそかに作られたものであるとか、そこで常識では考えられないような高度の訓練を受けるのだということは――まだ、いってはならないのだった。

もしも彼がそのことに抗議を申し立て、産業士官学校にはいることを拒否すれば、研修所での訓練をも含めて、この一ヵ月間の記憶を消されることになっていたのだ。彼は、入学の意思表示をした以上、そうしたきまりを守らなければならない。こうして新大阪工業の本社社員がついて来たのも、ひょっとしたら彼がほんとうにその約束を守るつもりかどうかを判断するためもあったのではないか――と、宏は思った。

まあそれはともかく、そうしたわけで、宏はこれから、新大阪工業の新しい研修所にはいることになった。これは宏の成績が非常によかったためだ、という意味の通知が、あらかじめ家のほうへ送られていたのである。だから家の者は、単に宏が、新大阪工業の大阪研修所から、東京の研修所へ移されるという程度のことしか、考えていないはずであった。

その研修が、これから七年間も行なわれること、その間はよほどの事情がないかぎり帰郷はおろか、連絡さえろくにとれないこと、などを説得するのは、本社社員の役目なのだ。

「いつまで家にいるんじゃ?」

「きょうと、あすの晩だけなんだ」

宏は答えた。「あさっての朝には、出発しなきゃならない」

「そんなに早う?」

「新しい研修所での学習は、明後日の夕方からはじまるのです」

本社社員がいった。「それまでに宏君はもどらなければならないのでして……まにあうように、私がお迎えにあがります」

「ほんとうにあなたには、いろいろお世話になりますな」

父がいった。

「いいえ。役目ですから」

かすかに、本社社員のほおに、苦笑に似たものが走るのを、宏は認めた。「それよりも、私は、今度の研修所のしくみについて、皆さんにご説明しなければなりません」

「まあ、それはあとでもいいでしょう」

長兄が、飯を盛った茶わんをさしだした。「おそまつですけどまあ一杯」

「——どうも」

「おい宏、何をしているんだ。おまえも食わんか」

「うん」

答えながら、彼はまだ今の本社社員の表情にこだわっていた。あの苦笑はなんのためだったんだ？　あの、影のようにかすめた笑いの中には、何があったんだ？

だが彼は、黙々と食事をはじめた。事態はもう彼だけの意志では止められないところまで来ている。そして、そうしたのは、彼自身の——もちろんそこに、小松原和子の影響がなかったとはいいきれないが——決定なのであった。

せめて、帰郷のこの機会、二晩だけでもゆっくりとくつろごう。そう思ったのである。

7

国内線のジェット機は、ぐんぐん高度をさげている。

もうすぐ、羽田空港だ。

「ご両親の承諾も得たことだし、あとは、きみ自身ががんばるだけだな」

本社社員が、低くいった。

「わかっています」

宏は答える。そのことについては、当然ながら彼の家族と彼との話しあいもあったのだ。

七年間も絶縁して暮らすということについて、父や母が寂しがらなかったわけではない。が、それが宏の将来に大きな意味をもっていることを本社社員が説明し、いわば、明治時代に外国へ行くのと同じような可能性と状況にあるということを再三くり返すと、しんぼうしようという結論が出たのだった。

おまけに、そのあいだはずっと、今までの倍以上の手当が、家のほうへ送られて来るという。

長兄も、異存はなかった。むしろ、宏がどうしてもぬぐいきれない奇妙さを代わって口に出したのは、町の工場へ働きに行っている二番めの兄であった。

「そんなことをしても、採算がとれるんですか？」

と、次兄は、新大阪工業の社員に質問したのだ。「ぼくたちなんか、夜間高校へ行くといっても、いい顔されないんですよ。会社は、仕事に必要なことだけ教えたら、一日も早く現場につかせようとするものです。それを……七年間も研修所に入れて、もし使いものにならなかったら、どうするんです？」

新大阪工業の本社社員は微笑した。

「だいじょうぶですよ。研修所の課程を終われば、まちがいなく抜群の能力をもった社員に変わっているはずです。そうなるように、プログラムを組んであるのですから」

それでも、次兄は承服しなかった。

「でも、もしも、ですよ。その長期研修というのが終わって、それからかりに——あくまでかりに、ですが、宏が、新大阪工業をやめてよその会社へ移るというような気を起こしたら、どうなるのですか？　力ずくか、契約でむりやりにひきとめるのですか？」

「まさか。そんなことは、法律で許されていませんよ」

「じゃ、好きなようにさせるのですか？　それじゃ、そんなに長いあいだ、教育のためにかけた費用が、むだになってしまうじゃありませんか」

「いいんですよ」

本社社員はうなずいた。「そうなってもいいんです。もっとも……けっしてそんなことはないと……確信していますがね」

「なんだか、あまり話がうますぎるみたいですね」

次兄は首をふった。「ま、もちろんそれが宏自身の才能のせいだといえば、それまででしょうが……」

そこで次兄は口をとざした。次兄は宏のことを心配していっているのだが、それが宏に対する嫉妬ととられかねないので黙ったのである。

そうした次兄の気持ちは、宏にはよくわかった。だから、話しあい自体も、そこで終わらざるをえなかったのだ。新大阪工業の本社社員の申し入れは、そのまま通ることになったのである。

ガタンと、衝撃が伝わって来たので、宏は思いからさめた。

着陸したのだ。

機が滑走し、まもなく静止するのを待ってから、本社社員はいった。「ここからまっすぐ、目的地に向かうんだ」

「さあ、出よう」

タラップを降り、ロビーを抜けると、新大阪工業の社旗をつけた車が待っていた。

「乗りたまえ」

はいってみて宏は、その車の運転席と客席とが、厳重に仕切られているのに気がついた。シートにころがっていたマイクを通して運転手に目的地をいうと、本社社員はそのスイッチを切って、うなずいてみせた。

「これは、会議用に改造された車なんだ。客席でどんな話をしても、前へは聞こえないようになっている」

それから、腕の時計をのぞき込んだ。「三十分ぐらいで学校に到着ということになるだろうな。それでお別れだ」

本社社員は、宏を見た。

「でもともかく、ぼくが担当することになった人間が、産業士官学校入学までこぎつけてくれたのは、うれしいことだ。しっかりやってほしいね」

「はい」

宏はいった。「また、学校へも遊びに来てください」

「残念ながら、それは無理だよ」

本社社員は笑った。「ぼくは、産業士官学校の中へは、一歩もはいることは許されていない。きみもすぐに知ることだろうが、ぼくに限らず、学校が必要と認めた人間以外は、絶対に足を踏み入れられないようになっているんだ――それに」

本社社員のほおを、またあのかすかな苦笑がかすめた。「この次、きみに会ったとしても、おそらくふたりがあいさつをかわしあうことはないだろうからね」

「それは――なぜですか？」

「なぜって……この業務が終わりしだい、ぼくは、きみに関するいっさいの記憶を消されることになるからさ。ぼくのような仕事をしている人間は、特定個人への関心をいつまでももっていてはいけないし、そのほうが、次の目標にあたるとき、前例にこだわらずに交渉できるからなんだ。そのくらいで驚いてはいけないよ」

本社社員は、ふっと笑った。「現代のビジネスというやつは、もっとはげしいことをも要求する。ぼくらのような、会社全体の運命にかかわる知識をもっている人間は、秘密を守るために、いろんな手術を受けている。たとえば、産業士官学校のことを、知る必要のない人間にぺらぺらしゃべろうとしても、不可能なんだ。ぼく自身の意識が働き筋肉に作用して、自動的に舌がひきつってしまうからね」

ちょっとの間、宏は答えることばを知らなかった。

そんなことまでやらなければ、勤めというのはできないのか。

が——やっといった。

「そんな……そんなことが許されていいのですか？　あなたはそれで平気なんですか？」

その問いかけに対して、本社社員は、すぐには答えなかった。五分か……十分か……本社社員は、重い口を開いた。

「さあね。何年かのちのきみが、はたしてそういうかな？」

それは、どういう意味ですか、と宏がたずねるよりも先に、本社社員は、つづけていた。

「第一、そのときには、ぼくがかりにおぼえていたとしても、きみだということが——」

口をとざした。

「ぼくだということが……何ですか？」

「いや、ぼくからいうことはあるまいよ」

それだけで、本社社員はもう何も語ろうとはしなかった。

ハイウェイをそれたせいで、道は悪くなり、車は少し揺れだした。

やがて、停止する。

まだあちこちに木立ちの残る、なだらかな丘の、切り開かれた地帯だった。

茂みに囲まれるようにして、二階建のこぢんまりしたビルが建っている。

「あれが、産業士官学校だよ」

本社社員は、窓越しに指さしてから、ドアをあける。

「あれが？」

 信じられぬ思いだった。あんなちゃちな建物に、現代の科学技術のすべてを動員した設備とやらがあるのか？　あれでは中に何もなくても、ものの百人もはいれば、いっぱいになってしまうだろう。

「あれで、全部なのですか？」

しかし、本社社員は答えずに、車をはなれて坂をのぼりはじめた。

しかたなく、宏もつづく。

近づいても、はじめの印象はいっこうに変わらなかった。いやむしろ、そまつな感じは強くなるばかりなのだ。

小さなポーチを通り抜け、病院を思わせる受付に来た。

中年の、くたびれた印象の男が、窓口から声をかけた。

「どちら様ですか」

「上田宏をつれて来ました」

本社社員が答える。

「そうですか」

受付の男は、気のなさそうな態度で、形ばかりのロビーの右端のとびらを示した。「では、本人だけ、あっちへ通ってください」

「と、いうわけだ」

本社社員は、軽く片手をあげた。「ではぼくはこれで——失礼する」

くるりときびすを返して、外へ出て行く。一度もあとをふり返ろうとはしなかった。

「どうぞ」

受付にうながされて、宏はだれもいないロビーを横切って、とびらをあけた。

地下へくだる階段があった。降り切ったところに、マジック・ミラーをとりつけたドアがある。

「お名まえは？」

天井から、録音されたらしい声が降って来た。同時に、顔が赤外線で熱くなり、カチ、カチ、カチというひびきがしていたと思うと、ドアは横にすべった。

さらに踏み込むと、そこはエレベーターの中のような小べやで、壁はすべてステンレス・スチールだった。

正面に、非常ベルのような感じの箱とボタンがとりつけられていた。ボタンは、半球形にへこんでいる。

「くぼみに、右手の親指を入れて押してください」

また声がした。

いわれたとおりにすると、右側のステンレス・スチールの壁が、たちまち床へ沈んで行く。

指紋錠なのだ。

こうした何段構えもの設備に——だが、驚いているひまはなかった。

壁が沈んだ向こう側に、宏とあまり年の違わない少年が立っていたのだ。さえた、はがねを思わせる顔つきで、身にぴったりとついた紫色の服を着ている。その胸には、三本の金線がつらなり、その下に64と番号が縫いつけられていた。

「走査パス。全項目照合完了」

と、少年は無表情にいった。「私があなたと同じブロックの宿舎の管理を担当。宿舎に案内します。地下十八階の第四ブロックです」

相手のロボットのようないい方にぼう然とした宏は、そのことばでわれに返った。

「地下十八階？」

「急ぐこと。そのとびらは相応の処置がなければ十秒で閉じます」

少年はやはり顔色ひとつ変えずにいい、宏は反射的に、沈んだ壁をまたいだ。呼吸するかしないかのうちに、壁はまたせりあがって来た。

もはや、あともどりできないことを、このときほど宏が感じたことはなかった。

8

はじめて宏が見たときの産業士官学校の建物は、実はここを小規模な企業訓練所に見せるためのカモフラージュであった。学校の大部分は地下に作られていたのだ。それも、全部で三万平方メートルもの広さなのである。

この中に、宿舎をはじめ、学習用の機器やトレーニングのための諸設備、集会所から通達所、さらには特殊研究用のへやから自習用の小べや群に至るいっさいが包括されているのだ。それも、場所の目的に応じて照明は変わり、広場などは人工太陽灯のために、ふつうのまっ昼間と何ひとつ変わらないのである。それがどう入り組み、どこに何があるかということは、ここで何年も何年も暮らさなければけっしてわかりそうもないほど、複雑に配置されていた。

宿舎に案内された宏は、すぐに自室にある制服――それは、例の少年が着用していたものと同じだが、金線は一本で、その線の下には、13という番号が縫いとられていた――を着けるよう、指定を受けた。

「今後あなたは、一―一三号です」

例の少年はいった。「私も入学前は三津田昇助といいましたが、現在では三―六四号です。それ以外の名では通りません」

一は一年生を示し、一三は宏の固有ナンバーなのであった。彼が二年生になれば二―一三になるわけだが……ぶじに二年生になれるかどうかは何ともいえなかった。三―六四号の話によれば、ここでは平均点九十点未満の場合は、進級させてもらえないというのだ。落第すると、固有ナンバーの下に×という符号がつく。

「二年つづけて落第したら、どうなるんですか？」

「学校に関する全記憶消去。そののち出身企業の研修所へ送り返すのが内規です」

三―六四号は、やはりロボットのような口調で、平然と答えた。

もっとも、そうしたもののいい方は、なにも三―六四号には限らなかった。最上級の三年生はたいてい同じように簡略化した表現を、好んで使うようであった。どうして、そんなになるのか、今のところ宏には分らなかった。

分らないことはまだたくさんあった。というよりは、まだほとんどの事柄が分らないといったほうが正確だろう。

宏たちと入学したのが、全部で百十一名だということは最初の顔合わせのときに教官から聞かされたが、そのひとりひとりをお互いに紹介するようなことはなかった。講義やトレーニングは、上層部のどこかでそのたびにグループ分けして、エアーシュートで各個室に通達される。指定された時に指定された場所に行ってみると、そこには百十一名全員がいたり、五、六人しかいないときもあった。

だいたい、講義のコースそのものが、まだ一年生には体系的に知らされてはいないのである。まだ今は基礎づくりの段階だというわけで、科学の基本的な知識（それは、高校の課程のように、生物とか物理とかに分けられたものではなく、相互に関係づけられていた。世にあるのとは全然別の、しかもこうして全員拘束のもとに連続して教育できる環境でなければ絶対に不可能な、きわめて効果的な体系なのだ）を、くり返したたき込まれるのである。

宏たちは、かわいた紙が水を吸いとるように、そうした知識を吸収していった。もともと、えらび抜かれた頭脳の持ち主ばかりなのだから、これだけなら、たいして負担にならないのだ。しかし——。

「いったい何をしているんだ！　ばか！　それで産業将校になれるつもりか！」

教官がわめく。

宏は、疲れた足を死にものぐるいで動かして、コンベアー上を走っていた。

右にも左にも、二十台以上のコンベアーがうなりをたてている。そしてその上にはひとりずつ、生徒が走っているのだ。

走りだしてから、これでもう三時間以上にもなる。

「そら！　そこの九四号！　またスピードが落ちているぞ！　しっかりがんばれ！　がんばるんだ！」

教官が、向こうのほうへ走ってどなるのを聞きながら、宏は横のコンベアーの小松原和子を見た。

いや、小松原和子といってはいけないのだ。彼女も宏と同じように、今では一一一四号なのである。

一一一四号は、こちらへ顔を向けると、にっこりしてみせた。髪は乱れ、息は苦しげなのに、いまだにへたばったような表情さえ浮かべていない。

「おい一一三号！」

宏のほうに文句が飛んで来た。「なんだそのざまは！　あと一時間じゃないか！　一時間だぞ！　そのぐらいのしんぼうができないのか！　きみたちは超人になるんだぞ！　普通の人間なみの体力では役にたたないんだぞ！」

宏はスピードをあげた。いや、あげたつもりだが、足のほうが思ったように動いてくれないのだ。

あと一時間。倒れてはならない。ちくしょう、ちくしょうとつぶやきながら、走りつづける。

なんとか走りとおせるはずなのだ。もうそれだけの体力はできているはずだ。

肉体的トレーニングは、なにもこれひとつではない。彼らは、すでにありとあらゆる課業を、くり返し強いられてきた。

三日間の徹夜対話。

コンベアー上疾走。

それに、短時間睡眠による疲労回復の訓練。いろんな状況下におかれて、何分何秒くり返したか、いま自分がどちらを向いているか、特定の指標に対して何メートルぐらいはなれてしまったかなどを把握する訓練。四方八方から飛んでくるボールを、何分間あてられずにかわしきれるかの訓練……。

これからの本格的な学習にそなえて、どうしてもそれらは身につけておかなければならないのだ。

どさっと音がした。生徒のひとりが倒れたのだ。

だ。

「医務室へ運び込め！」

教官が叫び、待機していた生徒が何人か、そちらへ走り寄った。宏はちらとそちらに向けた視線をもどししなに、また和子を見た。和子も最後の力をふりしぼりながら……だが顔は静かだった。このくらい乗り切れなくちゃ……という決意が、いっぱいにみなぎっているのだ。

とてもかなわない——と、宏は思った。彼女はたとえ死ぬ危険をおかしても、産業士官学校を卒業するのではあるまいか。

コンベアーの速力が鈍ってきた。しだいにスピードを落として、走るのを急にやめないように配慮された動きなのだ。

「ようし、よくやった！」

まもなく、教官がいった。「交替だ！　いま走ったものは、体育ホールのすみの医務室に行って、からだの調子を調べてもらうんだ！」

宏は台を降りた。

「どう？」

和子が肩をならべてきた。「なんだか、ほんとうにへばったみたいね」

「なにを、このくらい」

いいながら他の生徒といっしょに、体育ホールのまわりをめぐって、医務室へ急ぐ。

「あ、あれ？」

和子が足をとめた。宏も、顔を向けた。

そこは、ロープをはりめぐらせた一角だった。が、ボクシングのリングよりはずっと広い。何人かが腕を組んで、そのリングを見つめている。

その中で、ふたりの三年生が組み打ちをやっているのだった。ひとりは宏と同じブロックのあの三―六四号で、もうひとりは少女だ。

三―六四号が突きを入れると、少女は右に飛んでかわし、かがみざま足を突き出した。跳躍してその足をはずした三―六四号は、床に一回転し、起きあがるはずみに、少女のふところに飛び込んで、投げを打とうとした。しかし、少女もさるもので、腰をはずすと逆に三―六四号の下にはいり、片手で相手の足をつかむと、円弧をえがいて、三―六四号を宙に舞わせた。

それは、まったく機械そのものといっていいほど型のととのった、しかもみごとな動きだった。今までのあらゆる武道の要素を組み入れながら、そのどれでもない、格闘技であった。

「こら！　一三号と一四号！　何をしているんだ！　きみたちはまだ完全武道をやるほど基礎はできていないんだぞ！」

教官が向こうからどなった。

「完全武道というのね！」

駆けだしながら和子がいった。「すばらしいわ、私はきっと、ものにしてみせる！」

しかし、宏は答えなかった。彼は、和子とはまったく逆のことを考えていたのだ。

人間をきたえぬくと、あそこまで機械のような動きができるのか？　あそこまできたえぬかれ、型どおりに動ける人間が、人間のままでいられるのか？　あれほどの能力は、人間のままでいようとしては、得られないのではあるまいか？　そして……自分は、その道を、まっしぐらに進んでいるのではないか？

それであった。

9

折さえあればおそってくるそうした疑問にしかし上田宏は、どう対処したらいいのか、わからなかった。

家族や、中学時代の先生と相談しようにも、彼は完全に外部から隔絶されている。と、いって、ここの人々と話しあうわけにもいかなかった。産業士官学校の教官たちは、ただもう宏たちをきたえぬくだけで、人間的な暖かみなどは、まったくない。たしかに生徒たちには、指導教官という名の人間が与えられてはいたけれども、それとて、いかにすれば有能な産業将校になれるか、という方向の話しか受けつけない。現在の生活（これが生活と呼べるのなら）に疑念をおぼえている、などといおうものなら、たちまちにして評価がさがるのは、目に見えていた。

そのうえ共同生活をしているといっても、ここの生徒たちのあいだには、個人的な交流というものは、ほとんどないのだ。同じ地下十八階第四ブロックの宿舎の管理を担当している三―六四号とは、比較的口をききあう機会が多いが、それだって、生徒としての作法みたいなことに限られている。

その意味で、宏にとってほんとうの知りあいというのは、一―一四号つまり小松原和子だけであった。が……執念の鬼となってがんばり抜いている彼女が、宏のそんな悩みを聞いてくれようとは、思いもよらないのである。

自分ひとりで耐えるほかなかった。

ひょっとしたら、自分以外にもかなりの数の生徒が、似たようなことを考えているのかもしれない――と、宏は思ったが、彼がそうであるように、生徒のだれもが、表面にはそうしたものを出しはしなかった。

孤独のままに、だが彼は毎日の課業にぶつかっていった。ぶつかることで、彼はおのれの疑念を忘れようとしたのかもしれない。

課業は、日ごとにきびしくなるばかりであった。一ヵ月たち、二ヵ月が三ヵ月となるうちに、生徒たちは、基本的な科学知識とともに、当初はとても修得不可能としか思えなかった能力――きたえ抜かれた反射神経や短時間睡眠や速読術や、さらに正確な時間感覚、方位、距離把握力、自己暗示によるコントロールなど――を、身につけはじめていた。

新大阪工業の研修所と違って、ここでは、一ヵ月ごとに、じつに細かい成績表が、ひとりひとりに渡される。各科目に移動平均法を使って出されているその評点を総合して、生徒は自分の平均点を計算するのだ。知ろうと思えば順位も教えてくれるが、生徒たちはそんなものにあまり関心をいだかなかった。科目はどんどんふえるいっぽうなのだし、だいいち、問題は平均点なのだ。進級時に平均点が九十点にならなければストップをくう。つづけて二年原級にとどまると、産業士官学校に関するすべての記憶を消されて、出身企業へ送りもどされる、となれば、だれだって死にものぐるいになるだろう。

こんなふうに課業また課業でしゃにむに駆り立てられているうちに、自分の悩みはいつか、成績に対する心配だけにすりかえられてしまうのではあるまいか？　いや、学校ははじめからそれを企図しているのではあるまいか、といったようなことをときどき考えながら、宏もまた努力しつづけるほかはなかった。

五ヵ月、六ヵ月、そして七ヵ月。宏の平均点は、九〇・七五〇と、九一・二〇〇のあいだを上下していた。

「あら、一一三！」

背後から声がかかったので、宏は歩調をゆるめて、ふり返った。小松原和子だった。「どこへ？」

和子はいった。

「圧縮学習室だよ」

宏は答えた。六十分の自由時間。

が、自由時間といっても、それは名目だけのことであった。こうしたときを利用して、生徒たちはそれぞれ、自分の不得意なものをマスターしようとつとめるのだ。

この時間、宏は脳のメカニズムを復習するつもりだった。

「私、立体ビデオ室」

和子はうなずいてみせた。「廊下途中まで同じ・同行」

ふたりは肩を並べて、やわらかな光が充満する廊下を進みはじめた。

とはいうものの、宏はすぐに和子と話しあう気にはなれなかった。心のどこかに、和子のことばづかいに反発するものがあったのである。

もちろんそれは、和子だけのことではない。宏と同じ学年の連中でも、何割かが、見よう見まねで、上級生が使う簡略化した会話をはじめるようになっている。

はじめのうち宏は、なぜそんないい方をするのか不思議に思ったものだ、が、さまざまなことを詰め込まれ、きたえられているうちに、自分でも頭の回転が速くなってきたのがわかり、それとともに、ありきたりの話し方では、まどろこしいような気分になるのが、よく理解できるようになっていた。

それでも宏は、あえてふつうの会話法を使った。それは簡略話法が使えないからではない。今までの話し方を捨て去ってしまうことで、学校の外に置いてきたすべての——故郷や友人や家族や世間などと、ほんとうに絶縁してしまうような気がしたからである。そして、それがなんだか人間であることをみずから放棄してロボットになってしまうようにも思えたからであった。

「私、表情術訓練の要」

宏のそんな気持ちも知らぬげに、和子はいいだした。「感情・必要以上に反映。筋肉コントロール自習」

宏はうなずいた。

表情術というのは、今月になってはじまった科目である。仕事のうえで出会う相手を引き入れ、あるいはおこらせ、悲しませねばならない場合、産業将校は自分の感情のままにではなく、そのときどきの、状況に応じて適当な表情・動作をしなければならない。そのための技術なのであるが……はげしい気性をもち、すぐに気持をおもてに出してしまう和子にとって、これが苦しい訓練であることは、たやすく想像できた。

まもなく、廊下の分岐点にくる。

和子は軽く手をあげて、左へ曲がった。

右へ折れて、しばらく行くと、学習室群のあるブロックだ。

そうした学習室には、下級生に好んで使用される圧縮学習室をはじめ、催眠学習、苦痛と関連づけていやおうなしにたたき込む強制記憶室、さらに瞬時にしてあらゆる資料を照合できる自由学習室などがある。とはいえ、宏たちはまだ、圧縮学習室を活用する能力しかもっていない。

そのドアをあけると、しんとした光の中、十数名の生徒たちが、肩まであるヘルメットをかぶってすわっているのが見えた。宏は、そのあいている席のひとつにつき精神活動加速剤のスプレー・ガンを腕にあてた。

たちまち、頭の働きがさえてくるのがわかる。この状態で高速学習テープを聞き、必要なところを反復して記憶するのだ。

求めるテープ番号のボタンを押して、ヘルメットをかぶる。

準備ブザーをヘルメットの中で聞きながらその一瞬、宏は、自分の身も心もくたくたになっているのをおぼえた。

何のせいか知らない。

だが、途方もなく疲れていることだけは、たしかだった。

10

宏は目をさました。

さますと同時に、身を起こし、したくにかかる。それはもはや完全に習慣となっている動作である。

産業将校となるためには、常識を越えた自律力をもたなければならないのだ。

その例のひとつとして、すでに先月から目ざましどけいの使用さえ禁じられている。自己暗示の力によって、予定時刻に起き上がれるように要求されているのだ。

小さな自室の壁にかかったとけいは、しかし、彼がそうしようと予定していた時刻を、三十分も過ぎていた。

しまった！

このぶんでは、下着を自動洗たく所に運ぶどころか、食堂へ行く時間さえなくなってしまう。

宏は、顔を洗い服を着、学習用具を点検するその動きを、なかば無意識になることでスピードアップした。

が、その手が不意にとまった。きょうが、成績通告の日であることを思い出したのである。

成績表は、エアーシュートを通じて、直接生徒の個室に送られてくる。

生徒はそれを見て自分のやり方を反省し自己分析し、計算し、場合によっては担当教官のところへ相談に行く。そのために、通告日には課業はなく、十二時間の自由時間が与えられていた。

きょうは、待ちさえすればいいのだ。

とはいえ、この十カ月間のうちに身についた習性は、彼をただぼんやりと待たせはしなかった。

今はまだ、食事のできる時刻だ。成績表がくるまでに食べてしまおう。そう考えるのといっしょに、彼は行動を起こしていた。

馴れた廊下を通り、いつもの食堂にはいると、他の生徒たちにまじって、セルフサービスで皿ののったぼんを運んで食べはじめる。味は、とびきりおいしいときもあるし、砂をかむような日もあった。つまりは、これだって訓練のひとつなので、どんなものでも食べられるように仕向けられているのだが……たいせつな生徒たちのために、栄養は完璧に配慮されていた。

きょうはまああの味だったな——と思いながら宏が食器を洗い場行きコンベアーに乗せ、食堂を出ようとしたとき……

向こうから、小松原和子がやって来た。

小松原和子は、くちびるをぎゅっと結んで、泣きそうな顔をしていたが、宏の姿に気がつくとひょいと肩をすくめてみせた。

「どうかした?」

宏は尋ねた。

「平均点、九六・〇〇三」

和子は、そう応じた。「二・一三一ダウン原因——表情術」

「え?」

「手段えらばず努力の要。担当教官と相談予定」

それだけいうと、和子は食堂へはいって行った。

宏はちょっとのあいだ、和子のうしろ姿を見送っていた。

九六・〇〇三か！

彼には考えられない高点であった。和子がよくやっているのはわかっていたが、それほどとは思わなかったのである。

ひょっとすると、彼女は首席かその次ぐらいかもしれない。いや、ダウンする前はまちがいなく首席だったにちがいない。

そのダウンが例の表情術のせいだとすれば、彼女のああした態度も理解できるというものだが……。

だが、しかし、

彼女は手段えらばず努力の要といった。

手段えらばず！

そこまでやらなければならないものなのか？　表情術がまずいということは、それだけ人間的だということでもある、と宏はひそかに考えていた。

何を恥じることがあろう。

それを……あんなふうにあせらなければならないものか？

考えごとにふけっているうちに、いつか彼は、自室の前までもどっていた。

ドアをひらくと、エアーシュートの受け口に、成績表がひっかかっているのが見えた。

宏は読んだ。赤い色が、さっと目を射た。注意点を示す色なのだ。それがいくつも並んでいる。

宏はあわてて計算機を作動させて、平均点を算出した。

八八・〇〇五。

進級不能の数字だった。来月には次の成績が出る。そしてそれがそのまま及落を決定するのだ。その一カ月前になって、九〇点を割るとは――。

あるいは考えすぎたせいかもしれない。産業士官学校のシステムに疑念をいだきつづけたことが思考に影響を及ぼし、微妙に得点にはね返って来たのかもしれない。

「……」

さすがに全身が冷えていく思いだった。

その姿勢のままで、どのくらい立っていたのだろうか。われに返った宏は、一瞬、目もくらみそうなあせりを感じた。感じたが……何をしようという気力もわいてこなかった。今さらじたばたしたって、という、捨てばちな気分さえ、頭をもたげかけていた。

宏は、ぼんやりとすわった。何かをしなければならないのだが、心は、逃避しようとあがき、彼の手はそれを反映して、何か救いを求めるように、彼の私物をまさぐっていた。その私物こそ、彼が自由だったころのわずかな遺留品であり、逃避はその中にしかないことを、本能的に悟っていたせいであろう。

その手が、堅く冷たいものを、さぐりあてた。

フルートだった。

中学時代、とても買う余裕がなかったのを新大阪工業の入社支度金で手に入れ、ほんのわずか練習しただけで、そのまましまい込んでいたフルート。

彼はそれを、くちびるにあてた。吹いた。

音が流れ出た。つかえつかえのメロディーだったが、音自体が、彼の心の底に押えつけられていたものを目ざめさせる、はるかな美しさをもっているのだ。

彼は夢中で吹きつづけた。しだいに遠い日がよみがえってくるのを感じ、酔ったように吹きつづけた。

「一一一三号！」

はっと気がつくと、外から呼びかけている者があった。

宏は、ドアをあけっぱなしにして成績表を見、そのままであることを失念していたのである。

それは、宿舎の管理を担当している三津田昇助——三—六四号だった。

「一一一三号！」

三—六四号は、するどくいった。目は、きびしい光をたたえている。その表情がほんとうにそうなのか、必要上そうしているのか宏には判断できなかったが、気圧されて、フルートをくちびるからはなした。

「音楽不要」

三—六四号は冷たくいった。「技能習得は場合により必要。高学年のみ。音楽に酔うのは失格につながる」

「……」

「産業将校は知識と行動。感情は自己コントロールするもの」

「しかし」

宏は思わずいい返していた。「しかし、自由時間ちゅうぐらいは――」

「産業将校は二十四時間産業将校」

「――そんな」

宏は、ほとんど叫ぶようにいった。「なぜ、そこまで求めなければならないんですか？」

いったんせきを切った感情の流れは、もはやとめようがなかった。「そんなにまでして――ぼくたちは、いったい何になるのですか？　これではロボットになるのと同じではありませんか」

「誤認」

三―六四号は無表情に否定した。

「誤認ですって？」

「人間自由は幻想。集団としての動物。ゆえに人間は集団内の役割をもつ存在。最有能の役割を負うのが産業将校。ロボットは道具。産業将校は最有能人間。現段階では低効率部門の拒否によってだけ可能。音楽は低効率の一。理解？」

「いいえわかりません！　また、わかろうとも思いません！」

するとと突然、三―六四号はふつうの会話体で、こういったのだ。

「きみたちは今、基礎づくりの段階だ。二年になったらわかる。とにかく、いまきみはフルートを吹いたりしている場合じゃないだろう？　成績が大はばにさがったんだから、一刻も惜しんで勉強しなきゃいけないんじゃないのか？」

「なぜ、そのことを知っているんですか？」

ぎくりとして、宏は問い返した。「まさかぼくたちの個室は監視されているのでは――」

三―六四号は、はじめて笑った。氷のような笑いだった。

「産業士官候補生の個室をのぞくことは、だれにも不可能だ」

「――じゃ」

「すべての状況を分岐公式にあてはめて計算すると、そのくらいはすぐにわかる」

いうと、三―六四号は、外から宏の個室のドアを閉ざした。

宏は、なおも茫然と立っていた。やがて、そのくちびるから、低い笑い声がもれはじめた。

それは、産業将校への道をえらんだ自分に対する、あざけりの笑いであった。

11

それでも宏は、毎日の生活をつづけた。

つづけるほかはなかったのである。申し出れば、産業士官学校を退学することはできるが、その代償として彼は、学校に関するいっさいの記憶を消されてしまう。しかも、その場合は二回つづけて落第したときよりもまだきびしい。もとの会社へもどることさえ許されないのだ、つまり、失職するのだった。少なくとも彼が内規を調べたところではそうなっていたし、また、ようしゃなくそのくらいのことはするであろう。

本来なら、それくらいの犠牲を払ってでも、彼は退学すべきだったのかもしれない。それが自己の良心にしたがったやり方というべきなのだ。

が――やはり宏にはできなかった。

彼自身はどうなろうと、またなんとかやってゆける可能性がある。しかし、家族のことを考えると、どうしても踏み切れなかったのだ。

彼が産業士官学校にいるかぎり、故郷の家には毎月、多額の手当が送られている。新大阪工業のあの本社社員の話では、それは破格といっていい額なのだ。

宏はもとより家族の者は、それが七年間もの長いあいだ、いっさいの連絡を絶たなければならないことへの見返りだというふうに解釈したのだが……。

今となっては、そんなものではないことを彼は悟らなければならなかった。

これこそ、生徒が途中で何もかも投げ出さないための、くびきだったのだ。

生徒の家族たちは、すでにその手当をあてにし、その手当で生活する習慣をつけてしまっているであろう。

と、すれば？

自分の心の弱さを憎みながらも、宏は家族を失望させることができなかったのである。

彼は、次から次へと押し寄せてくる課業の大波にもてあそばれ、あっぷあっぷしながらも、全力をつくして泳ぎつづけた。学校にとどまるかぎり、中途はんぱは許されない。おぼれるか、泳ぎきるかのどちらかなので——もしおぼれれば程度こそ違え、はじめから退学するのと似た結果になるとすれば、頑張る以外に方法はないのだった。

まもなく、入学してから一年近い日が流れ去ろうとしていた。

宏は討論室にはいった。

課業は、しだいに本格的な、産業将校育成のためのものに変わりかけている。

いままでの科目のほかに、宏たちは、組織力学というものを学びはじめていた。

人間の集団には、発生の原因や目的において、さまざまなタイプがある。会社組織や群衆や軍隊や、同好会やスポーツのチームや……そうしたものをいろんな形に分類して、どう刺激すればどう反応するか、どういうふうに構造が変化するか、あるいは育てるには、また、崩壊させるにはどういう手段が効果的か、といったことをいくつかの公式で計算できるようにした学問だった。これを完全にマスターすることが、ふつうの指導者とはレベルを異にするはずの産業将校の条件なのである。

この組織力学を、宏たちは討論室で、上級生とまじって、実際の社会現象やニュースを素材に、分析し研究するのだ。そのためにたいていの場合、本物のシンクロ・ニュースと呼ばれる電波同調印刷新聞や、マイクロフィルム化された週刊誌が用いられている。

定刻二分三十秒前。

すでに馬蹄形のテーブルには、三年生、二年生をまじえたいつものメンバーの、半数ちかくが席についていた。

宏は腰をおろした。
四、五秒遅れて、小松原和子がはいって来て、横にすわった。
その瞬間宏は、何か奇妙なものを感じたのである。

どこか、違うものがある。和子の、いつもと同じようなしぐさの——。

宏は、横を見た。

微笑があった。

花のような微笑。

彼女は、どきんとするくらい、魅力的になっていたのだ、顔だちのどこが今までと違っているのか、それはわからなかったが、たしかに変貌《へんぼう》していた。同じ顔のくせに、別人のようだったのである。

「きょうもよろしく、ね」

和子がいった。宏がろうばいするほど、明るい表情なのだ。

定刻一分前のブザー。

和子は、宏から視線をはずし、正面スクリーンに向き直った。と。つい今しがたまでの微笑は、あっという間に消失し、無表情な、仮面のような顔つきになってしまったのである。

「きみ」

宏は、どきんとしながら、声を出していた。

「――まさか……きみは」

和子はこっちを見やった。

「そう。手術」

無表情に、簡略話法で、和子はいった。「担当教官アドバイス。筋肉手術。表情術成績向上・現実」

「……」

もはや彼には、いうべきことばもなかった。表情術を……たくみに作られた表情を獲得するために、彼女はみずからの顔を、筋肉を、加工したのである。もはや二度と、彼女が自分の感情のままの表情を見せることはないのだ。

宏は、和子におぞましさをおぼえた。もはや彼女は人間ではない。一直線にロボットへの道を突っ走っているのだ。

そして彼は、彼女にそうアドバイスし、そう手術した学校に、ぞっとするような恐怖をおぼえた。

そして自分もまた——。

「一一一三号！」

斜め向かいの二年生が、彼を指名していた。「一一一三号から問題提起！」

もう討論ははじまっているのだった。正面スクリーンには大きくシンクロ・ニュースの紙面が映し出され、全員が、こっちを見つめていた。

宏は、スクリーンを注視した。

そのとたん、彼は目を見開き、腰を浮かしていたのである。

スクリーンに投影されているのは、きょう発行されたいくつものシンクロ・ニュースの中から、それも一面だけ、無作為抽出されたものである。

しかし——

そのトップにあるのは、雪どけの増水で山林の家十軒あまりが押し流されたニュースであった。死亡・ゆくえ不明は二十名に達し、その氏名は……。

「ぼくの家族だ！」

宏はわめいた。「あれは、ぼくの父母と兄弟なんだ！　全滅したんだ！　ぼくの家族なんだ！」

「着席！」

三年生が命じた。

「討論開始」

いま宏を指名した二年生が、するどくつづけた。

「これが、じっとしておられますか！」

宏は叫んだ。が、一年生たちがざわっとしただけで、上級生たちは顔色ひとつ変えなかった。

「くり返す。問題提起したまえ」

二年生がいった。

宏は絶望的に、みんなを見渡した。

何だ？　こいつらは何だ。ぼくの家族が死んだというのに、いつものとおり討論しろというのか？

ばかな！

そんなことはできなかった。そこまでロボットにはなりきれなかった。

「着席！」

三年生が、ふたたび命じた。

が――は従わなかった。

もう結構だった。もうじゅうぶんだった。

「欠席――します！」

いうと、あとはくるりとドアを向いて、討論室を出て行った。

父が……母が……兄たちが……あの小さい弟妹が……。

死んだのだ。

彼はいつか走っていた。走りながらわめいていた。無我夢中のうちに、彼は決意を固めていた。もはや、ここにとどまる必要はないのだ！退学だ！　たとえ記憶を消去されようと……。

いや。

宏は、足をとめた。

いや、そんなことをさせてたまるか。

逃げるのだ。全力をつくして遁走するのだ。そこはもう自分の個室の前であった。反射的にドアをあけて中へ踏み込み、あわただしく荷物をまとめようとした彼は、だが、すぐにあきらめた。こんなにたくさん持ってはゆけない。学校はたちまちにして彼をとりおさえようとするだろう。今だ。逃げるなら今のうちなのだ。何も持ってゆく余裕はない。

何も。

その彼の目が、ふと、机上にころがっているフルートをとらえた。

フルート。

それこそ、彼の自由の象徴ではなかったのか？　産業将校とやらになりえない彼のたましいではなかったか？

宏は、フルートをつかむと、そのままダダッと走りだした。

エレベーターは作動した。まだだれも、宏がそんなことをするとは気づいてもいないのだ。

逃げられる。

逃げて、故郷へ帰るのだ。父母や兄弟の死に顔に一目会って——。

はじめてここへやって来たときのあのドアが、目の前にあった。

指を押しあてる。生徒の指紋のすべてを記憶している錠は、何事もないように開いた。

階段をかけあがる。

ロビーに出た。

あっと、いいたげな受付の表情を無視して彼はロビーを走り抜け——。

そこで、たたらを踏んだのだった。

なぜだ？ なぜ、こうも簡単に脱出できたのだ？ こんなはずはない。こんなにたやすく逃げられるはずがないのだ。

だしぬけに、異様な疑惑が、彼を包み込んだ。

あのシンクロ・ニュースこそ、〝踏み絵〟だったのではないか、と思ったのである。産業士官学校は、彼のものの考え方をマークし、ほんとうに産業将校になれるかどうかを、ためしたのではなかったのか？ だからこそ、彼がこうしたとり返しのつかない行動をしても、黙ってやらせたのではあるまいか？ でなくて、あれほど念入りにものごとを運ぶ産業士官学校が、どうして生徒に家族の死んだニュースを見せつけたのだ？

ひょっとしたら、あれは作りもののニュースだったのかもしれない。

そうなのだ！

そうに決まっている。いずれ学校は追手をくりだすか、あるいはもっと巧妙な手段で彼をとらえ、学校の記憶を消すつもりなのかもしれない。いや、もうすでにそれははじめられているのかもわからなかった。だが、今の瞬間、彼はまだとらえられてはいないのだ。

走れ！

走って……会えるかもしれない。家族に会えるかもしれない。

どこを、どういうふうな方法で故郷に帰るか、彼はまだ考えてはいなかった、今はただ走ることだけであった。

ぼくは失格者かもしれない！　だが、栄光ある失格者なのだ！

いいではないか！

失格でいいではないか！　走れ！

きらきらと春の日をはね返す丘陵を、彼はわめきながら走っていた。フルートをふりまわし、泣きじゃくりながら走りつづけていた。

付録
『重力地獄』あとがき

ここにおさめられた作品を、書いた順に並べ、それぞれ心おぼえを添えると、次のようになる。

下級アイデアマン＝昭和三十五年、第一回ＳＦコンテスト応募のために書く。実はこの前に一本応募していたのだが、もうひとつというつもりで仕上げてみた。結果、こちらが二席に入ったのだから、妙なものである。

わがパキーネ＝昭和三十七年六月七日に脱稿。モチーフをひねくりまわしながらもうひとつ決まらず、ふらりと薬局に入ったとき、棚に体重コントロール食品がひしめいているのを見て、とたんに頭の中にできあがった。パキーネという名を考えつくのに苦労した。

エピソード＝昭和三十八年九月二十九日、同人誌ＮＵＬＬに出すために書いたもの。筆を走らせているうちに、設定はもとより情感までが類型的になって行きそうなので、それから逃げることばかり考えていたような気がする。

使節＝昭和三十九年一月十七日脱稿、しゃれた面白いものをと意図してみごとに失敗した。あまり好きな作品ではないし、こうしたものは、もう書きたくないと思っている。

時間と泥＝昭和三十九年二月二十四日脱稿、イメージはだいぶ長いあいだあたためていたのだが、おしまいに至って、またもや型にはまってゆくのを避けることができなかった。

正接曲線＝昭和三十九年十一月三日脱稿。アイデア・ストーリィの典型かも知れない。自分がどうやらストーリー・テラーではないらしいと自覚した作品でもある。

重力地獄＝昭和四十一年五月十九日脱稿。かなり細部にわたってアイデアなど準備してからはじめた。が、そうしたものをそろえればそろえるほど、内部で燃えていたものが冷えてゆくという奇妙な体験をした。

養成所教官＝昭和四十三年六月五日〜六日にかけて脱稿。大阪市内の喫茶店で書いているうちに、父の容態がかわり、なくなった。通夜をしながらろうそくに照らされた父の遺体の前で書きあげた。その気分がただよっている。

フニフマム＝昭和四十四年十一月十五日、ヨーロッパへ行く直前に仕上げ、女房に航空便で送ってもらうことにして、出発した。もっと突っ込みたかったが、頭のほうが混乱してくるのでやめた記憶がある。

かれらと私＝昭和四十五年十二月三日に脱稿。このころからすっきりまとまった宇宙ものというのが面白くなくなり、利用できる舞台というふうにしか考えなくなった。ちょうど深夜放送のＤＪをはじめた三ヵ月後で、スタジオに来た高校生から、つまらない作品だといわれ、そんなに簡単に割り切られてたまるかと思ったこともある。
悪夢と移民＝昭和四十八年六月二十五日脱稿。高二時代に載せたもので、モチーフがあまりにも歴然としているかも知れないが、自分では好きな作品である。

――というわけで、ここに集めたのは、いわゆる〈宇宙もの〉であり〈異種生命もの〉ともいうべき作品群である。

SFにのめり込んで行った最初のころのぼくにとって、SFとは、やはりそうした、現実を忘れさせてくれる作られた世界であったことは、否定できない。そういう非現実世界への希求が、ぼくの内部にあったのだ。だからそういう状態の中で書かれたものが、巧みな細工ものを志向したアィデア・ストーリィになりがちだったのも、当然のなりゆきであろう。が、そのぼくが、それまで勤めていた耐火煉瓦メーカーをやめ、コピーライターに転身し、さらにフルタイム・ライターになってゆく――つまり、読んだり書いたりすることが日常化し当り前となってゆく過程で、変わって行ったのも、またたしかである。てっとり早くいえば、それが面白いSFかどうかということより、どれだけおのれの投影であるかということのほうが、意味を持ちはじめたのだ。換言すればこれは、ビジネスマンであったために遅れて来た男の、おくてのめざめともいえるだろう。

今のぼくは、実のところ〈宇宙もの〉を書くのが苦痛である。ともすればかつての、良く出来たアイデア・ストーリィの像というものへの志向が生き返って来そうな気がして必死でそれを抑制しなければならないからである。

と、いったようなことは、それぞれの作品について書いたあとでは、全くの蛇足であろう。

そんなことは、見る人が見れば、お見通しだからである。

（昭和四十八年十一月）

付録
『産業士官候補生』あとがき

いわゆる社会派系列の作品集である。書いた順に並べ、心おぼえをつけくわえてみる。

工事中止命令＝無任所要員杉岡勉ものの第一作。昭和四十一年十一月十八日から十九日にかけて徹夜脱稿。裏を見ないでストレートに読まれると困るなあ、という気もあったが、そのまま発表した。ちなみに、この杉岡勉というのは、友人の名を借用したものである。その当人にいうと、彼は、「何や、あいつは悪い奴やないか！」といったので、少々安心した。

虹は消えた＝無任所要員ものだが、この種の題材で、SFの魅力のひとつである架空の条件の組み合わせによる世界構築——に似たものを作り出せないだろうか、という意図もはたらいていた。残念ながら、終りに近づくにつれて精力尽き果て、走ってしまう結果になったようである。脱稿、昭和四十三年四月二十五日。

最後の手段＝昭和四十四年五月二十三日脱稿。これも東京神田の喫茶店で脱稿した。どうも社会派ものというのは、喫茶店のようなさわがしいところでのほうが、よく書けるような気がする。そのへんに、逆に社会派ものの問題点が暗示されているのかも知れない。
何にしても、このタイトルは、はっきりしすぎてあんまり好きではない。

産業士官候補生＝昭和四十四年十月から十二月にかけて、三回にわたって書き、高一コースに連載した。お読みいただくと分るとおり、これは、ぼくの〝EXPO'87〟に出てくる産業将校を、その裏面から描いたものである。宣伝するわけではないが、EXPO'87と照らし合わせて読んで頂ければ、ぼくのいいたいことがより明確に浮かびあがってくると、そうぼくは信じている。ま、それはともかくとして、この作品あたりから、それまでのものと違って、あまりシニカルとはいえなくなっているのは、認めてもらえるのではあるまいか。

こうした傾向の作品群を、これからもどんどん書きつづけるのかそうでないのか、実のところ、ぼく自身にも分らない。と、いうのも、世の人々が、急速に産業とか社会というものに対して、表裏両面から見る眼を持ちはじめているように思える現在、何もこれ以上ぼくが同じようなことを書きつづける必要はないのではあるまいか——という気がして仕方がないからだ。あるいはこれはぼくの錯覚かも知れないが……錯覚だと判明したとき、多分ぼくは、また、しかしもっと変わった行きかたで、このテーマに立ちむかうことになるのだろう。それに他人がどんな呼称をつけてくれるのか知らないが、それまでは一服だという気分もある。

今は書きたいものを書くだけで……などといってみても、ひょっとすると客観的には、やっぱり同じ路線の上を走っているだけなのかも分らないが……。

（昭和四十九年二月）

付録

『還らざる空』あとがき

これは、未来のものばかり集めた短編集ということになるのであろうか。もっとも、未来ものといっても、ここには遠未来ものと近未来ものが混在し、仮定世界ものと蓋然世界ものが入りまじっているから、そう簡単にきめつけてしまうのは適当でないかも知れない。むしろ——それぞれ、ある状況に置かれた個人の話、といったほうが、正確であろう。（当り前といってしまえば、当り前であるが……）

例によって、おぼえ書きをしるすことにする。

準B級市民＝昭和三十七年七月七日に第一稿を書きあげる。このときの題は〝歯には歯を〟だった。それを改稿し終えたのが八月三十一日。同人誌宇宙塵に発表。のち、講談社の原田裕氏のすすめで、もう一度手を入れることにし、昭和三十九年一月十五日に脱稿。小説現代に、今月の新人ということで掲載された。当時は衝動のおもむくままに書いたような気がするけれども、今読み返してみると、案外トリッキイである。この頃は、いわゆる〝仕掛け〟にとらわれていた、そのせいかも分らない。それと、この第一稿を仕上げた日、ぼくは当時の勤め先に内緒で、あるデザインスタジオの入社試験を受けに行っている。あまり高給を要求したせいもあって、みごとフラれたけれども、そうした脱出願望が濃厚に出ているようだ。

還らざる空＝昭和三十九年六月九日脱稿。ＳＦマガジンになかなか載せてもらえず焦っていたとき、編集部にいた森優氏から、五十枚ぐらいのものは書けないか、といわれ、しゃにむに仕上げたものである。自分はふつうに、あるいはふつうよりも調子良くみんなとつきあっているつもりだが、実は自分以外のみんなが、自分よりもずっとすぐれていて、こっちの心中迄見すかしながら腹の中では笑っているのではあるまいか――という恐怖を、今でもときたま感じるのだが、何となくそんな感じが反映しているみたいである。

表と裏＝昭和三十九年八月十八日に脱稿している。ロボットものには相違ないが、本当をいうと、何となく心が触れ合った人がいて、それがふとした拍子にまたお互い、もとの他人の関係に戻り、相手の固い殻を感じたときなど、この作品を思い出すことがある。

惑星総長＝昭和三十九年十一月五日に仕上げた。このときは七十枚のものだったのであるが、ＳＦマガジンに出したところ、福島正実編集長に、どうも冗長であるといわれ、えいとばかり四十五枚にしてしまった。それを脱稿したのが昭和四十年四月九日から十日にかけて、である。みじかくしたので、お話の組立てがいやに目につくような気もする。

こうして並べてみると……ことに、今じゃとても書けないだろう、あるいは書きたくはないというものを見ていると、どこかむなしい気がするのは事実である。が、反面、連続しているものがあるのも、またたしからしい。ことに……いつかは何かがやってくる、何かを引き寄せてやる——といった気分がまだ現在でも残っているのは……いや、それはもはや錯覚なのであろうか？

(昭和五十年七月)

あとがき

この本に収められた作品群のタイトルを見ていると、当時の気分がまざまざとよみがえってくる。それは、軽いめまいも伴っているのだ。

「科学創作クラブ」に入会し、同人誌「宇宙塵」に作品を送り、やがて第一回空想科学小説コンテストで佳作に拾ってもらい、さらに書きつづけていた頃は、「SFらしいSF」を書くことで頭が一杯だった。その「SFらしいSF」がどういうものであったかは、簡単には言えない。しかしSF的感覚にもとづくアイデアが重要だったのは、たしかである。だから、アイデア捜しで苦労していたのだ。今となっては、「何だこの程度のアイデア」と笑われるだろうが、これで精一杯であった。釈明しておくと、この程度のアイデアでも、SFを知らない人には、さっぱりわからん、それで何が面白いのだと、しばしば言われたものだ。

しかし……第一回空想科学小説コンテストは一九六一年の——五六年前のことなのである。私にしてみれば、はるかなる過去だ。なのに、想起するとのしかかって来るような気がする。

その後について、少しるそう。アイデア（と仕掛け）重視は、数年のうちに思わぬ状況を生み出してきた。アイデアが先に立つことで、こちらの訴えたい事柄が届かなかったり誤解されたりする例が出て来たのだ。読んだ人はわかってくれるなどというのは、独善であった。俳句をやっていた時分に叩き込まれた無駄な文章の排除ということも、誤解の種になった。そのせいで、ことに長いものを書くとなると、これでもかこれでもかと説明する癖がついて、長けりゃいいってもんじゃないよと言われたりした。

年月が経つにつれて、私自身も変わっていった。少年や青年のときに刷り込まれた考え方が、自分自身の見聞や体験によって修正された。価値観も変わっていった。人間、いつまでも同じ人間でいようとするのがそもそも無理なのだと思うようになり、そのときどきの自分なりに書くようになった。

一方、SFも変わってきた。幅が広がり志向も多様化した。当然ながら、私がかつて信じたSFそのままではない。

だから自分が書くものがSFの範疇に入るのか入らないのか、不明である。そんなことはどうでもいいのだと、近頃観念するようになった。

どのみち、私自身の年貢の納め時は、すぐそこまで来ているのである。

二〇一七年一一月

編者解説

日下三蔵

眉村卓の作品を大きく分類すると、①一般向けSF作品、②少年少女向けSF作品、③ショート・ショート、ということになるだろう。①と②は対象年齢での分類、③は作品の長さでの分類だから、ちょっとスッキリしないが、お許しいただきたい。③の中には①も②も含まれる訳だ。

わざわざ③を別項目にしたのは、星新一の一〇〇一篇を遥かに超えて、三〇〇〇篇に近い作品が書かれているからである。どこまでをショート・ショートとするかの数え方にもよるだろうが、私のカウントでは九八年の『日がわり一話　第2集』（出版芸術社）で一〇〇〇篇を突破している。

この『日がわり一話』は、病を告げられた夫人のために一日一篇ずつ書き継がれたショート・ショートから抜粋した傑作選。最終的にその本数は一七七八篇に及び、経緯を綴ったノンフィクション『妻に捧げた1778話』（04年／新潮新書）は一一年に「僕と妻の177

8の物語」として映画化もされた。

一七七八篇のうち一〇〇〇篇は、一巻に一〇〇篇を収めた私家版『日課・一日3枚以上』(00〜01年／真生印刷)として全十巻が刊行されている。『日がわり一話』には二冊で九六篇が収められているから、その分を重複として差し引いても約二七〇〇篇が書かれ、そのうち二〇〇〇篇以上が単行本化されているのだ。それ以降に書かれた作品や、それ以前に発表されて単行本未収録のままになっている作品も相当数あるから、「三〇〇〇篇に近い作品が書かれている」と述べた次第。

この分野での業績も、いずれ再評価されるべきだと思うが、あまりにも分量が多いため、とりあえず本書では対象外とせざるを得なかった。
②については傑作、名作が目白押し。『なぞの転校生』(67年／盛光社)、『まぼろしのペンフレンド』(70年／岩崎書店)、『ねじれた町』(74年／すばる書房)、『ねらわれた学園』(76年／角川文庫)、『閉ざされた時間割』(77年／角川文庫)、『とらえられたスクールバス(↓時空の旅人)』(81、83年／角川文庫)と、ドラマ化、映画化、アニメ化されたお馴染みの作品ばかりである。これらの作品は現在もさまざまな形で読めるものが多いので、やはり本書では対象外とした。
①に属する著書のうち、きりのいいところで八〇年までに刊行された分をリスト化すると、このようになる。

1　燃える傾斜　東都書房（東都ＳＦ）　63年5月20日
2　準Ｂ級市民　早川書房（ハヤカワ・ＳＦ・シリーズ３０９５）　65年9月30日
3　幻影の構成　早川書房（日本ＳＦシリーズ9）　66年7月15日
4　万国博がやってくる　早川書房（ハヤカワ・ＳＦ・シリーズ３１７５）　68年3月15日
5　ＥＸＰＯ’87　早川書房（日本ＳＦシリーズ4）　68年12月31日
6　わがセクソイド　立風書房（立風ネオＳＦシリーズ）　69年6月10日
7　テキュニット　三一書房（現代作家シリーズ）　69年10月31日
8　虹は消えた　早川書房（ハヤカワ・ＳＦ・シリーズ３２３４）　69年10月31日
9　時のオデュセウス　早川書房（ハヤカワ・ＳＦ・シリーズ３２７０）　71年5月15日
10　かれらの中の海　早川書房（日本ＳＦノヴェルズ）　73年12月15日
11　司政官　早川書房（日本ＳＦノヴェルズ）　74年6月30日
12　あの真珠色の朝を…　角川書店（角川文庫）　74年9月1日
13　飢餓列島　角川書店　74年10月31日　※福島正実と共著
14　ワルのり旅行　角川書店（角川文庫）　75年8月10日
15　異郷変化　角川書店（角川文庫）　76年12月20日
16　通りすぎた奴　立風書房　77年5月15日
17　白い小箱　実業之日本社　77年11月25日
18　ぬばたまの…　講談社　78年3月24日

19　六枚の切符　講談社　78年6月24日
20　消滅の光輪　早川書房　79年4月15日
21　滅びざるもの　徳間書店　79年6月10日
22　かなたへの旅　集英社（集英社文庫）　79年10月25日
23　月光のさす場所　角川書店　80年3月5日
24　長い暁　早川書房　80年11月30日

1、3、5、6、10、13、18、20、21が長篇、それ以外は短篇集である。短篇集のうち、2、4、7、8、9の五冊はハヤカワ文庫に収められる際に解体され、傾向別に再編集された（JAは当初、ハヤカワJA文庫として発刊されたが、七四年三月末からハヤカワ文庫JAに改称されている）。

A　重力地獄　早川書房（ハヤカワJA文庫19）　73年11月15日
B　産業士官候補生　早川書房（ハヤカワJA文庫25）　74年2月15日
C　サロンは終った　早川書房（ハヤカワ文庫JA35）　74年7月15日
D　奇妙な妻　早川書房（ハヤカワ文庫JA49）　75年2月15日
E　還らざる空　早川書房（ハヤカワ文庫JA62）　75年7月15日
F　影の影　早川書房（ハヤカワ文庫JA98）　77年8月20日

G　枯れた時間　早川書房（ハヤカワ文庫ＪＡ99）77年10月15日

Ａは宇宙生物もの、Ｂ、Ｃ、Ｅは未来もの、宇宙もの、Ｄは不条理もの、奇妙な味、ＦとＧは異世界もの、その他の作品を収めている。

眉村卓は「インサイダーＳＦ」という独自の用語を提唱したことで知られている。アウトサイダーの反対語であるから、インサイダーは「組織に属している人間」ということになり、組織と個人の関係について、未来ＳＦの形でさまざまな作品が書かれた。ロボットやサイボーグが登場したり、ビッグタレントと呼ばれる一握りの天才がメディアを支配している一連の未来史が、初期の眉村未来ＳＦのバックボーンになっている。後述するように、長篇『ＥＸＰＯ'87』も、この系列に属する作品だ。

組織と個人の関係を描く眉村ＳＦは、いくつかの段階を経て《司政官》シリーズへと発展していくことになる。リストでは11、20、24がそれで、さらに大長篇『引き潮のとき』全５巻（88～95年／早川書房）へと連なるシリーズだが、中・短篇集の11と24は合本『司政官全短編』として創元ＳＦ文庫から復刊されてからあまり時間が経っていないので、今回の編集に当たっては対象外とした。

一方、「個人」そのものにスポットを当てた作品群が、異世界もの、パラレルワールドものという形で書かれることになる。短篇集では15、22、『異世界分岐点』（89年／新芸術社）、長篇では自伝的な要素を含んだ18、『傾いた地平線』（81年／角川書店）、『夕焼けの回転木馬』（86年／角川文庫）などがあり、『いいかげんワールド』（06年／出版芸術社）や『沈みゆく人』（10年／出版芸術社）など私小説ならぬ私ファンタジーと銘打たれた一連の作品へと発展していく。

眉村SFの一つの核をなす作品群だが、既に出版芸術社で二〇一二年に編んだ『眉村卓コレクション　異世界篇』（全3巻）に主要な作品を収録しているので、やはり今回は対象外としている。

Dに収められた奇妙な味の系列の作品も大変に魅力的だが、これも『虹の裏側』（94年／出版芸術社／ふしぎ文学館）に大半を収めたつもりだ。「仕事ください」「ピーや」「すべり込んだ男」「サルがいる」など、SFともミステリともホラーともつかない不思議な作品群である。

眉村卓の活動をハッキリと区切ることは難しいが、あえて三期に分けるとしたら、こうなるだろう。

第一期　61〜70年　『燃える傾斜』『幻影の構成』『なぞの転校生』『EXPO'87』
第二期　71〜95年　『消滅の光輪』『引き潮のとき』『不定期エスパー』
第三期　96年〜　『カルタゴの運命』『日課・一日3枚以上』『いいかげんワールド』

《司政官》シリーズの第一作「炎と花びら」が発表された七一年と『引き潮のとき』の単行本化が終わった九五年を節目と考えると、プレ《司政官》時代、《司政官》と大長篇の時代、《司政官》以後の時代に分けることが出来る。

ショート・ショートはデビュー当初から現在まで、ジュブナイルは第一期と第二期を通して発表されているが、異世界ものは第二期の大長篇SFの裏側で独自の深化を遂げ、第三期の私ファンタジーへと発展した、といった見方である。

ショート・ショート、ジュブナイル、《司政官》もの、異世界ものをすべて対象外として、本書に何を収めるべきかを考えたとき、もっとも再評価しておきたいのは第一期、《司政官》シリーズ以前の宇宙もの、未来ものであった。

本書に収めた作品の初出は、以下のとおり。

第一部

下級アイデアマン〈SFマガジン〉61年10月号

悪夢と移民〈高二時代〉73年8月号

正接曲線〈SFマガジン〉65年2月号

使節〈SFマガジン〉64年5月号

重力地獄〈SFマガジン〉66年8月号

エピソード〈NULL〉10号（64年1月）

わがパキーネ　〈ＳＦマガジン〉62年9月号
フニフマム　〈ＳＦマガジン〉70年2月号
時間と泥　〈ＳＦマガジン〉65年7月号　↑〈宇宙塵〉78号（64年4月）
養成所教官　〈ＳＦマガジン〉68年9月増刊号
かれらと私　〈ＳＦマガジン〉71年2月号
キガテア　廣済堂文庫『異形コレクション15宇宙生物ゾーン』00年3月
サバントとボク　光文社文庫『異形コレクション17ロボットの夜』00年11月

第二部
還らざる空　〈ＳＦマガジン〉64年9月号
準Ｂ級市民　〈小説現代〉64年10月号　↑〈宇宙塵〉59号（62年9月）
表と裏　〈中二時代〉66年夏休み増刊号　↑〈宇宙塵〉85号（64年11月）
惑星総長　〈ＳＦマガジン〉65年9月号
契約締結命令　〈オール関西〉67年1月号
工事中止命令　〈ＳＦマガジン〉67年2月号
虹は消えた　〈ＳＦマガジン〉68年7月号
最後の手段　〈ＳＦマガジン〉69年8月号
産業士官候補生　〈高1コース〉69年12月～70年2月号

初収録単行本は、それぞれ、「わがパキーネ」「使節」「時間と泥」「正接曲線」「還らざる空」「準B級市民」「下級アイデアマン」が『準B級市民』（65年／ハヤカワ・SF・シリーズ）、「重力地獄」「惑星総長」「工事中止命令」「契約締結命令」が『万国博がやってくる』（68年／ハヤカワ・SF・シリーズ）、「表と裏」「エピソード」が『テキュニット』（69年／三一書房）、「虹は消えた」「最後の手段」「養成所教官」が『虹は消えた』（69年／ハヤカワ・SF・シリーズ）、「かれらと私」「フニフマム」「産業士官候補生」が『時のオデュセウス』（71年／ハヤカワ・SF・シリーズ）、「悪夢と移民」が『重力地獄』（73年／ハヤカワJA文庫）である。

井上雅彦の編による書下ろしアンソロジー《異形コレクション》シリーズに発表された「キガテア」「サバントとボク」の二篇は今回が単著初収録。

第一部に宇宙生物ものを集めたA『重力地獄』を、そのまま収めた。六一年の第一回空想科学小説コンテストで佳作第二席となった「下級アイデアマン」を始め、「正接曲線」「わがパキーネ」「時間と泥」と初期を代表する傑作が多く収められているが、眉村卓はこうしたアイデア・ストーリーには早々に見切りをつけ、同じ宇宙ものでもインサイダーSFの方向に舵を切ることになる。

したがって異生物ものは他にほとんど作例がなく、同系統の作品は徳間書店の〈SFアドベンチャー〉創刊号から集中的に寄稿した短篇集『遥かに照らせ』（81年／徳間書店）くらいしか見当たらない。

前述の《異形コレクション》で久々に異生物もの、ロボットものが書かれ、まだ著者の短篇集に入っていなかったため、今回、ボーナストラックとして収録した。ボーナストラックが本の真ん中に来る構成になってしまったが、これはお許しいただきたい。

第二部にはB『産業士官候補生』から四篇、E『還らざる空』から四篇を、それぞれ収め、これまで文庫に入ったことのない「契約締結命令」を加えて構成した。

付録としてハヤカワ文庫版『重力地獄』『産業士官候補生』『還らざる空』の著者あとがきを収録したが、『産業士官候補生』と『還らざる空』については、各篇解説の部分で本書に収録されていない作品の項目は割愛したことをお断りしておく。

「準B級市民」がSF同人誌〈宇宙塵〉から中間小説誌〈小説現代〉へ転載されているのが眼を惹くが、これは当時、講談社にいた原田裕氏（現・出版芸術社相談役）の紹介によるもの。講談社の内部会社の東都書房で新書判のミステリ叢書《東都ミステリー》を編集していた原田氏は〈宇宙塵〉を読んでいち早くSFに目をつけ、六二年八月、《東都ミステリー》から今日泊亜蘭の『光の塔』を刊行している。これはSF専門作家による国産SF長篇の第一号と言われている。

『光の塔』の成功を受けて原田氏は《東都ミステリー》の姉妹シリーズ《東都SF》を企画、その一冊目として六三年五月に刊行されたのが、眉村卓の最初の著書であり最初の長篇作品

『燃える傾斜』であった。これは〈宇宙塵〉47号（61年8月）に発表された中篇「文明考」を元に長篇化したものである。

《東都SF》は続刊として広瀬正『マイナス・ゼロ』などを予定していたが、原田氏の人事異動によって一冊のみで打ち切られてしまった。『マイナス・ゼロ』がようやく河出書房新社から刊行されるのは、七〇年になってからのことである。第一世代作家の中ではかなり遅れて本格的な活動をスタートした広瀬が、七二年に急死していることを考えると、《東都SF》の中断は惜しまれてならない。

植民星の総長に就任し、文明を発展させようと奮闘する主人公が、その星に隠された秘密を知って挫折を味わう「惑星総長」は、《司政官》シリーズの原型《プロトタイプ》のような構造の作品である。

「契約締結命令」から「最後の手段」までの四篇は、パイオニア・サービス社であらゆるトラブルを解決するエリート社員「無任所要員」を主人公としたシリーズ。眉村さんのハヤカワ文庫版あとがきで「工事中止命令」をシリーズ第一作としているのは、「契約締結命令」では杉岡勉がメインの無任所要員ではないからだろうか。

無任所要員ものは任務を受けてトラブルを解決する「惑星総長」のパターンにインサイダーSFの要素を盛り込んだものであり、この辺りの作品になると《司政官》シリーズまで、あともう一歩という内容になってくる。

ラストに置いた「産業士官候補生」は、一部のエリートとして産業を統括する産業将校の養成学校に入った青年の葛藤を描いたもの。ハヤカワ文庫版あとがきにあるように、六七年八月号から六八年一月号にかけて〈SFマガジン〉に連載された長篇『EXPO'87』の番外篇に当たる作品である。

本篇にチラリと顔を見せる産業士官候補生の三津田昇助は、『EXPO'87』では産業将校として登場。ビッグタレントやパイオニア・サービス社の無任所要員も出てくる眉村未来史の集大成のような長篇である。

こうして見てくると、本書に収めた宇宙もの、未来ものは《司政官》シリーズを生み出すための助走に当たることが分かる。眉村さんとしては「初期の習作」という意識が強いかもしれないが、どの作品にもミステリ的なアイデアと意外なオチが盛り込まれており、フレドリック・ブラウンやロバート・シェクリイの短篇を読んだ時のようなセンス・オブ・ワンダーに満ちている。

それが次第にインサイダーSFの要素を持ち始めて眉村SFの独自色が強まっていく様子を、ぜひ確認していただきたい。そして、本書を楽しまれた後は、この解説で言及したその他の系列の作品群にも手をのばしていただければ幸いである。

本稿の執筆および著作リストの作成にあたっては、山岸真、高井信、北原尚彦の各氏から、貴重な資料と情報の提供をいただきました。ここに記して感謝いたします。

眉村卓 著作リスト　日下三蔵編

■長篇　●短篇集　★少年もの　○再編集本　◆ノンフィクション

■1　燃える傾斜
東都書房（東都ＳＦ）　1963年5月20日
早川書房（ハヤカワＳＦ文庫67）　1972年8月31日
角川書店（角川文庫）　1977年10月30日
角川春樹事務所（ハルキ文庫）　1999年6月18日

●2　準Ｂ級市民
早川書房（ハヤカワ・ＳＦ・シリーズ3095）　1965年9月30日

■3　幻影の構成
早川書房（日本ＳＦシリーズ9）　1966年7月15日
早川書房（ハヤカワＪＡ文庫4）　1973年3月15日
角川書店（角川文庫）　1977年10月30日
角川春樹事務所（ハルキ文庫）　1999年4月18日

★4　なぞの転校生
盛光社（ジュニアＳＦ6）　1967年3月20日
鶴書房盛光社（ＳＦベストセラーズ）　1972年
角川書店（角川文庫）　1975年4月20日
秋元書房（秋元文庫）　1980年6月30日
角川書店（角川スニーカー文庫）　1998年7月1日
講談社（青い鳥文庫ｆシリーズ）　2004年2月13日
ジュンク堂書店　2013年2月10日
講談社（講談社文庫）　2013年12月13日
※ 鶴書房盛光社版は奥付に発行日の記載なし、ジュンク堂版は盛光社版の限定復刻、青い鳥文庫ｆシリーズ版と講談社文庫版は「侵された都市」を割愛

●5　万国博がやってくる
早川書房（ハヤカワ・ＳＦ・シリーズ3175）　1968年3月15日

★6　天才はつくられる
秋元書房（ヤングシリーズ3）　1968年11月30日
秋元書房（秋元文庫）　1974年6月15日
角川書店（角川文庫）　1980年5月10日

秋元書房（秋元ジュニア文庫）　1982年7月25日
※秋元文庫版以降は「闇からきた少女」を割愛、秋元ジュニア文庫版は「ぼくは呼ばない」も割愛

■7　ＥＸＰＯ'87
早川書房（日本ＳＦシリーズ４）　1968年12月31日
早川書房（ハヤカワＪＡ文庫12）　1973年6月15日
角川書店（角川文庫）　1978年5月30日

●8　ながいながい午睡
三一書房（さんいちぶっくす）　1969年5月15日

■9　わがセクソイド
立風書房（立風ネオＳＦシリーズ）　1969年6月10日
角川書店（角川文庫）　1974年3月15日

●10　テキュニット
三一書房（現代作家シリーズ）　1969年10月31日

●11　虹は消えた
早川書房（ハヤカワ・ＳＦ・シリーズ3234）　1969年10月31日

★12　地球への遠い道
毎日新聞社（毎日新聞ＳＦシリーズジュニアー版４）　1970年2月25日
角川書店（角川文庫）　1976年10月10日
秋元書房（秋元文庫）　1981年1月15日

★13　まぼろしのペンフレンド
岩崎書店（ＳＦ少年文庫６）　1970年12月15日
角川書店（角川文庫）　1975年10月30日
岩崎書店（ＳＦロマン文庫６）　1986年1月30日
講談社（青い鳥文庫ｆシリーズ）　2006年2月15日
※青い鳥文庫ｆシリーズは「テスト」「時間戦士」を割愛

●14　時のオデュセウス
早川書房（ハヤカワ・ＳＦ・シリーズ3270）　1971年5月15日

●15　Ｃ席の客
日本経済新聞社　1971年8月11日
角川書店（角川文庫）　1973年10月20日

○16　重力地獄
早川書房（ハヤカワＪＡ文庫19）　1973年11月15日
角川書店（角川文庫）　1978年5月30日

※「悪夢と移民」を初収録

■ 17　**かれらの中の海**

早川書房（日本ＳＦノヴェルズ）　1973年12月15日
講談社（講談社文庫）　1975年8月15日

○ 18　**産業士官候補生**

早川書房（ハヤカワＪＡ文庫25）　1974年2月15日
角川書店（角川文庫）　1978年6月10日

★ 19　**ねじれた町**

すばる書房（ＳＦバックス）　1974年3月5日
秋元書房（秋元文庫）　1976年2月5日
鶴書房盛光社（ＳＦベストセラーズ）　1977年4月20日
角川書店（角川文庫）　1981年1月25日
角川春樹事務所（ハルキ文庫）　1998年11月15日
講談社（青い鳥文庫ｆシリーズ）　2005年2月15日

● 20　**司政官**

早川書房（日本ＳＦノヴェルズ）　1974年6月30日
早川書房（ハヤカワ文庫ＪＡ66）　1975年9月30日
ＪＤＣ　1992年10月24日
※132にも収録

○ 21　**サロンは終った**

早川書房（ハヤカワ文庫ＪＡ35）　1974年7月15日
※「緋と銀のバラード」を初収録

★ 22　**二十四時間の侵入者**

秋元書房（秋元文庫）　1974年7月31日
角川書店（角川文庫）　1985年9月25日

● 23　**あの真珠色の朝を…**

角川書店（角川文庫）　1974年9月1日

● 24　**ぼくの砂時計**

講談社　1974年9月10日
講談社（講談社文庫）　1976年12月15日

■ 25　**飢餓列島**

角川書店　1974年10月31日
角川書店（角川文庫）　1978年5月30日
※福島正実と共著

○ 26　**奇妙な妻**

早川書房（ハヤカワ文庫ＪＡ49） 1975年2月15日
角川書店（角川文庫） 1978年5月30日

★27 地獄の才能
秋元書房（秋元文庫） 1975年3月20日
角川書店（角川文庫） 1980年9月25日
秋元書房（秋元ジュニア文庫） 1982年5月27日
ぶんか社（ぶんか社文庫） 2009年4月4日

●28 変な男
文化出版局（フィクション・ナウ） 1975年5月20日
角川書店（角川文庫） 1978年6月10日

★29 還らざる城
旺文社（旺文社ノベルス） 1975年7月1日
旺文社（旺文社文庫） 1983年5月25日
旺文社（中学生・高校生必読名作シリーズ） 1988年3月1日

○30 還らざる空
早川書房（ハヤカワ文庫ＪＡ62） 1975年7月15日
※「ある出帆」を初収録

●31 ワルのり旅行
角川書店（角川文庫） 1975年8月10日

◆32 出たとこまかせ　ON　AIR
立風書房　1976年7月20日
角川書店（角川文庫） 1979年10月20日

★33 ねらわれた学園
角川書店（角川文庫） 1976年7月30日
角川書店（角川スニーカー文庫） 1998年7月1日
講談社（青い鳥文庫ｆシリーズ） 2003年7月15日
講談社（講談社文庫） 2012年9月14日
※角川スニーカー文庫版以降は「０からきた敵」を割愛

●34 鳴りやすい鍵束
徳間書店　1976年10月5日
徳間書店（徳間文庫） 1983年10月15日

●35 異郷変化
角川書店（角川文庫） 1976年12月20日

★36 深夜放送のハプニング
秋元書房（秋元文庫） 1977年2月10日

秋元書房（秋元ジュニア文庫） 1982年9月10日
角川書店（角川文庫） 1985年11月10日
※秋元ジュニア文庫版は「闇からのゆうわく」を割愛

★37 泣いたら死がくる
秋元書房（秋元文庫） 1977年4月5日
角川書店（角川文庫） 1981年5月15日

●38 通りすぎた奴
立風書房 1977年5月15日
角川書店（角川文庫） 1981年7月10日

●39 思いあがりの夏
角川書店（角川文庫） 1977年6月10日

○40 影の影
早川書房（ハヤカワ文庫ＪＡ98） 1977年8月20日

●41 猛烈教師 → モーレツ教師
三省堂（三省堂らいぶらりい ＳＦ傑作短編集４） 1977年9月20日
角川書店（角川文庫） 1981年6月10日
※角川文庫版は「ぼくたちは見た」と「モデル・コーポ」を割愛し、「役立たず」「ランナー」「なつかしい列車」「雪」「仕事」「アンドロイド」「旅のおわり」「女ごころ」「父と息子」「スーパーマン」「黄色い時間」「暗示忠誠法」「目前の事実」「終りがはじまり」の14篇を増補

○42 枯れた時間
早川書房（ハヤカワ文庫ＪＡ99） 1977年10月15日
※「枯れた時間」を初収録

★43 閉ざされた時間割
角川書店（角川文庫） 1977年10月30日
秋元書房（秋元文庫） 1980年9月10日

●44 白い小箱
実業之日本社 1977年11月25日
角川書店（角川文庫） 1983年7月10日

◆45 ぎやまんと機械
ＰＨＰ研究所 1977年12月28日
角川書店（角川文庫） 1981年10月10日

■46 ぬばたまの…
講談社 1978年3月24日
講談社（講談社文庫） 1980年7月15日

※137 にも収録

★ 47　白い不等式

秋元書房（秋元文庫）　1978 年 6 月 10 日
角川書店（角川文庫）　1981 年 4 月 25 日

● 48　六枚の切符

講談社　1978 年 6 月 24 日
講談社（講談社文庫）　1984 年 2 月 15 日

● 49　午後の楽隊

講談社　1979 年 4 月 13 日
集英社（集英社文庫）　1984 年 2 月 25 日

■ 50　消滅の光輪

早川書房　1979 年 4 月 15 日
早川書房（ハヤカワ文庫ＪＡ 134 〜 136）　1981 年 6 月 15 日
角川春樹事務所（ハルキ文庫）　2000 年 10 月 18 日
東京創元社（創元ＳＦ文庫）　2008 年 7 月 25 日
※ハヤカワ文庫版とハルキ文庫版は三分冊（１・２・３）、創元ＳＦ文庫版は二分冊（上・下）

■ 51　滅びざるもの

徳間書店　1979 年 6 月 10 日
徳間書店（徳間文庫）　1981 年 3 月 15 日

● 52　かなたへの旅

集英社（集英社文庫）　1979 年 10 月 25 日

◆ 53　おしゃべり迷路

角川書店　1979 年 11 月 20 日
角川書店（角川文庫）　1981 年 5 月 25 日

★ 54　つくられた明日

角川書店（角川文庫）　1980 年 1 月 10 日
秋元書房（秋元文庫）　1981 年 8 月 15 日

● 55　月光のさす場所

角川書店　1980 年 3 月 5 日
角川書店（角川文庫）　1985 年 8 月 25 日

● 56　一分間だけ

角川書店（角川文庫）　1980 年 4 月 10 日
秋元書房（秋元文庫）　1981 年 9 月 20 日

● 57　ぼくたちのポケット

角川書店（角川文庫）　1980年11月10日

●58　**長い暁**

早川書房　1980年11月30日

早川書房（ハヤカワ文庫ＪＡ161）　1982年11月15日

※132にも収録

●59　**二次会のあと**

講談社　1981年1月28日

講談社（講談社文庫）　1986年6月15日

○60　**通りすぎた奴**

全国学校図書館協議会（集団読書テキスト）　1981年5月30日

全国学校図書館協議会（集団読書テキスト）　2005年11月30日

※教育用テキストとして短篇単体での書籍化

●61　**幻の季節**

主婦の友社　1981年5月20日

勁文社（ケイブンシャ文庫）　1984年11月15日

●62　**遙かに照らせ**

徳間書店　1981年5月31日

徳間書店（徳間文庫）　1984年8月15日

★63　**とらえられたスクールバス　前編・中編・後編**

角川書店（角川文庫）　1981年6月10日　1981年10月10日　1983年7月25日

角川春樹事務所（ハルキ文庫）　1999年1月14日

※角川文庫版の前編は1986年4月20日、中編・後編は1986年6月10日以降、『時空の旅人』と改題。ハルキ文庫版は『時空の旅人　とらえられたスクールバス』

●64　**おしゃべり各駅停車**

角川書店　1981年7月30日

角川書店（角川文庫）　1984年6月10日

■65　**傾いた地平線**

角川書店　1981年9月30日

角川書店（角川文庫）　1987年9月25日

※138にも収録

◆66　**照りかげりの風景**

廣済堂出版　1981年12月20日

●67　**疲れた社員たち**

実業之日本社　1982年3月25日
勁文社（ケイブンシャ文庫）　1984年6月15日
双葉社（双葉文庫）　2014年5月18日

●68　黄色い夢、青い夢
集英社（集英社文庫）　1982年7月25日

●69　ポケットのＡＢＣ
角川書店（角川文庫）　1982年10月30日

●70　ポケットのＸＹＺ
角川書店（角川文庫）　1982年10月30日

★71　逃げ姫
集英社（集英社文庫コバルトシリーズ）　1983年4月15日

●72　不器用な戦士たち
講談社　1983年12月20日
講談社（講談社文庫）　1987年2月15日
双葉社（双葉文庫）　2014年8月10日

●73　ふつうの家族
角川書店（角川文庫）　1984年2月10日

★74　孔雀の街
集英社（集英社文庫コバルトシリーズ）　1984年5月15日

★75　ぼくらのロボット物語
岩崎書店（あたらしいＳＦ童話６）　1985年1月20日

●76　最後のポケット
角川書店（角川文庫）　1985年6月10日

★77　月光の底
集英社（集英社文庫コバルトシリーズ）　1985年12月15日

●78　それぞれの曲り角
角川書店（角川文庫）　1986年2月25日

■79　夕焼けの回転木馬
角川書店（角川文庫）　1986年4月15日
黒田藩プレス　2004年7月1日
※139にも収録、黒田藩プレス版は百部限定の特装版あり

■80　迷宮物語
角川書店（角川文庫）　1986年8月25日

★81　侵入を阻止せよ
集英社（集英社文庫コバルトシリーズ）　1986年12月15日

●82　職場、好きですか？
勁文社　1987年2月10日
勁文社（ケイブンシャ文庫）　1988年6月15日
双葉社（双葉文庫）　2013年8月11日
●83　強いられた変身
角川書店（角川文庫）　1988年1月25日
●84　素顔の時間
角川書店（角川文庫）　1988年2月10日
■85　引き潮のとき　第1巻
早川書房　1988年3月15日
黒田藩プレス　2005年12月15日
■86　不定期エスパー1
徳間書店（徳間ノベルズ）　1988年7月31日
徳間書店（徳間文庫）　1992年4月15日
★87　里沙の日記
集英社（集英社文庫コバルトシリーズ）　1988年8月10日
■88　不定期エスパー2
徳間書店（徳間ノベルズ）　1988年9月30日
徳間書店（徳間文庫）　1992年4月15日
★89　それぞれの遭遇
勁文社（ケイブンシャ文庫コスモティーンズ12）　1988年11月20日
■90　不定期エスパー3
徳間書店（徳間ノベルズ）　1988年11月30日
徳間書店（徳間文庫）　1992年5月15日
■91　引き潮のとき　第2巻
早川書房　1989年1月31日
黒田藩プレス　2006年3月30日
■92　不定期エスパー4
徳間書店（徳間ノベルズ）　1989年1月31日
徳間書店（徳間文庫）　1992年6月15日
■93　不定期エスパー5
徳間書店（徳間ノベルズ）　1989年3月31日
徳間書店（徳間文庫）　1992年7月15日
■94　不定期エスパー6

徳間書店（徳間ノベルズ） 1989年6月30日
徳間書店（徳間文庫） 1992年8月15日

○95 異世界分岐点
新芸術社 1989年7月20日
※新芸術社は、出版芸術社旧社名

●96 こんにちは、花子さん
勁文社 1989年8月10日
勁文社（ケイブンシャ文庫） 1991年11月15日
※143にも収録

●97 駅とその町 → 魔性の町 → 駅と、その町
実業之日本社 1989年10月5日
講談社（講談社文庫） 1995年1月15日
双葉社（双葉文庫） 2013年2月17日
※講談社文庫版で『魔性の町』、双葉文庫版で『駅と、その町』と改題

■98 不定期エスパー7
徳間書店（徳間ノベルズ） 1989年10月31日
徳間書店（徳間文庫） 1992年9月15日

●99 頑張って、太郎さん
勁文社 1989年12月10日
勁文社（ケイブンシャ文庫） 1992年2月15日
※143にも収録

■100 不定期エスパー8
徳間書店（徳間ノベルズ） 1990年2月28日
徳間書店（徳間文庫） 1992年10月15日

★101 ライトグレーの部屋
集英社（集英社文庫コバルトシリーズ） 1990年6月10日

●102 出張の帰途
祥伝社（ノン・ポシェット） 1990年12月20日

●103 怪しい人びと
新潮社（新潮文庫） 1992年3月25日

●104 ワンダー・ティー・ルーム
実業之日本社 1992年4月10日

●105 乾いた家族
勁文社（ケイブンシャ文庫） 1993年6月15日

●106 ゆるやかな家族

勁文社（ケイブンシャ文庫） 1993 年 10 月 15 日

● 107 駅にいた蛸

集英社　1993 年 12 月 20 日

双葉社（双葉文庫） 2013 年 5 月 19 日

※ 双葉文庫版は「真昼の断層」を追加

○ 108 虹の裏側

出版芸術社（ふしぎ文学館） 1994 年 10 月 20 日

● 109 発想力獲得食

三一書房　1995 年 9 月 15 日

双葉社（双葉文庫） 2014 年 2 月 15 日

■ 110 引き潮のとき　第 3 巻

早川書房　1995 年 9 月 20 日

■ 111 引き潮のとき　第 4 巻

早川書房　1995 年 10 月 20 日

■ 112 引き潮のとき　第 5 巻

早川書房　1995 年 11 月 20 日

◆ 113 大阪の街角

三一書房　1995 年 11 月 30 日

● 114 精神集中剤

徳間書店（徳間文庫） 1998 年 3 月 15 日

● 115 日がわり一話

出版芸術社　1998 年 5 月 20 日

● 116 日がわり一話　第 2 集

出版芸術社　1998 年 9 月 18 日

■ 117 カルタゴの運命

新人物往来社　1998 年 11 月 15 日

○ 118 閉ざされた時間割

角川春樹事務所（ハルキ文庫） 1999 年 3 月 13 日

● 119 日課・一日 3 枚以上　第 1 巻

真生印刷　2000 年 8 月 8 日

● 120 日課・一日 3 枚以上　第 2 巻

真生印刷　2000 年 9 月 18 日

● 121 日課・一日 3 枚以上　第 3 巻

真生印刷　2000 年 10 月 20 日

● 122 日課・一日 3 枚以上　第 4 巻

真生印刷　2000年12月23日

●123 日課・一日３枚以上　第５巻

真生印刷　2001年1月14日

●124 日課・一日３枚以上　第６巻

真生印刷　2001年3月12日

●125 日課・一日３枚以上　第７巻

真生印刷　2001年5月5日

●126 日課・一日３枚以上　第８巻

真生印刷　2001年6月10日

●127 日課・一日３枚以上　第９巻

真生印刷　2001年7月23日

●128 日課・一日３枚以上　第10巻

真生印刷　2001年9月18日

◆129 妻に捧げた１７７８話

新潮社（新潮新書）　2004年5月20日

※ノンフィクション。『日課・一日３枚以上』から19篇を収める。うち14篇は書籍初収録

■130 いいかげんワールド

出版芸術社　2006年7月20日

○131 新・異世界分岐点

出版芸術社　2006年9月15日

※94の再編集版

○132 司政官 全短編

東京創元社（創元ＳＦ文庫）　2008年1月31日

※20と58の合本再編集版

●133 句集　霧を行く

深夜叢書社　2009年7月25日

※句集

○134 僕と妻の１７７８話

集英社（集英社文庫）　2010年11月19日

※『日課・一日３枚以上』から52篇を収録。

●135 沈みゆく人　私ファンタジー

出版芸術社　2010年12月20日

◆136 しょーもない、コキ

出版芸術社　2011年5月20日

○ 137 眉村卓コレクション　異世界篇Ⅰ　ぬばたまの…
出版芸術社　2012年6月20日
○ 138 眉村卓コレクション　異世界篇Ⅱ　傾いた地平線
出版芸術社　2012年8月10日
○ 139 眉村卓コレクション　異世界篇Ⅲ　夕焼けの回転木馬
出版芸術社　2012年11月5日
● 140 たそがれ・あやしげ
出版芸術社　2013年6月30日
● 141《振子》の時代――眉村卓詩集――
チャチャヤング・ショートショートの会　2013年7月1日
※詩集（私家版）
● 142 自殺卵
出版芸術社　2013年8月20日
○ 143 こんにちは、花子さん
双葉社（双葉文庫）　2013年11月17日
※96と99を合本再編集し、「乱闘」「石光さん」及びエッセイを割愛
◆ 144 歳月パラパラ
出版芸術社　2014年7月10日
● 145 短話ガチャンポン
双葉社（双葉文庫）　2015年8月9日
● 146 終幕のゆくえ
双葉社（双葉文庫）　2016年12月18日
○ 147 日本ＳＦ傑作選３　眉村 卓　下級アイデアマン／還らざる空
早川書房（ハヤカワ文庫ＪＡ1308）　2017年12月15日
※本書
● 148 夕焼けのかなた
双葉社（双葉文庫）　2017年12月17日

本書には、今日では差別表現として好ましくない用語が使用されています。

しかし作品が書かれた時代背景、著者が差別助長を意図していないことを考慮し、当時の表現のまま収録いたしました。その点をご理解いただけますよう、お願い申し上げます。

（編集部）

編者略歴　ミステリ・SF評論家，フリー編集者　著書『日本SF全集・総解説』『ミステリ交差点』，編著『天城一の密室犯罪学教程』《山田風太郎ミステリー傑作選》《都筑道夫少年小説コレクション》《大坪砂男全集》《筒井康隆コレクション》など

HM=Hayakawa Mystery
SF=Science Fiction
JA=Japanese Author
NV=Novel
NF=Nonfiction
FT=Fantasy

日本《にほん》SF傑作《けつさくせん》選3　眉村《まゆむら》 卓《たく》

下級アイデアマン／還らざる空

〈JA1308〉

二〇一七年十二月 十 日　印刷
二〇一七年十二月十五日　発行
（定価はカバーに表示してあります）

著　者　眉《まゆ》村《むら》　卓《たく》
編　者　日《くさ》下《か》三《さん》蔵《ぞう》
発行者　早　川　　浩
発行所　株式会社　早川書房

郵便番号　一〇一 - 〇〇四六
東京都千代田区神田多町二ノ二
電話　〇三 - 三二五二 - 三一一一（大代表）
振替　〇〇一六〇 - 三 - 四七七九九
http://www.hayakawa-online.co.jp

乱丁・落丁本は小社制作部宛お送り下さい。
送料小社負担にてお取りかえいたします。

印刷・三松堂株式会社　製本・株式会社川島製本所

ISBN978-4-15-031308-1 C0193

本書は活字が大きく読みやすい〈トールサイズ〉です。